KIERA BRENNAN

Der Schwur des Raben

KIERA BRENNAN

Der Schwur des Raben

HISTORISCHER ROMAN

blanvalet

FSC
www.fsc.org
MIX
Papier aus verantwortungsvollen Quellen
FSC® C014496

Penguin Random House Verlagsgruppe FSC® N001967

1. Auflage 2021

Dieses Werk wurde vermittelt durch die
Literarische Agentur Thomas Schlück GmbH, 30161 Hannover.

Redaktion: Margit von Cossart
Umschlaggestaltung: www.buerosued.de
Umschlagmotiv: Rekha Arcangel/Arcangel Images; www.buerosued.de
Karte und Illustrationen: Jan Reuter
Art & Design Äpfingen, j-reuter.de
BL · Herstellung: er
Satz: Buch-Werkstatt GmbH, Bad Aibling
Druck und Bindung: GGP Media GmbH, Pößneck
Printed in Germany
ISBN 978-3-7341-0985-0

www.blanvalet.de

Vorbemerkung

Folgender Roman spielt im Wesentlichen an drei Orten: In Irland, wo damals die gälische Sprache verbreitet war, auf Island, wo man einen nordischen Dialekt sprach, und in Córdoba, wo sich die Menschen hauptsächlich auf Arabisch verständigten. Alle drei Sprachen gelten als sehr schwer zu erlernen, was nicht zuletzt daran liegt, dass sich die Aussprache deutlich vom geschriebenen Wort unterscheidet beziehungsweise es Laute gibt, für die man in unserem Alphabet kein Äquivalent hat.

Da die Lektüre eines Romans nicht die Absolvierung eines Sprachkurses voraussetzen soll, war es mein Ziel, fremde Namen und Begriffe möglichst leicht lesbar zu machen. Aus diesem Grund habe ich mich nicht für das Prinzip der Transliteration entschieden, bei dem die Wörter so geschrieben werden, dass ihre Schreibweise in der Originalsprache erkennbar wird, sondern für das der Transkription. Dabei werden die Wörter in Anlehnung an die Aussprachegewohnheiten der Zielsprache wiedergegeben.

Der Isländische Name Norðri wird z. B. in meinem Buch Nordri geschrieben, der des arabischen Arztes Ibn Zakarīyā Ibn Zakariya oder der gälische Name Toirdhealbhach Toirdelbach. Falls sich selbst in diesem Fall die Aussprache vom geschriebenen Namen unterscheidet, gibt es entsprechende Hinweise im Personenverzeichnis am Ende des Buches.

Auch bei der Wahl der Ortsnamen war das Prinzip der Verständlichkeit vorrangig. Für Provinzen wie Ulster, Munster oder Cenel Owain habe ich zum Beispiel stets die englische Form verwendet, obwohl sich diese erst viel später durchgesetzt hat. Außerdem habe ich jene Namen benutzt, die heutzutage für die entsprechenden Orte verwendet werden – also Island statt Eisland oder Córdoba statt Qurtuba. Einzige Ausnahme ist die Bezeichnung für Irland, die ich manchmal als Érius Insel nenne.

Neben Orts- und Eigennamen gibt es weitere Begriffe, die dem Leser die Lektüre erleichtern sollen. So benutze ich für die größtenteils aus Skandinavien stammenden Seefahrer und Krieger der Ost- und Nordsee, die sich ab dem 8. Jahrhundert in Irland niedergelassen haben, den Begriff Nordmänner, obwohl sie in den irischen Quellen als Heiden, als Barbaren oder schlichtweg als Geisel Gottes bezeichnet wurden und man sie heute vor allem als Wikinger kennt. Nur die Nachkommen jener Nordmänner, die sich auf den Hebriden oder der Insel Man niedergelassen und sich mit der dortigen gälischen Bevölkerung vermischt haben, heißen auch in meinem Buch so, wie sie damals genannt wurden, nämlich Gall-Ghaedil – was so viel heißt wie »die fremden Gälen«.

Ich, Gormlaith, war die schöne Königin, einst von sämtlichen Barden Irlands besungen.

Sie behaupteten, ich sei liebreizender als Niahm, Königin im Land der ewigen Jugend, die auf einem schneeweißen Pferd reitet und deren Haar golden wie ihre Brosche glänzt. Sie behaupteten auch, ich sei verführerischer als Deirdriu, um die die drei größten Krieger Irlands bis aufs Blut kämpften. Und sie behaupteten, ich sei hübscher als Maeve, deren Schönheit nur von ihrer Unbarmherzigkeit überboten wird, und das sagt alles, denn niemand ist unbarmherziger als eine Kriegsgöttin.

Natürlich übertrieben sie alle. In den Mündern von Barden ist die Welt immer größer als in den Augen derer, die auf ihr leben müssen. Wahrscheinlich hätten sie mich nicht schön genannt, wäre ich keine Königin gewesen, aber ich bin nun mal als Tochter eines Königs geboren worden und habe später zwei Könige geheiratet.

Mittlerweile bin ich alt – die Lieder der Barden kreisen längst um neue Königinnen. Heute werde ich euch eine Geschichte erzählen. Sie ist sehr lang, denn die Geschichte einer großen Liebe kann man nicht in wenige Strophen, in einzelne Verse pressen. Mit der Liebe verhält es sich zwar oft wie mit der Schönheit – in der Vorstellung derer, die sie beschwören, ist sie meist größer als in den Herzen, in denen sie wohnen sollte. Aber mit der Liebe, von der ich berichten werde, ist es anders. Diese Liebe hatte die Macht, das Schicksal von Érius Insel zu verändern, ihr Frieden zu schenken, zumindest für kurze Zeit.

Damit ihr keinem Irrtum verfallt – ich rede nicht von der Liebe, die ich selbst für einen meiner beiden Ehemänner empfunden habe.

Der erste war der König von Dublin, und als ich seine Frau wurde, trug er nicht nur eine Krone auf dem Kopf, nein, ebenso viele Jahre auf dem Buckel. Er war dreißig Jahre älter als ich, und an der Seite eines solchen Mannes fühlt man sich zwar jung und kräftig, jedoch nicht geliebt. Auch nicht sonderlich begehrenswert, denn der größte Dienst, den man einem solchen Manne tun kann, ist, ihm den Pelz über den schmerzenden Rücken zu ziehen, ihm die Zehennägel zu schneiden oder das Essen zu zerstampfen.

Bei meinem zweiten König kann man eher von Liebe sprechen. Brian Boru war das, erst nur König von Munster, später Hochkönig von ganz Irland. Ich bin ihm verfallen, als ich zum ersten Mal unter ihm lag, als ich erfuhr, was fleischliche Lust ist, in welchen Himmel sie Menschen treiben kann, wie laut man zu keuchen und stöhnen imstande ist. Brian hatte geschickte Hände. Er wusste, wo er einen Feind treffen musste, um ihn zu töten. Er wusste, wo er eine Frau berühren musste, um sie sich zu unterwerfen. Aber Lust und Liebe sind zweierlei, und nachdem Brian mich verstoßen hatte, empfand ich vor allem Hass für ihn.

Die Liebe, von der ich euch erzählen will, war jedoch viel stärker und größer, wundersamer und schöner als mein Hass. Was allerdings nicht bedeutete, dass sie die, die sie füreinander empfanden, auch glücklich machte …

Ich, Gormlaith, war einst die schöne Königin, ich habe diese Liebe bezeugt, habe erlebt, welche Folgen sie für mein Land hatte, welche Folgen für mein eigenes Geschick.

Lauscht meiner Geschichte.

I.
992 – 999

Im Nordwesten Irlands

Er war noch so jung, viel zu jung, um zu sterben.

Mit Tränen in den Augen betrachtete Ríona den Verletzten, der auf dem Moos lag, weich dieses, aber auch dunkel. An keinem Ort waren die Wälder so tief und geheimnisvoll wie hier, desgleichen nirgendwo so viele Feen im Dickicht wohnten.

Ennis, der mit ihr in den Wald gegangen war, beugte sich ebenfalls über den Verletzten. »Der ist doch längst tot«, erklärte er mit kalter Stimme.

»Ist er nicht!«, rief Ríona. »Seine Brust hebt und senkt sich noch!«

Ennis zog skeptisch die Brauen hoch und wollte sie am Arm packen, doch sie wehrte seinen Griff ab, ließ sich in den Farn fallen, der um das Moos herum wuchs, und betastete den Verletzten vorsichtig.

»Was … was ist ihm wohl zugestoßen?«, fragte sie mit bebender Stimme. »Ob ihn ein wildes Tier angefallen hat? Ob er unglücklich gestürzt ist? Oder ob es gar ein Mensch war, der ihn verwundet hat?«

Aus einem Schnitt auf der Brust des Verletzten sickerte ein wenig Blut – kaum mehr als ein Tropfen, wie er in den Adern der Feen floss, und mit dem man, tauchte man eine Feder hinein, nur einen winzigen Punkt zeichnen könnte. Wie merkwürdig, dass sich die Menschen trotzdem vor den Feen fürchteten, manch einer sich sogar weigerte, ins Moor zu gehen, um ein Bündel Torf zu holen. Ríona hatte die Feen nie gescheut, und auch Ennis behauptete, er täte es nicht. Doch das war das Einzige, was sie miteinander gemein hatten.

Sie liebte das Land, in dem sie lebten, er nicht. Sie wanderte gern die zerklüfteten Küsten entlang, er beklagte, dass man hier kaum mit dem Boot ab- und anlegen konnte. Sie war froh, dass kaum Fremde in die Siedlung kamen, weil die wenigen Straßen mit Geröll und morschem Holz zugeschüttet waren, er war verdrossen, weil sie so abgeschnitten von der Welt lebten. Und jetzt drängte er darauf, den Verletzten seinem Schicksal zu überlassen, während sie ihn behutsam streichelte und vorsichtig auf die Ränder der Wunde drückte, sodass weitere Blutstropfen heraussickerten.

»Wenn ihn eine bösartige Elfe verletzt hat, könnte man ihn nur mit jener Medizin heilen, die aus fünfundzwanzig Kräutern gebraut wird«, murmelte sie. Ihr war nur eines dieser fünfundzwanzig Kräuter bekannt – der Fingerhut, von dem die Mutter manchmal ein Blütenblatt in den Badetrog fallen ließ, bevor sie hineinstieg. Aber sie kannte jemanden, der sämtliche dieser Kräuter benennen konnte. »Fionn könnte den Trank brauen«, fuhr sie fort. »Und selbst wenn nicht – er könnte dem Verletzten einen Verband anlegen, am besten einen, den man in Bienenwachs und ein Hühnerei getränkt hat.«

Fionn war Ennis' Bruder, jünger als er, schmächtiger – und freundlicher. Und was für Ríona am meisten zählte: Fionn liebte die Einsamkeit wie sie. Für gewöhnlich durchstreifte sie an seiner Seite die Wälder oder wanderte die Klippen entlang. Leider hatte ihr Vater vor Kurzem entschieden, dass sie irgendwann nicht ihn, sondern Ennis heiraten sollte, und sie deswegen heute angehalten, gemeinsam mit ihm Brennholz zu suchen und später Rispengras zu schneiden, woraus Körbe geflochten wurden.

Ríona hatte sich an Ennis' Seite von Anfang an unwohl gefühlt. Er war blind für die Schönheit, die ihm umgab, und taub für das wunderschöne Lied des Waldes – wie Harfenlaute klang es, wenn die Regentropfen auf die schweren Blätter des Ahorns fielen oder im saftigen Moos gluckerten. Und dafür, dass er den Verletzten einfach liegen lassen wollte, verachtete sie ihn regelrecht.

Ennis wiederum verachtete seinen Bruder. »Fionn, pah!«, rief er eben. »Er ist ein Taugenichts, der ein Schwert wie eine Mistgabel hält.«

»Na und?«, entgegnete Ríona mit schrillerer Stimme, als ihr eigentlich zu eigen war. »Unlängst kam ein *liaig* in unser Dorf und hat die Wunde des alten Caol genäht, dem ein Stein auf den Fuß gefallen ist. Fionn hat ihm geholfen, und der *liaig* meinte, er sei sehr begabt.«

Ein *liaig* war ein Wanderarzt, und der, den es in ihre Gegend verschlagen hatte, hatte nicht nur Caol behandelt, auch Ríonas Mutter ein Mittel gegen ihre ständig trockenen Augen genannt. Sie müsse Schafgarbe und Gänseblümchen mit der Milch einer Frau vermischen, die eben eine Tochter geboren habe, hatte er gesagt. Leider hatte die einzige Frau, die gerade ein Kind stillte, einen Sohn zur Welt gebracht, woraufhin sich Ríonas Mutter die Milch einer Katze beschafft hatte, die kürzlich zig Junge geworfen hatte.

»Der *liaig* war ein Stümper«, sagte Ennis. »Verstünde er wirklich etwas von der Heilkunst, würde er am Hof eines Königs leben, nur ihn und seine Familie behandeln und dafür großzügig mit Landbesitz belohnt werden.«

»Wahrscheinlich hat er sich nicht dagegen entschieden, weil es ihm an Können mangelt, sondern weil er Könige, die ständig um Land kämpfen, für grausame Männer hält. Land muss man doch nicht besitzen, um sich daran zu erfreuen.«

»So kann nur ein Mädchen reden.«

Und Fionn, dachte sie und sehnte sich noch mehr nach ihm.

Ennis verlor indes endgültig die Geduld. »Den größten Dienst, den wir dem da erweisen können«, sagte er und deutete auf den Verletzten, »ist es, ihn zu erschlagen.« Schon sah er sich nach etwas um, das diesem Zweck dienen könnte – nach einem besonders großen Ast oder einem spitzen Stein.

Ríona sprang auf. »Du darfst ihm nichts tun!« Ennis hörte nicht auf sie. Er fand zwar keinen Stein oder Ast, aber ihm fiel ein, dass er ein Schwert am Gürtel trug – viel zu groß für ihn, dennoch sein ganzer Stolz, seit er es vor nicht allzu langer Zeit einem Nordmann abgeluchst hatte. Das behauptete er zumindest, wahrscheinlich hatte er es im feuchten Gras gefunden. Jedenfalls war der Knauf mit sonderlichen Tieren und Ornamenten verziert und die Klinge, gleichwohl verrostet, scharf genug, jemanden zu töten. »Du darfst ihm nichts tun!«, schrie Ríona wieder.

Sie beließ es dieses Mal nicht bei Worten, packte Ennis am Handgelenk und warf sich, als das nichts fruchtete, vor den Verletzten. Ennis wollte sie mit dem Fuß wegstoßen, woraufhin sie einfach sein Bein umklammerte. Jetzt packte er sie schmerzhaft am Haar, um sie wegzuziehen, und sie überlegte, in sein Knie zu beißen – eigentlich die härteste Stelle, aber die, an die sie am leichtesten herankam.

Am Ende riss er ihr weder ein Büschel Haare aus noch schlug sie ihm die Zähne ins Fleisch. Ein Laut ließ sie innehalten, der sie schon mit Panik erfüllte hätte, hätte sie im warmen Sonnenlicht vor der heimatlichen Hütte gesessen. Umso unheilvoller klang er im Wald, wo überreizte Ohren stets auf jedes Knacken zu achten hatten, könnten doch wilde Tiere in der Nähe sein.

Nun, dieser Laut kam nicht von einem wilden Tier, es war ein Stöhnen. Ein qualvoll klingendes Stöhnen. So wie der Verletzte wohl stöhnen würde, hätte er die Kraft dazu. Hatte sein Peiniger noch mehr Opfer gefunden? Und würde sie sein nächstes sein?

Ríona erstarrte, Ennis auch. So eifrig er sein Schwert gezogen hatte, gegen einen echten Feind wollte er es nicht erheben.

»Komm, lass uns schnell zur Siedlung heimkehren!« Ohne Zweifel war das klug – feige aber auch. »Nun komm schon«, drängte er, ließ ihr Haar los und lief davon. Ríona lief ebenso, wenn auch nicht ihm hinterher, sondern in Richtung des Stöhnenden.

Es kam vom Rand des Waldes, von dort, wo die Bäume ihre fahlen Blätter hängen ließen. Deren Wurzeln, dürren Fingern eines Greises gleichend, klammerten sich, statt sich in saftige Walderde zu graben, an graue Steine. Die Steine waren geduldig, sie schüttelten die Wurzeln nicht ab – und noch geduldiger war das Meer, das hier nur selten rauschte, jedoch beharrlich an den Stein schlug, sodass sich im Laufe der Jahrhunderte eine Klippe geformt hatte.

Der Wind, der hier wehte, zerrte an Ríonas Haar, das an helleren Tagen vom dunklen Rot des Blutes war und jetzt eher dem Harz glich, welches manchmal aus verschorften Rinden quoll. Er konnte, obwohl er selbst so laut heulte, das Stöhnen nicht übertönen. Wie denn auch? Es kam ja nicht aus einem Mund, es kam aus Dutzenden Mündern. Das schwarze Tuch des Meeres, auf das Ríona nun starrte, wurde an mancher Stelle vom Bug eines Schiffes aufgerissen, und auf diesem Schiff knatterte ein riesiges Segel, viereckig, rot-weiß gestreift und solcherart giftigem Getier gleichend. Zumindest stellte sich Ríona giftige Tiere so vor. Sie hatte nie eines gesehen, der heilige Patrick hatte ja alle Schlangen von Érius Insel vertrieben.

Männer wie die auf dem Schiff hatte er leider nicht vertrieben. Gall-Ghaedil nannte man sie, und auch wenn Ríona nicht genau wusste, was das hieß – es waren furchterregende Gestalten, die von Inseln noch weiter im Norden kamen, den Teufel nicht fürchteten, weil sie selbst Teufel waren, dann und wann die Küsten heimsuchten, um Gold von Klöstern und Waffen von Königen zu rauben, und hier, wo es solche Schätze nicht gab, Getreide von Bauern und diese Bauern selbst.

Dicht gedrängt hockten die Gefangenen auf dem Schiff, Alte wie Junge, Männer wie Frauen. Eine hielt einen Säugling an die Brust gepresst, doch während der verstummt war, stieß sie selbst ein Greinen aus. Die Menschen mussten aus einem Dorf weiter südlich stammen, wo man etwas leichter an Land gehen konnte, wurden nun entweder zu den gottlosen Inseln verschleppt, woher die Gall-Ghaedil stammten, oder nach Dublin gebracht. Dort lebten Menschen, die die gleichen Vorfahren wie die Gall-Ghaedil hatten und gern mit ihnen Handel trieben, gleichwohl sie selbst nicht mehr auf Beutezug gingen wie früher.

Ríona umklammerte einen der Bäume, war überzeugt, dass die greinende Frau sie sah. Weit weniger sicher war sie sich, dass ihr Mitleid bei ihr ankam, auch das stumme Versprechen, ihr Gesicht nicht zu vergessen. Ihren Namen hätte sie ebenfalls nicht vergessen, wenn sie ihn bloß gekannt hätte, aber bald schon würde niemand mehr sie bei diesem rufen. *Cumal* nannte man Sklavinnen – genauso wie hierzulande Einheiten von Land bezeichnet wurden, denn auf Sklavinnen konnte man ja ungestraft treten wie auf dieses Land. Nur auf das Meer konnte man nicht treten, nicht einmal eine Spur hinterlassen. Schon löste sich der graue Streifen, den das Schiff riss, im schwarzen Wasser auf.

Ríona löste sich endlich aus der Starre. Wenn sie sich beeilte, wenn sie die Männer der Siedlung zu Hilfe rief, wenn diese das Schiff mit ihren Booten verfolgten, waren die Sklaven vielleicht zu retten. Den Gedanken, dass es nicht genügen würde, sie einzuholen, nein, man sie bekämpfen müsste, erlaubte sie sich gar nicht erst. Irgendetwas musste sie tun! Irgendetwas mussten die Männer der Siedlung tun! Sie ließ den Stamm des Baumes los, raffte ihr Kleid, kam gerade drei Schritte weit, dann griffen Hände nach ihr, hielten sie fest.

Einen eiskalten Moment lang dachte sie, es wären noch mehr Gall-Ghaedil an Land gegangen, wären auf weitere Sklaven aus, würden nun sie auf ihr Schiff verschleppen. Die Hände hingegen, die sie umklammerten, waren nicht die eines Kriegers, es waren die eines Vierzehnjährigen. Ennis' Hände. So feige, allein nach Hause zu fliehen, war er denn doch nicht gewesen, er war ihr immerhin gefolgt.

Als sie ihn anschrie, sie müssten sich beeilen, Hilfe holen, vielleicht gäbe es noch Rettung, gab er zurück: »Bist du verrückt geworden? Die Männer auf dem Schiff dürfen uns nicht sehen ... nicht wissen, dass hier Menschen leben. Sie zu verfolgen wäre so närrisch, wie sich über die Klippe zu stürzen und auf dem Stein zu zerschellen. Die Gall-Ghaedil würden uns abschlachten oder auch versklaven.«

Im Kopf wusste sie, dass er recht hatte, im Herzen nicht. »Wir können die armen Menschen doch nicht einfach im Stich lassen ...«

»Dass Iren von Nordmännern versklavt werden, war schon immer so und wird immer so sein.«

»Ich dachte, du wolltest endlich mal dein Schwert benutzen«, rief sie, klang verzweifelt, und obendrein höhnisch. »Und der Welt beweisen, wie tapfer du bist!«

»Tapfer bin ich durchaus, jedoch nicht so verblödet wie du.«

»Sag das noch mal.«

»Gern! Und ich sage auch, dass du seltsam bist. Ich werde dich nie und nimmer heiraten.«

»Ja, glaubst du ich dich?«

»Als ob du das entscheiden könntest.«

Sein Griff wurde fester, wehrlos war sie nicht. Sie hob den Fuß, trat gegen sein Schienbein. Der Schmerz war groß genug, dass er sie losließ. Leider wehrte er sich instinktiv, indem er ihr ins Gesicht schlug. Er traf sie nur auf die Schläfe, nicht auf die Wange, sie spürte den Schlag kaum. Tränen traten ihr gleichwohl in die Augen, als sie sich abwandte und davonlief. Die Tränen machten sie blind – zum Glück nicht zu blind, um den Weg durch das Dickicht zu finden. Ennis hatte recht, niemand in der Siedlung würde den Sklaven auf dem Schiff helfen, aber vielleicht konnte sie den Verletzten retten …

Als sie ihn erreichte, sah sie weiterhin nur Schemen, dennoch erkannte sie deutlich, dass der Verletzte nicht allein war, sich jemand über ihn beugte, ihn beäugte.

Sie zwinkerte die Tränen fort.

Es war nicht Ennis, es war kein Feind, es war Fionn.

Sein Haar, wiewohl viel kürzer als ihres, wurde vom Wind zerzaust. Es war schwarz – so schwarz wie das Gefieder des Verletzten, nur dass ihm dessen metallischer Glanz fehlte.

Der Verletzte war ein Rabe.

»Kannst du ihn retten?«, fragte Ríona und überwand die letzte Distanz. Sie war erleichtert, dass jemand da war, in dessen Miene sie eigenes Mitleid las. Sorge nahm sie auch wahr, als Fionn sie flüchtig musterte, doch er ahnte wohl, dass jetzt nicht die Zeit für die Frage war, warum ihr Gesicht tränenüberströmt und sie so aufgelöst war.

»Ich bin mir nicht sicher«, sagte er, »ich denke, die Wunde muss genäht werden.«

»Oh, bitte tu etwas! Irgendetwas … Ennis wollte ihn erst einfach liegen lassen, dann töten. Er ist so grob, so kalt, so …«

In wirren Worten brach aus ihr hervor, was geschehen war. Nicht nur vom Raben berichtete sie, auch von dem Schiff, den Sklaven … der Ohnmacht, die sie bei ihrem Anblick gefühlt hatte.

»Ihnen war wohl wirklich nicht mehr zu helfen«, murmelte Fionn verstört.

»Aber dem Raben, dem Raben müssen wir helfen! Er ist noch so jung.«

»Das Nest seiner Eltern hat er auf jeden Fall schon verlassen. Sieh doch, seine Augen sind einen Spaltbreit geöffnet und nicht mehr von einem grauem Schleier überzogen.«

»Kannst du die Wunde denn nähen?«

Fionn zuckte mit den Schultern, zog immerhin etwas von seinem Gürtel, das ansonsten nur Frauen bei sich trugen – eine der kostbaren Knochennadeln. Ennis hätte seinen Bruder dafür verachtet, weil ihm diese Nadel wichtiger war als ein Schwert, Ríona hingegen beeilte sich, aus ihrer Tunika einen Faden zu ziehen. Womöglich war er zu dick, aber einen anderen hatten sie nicht. Konzentriert verknotete Fionn ihn am Ende der Nadel. Dabei konnte sie ihm noch zusehen – nicht, als er begann, in die Ränder der Wunde zu stechen. Doch auch wenn sie den Blick abwandte, sie streichelte unwillkürlich über den Kopf des Raben, glaubte zu spüren, wie er zuckte, glaubte zudem ein Krächzen zu hören, noch leiser als zuvor das Greinen der Frau.

Rüh-rüh. Rüh-rüh. Rüh-rüh.

»Das … das sollte genügen«, murmelte Fionn nach einer Weile.

Sie wagte einen Blick, zählte drei Stiche in der Form eines Kreuzes, die die Wunde zu schließen schienen. Jedenfalls drang kein neues Blut mehr hervor. Der Rabe zuckte allerdings auch nicht mehr, lag ganz starr da.

»Ob der Vogel ein Weibchen ist?«, fragte Ríona leise. »Oder ein Männchen?«

Fionn sah sie an. »Raben gleichen einander, die Weibchen sind nur etwas kleiner.«

»Der Name, den wir ihm geben, sollte also für beide Geschlechter passend sein.«

»Du willst ihm einen Namen geben?«, fragte Fionn erstaunt.

Ríona nickte. »Wenn er einen Namen hat, kann er nicht einfach sterben! Und selbst wenn er stirbt, so kann ich mich wenigsten an diesen Namen erinnern.«

Anders als an den Namen der Frau auf dem Schiff. Ihn würde sie nie erfahren, wenngleich sie zumindest ihr Gesicht nicht vergessen würde …

»Such du einen aus«, forderte Fionn sie auf.

»Du hast seine Wunde genäht!«

»Und du hast währenddessen beruhigend gemurmelt.«

Erst jetzt ging ihr auf, dass sie die ganze Zeit über das leise Krächzen imitiert hatte. Gleichwohl fiel ihr kein Name ein, sie stieß nur weiterhin diese Rüh-rüh-Laute aus. Vorsichtig hob sie den Raben hoch und presste ihn an sich. Federleicht erschien er ihr, obwohl Raben doch so mächtige Vögel waren.

»Am besten wir bringen ihn in unseren Stall. Dort, wo unsere Katze kürzlich Junge geworfen hat, befindet sich immer noch eine Mulde im Stroh. Womit wir ihn wohl füttern sollen? Vielleicht mit Schnecken?«

»Seid ihr verrückt geworden?«, traf sie da plötzlich Ennis' Stimme. Sie hatte kein Knacken im Unterholz gehört, das sein Kommen angekündigt hatte, wusste darum nicht, wie lange er schon dort stand, sie beobachtete. Drohend baute er sich vor Fionn auf, und obwohl der nicht zurückwich, fühlte Ríona, wie ihm der Anblick des Bruders zusetzte.

»Warum?«, gab er dennoch vermeintlich gelassen zurück. »Willst du die Schnecken für dich haben?«

Ennis keuchte empört. »Raben sind nutzlos! Wenn ihr den Vogel nicht endlich tötet, tue ich es.«

Schon hob er die Hand, um nach ihm zu greifen. Fionn ging rasch dazwischen. »Einen Vogel zu töten beweist nicht, dass du mutig und stark bist. Beim Anblick des Schiffes vorhin hättest du es aller Welt zeigen können. Aber da hast du dir ja in die Hose gemacht.«

Ennis vergaß den Raben. »Was willst du damit sagen?«

»Viel wichtiger ist doch, was Vater dazu sagen wird, dass du Ríona davon abgehalten hast, Hilfe zu holen.«

»Das wagst du nicht!«

»Nun, ich sage ihm nichts, wenn du den Raben in Ruhe lässt«, Fionn holte tief Luft, »und wenn du Vater erklärst, dass du dich weigerst, Ríona zu heiraten. Schließlich ist sie ein verschrobenes, wunderliches Mädchen, das im Wald lieber nach Elfen Ausschau hält, anstatt die Pflichten einer guten Hausfrau zu erfüllen.«

Ennis' Augen wurden schmal, während er nachdachte. Schließlich stampfte er auf. »Das hätte ich ihm ohnehin gesagt. Glaub bloß nicht, du hättest mich dazu gezwungen.« Er stampfte ein zweites Mal auf. »Und dieser schwarze Vogel wird Unglück bringen – aber euch, nicht mir.«

Er stapfte davon, und eine Weile war nur das Knacken des brechenden Holzes unter seinen Füßen zu hören.

Fionn und Ríona lächelten sich an, ehe ihre Blicke besorgt zum Raben wanderten.

»Ich hoffe, er erwacht«, sagte Fionn.

»Er *muss* erwachen!«, rief Ríona energisch. Fionn nickte nur, dann begaben sie sich schweigend auf den Rückweg zu ihrer Siedlung. Wahrscheinlich vermutete er, dass sie wieder über einen Namen für den Raben nachdachte, doch in Wahrheit ging ihr etwas anderes durch den Kopf, und als die Bäume etwas lichter standen, sprach sie es auch aus. »Als der *liaig* hier vorbeikam, hast du ihm genauer zugesehen als unsereins. Du hast nicht gezögert, dem Raben zu helfen. Du … du würdest gern selbst ein Heiler sein, nicht wahr?«

Er wich ihrem Blick aus, tat so, als würde er auf den Weg achten. »Man wird ein *liaig*, wenn der Vater einer ist. Und außerdem braucht man einen *liaig* meist dort, wo Krieg geführt wird.« Er seufzte »Ich will nicht von einer Schlacht zur nächsten ziehen.«

»Man kann sich aber auch einem Heiler anschließen, der durch die Lande zieht«, bemerkte sie.

»Und von dir fortgehen, Caitri?«, brach es aus Fionn heraus. Jenen vertrauten Namen benutzte nur er – alle anderen riefen sie Caitríona oder nur Ríona. »Nie und nimmer!«, rief er. »Ich will immer mit dir zusammen sein, ich will dich irgendwann heiraten.«

Ganz selbstverständlich kamen ihm die Worte über die Lippen. Ganz selbstverständlich breitete sich ein warmes Gefühl in ihrer Brust aus, vertrieb das Entsetzen, das Unbehagen, das dort noch wucherte. Sie hätte schwören können, dass etwas von dieser Glut auch der reglose Vogel spürte.

»Das … das will ich ebenso …«, stammelte sie.

Noch bevor sie die Siedlung erblickten, sahen sie das Meer. Die Grenze zwischen Wasser und Land war hier nicht durch schroffe Klippen markiert, nur von einem grasbewachsenen Hügel, dem keine zornige Gischt beweisen wollte, dass sie stärker war als Stein. Die sanften Wellen schienen den winzigen sandigen Streifen eher zu küssen, als zu schlagen. Der Boden war sumpfig weich, sodass man direkt ans Wasser herantreten konnte, Fionn hielt dennoch inne, starrte auf die endlosen Weiten des Meeres, nicht länger schwarz, sondern von jenem Bronzeton, den auch der abendliche Himmel angenommen hatte. Viele steinerne Inseln ragten in der Ferne aus den Fluten – manche winzig und nackt, andere gerade groß genug, dass ein oder zwei Bäume darauf wachsen konnten. Die Erinnerung an das Sklavenschiff war immer noch stark, aber nicht mehr ganz so schmerzhaft.

»Tir-far-thóinn«, sagte sie plötzlich.

»Soll so der Rabe heißen?«

»Nein, Vater hat mir von einem Land erzählt, das diesen Namen trägt. Es befindet sich weit hinter dem Horizont man muss sieben Jahre lang übers offene Meer reisen, bis man es erreicht. Wobei man es eigentlich gar nicht mehr erreichen kann. Vor langer Zeit ist es untergegangen, und es heißt, dass es erst wieder mit all seinen Bewohnern aus der Tiefe auftaucht, wenn es einem Menschen gelingt, ein Feuer dort zu entzünden.«

»Wie soll man denn ein Feuer in Tir-far-thóinn entzünden, wenn es unter dem Wasser liegt?«

Sie sah ihn ratlos an. Zu hoffen, dass Feuer stärker als Wasser war, war so unsinnig, wie zu hoffen, dass es eine Welt gab, in der keine Menschen entführt und versklavt wurden. Aber auch wenn das Feuer nicht stärker als das Wasser war, vielleicht war die Liebe stärker als die Angst.

»*Muir*«, sagte sie plötzlich.

Er wandte sich ihr zu, blickte sie aus seinen durchdringend blauen Augen an, die ob des schwarzen Haars heller wirkten, als sie es waren.

»Der Rabe soll ›Meer‹ heißen?«

»Das Meer ist manchmal bedrohlich, bringt dann und wann Feinde, aber man fühlt sich ob seines Anblicks so frei wie im Wald. Ein Rabe ist ebenso manchmal bedrohlich, manchmal ein Feind … und frei.«

Und wenn die Sonne scheint, hat das Meer die Farbe deiner Augen.

Das dachte sie nur, sagte es nicht. Stattdessen beugte sie sich vor und tat etwas, das sie noch nie getan hatte: Sie küsste Fionn auf die Lippen. Er wich nicht zurück, erwiderte den Kuss, der sich so zart wie der Flügelschlag des Raben anfühlte. Und ja, der Vogel bewegte sich plötzlich, auch Fionn war das nicht entgangen. Er trat zurück, betrachtete das Tier, sah wie sie, dass die Flügel heftig zuckten.

»Er wird wieder gesund!«, rief Ríona glücklich. »Und er wird fliegen können.«

Sie hatte keine Ahnung, ob er für immer bei ihnen bleiben würde. Jedoch wusste sie plötzlich – nicht trotz des Grauens, das sie heute gefühlt hatte, sondern gerade deswegen –, dass sie Fionn für immer lieben würde, dass er inmitten der bedrohlichen Welt Heimat und Zuflucht und Frieden zugleich für sie war.

Sieben Jahre später

Fionn ging unruhig in ihrer kleinen Hütte auf und ab. Báine, Ríonas Tante, machte es aber auch gar zu spannend! Eine Weile hatte sie Ríona nur gemustert, danach die Hände auf deren Leib gelegt und irgendetwas gemurmelt. Jetzt zog sie die Hände zurück, sagte gar nichts mehr, verzog lediglich die Lippen zu einem vielsagenden Lächeln.

»Und?«, rief Fionn aufgeregt. »Was meinst du?«

Das Lächeln wurde breiter. »Der Weidenzweig, den ich nach eurer Hochzeit unter das Brautbett gelegt habe, scheint seinen Zweck erfüllt zu haben.«

»Sie erwartet ein Kind!«, rief Fionn, und obwohl er diesen Verdacht schon lange hegte – erst als die Worte laut ausgesprochen waren, wusste er, dass er richtiglag.

»Psst«, machte Báine drohend. »Du willst doch nicht die Elfen herbeilocken, auf dass sie das Kleine mit einem Wechselbalg austauschen.«

»Das würden sie erst tun, wenn das Kind geboren ist«, mischte sich Ríona ein. Auch in ihrer Miene stand Glück, wenngleich es ein stilleres war als seines. »Und bis dahin wird noch viel Zeit vergehen.«

»Es ist nie zu früh, hier und dort Eisennägel anzubringen, weil Elfen diese fürchten, und im Garten ein paar Vogelbeeren auszustreuen, weil Elfen ihren Geruch hassen«, sagte Báine. Fionn hätte nicht sagen können, wonach Vogelbeeren genau rochen. Erst recht wusste er nicht, woher sie Eisennägel bekommen sollten. Ennis war der Meinung, dass Eisen nur einen einzigen Nutzen hatte – nämlich um daraus Waffen zu schmieden. Ihr Vater wiederum würde seinen Söhnen zugestehen, einen Angelhaken daraus zu machen oder einen Hammer, um tönerne Brocken auf einem gepflügten Feld zu zerkleinern. Aber von Elfen wollte er gewiss nichts hören. Báine konnte nicht aufhören, sich ihretwegen Sorgen zu machen. »Denk immer dran, Ríona«, richtete sie sich nun mahnend an sie, »sprich nie davon, dass du ein Kind in dir trägst, die Elfen haben feine Ohren. Wenn dein Bauch sich rundet, erklärst du nur: ›Ich bin nicht mehr allein.‹ Trink jeden Tag einen Becher Sud aus Himbeerblättern, und steige niemals über ein Grab.«

Zumindest dem Sud aus Himbeerblättern konnte Fionn einiges abgewinnen, waren diese doch dafür bekannt, den Körper zu stärken. »Jetzt ist Frühling«, sagte er, »das Kind wird im Herbst rund um Samhuinn kommen, nicht wahr? Die Blutung ist schließlich erst zweimal ausgeblieben.«

Báine zog die Augenbrauen hoch. Von einem Kind zu reden, wenn man ein solches trug, war gefährlich, die Blutung der Frau zu erwähnen schlichtweg ungehörig. Wenn Männer von Blut sprachen, dann von dem, das im Kampf vergossen wurde. Allerdings war es nichts Neues, dass sich Fionn von den Männern seiner Sippe unterschied – und insgeheim hieß Báine das wohl gut. Schließlich hatte sie, die aus Ríonas Familie stammte, schon lange vor ihr in seine Sippe eingeheiratet und sich sehr für den Bund, den sie geschlossen hatten, eingesetzt. Lange Zeit hatte Ríonas Vater darauf bestanden, dass Ennis sie nehmen sollte, und da der sich beharrlich weigerte, hatte er zwar endlich ihn, Fionn, akzeptiert, jedoch wochenlang um den Brautpreis gefeilscht. Er hatte Butterfässer und Truhen für Ríona gefordert, Teppiche und Scheren, hatte sich nicht mit Angelruten oder jenen Speeren begnügen wollen, mit denen man Lachs jagen konnte.

»Eure Speere sind so kurz, dass man gerade mal einen halben Lachs damit fängt«, hatte er bei der letzten Zusammenkunft gegrummelt.

»Nun«, hatte sich Báine eingemischt, »ich habe zwar noch nie von einem Lachs gehört, der sich in zwei Hälften teilt, wenn ein Speer ihn trifft, aber von einem Ehepaar als zwei Hälften zu sprechen, die zu einem Ganzen zusammenwachsen, erscheint mir als ein gutes Omen.«

Und nun würde aus diesem Ganzen ein Kind hervorgehen!

Fionn wollte Ríona küssen, sobald Báine ihre Hütte verlassen hatte, doch sie wich zurück.

»Wir dürften uns nicht so lange in der Bettstatt verkriechen, wir müssen uns an die Arbeit machen.«

Fionn seufzte. Nach ihrer Hochzeit hatte er gehofft, mehr Zeit als früher mit ihr zu verbringen – in Wahrheit war es ihnen viel leichter gefallen, sich ihren Pflichten zu entziehen und die Wälder zu durchstreifen, als sie noch Kinder, keine Eheleute gewesen waren. Damals war zwar auch von Ríona erwartet worden, dass sie Wolle einfettete oder Flachs röstete, und von ihm, dass er Fische fing – keine halben Lachse, aber solche, die im Meer lebten. Doch bei Kindern war man nachsichtig, bei Erwachsenen nicht. Und so haderten sie beide, dass die Stunden, die sie allein verbringen konnten, so rar waren – wenngleich er selbst es deutlicher zeigte als Ríona.

Sie erhob sich eben von der Schlafstatt – aus einigen Bündeln Reis und Stroh bestehend, die mit Rehfell bedeckt waren – und trat zur kreisrund mit Steinen begrenzten Feuerstelle, um in der Glut vom letzten Torffeuer neue Flammen lodern zu lassen. Doch ehe sie kräftig hineinpustete, vernahmen sie ein lautes Krah-krah.

Ríona hatte von Anfang an die Laute des Raben Muir besser einschätzen können als er. Sie wusste, ob er ein Lied sang, ob er hungrig war, ob es ihn schlichtweg ärgerte, dass er nicht so lange und hoch fliegen konnte wie andere Vögel. Nun war es aber auch für ihn unüberhörbar, dass das Krächzen gequält klang. Er blickte durch die mit Schweineblasen bespannte Luke, konnte aber nichts erkennen, und als er sich zur Tür wandte, war Ríona bereits hinausgestürmt.

»Lass ihn sofort in Ruhe!«, hörte er sie schimpfen.

Eigentlich hatte sie sich so in die Sippe eingefügt, wie er es erwartet hatte – als stilles, unauffälliges Mitglied, das tat, was man wollte, die wahren Gedanken aber nur ihm anvertraute. Mit seinem Bruder indes legte sie sich regelmäßig an. Ennis hatte damals hingenommen, dass Fionn Ríona für sich beanspruchte, ihm dennoch nie verziehen, dass er ihn erpresst hatte – und sich selbst nicht, dass er ihm mit seiner Angst vor den Gall-Ghaedil eine Schwachstelle geboten hatte. Und sein Ärger war mit den Jahren gewachsen, in denen Ríona vom kleinen, zarten Mädchen zur immer noch zarten, aber schönen Frau erblüht war. Keine hatte so volles Haar wie sie, keine eine ähnlich milchige Haut, keine so graugrün schimmernde Augen. Nicht dass Ennis zugeben konnte, dass sie ihm gefiel. Nein, er nutzte jede Gelegenheit, ihr das Leben schwer zu machen, und er hatte rasch herausgefunden, dass das am besten gelang, wenn er Muir eine Schwanzfeder ausriss oder ihm das Futter wegnahm.

Was er ihm heute angetan hatte, ließ sich nicht erkennen, nur dass der Rabe laut krächzend Kreise über ihn zog. Das sah zwar lächerlich aus – selbst ein Spatz konnte besser fliegen als Muir –, aber immerhin war es ihm gelungen, ein paar Steinchen mit den Krallen aufzuheben, und diese auf Ennis regnen zu lassen.

»Aua!«, schrie der empört. »Ich habe ihm doch nichts getan!«

Fionn tat sich schwer, das zu glauben, Ríona wohl auch. Sie warf Ennis einen verächtlichen Blick zu, hob ihren Arm, und Muir tat, was er nur bei ihr tat: Er ließ sich auf ihren Unterarm nieder, seit ihm der Platz auf ihrer Schulter zu klein geworden war. Seine scharfen Krallen hatten manch Wunde gerissen, weswegen Ríona sich jeden Morgen Lederbänder um den Arm wickelte, ehe sie die Leinentunika darüberzog. Sie machte beruhigende Krah-Laute, die klangen, als kämen sie aus Muirs Kehle.

»Es ist abartig, mit Tieren zu sprechen«, rief Ennis verächtlich. »Und erst recht ist es abartig, ein Tier zu lieben.«

»Unsinn«, hielt Fionn dagegen, »ein mächtiger König in Irland war einst dafür bekannt, keinen Schritt ohne seinen Fuchs zu machen. Ein anderer hielt sich eine Sau, die er zärtlich liebte.«

»Nun, vom Fuchs bekäme man ein Stück prächtigen Pelz, und eine Sau könnte man schlachten. Der Rabe hat gar keinen Nutzen, ich verstehe nicht, warum ihr ihn damals nicht habt sterben lassen.«

»Ich lass das nächste Stück Schweinefleisch, das für dich bestimmt ist, anbrennen, wenn du Muir irgendetwas zuleide tust«, sagte Ríona leise drohend.

»Das wagst du nicht!«, rief Ennis wütend.

Rasch trat Fionn vor sie. »Lass den Raben in Ruhe, dann tut er dir nichts und …«

Er brach ab, sein Mund wurde trocken. Bis jetzt hatte sich Ennis begnügt, die Faust zu heben, nun ließ er sie zwar sinken, zog aber plötzlich sein Schwert.

»Nicht!«, schrie Ríona.

Der Schrei riss so abrupt ab, wie er ertönt war. Dann nämlich erkannte sie, was Ennis schon vor ihnen gesehen hatte, was nun auch Fionn bemerkte: drei Männer, die sich dem

Zaun näherten, der um ihre Siedlung errichtet worden war, dessen Gatter aufstießen und dreist auf den Platz inmitten der wenigen Häuser und Hütten zuschritten, um dort breitbeinig stehen zu bleiben. Anders als Ennis zogen sie ihre Waffe nicht, doch sie hatten ihren Umhang so weit zurückgeschoben, dass nicht nur die großen Schwerter zu sehen waren, die an diesem hingen, obendrein Keulen.

»Ins Haus«, zischte Fionn seiner Frau zu.

Zwar hatte er keine Ahnung, wie die Männer hießen, aber er kannte ihre Gesichter und wusste, dass sie der feindlichen Sippe der O'Máel Doraid entstammten. Ríona jedoch machte keine Anstalten zu fliehen, stellte sich vielmehr Ennis in den Weg, als der mit seinem Schwert auf die Männer zustürmen wollte.

»Bist du verrückt?«, rief sie. »Du willst es allein gegen drei aufnehmen?«

»Er ist nicht allein«, ertönte plötzlich eine Stimme, »es sind fünf gegen drei.«

Fionn ließ erleichtert seinen Atem entweichen. Kurz hatte er befürchtet, dass die Männer der Siedlung schon zum Fischen oder zur Jagd ausgerückt waren und er und Ennis allein mit der Übermacht fertigwerden müssten. Doch eben trat sein Vater aus dem größten und länglichsten der Häuser, und er wurde von drei weiteren Männern ihrer Sippe begleitet.

Ennis ließ auch seinen Atem entweichen, aber bei ihm klang es nicht erleichtert, eher verächtlich. »Du solltest dich schämen, dass Vater dich gar nicht erst zu jenen hinzurechnet, die die Siedlung verteidigen«, zischte er Fionn zu, ließ jedoch immerhin sein Schwert sinken.

»Und du solltest dich schämen, mit deinem Schwert auf Gäste zuzustürzen, ohne zu wissen, was sie von uns wollen«, hielt Fionn ihm entgegen.

»Gäste?«, rief Ennis mit brechender Stimme.

Ihr Vater warf ausnahmsweise Ennis, nicht Fionn einen seiner strengen, nahezu vernichtenden Blicke zu, ehe er auf die Männer zutrat.

»Was wollt ihr?«, fragte Cuán O'Canannáin mit jenem ausdruckslosen Gesicht, das mehr Schrecken erzeugen konnte als eine grimmige Miene. »Sprich, Lochlann!«

Einer der drei trat vor. In einem seiner Mundwinkel hatte sich Speichel gesammelt, und Fionn fürchtete schon, er würde vor Cuán auf den Boden spucken und damit doch noch einen Kampf entfesseln. Aber das Einzige, was er widerwillig ausspuckte, waren Worte.

»Nur weil wir euch hassen, bedeutet das nicht, dass es nicht Feinde gibt, die wir noch mehr hassen. Wir sind nicht gekommen, um Unfrieden zu bringen. Wir sind gekommen, um euch vor diesen Feinden zu warnen.«

»Warnen vor wem?«

Cuáns Stimme ließ Fionn an das Grollen eines nahenden Gewitters denken. Wenn er mit ihm, Fionn, so sprach, weil er wieder mal zu wenige Fische gefangen oder das löchrige Dach nicht ausreichend abgedeckt hatte, ließ ihn das verstummen.

Lochlann aber rief trotzig: »Muss ich das wirklich sagen? Die Gall-Ghaedil haben mehr als einmal vor unserer Küste ihr Unwesen getrieben. Doch so viele Dörfer wie jüngst haben sie noch nie ausgeraubt. Sie erbeuteten alles, was sie in die Hände bekommen konnten – Vieh, Getriebe und … Sklaven.«

Ríonas und Fionns Blicke trafen sich. Obwohl damals nur sie das Sklavenschiff erblickt hatte, er nicht, glaubte er deutlich vor sich sehen zu können, wovon Lochlanns Worte kündeten. Es gab Zeiten, da die Überfälle der Gall-Ghaedil – jener Heiden der kleinen nördlichen Inseln, wo sich Nordmänner mit der ursprünglich ansässigen gälischen Bevölkerung vermischt hatten – spärlicher waren. Trotzdem verging nie ein Jahr, ohne dass man Gerüchte von nicht mindestens einem Raubzug vernahm. Dann und wann hörte man sogar noch unglaublichere Geschichten – dass irische Könige ihr Volk nicht schützten, sich vielmehr an den Fremden ein Beispiel nahmen und ebenfalls Menschen erbeuten und verkaufen ließen, um mit dem Gewinn Söldner für neue Kriege zu bezahlen.

»Eure Siedlung wird die nächste sein«, schloss Lochlann soeben. »Oder unsere. Und deswegen müssen wir uns zusammentun … müssen ein Bündnis schließen.«

Fionns Lippen wäre beinahe der gleiche Laut entflohen wie denen seines Vaters. Er hatte noch nicht viel von dieser Welt gesehen, gerade mal genug, um zu wissen, dass ihm jene Orte am besten gefielen, an denen nur wenig Menschen lebten. Aber eine Sache gab es, die jedes irisches Kind gleichsam mit der Muttermilch einsog: das Wissen, dass die Insel, auf der sie lebten, zwar ein Leib sein mochte, die Glieder sich dennoch nicht dem fügten, was der Kopf befahl. Jede einzelne Extremität focht einen Kampf gegen die andere aus, einem Wahnsinnigen gleich, der sich selbst mit der Hand ins Gesicht schlägt und mit dem rechten Fuß gegen das linke Schienbein tritt. Und hier im Norden Irlands war es besonders schlimm. Der legendäre Niall, der die mächtige Dynastie der O'Néills gegründet hatte, hatte sich die Region einst unterworfen, doch kaum war sein letzter Atemzug getan, hatten sich seine Nachfahren bekriegt. Bei einem Knochenbruch mochte es genügen, einen kräftigen, geraden Ast fest darumzubinden, auf dass die Hälften wieder zusammenwuchsen. Der Norden von Ériu's Insel war hingegen nicht nur geteilt geblieben, sogar noch weiter zersplittert, und der tiefste Riss – ständig blutend, ständig eiternd – klaffte zwischen Fionns Sippschaft, den O'Canannáins, und den O'Máel Doraids, denen Lochlann und seine Männer angehörten.

»Zusammentun?«, schrie Ennis.

Seine Stimme verriet nicht nur Empörung, auch Genugtuung, weil er nur auf eine Beleidigung – und das war dieser Vorschlag zweifellos – gewartet hatte. Wieder hob er das Schwert, ließ es lediglich sinken, weil Cuán ihn an der Schulter packte.

»Ennis!«, sagte er mahnend, aber nicht verdrossen.

Ein Sohn mit Kampfgeist, auch wenn er ihn zur falschen Zeit bewies, war ihm lieber als einer, der mit hängenden Schultern dastand.

Ennis fuhr zu ihm herum. »Du willst doch nicht ernsthaft darüber nachdenken, dass wir *mit* ihnen kämpfen, nicht *gegen* sie.«

Cuán zuckte mit den Schultern. »Zu denken hat noch niemandem geschadet – zwar nicht während man kämpft, aber davor.« Er wandte sich an Lochlann. »Wir werden euren Vorschlag abwägen, euch dann unsere Entscheidung kundtun.«

Dass er Lochlann und den anderen Männern nicht anbot, in sein Haus zu kommen, sich dort mit Brombeerwein zu erfrischen und mit geräuchertem Fisch zu stärken, folglich alle Gebote der Gastfreundschaft missachtete, schien diesen nicht zu kränken. Zumindest ließ er sich, anders als Ennis, seine Gefühle nicht anmerken.

»Wir warten hier.«

Wortlos betrat Cuán das Haus, in dem er wohnte. Ennis folgte rasch, Fionn nur zögerlich. Lieber wäre er bei Ríona geblieben, doch die Männer wollten unter sich sein, wenn sie sich beratschlagten, und sie ermutigte ihn mit einem Nicken, mit ihnen zu gehen. In ihren Augen las er Furcht – mehr um ihn als um sich, und gleiche Furcht packte ihn nicht minder, wenngleich sie bei ihm allein ihr galt. Er durfte seiner Furcht allerdings nicht nachgeben, sonst würde ihm nichts einfallen, um Kämpfe zu verhindern, die Ríonas Leben und das ihres ungeborenen Kindes bedrohten.

Cuán schwieg, nachdem sie das Haus betreten hatten. Fionn war gut darin einzuschätzen, wann jemand unter Schmerzen litt – erkennbar an einer zitternden Oberlippe, kaltem Schweiß auf der Stirn oder bleicher Haut. Doch ob es nur Misstrauen oder gar Feindseligkeit war, die Cuán O'Canannáin bewog, die rechte Augenbraue hochzuziehen, wusste er nicht. Der dichte weiße Bart versteckte seine Lippen, die Augen waren zu tief in wulstigen Höhlen versunken, um in seinem Blick lesen zu können.

Ennis verlor schließlich die Geduld. »Man kann den O'Máel Doraids nicht trauen. Zumindest nicht, wenn man nicht leichtsinnig wie eine jungfräuliche Maid ist, die sich von einem Krieger zu duftenden Blumen locken lässt. Dabei wissen Krieger nicht mal, wo Blumen wachsen. Das Einzige, was sie pflücken wollen, sind junge Mädchen. Wer weiß, ob wirklich die Gall-Ghaedil an der Küste ihr Unwesen treiben. Keiner von uns hat sie jemals mit eigenen Augen gesehen, die O'Máels Dorads gewiss auch nicht.«

So leicht es Fionn all die Jahre gefallen war, Ennis einstiges Zaudern für sich zu behalten, weil er ihn nicht vor ihrem Vater hatte bloßstellen wollen, so unmöglich war es nun, weiter auf ihn Rücksicht zu nehmen.

»Red nicht solchen Unsinn!«, entfuhr es ihm. »Du selbst hast einst ein Schiff der Gall-Ghaedil an der Küste vorbeisegeln sehen – randvoll mit Beute und Sklaven beladen. Und anders als Ríona, die Hilfe holen wollte, bist du vor Angst erstarrt.« Ennis fuhr zu ihm herum, wollte auf ihn losgehen. Beschwichtigend hob Fionn die Hand. »Nicht dass ich dir das zum Vorwurf mache. Gewiss gibt es kaum einen Anblick, der schrecklicher ist. Die Schiffe der Gall-Ghaedil, so sagt man, gleichen Blitzen, nur dass kein Donner sie ankündigt. Sie legen lautlos an, die Männer darauf brüllen aber umso lauter. Man nennt sie auch Nordmänner, und das nicht nur, weil sie aus dem Norden kommen, sondern weil sie den Norden im Blut haben. Ihre Blicke, heißt es, sind so kalt, dass sie den Gegner erfrieren lassen, sobald sie ihn nur ansehen. Deswegen hast du Ríona damals schließlich gesagt, dass die Sklaven auf den Schiffen verloren sind.«

Ennis funkelte ihn wütend an, aber wichtiger noch, als es Fionn heimzuzahlen, war es ihm, sich vor dem Vater zu rechtfertigen, der ihn fragend anstarrte. »Es stimmt«, sagte er eher trotzig als kleinlaut. »Ich habe als Kind ihr Schiff gesehen. Jetzt ich bin ein Mann und bereit, gegen die Gall-Ghaedil zu kämpfen. Dafür brauche ich Lochlanns Hilfe nicht.«

Cuán wiegte nachdenklich den Kopf: »Selbst wenn du so unbesiegbar wärst, wie du denkst – wir werden nicht allein mit ihnen fertig.«

»Aber wir können uns doch unmöglich mit Lochlann …«

Nicht Cuán, Fionn hob die Hand, um ihn zum Schweigen zu bringen. Der Einfall, der ihm soeben gekommen war, war gewiss nicht durchdacht und sorgsam abgewogen. Aber wenn er weder seinen Vater noch Ennis vom Kampf abhalten konnte, so galt es wenigstens zu versuchen, die Gefahren für ihre Siedlung, für Ríona zu mindern.

»Und wenn wir nicht an Lochlanns Seite gegen die Gall-Ghaedil kämpfen, sondern an … König Áeds?«

König Áed regierte im Nachbarreich Cenel Owain und war mächtiger als je ein König ihrer Provinz, Cenel Conaill, gewesen war.

Ennis stampfte auf, wie er es tat, seit er ein kleiner Junge war. »Das wird ja immer toller! Wir sollen nicht nur dem einen Feind die Hand reichen, nein, uns gemeinsam mit ihm an den noch größeren schmiegen, wie Erst- und Zweitfrau an den Gatten?«

Ennis hatte noch nicht einmal eine Frau, und Fionn war entschlossen, nie eine andere neben Ríona zu haben. Cuán wiederum hatte drei Frauen gehabt, jedoch schon zwei von ihnen überlebt.

»So dumm ist der Gedanke nicht«, sagte er gedehnt. »Sollte König Áed uns Truppen schicken, können wir gemeinsam mit ihnen und Lochlanns Männern die Gall-Ghaedil bekämpfen – und dann nur mit ihnen Lochlanns Sippe.«

Ein Lächeln erschien auf seinen Lippen, und auch wenn Ennis es nicht erwiderte, wagte er kein zweites Mal zu widersprechen, er fragte nur: »Warum sollte König Áed uns freiwillig Truppen schicken?«

»Nun, weil die Männer in Airgialla gerade mit einem Aufstand drohen und er später unsere Hilfe brauchen wird, diesen niederzuschlagen.«

Fionn unterdrückte ein Stöhnen, hatte er den drohenden Kampf doch verkürzen, nicht auf weitere Provinzen ausdehnen wollen. Allerdings – das zeigte das Funkeln in Cuáns Augen – hatten sich dessen Gedanken längst in diese Idee verbissen, und das Einzige, was er noch tun konnte, war, den wichtigsten Teil seines Anliegens umzusetzen.

»Solange die Kämpfe hier toben, ob nun gegen die Gall-Ghaedil oder Lochlanns Sippe, müssen wir dafür sorgen, dass die Frauen, die Kinder und die Alten in Sicherheit sind«, erklärte er eifrig. »Und das wären sie in König Áeds Ringfort – dem Grianán Aileach.«

Nur die Gedanken an dessen mächtige Mauern, und dass niemand diese überwinden konnte, hatten ihn auf die Idee gebracht, König Áed ins Spiel zu bringen. Gern wollte er selbst kämpfen und sterben, solange er Ríona hinter den Mauern in Sicherheit wusste.

»Und eine dieser Frauen bist du, nicht wahr?«, rief Ennis. »Noch nicht mal eine, die sich nur an den Mann schmiegt oder unter seinen Umhang kriecht, nein, notfalls in den Arsch, weil es dort am wärmsten ist.«

»Ennis!«, rief Cuán mahnend, aber ein böses Schmunzeln klang in seiner Stimme mit. »Fionn hat recht. Ein Mann, der sich nicht um Weib und Kind sorgt, kämpft besser. Und da wir ohnehin mit Áed verhandeln müssen, können wir die Frauen und Kinder und Alten gleich dorthin mitnehmen.«

»Ha!« Ennis lachte. »Gern möchte ich sehen, wer wen über die sumpfigen Wege trägt. Fionn Ríona oder Ríona ihn? Wobei sie ja schon genug Last zu tragen hat, weil dieser lächerliche Rabe nicht wirklich fliegen kann und …«

»Nun ist es aber genug!«, rief Fionn. »Du magst mit dem Schwert besser umgehen können als ich, nicht dagegen mit deiner Zunge. Und auch das Land kennst du nicht, weil du lieber Kriegsgebrüll ausstößt, als zu lauschen, wo die Moore am gefährlichsten gluckern. Deswegen …«, er wandte sich an seinen Vater, suchte seinen Blick, »… deswegen schlage ich vor, dass ich mit den Frauen, Kindern und Alten zu König Áed aufbreche. Wenn Ennis denkt, dass ich der Aufgabe nicht gewachsen bin, kann er mich ja begleiten.«

»Und wenn die Gall-Ghaedil vor unserer Rückkehr kommen?«, rief Ennis. »Oder Lochlanns Sippe unsere Schwäche nutzt?«

»Dass ihr beide fehlt, macht uns noch nicht schwach«, mischte sich Cuán ein. »Oder denkst du, meine Knochen sind so morsch und mein Schwert ist so stumpf, dass ich ohne dich nicht siegen kann?«

Fionn frohlockte, weil ausnahmsweise Ennis, nicht er sich Cuáns Missfallen zugezogen hatte. Der Vater nickte bekräftigend: »Es ist abgemacht. Ihr geht gemeinsam. Und falls es wirklich vorher schon zu Kämpfen kommt und ich dabei umkomme, sterbe ich wenigstens mit einem Erben.«

Dass er von einem sprach, nicht von zweien, und sein Blick auf Ennis gerichtet war, schien diesen ausreichend zu besänftigen, um nicht sofort aufzubegehren.

»Gut«, sagte Fionn schnell, »dann weise ich die Frauen an zu packen.«

Er wartete Cuáns Zustimmung nicht ab, sondern verließ eilig das Langhaus, zählte er doch darauf, dass der Vater seinen Entschluss nicht zurücknähme, wenn er so schnell wie möglich umgesetzt würde. Er wollte in die Hände klatschen, um die Neuigkeit zu verkünden, ehe ihm ein Wort über die Lippen kam, sah er hingegen nicht weit vom Haus des Vaters entfernt Ríona stehen … Nein, nicht stehen, sie hing gekrümmt über der Umzäunung. Offenbar hatten sie und andere Frauen beschlossen, Lochlann und seinen Begleitern eine Erfrischung anzubieten, hielten diese doch mittlerweile Becher in den Händen, auf dem Weg zurück in ihre Hütte schien sie indes Schwindel überkommen zu haben … oder ein Schmerz.

»Caitri!«, entfuhr ihm der vertraute Name, den er ihr eigentlich nur in Momenten besonderer Nähe gab. »Ist etwas mit dir? Mit dem Kind?«

Ríona versuchte, sich aufzurichten, und obwohl es ihr gelang, entging ihm nicht, wie weiß ihre Fingerknöchel waren, weil sie sich so fest an den Zaun klammerte, und wie schweißnass ihr Gesicht war.

»Es ist nicht weiter schlimm, es …«

»Hast du Krämpfe?«

»Nur leichte, und das ist nichts Ungewöhnliches.«

»Mein Gott!«, entfuhr es Fionn. »Was habe ich getan? Soeben habe ich Vater überzeugt, dass wir zu König Áed aufbrechen sollten, auf dass ihr hinter den Mauern seines Ringforts in Sicherheit vor den drohenden Kämpfen seid, aber der Weg dorthin ist viel zu lang. Unmöglich schaffst du ihn in deinem Zustand. Nicht mit dem Kind in deinem Leib und …«

»Sprich nicht von unserem Kind, die Elfen könnten es hören«, warf Ríona hastig ein.

Wenn bloß die Elfen ihre einzigen Feinde wären!

»Jedenfalls solltest du eine Weile liegen, nicht gehen … erst recht nicht quer durchs Land.«

Ríona atmete tief durch, ließ den Zaun los. Sie nahm seine Hand und versuchte mit einem neuerlichen Lächeln, das ihr dieses Mal gelang, zu überspielen, was es sie kostete, aufrecht vor ihm zu stehen, sich nicht auf ihn zu stützen.

»Es ist nicht weiter schlimm«, erklärte sie schnell. »Wirklich! Wenn wir im Grianán Aileach in Sicherheit sind, ist mir das jede Mühe wert. Es tut mir nur leid, dass wir in Richtung Landesinneres aufbrechen, nicht entlang des Meeres gehen werden. Ich war noch nie so weit vom Meer entfernt, als dass man es nicht dann und wann rauschen hörte.«

Er überlegte, ihr vorzuschlagen, noch einmal zu den Klippen zu gehen, bevor sie aufbrachen, in die Ferne zu starren und sich klein zu fühlen, während die Liebe füreinander so groß war. Aber er wollte nicht, dass sie nur einen Schritt zu viel tat, ehe sie aufbrachen. Das Meer lief ihnen nicht davon – nur sie vor dem Meer und den Gefahren, die es brachte.

»Du ruhst dich aus, ich packe für dich.«

Das Lächeln war nun nicht länger erkämpft, nur traurig. »Das ist Frauenarbeit, und diese musst du nicht tun. Ich verspreche dir, nichts Schweres zu schleppen, versprich du dafür, mir zu vertrauen. Ich werde den beschwerlichen Weg schon schaffen.«

Ríona wusste, dass sie nicht die Wahrheit gesagt hatte, kaum dass sie die Worte ausgesprochen hatte, aber erst nach dem ersten Tag der Reise erkannte sie die Tragweite der Lüge. In der Siedlung hatten ihr nur Schwindelgefühl und ein vages Ziehen im Leib zugesetzt, nach dem ersten Wegstück wurden leichte Krämpfe daraus, ein wenig so wie während der Monatsblutung, und schließlich lief etwas Feuchtes ihre Beine entlang, klebrig wie Blut. Sie hatte keine Hand frei, um sich zu säubern, galt es doch einen der wenigen Wagen zu schieben, die sie besaßen. Ihr Proviant befand sich darauf, auch kostbare Güter wie Trinkgefäße und Fingerhüte, Wetzsteine und ein metallenes Klappmesser. Einen Teil der Last hatten sie auf den Rücken der Kühe gebunden, es blieb eine Herausforderung, diese zum Weitergehen zu bewegen. Und als Báine ihr zurief, sie möge dafür sorgen, dass die Tiere etwas schneller trotteten, gehorchte Ríona ihr nicht, murmelte nur ein: »Gleich!«

Zu groß war ihre Angst, dass sie schwanken würde, wenn sie den Wagen losließ. Zu groß die Angst, dann eine Hand freizuhaben, das Kleid zu lüften und wirklich Blut an ihren Schenkeln entlanglaufen zu sehen. Und am größten war die Angst, dass es auch Fionn nicht entging. Sie rang sich ein Lächeln ab, als er ihr einen besorgten Blick zuwarf, marschierte weiter, war froh, dass er damit abgelenkt war, nun selbst eine der Kühe am Strick hinter sich herzuziehen. Noch mehr warme Flüssigkeit rann über ihre Beine, zumindest war es kein Schwall.

»Das ist ein gutes Zeichen«, erklärte Báine, als sie sie bei der nächsten Rast einweihte. »Solange du nur ein wenig blutest, ist das ein Zeichen dafür, dass sich das Kleine umso fester in deinen Leib krallt – nicht dafür, dass es ihn längst losgelassen hat.«

»Was kann ich tun, um Letzteres zu verhindern?«, fragte Ríona und versuchte, gelassen zu klingen.

Báine wich ihrem Blick aus. »Ob das Kind bei dir bleibt oder geht, liegt nicht in deiner Hand. Aber ich denke, es ist eher gewillt zu bleiben, wenn du dir keine Sorgen machst, stattdessen an etwas Schönes denkst.«

Als Ríona den Blick hob und zum fahlen Himmel hochstarrte, fiel ihr wenig Schönes ein, als sie später wieder beharrlich Schritt vor Schritt setzte, klammerte sie sich an Erinnerungen: An eine der leuchtend gelben Dotterblumen, wie sie an der Küste so selten wuchsen, die Fionn aber einmal gefunden und gepflückt hatte. An das Kribbeln am Hals, als er sie dort gekitzelt hatte. An das Kribbeln im Magen, als er den Hals kurz darauf geküsst hatte. Sie hatte geglaubt, dass es keine Stelle an ihrem Körper gab, die noch empfindsamer wäre – zumindest bis zu jener Nacht, da sie nach der Hochzeit auf ihr Brautlager gesunken waren, Fionn sie so zärtlich berührt hatte, als wäre auch sie eine Blume, deren Blütenblätter reißen könnten, wenn man mit der Fingerkuppe zu ungeduldig darüberfuhr. Nun, diese Angst hatte sie ihm genommen. Sie war keine Blume, sie war seine Geliebte, sie gab dem Hunger nach, der in den letzten Jahren gewachsen war, als aus den verträumten Kindern Erwachsene geworden waren, immer noch nicht ganz von dieser Welt, aber einander die ganze Welt, vor allem in den Nächten.

Die Erinnerungen an das lustvolle Pochen waren stärker als das schmerzhafte Ziehen, und als sie am Abend feststellte, dass das Blut verkrustet und kein neues geflossen war, war es ausnahmsweise keine Lüge, Fionn zu sagen, es ginge ihr gut.

Am nächsten Tag boten nicht nur die Erinnerungen Farbe, auch das Gleann Bheatha, das Tal des Lebens, das sie durchwanderten. Gewiss, die Wälder hier waren tiefer und dunkler als die an der Küste und das weite Moorland so schwarz, als hätte hier ein Feuer gewütet. Aber selbst der Gipfel des Errigal – des höchsten Berges, der in der Ferne aufragte –, war nicht schroff, war vielmehr rund wie weiche Brüste es waren, und der Himmel war von einem warmen Licht erfüllt. Beim Anblick der weißen Birken musste Ríona an süße Milch denken, und dass die Bäche so silbrig plätscherten, schien der Beweis dafür zu sein, dass jemand auf ihrem Grund Münzen verstreut hatte.

Ennis, der bis jetzt eisig geschwiegen hatte, erklärte, dass es hier gewiss Forellen gebe. Er kämpfte sich durch kniehohes Gestrüpp, das, obwohl von rosafarbenen Blüten übersät, voller Nadeln war, kehrte alsbald aber nicht nur mit noch eisigerem Gesicht, auch mit kalter, nasser Kleidung zurück – und vor allem mit leeren Händen.

Fionn konnte sich ein Grinsen nicht verkneifen.

»Fordere ihn nicht heraus«, sagte Ríona mahnend, »es tut ihm ohnehin schon weh, dass der Plan, Hilfe bei König Áed zu suchen, von dir stammt.«

»Hat er sich jemals um deine Gefühle geschert, wenn er Muir wieder einmal verspottet hat?«

»Mir genügt, dass Muir nichts Schlimmes zustößt.«

Muir saß auf dem Wagen, den sie beharrlich schob, duckte sich nur einmal, als ein Steinadler über ihnen kreiste. Immerhin machte sich Ennis nicht darüber lustig, hatte er sich doch einmal mehr von ihrem Trüppchen entfernt und stapfte durchs Gras, dessen Ränder fast so schwarz wie die rostige Klinge seines Schwertes war, um nunmehr einen Hasen zu jagen.

»Ich wette drauf, dass eher Muir einen Hasen fängt als er«, spottete Báine.

Das Tier, mit dem Ennis nach einer Weile zurückkam, hatte er nicht erbeutet, sondern in verwestem Zustand gefunden, doch niemand sprach ihn darauf an, und niemand lehnte das Fleisch mit barschen Worten ab. Ein jeder schüttelte nur den Kopf und kaute an getrockneten Heidelbeeren und Nüssen.

Zwei Tage, nachdem sie das Tal hinter sich gelassen hatten, erreichten sie eine schmale Straße, auf der sie dann und wann ein Stückchen gehen konnten, ohne sie ständig von Geröll und Holz reinigen zu müssen. Falls das doch notwendig war, half Ríona mit – prompt mit Schmerzen bestraft, nur dass sich diese nicht länger wie Bauchkrämpfe anfühlten, eher, als würde man eine glühende Nadel in ihren Rücken jagen.

»Ríona!«, rief Fionn besorgt.

»Es geht mir gut. Ich habe nur zu lange auf hartem Boden gelegen.«

Er breitete jede Nacht Felle für sie aus, und sie schlief stets den Kopf auf seiner Brust gebettet.

»Caitri ...«, murmelte er und anders als sonst, sprach er den Kosenamen nicht voller Zärtlichkeit, sondern voller Sorge aus. »Ich sehe doch, dass du Schmerzen hast.«

»Dann sieh besser nicht hin«, sagte sie barscher, als ihr zumute war. Etwas gemäßigter fügte sie hinzu: »Mit Schmerzen verhält es sich wie mit ungeborenen Kindern. Wenn man nicht über sie spricht, bemerken die Elfen es nicht. Man vergisst sie wieder.«

Er seufzte. »Aber Sorgen vergehen nicht so leicht.«

»Ich mache mir auch Sorgen. Wenn Ennis und du uns erst mal zu König Áed gebracht habt, wenn er tatsächlich bereit ist, eine Truppe zu entsenden, werdet ihr heimkehren und kämpfen müssen.«

Sein umwölkter Blick verriet, dass nichts ihm so große Angst machte wie diese Vorstellung – oder vielmehr fast nichts. Denn als er den Mund öffnete, klang keine Sorge um das eigene Leben durch. »Du musst an dich selbst denken und das Kind. So wie ich an dich denke und das Kind. Und dann … dann wird schon alles gut werden.«

Sie biss sich auf die Lippen – nicht, um sich Widerspruch, vielmehr ein Ächzen zu verkneifen –, und Fionn schwieg auch, wurde er doch von seinem Bruder gerufen, um einen besonders schweren Stein zur Seite zu schaffen.

Auf dem letzten Teil ihres Weges übernahm Ennis die Führung, erklärte überdies entgegen der Abmachung, dass er allein mit König Áed sprechen werde. Ríona gab Fionn ein Zeichen, sich nicht mit seinem Bruder anzulegen. Besser er schwieg jetzt und mischte sich am Ziel ein, als nun einen Streit zu entfachen, der sie womöglich von diesem Ziel fernhielt. So war Ennis vorerst damit beschäftigt, sie zur Eile anzutreiben, und als sie um die Mittagsstunde des sechsten Tages beim Ringfort ankamen, schwieg er ausnahmsweise, war er doch wie alle von dem Anblick beeindruckt.

Ríona wusste, dass man das Grianán von Aileach Ringfort nannte, weil der Erdwall, den man um die Siedlung aufgeschüttet hatte, die Form eines Ringes hatte. Neu war für sie, dass dieser Wall deutlich höher war als der Zaun um ihr Heimatdorf. Über diesen hätte ein groß gewachsener Mann mühelos klettern können – den Wall konnte ein solcher nicht einmal überblicken, wenn er sich auf Zehenspitzen stellte. Wahrscheinlich wäre das nicht einmal möglich, würde sich ein Mann auf die Schultern eines anderen stellen. Obwohl der Erdwall mit Holz und Steinen befestigt war, war obendrein

ein tiefer Graben darum herumgezogen worden, so tief, dass man wohl nicht nur bis zu den Knien, nein, bis zum Hals darin unterging, versuchte man, ihn zu durchwaten.

»Hoffentlich kommt Ennis nicht wieder auf die Idee, Forellen zu fangen«, sagte Fionn spöttisch.

Nun, Ennis hatte Besseres zu tun. Wie angekündigt, übernahm er die Führung, betrat als Erster die Brücke, die zum Tor führte, schlug daran, wartete … wartete sehr lange. War es möglich, dass ihnen am Ende der beschwerlichen Reise niemand öffnete?

Zumindest war es das, was Báine befürchtete. »Was ist, wenn König Áed uns keine Zuflucht gewährt?«, raunte sie dicht an Ríonas Ohr. »Und unseren Männern keine Truppen?«

»Unser Proviant reicht noch eine Weile«, erklärte Ríona, obwohl sie nicht sicher war, ob sie genug für den Heimweg hätten. Ganz genau wusste sie, dass sie keine weiteren sechs Tage mühseliger Wanderung und sechs kalte Nächte auf dem harten Boden würde ertragen können.

»König Áed braucht uns im Kampf gegen Airgialla. Wenn er uns jetzt Hilfe versagt, steht er morgen selbst ohne sie da«, wiederholte Fionn jene Worte, die in den letzten Tagen immer ausgesprochen worden waren, wenn Zweifel an den Absichten des Königs erwachten.

Ríona hatte nie widersprochen, sich nur manchmal insgeheim gefragt, ob ein mächtiger König wie Áed ihrer Hilfe wirklich so dringend bedurfte wie sie seiner. Kaum hatte Fionn seinen Satz zu Ende gebracht, ertönte jedenfalls ein Quietschen, und das Tor wurde nun doch endlich geöffnet. Von wem, konnten sie nicht erkennen. Sie vernahmen auch nicht, welche Worte Ennis mit König Áeds Männern austauschte, nur, dass Ennis ihnen nach einer Weile ein Zeichen gab, ihm zu folgen. Seinem Gesichtsausdruck nach zu schließen war er zufrieden – was bedeutete, dass er mit der Ehrerbietung vor einem Krieger, für den er sich hielt, behandelt worden war.

Ríona brauchte alle Kraft, um das letzte Stück den Wagen zu schieben, bestärkt von der Hoffnung, dass sie sich endlich ausruhen könnte, sättigen, neue Kraft schöpfen. Die Blutungen, die nicht schlimmer, aber auch nicht besser geworden waren, würden nachlassen, das Kind würde leben, sie selbst würden leben, Fionn ... Nein, dass Fionn gegen die Gall-Ghaedil würde kämpfen müssen, daran konnte sie noch nicht denken. Gewiss blieb ihnen noch ein Tag und vielleicht sogar ein zweiter, daran wollte sie sich festklammern wie an den Wagen – wobei sie den Wagen nun losließ, da sie das Tor durchschritten hatten. Sie alle hielten unwillkürlich inne.

Sie wusste später nicht, warum sie es taten, ob nur, weil das Ziel erreicht war, oder weil sie alle von jenem Unbehagen ergriffen wurden, das plötzlich in ihrem Magen grummelte.

So groß wie das Ringfort war, stand zu erwarten, hier mehr Menschen zu sehen, als sie je zuvor an einem Ort gesehen hatte – so wie sie ja auch mehr Häuser, mehr Ställe, mehr Vorratskammern und Werkstätten sah als je zuvor. Doch nirgends spielten Kinder mit Muscheln, schlugen Frauen die Wäsche mit Steinen, um sie zu trocknen und zu glätten, oder hämmerten Männer Nägel ins Holz. Weder der Geruch von Schweiß noch der von Essen lag in der Luft, ganz so, als wären alle Bewohner von diesem Ort geflohen wie sie aus der Siedlung ... wären vor Feinden geflohen ... hätten ihnen ihre Häuser überlassen.

Das kam ihr schon in den Sinn, noch ehe die anderen sich aus der Starre lösten, noch ehe Ennis sich erneut an jenen Mann wandte, der ihnen das Tor geöffnet hatte, ihn fragte, warum das Fort so verlassen sei. Der antwortete nicht, wartete, bis alle, wirklich alle von ihnen das Tor durchschritten hatten, hob hinterher nur die Hand, gab ein stummes Zeichen. Ríona wusste nicht sofort, was dieses Zeichen zu bedeuten hatte, konnte jedoch deutlich sehen, was der Mann unter seinem Umhang trug. Dieser glich einem solchen, wie die Iren ihn mochten – war aus dem Fell eines Marders gefertigt. Aber Hosen und Hemd waren nicht aus Leinen, sie waren aus durchdringend roter Seide, an der Brust von etwas verstärkt, das wie Eisen glänzte. Und das Schuhwerk war nicht etwa nur aus um den Fuß gebundenem Leinen, wie sie es kannte, nein, er trug Stiefel aus schwerem Rindsleder, an der Spitze mit Glasperlen besetzt. So kleidete sich kein Ire, so kleideten sich die Nordmänner – jene, die sich vor langer Zeit an der Westküste niedergelassen hatten, die nicht ganz so wild waren wie die Gall-Ghaedil, nicht ganz so heidnisch, aber immer noch erpicht, zu plündern und jenen, mit denen sie eben noch Bündnisse geschlossen hatten, in den Rücken zu fallen.

Fionn schien wie ihr die Wahrheit aufzugehen. »Zurück!«, brüllte er.

Ríona konnte sich nicht rühren, und selbst wenn sie es vermocht hätte, es hätte ja doch keinen Sinn gehabt. Der Mann hatte seine Hand kaum sinken lassen, als aus den nur vermeintlich leeren Hütten und Häusern Scharen von Männern stürmten.

Ihr Blick ging zu den Mauern – Mauern, die Schutz bieten, zugleich aber zur Falle werden konnten. Eine Falle für sie. Ob Lochlann und Áed sie ihnen gemeinsam gestellt hatten oder nur der König von Cenel Owain, was zählte es? Unwichtig war auch, ob Áed es tat, um sich zu bereichern, um die eigene Sippe zu schützen, oder ob er in den Nordmännern noch stärkere Verbündete im Kampf gegen Airgialla gefunden hatte und diese mit Beute zufriedenstellen wollte. Jedenfalls wusste sie plötzlich: Er hatte Gerüchte über die Gall-Ghaedil in die Welt gesetzt, um sie hierherzutreiben, und wie Fliegen hatten sie die klebrigen Fäden des Netzes zu spät gesehen.

»Zurück!«, brüllte Fionn wieder, obwohl ihm wohl längst dasselbe aufgegangen war wie ihr – eine Erkenntnis, die für ihn noch schmerzlicher sein musste, denn König Áeds Plan war letztlich auch seinetwegen aufgegangen.

»Es ... es ist nicht deine Schuld«, rief sie noch, nicht sicher, ob er sie überhaupt hörte, nicht sicher, ob es ihm ein Trost war. Die Frauen schrien, die Alten stöhnten, die Kinder weinten – und irgendwo brüllte Ennis. Sie sah nicht, ob ihr Schwager sein Schwert zog, sah auch nicht, ob er auf jemanden losgegangen oder schon vorher niedergemetzelt worden war, denn in dem Augenblick riss Fionn sie zu Boden. Nein, nicht einfach nur zu Boden. Er zog sie in jenes Grubenhaus, das am nächsten stand, so niedrig war dieses, dass hier nicht einmal Fässer Platz fanden, nur Torf und Holz. Irgendetwas stach ihr ins Gesicht, irgendetwas in den Bauch, wahrscheinlich Stroh. Sie spürte es kaum, sah es kaum, hörte umso deutlicher Geschrei ... Geschrei, wie sie es nie vernommen hatte. War sie es selbst, die so schrie? War es Fionn?

Aber nein, Fionn schrie nicht, Fionn war geistesgegenwärtig genug gewesen, auch Báine in das Grubenhaus zu zerren. Sie war es, die so brüllte, die nicht aufhören konnte, obwohl er ihr die Hand vor den Mund schlug. Jetzt klang das Brüllen immerhin etwas gedämpft, was nicht nur an Fionns Hand lag, auch daran, dass die Kampfgeräusche anschwollen.

Nur weil der Gegner unbesiegbar war, hieß das nicht, dass sie sich ihm ergaben. Als Ríona ihr Gesicht an die Ritzen drückte, sah sie, dass zwei der Alten keine Schwerter nutzten, jedoch breite Messer zogen, mit denen man Rispengras schnitt.

Die Messer sind zu stumpf, dachte sie. Die Schwerter der Nordmänner waren das nicht, wurden aber gleichwohl nicht gezogen. Die Feinde hoben nur die Fäuste, ließen sie auf Köpfe krachen.

Sie wollen uns nicht töten, versklaven wollen sie uns, uns zu Geld machen.

Fionn zog sie von der Ritze weg. »Versteckt euch unter dem Holz!«

Wieder stach etwas in die Hand, kein Stroh dieses Mal, ein Holzsplitter. Fionn begann doch tatsächlich, das Holz auf sie zu schichten. Dazu musste er die Hand von Báines Mund nehmen. Die schrie immer noch oder schon wieder.

»Still!«, rief er verzweifelt. »Du musst still sein.«

Sie war es erst, als er die Hand wieder auf ihre Lippen schlug. Dafür war nun ein anderer Laut zu hören – das Krächzen des Raben.

Muir.

Mein Gott, Muir war noch da draußen!

Die Angst wuchs zu einem großen, dunklen Knoten. Da war nichts, um ihr zu trotzen, um etwas anderes zu tun, als wimmernd unter dem Holz zu liegen, die Augen zuzupressen, sich der dummen Hoffnung hinzugeben, dass, wenn man nichts sah, man auch nicht gesehen wurde. Doch selbst wenn sie sich blind stellte, taub wurde sie nicht. Da war immer noch das Krächzen, und immer noch klang es verzweifelter als jeder Laut, den Muir jemals von sich gegeben hatte. Ríona sprang auf. Der Knoten in ihrer Kehle war mittlerweile ein Klumpen, aber gerade weil die Angst alle Gedanken aufgefressen hatte, war nichts Nüchternes, Berechnendes in ihr.

»Nicht!«, schrie Fionn. »Du musst hierbleiben! Vielleicht vergessen sie uns.«

Sie hörte nicht auf ihn, stürmte hinaus, blickte nach oben. Der Himmel war immer noch blau und klar, die Sonne dennoch so machtlos. Sie konnte nicht weinen über den Kampf, der im Ringfort tobte, konnte nicht denen in die Hand fallen, die alle so erbarmungslos niederschlugen, fesselten, konnte nicht die aufrichten, die sich irgendwann ergaben. Nur blenden konnten die Sonnenstrahlen sie: Ganz kurz sah sie nichts, und als sie wieder etwas erkannte, konnte sie es nicht glauben. Muir war von einer feisten Hand gepackt worden, und eine zweite Hand legte sich um seinen Hals, um ihn umzudrehen. Ehe das geschah, machte aber ausgerechnet Ennis einen Satz auf diese Hände zu oder vielmehr auf den Riesen von Mann, zu dem diese Hände gehörten. Ennis hatte sein Schwert verloren, er hielt noch nicht einmal ein Messer, aber er war nicht ohne Waffe. Sein Kopf schnellte vor, er biss in die Hand, die Muir hielt. Und dann ertönte ein Schrei, ein Krächzen, ein Flattern – hintereinander oder gleichzeitig, so genau wusste sie das nicht.

Sie würde auch nie erfahren, wer ihr den Stoß versetzte, der sie gleich darauf traf. Sie ging zu Boden, fühlte Erdkrümelchen in ihre Augen dringen, sah selbst, als Tränen sie wieder wegspülten, immer noch schwarze Punkte vor den Augen tanzen. Einer dieser schwarzen Punkte war Muir, der weiterhin flatterte, hoch genug jetzt, dass selbst ein Riese ihn nicht würde fassen können.

Gott sei Dank.

Die Erleichterung währte nicht lange, denn der Riese hatte es nun auf Ennis abgesehen. Er blickte sie an, und sie las etwas in seinem Blick, das er ihr nie mit Worten hätte sagen können: *Obwohl ich oft über den Raben gespottet habe, er ist einer der meinen. Und wenn ich dir das Leben schwer gemacht habe, dann nur, um die Reue zu vertuschen, dass ich leichtfertig auf dich verzichtet habe. Du bist kein sonderbares Mädchen, du bist ein starkes.*

In diesem Augenblick fühlte sie sich nicht stark, fühlte sich hilflos wie nie. Der Riese begnügte sich nicht damit, Ennis mit der Faust niederzuschlagen. Voller Wut über seine blutende Hand zog er sein Schwert und schlug zu. Wo genau die Klinge Ennis traf, sah Ríona nicht, nur, dass noch mehr Blut floss.

Schmeckte sie Salz, weil es bis zu ihr gespritzt war oder weil sie weinte?

Das Bild verschwamm. Sie sah nicht mehr, wie Ennis zu Boden ging, sah auch nicht, ob er noch die Kraft hatte, sich wieder zu erheben. Sie selbst hatte diese Kraft jedenfalls nicht. Als eine Hand sie packte – vielleicht die blutende, in die Ennis gebissen hatte, vielleicht eine andere, es waren ja alles die gleichen Hände, schwielig, groß, stark –, wehrte sie sich nicht.

Báine … Fionn …

Ihr Blick ging zum Grubenhaus, aus dem sie gedankenlos gestürmt war, um Muir zu retten. Fionn war nicht gleichfalls gefolgt, um sie zu retten, und kurz war sie nicht sicher, ob sie darüber erleichtert war oder enttäuscht. Bevor ein Gefühl überhandnehmen konnte, schrumpfte es ja doch, gemessen an der Angst. Die Angst fraß alles auf, als der Mann sie mit sich zerrte. Sie war nicht einmal mehr sicher, ob sie noch atmen konnte, ob ihr Herz noch schlug, ob die Dunkelheit, in die sie versank, als sie mit dem Kopf voran zu Boden gestoßen wurde, nur eine Ohnmacht war oder ob die Fänge des Todes nach ihr griffen.

Die Dunkelheit zerbrach alsbald wieder, die Welt dahinter lag gleichsam in Scherben. Es schmerzte, als würde sie diese nicht einfach nur betrachten, sondern sich daran schneiden, schmerzte in ihrem Kopf, weil sie auf dem Boden aufgeschlagen war, schmerzte in ihren Kiefern, weil sie die Zähne so fest zusammenbiss, schmerzte in ihrem Bauch, wo neue Krämpfe tobten. Am meisten schmerzte es in der Seele, als sie sah, wie so viele Frauen gefesselt wurden, Kinder, selbst Alte. Sie konnte den Kopf nicht lange genug hochhalten, ließ ihn ins Gras fallen, drehte ihn zur Seite, blickte hoch. Der Himmel war nicht zersplittert, war ein glattes blaues Tuch, von dem sich umso deutlicher Muirs Silhouette abhob.

»Flieg weg«, murmelte sie.

Muir gehorchte nicht, Muir ließ sie nicht im Stich.

»Karronk«, ertönte es … oder vielmehr »Klonk«, »Grok« oder »Kroar«.

Und plötzlich war da noch ein Ton: »Caitri! O Caitri!« Kurz dachte sie, es wäre der Rabe, der ihren Kosenamen benutzte, die menschliche Sprache beherrschte, wie manch einer diesen schwarzen Tieren zutraute. Doch dann beugte sich jemand über sie, wiederholte dicht an ihrem Ohr ihren Namen. »Caitri … Caitri …«

Sie fühlte warme Tränen in ihren Augen, einen warmen Atem an ihrer Wange.

»Fionn.«

Er war nicht im Grubenhaus geblieben. Ob er ihr gefolgt war, um sie zu beschützen oder weil er hervorgezerrt worden war, zählte nicht – zumindest nicht in dem gestohlenen Augenblick, da sie ihn einfach nur anblickte, in seinen blauen Augen versank. Es war kein Platz für Wut, Hader. Die Liebe war doch der einzige Besitz, der ihnen geblieben war, nun, da sie zitternd auf dem Boden lagen. Die Liebe war der einzige Trost, die einzige Wärme, das Einzige, was der Angst trotzte, als sie plötzlich wieder gepackt wurden, aus dem Ringfort gezerrt, gefesselt.

Sie konnten sich nicht länger berühren, nur weiterhin anschauen. Die Blicke mussten ein Streicheln, ein Liebkosen ersetzen, erst recht, als Fionn plötzlich bang fragte: »Ennis?«

Wie gern hätte sie ihm die Wahrheit erspart. Wie gern hätte sie ihn wenigstens gehalten, als sie es aussprach.

»Er … er hat Muir gerettet. Er … er hätte auch mich gerettet. Er … er …«

Nein, sie musste es gar nicht aussprechen, Fionn wusste es so. Kurz war keine Liebe mehr in seinem Blick, nur Schmerz um den Bruder, kurz fand sie den Blick gar nicht, denn er schloss die Augen.

»Báine?«, fragte sie zaghaft.

Solange die Augen geschlossen blieben, fürchtete sie das Schlimmste. Doch er öffnete sie wieder, und der Anflug eines Lächelns stand darin, für das die Mundwinkel keine Kraft hatten.

»Sie haben sie nicht bekommen.«

Dank oder trotz dir?

Die Worte schnitten in ihre Seele wie Fesseln in Handgelenke. Sie wollte sie nicht denken, starrte wieder hoch zum Himmel, damit er nicht den leisen Zweifel in ihrem Gesicht las. Muir drehte hoch wie nie und lang wie nie seine Kreise. Bei seinem Anblick konnte sie kaum glauben, dass das Fliegen ihm jemals Schwierigkeiten gemacht hatte.

»Flieg weg«, raunte sie, »flieg nach Hause!«

Doch das einzige Zuhause, das Muir kannte, war sie. Er würde bei ihr bleiben.

Im Osten Irlands

Vom Grianán Aileach brachte man sie mit niedrigen Wagen fort, die eigentlich dazu genutzt wurden, Waffen zu transportieren. Wie lange sie unterwegs waren, konnte Fionn hinterher nicht mehr sagen, nur dass er bei jedem Herzschlag aufs Neue vor Angst verging – nicht ob des eigenen Loses, sondern weil er nicht wusste, wo Ríona steckte. Erst auf einem der bauchigen Schiffe, auf die sie verschleppt wurden, sah er sie wieder, wenngleich es quälend lange dauerte, zu ihr zu robben. Schon vor dem Grianán Aileach hatte man ihnen Füße und Hände mit einer Spansel gefesselt, der Sehne einer Kuh, die oft als Strick benutzt wurde. Schmerzhaft tief bohrte sich diese in seine Haut, auch die von Ríona war an den Handgelenken gerötet. Und das schien nicht das Einzige zu sein, was ihr zusetzte. Als sich das Schiff schaukelnd in Bewegung setzte, wurde sie nicht nur bleich, fast grün im Gesicht, mehrmals verkrampfte sich ihr Körper.

»Es ist nichts«, sagte sie schnell, »es geht mir gut.«

Er wusste, dass sie ihm nicht die Wahrheit sagte. Er selbst hatte ja auch gelogen, als er behauptet hatte, wenigstens ihre Tante habe es geschafft. In Wahrheit hatte diese ihre Panik nicht bezwingen können. Mit beiden Händen hatte er sie festhalten müssen, obwohl er doch Ríona nach draußen hatte folgen wollen, aber am Ende hatte es nichts genutzt. Báine hatte sich losgerissen, war einem Mann, der das Grubenhaus mit einem Fußtritt zum Einstürzen gebracht hatte, geradewegs in die Axt gelaufen. Die grässlichen Bilder von spritzendem Blut, die grässlichen Laute von knackenden Knochen verfolgten ihn seitdem, ob er nun schlief oder wachte. Doch er teilte sie mit niemandem, erst recht nicht mit Ríona. Wenn er schon sonst nichts für sie tun konnte – er wollte ihr wenigstens das Wissen ersparen, dass und wie ihre Tante gestorben war.

»Wohin … wohin werden sie uns bringen?«, fragte sie leise.

»Ich weiß es nicht. Hauptsache, wir sind zusammen.« Er nahm ihre Hände, drückte sie, hoffte, er könnte ihr etwas Kraft geben oder ihr zumindest die Übelkeit, die Schmerzen nehmen.

Was auf jeden Fall in seiner Macht lag, war, ihr das Essen zu überlassen, das man ihnen am nächsten Tag hinwarf – ein paar Brocken, hart wie Stein, von denen er nicht wusste, ob sie einst weiches Brot oder krosses Fleisch gewesen waren. Er kaute sie weich, ehe er sie Ríona gab, die sich zwar lange weigerte, seine Ration anzunehmen, sich schließlich aber überzeugen ließ, weil er an das Wohl ihres Kindes gemahnte.

Ob das Essen ihnen von den Männern gebracht wurde, die sie überwältigt hatten, oder ob diese sie an Händler übergeben hatten, konnte er nicht sagen – lediglich an den Worten, die sie sich zuwarfen, erkennen, dass sie in der nordischen Sprache miteinander redeten. Immerhin beherrschten sowohl Ríona als er diese ganz gut, hatten sich die beiden Völker doch lange genug vermischt, auf dass immer irgendeiner der Sippe die wichtigsten Worte, die für den Handel notwendig waren, weitergegeben hatte. Er selbst hatte sie vom Bruder seines Vaters beigebracht bekommen, Ríona von Báine.

Nach dem Mahl ließ er erstmals seit Stunden Ríonas Hand los, robbte zu einem der Alten ihrer Siedlung, der wimmernd auf dem Bauch lag, immerhin aber die Augen öffnete, als er ihn anstupste.

»Wohin werden sie uns bringen? Auf eine der Inseln im Norden?«

Der Alte war ein Sklave seines Vaters, der deutlich mehr von der Welt gesehen hatte als er. »Das Schiff fährt Richtung Südosten«, murmelte er, »ich denke, das Ziel ist Dublin.«

Fionn hatte seine Heimat nie verlassen. Aber jedes Kind wusste, dass in Dublin edelste Kleidung aus bunter Seide feilgeboten wurde, weiche Federn für Bettwäsche, prächtige Pferde aus Schottland – und Menschen. Nirgendwo gab es einen so großen Sklavenmarkt wie dort.

»Das heißt, man wird uns an reiche Bauern in Irland verkaufen«, sagte er.

»Oh, von Dublin werden Sklaven in alle Welt verkauft«, erwiderte der Alte, »manche verschlägt es nach Island, eine Insel weit droben im Norden, die aus mehr Eis denn fruchtbarer brauner Erde besteht.« Fionn versuchte vergebens, sich eine solche Insel vorzustellen, vermeinte jedoch, dass die eigene Brust zu Eis erstarrte, als der Mann fortfuhr: »Aber soweit ich weiß, verkaufen sie an die Isländer nur Frauen und Kinder. Die sind leichter zu unterwerfen als Männer. Von ihnen droht nicht die Gefahr, dass sie ihren Peinigern ein Messer in den Rücken rammen, wenn sie sich nur einmal von ihnen abwenden.«

»Vielleicht werden wir ja in ein südliches Land verkauft!«, rief Fionn hastig, gegen die quälende Furcht ankämpfend.

»Ob das ein besseres Schicksal ist?« Der Alte zuckte mit den Schultern. »Im Süden gibt es ein Land, in dem die Sonne so heiß brennt, dass die Haut der Menschen fast schwarz ist. Dort werden junge, kräftige Männer gebraucht.«

So wenig wie eine Insel aus Eis konnte sich Fionn schwarze Gesichter vorstellen. Was er sich auch nicht vorstellen konnte, war, dass er sich jemals wieder jung und kräftig fühlen würde – aber vielleicht war genau das seine Rettung. Wenn er sich so erbärmlich schwach wie möglich stellte, würde man einen wie ihn weder im brennenden Süden noch im eisigen Norden gebrauchen können.

Er kroch zurück zu Ríona, wollte ihr zuflüstern, was er sich ausgedacht hatte, doch sie war mittlerweile eingeschlafen, und wahrscheinlich war das der beste Weg, das stete Schaukeln und die Ungewissheit zu ertragen. Er zog ihren Kopf auf seinen Schoß und ergab sich selbst der gnädigen Dunkelheit.

Als sie Dublin erreichten, wurden ihre Fesseln gegen Eisenketten ausgetauscht, so schwer waren diese, dass man kaum damit gehen konnte. Was selbst das Kriechen erschwerte, war die Tatsache, dass die Fußfessel mit einer Halskette verbunden war, als gälte es nicht nur, aufrührerische Sklaven zu bändigen, nein, ihnen auch eine gekrümmte Haltung anzugewöhnen, auf dass sie nie wieder stolz ihr Kinn reckten.

Auf dem Weg vom Kai zum Sklavenmarkt – kein langer Weg für jemanden, der ihn ohne Last beschritt, unendlich weit für geschwächte Menschen wie sie –, versuchte Fionn, etwas von der Stadt zu erkennen, schaffte es aber kaum, den Kopf zu heben. Aus weiter Ferne kamen Laute, die bewiesen, dass hier nicht nur getötet, geknechtet, gequält wurde, sondern auch gelebt – die Rufe von Händlern, das Wiehern von Pferden, das Gezänk von Huren, die Klänge eines Harfenspielers. Und dann waren da die Schritte eines Mannes, der auf sie zugelaufen kam.

Sein grauer Habit und die nackten Füße verrieten ihn als Mönch; er murmelte ein Gebet und führte einen Krug an ihre Lippen. Obwohl nur fauliges Wasser darin war, kein stärkender Wein, trank Fionn dennoch gierig, nachdem Ríona ihren Teil bekommen hatte.

»Danke«, flüsterte er und sah dem Mönch lange genug nach, um in der Ferne die Stadtmauer zu erkennen und davor eine gleichfalls aus Stein errichtete Herberge, wo sich die Mönche offenbar um Reisende und Kranke kümmerten.

»Zähl nicht auf ihre Hilfe«, hörte er die Stimme des Alten an seinem Ohr. »Die Mönche reichen den Unglücklichen zwar manches Mal Wasser und Brot, aber wenn sie welche freikaufen, so nur, um sie auf den eigenen Ländereien schuften zu lassen.«

Fionn fand, dass es besser war, in der Nähe eines irischen Klosters zu schufen, als in eisigen oder brennenden Ländern inmitten von Heiden, er sann dennoch nicht lange über die Worte nach, galt es doch, das letzte Stück Weg zu überwinden. Er versuchte trotz der Ketten, Ríona so gut wie möglich zu stützen, als sie über das sumpfige Ufer eines grauen Flusses – wohl die Liffey – wankten. Sie rutschten mehrmals aus, fielen aber nicht, erreichten schließlich einen Bau aus Holz – keine echte Hütte, nur einen Verschlag, der einem Unterstand für Vieh oder Boote glich. Das Dach war löchrig, es gab nur eine Wand. An diese gekettet waren die, die nicht aufhörten, gegen das Schicksal zu kämpfen, während andere reglos auf dem Boden kauerten. Wie lange sie hier schon ihres Schicksals harrten, ließ sich nicht sagen – ein blondes Mädchen wahrscheinlich zu lange. Seine Sinne waren ihm vom langen Stehen geschwunden, es hing bewegungslos in den Ketten, das Eisen schnitt sich bedrohlich tief in seine Kehle.

Eigentlich hatte sich Fionn aufseufzend zu Boden sinken lassen wollen, dem Sklavenhändler hier bekunden, wie unglaublich schwach er war, aber nun konnte er nicht anders, als der Kleinen zu helfen.

Er fiel zwar fast über die eigene Kette, als er auf sie zustürzte. Immerhin erreichte er sie, ohne zu Boden zu gehen, packte sie an den Schultern, versuchte sie wachzurütteln. Das Mädchen rührte sich nicht.

»Wach auf!«, rief er, nahm nun den Kopf zwischen seine Hände, drückte ihn zurück. Am Hals hatte die Kette ein rotes Mal hinterlassen. »Du musst wach bleiben.«

Er glaubte, ein Seufzen zu hören. Weitaus lauter war die mürrische Stimme. »He, du da, lass sie in Ruhe!«

Als er sich, so weit es eben ging, umdrehte, sah er einen Mann auf sich zukommen mit prächtigem Pelzumhang, aber verdrossenem Gesicht. Auf seiner Nasenspitze befand sich eine Wölbung, von der er nicht wusste, ob es eine Warze oder Narbe war.

»Sie erwürgt sich noch«, sagte Fionn.

»Wäre nicht schade um sie. Bringt ohnehin kein Geld ein.«

Fionn sah, dass das Mädchen die Augen geöffnet hatte, wässrig blau diese, glasig. Es schien keine Schmerzen mehr zu spüren, und doch glaubte er, Dankbarkeit wahrzunehmen.

»Weg von ihr«, blaffte der Sklavenhändler. »Du stehst dort hinten.« Fionn achtete nicht auf ihn. Wieder wandte er sich an das Mädchen, strich ihm eine Haarsträhne aus dem Gesicht, bugsierte es vorsichtig in eine Haltung, in der die Kette nicht so tief in seinen Hals schnitt. »Sag, hörst du nicht?«

Fionn hatte gerade so viel Mut, sich langsam umzudrehen, dem Blick des Mannes zu trotzen. Als der aber seine Peitsche zückte, fühlte er das Blut aus seinem Gesicht schwinden. Dennoch wich er weder zurück noch beeilte er sich, an den ihm zugewiesenen Platz zurückzugelangen. Gewiss, dort war Ríona, er wollte ihr nahe sein. Doch für seinen Plan, sich so schwach wie möglich zu geben, um in kein fernes Land verkauft zu werden, kam die Wut des Sklavenhändlers gerade recht. Er musste gar nicht viel tun, um sie weiter anzuheizen, nur wenige Atemzüge lang dem Blick standhalten, das Kinn so hoch wie möglich recken und nicht von dem Mädchen ablassen, dann hob der Mann schon die Peitsche, ging diese auf ihn nieder, traf ihn halb auf der Schulter, halb im Nacken.

Es war ein grässlicher Schmerz, der ihn durchzuckte. Einen Schrei hätte er sich dennoch verkneifen können – wenn er es denn gewollt hätte. So sackte er aufheulend auf seine Knie, begann, kläglicher zu jammern als ein kleines Kind, schnappte nach Atem, als würde er ersticken, wälzte sich schließlich am Boden.

»Ich ertrage es nicht, ich ertrage es nicht, ich ertrage es nicht«, stieß er stöhnend aus. Als er endlich hochblickte, dachte er, er hätte übertrieben, selbst Ennis hätte ihm dies Maß an Wehleidigkeit nicht abgenommen. Doch die Verachtung des Sklavenhändlers war echt. Anstatt noch einmal mit der Peitsche auf ihn einzuschlagen, trat er nur mit der Fußspitze gegen ihn, stieß ihn auf diese Weise in Ríonas Richtung. Nicht länger konnte Fionn sich völlig kraftlos geben. Er richtete sich auf, tastete nach ihrer Hand. Um sich nicht zu verraten, begann er aber alsbald, wieder in Richtung des Sklavenhändlers zu lamentieren. »Ich ertrage es nicht, ich ertrage es nicht, oh, bitte, bitte tu mir nichts.« Dass der Sklavenhändlers noch verdrossener dreinblickte, beruhigte ihn. Dass Ríona ihn hingegen besorgt betrachtete, tat ihm in der Seele weh. In seinen Plan konnte er sie gleichwohl nicht einweihen, musste sie vielmehr, nachdem er ihr schon Báines Tod verheimlicht hatte, erneut belügen. »Ich ertrage es nicht, ich ertrage es nicht, ich …«

»Still jetzt!«, knurrte der Sklavenhändler.

Fionn umklammerte Ríonas Hände, ignorierte den brennenden Schmerz an der Schulter, suchte wieder den Blick des Sklavenhändlers. »Ich gebe Ruhe, wenn du mich nicht mehr schlägst … und wenn ich bei meiner Frau bleiben darf.«

»Ja, denkst du, eine Kuh entscheidet, auf welcher Weide sie grast?«

Prompt hob der Sklavenhändler erneut die Peitsche, ließ sie wieder auf ihn niedersausen. Dieses Mal war es nicht nur gespielt, dass er aufstöhnte. Und was noch schlimmer war: Als die Peitsche ein weiteres Mal drohend erhoben wurde, warf sich Ríona plötzlich über ihn, um seinen bereits geschundenem Leib mit ihrem zarten zu schützen. Vergebens versuchte er, sie zurückzustoßen, sie klammerte sich an ihn. Gleich … gleich würde die Peitsche in ihre Haut schneiden, gleich würde sie aufschreien, verzweifelt, gequält, gleich …

Der Schrei blieb aus. Der Peitschenknall ebenso.

»Genug!«, ließ sich eine Stimme vernehmen. Der Sklavenhändler fuhr herum, ließ tatsächlich die Peitsche sinken. Ríona drehte sich auch um, lockerte sichtlich überrascht ihren Griff. Nun konnte er sehen, wer gesprochen hatte, wer auf sie zutrat, wer erklärte: »Er hat genug, Eislof!«

Es war kein weiterer Sklavenhändler, es war eine Frau, schon älter, wie das schüttere graue Haar und das faltige Gesicht verrieten, aber edel gekleidet. Nie hatte Fionn ein durchdringenderes Rot gesehen als das ihres Gewandes.

»Hast du mich nicht gelehrt, von Anfang an ihren Willen zu brechen?«, fragte jener Eislof.

Die Frau trat noch näher, ließ ihren Blick hoheitsvoll über sie schweifen. »Woher kommen sie?«, fragte sie, und ihre Stimme schien grau wie das Haar, ließ sie doch kein Gefühl erkennen.

»Aus dem Nordwesten«, erklärte Eislof in einem Tonfall, als verspräche das kein gutes Geschäft, wäre vielmehr eine Zumutung. »Áed O'Néill, der König von Cenel Owain ist bekannt dafür, dass er besiegte Feinde gern versklavt – und manchmal lässt er Nordmänner wüten, um Widersacher loszuwerden, ohne selbst kämpfen zu müssen. Was für ein Feigling.«

»So würde man ihn anderswo nennen. In Dublin gilt er als gerissen«, sagte die alte Frau, ohne zu verraten, was sie selbst von König Áed hielt. »Der Menschenschlag aus dem Nordwesten ist hart und lässt sich gut verkaufen. Vorausgesetzt, man prügelt die Leute nicht halb tot.«

»Wenn's sein muss, kriegen die beiden da nicht bloß die Peitsche zu spüren, sondern verlieren ihre Nasen«, knurrte Eislof.

»Dieses Schicksal ist nur für Sklaven vorgesehen, die zu fliehen versuchen«, erklärte die Frau streng.

»Eheleute machen immer Schwierigkeiten, weil sie sich nicht trennen lassen«, gab er zurück. »Und wenn erst mal ein Schaf närrisch mit den Hinterbeinen ausschlägt, werden alle wie toll.«

Die alte Frau schwieg nachdenklich.

»Bitte«, ließ sich Ríonas Stimme vernehmen. »Wir schlagen nicht aus, wir sind gehorsam, wir wollen nur zusammenbleiben, dann tun wir, was immer uns befohlen wird.«

Die alte Frau beugte sich langsam über sie, musterte sie eindringlich, interessiert, beinahe freundlich. War es gar Mitleid, das da in ihren Augen aufglomm?

»Du überlässt die beiden mir«, erklärte sie schließlich.

»Aber …«, setzte Eislof an.

»Tu, was ich dir sage. Ohne mein Geld würdest du noch mit Entendaunen handeln und nicht mal die Hälfte verdienen. Und ohne mein Wissen, an wen man Sklaven am gewinnbringendsten verkauft, nicht mal ein Viertel.«

Eislof stieß ein Knurren aus, wandte sich dann aber ab. Die alte Frau blieb über sie gebeugt stehen, vielleicht, um sie noch eingehender zu mustern, vielleicht, weil die steifen Knochen keine ruckartige Bewegung zuließen.

»Ihr liebt euch sehr«, stellte sie fest, und ihre Stimme klang nun sanft. Ob auch vertrauenerweckend, vermochte Fionn nicht zu sagen.

Für Ríona war sie es offenbar, denn sie stammelte: »K-k-k-kannst du uns helfen? Und w-w-w-wer bist du?«

Die Alte seufzte. »Ich bin eine, die weiß, was Liebe ist.«

»Du hast einen Mann?«

»Ich hatte sogar deren zwei. Und beide waren Könige. Erst war ich mit dem König von Dublin verheiratet, dann mit dem König von Munster. Doch das ist lange her, nun bin ich alt … Die Zeit ist eine Spinne, zwar geduldig, aber umso gefräßiger, wenn sie beginnt, die Lebenskraft aus ihrem zappelnden Opfer zu saugen.«

Sie sprach langsam und mit schwerer Zunge, während Fionns Erstaunen wuchs. Er wusste, wer der König von Munster war – Brian Boru, dem man nachsagte, Hochkönig von ganz Irland werden zu wollen. Und er hatte gehört, dass der eine Frau namens Gormlaith hatte, deren Schönheit sogar im fernen Norden gerühmt wurde.

Aber diese Frau war nicht schön, war es zumindest nicht mehr, und wenn sie Brian Borus Weib gewesen war, warum sollte sie hier in Dublin mit Sklaven handeln?

»Bist du Gormlaith?«, fragte er.

»Kannst du uns helfen?«, fragte Ríona.

Ihr Blick flog kurz zu ihm, ruhte dann lange auf Ríona. Sie beantwortete weder seine noch ihre Frage. »Was ihr am dringendsten braucht, sind frische Kleidung und eine Stärkung. Ich werde euch beides beschaffen.«

Ganz kurz ließ Ríona seine Hand los, die sie wieder umklammert hatte, um die der Alten zu nehmen und zu drücken.

»Hab Dank.«

Fionn tat nichts dergleichen. Natürlich war auch er dankbar, dass die Alte sich eingemischt, sie vor weiteren Peitschenhieben bewahrt hatte. Doch solange er ihre Absichten nicht durchschaute, wollte er sich lieber noch schwach stellen – selbst wenn das bedeutete, dass er sie und Ríona täuschen musste.

Sie wurden in eine Hütte gebracht, nicht groß genug, als dass ein stattlicher Mann aufrecht stehen konnte. Sie war auf hölzernen Säulen erbaut, um das, was hier gelagert wurde, vor Nässe und Getier zu bewahren. Wärme und Behaglichkeit waren inmitten etlicher Säcke und Fässer nicht zu erwarten, immerhin ein Stück trockener Holzboden, auf den sich Ríona aufseufzend sinken ließ. Prompt drang ein Splitter in ihren Daumenballen, aber sie verkniff sich wie immer das Ächzen, um Fionn keine Sorgen zu bereiten. Wobei er, der von einem Mann hierhergeschleppt, wenn auch unsanft fallen gelassen worden war, in keinem Zustand schien, um sich Sorgen machen zu können.

Ríona robbte zu Fionn, ergriff seine Hand, nass von jenem kalten Schweiß, der auch auf seiner Stirn glänzte.

»Du … du warst so mutig, dem Mädchen zu helfen …«, stammelte sie. »Du warst so … selbstlos.«

Die alte Frau, deren Namen sie immer noch nicht kannte, die sie zur Hütte begleitet und hier auf der Schwelle verharrt war, betrachtete sie, während Fionns Augen geschlossen blieben. Als sie seine Hand drückte, blieb sie schlaff in ihrer liegen.

Immerhin brachte er über die aufgesprungenen Lippen: »Ich ertrage es nicht, ich ertrage es einfach nicht. Ennis hatte recht: Ich tauge zu nichts … zu rein gar nichts.«

Sie wollte ihn trösten, noch einmal vom Mädchen sprechen, dem er immerhin den Glauben zurückgegeben hatte, dass es noch wohlmeinende, freundliche Menschen gab. Gut möglich allerdings, dass er dann fragen würde: Und was genau soll es mit diesem Glauben anfangen?

Wie gern sie ihm Mut zugesprochen hätte! Sie fürchtete jedoch, dass sie es nur schlimmer machte, wenn sie die blutenden Striemen an seiner Schulter abtupfte. So musste sie sich auf die stumme Botschaft beschränken: Halte durch, es wird alles wieder gut.

Auch dem Kind versuchte sie, das zu sagen, selbst Muir, obwohl sie nicht wusste, wo der Rabe steckte. Anstatt in die Heimat zurückzukehren, war er während des Marsches zum Schiff über sie gekreist und ebenso, als dieses abgelegt hatte. Auf der Fahrt hatte sie ihn manchmal krächzen gehört, doch seit sie in Dublin angekommen waren, hatte sie ihn nicht mehr gesehen.

Hinter ihnen ertönte ein Knarzen, als die alte Frau näher trat. Wer immer sie ihr gebracht hatte – in ihren Armen hielt sie Kleidung aus Schafwolle, die nach fremdem Schweiß roch und von Flecken übersät war. Immerhin konnte man die Träger des ärmellosen Kleides mit einer Fibel an der Brust verschließen, desgleichen einen Umhang. Und dass die Tunika für Fionn viel zu groß war, er zweimal hineingepasst hätte, war gut, weil der Stoff nicht an den blutenden Striemen klebte.

Die alte Frau hielt Abstand, während sie sich ankleideten. In ihrem Blick stand ein wenig Mitleid, zudem Müdigkeit. Noch wichtiger als einmal mehr Fionns Hand zu drücken, erschien es Ríona deshalb, sich ihrer Hilfe zu versichern. Wieder schnitt das Eisen ihr in Hals und Fußgelenke, und doch kroch sie entschlossen zu ihr.

»Hab Dank«, sagte sie. »Hab Dank.« Die Alte sagte nichts, reichte ihr nur einen Lederschlauch mit Wasser. Es schmeckte faulig, sie trank es dennoch gierig, bezähmte sich aber bald, um Fionn etwas übrig zu lassen. »Was … was geschieht jetzt? Wie … wie heißt du überhaupt?«

Die Alte beugte sich über sie. »Mein Name tut nichts zur Sache, wichtiger ist, welche Namen ihr tragt.«

»Wir heißen Ríona und Fionn.«

»Das meine ich nicht. Ich will wissen, welcher Sippe ihr entstammt.«

»Fionns Vater heißt Cuán O'Canannáin.«

»Diesen Namen habe ich noch nie gehört. Was ich aber weiß, ist, dass alle Sippen im Norden irgendwie vom legendären Niall abstammen und dass sich ein Teil seiner Nachkommen im Süden niedergelassen hat. Vielleicht ist einer dieser O'Néills, wie man sie nennt, bereit, euch freizukaufen.«

Ríona sank das Herz, obwohl sie versuchte, es nicht zu zeigen. »Warum soll uns jemand freikaufen, wenn nicht, um uns für sich selbst als Sklaven schuften zu lassen?«

»Nun«, erklärte die Alte. »Aus Freundlichkeit würde er's gewiss nicht tun. Doch könnte er hoffen, dass er, wenn er später Lösegeld von eurer Sippe einfordert, Gewinn macht.«

Ríona begriff. »Fionns Vater … er würde den doppelten Preis zahlen«, beeilte sie sich zu sagen, obwohl sie sich nicht sicher war, ob Fionn seinem Vater Cuán auch nur die Hälfte von Ennis wert wäre.

Die Alte gab sich damit jedoch zufrieden, erklärte, sie werde ihren Diener beauftragen, nach einem der O'Néills zu suchen, und ging nach draußen.

Fionn war indes wieder in sich zusammengesunken. »Hast du gehört?«, rief Ríona. »Sie … sie wird uns retten!«

»Weil ich es nicht kann«, murmelte Fionn.

»Immerhin ist Báine noch am Leben – deinetwegen.«

Das Schweigen, das folgte, brachte jenen leisen Zweifel zurück, ob Báine wirklich *dank* ihm König Áeds Männern entkommen war, nicht vielmehr *trotz* ihm. Aber wenn es ihr schon kaum gelang, das Ächzen zu unterdrücken, wenigstens diesen Zweifel wollte sie nicht zulassen.

Ríona drückte Fionn den fast leeren Lederschlauch an die Lippen. »Trink du den Rest!«, forderte sie ihn auf.

Er presste die Lippen zusammen. »Du brauchst es dringender.« Beharrlich schüttelte sie den Kopf. »Dann trinke ich eben, aber du küsst mich – so haben wir beide etwas von dem Wasser.«

Sie küsste ihn, und sie schmeckte das faulige Wasser, und sie schmeckte salzige Tränen, und sie wusste nicht, ob sie aus seinen oder ihren Augen strömten. Hauptsache, seine Lippen waren trotz allem noch weich. Hauptsache, ihre Liebe war trotz allem noch warm. Sie legte ihren Kopf auf seine Schultern und versank in einem Dämmerschlaf, zu leicht, um von schlimmen Träumen gejagt zu werden und echte Erholung zu bringen, aber tief genug, um Angst oder Sorge kurz zu verbannen, den Geist ganz zu entleeren.

Als Ríona wieder aufschreckte, waren ihre Glieder schwer. Sie war nicht sicher, ob Fionn ebenso geschlafen hatte. Sein Blick war jedenfalls etwas klarer. Als sie ihn erwiderte, wollte sie ihn erneut küssen, nicht nur fauliges Wasser schmecken und salzige Tränen, auch den Geruch nach den Wäldern von Cenel Conaill, die sie zu oft durchstreift hatten, um ihn jemals wieder loszuwerden.

Doch ehe sich ihre Lippen berührten, traf sie wieder ein Lichtstreifen, Schritte kamen näher, die alte Frau beugte sich über sie. Sie hatte keinen neuen Lederschlauch mitgebracht, obwohl Ríona darauf gehofft hatte – dafür eine Gabe, die noch wichtiger war als frisches Wasser.

»Mein Diener hat einen Mann aus Meath gefunden, der bereit ist, euch zu helfen … oder eher bereit ist, ein gutes Geschäft zu machen. Aber das kommt ja aufs Gleiche heraus«, berichtete sie. Ríona starrte sie ungläubig an, doch als ein Lächeln über das Gesicht der Alten huschte, konnte sie nicht anders, als es zu erwidern. »Er will allerdings sicher sein, dass ihr tatsächlich aus Cenel Conaill stammt und zumindest ein Teil eurer Sippe noch lebt«, fuhr sie fort. »Deswegen müsst ihr seine Fragen beantworten.«

Ríonas Geist reagierte schnell, ihr Körper nicht. Als sie sich erheben wollte, wurde sie festgehalten – von den Eisenketten und von dem dumpfen Schmerz in ihrem Unterleib. Fionn kam ganz ohne Stöhnen auf die Knie, schaffte es sogar zu stehen, ein paar Schritte zu machen.

Woher auch immer er plötzlich die Kraft nahm, er erklärte entschlossen: »Bleib du hier, ruh dich aus, ich rede mit dem Mann.«

Die Alte nickte, und als wäre sie ihr Schatten und gezwungen, alle Regungen zu wiederholen, tat Ríona es ihr gleich. Sie verpasste die Gelegenheit, Fionn nachzurufen, küss mich noch einmal, aber das war gut so, der Fremde aus Meath könnte seine Geduld verlieren.

Zu ihrem Erstaunen folgte die Alte Fionn nicht nach draußen, sie blieb bei ihr, ja ließ sich plötzlich auch auf den Boden fallen. Die Holzschiefer schien sie nicht zu fürchten. Was sie hingegen fürchtete, war wohl Ríonas Blick, denn jäh senkte sie den ihren, sodass ihr die grauen Haarsträhnen ins Gesicht fielen.

»Danke«, sagte Ríona, »danke, dass du uns vor diesem Eislof bewahrt hast. Danke, dass du diesen O'Néill davon überzeugen konntest, uns …«

Der Blick blieb gesenkt. »Du solltest mir nicht danken.«

»Selbst wenn uns am Ende nicht die Freiheit winkt, Hauptsache, Fionn und ich können zusammenbleiben.«

Die Alte hob den Blick, ihre Augen waren grau wie das Haar. »Ihr werdet nicht zusammenbleiben.« So leise, wie sie sprach, war Ríona nicht sicher, ob sie sie richtig verstanden hatte. Zumindest ihr Kopf hatte es nicht verstanden, ihr Leib stürzte bereits zum Eingang … oder versuchte es vielmehr. Sie kam zwar hoch, jedoch nicht sehr weit, ehe sie über die Fesseln stolperte. Dann war die Frau bei ihr – nicht, um sie festzuhalten, nein, erst über ihre Schultern zu streicheln, sich anschließend unterzuhaken, sie vorsichtig mit sich zu ziehen zu einer der Holzwände. Die Ritzen zwischen den Planken waren breit genug, um ins Freie zu lugen. »Der Mann, den ich gefunden habe«, fuhr die Alte fort, »hat Geld. Er ist bereit, einen Teil davon herzugeben, um später eine größere Summe zurückzubekommen. Doch ich denke, weder sein Geld noch sein Mut reichen für euch beide. Ein junger Mann scheint ihm das Wagnis lohnenswert – nicht eine junge Frau.«

Ríona lauschte wie betäubt. Immer noch konnten die Ohren nicht fassen, was sie zu hören bekamen. Es konnten auch die Augen nicht fassen, was sie zu sehen bekamen. Fionn stand vor einem Fremden, und dieser redete nicht nur eine Weile auf ihn ein, schließlich bückte er sich, um ihn von den Fußfesseln zu befreien.

»Eine Frau hat hierzulande einfach keinen Wert«, murmelte die Alte, »wer wüsste das besser als ich? Es steht zu erwarten, dass ein Vater für den Sohn bezahlt, jedoch nicht für dessen Weib.«

Ein Nein stieg in Ríona hoch, verkrampfte sich in der Brust, schaffte es nicht bis zur Kehle, erst recht nicht bis zu den Lippen. Über die trat nur ein Flüstern.

»Fionn würde mich nie im Stich lassen. Lieber wäre er

Sklave auf ewig, als einen Tag in Freiheit ohne mich zu verbringen.«

»Bist du dir da so sicher?«, fragte die Alte leise. Dieses Mal stieg ein Ja in ihr hoch, doch auch dieses kam ihr nicht über die Lippen, nicht schnell genug zumindest. Denn ehe sie es sagen, rufen konnte, stellte Fionn dem Fremden eine Frage, und sobald er eine Antwort erhielt, begann er zu rennen. Und wie schnell er rannte! Weder die Sorge um sie hielt ihn auf noch die blutende Wunde an der Schulter noch die Schwäche der letzten Stunden. Vielleicht bewies sein schmerzverzerrtes Gesicht, wie schwer ihm jeder Schritt fiel. Dies konnte sie nicht sehen, nur sein wehendes Haar und wie er sich immer weiter entfernte, ohne sich ein einziges Mal nach ihr umzudrehen. »Bist du sicher?«, fragte die Frau wieder.

Dieses Mal war da kein Ja, dieses Mal war da auch kein Nein, dieses Mal war da nur ein Entsetzen, eine Enttäuschung, zu groß, um sie mit einer einzigen Silbe zu erfassen. Irgendwie gelang es ihr, den Kopf davon freizuhalten, obwohl das Herz bereits brach.

»Er … er kommt zurück«, flüsterte sie.

Die Alte sagte nichts, ließ sie los, wartete mit ihr. Nichts war mehr von Fionn zu sehen, was stattdessen vor ihrem inneren Auge aufstieg, waren andere Bilder … unschöne Bilder.

Fionn, der sich stets jedem Kampf verweigerte. Fionn, der sich zunächst mit Báine versteckt hatte, anstatt ihr zu folgen. Fionn, der zwar riskiert hatte, ausgepeitscht zu werden, danach aber gestammelt hatte: Ich ertrage es nicht. Ich tauge zu gar nichts. Fionn, der sich nicht zusammengerissen hatte, seiner Verzagtheit, seinen Schmerzen nicht getrotzt hatte wie sie. Seine Liebe zu ihr mochte nicht geschrumpft sein – nur seine Angst war stetig gewachsen.

»Er kommt zurück«, wiederholte sie kläglich. »Er lässt mich nicht im Stich.«

Ríona klammerte sich an die Planken, um nicht zu fallen. Es tat weh, es war anstrengend, sie konnte dennoch nicht anders, als weiterhin nach draußen zu starren, zu warten, sich nicht nur am Holz, gleichfalls an der Hoffnung festzuhalten.

Die Alte teilte diese Hoffnung längst nicht mehr. »Ich weiß, wie du dich fühlst«, murmelte sie. »Vorhin hat dein Mann mich gefragt, ob ich Gormlaith hieße. Und das ist tatsächlich mein Name.«

Der Name war Ríona fremd. Vielleicht hatte sie ihn schon einmal gehört, genauso wie den der beiden Könige, ihrer Ehemänner. Aber er passte nicht zu der Frau, die nicht einfach nur alt schien, regelrecht erloschen. So wenig wie die Worte, die sie hinzufügte, zu ihr passten, Worte, wonach ihr zweiter Mann, Brian Boru von Munster, der mächtigste aller Könige war und sie, Gormlaith, die schönste aller Königinnen. Die Alte war doch nicht schön. Und Fionn war doch nicht so schwach, nicht so feige, nicht so selbstsüchtig, sie im Stich zu lassen …

»Er kommt zurück«, rief sie nun nahezu flehentlich. »Er kommt zurück zu mir … zurück zu unserem Kind, das ich erwarte …«

Gormlaith ging nicht darauf ein, schien in Gedanken versunken. »Ich bin Gormlaith«, wiederholte sie, »war Prinzessin von Leinster, erst Königin von Dublin, schließlich Königin von Munster. Brian hat mich nach dem Tod meines ersten Mannes entführt … hat mich geheiratet, weil er sich mit nichts weniger zufrieden gibt als mit dem Allerbesten und Allerstärksten und Allerschönsten. Mit dem Süden Irlands gibt er sich auch nicht zufrieden, er will die ganze Insel haben, und deswegen hat er jüngst ein Bündnis geschmiedet und dieses besiegelt, indem er eine andere Prinzessin heiratete. Sie ist nicht ganz so schön wie ich, aber deutlich jünger, und manche Männer verwechseln Schönheit mit Jugend.« Sie machte eine Pause, das Atmen schien ihr wehzutun. »Er hat mich vertrieben«, fuhr sie leise fort. »Einfach vertrieben. Ich habe mich an ihn geklammert, aber er hat mich von sich gestoßen, ist gegangen. Er ist gegangen und nicht zurückgekehrt, nicht ein einziges Mal hat er sich nach mir umgedreht. Er wollte mir nichts Schlechtes, er wollte nur für sich das Allerbeste, und das war nicht länger ich.«

Ríona weinte nun, die Ritzen verschwammen vor ihren Augen, auch Gormlaith verschwamm, als sie sich zu ihr umdrehte. Es schien, als wäre ihre Gestalt von waberndem Nebel verborgen.

»Du ... du hast also deinen Liebsten verloren«, murmelte sie erstickt.

»Ich habe ihn nicht verloren, er hat mich weggeworfen. Dein Mann wiederum hat dich im Stich gelassen, und ich fürchte, ich kann nichts für dich tun ...«

»Nein!«

»Ich habe meine Schönheit verloren, mein Ansehen, meinen Stolz, sogar den Sohn, den ich Brian geboren habe. Er hat ihn mir nicht gelassen, hat ihn mir weggenommen. Meine Macht aber habe ich nicht verloren ... nicht ganz zumindest. Eislof und ich handeln gemeinsam mit Sklaven, denn es gibt kein Geschäft in Dublin, das mehr Geld verspricht. Du wirst mir einen netten Betrag einbringen, wenn ich dich nach Island verkaufe.«

Wieder löste sich ein »Nein!« von ihren Lippen, schriller, verzweifelter als alle vorangegangen. Dieses Mal genügte es nicht, sich gegen das Schicksal aufzubäumen, noch mehr Worte warf sie diesem entgegen: »Nein, ich werde hierbleiben, werde auf Fionn warten! Er lässt mich nicht einfach so zurück, er wird wiederkommen.«

Dem Schicksal waren die Worte gleichgültig, Gormlaith auch. Immerhin war ihr Blick mitleidig, während der der beiden Männer, die plötzlich die Hütte betraten, einfach nur leer war. Sie waren groß, die Pranken waren riesig, Pranken, die sie packten und zu zerquetschen drohten.

»Lasst mich los!«, schrie sie. »Fionn kommt zurück! Er lässt mich nicht im Stich!«

Einer der Männer warf sie sich über die Schulter. Sie wartete auf einen neuerlichen Schmerz in ihrem Unterleib, er blieb aus. Ihr Körper war wie taub, ihr Gesicht war wie taub, selbst die Seele, die sich mit aller Macht gegen die Wahrheit wehrte, schien Atemzug um Atemzug von lähmendem Gift überzogen. Sie konnte sich nicht gegen die Männer wehren. Und – was in diesem Augenblick noch schlimmer war –, sie konnte sich nicht gegen die Einsicht wehren, dass Fionn nicht zurückkommen würde, dass er sie wirklich im Stich gelassen hatte, dass er sich, ob aus Angst oder Schwäche oder weil die Liebe nicht groß genug war, für die Freiheit entschieden hatte und ihr nur die Gefangenschaft blieb.

Fionn wusste nicht, wie lange er nun schon gegen den Tod kämpfte. Als er irgendwann mit schweißnassem Gesicht hochblickte, hatte sich der Himmel längst verdunkelt. Der Grund, aus dem er überhaupt noch etwas sah und er so jäh ins Schwitzen kam, war die Fackel, die jemand dicht über ihn hielt. Erst jetzt gewahrte er, dass es Eislof war, jener Sklavenhändler mit der Warze auf der Nase, der ihn am Morgen ausgepeitscht hatte. Ewigkeiten schienen seitdem vergangen zu sein. In den letzten Stunden hatte er die Striemen gar nicht mehr gespürt, und auch als sie ihm jetzt wieder einfielen, war da nur ein dumpfes Pochen.

In Eislofs Gesicht wiederum stand nicht die Verachtung,

die er ihm am Morgen so überdeutlich gezeigt hatte, nur Sorge. »Wird er es schaffen?«

Eigentlich war es keine Sorge, es war Habgier. Er hatte keine Angst um den halb toten Sklaven, der vor Fionn lag, nur Angst um das Geld, das ausbleiben würde, wenn dieser starb. Tief drinnen regte sich in Fionn Wut, doch sie war nicht laut genug, die Erleichterung zu übertönen, dass dem Händler so viel am Überleben des anderen lag wie ihm, er ihm sogar die notwendigen Heilmittel beschafft hatte.

»Ich hoffe es«, murmelte Fionn. »Ich hoffe, er wird überleben.«

Dass der Verletzte es bis jetzt geschafft hatte, war ein großes Wunder. Fionn hatte kaum glauben können, als einer der Nordmänner, der sie mit dem Schiff nach Dublin gebracht hatte, behauptet hatte, sein Bruder Ennis lebe noch. Das Schwert eines Angreifers habe ihn zwar getroffen, doch dieses sei nicht tief genug in seinen Leib gedrungen, um ihn zu töten.

»Als er kurz erwachte, rief er nach einem Fionn. Er meinte, dieser sei der Einzige, der ihn retten könne«, war der Nordmann fortgefahren. »Das bist doch du, oder? Dein Bruder ist soeben mit einem zweiten Schiff angekommen, allerdings am Ende seiner Kräfte.«

Fionn war losgelaufen, gerührt von Ennis' Vertrauen zu ihm, was neu war, getrieben vom Wunsch zu helfen, der altvertraut war. Als er endlich seinen Bruder erreicht hatte, war er nicht sicher gewesen, ob er es könnte. Der Grat zwischen der hiesigen Welt und der Anderwelt war schmal, und Ennis hatte längst den einen Fuß daraufgesetzt. Eine Bewegung noch, und er wäre für immer verloren gewesen. Allerdings hatte er sich gar nicht bewegt, hatte erst bleich vor ihm gelegen, dann mit von Fieber gerötetem Gesicht. Immerhin hatte er auf diese Weise seine Wunde ausbrennen können, ohne auf Gegenwehr zu stoßen.

»Ich muss das Fieber senken!«, rief Fionn mit jener Selbstverständlichkeit, mit der er zuvor nach glühendem Eisen verlangt und eines bekommen hatte, forderte er nun kaltes Wasser mit Essig vermischt, außerdem ein Stück Leinen, das er hineintauchte, um es Ennis um die Waden zu wickeln. Später versuchte er, ihm einen Sud einzuträufeln, aus den Blättern der Eberraute gebraut. Jeden zweiten Tropfen spuckte Ennis aus, Fionn gab den Rest auf die Wunde. Es war das erste Mal, dass Ennis zusammenzuckte.

»Halte durch, Bruder«, bat Fionn eindringlich, »du hast nun schon so lange überlebt, du kannst nicht einfach gehen. Anders als ich bist du doch ein wahrer Kämpfer.« Entgegen dieser Worte kämpfte er auch, er forderte von Eislof Molke und Brennnesseln, um daraus einen säuerlichen Sud zu mischen, mühte sich wieder ab, Ennis diesen einzuträufeln. »Schluck!«, befahl er, »schluck!«

Er hatte keine Ahnung, ob Ennis diesen Befehl überhaupt hörte, zumindest floss nicht alles von der Brühe auf den Boden.

»Wird er es schaffen?«, traf ihn wieder die verdrossene Stimme des Sklavenhändlers, als sämtliche Molke verbraucht war.

Wie viel Zeit genau zwischen dieser Frage und der ersten vergangen war, wusste Fionn nicht. Auch nicht, ob es eine Lüge war zu nicken. Er tat es dennoch. Die Fackel blendete ihn, als der Sklavenhändler ihm wieder ganz nahe kam, um Ennis' Gesicht zu beleuchten.

»Er sieht aus wie tot«, sagte er.

»Aber er atmet, und … und das Fieber sinkt.«

»Gut so. Nicht dass ich umsonst Geld für ihn ausgegeben

habe. Mit jungen, starken Männern erzielt man im Süden den besten Preis. Einen besseren als mit jungen, hübschen Frauen.«

Fionn war es, als erweckten ihn diese Worte aus einem langen, dunklen Traum. Süden … Preis … junge, hübsche Frauen … Ríona … Mein Gott … er musste zu ihr! War sie immer noch im Lagerhaus? Hatte sich zwischenzeitig jemand bereit erklärt sie freizukaufen, um hinterher Lösegeld von seiner Sippe zu verlangen? Es fiel ihm schwer zu glauben, dass das jemand täte. Aber er hätte ja auch nicht geglaubt, dass Ennis noch lebte, und doch war es so. Just als er aufspringen wollte, der Mann aus Meath hatte ihn ja von seinen Fesseln befreit, begannen die Augenlider seines Bruders zu zucken. Seine Stirn glühte zwar noch, die Augen waren glasig, dennoch konnte er sie öffnen. Er öffnete auch die Lippen, stieß etwas hervor, vielleicht seinen Namen.

»Halte durch«, murmelte Fionn wieder, drückte auf die Ränder der schwarzen Wunde, stellte fest, dass kein Eiter mehr austrat, nur ein wenig Blut, und das war frisch und rot. »Halte durch! Ich komme bald zurück zu dir, ich … ich muss nur vorher nach Ríona sehen.«

Ennis schien ihn nicht gehört zu haben, schloss wieder die Augen. Der Sklavenhändler hatte seine Worte durchaus vernommen, machte aber weiterhin nur ein verdrossenes Gesicht, wenn auch keine Anstalten, ihm wieder Fesseln anzulegen. Ungehindert konnte Fionn aufstehen, sich umblicken, erfassen, wo er überhaupt war – in einem Bretterverschlag mit Holzpfosten, an denen Menschen angebunden waren. Er begann zu laufen, wie er an diesem Tag schon einmal gelaufen war, nur dass er jetzt nicht so weit kam. Es war nicht Eislof, der ihn aufhielt, es war die alte Frau – die Gattin zweier Könige, die, wenn er richtiglag, Gormlaith hieß.

Der Blick, mit dem sie ihn festhielt, erfüllte ihn mit tiefem Unbehagen.

»Ríona … Ríona …«

Der Mund zu trocken, um etwas anderes als ihren Namen hervorzupressen, es war Stunden her, dass er etwas getrunken hatte.

»Es geht ihr gut.«

Obwohl sie nur flüsterte, klangen ihre Worte laut in ihm wider.

Es geht ihr gut … es geht ihr gut … es geht ihr gut …

»Und sie ist frei«, fügte sie hinzu. Ihre Stimme war noch leiser, das Echo noch lauter.

Sie ist frei … sie ist frei … sie ist frei … Wie kann es sein, das sie frei ist?

»Du hast jemanden gefunden, der sie freikauft?«, fragte er ungläubig.

»Das nicht«, sagte die andere, schien kurz zu zögern, entschied dann, die Wahrheit so schonungslos auszusprechen, wie der Sklavenhändler die Peitsche auf seine Schulter hatte knallen lassen. »Aber ich habe ihr angeboten, mir zu dienen.« Dieses Mal echoten die Worte nicht in ihm. Es war nicht notwendig, er verstand sie sofort. »Ich habe ihr auch angeboten, dass das Kind bei ihr bleiben kann«, fuhr die Alte fort, »und das war es, was sie am Ende überzeugt hat.«

Fionn starrte die Alte an, sie fuhr nicht fort. Sprich es aus, dachte er, sprich es aus, dass deine Gnade nur ausreicht, ihr zu helfen, dem Kind … nicht mir.

Als sie immer noch nichts sagte, brüllte er: »Ich will sie sehen! Ich will mit ihr reden!«

»Aber sie will das nicht.«

»Das … das glaube ich nicht!«

»Warum denn nicht?« Die Stimme war plötzlich ganz hart.

»Ist es so abwegig, dass sie es dir nicht schwerer machen will und sich selbst erst recht nicht? Ist es so abwegig, dass sie nur an sich denkt und das Kind, nicht an dich, weil du sie ja doch nicht retten kannst?«

Die Welt drehte sich, oder vielmehr drehte er selbst sich, als ihn plötzlich Schwindel überkam. Dass er am Ende auf den Rücken fiel, lag allerdings nicht daran, dass er sich nicht mehr aufrecht halten konnte, vielmehr daran, dass starke Hände ihn packten, ihn fesselten. Zu wem sie gehörten, sah er nicht. »Ríona würde nie an meiner Liebe zweifeln.«

»Das tut sie ja auch nicht. Sie zweifelt an deinem Mut, an deiner Stärke, an deiner Entschlossenheit, sie zu beschützen.«

»Meine Schwäche … sie war doch nicht echt … Ich bin nicht so erbärmlich, wie sie vielleicht denkt. Ich bin bereit zu kämpfen, ich …«

»Gut so«, er spürte, wie Gormlaiths graues Haar sein Gesicht kitzelte. Oder waren es ihre spitzen Finger, mit denen sie darüberstreichelte? »Dann können wir nicht nur deinen Bruder, sondern auch dich für gutes Geld in den Süden verkaufen.« Ihre Stimme klang rau und kalt. »Im Übrigen denke ich, dass Ríona ohne dich besser dran ist.«

Er bäumte sich auf, wurde zurückgestoßen, sein Kopf prallte auf den Boden. Erst sah er gar nichts, danach nur schwarze Punkte, einer war besonders groß. War es Muir, der Rabe, nach dem sie hier in Dublin vergebens Ausschau gehalten hatten, der nun wegflog oder Ríona hinterher? Vergebens lauschte er nach einem Krächzen. Als er weiter gegen die Fesseln ankämpfte, bekam er einen Schlag. Die schwarzen Punkte wurden größer, schienen auf ihn zu fallen wie Regentropfen, begruben ihn, bis da nur mehr Dunkelheit war.

Ich, Gormlaith, war die böse Königin. Oder dachtet ihr, dass ich, nur weil ich euch von dieser Liebe erzähle und diese groß nannte, sie beschützt, gerettet habe?

O nein, ich war der Keil, der sich zwischen die beiden drängte, ich habe nicht nur dafür gesorgt, dass Ríona und Fionn getrennt wurden, sondern auch dafür, dass der jeweils eine an der Liebe des anderen zweifelte. Ich habe es verdient, dass ihr mir Bosheit unterstellt, wenngleich die Gründe, die mich dazu trieben, eher Berechnung als eine verdorbene Seele verraten.

Ein Weib wie ich, als Prinzessin geboren und zweimal mit Königen vermählt, kann sich mit schwindender Schönheit abfinden, nicht mit schwindender Macht. Und der Beutel mit den Münzen, den Eislof mir an diesem Tag als meinen Anteil überreichte, nachdem er Fionn in den Süden und das Mädchen nach Island verkauft hatte, schenkte mir diese Macht. Mit diesem Geld gedachte ich nämlich nicht Seidenstoffe oder Tand zu kaufen, ich wollte Krieg kaufen. Vielleicht war meine Seele in diesem Augenblick dunkel wie nie, aber die Dunkelheit habe ich nie gefürchtet. Die Dunkelheit ist ja so mächtig: Wenn sie sich über Krieger senkt, erstechen sich diese mit den Schwertern selbst statt gegenseitig. Nur das Grau machte mir Angst – das graue Haar, die graue Haut, eine graue Zukunft. An diesem Tag war mir gelungen, das Grau in Silber zu verwandeln.

Glaubt mir, ich wollte Ríona und Fionn nichts Böses. Ihr Anblick hat mich gerührt. Gegen Hässliches bin ich stets gewappnet – nicht gegen Schönes. Und schön waren sie. Die junge Frau mit den graugrünen Augen und einer Haarfarbe, die mich an seltene, wunder-

bar duftenden Holzarten erinnert, er mit schwarzem Haar und Augen von einem Blau, wie es nur Bergseen haben, und zwar solche, in denen sich nie ein böser Mensch gespiegelt und in die erst recht niemand gespuckt hat.

Dass ich ihnen meine Hilfe zusagte, war nicht durch und durch eine Lüge. Ich hatte sie nicht nur getrennt, um auf dem Sklavenmarkt Aufruhr zu vermeiden, auch um ihrer selbst willen. Vor allem Ríona half ich, indem ich sie etwas Wichtiges lehrte: dass man Männern nicht trauen kann. Dass man auf Liebe nicht hoffen soll. Dass es ein Irrtum ist zu glauben, dass sie stark macht, dass sie befreit. Gewiss, ich hätte die Macht gehabt, ihr die Sklavenfesseln abzunehmen, aber mit ihnen lernt man zu leben. Es sind die Fesseln der Liebe, die uns den Atem rauben, das Blut abschnüren.

Daran glaubte ich fest, selbst dann noch, als ich dem Schiff nachstarrte, auf dem sich Ríona befand. Es segelte die Liffey entlang, würde bald ins offene Meer gelangen. Als der Wind die Segel blähte, hörte ich – lauter noch als das Knattern von diesen – ein Krächzen inmitten des Kreischens der vielen Seemöwen. Ein Rabe kreiste über dem Schiff.

Erst als der Rabe zu einem schwarzen Punkt verschmolz, löste ich den Blick von ihm. Meine Arbeit war an diesem Tag noch nicht getan. Es genügte nicht, das Grau in Silber zu verwandeln, es galt auch, aus diesem Silber rotes Blut zu machen. Das Blut der Rache. Das Blut des Krieges.

Es regnete, als ich mich auf den Weg zurück zur Burg von Dublin machte, wo ich wohnte. Nach dem Anblick des Kalksteins, aus dem die Stadtmauern errichtet worden waren, und des feuchten Eschenholzes der verrottenden Holzpfähle, auf denen die Häuser in Ufernähe gebaut waren, streichelte es meine Seele, über der großen Feuerstelle der Halle die Funken tanzen zu sehen. Diese waren nicht die Einzigen, die sich drehten, auch ein Barde war zugegen. Und während seine Finger über die Saiten fuhren, zog er in einem fort auf Zehenspitzen Kreise, als wäre er nicht nur eins mit dem Instrument, sondern zudem mit den Tönen, die er erzeugte.

Sitric, der König von Dublin, lauschte hingerissen, und mehr als einmal war ich darüber erstaunt, dass mein Sohn aus erster Ehe, der seinem Vater nachgefolgt war, nicht nur gern raue Krieger um sich scharte, sondern auch Barden. Allerdings war es für ihn kein Widerspruch, ein scharfes Schwert am Gürtel zu tragen und einen seidigen Bart im Gesicht.

Eben beendete der Barde sein Lied. »Du hast dich selbst übertroffen, Gunnlaug«, erklärte Sitric. »Ein Schiff randvoll mit Gold steht dir zu.«

Der Barde verbeugte sich tief und wirkte geschmeichelt. Nur das spöttische Lächeln, das an seinen Mundwinkeln zupfte, verriet, dass er Versprechungen wie diesen zu oft gelauscht hatte, um ihnen zu glauben. Am Ende würde er nicht einmal ein Stück Gold bekommen, nur ein Mahl oder ein neues Gewand.

Gold hatte auch ich nicht zu bieten, aber ich leerte den Beutel Silbermünzen vor Sitric aus.

»Wofür ist das?«, fragte er erstaunt.

»Du hast das Geld bitter nötig. Seit Brian Boru und der König von Meath Frieden geschlossen und die Insel untereinander aufgeteilt haben, ist Dublins Eigenständigkeit bedroht. Um beiden Männern zu beweisen, dass du nicht ihr Spielball bist, den sie nach Belieben hin und her schieben können, solltest du ein Bündnis mit meinem Bruder Máelmorda, dem König von Leinster, schließen und Brian Boru den Krieg erklären.«

Sitric zupfte an seinem Bart. Erst betrachtete er mich nachdenklich, dann grinsend. Es war ein böses Grinsen – verriet den Hass auf einen König, der sich für mächtiger hielt als er, verriet Belustigung, weil er wusste, dass ich ebenfalls aus diesem Hass heraus handelte, nicht aus Liebe zu ihm.

»Du willst dich an Brian Boru dafür rächen, dass er dich versto-

ßen, dass er dich fortgeschickt hat, dass er deinen Sohn und meinen Bruder Donnchad behielt«, stellte er fest.

Ich sagte nichts, ging schweigend von dannen. Aber natürlich hatte Sitric recht: Mein Hass auf Brian war der Grund, warum ich mit Sklaven handelte, warum ich nicht auf das Silber verzichten konnte, das der Verkauf von Ríona und Fionn eingebracht hatte.

Ich, Gormlaith, war eine böse Königin und ganz sicher eine rachsüchtige, die alles daransetzte, die Nordmänner von Dublin zu einem Aufstand gegen Brian Boru aufzuhetzen. Die Aussicht auf dessen Gelingen vertrieb jegliche Reue, jegliche Schuldgefühle. Wenn ich ehrlich bin, habe ich in den Monaten, die folgten, kein einziges Mal an Ríona und Fionn gedacht, habe mich kein einziges Mal gefragt, ob sie ihren Bestimmungsort erreichten und was dort aus ihnen wurde.

II.

999

Nordwärts

Sie waren zu fünft, doch das erfasste Ríona erst, als sie auf hoher See waren, die Wellen laut gegen den Schiffsrumpf schlugen, sie, gleichwohl in einem Holzverschlag hockend, von der Gischt nass wurden. Alle Träume und Hoffnungen, alle Erinnerungen und Ängste wurden so bedeutungslos wie die kleinen weißen Gischtbläschen auf dem schwarzen Meer. Sie fror, und das war gut so. Der Eisblock, zu dem sie zu erstarren schien, war immerhin etwas Festes, an das sich die Seele klammern konnte.

Sie stellte fest, dass sie mit einem klobigen Lastschiff, keinem wendigen Langschiff unterwegs waren. Das bedeutete, dass sie langsamer fuhren und bei Sturm nicht so leicht kippen konnten, dass sie wahrscheinlich die Fahrt überstand, ohne zu ertrinken. Aber eigentlich war ihr das gleich. Neben menschlicher Fracht befanden sich auch andere Güter an Bord – Speck- und Wetzstein, außerdem Kisten, in denen etwas rumpelte, das wie Eisen klang, Fässer schließlich, in denen sich wohl Wein befand. Wenn die Stricke rissen, mit denen die Kisten und Fässer festgebunden waren, wurde sie womöglich erschlagen. Eigentlich war ihr das ebenso gleich.

Ein Frachtschiff, so stellte sie schließlich fest, war mit weitaus weniger Besatzung ausgestattet als ein Kriegsschiff. Sie zählte nicht einmal ein halbes Dutzend Männer, als sie durch die Ritzen des Bretterverschlags am Heck des Schiffes spähte. Vielleicht waren es mehr, vielleicht waren es weniger, sie glichen einander zu sehr.

Die Gefangenen glichen einander nicht. Da waren ein altes Weib und ein junges Mädchen und außerdem zwei Frauen, jung wie sie. Oder nicht. Sie war ja nicht mehr jung, sie würde vielleicht niemals alt werden. Noch aber starb sie nicht. Sie blieben auch nicht zu fünft.

Sie erreichten eine Insel, von der sie nicht wusste, wie sie hieß, jedoch vermutete, dass die meisten Menschen, die hier lebten, Heiden waren. Früher hatte sie sich vor diesen mehr gefürchtet als vor Iren, jetzt nicht mehr. Alle Menschen waren entweder bösartig oder grausam, meistens beides – Menschen wie König Áed, Menschen wie Königin Gormlaith. Und dann gab es solche wie Fionn und wie sie, die zu schwach waren, um bösartig oder grausam zu sein.

Sie schloss die Augen, bekam trotzdem mit, wie sie anlegten und die zwei Frauen vom Schiff geholt wurden. Sie wehrten sich nicht, sie selbst hätte sich gleichfalls nicht gewehrt. Danach wurden ein paar Kisten weggetragen und neue aufs Schiff gebracht, eine traf fast die alte Frau, sie krümmte sich, das Mädchen schrie auf. Es war seit Langem das erste menschliche Geräusch, das sie vernahm, das sie berührte, das sie mit Mitleid erfüllte. Nun gut, die Männer auf dem Schiff riefen sich Befehle zu, manch einer fluchte oder murrte, aber diese betrachtete sie nicht als Menschen. Eigentlich fühlte sie sich auch selbst nicht als Mensch, und doch musste sie einer sein, sonst würde sie das Mädchen nicht besorgt mustern, feststellen, dass sie es kannte. Es war das zarte Wesen vom Sklavenmarkt, dem Fionn zu helfen versucht hatte.

»Ob das wohl eine der Hebrideninseln war, eine der Orkneyinseln oder der Färöer, wo wir gerade Station gemacht haben?«, fragte die alte Frau, die neben dem Mädchen hockte, als sie wieder ablegten.

Warum tragen Orte wie diese überhaupt Namen?, fragte

sich Ríona. Warum heißen sie nicht einfach Einsamkeit, Hoffnungslosigkeit, Kälte?

Nun, sie selbst hieß auch nicht so. »Ich heiße Ríona«, stammelte sie unwillkürlich.

Die Alte schwieg, das Mädchen ebenso. Sie schätzte es auf fünf, sechs Jahre. Ein Wunder, dass es überhaupt so alt geworden war und erst recht, dass es die letzten Tage überlebt hatte. Alles an ihm war dürr – der Leib, die Haut, die Finger. Und alles an ihm war hell, das Haar, die Augen, die Wangen. Auch sie war nichts weiter als ein Schaumbläschen auf schwarzer Flut, aber gerade weil ein solches so leicht war, ging es nicht unter.

Übermächtig wurde ihr Verlangen, das Mädchen zu beschützen, es zu streicheln, an sich zu drücken. Doch als sie ihre Hand heben wollte, gehorchten ihre Glieder nicht. Und als sie nach dem Namen des hellen Mädchens fragen wollte, kam nur ein Krächzen heraus.

Es krächzte zurück. Richtig, nicht nur Menschen und Wesen, die sich für Menschen hielten, befanden sich auf dem Schiff, auch Muir. Eine Weile war er um das Segel gekreist, hatte sich dann unter dem Verschlag verkrochen. Sie hatte mit ihm geteilt, was man ihnen zuwarf, salzige Brocken, von denen sich nicht sagen ließ, ob es Fleisch oder Fisch war, die jedenfalls durstig machten. Sie leckten Regentropfen ab, die sich im Kuhhaar, mit dem die Planken kalfatert worden waren, verfangen hatten, aber die waren auch salzig.

Muir. Muir ist bei mir.

Wie sie sich darüber freute. Und wie gefährlich diese Freude war. Sie drohte, den Eisklotz zu schmelzen, zu dem sie geworden war. Was würde bleiben, wenn er zerlief, versickerte? Aber wenn das zarte blonde Mädchen nicht einfach versickerte, drohte ihr das wohl auch nicht.

Sie öffnete den Mund, krächzte wieder, brachte schließlich hervor: »Wie heißt du?«

»Lainidh«, erklärte die Kleine. Die blauen Augen ruhten eine Weile auf ihr, dann sah sie zum Raben. »Und wie heißt er?«

Ríona konnte es nicht sagen. »Der Rabe ... er hat mich nicht im Stich gelassen«, murmelte sie, und mit den Worten kam eine Träne, eine warme, heiße Träne, wenn auch nicht so heiß wie Feuer. Aber was nutzte Feuer schon? Wenn man eine Fackel in kaltes Wasser tauchte, erlosch sie, und das bedeutet, man könnte nie Feuer nach Tir-far-thóinn bringen, die untergegangene Stadt würde sich nie aus den Fluten erheben, und sie würde Fionn niemals wiedersehen. Sie würde niemals wieder jemanden lieben können wie ihn, würde nie wieder so glücklich sein wie an dem Tag, da sie erfahren hatte, sie würde ein Kind erwarten. Das Kind ... das Kind war noch in ihr ... Vorausgesetzt, es war noch ein Kind, kein Eisklumpen. »Er hat mich nicht im Stich gelassen«, wiederholte sie.

»Das ist kein Name«, mischte sich die alte Frau ein, die vielleicht ja doch eine junge Frau war und nur wegen der grauen Haare alt aussah.

»Muir«, stieß Ríona hervor, »sein Name ist Muir.«

An diesem Tag waren sie zu erschöpft, um noch mehr Worte zu wechseln, erst am nächsten Tag war die Neugier wieder größer als die Müdigkeit. Warum sie auf dem Schiff wären, wollte sie von den anderen beiden wissen.

Eigentlich wollte sie es nicht wissen, wollte nur, dass die Stimmen der anderen die Erinnerungen übertönten, wie sie selbst in die Sklaverei geraten war. Und die Geschichten, die sie erzählten, waren zwar tatsächlich grausam und traurig, jedoch war nicht von Liebe die Rede, nicht von Schwäche, nicht von Verrat, nur von Hass – dem Hass der Dubhgall auf die Finngall. Dubhgall nannten sich die Abkömmlinge der Dänen in Irland, Finngall die Abkömmlinge der Norweger. Gemeinsam lebten sie in Dublin, gemeinsam kämpften sie, wenn es notwendig war, für den König, aber das war alles, was sie verband. Da war eine Kluft zwischen ihnen, die sie so gut wie nie zu überwinden versuchten. Weit öfter, als dass sie untereinander heirateten oder miteinander Kinder bekamen, machten sie sich das Leben schwer. Manchmal verprügelten sie sich, manchmal überfielen sie Gehöfte, manchmal raubten sie Frauen und Kinder und verkauften sie als Sklaven. Nicht selten mischte sich der König ein, verlangte als Wiedergutmachung, dass eine der Parteien der anderen eine Unze Silber zahlte. Die Frauen und Kinder waren aber zu diesem Zeitpunkt längst fortgeschafft worden, würden Gefangene bleiben.

»Gehört ihr derselben Sippe an?«, fragte Ríona.

»Nein, Lainidh entstammt den Dubhgall, ich den Finngall«, sagte die alte Frau, die mittlerweile ihren Namen – Gadhra – genannt hatte. »Doch keine Angst, wir werden einander nichts antun, wir hassen uns nicht, wir haben aufgehört zu sein, wer wir waren.«

Ríona nickte. Es fiel ihr zunächst leicht zuzustimmen. Sie mochte noch immer Ríona heißen, aber sie würde nie wieder Caitri sein. Im nächsten Augenblick erkannte sie hingegen, dass die Worte Unsinn waren. Man hörte erst auf zu sein, wer man war, wenn man starb. Sie lebte, und wenn sie das nicht wollen würde, würde sie sich ins schwarze Wasser stürzen. Muir wollte auch leben, sonst würde er nicht plötzlich so laut und durchdringend krächzen. Und Lainidh wollte zumindest, dass der Rabe lebte, sonst würde sie nicht jäh aufspringen und flehentlich rufen: »Tu ihm nichts!« Verspätet gewahrte Ríona, was geschehen war. Muir hatte sich außerhalb des Verschlags gewagt, vielleicht, um ein paar Runden zu fliegen, vielleicht, um etwas aufzupicken. Prompt war er von fremden Pranken gepackten worden, so riesig gemessen an Lainidhs Händen, die diese gleichwohl festzuhalten versuchten. »Tu ihm nichts!«

Der Mann musste nur den kleinen Finger regen, um Lainidh abzuschütteln. Daumen und Zeigefinger genügten wiederum, um den Hals des Raben zu umfassen.

»So ein Vieh bringt Unglück, das weiß jeder.«

Das Krächzen verstummte, Ríona befürchtete das Schlimmste. Das Nächste, was zu hören war, war allerdings nicht das grässliche Knacken von Knochen, es war ein Schrei – der Schrei des Mannes. Muirs Schnabel, der mehr auszurichten vermochte als die Nägel eines blassen, kleinen Mädchens, hatte sich tief in seine Pranke gebohrt. Der Schrei war noch nicht verklungen, als der Griff sich lockerte, Muir flatterte.

»Flieg weg!«, schrie Ríona, obwohl sie nicht wusste, wohin der Rabe fliehen könnte. Muir hatte ohnehin anderes im Sinn, er stürzte auf den Mann hinunter wie früher einmal auf Ennis, versuchte mit dem Schnabel dessen Nacken zu treffen. Noch mehr Schmerzenslaute ertönten – und auch Gelächter. »Nicht dass er dir dein kleines Gehirn herauspickt«, sagte jemand.

Wichtiger als das Gehirn erschien Ríona das Herz, doch dieses fehlte dem Mann wohl. Die Pranken griffen nach Muir, bekamen ihn zu fassen. Nur an einem Flügel, dennoch stieß der Vogel einen Laut aus, der fast so grässlich wie das Knacken von Knochen klang. »Nein!«, kreischte Ríona.

»So ein Vieh bringt Unglück, das weiß jeder«, wiederholte der Mann ärgerlich. »Raben können mit den Toten reden.«

Das Gelächter verstummte.

»Na und?«, erklang eine dröhnende Stimme. »Ich fürchte mich nicht vor den Toten. Sie tun ja doch nichts anderes, als verzweifelt ihre Leiber zu suchen, selbst wenn diese schon lange verwest sind.«

Der Leib des Mannes, der auf sie zukam, war stattlich. Er war nicht nur groß gewachsen, ging ebenso in die Breite. Gut möglich aber, dass der Bauch nur deshalb so mächtig wirkte, weil das Lederwams vom Wind aufgebläht wurde wie das Segel am Mast. Jedenfalls erzitterte das Schiff bei jedem Schritt, den der Riese machte. Wenn er nur einmal springen würde, es würde wohl kentern.

Allerdings sprang er nicht, er versuchte, dem anderen Muir auch nicht zu entreißen, blickte ihn nur an. »Und wenn ich die Toten gar nicht fürchte, mich hingegen nach all dem Fisch nach einem gebratenen Vögelchen sehne?«, erwiderte der.

»Du könntest damit zwar nicht den Zorn der Toten, aber den Zorn Odins auf dich ziehen. Man nennt ihn den Rabengott, weil er die Raben liebte – vor allem die beiden, die ihn stets begleiten, Hugin und Munin.«

»Pah«, erwiderte der Mann. »Odin hat doch keine Zeit, sich um uns kümmern. Er ist unablässig damit beschäftigt, Streit zu säen, damit sich die Menschen gegenseitig töten und sich in Walhall genügend erschlagene Krieger versammeln, die an Ragnarök mit ihm kämpfen.«

»Hm«, machte der Riese, »nicht nur Odin sendet täglich seine Raben aus, damit sie ihm Neuigkeiten bringen. Der erste Mann, der jemals Island betrat, gelangte nur zur Insel, weil ihm an dem Tag, da er eigentlich umkehren wollte, ein Rabe ein Zweiglein von dort brachte.«

»Unsinn«, erwiderte der andere. »Der Rabe ist eben nicht zu seinem Schiff zurückgekehrt – und das war ein Zeichen dafür, dass sich irgendwo in der Nähe Land befinden musste. Um das zu wissen, brauche ich aber keinen Raben. Ich schmecke am Meerwasser, wie nah wir unserem Ziel sind.«

»Und was ist, wenn du zuvor Blut schmeckst, weil nämlich meine Faust in deinem Gesicht landet?« Der Riese hob tatsächlich die Hand, ballte sie, und Ríona erwartete erneut, das Knacken von Knochen zu hören. Es blieb aus. Der Riese schlug nicht zu, der andere schien auch gar nicht damit gerechnet zu haben. Anstatt sich zu ducken, stieß er ein Lachen aus. »Du bringst es doch nicht einmal übers Herz, einen Fisch auszunehmen. Erst recht nicht, mich zu schlagen.«

Der Riese schrumpfte förmlich. »Wenn du versprichst, den Raben freizulassen, muss ich das auch nicht«, erklärte er eher trotzig als drohend, und Ríona entging nicht, dass er den Kopf senkte, dem Blick des anderen auswich und seine Stimme nicht länger dröhnend klang, als er hinzufügte: »Du solltest nicht vergessen, Nordri, dass mir dieses Schiff gehört – und solange sich der Rabe auf dem Schiff befindet, er ebenso.«

Die Miene des anderen – Nordri hieß er also – wurde verdrossen. Er schien zu überlegen, ob er sich mit dem Riesen anlegen sollte, doch dann mischte sich ein Dritter ein.

»Um dieses Vieh lohnt es sich nicht zu streiten. Mag sein, dass wirklich ein wenig Fleisch an ihm hängt, aber ich bezweifle, dass es rosig und saftig ist. Schwarz wie seine Federn ist es wahrscheinlich, und es schmeckt bitter wie Asche. So etwas isst kein Mann, solange er etwas anderes haben kann. Spar ihn dir für den Fall auf, dass unsere Vorräte sich dem Ende zu neigen, ehe wir das Ziel erreichen.«

»Pah!«, machte Nordri. »Sein Blut ist jedenfalls rot.«

Tatsächlich lief ihm ein roter Tropfen über die Hand, und er ließ den Raben endlich los, um sich diesen abzuwischen. Muir plumpste wie ein Stein auf die Schiffsplanken, und als Ríona zu ihm kroch, ihn abtastete, war sie kurz überzeugt, dass er vor Schreck gestorben war.

»Muir!«, rief sie verzweifelt, »Muir!«

Lainidh folgte ihr, betastete den Vogel. »Das ist nicht sein Blut«, stellte sie fest, »es ist das von diesem Nordri.«

Ríona war erleichtert, nahm ihre Hand, um sie zu drücken, erstarrte jäh. Obwohl Nordri längst von dannen gestapft war und weder das Mädchen noch Muir blutete, stieg ihr weiter metallischer Geruch in die Nase. Sie brauchte eine Weile, um zu erkennen, dass dieses Blut ihrem eigenen Körper entströmte. Es fühlte sich so kalt an, dass sie es für durchsichtig und farblos wie geschmolzenes Eis hielt. Doch als sie Lainidhs Hand wieder losließ und ihre Tunika hob, waren ihre Schenkel dunkelrot.

Das Blut lief aus ihr heraus, irgendwann schien kein neues nachzukommen. Der Wind zerrte am Segel, bis es an den Rändern einriss, verkam zu einem Säuseln, verstummte ganz. Beides war trügerisch. Tief in ihr begann, sich ein Schmerz zu regen, der in den letzten Wochen nie ganz nachgelassen hatte, glich erst einer Faust, die in ihren Magen schlug, dann einer Faust, die ein Messer hielt und sie damit verwundete. Und hinten am Horizont begannen sich Wolken zusammenzuballen, gleichfalls zu einer Faust, fast so schwarz wie das Meer. Sie mochten keine scharfe Klinge halten, den Himmel zerschneiden konnten sie gleichwohl. Schon prasselte Regen auf sie herunter, als hätte die Erde sich gedreht, befände sich das Meer nun oben, während sie ins Nichts fielen.

Aus weiter Ferne hörte sie die Männer brüllen, ganz nah waren die Stimmen von Lainidh und Gadhra. Sie verstand nicht, was sie sagte, spürte nur, wie die Alte sich mit einer Hand an ihrer Schulter festhielt und sich mit der anderen an ein Fass klammerte. Lainidh hielt wiederum ihre Hand – vielleicht, um sie zu trösten und ihr Mut zu machen, vielleicht, um nicht von Wellen und Sturm über Bord gespült zu werden. So oder so sagte ihr die Hand: Du bist nicht allein, und kurz konnte Ríona das glauben. Dann bäumte sich der Schmerz auf wie das Meer, und sie wusste, dass dieser zumindest ihr allein gehörte.

Sie sah nicht, ob neues Blut floss, da Welle um Welle auf sie klatschte, bald keine Faser des Leibes nicht durchnässt war, aber sie wusste, dass das Kind ihren Körper verließ, sich seine Seele von der ihren löste. Und irgendwann konnte sie es zulassen, irgendwann war sie überzeugt, dass es freizugeben nicht auch bedeutete, dass das Schiff den Kampf gegen die Fluten verlor.

Sie fühlte Gadhras Griff nicht länger. Das Fass zerbarst, die Alte verlor den Halt, rollte über das Schiffe, wurde vom Mast aufgehalten – zumindest hoffte Ríona das. Lainidh klammerte sich indes an ihr fest, bis die Nägel tief in ihr Fleisch schnitten, und ihre Panik gab Ríona die Kraft, nach etwas zu tasten, an dem sie sich festhalten konnte. Sie fand einen Strick und umklammerte ihn, während sie den Traum von Glück und Liebe losließ, auch den Traum von einem Kind mit Fionns schwarzem Haar und ihren graugrünen Augen, das die Sprache der Elfen verstand.

Fionán, dachte sie voller Wehmut, ihr kleiner Sohn hätte Fionán heißen sollen.

Aber ein solches Kind war für den Wald gemacht, nicht für das schwarze tobende Meer. Und wenn sie in diesem Meer nicht untergehen wollte, nicht von ihm verschluckt werden, weder jetzt im Sturm noch später, dann musste sie die Gedanken an das Kind abschütteln wie die Erinnerungen an Fionn, auf dass das Leben hinterher leichter war. Leerer natürlich auch. Aber was zählte das, solange sie atmete?

Ihre Hände wurden taub, es genügte nicht länger, sich am

Strick festzuklammern. Sie wickelte sich ihn um das Handgelenk, wickelte ihn schließlich um die Schultern, nutzte die Kraft, die blieb, sich nunmehr an Lainidh festzuklammern, so wie diese sich an sie klammerte. Sie wurden hin und her geschleudert, später wusste sie nicht, wie oft ihre Beine, ihre Arme, ihr Kopf gegen feuchtes, wiewohl immer noch hartes Holz schlugen. Doch auch wenn die Welt kein Oben und Unten mehr zu kennen schien – der Sturm kannte ein Anfang und ein Ende. Irgendwann klang sein Röhren zahmer, irgendwann wurden die Flüche der Männer heiser, irgendwann ließ sich Muirs Krächzen vernehmen. Das Gefieder des Raben war zerzaust wie nie – ob er gegen den Sturm angeflogen war oder sich in einer Kiste verkrochen hatte, würde sie nie erfahren.

Er wusste anscheinend, dass zwischen ihren Beinen ein blutiger Klumpen lag, der ein Junge mit schwarzem Haar und graugrünen Augen hätte sein sollen, aber niemals werden würde, denn er stieß einen seiner leisen Gesänge an, wie er es sonst nur tat, wenn sie ihm den Kopf kraulte. Jetzt konnte sie das nicht, sie klammerte sich immer noch an den Strick. Sie wischte sich auch nicht die Blutklumpen von den Oberschenkeln, das tat Lainidh für sie, die zu diesem Zweck ein Stück ihrer Leinentunika abriss.

Gadhra kam zu ihnen gekrochen. »Du wirst schrecklich frieren, wenn du deine Kleidung ruinierst«, sagte sie zu dem Mädchen.

Lainidhs Lippen waren tatsächlich schon jetzt blau, die Hände auch, das feine blonde Haar war triefend nass. Dennoch hörte sie nicht mit ihrem Tun auf.

»Wir werden dicht aneinandergeschmiegt schlafen«, erklärte Ríona.

Die Alte wiegte zweifelnd den Kopf, glaubte wohl nicht,

dass sie genug Wärme für sie beide in sich trug. Aber selbst wenn es keine Wärme war, es war der Wunsch zu beschützen, und diesen würde sie nicht wie sinnlosen Ballast wegwerfen.

Wäre sie noch in ihrer Heimat, sie hätte das tote Kind im Wald vergraben, unter einer Eiche, fast so alt wie Érius Insel selbst, in Erde, auf der bislang nur Tiere gelaufen waren, und unter einem Blätterdach, auf das hin und wieder die kupferrote Abendsonne fiel, um den Boden zu sprenkeln, gerade genug, um grüne Triebe sprießen zu lassen.

Das Meer hingegen, so glatt mittlerweile, als wollte es sie verhöhnen, war grau wie Stein, aus dem nichts wuchs, sich höchstens die Wurzeln von dürren, bleichen Bäumen klammerten. Ihre Hände waren zu wund und schwach, um sich noch länger an etwas zu klammern. Sie ließ den Strick los, erhob sich, hielt das kleine Bündel mit dem toten Kind über das Wasser, ließ es fallen. Es war zu leicht, um sofort zu sinken, das tat es wohl erst, als das Schiff längst vorbeigefahren war. Der Kiel hinterließ ganz kurz eine weiße Spur, das Bündel nicht einmal das – zumindest nicht auf dem Meer.

Auf meiner Seele schon, dachte Ríona. Und an guten Tagen werde ich diese Spur nicht für eine schmerzende Narbe halten, nur für eine empfindsame Stelle, die jedes Streicheln noch intensiver fühlt als zuvor.

Vorerst aber musste sie sich der Trauer erwehren, um die kommende Zeit zu überstehen, musste sich die Tränen verbeißen. Es galt, Lainidh zu wärmen, Muir vor dem Verdacht zu schützen, er würde Unglück bringen, und den Riesen, dem das Schiff gehörte, zu fragen, ob es überhaupt in einem Zustand war, sie ans Ziel zu bringen.

Erschöpft schlief sie eine Weile später ein, Lainidh eng an sich gedrückt. Als sie erwachte, lagen sie immer noch nebeneinander. Die Fetzen, die von ihrer Kleidung übrig geblieben waren, waren feucht und steif vom Blut, aber dort, wo ihre nackte Haut sich berührte, fühlte sie weder Kälte noch das unangenehme Jucken. Lainidh summte ein Lied, hielt die Augen weiter geschlossen. Das Lied schien nicht von dieser Welt zu sein, nein, einem Traumreich zu entstammen – keinem, das im Meer versunken war, es war hoch oben im Himmel errichtet worden, zu matt dieser, um die kalte Welt zu spiegeln. Muir konnte hoch genug fliegen, um dieses Traumreich zu erspähen – und obwohl sie keine Flügel hatte, konnte Lainidh es wohl ebenso.

Die Tränen, die sich Ríona am Tag zuvor noch verkniffen hatte, stiegen ihr in die Augen. Keine perlte über ihre Wangen, aber ihre Stimme klang erstickt, als sie murmelte: »Wie schön du singst.«

Lainidh schlug die Augen auf, kehrte ins Hier und Jetzt zurück. »Es nützt dennoch nichts.«

»Wer sagt das?«

»Mein Vater. Und anders als ich es früher tat, glaube ich ihm. Man wird nicht satt vom Singen, es wird einem nicht warm.« Ríona drückte das zarte Mädchen kurz noch fester an sich, aber Lainidh machte sich von ihr los, entschlossener, als sie es ihr zugetraut hätte. »In welcher Sache bist du gut?«, fragte sie.

In ihren Augen stand die eigentlich Frage: Und wird uns diese satt machen und wärmen?

Kurz wusste Ríona auf beides keine Antwort, dann ließ sie den Blick schweifen. Gadhra versuchte, notdürftig ihre Kleidung zusammenbinden, indem sie einzelne Fäden so lange zwischen ihren Finger rieb, bis sie dünn geworden waren, sich durch Löcher fädeln, zubinden ließen. Ríona tat es ihr gleich, hieß auch Lainidh, sich daran ein Vorbild zu nehmen, wusste zugleich aber, dass sie es in solchen Dingen nie zur Meisterschaft bringen würde.

In den Wäldern den Elfen zu lauschen, darin war ich gut, dachte sie, nur ist das nichts, was hier und heute einen Nutzen hat. Und genau betrachtet, hatte sie weniger die Neugier auf Elfen in die Wälder gezogen, eher die Angst vor den Menschen – den Menschen, die oft zu laut gebrüllt, die zu fordernd gewesen waren, die ihr auch mit dem zugesetzt hatten, was sie im Stillen gedacht hatten. Sie hatte es gefühlt, so wie sie jetzt fühlte, wenn Muir in Not war oder Fionn litt. Vielleicht war das kein Fluch, sondern eine Gabe.

»Beobachten«, sagte sie leise, »das ist etwas, was man immer kann, in welcher Lage man auch ist. Ja, Menschen beobachten, sie durchschauen, ihnen die richtigen Fragen stellen. Daraus … daraus lässt sich Nutzen ziehen.«

Lainidh hatte schweigend gelauscht, wandte sich schließlich an Gadhra. »Wie hast du gelebt, ehe du in die Sklaverei geraten bist?«

Die Alte zog einen Faden durch den Mund. »Was zählt es, wie ich lebte?«, erwiderte sie nuschelnd. »Was zählt es, wer ich war? Noch nicht einmal mein Name hat noch Bedeutung. Es heißt, dass die Isländer ihren Sklaven neue Namen geben.«

Lainidh blickte ratsuchend zu Ríona. »Das war die falsche Frage, oder?«

»Frag nie nach der Vergangenheit, frag immer nach der Zukunft«, sagte sie, »gänzlich falsch war die Frage trotzdem nicht. Denn Gadhra hat das Ziel unserer Reise erwähnt. Island.«

Lainidh wandte sich wieder an Gadhra. »Was weißt du über Island?«

Die Alte zuckte mit den Schultern. »Nur, dass es eine Insel ganz aus Eis ist, deren Berge Feuer spucken.«

Lainidh blickte zu Ríona. »Denkst du, dass das wahr ist?«

Ríona hatte keine Ahnung. Wer konnte schon Wahres über Länder sagen, die er nie gesehen hatte? Wer wusste schon mit letzter Gewissheit, dass es Tir-far-thóinn gab und wie man es erlöste?

»Ich werde versuchen, mehr herauszufinden«, entschied sie und erhob sich mit steifen Gliedern. »Warte du hier, und hab ein Auge auf Muir.«

Muirs Gefieder hatte Ähnlichkeit mit einem zerfetzten Segel, doch sein stolzer Blick schien zu sagen, dass er keiner Aufsicht bedurfte, hingegen gern bereit war, seinerseits über Lainidh zu wachen.

Es war mühselig, aus dem Bretterverschlag zu kriechen, den sie bis jetzt nur zweimal verlassen hatte – einmal, um um Muirs Leben zu kämpfen, das andere Mal, um ihr totes Kind in die Fluten zu werfen. Jede Bewegung erinnerte sie an Letzteres, noch immer hockte eine Faust in ihrem Leib, schlug sie von innen her, aber sie trotzte der Faust wie der Angst, als sie die Männer auf dem Schiff beobachtete.

Wenn sie mich hätten schänden wollen, hätten sie das längst getan, sagte sie sich. Dass sie keine Anstalten gemacht hatten, bewies, dass sie die gleiche Abmachung getroffen hatte wie die Besatzung des Schiffes, das sie nach Dublin gebracht hatte: Niemand durfte die Sklavinnen anrühren, denn wenn es einer tat, wollten es andere, und die Folge wäre Streit. Dafür fehlten auf hoher See Kraft und Zeit – besonders an diesem Tag, waren doch alle emsig damit beschäftigt, die Schäden des Sturmes zu beseitigen. Der Mast, vom Wind geknickt, wurde eben wieder aufgerichtet, und der riesenhafte Mann, der Muir vor Nordri gerettet hatte, flickte ein Segel. Zumindest versuchte er es – in seinen Pranken wirkte die Nadel winzig.

»Soll ich dir helfen?«, fragte Ríona, als sie zu ihm trat.

Sie war froh, dass er auf dem Boden hockte, sie den Kopf nicht in den Nacken legen musste, um sein Gesicht zu betrachten. So genau wie jetzt hatte sie das bislang nicht getan – wobei der Bart so dicht und lang gewachsen war, dass man nicht viel von diesem Gesicht sehen konnte. Zudem klebte das nasse, zerzauste Haar auf der Stirn des Riesen und verbarg ein Auge ganz, das andere zur Hälfte.

»Auf einem Schiff schuften Männer. Tun es auch Frauen, sinkt es«, nuschelte er in den Bart.

Er mühte sich mit dem Segel ab. Wahrscheinlich würde es noch weiter reißen, wenn der Wind es blähte.

»Ich will nicht schuften, ich will dir helfen«, sagte sie, hob vorsichtig die Hand, strich ihm das Haar aus dem Gesicht. Es fühlte sich an wie Rosshaar, die Haut auf der Stirn wie die Rinde eines alten Baumes. Nun, sie hatte Bäume nie gefürchtet, hatte gern in ihrem Schatten gelegen, und so fuhr sie dem Mann weiter über die Stirn, als das Haar sein Gesicht längst nicht mehr verbarg. Ein Laut entwich seinen Lippen, der vielleicht Verblüffung, vielleicht Belustigung, vielleicht sogar Genuss verriet. Das Segel oder gar die Nadel reichte er ihr allerdings nicht.

»Wie heißt du?«, fragte sie.

Die Antwort kam erst nach langem Schweigen. »Flóki. So wie jener Mann, der Island als Erster betreten hat. Er ließ zuvor einen Raben fliegen, um herauszufinden, ob sich in der Nähe Land befand. Meine Mutter hat mich nach ihm benannt, weil ich das erste Kind war, das sie auf Island geboren hat.«

Die Nadel stach nicht durch den Stoff, sondern in seinen Finger. Er schien keinen Schmerz zu spüren, so wie er ihre Hand, die nun seine Schulter berührte, nicht zu spüren schien. Schnell zog sie sie wieder zurück.

»Dieser Flóki muss ein mutiger Mann gewesen sein, wenn er eine Reise angetreten hat, ohne das Ziel zu kennen.«

»Pah, er hat es nur einen Winter dort ausgehalten. Erst der nächste Siedler blieb länger. Bevor er anlegte, warfen sie einen Hochsitz ins Wasser, und an der Stelle, wo er angespült wurde, ließ er eine Halle errichten. Später folgten ihm noch mehr Sippen, errichteten Häuser in jener Bucht im Westen, wo es so viele warme Quellen gibt, dass ständig Dampf hochsteigt. Man hat diesen Ort danach benannt.«

»Dampfbucht?«

»Nein, Rauchbucht. In unserer Sprache heißt das Reykjavik.«

Dampf und Rauch sind doch zwei unterschiedliche Dinge, ging es ihr durch den Kopf. Und sie fragte sich, ob die heißen Quellen ein Beweis dafür waren, dass es die feuerspuckenden Berge, die Gadhra erwähnt hatte, tatsächlich gab. Sie hing dem Gedenken allerdings nicht lange genug noch, um sich zu fragen, ob solche Berge sie faszinieren oder beängstigen würden.

»Und dorthin fahren wir also?«, fragte sie. Er nickte nur. »Und dort lebst du?« Nun schüttelte er den Kopf. »Wo lebst du dann?«

»Nirgendwo.« Er klang aber nicht verzagt wie einer, der seine Heimat vermisste, vielmehr stolz, aber sein Tonfall änderte sich, als er sich wieder in den Finger stach, dieses Mal anscheinend tiefer. »Verflucht!«

»Soll ich das nicht doch für dich tun? Wenn Odin das Schiff hätte untergehen lassen wollen, wäre es im Sturm geschehen.«

»Odin ist nicht der Gott des Meeres«, erklärte er. »Das ist Njörd. Und der Gott der Seefahrer ist Thor. Er ist außerdem der Herr über Donner und Blitz.«

Ríona überlegte, ob auch Lir, der irische Gott des Meeres, über Donner und Blitz verfügte, aber es fiel ihr nicht mehr ein. »Dann lass mich ihn ehren, indem ich das Segel in Form eines Blitzes zusammennähe«, sagte sie, nahm ihm Segel und Nadel einfach aus der Hand und entschied, Letztere heimlich einzustecken, um später Lainidhs und ihre Kleider zu flicken.

Rasch machte sie ein paar Stiche. Sie hoffte, dass Flóki gesprächiger sein würde, wenn er sich nicht mehr aufs Nähen konzentrieren musste, und als sie fragte, ob er das Meer, so furchterregend es manchmal war, liebe, nickte er tatsächlich nicht nur, er erklärte überdies: »Mein Bruder hat immer gesagt, in meinen Adern fließe kein Blut, nein, salziges Wasser. Er hat auf dem Land Tiere gejagt, war dabei so schnell, dass man ihn Haski, den Schnellen, nannte. Ich hingegen habe schon als Kind Jagd auf Seehunde gemacht. Und einmal einen Wal gefangen, der dreimal so groß wie ein Haus war.«

Was bedeutet, dass die Häuser auf Island winzig sind oder du ein großer Prahler bist, dachte sie. Sie vermutete Letzteres, denn so stolz seine Stimme auch klang, den Kopf hielt er ebenso gesenkt wie den Blick.

»Dein Bruder lebt also noch in Reykjavik.«

»Ja. Die Seefahrt bedeutet ihm nichts – zumindest nicht so viel wie mir. Ich will eines Tages weiter nach Norden reisen, zu einer Insel, die aus noch mehr Eis besteht als Island.«

»Gibt es denn eine solche Insel?«

»Man erzählt es sich zumindest. Ebenso, dass dort mehr Trolle leben als Menschen, dass sie heimtückisch und gefährlich sind. Von den Männern, die vor einigen Jahren dorthin aufgebrochen sind, ist jedenfalls noch keiner zurückgekommen. Ein Zeichen dafür, dass sie tot sind, weil die Trolle sie im Schlaf erwürgt haben. Oder ein Zeichen dafür, dass es dort so schön ist und man nie wieder woanders leben will.«

»Haski wiederum will offenbar nirgendwo anders als in Reykjavik leben«, murmelte Ríona.

»Er lebt nicht direkt in Reykjavik, sondern im Umland«, sagte Flóki endlich. »Das letzte Mal, als ich bei ihm war, klagte er, dass ihm Sklaven fehlten … und ein Weib.«

Sie war zu geschickt, um sich in den Finger zu stechen wie er. Seine Worte dagegen stachen ihr ins Herz. Haski war ein Mann, der ein Weib brauchte. Aber sie war kein Weib, das einen Mann brauchte.

Sie hatte doch schon einen, sie liebte doch schon einen. Sie schluckte den Gedanken wie den Schmerz, den er verursachte, nähte weiter das Segel in Form eines Blitzes zusammen. Ihr Leben, gleichfalls von einem Blitz gespalten, würde geteilt bleiben.

»Ist Haski … ist Haski denn ein guter Mann wie du?« Er sah sie an, als hätte er das Wort »gut« noch nie vernommen. »Du wirst uns ihm überlassen, nicht wahr? Oder brauchst du selbst Sklavinnen?«

»Natürlich nicht!«, stieß er nahezu entsetzt hervor. »Ich lebe ja nirgendwo. Mein Weib ist die See, und Haski meinte, ich hätte eine gute Wahl getroffen. Zwar macht dir auch dieses Weib dann und wann das Leben schwer, sagte er, es braust sogar lauter als eine Frau jemals flennen kann, zumindest aber redet es nicht.«

»Dabei scheint dir das Reden doch gar nicht so unangenehm zu sein.«

Auch das schien der Riese zum ersten Mal zu hören. Sein Gesicht wurde kurz noch röter als sein Haar. »Ich werde dich zu Haski bringen«, entschied er, »ich habe ihm die schönste Frau Irlands versprochen.«

In diesem Augenblick war sie wohl so schön wie ein Wal hausgroß war, aber sie stritt es nicht ab, änderte vorsichtig das

Thema. »Lainidh wirst du doch ebenfalls zu Haski bringen, oder? Sie ist so zart, noch ein Kind, hat das Arbeiten nicht gelernt. Nur unter meiner Obhut kann sie zu einer tüchtigen Sklavin werden.«

Flóki blickte verständnislos drein. »Ich muss meinen Männern einen Teil der Beute überlassen.«

»Wie soll das gehen? Ich zähle sechs Männer, aber nur drei Frauen – ihr könnt uns schwerlich entzweischneiden.«

In seinem Kopf schienen die Zahlen zu kreisen, ohne dass er auch nur eine festhalten konnte.

»Beanspruche alle Sklavinnen für dich – oder zumindest mich und Lainidh. Und dafür versprichst du, auf den nächsten Wal, den ihr fangt, zu verzichten. Drei Frauen für drei Häuser.«

»Häuser?«, fragte er verständnislos.

»Du sagtest doch, dass du einen Wal gefangen hättest, der so groß wie drei Häuser war. Wir wiederum sind drei Frauen. Wenn man den Wal also …«

Flóki legte den Kopf etwas schief – vielleicht damit alle Gedanken zusammenliefen und einen vernünftigen Satz ergaben, vielleicht auch nur, um seinem Weib, dem Meer, zu lauschen, das nicht so viel redete, lediglich gegen den Bug klatschte.

Ehe sie fortfahren konnte, vernahm sie eine Stimme: »Bist du fertig, Flóki?«

Flóki riss ihr das Segel aus der Hand, und nun war sie es, die den Kopf senkte, nicht nur, um heimlich die Nadel an sich zu nehmen, sondern auch, um nicht die Aufmerksamkeit des Mannes auf sich zu ziehen, der eben auf sie zutrat. Es war Nordri, der ein paar Tage zuvor Muir hatte töten wollen, um sein Fleisch zu essen.

»Das Fass mit dem Trinkwasser ist zu Bruch gegangen«,

knurrte er. »Wenn es nicht bald regnet oder wir nicht bald ankommen, werden wir verdursten. Das Blut des Raben reicht ja wohl nicht lange.«

Ríona erschauderte, suchte fieberhaft nach einem Einwand, aber Flóki kam ihr zu ihrer Überraschung zuvor. »Das Blut eines Raben ist salzig wie das Meer. Wenn man davon trinkt, leidet man noch größeren Durst.«

»Woher weißt du das?«

»Das weiß jeder«, sagte Flóki, hielt den Kopf wieder schräg, hatte jedoch ein Glitzern in den Augen, das Ríona verriet: Im Rechnen war er nicht gut, aber er war schlau genug, um jede noch so gefährliche Klippe zu umschiffen. Aufs Prahlen verzichten wollte er deswegen nicht. Schon kündigte er an, er würde sich selbst ans Ruder setzen. »Drei Schläge werden genügen, dann sind wir auf Island«, behauptete er so überzeugt, als würde er selbst dran glauben.

Nordris spöttisches Auflachen gab Ríona Zeit genug, aufzuspringen und zurück zum Holzverschlag zu eilen.

Fortan blieb sie in diesem verkrochen – nicht nur, um Blicken verborgen zu bleiben, auch, weil es ohnehin bald zu anstrengend wurde zu reden. Ihre Zunge wurde immer trockener, schwerer, schien den Mund auszufüllen, am Gaumen zu kleben. Wie Säuglinge nuckelten sie an Stofffetzen und Tauen, um ihnen etwas Regenwasser abzuringen, doch dieses schmeckte salzig, und der Durst wurde schlimmer. Erst recht geschah das, wenn sie dem Hunger nachgaben und den Trockenfisch verschlangen, der ihnen immer noch Tag für Tag zugeworfen wurde wie Knochen einer Hundemeute.

Ríona versuchte so viel wie möglich zu schlafen, so erschöpft konnte sie indes nicht sein, dass der Durst sie nicht oft wach hielt. Um die Hände geschäftig zu halten und zugleich die Gedanken zu betäuben, flickte sie ihre Kleidung oder suchte kleine Holzmulden, in denen sich noch frisches Wasser befand. Einmal fand sie ein Loch, aus dem sich ein Nagel gelöst hatte und in dem sich mindestens zwei Schluck befanden. Nur mühsam bezwang sie ihre Gier, trank es somit nicht sofort aus, forderte stattdessen Lainidh auf, es zu tun.

»Und sie?«, fragte Lainidh mit heiserer Stimme und deutete auf Gadhra.

Ríona hob voller Unbehagen die Schultern. »Du brauchst es dringender«, murmelte sie.

»Sie ist genauso durstig!«

»Aber sie ist alt und hat ihr Leben hinter sich – du nicht«, sage Ríona.

Es war nur die halbe Wahrheit. Die ganze war, dass sie wohl stöhnend dagelegen und auf den Tod gewartet, ja ihn herbeigerufen und willkommen geheißen hätte, wäre sie allein gewesen. Aber sie war nicht allein, da war Lainidh, und Lainidh kam dem, was ihr eigenes Kind nie hatte sein dürfen, am nächsten. Sie wollte, sie durfte Lainidh nicht verlieren. Denn wenn sie sie verlor, würde auch sie selbst verloren sein.

»Wir sollten das Wasser teilen«, murmelte Lainidh.

Ríona widersprach nicht, obwohl das bedeutete, dass eine jede von ihnen fast gar nichts bekam.

Immerhin lebten sie noch, als nach drei weiteren Tagen – deutlich mehr Zeit war vergangen, als die Reise von Irland nach Wales währte oder die von Dublin nach Connacht – ein ungewohnter Laut ertönte. Es war nicht das übliche Stöhnen von Schlafenden, nicht das gequälte Schmatzen, das man vernahm, wenn sie wieder einmal versuchten, Flüssigkeit aus dem Stoff ihrer Kleider zu saugen, nicht das heisere Murren von den Männern, die kaum die Kraft hatten zu rudern, meist reglos dakauerten. Nein, Muir stieß einen Gesang aus, wie er es selten tat und wie man ihn einem Raben kaum zutraute. Und doch konnte kein Vogel so schön singen wie ein Kolkrabe. Warum er es jetzt tat, verstand Ríona nicht. Um den Tod willkommen zu heißen und zu verkünden, dass der zwar schwarz war wie er, aber nicht minder schön singen konnte, seine Umarmung sanft war und man keine Angst vor ihm haben sollte? Oder versuchte er, sie vielmehr vor etwas zu warnen, nicht schwarz wie der Tod, nein von glänzendem Weiß, aber gerade deshalb so vernichtend?

Als Ríona sich jedenfalls aufraffte, hörte sie die Männer brüllen: »Ein Eisberg, ein Eisberg!«

Ehe sie diesen selbst in den dunklen Fluten glitzern sah, wurde sie ob des heftigen Rucks, der durch das Schiff ging, zurückgeworfen. Kurz befürchtete sie, sie hätten den Eisberg gerammt, erkannte dann aber, dass jener, der das Steuerruder hielt, es herumgerissen und diesem um eine Haaresbreite ausgewichen war. Das gefürchtete Knirschen von Holz blieb aus. Ehe sie wieder aufgestanden war, saßen die Männer schon am Ruder – so kraftlos waren sie nicht, um sich nicht einer der größten Gefahren entgegenzustellen, die im Nordmeer lauerten. Sie ächzten bei jedem Ruderschlag. Muirs Gesang war indes verstummt, und als Ríona sich zu ihm umwandte, sah sie, dass er den Holzverschlag verlassen hatte, wegflog, eine Weile über dem Schiff kreiste, noch länger über dem Eisberg, schließlich weiterflog, bis er zu einem winzigen Punkt geschrumpft war.

Sie wollte seinen Namen rufen, brachte aber keinen Laut hervor. Die Kraft reichte nur, um nach Lainidhs Hand zu tasten, sie zu drücken, während sie den Eisberg umrundeten. Am Ende ertönte raues Gelächter, das anschwoll, als sie in der Ferne noch etwas aus den Fluten ragen sahen – keinen Eisberg dieses Mal, nein, Land.

»Island!«, sagte Lainidh. Sie versuchte, es zumindest zu sagen. Ihre Lippen waren so trocken, dass sie das Wort nur formen konnte.

Ríona kniff die Augen zusammen. Sie hatte dem Raben so lange nachgestarrt, dass sie erst nur Schemen sah, dann Wolkenberge. Doch die Wolken zerfransten, und dahinter wurde tatsächlich Land sichtbar, viel grüner, als sie es erwartet hatte. Auf eine Insel aus Eis hatte sie sich gefasst gemacht, sah nun aber Hänge, auf denen saftiges Gras wuchs, Wacholderbüsche, hier und da vereinzelte Birken. Sah Klippen, auf denen Seevögel nisteten, einige kreisten mit spitzen Schreien über ihnen, sah schmale Strände, auf denen schwerfällige Tiere lagen, die ein absonderliches Gebrüll ausstießen, dumpf und klagend zugleich. Land, das man mühelos beackern konnte, sah sie nicht – nur Tod schien diese Insel hingegen nicht hervorzubringen.

Langsam näherten sie sich einer Landzunge, auch diese grün, wiewohl hier deutlich mehr Graues zu sehen war: Nicht alle Berge in der Ferne, entweder dem Buckel eines alten Weibes gleichend oder Fäusten eines zornigen Mannes, waren von ewigem Schnee bedeckt, viele waren schwarz und kahl. Und ganz in der Nähe stieg eine Rauchsäule hoch – nicht etwa aus der Dachluke eines Hauses, sondern aus einem Loch im Boden, das aussah, als wäre ein Riese dort vorbeigekommen und hätte zornig aufgestampft.

»Wie ich schon sagte – unter Islands Boden brodelt die Hölle«, hörte Ríona Gadhras Stimme dicht an ihrem Ohr.

Ríona wollte es abstreiten, konnte es indes nicht, denn jäh stieg ihr ein Gestank in die Nase, der, obwohl mit der frischen Seeluft vermischt, fauliger roch als ein Abort, den man zu lange nicht geleert hatte. Zugleich erklang ein Lachen. Flóki trat zu ihnen, sein Bart leuchtete an einem sonnigen Tag wie diesem rötlicher als sonst.

»Ach was«, rief er, »gut möglich, dass unter der Rauchbucht wirklich ein Feuer lodert. Aber es ist keines, das die Göttin Hel geschaffen hat. Feuer kennt sie nämlich gar nicht. Sie selbst gleicht einem verwesenden Leichnam, und ihr Reich besteht aus nichts anderem als gähnender Leere, Eis und Dunkelheit.«

Auch danach würde man auf dieser Insel nicht lange suchen müssen – nun, da sie auf die Küste zusegelten, sah Ríona unter den Gletschern, weißen Wächtern gleichend, steile Geröllhalden dem Meer zustreben, unterbrochen mancherorts nur von Mooren, in denen nicht wuchs außer stacheligem Gesträuch. Zugleich konnten sich ihre Augen nicht länger nur an den paar grünen Hängen festhalten, auch an einem Bächlein in strahlendem Türkis. Es war eine so wunderliche Farbe, dass sie kurz überzeugt war, die Fische, die darin schwammen, müssten bunt sein.

Sie wandte sich an Flóki. »Du wirst mich also zu deinem Bruder bringen, aber Lainidh ebenso, nicht wahr? Du hast es mir versprochen!«

Genau genommen, hatte er nichts dergleichen getan, und er legte er den Kopf erneut schief, als gälte es, die Erinnerungen zusammenfließen zu lassen. Rasch legte sie ihre Hand auf seine Pranke, woraufhin sich sein Mund verzog. Ob es ein Lächeln war, konnte sie nicht sagen, und herausfinden, was er mit Lainidh zu tun gedachte, würde sie auch erst später. Vorerst setzten er und die restlichen Männer alle Kräfte daran, sicher anzulanden.

In der Bucht befand sich ein Hafen, gleichfalls eine kleine Siedlung, die von einer breiten, niedrigen Torfmauer begrenzt war. Die Häuser waren größer als erwartet – unmöglich gab es einen Wal, der so groß war. Sie hatten grüne Dächer, offenbar mit Grassoden bedeckt, wie Ríona sie noch nie gesehen hatte, desgleichen dicke Mauern – ganz unten aus Stein, weiter oben anscheinend aus Torf oder gestampfter Erde errichtet. Aus Holz war nur der Steg, an den das Schiff mit Stricken festgebunden wurde.

Flóki umfasste mit seinen Pranken ihre Taille und setzte sie auf den Steg, und dass er wenig später mit Lainidh genauso verfuhr, sogar grinsend erklärte, sie habe das Gewicht eines Flohs, ließ Ríonas Zuversicht ebenso wachsen wie der Anblick von Muir, der zwar ungeduldig zur Insel geflogen war, hier nun aber auf sie gewartet hatte. Er kreiste ein paarmal über der Siedlung, ehe er sich auf eines der grünen Dächer niederließ, und während Gadhra jeden einzelnen Schritt auf festem Boden mit steifen Knochen und misstrauischem Gesicht machte, zog sie selbst Lainidh im Laufschritt auf eines der Häuser zu. Dem Mann, der eines von ihnen eben verließ und mit finsterer Miene auf die Ankömmlinge starrte, schenkte sie keine Beachtung. Starr war ihr Blick auf eine Tränke gerichtet, deren Boden mit schlammigem Wasser bedeckt war.

Offenbar war dieses für Tiere vorgesehen, doch Tiere sah sie nicht. Sie sah überhaupt nichts anderes als das Wasser, tauchte erst Lainidhs Kopf hinein, dann den eigenen, trank begierig. Nicht nur, dass es nach Erde schmeckte, es war so kalt, dass sie vermeinte, ihre Brust würde gefrieren. Zu trinken aufhören konnte sie dennoch lange nicht, und als sie es tat, musste sie sich vor Anstrengung eine Weile an die Tränke lehnen, ehe sie sich wieder umblicken konnte. Flóki war ihr gefolgt, und da es feucht von seinem Bart tropfte, war sie kurz überzeugt, auch er hätte seinen Durst gelöscht. Dann erkannte sie allerdings, dass das Wasser in seinem Gesicht nicht bräunlich, vielmehr klar war, dass es gar kein Wasser war, es waren Tränen. Und er schluchzte nicht nur, er stieß heisere Schreie aus. Der Mann, der aus dem Haus getreten war, klopfte ihm auf die Schultern. Das, was sie für Ernst, gar Grimm gehalten hatte, war in Wahrheit wohl Trauer.

»Haski starb wie ein Mann«, beendete er eben seinen Bericht. »Als sein Fuß brandig wurde und er wusste, dass es mit ihm zu Ende ging, steckte er sich alle Waffen, die er hatte, in den Gürtel, stellte sich in die Mitte des Hofes, anstatt sich ins Bett zu legen, und fiel irgendwann um. Ich glaube, er war schon tot, ehe sein Kopf auf dem Boden aufschlug.« Flóki weinte nicht mehr, er stieß spitze Schreie aus, die eigentlich viel zu hoch klangen, um aus der Kehle eines solch wuchtigen Riesen zu kommen. Das Mitleid des Mannes, der ihm die traurige Botschaft überbracht hatte, schwand. Als er ihm erneut die Hand auf die Schulter legte, sah er finster drein. »Gut, dass du hier bist«, sagte er, »wenn du mich, den Goden, überzeugst, dass du der Richtige dafür bist, kannst du den Hof übernehmen.«

Flóki machte keine Anstalten, den anderen von irgendetwas zu überzeugen, er bebte am ganzen Leib. Ríona bebte auch, schaffte es dennoch, mit Lainidh an der Hand einen Schritt auf den Mann zuzumachen. Sie wusste zwar nicht, was ein Gode war, vermutete aber, dass ein solcher so mächtig war wie in Irland ein Kleinkönig – der Herr über mehrere Sippen also. Dass er Haskis Tod zu betrauern schien, war sicher ein Zeichen dafür, dass er kein Unmensch war und sie gut daran tat, ihr Schicksal lieber in seine Hände statt in Flókis Pranken zu legen.

Der Blick des Goden, der nun auf ihr verharrte, war tatsächlich wohlwollend. Als er jedoch zu sprechen fortfuhr, war ihr, als würde sie noch mehr Eiswasser schlucken. »Und gut, dass du von deiner Reise Sklavinnen mitgebracht hast.« Er deutete auf sie. »Haski wurde noch nicht begraben, was heißt, er hat die lange, beschwerliche Reise nach Hel noch nicht angetreten. Für gewöhnlich hätten wir sein Pferd geschlachtet und ihm ins Grab gelegt, damit er auf diesem reiten kann, doch das ist vor Kurzem verendet. Stattdessen können wir dieses Weib opfern. Es ist jung und schön und kann Haski gewiss gut nach Hel begleiten.«

Anders als sie brauchte Flóki etwas länger, um die Worte des Mannes zu begreifen – dass sie wie Haski sterben, mit ihm begraben werden sollte. Anders als sie erstarrte er nicht, bebte nur noch heftiger. Dem Urteil widersprach er gleichwohl nicht. Wieder stieß er lediglich einen dieser rauen Schreie aus, wieder weinte er – dass er das anscheinend nicht nur um den Bruder, auch um sie tat, war ihr kein Trost.

Südwärts

Es wurde heißer, und zugleich wurde es kälter. Heißer wurde die Luft, die durch die Ritzen in den dicken Bauch des Schiffes drang. Sie war erfüllt vom Gestank nach Schweiß und dem nach Exkrementen der ein Dutzend Gefangenen. Kälter wurde Fionns Herz, weil er irgendwann zu erschöpft war, um sich weiter einzureden, dass Ríona ihre Liebe nicht verraten, im Gegenteil, die Frucht dieser Liebe, ihr Kind, gerettet hatte. Nicht dass er plötzlich daran zweifelte. Aber mit der Erschöpfung wuchs die Enttäuschung, dass sie ihm ihre Entscheidung nicht ins Gesicht gesagt, sich nicht von ihm verabschiedet hatte. Schlimm genug, dass er sich oft als Feigling fühlte – sie durfte keiner sein!

Irgendwann war er selbst für Enttäuschung zu schwach, irgendwann blieb nur die nüchterne Einsicht, dass – ganz gleich was er für sie fühlte – Ríona so unerreichbar wie Tir-far-thóinn war, dass es folglich keinen Sinn ergab, mit ihrer Entscheidung zu hadern, er sich stattdessen um Ennis kümmern musste.

Dessen Verletzung war gut verheilt – zumindest erklärte er das am dritten Tag ihrer Reise, als Fionn einmal mehr die Wunde untersuchte und sein Bruder das nicht wortlos über sich ergehen ließ wie bisher.

»Ich spüre sie gar nicht mehr«, beteuerte er.

Er klang schroff, nahezu mürrisch, als wäre es die größte Kränkung seines Lebens, der Hilfe seines Bruders bedurft zu haben.

»Ich bin froh, dass du noch lebst«, murmelte Fionn.

»Hmpf«, machte Ennis nur.

Drei weitere Tage vergingen, da beide im trostlosen Schweigen versanken, an Durst litten, weil sie immer zu wenig vom fauligen Wasser bekamen, und an Hunger, weil die paar Bissen trockenen Brotes – erst steinhart, dann, wenn man lange genug darauf kaute, glitschig – nicht genügten.

Am vierten Tag fragte Ennis unvermittelt: »Wohin sie uns wohl bringen?«

»Wir … wir fahren in Richtung Süden.«

»Dummkopf, das weiß ich auch. Aber welches Land erwartet uns dort? Du bist doch derjenige, der solche Dinge weiß.« Anstatt mit der üblichen Verachtung starrte er voller Neugier auf den Bruder.

Fionn zuckte mit den Schultern. »Ich habe mal eine Frucht gesehen, von der es hieß, sie komme aus einem Land im Süden. Ihre Schale war so rot wie das Haar von der alten Caoimhe.«

»Caoimhes Haar war nicht rot, es war grau.«

»Nicht in jungen Jahren. Die Frucht hat ein wenig sauer geschmeckt, ein wenig süß und ein wenig modrig. Aber Letzteres lag wohl daran, dass sie schon faul und verschrumpelt war. Die Haut der Menschen im Süden ist zumindest nicht rot – sie ist schwarz.«

»Wie verbrannter Torf?«, entfuhr es Ennis entsetzt.

Fionn zuckte wieder mit den Schultern. Früher hätte ihm diese Vorstellung Angst gemacht. Mittlerweile hatte er die Erfahrung gemacht, dass auch Menschen mit heller Haut schwarze Seelen haben konnten – so wie König Áed, so wie diese Gormlaith, so wie der Sklavenhändler Eislof. Vielleicht hatten solche mit dunkler ja eine lichte.

»Jedenfalls sind sie alle Heiden«, erklärte er, doch immer noch erwachte kein Grusel in ihm.

»Denkst du, sie schnitzen Wörter in den Ast der Eiben wie früher bei uns die Druiden?«, fragte Ennis.

»Ich weiß nicht, ob dort Eiben wachsen. Ich weiß auch nicht, ob die Menschen dort an Elfen glauben.«

Ennis blickte sich um. »Warum befinden sich wohl nur Männer auf dem Schiff?«, fragte er. Fionn sah ihn ratlos an. »Nun, weil sie ausschließlich Männer brauchen … Krieger«, beantwortete Ennis sich seine Frage selbst. »Zu solchen werden sie uns ausbilden.«

Jäh sprach nicht nur Angst aus seiner Stimme, Verzagtheit oder Erschöpfung – ebenso ein wenig Abenteuerlust. Obwohl er kürzlich fast durch eines umgekommen wäre, schien er es nicht abwarten zu können, wieder ein Schwert in der Hand zu halten. Und mit der Kampfeslust erwachte altbekannte Verachtung Fionn gegenüber. »Dich werden sie natürlich nicht kämpfen lassen, so schwächlich, wie du bist. Du wirst wohl Torf stechen müssen.«

Fionn wiegte nachdenklich den Kopf. »Ich weiß nicht, ob es in diesem Land im Süden Torf gibt.«

»Nun, einen Abtritt, den du wirst reinigen müssen, gibt es bestimmt.«

Schon der Schiffsbauch stank wie ein solcher, und sie schwiegen wieder, um nicht zu tief Atem holen zu müssen.

Mit der Zeit wurde die Luft immer stickiger, und sie pressten ihre Gesichter an die Ritzen, um etwas frische zu erhaschen. Sehen konnten sie nichts, doch es bestand kein Zweifel, dass das Schiff wieder ein paar Tage später immer langsamer fuhr, schließlich ankerte. Durch die Ritzen drang kein salziger Seewind mehr, stattdessen der Gestank nach verdorbenem Fisch. Sie wichen zurück, entkamen ihm jedoch nicht, denn er verstärkte sich, als die Luke über ihnen aufgerissen wurde. Sie wurde nicht zum ersten Mal geöffnet. Nicht nur, dass man ihnen von dort regelmäßig das Essen hinunterwarf – einer der Männer, die in Fesseln im Schiffsbauch lagen, war unterwegs gestorben, und als der Leichnam schon zu stinken begonnen hatte, hatte ihn jemand hochgehievt, um ihn über Bord zu werfen. Es war ein buckliger Mann gewesen, der kaum den Kopf gehoben hatte.

Nun stieg ein stattlicher über die Holzleiter nach unten. Trotz der Hitze trug er einen Kapuzenmantel, wenngleich dieser die nackten, muskulösen Oberarme freiließ. So herrisch, wie er sie in die Hüften stemmte, vermutete Fionn, dass er der Kapitän des Schiffes war. Keinen Reim konnte er sich hingegen darauf machen, wer der Mann war, der ihm folgte und der eine gar sonderliche Kleidung trug. Seine Tunika reichte nicht bis zu den Knien, wie in Irland üblich, nein, bis zum Boden. Sie war aus glänzender Seide und wallender als jene, die die Nordmänner liebten. Allerdings schien der Mann nicht aus dem Norden zu stammen, denn anders als diese trug er keinen Bart, hatte auch kaum Haare auf dem Kopf. Außerdem sagte er eben etwas in einer fremden Sprache, die nichts mit dem irischen Gälisch oder der nordischen Sprache, wie sie in Dublin verbreitet war, gemein hatte.

»So dunkel ist seine Haut gar nicht«, flüsterte Ennis.

Ein Heide war er wohl trotzdem – wobei man von seinem Anblick schon mal nicht starb, wie Fionn einst einen Kirchenmann hatte behaupten hören. Der Mann blickte sich um, zählte die Sklaven, sagte wieder etwas zum Kapitän. Der antwortete in gleicher Sprache, nur dass sie aus seinem Mund noch sonderlicher klang – ein wenig so, als hätte er eine Gräte verschluckt und versuchte vergebens, sie wieder heraufzuhusten. Irgendwann hatte der Glatzkopf genug von dem Gestammel. Er winkte, und ein Junge kam ebenfalls in den

Schiffsbauch, um zu übersetzen und solcherart auch Fionn am Gespräch teilhaben zu lassen.

Schon die Miene des Glatzkopfes, den der andere Yussuf nannte, verriet seine schlechte Laune, und erst recht taten es seine Worte. Eigentlich, so erklärte er, habe er auf eine Fuhre aus Verdun gewartet, man hatte ihm Männer aus dem Osten versprochen, kräftig und blond und so riesig, dass man den Kopf in den Nacken legen müsse, um ihre Gesichter zu sehen. Wobei der Anblick ihrer Gesichter gar nicht notwendig sei, um Feinde in Angst und Schrecken zu versetzen – dafür genügten ihre Pranken.

Der Kapitän deutete auf die erbärmliche Schar. »Wenn man sie erst mal ordentlich abgefüttert hat, sind sie ebenso stark. Und ihr Haar kann man blond färben.«

Fionn dachte an die mühselige Prozedur, die manches irische Mädchen auf sich nahm, um sein farbloses Haar golden glänzen zu lassen. Der ganze Kopf wurde hierfür in einen Sud aus Birkenknospen getaucht – und dieser musste heiß sein. Was im kühlen Irland eine Wohltat verhieß, war in diesem drückenden Land gewiss eine Qual!

Doch ihre Haarfarbe war wohl die geringste Sorge dieses Yussuf. Er ging zu einem der Gefesselten, schüttelte ihn, wandte sich angewidert ab, als ihm der Geruch nach Ausscheidungen in die Nase stieg. Auch der zweite, den er anstieß, rührte sich nicht – was Fionn diesem kaum verdenken konnte. Er selbst hatte das Gefühl, seine Glieder wären ganz schlaff, Ennis aber begann plötzlich, an seinen Fesseln zu zerren, und nicht nur, dass der Kapitän ihn gewähren ließ – er gab dem Jungen sogar ein Zeichen, die Ketten aufzuschlagen. Ennis konnte wider Erwarten aufstehen, machte sich sogar so groß wie nur möglich, und obwohl Yussuf nicht so aussah, als könnte er sich über irgendetwas auf dieser Welt erfreuen, stimmte Ennis' Anblick ihn zumindest etwas weniger verdrossen.

»Nun los«, flüsterte Ennis Fionn zu, »steh auch auf!«

Fionn versuchte es und schaffte es immerhin auf die Knie – zu dem Preis, dass sein Kopf, der so unendlich schwer erschien, nach vorn kippte und er heftig mit der Stirn auf dem Boden aufschlug. Der seltsame Laut, der aus Yussufs Mund kam, war wohl ein Lachen.

»Mein Bruder ist zwar nicht stark«, erklärte Ennis, zerrte an seiner Tunika und zeigte seine Narbe, »aber er hat diese Wunde geheilt.«

Dass sich Ennis ganz unerwartet für ihn einsetzte, gab Fionn genügend Kraft, um sich wieder aufzurichten, wieder eine Weile auf den Knien zu verharren, dann aber fiel er nach hinten. Yussuf beachtete weder ihn noch Ennis' Narbe, ging zu weiteren Gefangenen, ließ ein paar hochzerren, erklärte schließlich, dass sechs von ihnen, darunter Ennis, mitkommen sollten.

Ennis warf einen letzten Blick auf ihn. »Dummkopf«, herrschte er ihn an, ehe er nach oben kletterte, »wenn du dich ein wenig zusammengerissen hättest, würdest du jetzt wie ich eine Stärkung bekommen, Bruder.«

Auf Essen wollte Fionn gern verzichten, unerträglich war nur sein Durst. Ehe die Luke wieder zufiel und es finster wurde, blickte er sich nach dem Krug Wasser um, der ihnen regelmäßig gebracht wurde, aber bevor er ihn zu fassen bekam, streckte ein anderer Gefangener, der sich bis jetzt reglos verhalten hatte, die Hand danach aus und leerte ihn bis zum letzten Tropfen. Danach stieß er etwas aus, das nach »Gott sei Dank« klang.

»Was hast du gesagt?«, fragte Fionn.

Bislang hatte er die anderen Sklaven ignoriert. Keine Menschen schienen sie zu sein, elende Fleischklumpen, gerade noch atmende Kadaver, er fühlte sich ja selbst wie ein solcher. Doch nun regte sich etwas in ihm, deutlich lebendiger als seine Glieder … Unbehagen, Furcht.

»Ich … ich bin nur froh, dass sie mich nicht erwählt haben«, murmelte der Mann.

»Warum nicht?«

Der andere zögerte. »Ich weiß nicht, aber man hört Gerüchte …«

»Welche Gerüchte?«

Lange sagte der andere kein Wort, hielt es anscheinend mit seinem Wissen ebenso wie mit dem Wasser – er wollte alles für sich. Doch als Fionn sich so weit erhob, wie es die Ketten und die müden Muskeln es zuließen, und dem anderen seine Faust vors Gesicht hielt, was wohl weniger bedrohlich, vielmehr lächerlich wirkte, sagte der: »Die kräftigen Männer werden für die Palastgarde ausgewählt. Aber nicht alle überleben die … die … Ausbildung.«

Fionn ließ die Faust wieder sinken. »Welche Palastgarde? Wo sind wir überhaupt?«

Wieder folgte langes Schweigen, ehe der andere heiser erklärte: »Man nennt das Land al-Andalus. Ich habe keine Ahnung, was das bedeutet. Du hast ja selbst gerade die Sprache gehört. Sie klingt so, als hätte man eine harte Haselnuss verschluckt.«

»Oder Fischgräten …«

»Genau! Oder eines der Haferbrote, die sofort im Mund zerfallen, wenn …«

»Das ist nicht so wichtig! Was hat es nun mit dieser Palastgarde auf sich?«

»Sie dient dem König, wobei der König eigentlich kein König ist. Er trägt einen anderen Titel, aber den habe ich vergessen. Jedenfalls ist er mächtiger als sämtliche Könige in Irland. Und das Land ist viel reicher. Die Straßen sind aus Gold, die Flussgründe sind mit funkelnden Smaragden bedeckt statt mit Kieselsteinen, die Blumen, die am Ufer wachsen, haben goldene Blätter, und an den Bäumen wachsen Perlen.«

»Unsinn«, stieß Fionn rüde aus, war jedoch insgeheim erleichtert. Ein solches Land gab es nicht – und folglich war auch das, was der Mann sonst noch behauptete, nicht wahr – dass nämlich ein Teil der für die Palastgarde ausgewählten Männer sterben würde.

Der andere war gekränkt. »Stell keine Fragen, wenn du die Antworten nicht hören willst.«

»Hast du etwa einen Baum, an dem Perlen wachsen, mit eigenen Augen gesehen?«

Der Mitgefangene schüttelte den Kopf. »Aber ich habe einen Händler von den Städten hierzulande reden hören. Auch den Namen von Häfen hat er genannt – Cádiz hieß einer, Almería der andere. Ich habe keine Ahnung, in welchem wir jetzt ankern.«

Wieder versank er in Schweigen, und dieses Mal bohrte Fionn nicht nach, aus Angst, etwas zu hören zu bekommen, was er nicht ertragen würde, und zudem, weil über das Reden der Durst übermächtig geworden war.

Fionn legte sich auf die Seite, versuchte zu schlafen und so die Zeit zu überbrücken, bis sie neues Wasser bekamen. Sein Kopf wurde zwar schwer wie ein Klotz, aber leider wurde er nicht von erlösender Dunkelheit eingehüllt. Aus der Ferne vernahm er ein Kreischen, das ihn an das von Möwen erinnerte. Wobei er nicht wusste, ob es hierzulande Möwen gab und ob sie, wenn ja, weiß und grau wie in Irland waren, nicht eher feuerrot. Ein Feuer schien hier jedenfalls zu brennen, so heiß, wie es wurde. Er schluckte verzweifelt gegen die Trockenheit in seiner Kehle an, kniff die Augenlider fester zusammen, glitt näher in jenes Reich, in dem man blind und stumm war, wurde, ehe er es endlich erreichte, von Händen gepackt. Sie gehörten nicht dem anderen Sklaven, nein, dem Kapitän mit den nackten, kräftigen Armen. Die Kapuze rutschte ihm vom Kopf, als er Fionn schüttelte, bis der endgültig hochschreckte. Ein rotes Geschwür wurde darunter sichtbar.

»He du!«, rief er, »kannst du wirklich Wunden heilen?« Fionn wollte etwas sagen, schaffte es nicht. »Ich brauch deine Hilfe!«, rief der Kapitän.

Er schlug mit einem Hammer auf die Kette, bis sie aufsprang, zerrte ihn hoch. »Für gewöhnlich sterben nur sechs von zehn bei der Prozedur, aber heute war ein Stümper am Werk. Sie sind fast alle tot, und ich will mein Geld nicht verlieren. Yussuf bezahlt mich erst, wenn es überstanden ist.«

Fionn war nicht sicher, ob er den Kapitän richtig verstand, das Blut rauschte in seinem Kopf, als er mit letzter Kraft über die Leiter hochkletterte. Immerhin verstand er genug, sodass die Furcht zurückkehrte, die trotz der Hitze zu einem eisigen Klumpen in seinem Magen anschwoll.

»Wenn *was* überstanden ist?«

Er bekam keine Antwort. Die Angst um Ennis gab ihm die Kraft, ins Freie zu treten, doch hier vermeinte er, ein Blitz würde seinen Kopf spalten. Es war die Sonne, die ihn blendete. Als er die Augen abschirmen wollte, schaffte er es nicht, seine Hände waren wie gelähmt. Er blinzelte, glaubte etwas Weißes zu sehen, also gab es doch Möwen. Als er über einen hölzernen Steg gezerrt wurde, festes Land betrat, genauer gesagt die Hafenmole, erkannte er hingegen, dass das weiße Häuser waren. Sie hatten nichts mit den ihm vertrauten gemein, und ebenfalls noch nie gesehen hatte er die Früchte, die an nahen Verkaufsständen feilgeboten wurden. Die Äpfel waren groß wie ein Kindskopf, die Beeren viel röter und saftiger als die kleinen Brombeeren, die in Irlands Wäldern wuchsen. Und da lag eine faustgroße Frucht mit violetter Schale, die Fionn mit nichts Vertrautem vergleichen konnte.

Der Händler schien den Kapitän zu kennen, pries seine Ware nun in dessen Sprache an. »Granatäpfel aus Granada, Kirschen aus Almuñécar, Feigen aus Málaga!«

Der Kapitän achtete nicht auf den Mann, zerrte Fionn an den Früchten vorbei, an Maultieren und Eseln, mit schweren Körben beladen, aus denen ein betörender Duft hochstieg.

Fionn atmete ihn tief ein, schaffte es, die Augen etwas weiter zu öffnen, erblickte den Inhalt der Körbe aber nicht, denn schon hatten sie das Ziel erreicht – eine so dunkle Halle, dass er kurz gar nichts mehr sah. Hier duftete es nicht, hier stank es erbärmlich … nach Schweiß, Erbrochenem und Blut. So viel Blut. Die weißen Laken, die unter den sich vor Schmerzen windenden Männern lagen, hatten sich längst damit vollgesogen. Einer der Unglückseligen war Ennis.

Eine Weile stand Fionn ganz starr da, blickte auf seinen Bruder, blickte auf die anderen Männer, blickte wieder auf Ennis, hoffte, dass er sich alles nur eingebildet hatte. Aber da war wirklich so viel Blut, es kam sogar immer noch mehr hinzu. Gerade wurde einer der Sklaven festgehalten, ein Mann beugte sich über ihn, schnitt ihm mit dem Messer in den Bauch. Oder nicht in den Bauch? Als Fionn neben Ennis auf die Knie sank, erkannte er, dass dessen Bauch glatt und weiß war. Das Blut floss aus einer anderen Körperstelle. Vorsichtig untersuchte Fionn den Bruder, woraufhin der prompt um sich schlug. Er traf ihn auf die Wange, nicht schmerzhaft, aber hinterher haftete Blut daran. Noch mehr Blut war auf dem Leinen, auf dem Ennis lag, auch auf dem, das um dessen

Hüfte geschlungen war. Sobald Fionn daran zog, löste es sich, gab dieses blutende … Loch preis.

Ennis wollte sich noch einmal wehren, doch plötzlich fielen seine Hände schlaff neben seinen Körper.

»Mein Gott, was habt ihr mit ihm gemacht?«, schrie Fionn.

»Ja, siehst du das nicht?«, fragte der Kapitän hinter ihm, und das Seufzen, das er ausstieß, war fast so laut wie das Stöhnen ringsum. »Die Verschneider in Verdun machen immer gute Arbeit, aber der hier ist ein Versager. Leider war kein anderer zu kriegen.«

Fionn hörte die Worte, verstand sie nicht. »Was habt ihr mit ihm gemacht?«, wiederholte er.

»Na, was wohl? Greif dir mal zwischen deine Beine und überleg dir, was du noch hast, der hier dagegen nicht mehr.«

»Aber … aber warum?«

Nicht dass er noch nie gehört hatte, dass Männer entmannt wurden. Häufig, wenn auch nicht immer, begnügte man sich in Irland damit, den besiegten Feind zu blenden. Aber es waren Rivalen um die Macht, die man auf diese Weise ein für alle Mal ausschaltete, es waren keine Sklaven. Sklaven wurden ausgepeitscht, wenn sie sich störrisch erwiesen, und man schnitt ihnen den Nasenflügel ab, wenn sie zu fliehen versuchten.

»Eunuchen erzielen einen besseren Preis als ein gewöhnlicher Sklave«, sagte der Kapitän »vorausgesetzt, sie überleben die Prozedur. In Verdun sterben wie gesagt nur sechs von zehn, hier und heute hat es aber wohl alle erwischt. Nun los, mach schon, hilf ihm.«

Fionn hob hilflos seine Hände, wusste nicht, wohin damit. Eine offene Wunde hätte er vielleicht nähen können, nicht diesen blutenden Krater. Und er hatte ja auch nichts zu nähen, hatte keine Heilmittel, hatte nichts als Entsetzen. Dass die Zeit verging, merkte er nur daran, dass hinter ihm plötzlich ein wüster Streit ausbrach. Yussuf war, vom Übersetzer begleitet, zum Kapitän getreten, stellte wie dieser verdrossen fest, dass alle Männer wie Fliegen starben, erwartete nun, dass, wenn schon kein Handel zustande kam, er die Kosten für die Reise erstattet bekäme, war er doch nur wegen der versprochenen Fuhre hergekommen.

»Ja, bist du verrückt geworden?«, brüllte der Kapitän. »Hätte ich Geld – und ich habe es nicht – würde ich einen Arzt bezahlen, damit er wenigsten ein paar durchbringt.«

Yussuf starrte eine Weile auf Fionn, starrte sodann auf Ennis, schüttelte den Kopf. »Wenn du einen Arzt findest«, ließ er wenig später den Jungen übersetzen, »bezahle ich die Hälfte seines Lohnes. Vorausgesetzt, dass er den Männern helfen kann. Der hier …«, er deutete auf Fionn, »kann es ja schon mal nicht.«

Yussuf schlurfte von dannen, Fionn löste sich endgültig aus der Starre, sprang auf.

Und ob er etwas taugte! Vielleicht nicht dazu, zu kämpfen und Ríona zu retten, aber zu heilen. Er hatte doch schon einmal dafür gesorgt, dass Ennis durchkam …

Er nahm ein Stück Leinen, störte sich nicht daran, dass es blutdurchtränkt war, presste es auf das Loch. Zerrte danach die Tunika von Ennis Leib, band sie darüber.

Er konnte nur hoffen, dass sein Bruder nicht verblutet war, bis er zurückkam. »Beinwurz!«, fuhr er den Kapitän an. »Woher bekomme ich Beinwurz? Er … er wirkt blutstillend.«

Der Kapitän zuckte mit den Schultern, machte immerhin keine Anstalten, ihn aufzuhalten, als er aus der stickigen Halle lief, sich umblickte. Wieder sah er merkwürdige Früchte, um deren Wirkung er nicht wusste, nahm noch mehr wahr – einen Bettler, der auf dem Boden kauerte, nur ein Bein hatte und nur eine Hand, ihm beides flehentlich entgegenstreckte. Achtlos stieg ein Mann über ihn hinweg, mit einer Holzstange auf den Schultern, an deren Ende jeweils ein Eimer Wasser hing.

Wasser … Ennis würde durstig sein, erst recht, wenn das Fieber kam … Allerdings würde er nicht trinken können, solange er ohnmächtig war … und aus der Ohnmacht würde er nicht erwachen, wenn das Blut weiter floss.

Fionn lief am Bettler und am Wasserträger vorbei, auch an einem Mann, der an einem Strick ein gar sonderliches Tier hinter sich herzog, das am ganzen Leib behaart war, aber auf zwei Beinen ging wie ein Mensch und keckernde Laute, die wie ein Lachen klangen, ausstieß. Tief und grummelnd klang hingegen die Stimme der Frau, die in die Handfläche einer anderen starrte, erklärte, was sie dort über ihr künftiges Geschick zu lesen glaube, dafür ein paar Münzen zugesteckt bekam. Bezahlt wurde auch der Mann, der Hände und Kopf der Passanten mit wohlriechenden Tüchern abrieb und hinterher mit noch besser riechenden Ölen beträufelte.

Ehe Fionn zu dem Schluss kam, dass sich darin vielleicht heilende Substanzen befanden, wurde er fast von einer Herde Maultiere umgerissen, und als diese endlich vorübergetrottet waren, war der Parfümeur verschwunden. Sein Blick fiel auf eine Frau, die an einem Marktstand Stoffe anbot, Brokat, Seide und edlere Felle, als er je gesehen hatte. Die Frau schwitzte, die Schminke in ihrem Gesicht zerlief – das Schwarz um die Augenränder ebenso wie der dunkle Rotton, mit dem sie sich die Augenbrauen nachgezogen hatte. Sie hob die Hand, um sich die Schweißperlen abzuwischen, und Fionn sah, dass ihre Fingernägel so rot wie die Handinnenflächen waren und dass sie an jedem Finger goldene, edelsteinbesetzte Ringe trug, außerdem rasselnde Armbänder um die Handgelenke.

Das Rasseln wurde alsbald von ihrer glockenhellen Stimme übertönt, als sie Fionn etwas zurief.

»Sie will wissen, ob du etwas kaufen möchtest«, ertönte plötzlich eine Stimme – der Knabe, der für den Kapitän übersetzt hatte, war ihm gefolgt.

Wie kann sie mich anlächeln? Ich bin doch so blutbesudelt …

Ihr Lächeln wurde noch breiter, die Stimme noch gurrender.

»Ihr gefällt es nicht, dass ihr Mann mit Eunuchen handelt«, sprach der Knabe weiter, »aber man kann nun mal mit nichts anderem so viel Geld machen. Ihr selbst ist Schönes lieber als Geld, wobei viel Schönes nur mit Geld zu haben ist.«

Fionn verschwendete nicht viel Zeit mit der Erkenntnis, dass diese Frau Yussufs Weib war. Er trat näher, sah nicht nur Felle, edle Stoffe, auch Gewürze. Gab es unter den vielen Pulvern wohl eines, das den Blutfluss aufhalten könnte und das Fieber senken, das unweigerlich kommen würde?

»Sie sagt, dass du sehr schön bist.«

Fionn blickte hoch, die Frau zwinkerte ihm zu. »Mein Bruder … mein Bruder stirbt«, brach es aus ihm hervor. Das Lächeln schwand nicht, warum auch, sie hatte ihn ja nicht verstanden, legte den Kopf schief, sodass nun ihre Ohrringe rasselten – Ohrringe aus vielen kleinen Bronzeblättchen. Blättchen, die er brauchen konnte! Erst als er einen Ohrring in der Hand hielt, ging ihm auf, dass seine Hand vorgeschnellt, er ihn ihr einfach geraubt hatte, ohne darum zu bitten. Das Lächeln blieb. »Ich brauche deinen Schmuck … mein Bruder … er stirbt … blutet … Feuer … wo ist Feuer?«

Himmel, so heiß wie es in diesem Land war, musste doch irgendwo ein Feuer brennen! Er lief weiter, hörte nicht mehr, was der Übersetzer ihm nachrief, entdeckte einen Stand, an dem Hühner geröstet wurden. Rasch hielt er die Bronzeblättchen über die Flammen, um sie zu erhitzen – nicht zu stark, sie sollten ja nicht schmelzen, nicht zu kurz, sonst waren sie kalt, ehe er zurück in die Halle gelangte und die Wunde ausbrennen konnte. Er war nicht sicher, ob die winzigen Blättchen für die große Wunde reichen würden, aber er musste es versuchen.

Als er wenig später die trübe Halle wieder betrat, sah er kaum etwas, fühlte umso deutlich, dass Ennis wieder um sich schlug. Wie sollte es ihm bloß gelingen, ihn gleichzeitig festzuhalten und die Wunde auszubrennen!

»Bitte Ennis! Lass mich dir helfen!«

Der Verband hatte sich längt gelöst, immerhin trat nicht mehr so viel Blut aus. Fionn setzte sich einfach auf die Brust seines Bruders, drückte das glühende Metall auf die Wunde, fiel fast hinunter, als Ennis sich aufbäumte. Ich darf die Ohrringe nicht loslassen, sagte er sich, und es gelang ihm tatsächlich, sie festzuhalten. Allerdings verrutschten sie ihm, berührten Ennis' Oberschenkel, hinterließen dort ein rotes Mal. Wie ungeschickt er war! Jetzt musste er sie noch einmal erhitzen …

Als er sich erhob, zitterten seine Beine so stark, dass er nicht sicher war, ob er auch nur einen Schritt würde gehen können. Ehe er es versuchen konnte, stellte sich ohnehin jemand in den Weg – nicht der Kapitän, nicht Yussuf, auch nicht der Knabe, obwohl die Worte in der ihm vertrauten nordischen Sprach erklangen: »Versuch es damit.«

Fionn starrte erst eine Weile verständnislos auf den Mann, der ob des Stücks Stoff, das er um seinen Kopf gewickelt trug, fremd aussah, dann auf das Ding in seiner Hand, das einem Schwamm glich.

»Was … was ist das?«

»Ein Schlafschwamm. Getränkt in Bilsenkraut, Schlafmohn,

Bandsch und Opium. Feuchte ihn an, press ihn auf die Nase des Verwundeten und schieb einen Teil in seinen Mund.«

Anfeuchten … Wie denn? Er hatte doch kein Wasser …

»Dergleichen hast du noch nie gesehen, oder?«, fragte der Fremde. »Was benutzt ihr denn in eurem Land, wenn ihr Gliedmaßen amputiert?«

Wie unsinnig … unpassend ihm diese Frage erschien. Aber in einer Welt, in der eine stark geschminkte Frau seine Schönheit pries, während sein Bruder verblutete, war wohl nichts erstaunlich.

Als er nicht reagierte, ging der Mann an ihm vorbei, tauchte selbst den Schwamm in einen Eimer, den Fionn zuvor nicht gesehen hatte, trat zurück, um ihn Ennis aufs Gesicht zu pressen. »Na los, brenn die Wunde aus, das ist das Einzige, was du tun kannst. Ein Mittel gegen Fieber bräuchtest du natürlich auch. Es gibt dreiundzwanzig Arten von Fieber, aber schon eines reicht aus, einen Mann zu töten. Leider habe ich keine passende Medizin dabei. Sein Leben liegt in Allahs Händen.«

Fionn hatte keine Ahnung, wer Allah war, ahnte aber, dass dieser Fremde der Arzt war, den Yussuf geholt hatte. Eben trat er zum nächsten Verwundeten, betrachtete dessen Wunde, legte einen Verband an und beschwerte diesen mit einem Stein, damit er nicht verrutschte. Fremd wie der Stoffballen um seinen Kopf mutete auch die übrige Kleidung an – ein Leinenhemd, das in der Taille mit einer aus Gold und Baumwollfäden gedrehten Gürtelschnur festgehalten wurde, eine Hose aus dunklem, weichem Stoff, der bis zu den Knöcheln fiel, und Schuhe, die gelb waren und an den Zehen spitz zuliefen. Erstaunlich, dass sie noch gelb waren, nicht blutrot. Erstaunlich ebenso, dass der schlohweiße Bart des Arztes noch keinen Blutspritzer abbekommen hatte – auch nicht eine Weile später, als Fionn wieder in die Halle zurückkehrte, nachdem er einmal mehr den Ohrring erhitzt hatte. Dieses Mal war es leichter, Ennis zu behandeln, denn er rührte sich nicht – wobei Fionn nicht sicher war, ob der Schlafschwamm geholfen hatte oder ob sein Bruder einfach nur ohnmächtig geworden war.

Als er den Blick hob, überlegte, ob er ein drittes Mal den Ohrring erhitzen sollte, sah er die Händlerin auf sich zukommen. Noch mehr schwarze Schlieren wies ihr Gesicht auf, aber sie raffte die Kleidung, sodass der Saum nicht den schmutzigen Boden berührte. Sie lächelte nicht länger, als sie die Verwundeten anstarrte, wirkte eher gekränkt ob der Tatsache, dass ihr solch ein Anblick zugemutet wurde. Erst als sie Fionn sah, wurde ihr Blick wieder wohlwollend. Rasch trat sie auf ihn zu, von dem Jungen begleitet, der prompt für sie übersetzte.

»Yesoaph wird sich schrecklich ärgern, dass er kaum einen Eunuchen wird verkaufen können.«

Fionn hatte keine Ahnung, warum die Frau Yussuf Yesoaph nannte. Er wusste nur, dass der Zorn, der jäh in ihm wuchs, irgendwie hinausmusste – auch wenn die Stoffhändlerin das am wenigsten verdiente.

»Mörder! Ihr seid allesamt Mörder!«, schrie er. Die Frau lächelte weiter. Warum auch nicht, schließlich übersetzte der Junge seine Worte nicht. »Verflucht seid ihr!«, brüllte Fionn und ballte eine Faust.

Das wurde ebenfalls nicht in ihre Sprache übertragen, die Händlerin schien die Geste trotzdem zu verstehen. Sie zuckte mit den Schultern.

»Was glaubst du, wie oft ich Yesoaph schon verflucht habe, und mein Mann lebt immer noch«, übersetzte der Junge ihre Worte. »Und was glaubst du, wie oft er mich verflucht hat, und ich lebe immer noch. Gemeinsam haben wir übrigens den Handel mit Eunuchen verflucht, aber auch das hat nichts genutzt, sie werden immer noch gebraucht.« Wieder zuckte sie mit den Schultern. »Eigentlich bin ich nur hier, um zu fragen, ob du meinen zweiten Ohrring ebenfalls brauchst.«

Sie zog das Schmuckstück von ihrem Ohrläppchen, hielt es ihm vor die Nase. Als er erst den Ohrring, dann sie anstarrte, konnte er nicht entscheiden, ob sie grausam, vom Leid schlichtweg abgestumpft oder so verzweifelt war wie er, man das unter der verlaufenen Schminke aber nicht sehen konnte. Er wusste nur, dass er vorerst alles für Ennis getan hatte, was er konnte, und es jetzt zu warten galt. »Besser, du tauschst den Ohrring gegen einen Schlauch Wein ein«, murmelte er.

»Gern«, erklärte die Stoffhändlerin, »vorausgesetzt, ich bekomme die Hälfte davon. Um selbst schön zu sein, reichen Schmuck und Schönheitsmittel. Aber die Welt kann man nicht verzieren. Manchmal muss man sie sich schöntrinken.«

Augenblick um Augenblick verging, bald hatten sich so viele aneinandergereiht, wie schwarze Fliegen sie umschwirrten. Die Fliegen waren nutzlos, die Zeit, die verrann, war ebenso nutzlos. Sie heilte Ennis nicht, ließ ihn nur schwächer werden. Irgendwann erwachte er, schlug wieder um sich, nicht nur von Schmerzen gepeinigt, auch von Erinnerungen an das, was ihm widerfahren war. Fionn versuchte, ihn festzuhalten, bekam nur einen neuerlichen Faustschlag ab.

»Nicht dass deinem schönen Gesicht etwas passiert«, sagte die Stoffhändlerin, die die Halle zu seinem Erstaunen nicht wieder verlassen hatte.

Dass sie sich mehr um sein Gesicht als um Ennis sorgte, erschien ihm wie übler Spott, dennoch regte sich dort, wo sich seine Gefühle versteckten, etwas wie Dankbarkeit, zudem Erleichterung, nicht allein ausharren zu müssen.

»Frag sie, wie sie heißt«, raunte er dem Übersetzer zu.

Nicht nur ihren Namen – er lautete Esther – wollte er hören. Er fragte auch nach dem des Arztes, der sich unermüdlich um die Gepeinigten kümmerte, und erfuhr, dass man ihn Ibn Zakariya nannte. Als Ennis sich wieder aufbäumte, erhob sich Fionn, schritt auf diesen zu. »Kann ich noch mehr von dem ... Schlafmittel haben?«

Zum ersten Mal sah er dem Mann lange genug in die Augen, um zu erkennen, dass diese ungewöhnlich dunkel waren, dass sie jedoch keinesfalls glanzlosen Kohlestücken glichen, die nie mehr brennen würden, vielmehr Güte darin gloste, ebenso Mitleid. Leider reichte beides nicht, um ihm den Schlafschwamm zu geben.

»Ich fürchte, denen, die überleben werden, ist damit mehr geholfen.«

Er konnte sich nicht erklären, warum der Arzt seine Sprache beherrschte. Er wusste aber plötzlich, dass er – sosehr er sich dieser Erkenntnis auch verschließen wollte – recht hatte.

Ennis wird sterben.

Ich kann ihn nicht retten.

Kraftlos ließ er sich wieder neben den Bruder fallen, merkte kaum, dass Esther einen Weinschlauch an seine Lippen presste. Sie ließ erst ihn trinken, trank dann selbst. Ein roter Tropfen lief über die schwarzen Schlieren.

»Wir ... wir müssen doch etwas für Ennis aufheben ...«, stammelte er und wusste, dass der Wein an seinen Bruder so verschwendet war wie der Schlafschwamm.

Ein Zittern überlief seinen Körper, ließ nicht nach, als Esther sich neben ihn hockte, ihre Hand auf seine Schulter legte – vielleicht, um ihn zu trösten, vielleicht nur, um sich aufzustützen.

»Yesoaph wird seinen Tod auch bedauern«, übersetzte der Junge, der ebenfalls bei ihnen ausgeharrt hatte. »Und das nicht nur wegen des Geldes. Die jungen Männer tun ihm durchaus leid.«

Warum lässt er sie dann verstümmeln?, wollte er sagen, ahnte allerdings, dass die Antwort ihm nicht weiterhelfen würde. Die Frage, die er stattdessen stellte, schien ihm genauso unsinnig, aber es war besser zu reden, als dumpf schweigend auf den Tod zu warten.

»Warum nennst du ihn so und nicht Yussuf wie die anderen?«, wollte er wissen.

»Weil er als Jude geboren wurde wie ich«, sagte sie, wie es der Junge übersetzte. »Weil er nicht nur seinen Namen gewechselt hat, desgleichen seinen Glauben. Eigentlich hat er ihn nicht nur gewechselt, er hat ihn verkauft. Er macht gern alles zu Geld, selbst seinen Gott, während ich lieber alles Geld in etwas Schönes verwandle, am liebsten in Schmuck und Stoff. Ob es mich glücklich macht, ich weiß es nicht. Ich weiß auch nicht, was man auf dieser Welt schneller verliert – Geld oder Schönheit.«

Fionn war überzeugt, dass er niemals wieder etwas schön finden würde. Er presste vorsichtig den fast leeren Weinschlauch an Ennis' Lippen, aber der letzte Tropfen perlte über das Kinn. Seine Stirn glühte, er musste sie kühlen, bedauerlicherweise gab es nichts Kühles in dem schwülen Land.

Eine der schwarzen Fliegen krabbelte auf Ennis' Augenlid, es zuckte, Fionn vertrieb sie, das Augenlid zuckte immer noch, öffnete sich. Ennis sah ihn an, wie er ihn nie angesehen hatte – ohne Verachtung, ohne Spott. Er war ein Bruder, der den anderen liebte, weil gleiches Blut in ihren Adern rann, weil sie von der gleichen Brust die erste Milch getrunken hatten.

»Ennis!«, rief Fionn. »Ennis, halte durch!«

»Danke«, sprach der andere jenes Wort aus, auf das er umsonst gewartet hatte, nachdem er seine Wunde versorgt hatte, »danke, dass du es versucht hast …«

»Ennis! Du darfst nicht aufgeben!«

»Wenn du es schon nicht schaffst, gegen den Feind ein Schwert zu erheben, wie soll es dir gelingen, gegen den Tod anzukämpfen?«, fragte Ennis mit erstaunlich fester Stimme.

Fionns Hände schienen in der Tat wie gelähmt. Unmöglich, dass sie eine Waffe halten könnten. Unmöglich aber auch, den Tod mit einer solchen zu vertreiben. Der Tod glich den schwarzen Fliegen. Wenn man eine vertrieb, kam die nächste. Sie waren klein und unauffällig und am Ende gerade deswegen so mächtig. Nicht mit der schärfsten Klinge könnte man sie treffen.

»Ennis …«, flüsterte er, und die Stimme versagte ihm, obwohl er seinem Bruder doch noch so viel erzählen wollte, obwohl er, während das Leben langsam und leise aus ihm strömte, alle Menschen verfluchen wollte. König Áed und Gormlaith und den Sklavenhändler und …

Er war noch nicht bei Yussuf angekommen, als dessen Stimme ihn traf. Eben kam er näher. Nicht etwa, um nach Ennis zu sehen, nein, sein Blick war starr auf ihn, Fionn, gerichtet. Er sagte etwas in der fremden Sprache, und auch wenn Fionn es nicht verstand, weil der Junge es nicht übersetzte – dass Esther aufschrie, hatte wohl nichts Gutes zu bedeuten. Ennis atmete ein letztes Mal rasselnd, verstummte auf ewig, er selbst schien kurz ebenso nicht mehr atmen zu können, tat es umso japsender, als ein Mann, der Yussuf gefolgt war, ihn plötzlich packte, mit sich zerrte. Noch ehe er sich zu wehren versuchte, hielt ihn ein zweiter fest, drückte ihn auf den Boden, und schließlich war da in dieser Halle doch etwas Kaltes – die Klinge eines Messers, mit der erst seine Hose aufgeschnitten wurde, die dann an seinem Oberschenkel entlangfuhr.

Mit noch mehr Kälte erfüllte ihn die Erkenntnis, dass man ihn, da Ennis gestorben war, an seiner statt zum Eunuchen machen würde.

Island

Sie verließen Reykjavik und brachen zu Haskis Gehöft auf. Wie weit der Weg war, konnte Ríona hinterher nicht sagen. Sie hatte jedes Zeitgefühl verloren, jedes Gefühl für den eigenen Körper. Sie setzte Schritt vor Schritt, ohne dass es schmerzte. Sie atmete Zug um Zug, ohne dass sich neuerlicher Durst regte. Da war plötzlich auch keine Angst mehr. Die Gewissheit, bald sterben zu müssen, glich keiner drohende Klinge, die über ihrem Haupt schwebte, eher einem warmen, flauschigen Mantel, unter dem sie sich ganz und gar vor der Welt verstecken konnte. Gegen das Rauschen des Wasserfalls, an dem sie vorbeikamen, konnte sie sich zwar nicht taub stellen, und sie war ebenfalls nicht blind für das goldfarbene Licht, in das die Sonne die Wasserkaskaden tauchte, doch der Anblick streichelte ihre Seele nur, drang nicht tief darin ein, desgleichen die Gier nach Leben sich nicht heftiger äußerte als in Form jener süßlich-schmerzlichen Sehnsucht nach dem unerreichbaren Tir-far-thóinn. Dann war da plötzlich ein Laut, der den Frieden, schwer und dunkel und still wie der nahe Tod, störte. Ein Schluchzen, von Lainidh ausgestoßen, die die ganze Reise über nie geweint hatte. Nun wirkte sie verzagt, verstört.

»Was … was soll ich denn tun ohne dich?«

Ríona betrachtete nicht nur das Mädchen, blickte sich erstmals um. Sie stellte fest, das Gadhra ihnen nicht gefolgt war – offenbar hatte einer der anderen Männer sie für sich beansprucht und gegen Geld oder Schmuck oder schlichtweg Essbares verkauft –, sie sah jedoch Muir über sich fliegen.

»Gib auf den Raben acht«, murmelte sie an Lainidh gewandt, obwohl sie überzeugt war, dass sie wohl besser dem Vogel das Mädchen anvertraute als umgekehrt. »Und tu stets, was du von mir gelernt hast.«

»Ich habe noch nichts gelernt.«

Nun packte der Schmerz sie doch, und um ihn zu ertragen, nicht daran zu zerbrechen, konnte sie kurz nicht anders, als Lainidh an sich zu ziehen, sie noch fester zu halten. Nach einer Weile zwang sie sich schweren Herzens, die Kleine wieder loszulassen. So zart wie sie war, würde sie sie noch erdrücken. Und sich an sie zu klammern, würde ihr nur mehr wehtun – so wie es ihr wehtun würde, wenn sie sich an das Leben, die Sorgen, die Liebe klammerte, wenn sie nicht versuchte, so gleichgültig wie möglich zu sein.

»Was du schon kannst, ist singen – hör nie damit auf, selbst wenn es sinnlos erscheint. Und beobachte die Menschen, versuche, in ihren Herzen zu lesen, das ist das Einzige, was einem Ohnmächtigen Macht gibt.«

Sie ließ unausgesprochen, dass diese Macht bedeutungslos war. Was nutzte es schon zu wissen, dass das Pferd so närrisch galoppierte, weil es sich einen Dorn in den Fuß getreten hatte, wenn man am Ende so oder so von seinem Rücken fiel und sich das Genick brach. Und was nutzte es, dass sie mit einem Blick festgestellt hatte, wie gutmütig Flóki war, wenn zugleich zu wenig Trotz und Mut in ihm wohnten, um sich gegen ihr Schicksal aufzubäumen. Nein, kein Widerspruch war von ihm laut geworden, als Olgeir – so hieß der Gode – sie als Haskis Opfer bestimmt hatte. Und selbst wenn er insgeheim mit dieser Entscheidung haderte, während er mit hängendem Kopf zum Hof seines Bruders schritt – was sollte er schon gegen die Männer ausrichten, die Olgeir mit ihnen geschickt hatte, um eine würdevolle Bestattung zu überwachen?

Sie zählte nicht, wie viele es waren. Sie zählte desgleichen die Männer nicht, die sie am Ziel erwarteten – ein am Hang eines grünen Hügels liegendes Gehöft. Es bestand aus einem Haupthaus, das mit Grassoden bedeckt war wie die Häuser von Reykjavik, und weiteren Gebäuden, wohl die Vorratskammern, die Schmiede, der Stall. Eine Einhegung umfasste diese, auch ein Stück Wiese, auf dem eine Kuh graste. Sie hob den Blick, glotzte sie an, gleichgültig zwar, aber immer noch freundlicher als die Männer, die sich vor dem Gehöft zusammengerottet hatten, Knechte oder Nachbarn. Ihre Augen waren allesamt glasig – wohl nicht vor Tränen, die sie um Haski weinten, sondern weil sie schon zu viel auf ihn getrunken hatten.

Einer kam torkelnd auf sie zu. Sie verstand nicht, was er sagte, und erst recht nicht, was man ihm antwortete. Sie sah nur ein Stück vom Haus entfernt den Toten liegen, mit angezogenen Beinen und in Leder gehüllt, sodass man sein Gesicht nicht erkennen konnte, und von Steinen umgeben, die man in einer bestimmten Form angeordnet hatte. Anders als sie erkannte Flóki sofort, welche Form dies war.

»Mein Bruder hat es immer gehasst, auf einem Schiff zu segeln, und ausgerechnet ein solches soll ihn nach Hel bringen?«

»Besser, als wenn er auf seinen nackten Füßen rennen müsste«, erklärte ein Mann, der dem anderen mit deutlich festerem Schritt gefolgt war. Anders als seine Knie war sein Blick hart. Als er auf Ríona fiel, glich der flauschige Mantel, der sie von allem abschirmte, plötzlich einem kalten Fetzen. »Und jetzt scheint er ja überdies jemanden zu haben, auf den er sich stützen kann.«

Immer noch protestierte Flóki nicht, nur Lainidh schrie angstvoll auf. Ríonas eigene Stimme hingegen versagte, als man sie packte. Ehe sie Flóki zurufen konnte, wenigstens gut für das Mädchen zu sorgen, wurde sie fortgezerrt – erstaunlicherweise nicht zu dem Toten, sondern zu einem der kleinen Verschläge. Sie erhielt einen Stoß, ging auf die Knie, und ehe sie sich wieder aufgerichtet hatte, war sie allein … Nein, nicht ganz allein, da war auch ein Pferd. Oder vielmehr ein Tier, das manches mit einem Pferd gemein hatte, das allerdings kleiner war als ein solches und dichteres Fell hatte. Die Mähne hing ihm so tief ins Gesicht, dass man seine Augen nicht sehen konnte, immerhin klang das Schnauben freundlich. Ríona wusste, wenn sie es streichelte, würde nicht nur der schützende Mantel reißen, zudem etwas in ihr. Sie würde fallen, fallen und fallen … Was zählte es schon, ob in Hels dunkles, kaltes Reich oder in den ebenfalls dunklen, kalten Ozean, der ihr totes Kind verschluckt hatte, als wäre es nur einer von unendlich vielen Wassertropfen? Sie würde auch zerbrechen, wenn sie Lainidhs Schluchzen vernahm. Also presste sie beide Hände an die Ohren, kniff die Augen zusammen, bemerkte erst verspätet ein Knarren, als die Tür des Verschlags aufgestoßen wurde.

Warum hatte man sie überhaupt hierhergebracht, wenn man sie doch gleich töten würde?

Allerdings machte der Mann, der eben den Stall betrat, keine Anstalten, sie zu töten. Ob sie ihn schon vorher gesehen hatte, sie wusste es nicht. Jetzt musterte sie ihn aufmerksam, befolgte den Rat, den sie Lainidh gegeben hatte – nämlich so schnell und so viel wie möglich zu erfassen –, stellte fest, dass er keine Waffe trug, sein Ledergürtel nur den Zweck hatte, die knielange Tunika zu raffen. Sein Umhang war mit dem Pelz vom edlen Blaufuchs verbrämt, was in Irland bewiesen hätte, dass er ein Mann von hohem Rang und Reichtum war. Ihm aber schien der Umhang nicht viel zu bedeuten, er ließ ihn einfach auf den Boden fallen, als er einen Schritt auf sie zumachte, eine Hand um ihren Nacken legte, mit dem Daumen der anderen ihr Kinn hob, sodass sie gezwungen war, ihm ins Gesicht zu sehen. Auf dem Kopf trug er eine dunkle Mütze, das Haar darunter war nicht ganz so lang und zerzaust wie Flókis, auch von einem Rotton, aber nicht dem von verwaschenem Kupfer, eher dem vom Fell eines Eichhörnchens.

»Du bist schön«, sagte er. Mit allem hatte sie gerechnet, nur nicht damit. Dann lass mich leben, wollte sie sagen, jäh bereit, jeden Preis zu zahlen, auf dass sie's dürfte. Doch schon fügte er mit einer rauchigen Stimme, als wäre er zu oft einer von Reykjaviks Rauchsäulen zu nahe gekommen, hinzu: »Du wirst den Göttern gefallen.«

Und da konnte sie nichts mehr sagen, denn er riss sie an sich, seine Hand war plötzlich in ihrem Haar, er zog sie daran zurück, bis sie vermeinte, ihr Hals würde brechen. Er presste seine Lippen auf ihr Gesicht, auf ihren Mund – hielt das womöglich für einen Kuss, während es ihr erschien, als würde er sie verschlingen wollen. Sein Speichel war bald überall, seine Hände waren bald überall, ihr Gewand war so schnell zerrissen, und als kalte Luft sie traf, ging ihr ein unsinniger Gedanke durch den Kopf. Nicht: Ich habe Angst vor dem Tod. Nicht: Ich habe Angst vor dem Schmerz. Nur: Es war so schwer, das Kleid zu flicken, und all die Arbeit war umsonst.

Der Gedanke rief zumindest Widerstand hervor. Als er sie auf den Fuchspelz drückte, begann sie, sich unter den groben Händen zu winden.

»Nicht!«, schrie sie, »bitte nicht!«

Nahezu erstaunt, ja verblüfft hielt er inne, starrte sie an. Er hatte wohl nie erlebt, dass man sich gegen seine Umarmung wehrte.

»Warum soll ich aufhören?«, fragte er. Durch seine heisere

Stimme klang ehrliches Erstaunen. »Ein Opfer gehört allen Männern. Und selbst wenn nicht – ich kann dich nehmen, ich will es.«

Er drückte sie nieder, spreizte ihre Schenkel, legte sich auf sie. Ríona presste verzweifelt ihre Hand gegen seine Brust. »Bitte nicht!«, rief sie erneut. »Tu's nicht … aus Gnade … aus Barmherzigkeit …«

Wieder hielt er verblüfft inne. Die Worte schienen in seinem Kopf zu kreisen, ohne sich an etwas festhalten zu können, das ihm vertraut war.

»Was ist das?«, fragte er, als hätte sie ihm den Pelz eines ihm unbekannten Tieres präsentiert.

Ríona rang nach Worten. »Das ist, wenn du einem Sklaven zu essen gibst, obwohl du selbst noch Hunger hast.«

Er stieß ein Lachen aus, das rauchig wie seine Stimme klang. »Das zu tun, wäre schlichtweg dumm! Wenn ich am Hunger stürbe, mein Sklave aber überlebte, dann bekäme er womöglich einen ungerechten Herrn.«

Das, was er ihr antat, empfand er wohl als gerecht, denn wieder wanderte seine raue Hand über ihren Oberschenkel, während er mit der anderen an seiner Kleidung nestelte. Rínas Widerstand erstarb. Und wenn es wehtat, und wenn es beschämend war, und wenn es Ekel und Ohnmacht gleichermaßen beschwor – sie würde ja nicht mehr lange genug leben, um sich daran erinnern zu müssen. Doch bevor sein Geschlecht in sie eindrang, ertönte eine weibliche Stimme.

»Lass sie in Ruhe, Skrymir!« Ríona blickte hoch, erkannte, dass eine Frau den Stall betreten hatte. »Du hast kein Recht auf sie.«

»Und ob«, rief Skrymir erbost, obwohl er unwillkürlich zurückgewichen war. »Sie gehört den Göttern, und das bedeutete, dass zuvor alle Männer sie haben können.«

»Das mag vielleicht in Norwegen Sitte sein, nicht hier auf Island. Zumal dir nur das Nachbargehöft gehört, nicht dieses hier.«

»Und was genau willst du tun, um mich hiervon abzuhalten? Was genau *kannst* du tun?«

Er stand auf, ging auf die Frau zu, ohne sein Geschlecht zu bedecken, das, wie es da rot und geädert und riesig von seinem Leib abstand, der gefährlichsten aller Waffen glich. Doch auch wenn er darob noch bedrohlicher wirkte – in seiner Stimme brodelte etwas, das nicht allein von Wut kündete, desgleichen von Furcht.

Ríona war zu gelähmt, sich aufzurichten, vernahm dennoch deutlich, was die Frau erwiderte. »Den Göttern gehört sie, hast du behauptet. Nun, keine steht den Göttern so nah wie ich. Keiner kennt sie so gut wie ich. Wenn ich mich auf den Boden lege, vernehme ich den Herzschlag der Erdenmutter Jörd. Und Jörd ist stark, sonst hätte sie keinen Sohn wie Thor gebären können. Ihr Herzschlag muss nur einmal kurz aussetzen, auf dass die Erde bebt, und wenn er dann wieder einsetzt, öffnen sich die Berge und spucken Feuer.«

»Du magst ihren Herzschlag hören, du kannst jedoch nicht über ihn bestimmen«, entgegnete Skrymir, seiner Stimme fehlte gleichwohl die Festigkeit.

»Wer weiß das schon? Kannst du winziges Menschlein denn wissen, was in den Göttern vorgeht? Gib acht, Lügen über sie zu erzählen. Jörd könnte so laut lachen, dass nicht nur die Erde bebt, sondern dass die ganze Insel im Meer versinkt.«

Skrymir machte einen weiteren drohenden Schritt auf die Frau zu, und Ríona wälzte sich gerade noch rechtzeitig zur Seite, ehe er auf sie stieg.

Ich brauche keine Jörd, um die Erde beben zu fühlen.

»Jörd darf mich auslachen«, herrschte Skrymir die Frau an, »du hingegen darfst das nicht.«

»Hörst du mich denn lachen? Nein. Aber ich werde dich gleich verfluchen, und wer weiß, womöglich wird dann nicht nur Jörd über dich lachen oder über dich weinen oder einfach nur rülpsen, auch Angbroda oder Loki oder Odin oder Fenrir werden es tun.«

Ríona hatte die Namen all dieser Götter noch nie gehört, auf Skrymir schienen sie jedenfalls Eindruck zu machen. Eine Weile herrschte Stille, bevor sich erneut das Knarren des Holzverschlags vernehmen ließ. Sie spürte einen kalten Luftzug, und ehe sie sich umdrehen konnte, sich vergewissern, dass Skrymir die Hütte tatsächlich verlassen hatte, fiel etwas Weiches auf sie – ein Stück Fell, das die Frau bislang auf den Schultern getragen hatte. Es war nicht das Fell eines Blaufuchses, sondern das eines schwarzen Lammes. Ríona klammerte sich daran fest, betrachtete die Frau. Sie war fast so klein wie Lainidh, auch die Hände waren klein, die Füße sicher ebenso, obwohl sie in riesigen Schuhen aus zottigem Kalbfell steckten. Der Lederbeutel an ihrem Gürtel war fast so groß wie der Kopf der Frau, den nur ein paar weiße Haarsträhnen bedeckten.

Ríona presste das Fell an den zitternden Körper. »Wer bist du?«

»Urta. Die Tante von Haski und Flóki. Ich habe dir etwas zu essen gebracht – davon gibt es heute ausnahmsweise genug.«

Erst jetzt sah Ríona, dass Urta in der einen Hand einen Krug hielt, in der sich eine sämig wirkende, weiß schäumende Flüssigkeit befand. Ob es Dickmilch war? Mit der anderen Hand nahm Urta aus ihrem Lederbeutel getrocknetes Fleisch, das von einem Schneehuhn oder von einem Hasen stammen mochte, außerdem einen flachen Fladen.

»Eigentlich backen wir nie Brot, weil wir so gut wie kein Getreide haben. Aber wie gesagt, heute ist alles anders; heute feiern wir Haskis Reise nach Hel. Stimmt es, dass du aus Irland kommst?«

Ríona nickte, stopfte etwas Fleisch und Brot in den Mund, trank etwas. Die Milch schmeckte nicht sauer und nicht süß, sie schmeckte nach gar nichts.

»In Irland glauben wir nicht an Götter, und auch als man es noch tat, haben Menschen nicht für sie getötet, nur dann und wann hölzerne Statuen geschnitzt und in den Fluss geworfen, damit er nicht über das Ufer tritt.« Ríona wischte sich die Milch vom Mund. Der Durst war gelöscht, aber die Gier geweckt … Gier nach Leben … Gier nach einer Zukunft. »Kannst du … kannst du mir helfen?«

Urtas Augen waren von jenem Braun, wie nur die Stämme besonders alter, tiefwurzelnder Bäume es waren. »Das kann ich nicht«, sagte sie.

Ríona versuchte vergebens, Mitleid aus der Stimme herauszuhören. »Hast du nicht eben gesagt, du stündest den Göttern besonders nahe?«

»Selbst die Götter können das Schicksal nicht wenden. Die Nornen, die am Fuß des Weltenbaumes Yggdrasil sitzen, weben es oder schnitzen es in Holzzweiglein.«

»Kann man nicht eines dieser Zweiglein den Nornen vor die Füße werfen?«

»Sie würden es ja doch nur zertreten. Und was ist das Knacksen, das ertönt, gemessen am …«

»Gemessen am Lachen oder Weinen oder Rülpsen der Götter«, beendete Ríona den Satz für sie.

Urta beugte sich tief über sie. »Weißt du, ich glaube eigentlich nicht, dass Götter weinen oder lachen, zumindest nicht über uns Menschen, wir sind ihnen gleich. Damit dir wiederum gleich ist, ob du lebst oder stirbst, habe ich dir noch etwas mitgebracht.«

Dieses Mal zog sie etwas aus dem Beutel, das wie Hasenköttel aussah. »Dies sind getrocknete Pilze. Gerade mal so giftig, dass man nicht daran stirbt, nur keine Angst und Schmerzen fühlt«, erklärte Urta. »Jeder Raufbold nimmt sie vor einem Kampf.«

Ríona starrte darauf. Wenn man keine Schmerzen spürte, war man wohl erst recht ein Wassertropfen, der sich im Ozean verlor. Aber brachte diese Einsicht nicht den schlimmsten Schmerz von allen?

Sie stellte die Frage nicht laut, denn Urta machte nicht den Eindruck, als würde sie eine Antwort kennen. Stattdessen wollte sie wissen: »Wie … wie wird es geschehen?«

»Man wird dich mit einem Strick erdrosseln.«

»Warum nicht erstechen?«

»Damit dein Leib auf der langen Reise nach Hel von keiner Wunde gezeichnet wird. Auch so ist sie lang und beschwerlich genug.«

»Ich verstehe«, sagte Ríona. Sie verstand eigentlich fast nichts. »Du hast mir etwas zu essen gebracht, damit ich für diese Reise gestärkt bin.«

»Damit Hel, die Göttin, die wie ihr Reich heißt, einen Tropfen Skyr zu kosten bekommt, wenn sie dich küsst.«

Skyr hieß also die saure Milch. Und ein Kuss von Hel war sicher auch nicht schlimmer als einer von Skrymir …

Urta legte die getrockneten Pilze auf den Boden und verließ die Hütte. Wieder starrte Ríona darauf, nicht sicher, ob sie sie nehmen sollte oder nicht, nicht sicher, ob sie die Furcht betäuben oder auskosten wollte, weil diese sie zum Menschen machte. Ihre Augen begannen zu brennen, doch ihr perlte keine Träne über die Wangen. Sie verkniff sich das

Aufschluchzen, als die Tür wieder geöffnet wurde, als sie wieder von jemandem gepackt und hinausgezerrt wurde. Sie sah nicht, wer es war. Sie sah nicht, ob Flóki in der Nähe war, ob Lainidh oder Muir. Und als sie zu der Grabstätte gezerrt wurde, sah sie neben dem Toten die Gaben, die man ihm wohl mit auf den Weg geben würde – eine schalenförmige Spange, ein Schwert mit einem Knauf aus Birkenholz, eine Halskette aus Silber, an deren Spitze eine Perle saß. Vielleicht war es auch keine Perle, sondern ein Tropfen Wasser, der hart geworden war, weil er sich dem Ozean nicht hatte ergeben wollen, oder eine Träne, die sich zu Stein verhärtet hatte. Die eigenen Tränen versiegten. Wenn sie gleichfalls zu Stein wurde, würde sie den Strick nicht spüren, den jener, der eben zu ihr trat, in den Händen hielt …

Sie sah sofort, dass es ein Fremder war, jedoch erst nach einer Weile, dass der vermeintliche Strick ein Holzknüppel war.

Versuch nur, mich zu erschlagen, Holz zerbricht an Stein.

Aber der Knüppel ging nicht auf sie nieder, er wurde drohend in Richtung der Männer geschwungen, die sich um die Grabstätte versammelt hatten.

»Weicht zurück!«, brüllte der Fremde. »Im Namen des Allmächtigen, weicht zurück!«

Unendlich langsam kam die Gewissheit in ihrem Kopf an, dass sie nicht sterben würde – zumindest nicht sofort. Viel schneller trat der Mann knüppelschwingend vor sie, fixierte streng die Umstehenden. Ríona hob lange genug den Blick, um zu erkennen, dass er jene Kleidung trug, die sie an irischen Mönchen gesehen hatte – nur dass die Kutte aus Schafwolle noch rauer und dreckiger wirkte, dass er keine Lederlappen um die Füße gebunden hatte, diese nackt und verhornt waren.

»Bruder Thangbrand!«, rief jemand.

Sie glaubte, Skrymirs Stimme zu erkennen, einmal mehr flüsternd, nur dieses Mal gefährlich, nicht lüstern. Prompt sauste der Knüppel so dicht an ihrem Kopf vorbei, dass sie sich duckte, unwillkürlich die Augen schloss. Sie vernahm ein paar Worte in einer fremden Sprache – vielleicht war es Latein –, gefolgt von einem dumpfen Aufprall und einem Schmerzensschrei. Hatte der Knüppel einen Kopf getroffen? Ríona schlug die Augen wieder auf, sah, wie der Mann, der einen Schlag in die Eingeweiden bekommen hatte, sich krümmte, und dass es nicht Skrymir war. Mochte der auch der Erste gewesen sein, der in die Hütte gekommen war, um sie zu schänden – nun ließ er anderen den Vortritt, es mit dem Mönch aufzunehmen. Bei zwei weiteren war die Wut über die Einmischung noch größer als die Angst vor dem Knüppel, auch sie stürzten sich auf den Gottesmann. Doch Bruder Thangbrand wich kein Jota zurück, schlug erneut blitzschnell zu. Den einen traf er an der Schulter, dem anderen schlug er den Knüppel auf die erhobene Faust.

»Wagt es nicht, mich anzugreifen!«, brüllte Bruder Thangbrand, und obwohl er ein kräftiger Mann war, kiekste seine Stimme. »Ich wurde vom Bischof von Bremen in den Norden gesandt, um euch Heiden zu missionieren, und das bedeutet, ich stehe vor euch im Namen des Allmächtigen.«

Die Männer, die noch unversehrt waren, starrten sich ratsuchend an, warfen schließlich Skrymir fragende Blicke zu – ein Zeichen dafür, dass sie ihm, dem anscheinend reichsten unter den Grundbesitzern, die Entscheidung überlassen wollten, was nun zu tun war. Ríona hielt unwillkürlich den Atem an, erwartete, dass Skrymir selbst den Kampf aufnehmen würde, doch zunächst kniff er nur die Augen zusammen. Bruder Thangbrands Knüppel ging auf einen weiteren nieder, obwohl der bislang abwartend stehen geblieben war, und Ríona duckte sich noch tiefer, um den Preis, dass sie fast auf dem Toten zu liegen kam.

Bis sie wieder hochkam, hatte Skrymir die Faust erhoben. »Du hast hier gar nichts zu sagen, Bruder Thangbrand, und dein Bischof von Bremen auch nicht.«

Einen Augenblick lang bewegte sich der Knüppel nicht, Bruder Thangbrand konnte jedoch ebenso mit Worten zuschlagen. »Wahrlich, Gott prüft mich, indem er mich unter euch hausen lässt. Auf den Namen eines Bischofs spuckt ihr, ich weiß. Aber wenn ein anderer Name fällt, knickt ihr ein wie feuchtes Holz, das zu lange im Wasser getrieben hat. Daraus lässt sich kein Haus bauen, kein Weidezaun, kein Stall, noch nicht einmal verbrennen kann man es.« Er hielt kurz inne, konnte sich das erlauben, denn alle schwiegen, selbst Skrymir. »Ich spreche von Olaf Tryggvason«, fuhr der Mönch fort, »dem König von Norwegen, einstmals ein Heide, wie ihr Heiden seid. Er behauptet, früher den alten Göttern so nahegestanden zu haben, dass er regelmäßig Zwiegespräche mit Odin führte. Doch wisst ihr, was Odin ihm gesagt hat? Dass der Gott der Christen stärker sei als er! Seine Männer haben es bezweifelt, woraufhin Olaf ihnen angeboten hat, sie könnten sich gern für Odin opfern. Er hingegen würde sich niemals opfern, weil Gott das einzige Opfer, auf das es ankommt, schon erbracht hat – seinen Sohn. Es ist widersinnig, diese Frau zu töten – was nicht bedeutet, dass ich – falls einer von euch sich zu dem Toten legen und sich erwürgen lassen will – ihn daran hindern werde.« Er sah einen nach dem anderen an. »Ich glaube jedoch, dass ihr genauso viel Mut habt wie die Männer in König Olafs Gefolgschaft – nämlich gar keinen.«

»Mich nennt keiner ungestraft Feigling«, fauchte Skrymir erbost, so laut, dass sein wuchtiger Leib erzitterte. Ríona

zuckte unwillkürlich zusammen, Bruder Thangbrand nicht.
»Oh, sei gewiss: Wenn ich König Olaf schreibe, werde ich dich nicht als Feigling bezeichnen, als gottlos jedoch sehr wohl, und ich kann mir vorstellen, dass er danach nicht länger bereit ist, euch Schiffe voller Getreide zu schicken, Schiffe überdies mit Holz. Und wie wenig man mit dem Holz anfangen kann, das das Meer anspült, habe ich ja schon gesagt. Einen Knüppel wie meinen werdet ihr alsdann nie besitzen.«

Bruder Thangbrand trat entschlossen auf Skrymir zu, schwang den Knüppel dicht an seinem Kopf. »Und wenn ich gar nicht mit einem Knüppel gegen dich kämpfen will, sondern mit einer Axt?«, fragte dieser wieder gefährlich leise. »Und wenn du König Olaf gar nicht mehr schreiben kannst, weil ich dir die Hand abhacke?«

»Oh, versuch es doch! Aber rechne damit, dass Gott mir besondere Kräfte schenkt – wie einst David im Kampf gegen Goliath. David war nur ein Hirtenjunge, Goliath ein mächtiger König, und wie dieser Kampf ausging, habe ich euch oft genug erzählt. Gut möglich, dass ich am Ende noch meine Hand habe, dein Bein dagegen zertrümmert ist.«

Ríona überlegte, wo sie die Namen David und Goliath schon einmal gehört hatte. Nicht dass es wichtig war, aber sie war froh, dass sich der Geist an etwas festhalten konnte, sich nicht der namenlosen Angst ergab, die hochkroch, als Skrymir weiterhin nicht zurückwich, sich vielmehr nach etwas umsah, schließlich unter den Grabbeigaben jene Axt fand, von der er eben gesprochen hatte. Dass er sie nicht an sich nahm, bewies wohl weniger die Scheu, sie gegen Bruder Thangbrand zu erheben, als vielmehr Skrupel, einen Toten zu berauben.

Zumindest zögerte er lange genug, dass einer der Männer sagte: »Lass es gut sein, Skrymir. Bruder Thangbrand hat im letzten Jahr mindestens drei Männer erschlagen.«

Ríona konnte sich schwer vorstellen, dass ein Mönch zugleich ein Mörder war, doch Skrymir begann nicht etwa zu lachen, er kniff die Augen noch fester zusammen.

»Und Olgeir, unser Gode, hat zwar mehrfach beteuert, dass niemand von uns gezwungen ist, Bruder Thangbrands Glauben anzunehmen – dass wir aber nicht die Hand gegen ihn erheben dürfen«, fuhr der andere fort. »Zu groß ist seine Angst vor König Olafs Strafe.«

»Behauptest du also, dass auch Olgeir ein Feigling ist?« Wieder brüllte Skrymir.

»Nein«, warf ein weiterer Mann beschwichtigend ein. »Nur dass der tote Haski gewiss keiner war. Ich glaube, er kann den Weg nach Hel gut und gern allein antreten. Bedenke, was sein Name bedeutete: der Schnelle. Wenn es gilt, die dunkelsten Täler zu durchqueren, ist ein Weib, das sich auf ihn stützt, womöglich mehr Hindernis als Nutzen.«

Ríona wagte kaum zu atmen, schloss wieder die Augen, nahm dennoch wahr, dass etwas Schweres neben sie fiel. Es war nicht etwa Bruder Thangbrand, den Skrymir niedergestoßen hatte, nur sein Knüppel, den er hatte fallen lassen, sobald Skrymir zurückgetreten war. Der gab dem anderen zwar nicht offen recht, erklärte aber, dass man ein Fass Bier öffnen solle. Dass die Männer nicht widersprachen, sondern ihm gehorchten, obwohl es nicht sein Hof war, gab ihm wohl ein wenig von dem Stolz zurück, an dem Bruder Thangbrand gekratzt hatte. Skrymir stierte ihn ein letztes Mal missmutig an, stapfte dann davon.

Ríona blieb kraftlos hocken.

»Steh auf, Weib«, befahl Bruder Thangbrand eher verdrossen als erfreut. Er, der so viel Kraft bewiesen hatte, als er mit seinem Knüppel stattliche Männer angegriffen hatte, machte keine Anstalten, ihr die Hand zu reichen. Vielleicht war es ihm widerwärtig, eine Frau zu berühren.

»Danke …«, stieß sie aus.

»Ich tat es für Gott, nicht für dich«, erklärte der Gottesmann grimmig, hob immerhin seinen Knüppel auf. »Aber es ist gut, dass mit dir eine weitere Irin auf dieser Insel leben wird. Die ersten Christen, die hierherkamen, waren irische Mönche, und auch wenn diese nicht geblieben sind – die irischen Sklaven sind heute diejenigen, die Jesu Gebote einhalten. Die anderen sind verstockt. Einst haben sie einem Bischof namens Friedrich und seinem Begleiter Thorvald das Leben schwer gemacht. Sie haben die beiden hungern und frieren lassen, sie geschlagen und bespuckt und …«

Ríona betrachtete Bruder Thangbrands Gesicht erstmals genauer, sah zahlreiche Blessuren – eine Narbe unter dem rechten Auge, einen blauen Fleck auf der linken Schläfe. »Du scheinst dich ja wehren zu können.«

»So ist es«, erklärte er immer noch verdrossen. »Und jetzt steh endlich auf. Auf dieser Insel hilfst du dir selbst, sonst hilft dir keiner.«

»Ich dachte, Gott würde helfen«, sagte Ríona und erhob sich.

Der Mönch musterte sie, schien nicht sicher zu sein, ob ihre Worte Spott oder Frömmigkeit verhießen. Am Ende ließ er seinen Ärger an einer anderen aus. Als Urta näher trat, mit noch mehr Speisen, da Ríona ja weiterleben würde, sich dafür erst recht stärken müsse, wie sie erklärte, fuhr er sie ungehalten an: »Eine der schlimmsten Heidinnen bist du!«

Urta zuckte nur mit den Schultern, hielt seinem Blick stand, wich auch nicht zurück, als Bruder Thangbrand einen Satz auf sie zumachte. Immerhin machte er keine Anstalten, mit dem Knüppel auf die Alte einzudreschen, wie Ríona es befürchtete. Er riss ihr lediglich den Humpen mit Dickmilch und ein Stück Brot aus den Händen.

»Das ist das Mindeste, was ich verdiene, nachdem ich dir das Leben gerettet habe«, erklärte er an Ríona gerichtet, nachdem er das ganze Stück Brot auf einmal in den Mund gestopft hatte. Er schien sich für seine Gier ebenso wenig zu schämen wie für seine Rohheit. In seiner Miene stand einzig Trotz, als gälte es mit jeder Tat Gott die Zumutung heimzuzahlen, dass er ihn hierhergeführt hatte.

Ríona sah ihm verdutzt nach, als er von dannen schritt, kümmerte sich aber nicht weiter um ihn. Viel wichtiger war es ihr, nach Lainidh und Muir zu schauen, viel wichtiger war, nun, da sie wieder eine Zukunft hatte, dieser Zukunft ein Gesicht zu geben.

Nicht das Gesicht von Skrymir, das von Flóki.

Lainidh fand sie rasch. Kaum sah sie sich nach ihr um, kam sie ihr von einem Holzverschlag in der Nähe des Langhauses – so wie es daraus roch, war es offenbar der Kuhstall – entgegengestürzt, wo sie sich verkrochen hatte. Ríona umarmte sie inniglich, labte sich kurz an der Gewissheit, dass sie ihr von nun an wieder alle Fürsorge, Liebe schenken konnte – ihr und auch Muir, der hoheitsvoll auf dem Dach des Stalles thronte.

»Es ist alles gut«, murmelte sie und strich über Lainidhs feines blondes Haar. »Es ist doch alles gut.«

Das Mädchen wimmerte, zitterte immer noch vor Angst. Um ihr diese zu nehmen, musste Ríona mehr tun, als sie zu umarmen. Sie löste sich von ihr. »Geh wieder in den Stall«, befahl sie ihr. »Ich muss mit Flóki sprechen.«

An Haskis Grab hatte sie den rothaarigen Riesen nicht wahrgenommen. Nun sah sie, dass er sich nicht mit anderen Männern um das Bier stritt, das eben einer vor dem Haupthaus verteilte – nein, er hockte bei seinem toten Bruder, sammelte mit seinen Pranken Erdkrumen, ließ sie auf ihn rieseln. Wenn er in dieser Geschwindigkeit weitermachte, würde es Ewigkeiten dauern, bis er begraben war.

Ríona wagte erst zu ihm zu treten, nachdem sie sich vergewissert hatte, dass Skrymir sie nicht beobachtete, und kniete sich schnell neben ihm, sodass sein wuchtiger Leib sie vor den Blicken der anderen schützte. Er schien sie gar nicht zu bemerken.

»Du«, sagte sie leise, »du bist jetzt der Herr des Hofes.« Mit einem Ausdruck tiefer Verwunderung wandte Flóki sich ihr zu. »Du bist doch Haskis Bruder, und er hatte keinen Sohn, nicht wahr?«, fügte sie hinzu. »Deshalb musst du dein Erbe für dich beanspruchen.«

»Aber … aber ….« Seine Stimme klang, als hätte er die Erdkrumen nicht auf den Toten rieseln lassen, nein, sie verschluckt. »Aber mein Weib ist die See.«

Es fiel ihr nicht leicht, sie überwand sich dennoch, rutschte ganz dicht an seinen massigen Leib heran, hob wieder die Hand, um ihm wie damals auf dem Schiff das Haar aus der Stirn zu streichen. »Die See ist nicht eifersüchtig, gewiss duldet sie eine Geliebte neben sich. Ich könnte diese Geliebte sein, ich werde dir helfen, den Hof zu führen, das Land zu beackern, das Vieh zu füttern. Ich werde dir das Essen zubereiten, das du am meisten magst, ich werde nachts an deiner Seite schlafen, ich werde …« Sie brach ab. Kein einziges ihrer Worte erzeugte ein Bild in ihrem Kopf. Sie hatte noch nie richtig hart gearbeitet. Und sie hatte sich nie bei einem andren Mann liegen sehen als bei Fionn. Nun, zumindest Flóki war nicht blind für die Zukunft, die sie ihm malte. Kurz zuckten seine Mundwinkel, was sie als Lächeln deutete. »Am besten, du machst dich gleich auf den Weg zu Olgeir«, fuhr sie hastig fort. »Ich weiß nicht, was ein Gode ist, ich nehme an, so etwas wie ein Kleinkönig in Irland, ein Mann, unter dessen Führung mehrere Sippen vereint sind. Wahrscheinlich wirst du ihm die Treue schwören müssen, damit er dich als neuer Herr von Haskis Besitz anerkennt und …«

»Haskis Besitz …«, echote er.

»Du bist deinem Bruder schuldig, dass du sein Erbe antrittst. Auch wenn du die See liebst, hier kann man gewiss ein gutes Leben führen. Das Haus ist groß, im Stall stehen sicherlich viele Kühe und …«

»Hör auf!«, rief er. Seine Miene wurde von Entsetzen verzerrt. »Ich … ich verstehe nichts vom Ackerbau. Und ich … ich kann keine Tiere töten. Ich konnte das noch nie. Fische schon, aber keine Wesen, dessen Augen dich anschauen wie ein Mensch.«

Seine eigenen Augen waren kummervoll wie nie, und obwohl sie sein Blick rührte – ließ es sie verzweifeln, als ihr aufging, dass in seinem wuchtigen Körper nicht der Geist eines Mannes wohnte, sondern der eines Kindes, obendrein eines überaus mutlosen. Immerhin, ein solches Kind konnte man lenken.

»Du hast Wale getötet.«

Er zuckte mit den Schultern. »Ich habe sie immer zu verjagen versucht, wenn sie uns zu nahe kamen. Leider haben sie auf Island keine Scheu vor Menschen, deswegen bin ich so gern in Richtung Süden gesegelt, wo sie vor unsereins fliehen.«

»Und was ist mit Walrossen?«, fragte sie. »Deren Stoßzähne und Haut bringen viel Geld ein.«

Flóki begann zu schlottern. »Man muss sie mit einem Pfeil zwischen den Augen treffen, aber ich habe immer danebengeschossen. Die anderen glaubten natürlich, das läge an meinen Pranken.«

Ríona seufzte. »Meinetwegen tue ich alles für dich. Die Kühe melken, die Kühe schlachten, wenn es sein muss, die Kühe den Göttern opfern. Jetzt geh schon zum Goden, ehe dir Skrymir zuvorkommt.«

»Ich wollte doch nie Bauer sein, ich wollte nach Grönland reisen, zu jener Insel im Norden.«

»Hast du nicht gesagt, dass dort Trolle leben? Dass sie gefährlich sind? Dort müsstest du diese töten, nicht bloß Kühe.« Zum ersten Mal schien sie ihm etwas zu sagen, das ihm sofort einleuchtete. Noch rührte er sich nicht, das tat er erst, als sie an seinem Bart zupfte. Als er sich endlich aufgerichtet hatte, bewegte er sich wieder eine Weile nicht, starrte versunken auf Haski. »Nun mach schon, geh!«

Endlich setzte Flóki sich in Bewegung, zwar langsam, aber beharrlich. Kurz überlegte sie, ihm zu folgen, um ihn anzutreiben, sie wollte Lainidh und Muir jedoch nicht zurücklassen, zumal sich unter den trunkenen Männern gerade ein Wortgefecht entlud, bald auch die Fäuste flogen. Der, der am zornigsten um sich drosch, war Skrymir.

»Gut, dass er abgelenkt ist«, hörte Ríona eine Stimme.

Sie fuhr herum, sah Urta nicht weit von Haskis Grab entfernt stehen. Sie fragte sich, ob sie ihr Gespräch mit Flóki belauscht hatte, und falls es so war, warum sie sich nicht eingemischt und ihn darin bestärkt hatte, Haskis Erbe einzufordern. Hatte sie nicht gesagt, sie sei seine Tante? Weshalb klang ihre Stimme dann so gleichgültig, als beträfe es nicht auch ihr Leben, wenn er der neue Herr würde?

»Wer … wer hat denn Anspruch auf das Land, wenn Flóki es nicht will?«, fragte Ríona.

»Der, der stark genug ist, es sich zu nehmen und es zu behalten«, erwiderte Urta leise und wies auf die sich prügelnden Männer. Skrymir hatte einen in den Schwitzkasten genommen, schlug mit der freien Hand einem anderen ins Gesicht, stieß einem dritten das Knie zwischen die Beine, bis der sich krümmte. »Sein Hof ist etwas kleiner als Haskis, seine Raffgier aber war immer größer als die der anderen«, fuhr Urta fort. »Ach, wenn die Menschen nicht diese Habsucht in sich trügen – die Götter könnten sie gar nicht in Versuchung führen und ihnen Fallen stellen. Es war auch Habsucht, die die Menschen einst nach Island trieb. Um genügend Siedler herzulocken, hatte man in Norwegen erzählt, dass hier von jedem Grashalm Butter tröffe.« Sie gab einen schmatzenden Ton von sich, als stellte sie sich vor, diese Butter abzulecken. »Es gibt zwei Arten von Menschen. Solche, die der Butter nachheulen, wenn sie das braune Gras betrachten. Und solche, die das Gras schneiden, ihr Vieh damit füttern und aus der Milch Butter machen. Nur Letztere überleben hierzulande.«

Ríona war nicht sicher, wie man Butter machte. Sie war auch nicht sicher, ob sie all die anderen Versprechungen, die sie Flóki gegeben hatte, erfüllen konnte. Aber Hauptsache, er ging zum Goden, und Hauptsache, Skrymir war durch die Rauferei zu abgelenkt, um das zu bemerken.

»Geh besser zu dem Mädchen in den Stall«, riet Urta. »und bleibt bis zum Morgen dort. Wer weiß, auf welche Idee die Männer in dieser Nacht noch kommen, sobald sie Haski begraben und noch mehr gezecht haben.«

Ríona nickte wie betäubt. »Und was ist mir dir?«

»Ich bin zu alt, um Angst vor Männern zu haben. Und irgendjemand muss doch den Göttern endlich ein Opfer bringen.« Ríona war sich nicht sicher, wie viel Spott und wie viel Ernst in der Stimme der Alten lagen. »Womöglich macht sich die Herrin von Hel, die wie ihr Reich heißt, auf den Weg zu uns«, fuhr diese fort, »und sticht uns mit ihren spitzen Fingernägeln die Augen aus dem Kopf, weil wir ihr etwas Lebendiges schuldig bleiben. Aber keine Angst«, fügte sie hinzu. »Ich habe es nicht auf dich abgesehen, nicht auf deinen Raben oder das Mädchen. Noch nicht einmal auf eine Kuh oder ein Schaf. Eine Maus reicht mir vollends.«

Ríona war zu müde, um sich mehr Gedanken über Urta und ihre Beziehung zu den Göttern zu machen. Sie war ja sogar zu erschöpft, um sich darüber zu freuen, dass jemand wie Flóki der Herr über diesen Hof sein würde … über Lainidh … über sie.

Wenig später betrat sie den Stall. »Es wird alles gut werden«, sagte sie wieder zu Lainidh, und dieses Mal waren es keine leeren Worte, dieses Mal konnte sie hinzufügen: »Ich glaube, ich habe Flóki davon überzeugt, den Hof zu übernehmen. Du hast doch gesehen, er ist gutmütig, ist kein erfahrener Bauer, braucht dringend Hilfe … Ich verstehe zwar auch nicht viel von Land und Vieh, ich denke dennoch, dass ich irgendwie lernen werde, was ich wissen muss, um einen Hof zu bearbeiten.«

Lainidh blickte sie zweifelnd an, sagte aber nichts. Gemeinsam sanken sie auf ein Bett aus Heu, das eher grau als grün war, und aus Stroh, das eher bräunlich als gelb war. Lainidh fest an sich gepresst, schlief Ríona Augenblicke später ein.

Al-Andalus

Die Klinge schnitt tief, verursachte ein Geräusch, das in Fionns überreizten Ohren wie ein Krachen, ein Dröhnen klang. Warum hörte er es überhaupt noch, warum wurde es nicht von seinen Schreien übertönt? Aber er schrie ja gar nicht, hatte den Mund nur weit geöffnet, und das Messer schnitt gar nicht in seine Haut, nur weiterhin in den Stoff seiner Hose, bis er nackt auf dem Boden lag. Beim nächsten Schnitt, das wusste er, würde Blut fließen. Er würde sich dennoch nicht gebärden wie ein Lamm, das zur Schlachtbank geführt wurde. Er hatte Ennis nicht retten können, aber er war es ihm schuldig, mit jeder Faser seines Leibes gegen sein Schicksal anzukämpfen. Dieser Leib schien zwar so wenig zu seiner Seele zu gehören wie die zerfetzte Hose zu seinen Beinen, er schlug trotzdem um sich, traf etwas Weiches, vielleicht den Bauch des Mannes, der ihn festhielt, vielleicht seine Wange.

Allerdings ertönte kein Schmerzensschrei, nur Ibn Zakariyas Stimme. Gut möglich, dass er ihm einen Schlafschwamm anbieten wollte, dieses Zaubermittel, auf dass er keine Schmerzen spürte – er würde ihn nicht annehmen. Er musste die Schmerzen spüren, musste sich beweisen, dass er ein Mensch war, der fühlen konnte, kein lebloser Kadaver. Er wollte sich nicht davonstehlen vom Schmerz, er wollte ihn anbrüllen, und das tat er nun endlich, laut wie nie.

Der Schmerz kam nicht, zumindest nicht zwischen seinen Beinen, im Hals schon, und allein, um Luft zu holen und sich zu räuspern, musste er lange genug innehalten, um Ibn Zakariya sagen zu hören: »Wenn du anstelle der Männlichkeit deine Stimme verlieren möchtest, dann brüll ruhig weiter. Falls nicht, wäre es ratsam zu schweigen.«

Er klang so vergnügt, dass Fionn ihn am liebsten geschlagen hätte, doch dass er das nun ganz ohne Kraftanstrengung hätte tun können – mittlerweile war er nämlich losgelassen worden –, erstaunte ihn so sehr, dass er darauf verzichtete.

Ibn Zakariya starrte zwischen seine Beine, und Fionn bedeckte seine Blöße rasch, wiewohl die Erleichterung, dass es dort mehr zu bedecken gab als ein blutiges Loch, größer war als die Scham. Er stand auf, konnte die Hände wieder lösen, denn seine Tunika reichte fast bis zu den Knien.

»Warum ... warum sprichst du eigentlich meine Sprache?«, frage Fionn.

Ibn Zakariya hielt den Kopf schief, als müsste er ein wenig nachdenken. »Mir gefällt, dass du Fragen stellst, ich weiß nur nicht, ob diese Frage die richtige ist. Willst du nicht eher wissen, warum ich verhindert habe, dass du entmannt wurdest?«

Das wollte Fionn tatsächlich, er wagte nur nicht, diese Worte auszusprechen. Zu groß war die Angst vor der Antwort – dass das Vorhaben nämlich nur aufgeschoben war.

Als er sich umblickte, sah er allerdings, dass Esther freudig lächelte und auch dieser Yussuf oder vielmehr Yesoaph ein vergnügtes Gesicht machte, steckte er doch eben einen Geldbeutel ein. Fionn ahnte, aus wessen Händen dieser stammte.

»Du ... du hast mich freigekauft?«, fragte er Ibn Zakariya.

»Nein, ich habe dich für mich gekauft«, erwiderte der Arzt. »Yussuf meinte zwar, ein Eunuch sei so viel wert wie zwei Pferde, während ich ihm nur den Preis eines halben angeboten habe und ein Pferd – anders als ein Mensch – nicht auf zwei Beinen laufen kann. Allerdings kann man ein halbes Pferd immerhin essen, zumindest wenn der Hunger größer ist als der Wunsch, Allahs Gebote zu ehren. Und noch nützlicher als ein halbes Pferd ist ein ganzer Mensch wie du – jedenfalls für mich. Dazu musst du nicht erst zum Eunuchen werden, zumal du womöglich wie dein Gefährte gestorben wärst und ...«

»Er war mein Bruder!«

»Aha. Jedenfalls hätte Yussuf gar kein halbes Pferd ... äh ... gar kein Geld bekommen, wenn er mein Angebot abgelehnt hätte, und deswegen stimmte er zähneknirschend zu. Drücke ich mich zu verwirrend aus?« Fionn konnte nichts mehr sagen. Das Schreien hatte ihn erschöpft, sein Gaumen war ganz trocken. Wein ... Wein, er bräuchte mehr Wein, aber den hatte Esther ja ausgetrunken. Das Seufzen von Ibn Zakariya kam wie von weither. »Leider bin ich deiner Sprache nicht so gut mächtig, wie ich es gern wäre. Ich bin ja auch kein so guter Arzt, wie ich es gern wäre. Nur Allah ist allmächtig, er ist allwissend, allerbarmend, er ist nicht einfach nur groß, er ist größer. Gemessen an ihm sind wir nur kleine Ameisen, die es nicht allein schaffen, Futter in ihre Höhlen ... Nein, Höhle ist nicht das richtige Wort für das Heim von Ameisen. Sie schaffen das Futter in den ... in den ...«

»Hügel«, warf der kleine Übersetzer ein.

»Danke«, sagte Ibn Zakariya, ehe er sich wieder an Fionn wandte. »Der Junge heißt Surtur, und Surtur ist der Grund, aus dem ich die Sprache des Nordens beherrsche – er hat sie mir in den letzten Jahren beigebracht. Eigentlich steht er in Yussufs und Esthers Diensten, hin und wieder begeben wir uns jedoch gemeinsam auf Reisen. Das führt prompt zur nächsten Frage, woher Surtur nämlich stammt. So ist das nun mal in unserer Welt: Kaum ist eine Frage beantwortet, will man noch mehr wissen, obwohl man der unermesslichen Weisheit des Allerbarmers nur nachlaufen, sie niemals ganz besitzen kann. Leider ist jetzt keine Zeit für Fragen und erst recht nicht für Antworten. Wir brechen auf. Ich kann mich doch darauf verlassen, dass du nicht wegläufst? Du wüsstest ja gar nicht, wohin in diesem fremden Land. Wobei der Prophet gewiss nicht zu Unrecht geraten hat: Vertraue auf Allah, aber binde zuerst dein Kamel an.«

»Ich dachte, ich wäre ein halbes Pferd, kein Kamel, was immer das ist«, murmelte Fionn.

Im nächsten Augenblick verschwendete er keine Gedanken mehr an ein Kamel. Bis jetzt war sein Blick beharrlich auf Ibn Zakariya gerichtet gewesen. Nun sah er, dass jene Männer, die ihn zuvor festgehalten hatten, damit begannen, die Leichname aus der Halle zu schaffen. Soeben packte einer von ihnen Ennis an den Füßen, während der andere ihn an den Schultern hochhob. Ihre Bewegungen fielen so roh aus, als gälte es einen Sack Mehl von einem Ort zum anderen zu bringen. Draußen vor der Halle wartete ein Maultier, das offenbar die Toten zu jenem Stückchen Erde zu schleppen hatte, wo man sie zu verscharren gedachte. Dass es, wohl vom Blutgeruch verstört, schnaubte, riss Fionn aus seiner Starre.

»Ennis!«, brüllte er.

»Ich fürchte, auf diesen Namen wird dein Bruder erst wieder hören und Antwort geben, wenn der Allerbarmer ihn von den Toten auferweckt«, sagte Ibn Zakariya leise. »Du kannst nichts mehr für ihn tun, kümmere dich nicht weiter um ihn.«

»Er ist mein Bruder!«, rief er.

Bis jetzt hatte Fionn all seiner Kraft bedurft, um sich überhaupt aufrecht zu halten. Jetzt gelang es ihm, auf die Männer zuzustürzen. Es half ihm nicht. Just als er Ennis' reglosen Körper umarmen wollte, traf ihn der Fuß des eines zwischen den Beinen. Dass er dort noch Schmerzen spüren konnte, hätte ihn eigentlich dankbar stimmen sollen, doch in seiner Verzweiflung war kein Platz für diesen Gedanken. Ohnmächtig musste er zusehen, wie Ennis die Haare ins Gesicht fielen, als er über den Rücken des Maultiers geworfen wurde. Bis er sich wieder gefasst hatte, hatte es schon zu traben begonnen, und als er ihm nachstürzen wollte, fühlte er wieder einen Griff, wenngleich dieser etwas sanfter ausfiel.

Es war Ibn Zakariya, der ihn festhielt. »Das Erste, was du in meinen Diensten zu lernen hast, ist, dich nicht von Gefühlen hinreißen zu lassen. Gefühle haben keinen Nutzen. Das einzig Beständige, dem sich der Mensch zu widmen hat, ist sein Intellekt.« Fionn starrte ihn fassungslos an. Hätte der andere erneut von Ameisen in Höhlen gefaselt, es hätte ihn mit nicht noch mehr Unverständnis erfüllt. »Trauer ist ein besonders nutzloses Gefühl«, fuhr Ibn Zakariya fort. »Menschen sind nun mal sterblich, und das macht es sehr wahrscheinlich, dass wir die von uns geliebten irgendwann verlieren. Ein vernünftiger Mensch ist deshalb nicht so dumm zu lieben, und falls er dennoch in Versuchung gerät, soll er sich beharrlich ins Gedächtnis rufen, welche Bitterkeit der Süße folgt. Wer sich allein von seinem Verstand leiten lässt, riskiert diese Trauer nicht. Der Verstand ist das, was uns zu Menschen macht.«

»Das ist doch Unsinn!«, rutschte es Fionn heraus, »die Liebe macht uns zu Menschen. Und die Angst um die Liebsten, die Trauer um ihren Verlust, sind der Preis, den wir dafür bezahlen müssen. Natürlich versteht das keiner, der ein Mörder ist.«

Er wusste, dass er mit Ibn Zakariya den Falschen anklagte, und konnte trotzdem nicht anders, als wieder und wieder »Mörder!« zu rufen. Er wusste auch, dass es keinen Sinn ergab, sich gegen seinen Griff zu wehren und Ennis nachzulaufen, und tat es doch zu lange, bis der andere ihm einen Stoß versetzte – immerhin in den Magen, nicht zwischen die Beine. Er knickte um wie ein gefällter Baum.

»*Ya rab*«, hörte er Ibn Zakariya wie von weither sagen. »ich beginne zu bereuen, dass ich dich gekauft habe. Ich frage mich, ob es stimmt, was ein Geograf, dessen Schriften ich gelesen habe, über deine Insel behauptet hat. Dass man dort nicht nur Menschen frisst, sondern sogar die eigenen Eltern verzehrt. Natürlich erst, nachdem sie gestorben sind. Und dass Männer öffentlich Mutter und Schwestern begatten. Selbst wenn das eine Lüge ist – du beweist, dass auf deiner Insel nur Barbaren hausen. Wenn ich deine Tunika betrachte, könnte ich schwören, dass man bei euch nur Talgfackeln hat, auf feuchtem Stroh schläft und immerzu nach Mist stinkt.«

Fionn ballte die Fäuste. Nicht dass er die Kraft hatte, auf den Arzt einzudreschen – gleichwohl rechnete dieser damit.

»*Ya rab*«, sagte Ibn Zakariya wieder, was, so vermutete Fionn, so viel hieß wie »Ach du lieber Gott«, und wich ihm aus. »Ich dachte, du wärst künftig eine Hilfe für mich, keine Prüfung. Aber nun ja, Allah gibt denjenigen Nüsse, die keine Zähne haben.«

Das war das Letzte, was Fionn hörte, ehe Ibn Zakariya ihm einen Schlag auf den Hinterkopf versetzte.

Als er wieder zu sich kam, baumelte er über dem Rücken eines Maultiers wie zuvor Ennis' Leichnam. Er konnte den Kopf gerade mal so weit heben, um festzustellen, dass keine Marktstände mehr zu sehen waren, um die sich Menschen drängten, auch nicht mehr das Meer und Schiffe. Nein, das Maultier trottete über einen staubigen Weg, dann und wann von Geröll übersät. Am Rand wuchsen Sträucher mit deutlich mehr Dornen, dagegen weniger grünen Blättern, als er es von Irland kannte.

Bald ließ er den Kopf wieder sinken, und erneut umgab ihn gnädige Dunkelheit. Als er zum zweiten Mal erwachte, geschah es, weil er vom Maultier gezerrt wurde.

»Es wird Zeit, dass du selbst gehst«, hörte er Ibn Zakariya sagen, ohne ihn zu sehen, weil das Bild vor seinen Augen aus vielen winzigen Scherben zu bestehen schien. »Es war dumm, dich zu kaufen, und mein Maultier soll nicht unter meiner Dummheit leiden.«

Fionn wankte, war sich nicht sicher, jemals wieder geraden Schrittes gehen zu können, fühlte immerhin, wie sich das Bild vor seinen Augen klärte. Ibn Zakariya ließ ihn stehen, aber da war plötzlich der kleine Junge – Surtur –, der ihm nun die Schulter anbot, auf die er sich stützen konnte.

»Ibn Zakariya scheint ziemlich wütend zu sein«, erklärte er mit verschmitztem Lächeln.

Dass der diese Wut fortan damit äußerte zu schweigen, war Fionn gar nicht so unrecht. Er hätte keine Belehrungen ertragen, während er um jeden Schritt kämpfte, sich umsah, feststellte, dass auch Yussuf und Esther Teil ihrer Reisegesellschaft waren, außerdem weitere Männer, deren Gesichter er nicht kannte, die aber offenbar allesamt Händler waren. Erst nach einer Weile wurde seine Neugier größer als seine Erschöpfung.

»Du … du kommst also ebenfalls aus dem Norden«, sagte er.

Der Junge zuckte mit den Schultern, was dazu führte, dass Fionn, der sich immer noch auf diese stützte, beinahe gestolpert wäre. Erst nach einer Weile konnte er sich auf seine Worte konzentrieren. Von einem Meer, das die Menschen hierzulande Meer der Finsternis nannten, sei er gekommen, begleitet von Männern, die die Menschen an diesem Ort Magier nannten.

»Ich weiß nicht, warum. Als ob es Magie bedürfe, wieder und wieder über die Küstenstädte herzufallen und sie auszurauben, mit dem Fluss gar bis nach Sevilla zu fahren, auch dort zu plündern und zu töten.«

»Du … du bist ein Nordmann?«

Wieder ein Schulterzucken, dieses Mal etwas behutsamer. »Ich denke schon. Ich kann mich nicht mehr an viel erinnern. Jedenfalls wurde ich versklavt wie du.«

Obwohl Fionn auf den Weg achtete und ihm nicht ins Gesicht sehen konnte, vermeinte er ein Lächeln in der Stimme des Knaben zu hören.

»Du sprichst mit heiterem Tonfall darüber«, sagte er.

»Nun, mir konnte nichts Besseres passieren. Mein Vater – an ihn kann ich mich noch erinnern – meinte einst, bevor wir auf Reisen gingen: ›Wenn wir in ein Land kommen, in dem sich besser leben lässt als in unserer Heimat, dann bleiben wir dort.‹ Ich glaube, es gibt viele Länder, in denen es sich besser leben lässt als in meiner Heimat. Und am allerbesten lebt es sich in diesem Land. Um das zu erkennen, muss man die Heimat allerdings vergessen.«

»Was du nicht nur hast … was du auch wolltest.«

»Vor allem, was ich dir rate. Pass dich an. Leb wie die Menschen hier. Übernimm ihren Glauben, ich habe es auch getan. Es ist ganz einfach, du musst nur ihr Bekenntnis, die Schahāda, nachsprechen. *Es gibt keinen Gott außer Allah, und Mohamed ist sein Gesandter.* Du musst es natürlich auf Arabisch sprechen, es wird ohnehin Zeit, dass du die Sprache erlernst. Sprich also nach: *Aschadu 'anla ilaha illal-Lah, wa 'aschhadu 'anna mu'ammadan rasulul-Lah.* Noch mal: *Aschadu …*«

»Schluss!«, fiel Fionn ihm wütend ins Wort.

Surtur blieb stehen, blickte ihn verwundert an. Er hatte so

blaue Augen, so blondes Haar … und wirkte doch mindestens so fremd auf ihn wie Ibn Zakariya. »Du willst nicht Arabisch lernen?«, fragte der Knabe verdutzt.

»Ich will meinem Glauben nicht abschwören! Dieses Bekenntnis … ich werde es nie aussprechen. Man mag mich versklaven und verstümmeln und ermorden … Ich bleibe, was ich bin.«

Surtur schnaubte. »Ist ja schon gut. Du musst dich nicht bekehren. In der Hauptstadt jenes Reiches, das wir das Kalifat Córdoba nennen – leben viele Christen. Sie bekleiden wichtige Ämter. Es gibt auch Ärzte unter ihnen. Sie haben einen Bischof und etliche Priester, es ist ihnen gestattet, regelmäßig Gottesdienst zu feiern. Nur öffentliche Prozessionen sind ihnen verboten, und die Kirchenglocken dürfen nur sonntags läuten. Ibn Zakariya wird kein christliches Gebet hören wollen, doch wenn du es in deiner eigenen Kammer murmelst, hat er sicher nichts …«

Fionn hob abwehrend die Hand. Nichts lag ihm ferner, als zu beten. Er wollte nicht beten, er wollte schreien und die Menschen verfluchen und weinen und um sich schlagen. Nicht dass er zu Letzterem in der Lage wäre. Er brach ja fast schon zusammen, als Surtur wieder weiterging, er musste ihm wohl oder übel folgen.

»Jedenfalls«, schloss der Knabe stolz, »wirst du nirgendwo auf dieser Welt so viel Reichtum, Schönheit, Eleganz finden. Nicht so viel Kultiviertheit, nicht so viel Wissen und Bildung.« Fionn schnaubte nur. »Und Ibn Zakariya ist ein kluger, gerechter Mann.«

»Er ist ein Mörder«, zischte Fionn.

»So ein Unsinn. Er ist immerhin kein Verschneider – so nennt man die Männer, die nichts anderes tut, als männliche Sklaven zu kastrieren. Er ist ein *hakim*, das ist das arabische

Wort für Medicus, wie man einen Arzt wiederum auf Latein nennt.«

»Und warum war er dann überhaupt dort?«

»Nun, überall, wo Sklaven verkauft werden, bedarf man der Dienste eines *hakim*, weil manche Verschneider Stümper sind und fast alle Händler Betrüger. Sie reißen die Haare von der Brust eines Greisen, um ihn als jungen Mann auszugeben, sie verstecken Kissen unter seiner Kleidung, um Muskeln vorzutäuschen oder zumindest zu verbergen, dass er halb verhungert ist, sie verkleiden Jungen als Mädchen und Mädchen als Jungen.«

Fionn wollte nicht über Mädchen nachdenken, die in die Sklaverei geraten waren. »Vielleicht ist Ibn Zakariya kein Mörder, herzlos ist er dennoch. Er ... er hat gesagt, dass Gefühle nutzlos sind.«

Der Junge schien eine Weile darüber nachzudenken, aber keine Entscheidung treffen zu können, ob der *hakim* recht damit hatte oder nicht. »Ich weiß, dass Ibn Zakariya einst eine Frau hatte, aber diese gestorben ist, und auch einen Sohn, den er ebenfalls verloren hat. Er hat die Liebe also gekannt – er hat ihr allerdings abgeschworen.«

Kann man denn das?, fragte sich Fionn. Sie abwerfen wie ein störrisches Maultier einen zu schweren Reiter? Sie ausziehen wie ein fleckiges, zerrissenes Gewand? Sie ausspucken wie einen Schluck säuerlichen Wein?

Nun, als sie wenig später Rast machten, dachte er gar nicht daran, den Wein, der ihm gereicht wurde, auszuspucken. Gierig trank er ihn, gierig griff er auch nach dem Fladen, den Surtur ihm reichte. Sie saßen etwas abseits von der Reisegruppe.

»*Bismillah ir Rahman ir Rahim*«, murmelte Surtur, ehe er in den Fladen biss.

Fionn wurde die Kehle plötzlich trocken. Nein, der Liebe

konnte man nicht einfach abschwören, und selbst wenn, er wollte es nicht. Aber es bedeutete nicht, die Liebe zu verraten, die Heimat, den toten Bruder, die hoffentlich noch lebende Frau, wenn man eine fremde Sprache erlernte.

»Was heißt das?«, fragte er.

»*Im Namen des Barmherzigen, des Allerbarmers.* Vor jeder Mahlzeit rufen wir ihn an.«

»Nun, ich tue das nicht«, sagte Fionn trotzig. »Nicht heute und nicht morgen. Dennoch möchte ich wissen, was Brot auf Arabisch heißt, was Wasser, was Wein.«

Als er versuchte, die Worte, die Surtur nannte, nachzusprechen, schien sich seine Zunge zu verknoten oder am Gaumen zu haften. Surtur kicherte, aber er ließ sich nicht entmutigen, wiederholte sie. »Und jetzt sag mir, was Stein heißt, was Gestrüpp, was Straße, was Maultier, was Füße, was …«

»Warte! So viele Wörter kannst du dir unmöglich auf einmal merken.«

Das sah Fionn zwar ein, er lernte an diesem Tag immerhin trotzdem ein halbes Dutzend. Nach dem Wort für Liebe fragte er nicht.

Sie waren mehr als eine Woche unterwegs. Die Nächte verbrachten sie entweder in einem Zelt, dessen Planen sich im Korb der Maultiere befanden, oder in Herbergen, deren Böden staubig wie die Wege waren. In all der Zeit sprach Ibn Zakariya kein Wort mit ihm, warf ihm noch nicht einmal einen Blick zu, als hätte er vergessen, dass er diesen Sklaven gekauft hatte. Ganz anders verhielt sich Esther, die ihm, wenn sie nicht gerade dabei war, über die Beschwernisse von Handelsreisen zu klagen, frische Schminke aufzutragen oder die schon verwischte wegzuwaschen, ein Lächeln schenkte, und ihn aus ihren dunklen Augen mal sehnsuchtsvoll, mal anerkennend, mal etwas spöttisch musterte. Ein wenig fühlte sich das an wie die ersten Sonnenstrahlen, die mehr kitzelten als wärmten. Und auch wenn dies für kurze Augenblicke belebend sein mochte – vor allem erinnerte sie ihn an die dunkelste aller Stunden, da er Ennis hilflos beim Sterben hatte zusehen müssen.

Er missachtete sie so wie Ibn Zakariya ihn, und das gelang ihm bis zu dem Morgen, da nicht das Morgenlicht ihn weckte, sondern Esthers Haar. Ganz dicht saß sie über ihn gebeugt, das Gesicht ausnahmsweise noch nicht bemalt, die Ohren frei von den schweren Ohrgehängen, die Runzeln des Halses nicht unter Ketten versteckt. Er war nicht sicher, ob sie schön wie nie oder alt wie nie erschien, nur dass das Schöne und das Alte kein Gegensatz sein mussten, zumal in ihren Gesten die Kraft und die Neugier der Jugend lagen. Sie strich ihm übers Haar, als wäre es das Selbstverständlichste der Welt.

»Was tust du denn da?«, rief er.

Sie zuckte nur mit den Schultern, woraufhin er sich aufrichtete, sich umblickte. Yussuf war wach wie sie, wenn auch gerade damit beschäftigt, sich anzukleiden.

»Du bist schön«, sagte Esther.

Mittlerweile hatte er genügend Worte in der fremden Sprache gelernt, um sie aus ihrem Mund zu verstehen. Die vielen, die folgten, ergaben hingegen keinen Sinn, erst recht nicht, dass Esther zwar jäh ihre Hand sinken ließ, jedoch ihr Kopf vorschnellte, sie ihn auf Stirn, Nase, danach sogar auf den Mund küsste, eher neckend als leidenschaftlich. Hinterher erhob sie sich mit verschmitztem Lächeln, auch mit einem satten, als hätte das Küssen ihr so viel Kraft gegeben wie anderen die Früchte, die man Feigen nannte und die sie meist am Morgen aßen.

Fionn starrte ihr verwundert nach.

»Sie und ihr Mann leben wie Bruder und Schwester zusammen«, ließ sich Surturs Stimme vernehmen. Er biss eben in eine Feige. »Schließlich ist aus Yesoaph Yussuf geworden, während sie immer noch Esther ist. Das Gesetz der Juden schreibt vor, dass sie nicht mehr seine Frau sein kann, zugleich aber, dass nur der Mann von der Frau die Scheidung verlangen darf, nicht die Frau von ihm. Er jedoch will keine Scheidung, denn das Gesetz der Muslime, dem er untersteht, sieht wiederum vor, dass ein Mann der Frau in solchem Fall den Brautpreis zurückzahlen müsste – ganz gleich, welchen Glauben sie hat.«

Es war zu früh am Morgen, um über heidnische Gesetze nachzudenken. Eines glaubte Fionn allerdings zu begreifen. »Er bleibt bei ihr, um Geld zu sparen?«

Surtur zuckte mit den Schultern. »Vielleicht auch, weil sie aneinander gewöhnt sind, weil sie sich sogar mögen. Oder weil sie gern gemeinsam auf Handelsreise gehen, wo er Sklaven verkauft, sie Stoffe. In jedem Fall teilen sie ihr Bett nicht länger. Glaub aber bloß nicht, du bist der erste junge Mann, dem Esther deswegen schöne Augen macht.«

Er deutete mit dem Kinn auf sie, und als Fionn seinem Blick folgte, sah er, dass sie sich gerade Schmuck anlegte und diesen durch langsame, aufreizende Bewegungen zum Klirren brachte.

»Das … das ist schamlos.«

»Wie immer sie sich verhält – verachtet wird sie so oder so: von den Jüdinnen, weil ihr Mann seinen Glauben verraten hat, von den Musliminnen, weil sie es ihm nicht gleichtut, von den Christinnen, weil sie eine Ungläubige ist.«

Esther war nicht entgangen, dass sie über sie sprachen, mit sacht wiegenden Hüften kam sie näher, berührte und küsste ihn zwar nicht wieder, ließ aber ihren Blick über ihn schweifen.

»Ich finde ja, dass ein jeder zuerst Mensch ist, dann erst Mann oder Frau, und erst als Letztes Jude oder Christ oder Muslim – nicht in der umgekehrten Reihenfolge.«

Es war das erste Mal, dass Fionn ihre Worte verstand, ohne dass Surtur sie übersetzen musste – was nicht hieß, dass er sie richtig zu deuten wusste, als Angriff auf alle Sitten und Gebote oder als glühende Verteidigung dessen, was allen Sitten und Geboten voranging: die Sehnsucht, in Frieden zusammenzuleben. Er hatte keine Muße, darüber nachzudenken, denn schon ging es weiter, nunmehr an den sumpfigen Ufern eines Flusses namens Guadalquivir entlang, in dem nicht nur die Hufe der Maultiere, auch er selbst knöcheltief versank.

Er konnte sich einer gewissen Schadenfreude nicht verwehren, als er bemerkte, wie sich Ibn Zakariyas gelbe Schuhe langsam braun verfärbten und dessen Verdrossenheit darüber wuchs. Gleichwohl entging ihm nicht, dass die Schritte des Arztes, eben noch schwer und schleppend, plötzlich beschwingter ausfielen. Ein Zeichen dafür, dass sie sich ihrem Ziel näherten?

Tatsächlich drang einige Stunden später aus Surturs Mund ein Juchzen, das nichts mit den kehligen, rauen Lauten zu tun hatte, die er ihm während des Marsches beigebracht hatte. Fionn konnte ihm das nicht verdenken, entfuhr ihm doch ob des Anblicks, der sich ihm bot, selbst ein Ausruf des Erstaunens.

»Das … das …«, setzte er an und vermeinte, dass seine Augen viel zu schnell, viel zu viel auf einmal zu sehen bekämen. »Das … das …«, begann er wieder.

»Das ist Córdoba, die Hauptstadt der Welt«, sprach Ibn Zakariya nach seinem langen Schweigen die ersten Worte zu ihm.

Sein Lächeln wirkte so stolz, als hätte er selbst dieses Córdoba erbaut. Die verschmutzten Schuhe waren ebenso vergessen wie der Ärger über einen nutzlosen Sklaven.

Fionn schüttelte verwirrt den Kopf. Die einzige Stadt, die er je gesehen hatte, war Dublin gewesen, und Dublin war ihm riesig erschienen, mit den viermal tausend Menschen, die dort lebten. In der Stadt, der sie sich nun näherten, mussten deutlich mehr wohnen. Nie hatte er allein so viele Menschen auf einmal gesehen, die auf eine Stadt zuströmten, nie eine Stadtmauer so hoch und so lang wie diese.

Ihr Anblick lockerte Ibn Zakariyas Zunge. »Der Mensch ist groß, Córdoba ist am größten, Gott ist größer. Oder *Allahu akbar*, wie wir es in unserer Sprache sagen.«

»Groß, am größten, größer«, wiederholte Fionn erstaunt, »ist das nicht die falsche Reihenfolge?«

»In diesem Fall nicht. Das Größte dieser Welt ist immer noch winzig vor Gott. Der Mensch hingegen ist winzig gemessen an Córdoba. Was zählt der Einzelne schon an einem Ort, wo hundertmal tausend Menschen leben?«

Fionn hatte nie eine so hohe Zahl gehört, er hatte gar nicht gewusst, dass man überhaupt so weit zählen konnte. Sein Erstaunen wich jedoch bald dem Grauen. Fast all diese Menschen waren Sklavenhändler … Verstümmler … Folterer … Mörder.

Den Blick zu senken vermochte er gleichwohl nicht, als sie am Guadalquivir entlang auf die Stadt zugingen. Der Fluss war hier deutlich breiter, immer wieder ragten rötliche Sandbänke aus dem trüben grünen Wasser, auf denen ebenso viel Oleander und Schilfrohr wuchs wie am Ufer. Nicht nur diese Pflanzen schenkten der Welt jene durchdringenden Farben, die sein Gemüt erhellten, ob er es wollte oder nicht, auch die vielen Gärten, in denen riesige dunkelrote Äpfel an Bäumen hingen oder sonderbare Früchte, deren helles Rot an die Haarfarbe mancher Irin erinnerte.

Nachdem sie eine kahle Fläche überquert hatten, auf der nichts wuchs, nur unendlich viele kleine weiße Steintafeln standen – offenbar ein Friedhof außerhalb der Stadt –, folgte unglaublicher Lärm. Das Erste, was er auf diesem großen Platz wahrnahm, war ein Ungeheuer, das an ihm vorbeischoss. Zumindest hielt er dieses Vieh auf den ersten Blick für eines der sagenhaften Wesen, wie sie in der Irischen See hausten und ganze Schiffe verschlangen. In Wahrheit bestand das Wesen, das er für eines gehalten hatte, aus drei verschiedenen – einem riesigen Pferd mit glänzender Mähne, einem Mann mit kahlem Haupt, der auf diesem saß, und einer Schlange, die der Mann in seinen Händen hielt. Nein, Unsinn, es war keine Schlange, nur ein Holzstab. Fionn erwartete, dass er damit wohl gleich auf den Schädel eines anderen Reiters einschlagen würde, doch stattdessen war ein kleines, rundes Ding auf dem Boden sein eigentliches Ziel.

»Das hier ist einer der größten freien Plätze der Vorstadt«, erklärte Surtur. »Manchmal wird hier unter freiem Himmel gebetet, manchmal finden Militärparaden statt – und heute spielt man Polo.«

Fionn duckte sich, als ein weiterer Reiter dicht an ihm vorbeischoss. »Polo ist eines der drei Spiele, denen selbst Engel gern beiwohnen – bei den anderen beiden handelt es sich um das Bogenschießen und den Liebesakt«, fuhr Surtur fort.

Fionn vermutete, dass der Junge so viel Ahnung vom Liebesakt hatte wie er vom Polospiel. Vertiefen konnte er das allerdings nicht mehr, denn sie hatten zu seiner Erleichterung die Reiter eben hinter sich gelassen, als Surtur unvermittelt sagte: »Ich fürchte, von nun an wird dir ein anderer Arabisch beibringen müssen.«

Sie hatten die Brücke erreicht, die unmittelbar zur Stadtmauer führte, doch wie es schien, lebten Yussuf und Esther nicht hinter dieser, sondern in einem Viertel davor. Da Surtur in ihren Diensten stand, würde er sie begleiten, während Fionn mit dem *hakim* mitgehen sollte. Surtur ließ nicht erkennen, ob ihn der Abschied von einem, der zwar aus einem anderen Land, immerhin aber wie er aus dem Norden stammte, schmerzte. Esther wiederum warf ihm ein deutlich traurigeres Lächeln zu und winkte ein letztes Mal. Auch sie folgte bereitwillig Yussuf – vielleicht, weil sie, bevor sie Mensch, Frau, Jüdin war, eine gute Händlerin sein wollte und mit ihm zusammenarbeiten musste.

»Nun komm schon«, sagte Ibn Zakariya, als er ihnen nachstarrte und sich plötzlich einsam wie nie fühlte, waren Esther und Surtur doch die einzigen beiden freundlichen Menschen gewesen, die er bislang in diesem Land kennengelernt hatte.

Immerhin strafte auch Ibn Zakariya ihn nicht länger mit seinem Schweigen. Er deutete auf etwas hinter der Stadtmauer. »Siehst du diesen Turm dort, eines der größten Wunder dieser Stadt? In unserer Sprache nennt man ihn Minarett, da er auf den Ort des Lichtes – *al manara* – hinweist. Córdoba ist groß, das Minarett der Hauptmoschee ist am größten, nur Gott ist größer, so groß nämlich, dass man ihn nicht darstellen kann. Wenn man es müsste, so gliche die Essenz seines Wesens dieser in allen Farben schimmernden Kuppel, gekrönt von mehreren Metallkugeln aus Silber und aus Gold, deren Form den Granatäpfeln gleicht und solcherart das Paradies verheißt.«

Fionn kam nicht umhin, über jenes sonderliche Gebilde zu staunen, über das sich auch noch eine Blume aus reinem Gold, offenbar eine Lilie, erhob. Dennoch knurrte er unwillig: »Die Frau, die ich verloren habe, war das Schönste, was ein Mensch je erblicken kann. Und verloren habe ich sie, weil Menschen nicht nur ungemein hässlich sein können, wenn sie langsam verwesen, nein, schrecklich böse und selbstsüchtig, solange sie noch leben.«

Ibn Zakariya machte eine ungeduldige Handbewegung, als gälte es eine Fliege zu verscheuchen. »Hast du meinen Rat immer noch nicht beherzigt, nicht länger auf unnütze Gefühle zu setzen?«

Fionn hielt trotzig seinem Blick stand. »Ist eine Woche nicht etwas wenig Zeit, seine Heimat, seine Herkunft, seine Liebe zu verraten? Sei gewiss, ich tue es nicht. Ich habe es zu Surtur gesagt, ich sage es auch zu dir: Ich werde bleiben, was ich bin, ich werde weder meiner Liebe noch meinem Gott abschwören. Eher ließe ich mich verstümmeln und töten, als mich zu deinem zu bekennen und die Schahāda zu sprechen.«

Fionn war nicht sicher, was er in den Augen des *hakim* las – ob weiterhin nur Verachtung oder auch ein wenig Respekt vor seiner Willensstärke. Ehe er noch etwas sagen konnte, ertönte plötzlich eine Stimme, und durch das Stadttor – eines von sieben, wie er später erfuhr – kam jemand auf sie zugelaufen.

Das Weiblein ging so tief gebückt, dass Fionn erst dachte, es hätte einen krummen Rücken. Dann erkannte er, dass die Alte diese Haltung nur eingenommen hatte, um Ibn Zakariya ihren Respekt zu erweisen. Kaum fiel sie auf die Knie, richtete er sie wieder auf, doch sie sank erneut zu Boden, berichtete unter Tränen, dass ihr Sohn einen schrecklichen Unfall erlitten habe. Wenn Fionn richtig verstand, so war er beim Polospiel vom Pferd gefallen.

Kein Wunder, dachte Fionn, der mit Schaudern an die grässlichen Reiter dachte.

Die Flut weiterer Worte, die aus dem Mund der Alten

quoll, konnte er nicht mehr verstehen, aber wenn er die eifrigen Gesten, die die Rede begleitete, richtig deutete, so war ihr Sohn nach dem Unfall nicht mehr richtig im Kopf.

Ibn Zakariya hielt den eigenen Kopf etwas schief, während er lauschte, schwieg auch dann noch, als das Weiblein längst verstummt war, weniger aus Ratlosigkeit, wie Fionn erkannte, eher, um zu warten, bis er genügend Umstehende herbeigelockt hatte. Erst als er sich sicher sein konnte, ein großes Publikum gewonnen zu haben, setzte er zu einer ausschweifenden Erklärung an. Fionn gab sich gar nicht erst die Mühe, dieser zu folgen, gewahrte jedoch zu seinem Erstaunen, dass, nachdem er geendet hatte, die Umstehenden nicht nur bewundernd raunten, die Frau überdies erneut auf die Knie fiel, dieses Mal, um dem Arzt überschwänglich zu danken. Danach beeilte sie sich fortzukommen.

»Was … was hast du zu ihr gesagt?«

Ibn Zakariya zögerte kurz, schien sich nicht sicher, ob er es wert war, sich mit ihm darüber auszutauschen. Am Ende war sein Stolz auf das eigene Können aber größer als die Überheblichkeit, die er ihm gegenüber empfand. »Ich habe den Sohn der Frau geheilt.«

»Du hast ihn doch gar nicht zu Gesicht bekommen.«

»Das musste ich nicht.«

»Aber …«

»Der Mann konnte sich nicht mehr daran erinnern, wer er wirklich war. Stell dir vor: Er hat immer wieder behauptet, er sei eine Kuh und folglich sei es sein Geschick, zur Schlachtbank geführt zu werden. Jedes Mal wenn seine Mutter ihn ansah, schien er enttäuscht, dass sie kein Fleisch war. Sie hatte schreckliche Angst, dass ein *dschinn*, ein Dämon, in ihm wohnt. Pah! Das, was unwissende Menschen als *dschinn* bezeichnen, ist häufig nur eine Zeichen dafür, dass die Seele krank ist.« Ibn Zakariya holte tief Luft. »Über kurz oder lang wäre der arme Mann in der ganzen Stadt umhergelaufen und hätte Fremde gebeten, ihn zu schlachten. Wäre er in die Hände der Palastwache gefallen, wären sie mit ihm wohl so verfahren wie mit den Liebeskranken im Frühling: Sie hätten ihn in goldene Ketten gelegt.« Fionn war überzeugt, dass Ibn Zakariyas Kenntnisse der nordischen Sprache einmal mehr an ihre Grenze stießen und er etwas anderes sagen wollte. Weder konnte er sich vorstellen, dass sich der Mann wirklich für eine Kuh hielt noch dass man Wahnsinnigen hierzulande goldene Ketten anlegte. Ibn Zakariya fuhr trotzdem selbstbewusst fort: »Nun, ich bin ein *hakim*, der nicht nur den Körper, sondern auch die Seele heilen kann. Sie ist die wahre Herrscherin, der Körper hingegen nur der Diener. Wenn die Seele leidet, äußert sich dieser Schmerz, was bedeutet, dass nur gesund ist, wessen Körper *und* Seele heil sind.« Er machte eine kunstvolle Pause, ehe er hinzufügte. »Im Fall dieses Mannes allerdings ist nicht die Seele krank. Ich denke vielmehr, dass er ob seiner Ohnmacht zu lange keine Flüssigkeit zu sich genommen hat. Auf diese Weise ist sein Gehirn ausgetrocknet und mag jetzt nicht mehr so recht seine Arbeit tun.«

»Aber was kann seine Mutter dagegen machen?«, rief Fionn. »Er will weder essen noch trinken, er will geschlachtet werden!«

Ibn Zakariya lächelte. »Ich habe ihr geraten, einen fremden Mann mit in ihr Haus zu nehmen. Er soll dem Sohn erklären, dass er ihn jetzt zu schlachten gedenkt. Damit das Fleisch schön saftig wird, muss er vorher essen und trinken. Auf diese Weise kommt er wieder zu sich und ist ganz der Alte.«

Er klang felsenfest davon überzeugt und schien keinerlei Bedürfnis zu haben, sich des guten Ausgangs mit eigenen Augen zu versichern. Fionn hätte nur allzu gern gesehen, ob der Mann auf diese Weise wirklich geheilt werden konnte, doch der Arzt deutete mit dem Kinn in die entgegengesetzte Richtung als die, in die das Weiblein verschwunden war, und als Fionn sich nicht rührte, versetzte er ihm einen Stoß. Fionn blieb nichts anderes übrig, als weiterzumarschieren, konnte sich eine Frage dennoch nicht verkneifen.

»Und der Mann wird wirklich wieder gesund?«

»Wenn Allah es will. Wenn er es nicht wollte, hätte er nicht dafür gesorgt, dass die Frau mich erblickt und bei mir Rat sucht.«

Anstelle durch eine kleine Gasse schritten sie nun eine Hauptstraße entlang, die, wie der *hakim* erklärte, die Stadt in zwei Hälften teile und zwischen der Hauptmoschee mit ihrer erdfarbenen Mauer und den Gebäuden des Alkazars, was offenbar so etwas wie ein Königspalast war, verlief. Doch es war nicht das, was Fionn interessierte.

»Du … du kannst wirklich die Seele heilen, wenn diese krank ist?«, fragte er unvermittelt.

Ibn Zakariya zuckte mit den Schultern. »Die Krankheiten der Seele sind mannigfaltig, ich würde mir nicht anmaßen zu behaupten, für jede einzelne das passende Heilmittel zu kennen. Aber was man gegen die Melancholie macht, das weiß ich. Auch wie man unmäßige Angst mildert, aus der häufig eine körperliche Krankheit wird, die wiederum mit Herzklopfen und Schwindel einhergeht.«

»Aber … aber wie genau heilst du diese Krankheiten?«

»Es gibt verschiedene Möglichkeiten. Wie ich schon sagte: Die beste für Melancholie ist es, sich dem einzig Beständigen zu widmen, dem Intellekt. Manchem ist das natürlich nicht gegeben, weswegen der große ar-Rāzī vorschlug, Melancholie zu bekämpfen, indem man sich von Sklavinnen Lust verschaffen lässt.«

Sein Augenzwinkern ließ Fionn daran zweifeln, dass das ernst gemeint war. »Denkst du dasselbe?«

»Nun, ich habe mehrfach ein Heilmittel erprobt, das unter anderem Opium enthält und damit große Erfolge erzielt. Diese Mixtur entspannt die Seele, vertreibt trübsinnige Gedanken, bringt Freude und Frohsinn und mäßigt das Temperament.«

Fionn kam nicht umhin, mit zunehmender Faszination zu lauschen. Gewiss, er hatte schon oft von Menschen gehört, die den Verstand verloren hatten, auch solchen, die unmäßig traurig waren und nicht zu weinen aufhören konnten, doch in Irland war niemand auf die Idee gekommen, dagegen ein Heilmittel zu brauen. Zustände wie diese wurden von bösen Zaubersprüchen bewirkt. Es genügte schon, einen Strohhalm zu nehmen, schreckliche Zauberworte zu flüstern und den Halm ins Gesicht des Verfluchten zu werfen. Da er sich nicht sicher war, was Ibn Zakariya von Geschichten wie dieser hielt, verschwieg er sie jedoch wohlweislich. Andere Worte drängten plötzlich über seine Lippen.

»Wirst du … wirst du mir beibringen, wie man Menschen heilt? Ihre Seelen? Ihre Körper?«

Er klang erregter, als er es wollte, konnte zum ersten Mal kurz vergessen, was ihm an Schlimmem widerfahren war, fühlte stattdessen jenen Wunsch in sich brennen, den er mindestens so lange in seinem Herzen gehegt hatte wie seine Liebe zu Ríona. Den Wunsch, alles über die Heilkunst zu erlernen. Den Wunsch, kranken Menschen zu helfen.

Ibn Zakariya ließ den Blick über seine Gestalt schweifen. »Nun, du magst über einen wachen Verstand verfügen und auch über Wortwitz. Und du bist noch jung. Der Prophet sagt: ›Wissen erwerben in der Kindheit ist wie eine Inschrift gemeißelt in Stein, aber Wissen, das man im Alter erwirbt, ist wie auf Wasser geschrieben.‹«

»Du wirst mich also lehren, wie man …«

Ibn Zakariya hob abwehrend die Hand, und seine Miene wurde wieder ernst. »Das alles ändert nichts daran, dass du ein Barbar bist«, sagte er hochnäsig. »Ein *hakim* muss nicht nur Krankheiten heilen können, er muss ein Vorbild sein, tugendhaft, gesittet, kultiviert. Er muss seine Gefühle beherrschen wie seine körperlichen Regungen, er muss Höflichkeit wie Demut kennen, er muss sich in allen Lebenslagen zu benehmen wissen, er muss in der Kunst des Redens geübt sein, und er muss die Welt kennen, in der er sich bewegt. Um dort hinzukommen, wird es ein weiter Weg für dich sein. Ich bin mir nicht sicher, ob ein Barbar wie du, der aus einem solch dunklen, wilden Land kommt, das Ziel überhaupt je erreichen kann.« Fionn vermochte seine Enttäuschung kaum zu verbergen, indes Ibn Zakariya sich abwandte. Er dachte schon, er würde nun wieder eine Weile nichts von ihm hören, doch schließlich fügte er hinzu: »Fürs Erste wirst du Hilfsdienste übernehmen – die Kranken baden, die Verbände blutender und eitriger Wunden wechseln und auswaschen, Instrumente reinigen. In ein paar Jahren wird man sehen, wozu du taugst.«

Falls die Worte dem Zweck dienen sollten, seinen Ehrgeiz anzuspornen, erfüllten sie ihn nicht. Fionn fühlte sich erschöpft und niedergeschlagen, als er dem Arzt weiter durch die belebten Gässchen der Stadt folgte.

Island

Der Schlaf war tief und traumlos. Weder der Lärm, der draußen anschwoll, je mehr die Männer tranken, noch der harte Boden konnten Ríona etwas anhaben. Als sie erwachte, war es still – und sie fühlte nur die weiche Lainidh, fest an sie gepresst, immer noch oder schon wieder leise wimmernd.

Ríona rüttelte sie sanft. »Wir müssen aufstehen.«

Lainidh war noch lange in jenem Zwischenreich zwischen Wachen und Schlafen gefangen, wo ferne Hirngespinste gefährlicher erschienen als das wirkliche Leben. Erst als Ríona sie energisch hochzog und in die Wangen kniff, kam sie wieder zurück ins Hier und Jetzt. »Ich weiß nicht, wie es sich auf Island verhält, aber in Irland gibt es zwei Arten von Sklaven. Solche, die die harten Arbeiten im Freien tun und die von allen verachtet werden, daneben solche, denen verantwortungsvolle Aufgaben im Haus zukommen und die allseits als Diener geschätzt werden.«

»Und wie wird man ein geschätzter Diener?«, fragte Lainidh, wirkte aber eher gleichgültig als ehrgeizig.

Den gleichen leeren Blick, als ginge die Welt sie nichts an, weil sie ja darüberschwebte, hatte Ríona einst ihrer Mutter zugeworfen, wenn diese wieder einmal geklagt hatte, sie treibe sich zu oft in den Wäldern herum. Aber bis jetzt hatte sie hier auf Island keinen Wald gesehen, es gab also hier keinen Ort, an dem man sich vor dem Leben verstecken konnte, und weil es nicht nur um ihr Leben ging, sondern auch um Lainidhs, zog sie sie nach draußen.

Erleichtert stellte sie fest, dass alle Männer verschwunden waren – auch Skrymir. Der tote Haski war mittlerweile von Torf und Steinen bedeckt. Ein merkwürdiges hölzernes Gebilde, das mehr Ähnlichkeiten mit einem Hammer als einem Kreuz hatte, markierte den Ort, an dem sich sein Grab befand.

»Ich werde Flóki fragen, ob wir künftig im Haupthaus schlafen dürfen«, erklärte sie.

»Denkst du denn, er ist vom Goden zurückgekehrt?«

Ríona zuckte mit den Schultern. »Lass uns nachsehen«, murmelte sie.

Es gelang ihr nur, entschlossenen Schrittes auf das Haupthaus zuzutreten, weil Lainidh sie dabei beobachtete.

Als sie die Tür des Haupthauses öffnete – an der dem Hügel zugeneigten Wand gelegen, die am ehesten vom Wind geschützt war – und eintrat, fand sie den langen, finsteren Raum mit holzverschalten Erdbänken an den Längsseiten und einem Boden aus gestampftem Lehm leer vor. Nur ein schmaler Gang war mit Steinen ausgelegt. Aus Stein waren auch die dünnen Wände, die den Raum mehrfach teilten, desgleichen war es die Feuerstelle, die sich nahezu in der Mitte befand. Rinnen durchzogen den Lehmboden, in denen – offenbar seit dem letzten Regen – dreckiges Wasser stand. Vom Hauptraum führten drei weitere Türen ab, so niedrig diese, dass selbst sie den Kopf einziehen musste, um in die Nebenräume zu gelangen.

Als Ríona in den ersten Raum lugte, sah sie dort eine Frau hinter einem Webstuhl hocken, der jenem glich, auf dem ihre Mutter Stoffe hergestellt hatte. Er stand schräg an der Wand, das Webschiffchen war jedoch nicht nur mit Ornamenten, sondern auch mit einem Drachenkopf geschmückt. Ob das Haar der Frau, die davorsaß, wirklich grau war oder nur im trüben Licht so wirkte, wusste Ríona nicht, nur, dass es nicht

Urta war und sie sie am Tag zuvor nicht gesehen hatte. Kurz hob die Frau den Kopf, als Ríona nach ihrem Namen fragte, senkte sie ihn allerdings sofort wieder – offenbar waren nur ihre Hände flink, ihre Zunge war es nicht.

In einem weiteren Raum standen mehrere große Fässer, ein Mann umspannte eben eines mit einem Eisenring. Auch ihn fragte sie nach dem Namen, doch er schien sie gar nicht zu hören, weswegen sie sich die Frage ersparte, woher das Holz für die Fässer stammte.

»Das Holz haben entweder Schiffe aus dem Süden gebracht oder das Treibholz ist gar nicht so nutzlos, wie Skrymir gestern behauptet hat«, erklärte sie Lainidh.

Ríona betrat den dritten Raum, fand hier Urta vor, kehlige Laute ausstoßend, die eher an einen Zauberspruch, nicht an ein Lied denken ließen. Kaum übertönten sie das Quietschen der Kurbel eines Holzgefäßes, die die Alte blitzschnell drehte. Wahrscheinlich war sie dabei, Butter oder Quark herzustellen – Käse wohl nicht, denn den erhielt man nur, indem man die Milch erhitzte, bis sie gerann. Wenn Ríona es recht im Kopf hatte, diente die wässrige Molke, die übrig blieb, zur Konservierung anderer Lebensmittel – aber so genau konnte sie sich nicht daran erinnern. Sie bereute es, nicht gut genug aufgepasst zu haben, als man es ihr beibrachte.

Urta unterbrach ihren rauen Singsang kurz, als sie hochblickte. »Ihr seid wach, gut«, stellte sie fest. »Macht doch die Feuerstelle sauber. Oder sucht am Strand nach Treibholz, er ist nicht weit von dieser Siedlung entfernt.«

Ríona nickte. Vom Herdfeuer war nur eine schwache Glut geblieben, in der Grube daneben lagen Asche und Knochen und Unrat, den sicherlich jemand hineingeworfen hatte, weil er sich darauf verlassen konnte, dass ihn ein anderer schon wieder beseitigen würde.

Lainidh wollte sich bücken, aber Ríona hielt sie davon ab. »Wenn wir tun, was Urta sagt, wird sie uns künftig die Befehle erteilen. Solange er es nicht selbst anders beschließt, gehorchen wir einzig Flókis Befehlen.«

»Er ist immer noch nicht zurück!«

Ríona las gerade genügend Verzagtheit in Lainidhs Gesicht, um der eigenen, die nicht minder groß war, zu trotzen. Ohne das Mädchen hätte sie die Knochen und Asche mit Tränen benetzt, sich hinter dem Webstuhl oder in einem der Butterfässer verkrochen. Doch mit ihm an der Seite, war sie bereit, das Haupthaus weiter zu erforschen, vielleicht einen Knochen zu finden, an dem noch Fleisch hing, oder zumindest etwas zum Heizen.

Eine Weile verging, ohne dass sie fündig wurden, weswegen sie schließlich wieder nach draußen liefen, den mit Steinen ausgelegten Weg betraten, über ihn zu einer Hütte gelangten. Am Geruch erkannten sie, dass hier gekocht wurde, während man die Feuerstelle im Langhaus wohl nur zum Heizen nutzte. Es befanden sich nicht nur Mahlsteine, eiserne Töpfe, Gefäße aus Speckstein und Muscheln, die man als Löffel verwendete, dort – außerdem waren über dem Feuer mehrere Spieße angebracht, an denen man Fleisch braten konnte. Nicht dass es Fleisch gab – das hatten die Männer in der Nacht wohl sämtlich verzehrt –, aber da stand ein Krug mit Dickmilch, gelber und säuerlicher als jene, die Urta ihr am Vortag gebracht hatte. Immerhin etwas, das den leeren Magen füllen konnte.

Bevor sie selbst trank, reichte Ríona Lainidh den Krug.

»Denkst du, wir können uns einfach davon nehmen?«, fragte das Mädchen zweifelnd.

Sie nickte. »Flóki hat es nicht verboten, also tun wir es. Wenn er zurückkommt, wird er allerdings ebenfalls durstig sein. Lass uns in den Stall gehen, um zu melken.«

Als sie angekommen war, hatte sie im Stall nur eine Kuh wahrgenommen. Als sie ihn nun betraten, sah sie, dass hinter Trennwänden drei weitere standen. Sie glotzten sie misstrauisch an, als sie auf sie zutrat, und sie konnte ihnen das nicht verdenken, denn sie war noch nie gut im Melken gewesen.

Das jedoch wollte sie nicht eingestehen – zumindest nicht vor Lainidh –, und so hockte sie sich beherzt auf den Stallboden und erklärte: »Die Euer sind schon prall, das ist gut. Die meiste Milch bekommt man, wenn man nicht mit der ganzen Hand melkt, sondern die Zitze gegen die Daumenoberkante einklemmt und die Milch mit Zeigefinger, Mittelfinger und Ringfinger nacheinander ausdrückt. Und sieh nur – das hölzerne Gefäß, das hier steht, hat einen Deckel. So wird die Milch nicht ausgeschüttet, wenn man sie später ins Haupthaus bringt.«

»Und wie halten wir die Milch frisch?«

Ríona versuchte, sich nicht anmerken zu lassen, wie ratlos sie war. Konnte es sein, dass ihre Mutter wilden Knoblauch in die Milch gegeben hatte, damit diese nicht sauer wurde, oder würzte man damit nur den Quark? Vielleicht gab man Brennnesseln hinzu, wobei sie weder wusste, ob diese oder Knoblauch hier wuchsen. Sie könnte Urta fragen, die Gefahr, statt einer Antwort einen Befehl zu erhalten, war ihr allerdings zu groß.

»Das entscheiden wir hinterher«, erklärte sie und begann zu melken.

Ihr wurde warm davon – ein ungewohntes Gefühl –, und wie sie aus den Eutern Milch presste, so aus ihrem Geist die Einsicht, dass sie sich mit ihren mageren hauswirtschaftlichen Kenntnissen allein nicht unentbehrlich machen konnte. Als sie den Stall mit dem Eimer wieder verließen, sah sie Muir auf dem Dach des Stalles sitzen, als gehörte dieser ihm, während sie plötzlich fühlte, dass sie noch keinen Schritt dabei weitergekommen war, sich ein neues Zuhause zu erobern.

»Was … was machen wir jetzt?«, fragte Lainidh.

Ríona hatte keine Ahnung, doch es blieb ihr erspart, eine Entscheidung zu fällen. Just als sie mit dem Milcheimer in die Küche trat, hörte sie polternde Schritte, gefolgt von Rufen. Mit knurrender Stimme gab jemand Befehle, und obwohl ihr Kopf mit einem Mal zu leer war, sie zu verstehen – erkannte sie die Stimme sofort wieder.

»Flóki ist zurück«, rief Lainidh freudig.

Ríona hielt sie so unvermittelt fest, dass ihr der Eimer entglitt, die Milch auslief, im Boden versickerte. Sie starrte darauf, konnte nicht anders, als darin ein schlechtes Omen zu sehen, erst recht, als draußen eine Frau fragte, was hier vor sich gehe.

Ríona vermutete, dass es nicht Urta war, sondern die andere, die hinter dem Webstuhl gesessen hatte. Die Antwort folgte jedenfalls rasch. »Ich bin der neue Herr des Hofes. Du tust, was ich sage.«

Lainidhs Lächeln schwand.

Die Stimme des Mannes hatte sie nicht wiedererkannt, aber als sie durch die Ritzen der Tür lugte, sah Ríona, dass es Skrymir war, der mit einer Gruppe Männer zurückgekehrt war, sich den Hof zu eigen machte und eben auf das Haupthaus zuschritt.

Gerade noch rechtzeitig schlug sie die Hand vor Lainidhs Mund, bevor diese aufschreien konnte.

»Er … er versucht offenbar, vollendete Tatsachen zu schaffen. Wir müssen zurück nach Reykjavik … Flóki warnen.«

Ihre eindringlichen Worte hatten die Macht, Lainidh zu beruhigen. Was Ríona nicht vermochte, war, den eigenen Herzschlag zu beschwichtigen. Dass Skrymir sich gegen Flókis, ja gegen Olgeirs Willen des Hofes bemächtigte, war nur eine Möglichkeit. An die andere wollte sie nicht einmal denken. Als sie jedoch die Küche verließen und zu rennen begannen, war ihr bewusst, dass sie zwar vor Skrymir und seinen Männern, nicht aber vor der dunklen Ahnung davonlaufen konnte.

Sie war nicht sicher, ob sie den Weg nach Reykjavik finden würde. Als sie am Tag zuvor von dort aufgebrochen waren, hatte sie kaum etwas von ihrer Umgebung wahrgenommen. Doch nachdem sie das Gehöft weit genug hinter sich gelassen hatte, um nicht mehr gesehen zu werden, sah sie Muir in eine bestimmte Richtung streben.

»Wir müssen dorthin«, bemerkte Lainidh und wies in dieselbe Richtung. Obwohl das Mädchen am Tag zuvor fast den ganzen Weg über geweint hatte, hatte es sich, anders als sie selbst, manche Punkte gemerkt, woran sie sich nun orientieren konnten – hier einen Stein, vom Sturm geglättet, der über diese Ebene peitschte, dort ein Gestrüpp, das dornig anmutete, an dem im Sommer vielleicht rote Beeren wuchsen. »Du hast doch gesagt, ich solle so viel wie möglich beobachten«, erklärte sie, als Ríona sie erstaunt musterte.

Sie war stolz auf die Kleine, weil diese ihren Rat befolgt hatte, haderte aber umso mehr mit sich, weil sie das nicht getan hatte. Warum nur hatte sie in der Nacht geschlafen, anstatt sich zu vergewissern, dass Flóki wirklich mit dem Goden sprach, warum hatte sie darauf vertraut, dass er ihren eindringlichen Worten Folge leisten würde?

Bald sahen sie das Meer, das umso schwärzer wirkte, weil es sich von Schneebergen weit hinten abhob, bald auch die grünen Dächer von Reykjavik, von denen Rauch hochstieg.

»Wir … wir haben es geschafft!«, rief Lainidh erleichtert.

Sie hatte alles darangesetzt, mit ihr Schritt zu halten, doch als Ríona den Schweißfilm auf ihrer Oberlippe sah, gewahrte sie, wie sehr ihr das zugesetzt hatte.

»Ja,« sagte Ríona und hielt erstmals inne, »ja, wir haben es geschafft.« Sie wollte lächeln, wollte hinzufügen, jetzt wird alles gut, dann jedoch sah sie nicht nur das schwarze Meer, weiße Berge und grüne Dächer, sie sah ein rot-weiß gestreiftes Segel, vom Wind gebläht. Es war jenes Segel, das sie in Form eines Blitzes zusammengeflickt hatte, und obwohl die Naht aus der Ferne nicht zu sehen war, so traf sie – grell wie ein solcher – die Erkenntnis: Flókis Schiff verlässt den Hafen. Und Flóki befindet sich auf dem Schiff.

Hinterher konnte sie sich nicht erklären, warum sie sich dessen so sicher war. Das Schiff hätte die Rauchbucht schließlich auch ohne Flóki verlassen können. Doch als sie wenig später auf den Hafen zulief – sie hatte Lainidh zu warten geheißen, und Muir war bei ihr geblieben –, war keine Hoffnung mehr in ihrem Herzen, nur Verzweiflung. Bis sie den Hafen erreichte, war das Schiff nur mehr ein winziger Punkt. Sie konnte niemanden darauf erkennen, und niemand von dort würde sie schreien hören. Sie tat es dennoch, konnte gar nicht anders.

»Komm zurück! Du kannst mich nicht im Stich lassen! Nimm mich mit!«

Sie hätte wohl weitergeschrien, bis sie heiser geworden wäre, wenn sich nicht plötzlich eine verdrossene Stimme hätte vernehmen lassen. »Warum schreist du denn so?«

Sie fuhr herum, sah vor dem größten Haus Olgeir stehen, den Goden. Erst musterte er sie grimmig, und einen Moment später erstaunt – anscheinend weil sie noch lebte, anstatt Haski nach Hel zu begleiten. Herauszufinden warum das so war, war ihm aber wohl zu viel Mühe. Er begnügte sich damit, dass sie verstummt war, wandte sich ab, wollte zurück ins Haus.

»Warte!« Sie stürzte auf ihn zu, stolperte nach wenigen Schritten über die eigenen Füße, fiel und blieb liegen. »Flóki … er sollte doch Haskis Hof übernehmen.«

Olgeir hielt inne, blickte über seine Schulter zurück. Ein wenig von jener Barmherzigkeit, von der einer wie Skrymir gar nicht wusste, was es war, musste in ihm wohnen, sonst hätte er sich nicht die Zeit genommen, um zu sagen: »Was Flóki wollte, weiß ich nicht. Was Nordri wollte, sehr wohl. Nämlich das Schiff an sich reißen. Als Flóki das bemerkte, haben sie heftig gestritten, ich glaube, sich auch geprügelt. Ich weiß nicht, wer gewonnen hat, ich weiß nur, dass jetzt beide fort sind.«

Die Worte hallten in Ríona wider, zudem die, die Flóki zu ihr gesagt hatte – dass er keine Tiere schlachten könne, noch nicht einmal Wale töten. Als sie ihn überzeugt hatte, dass sie es tun werde, hatte er ihr wahrscheinlich geglaubt, als er dann hier im Hafen Nordri sein Schiff hatte besteigen sehen, war es ihm aber wichtiger gewesen, dieses zu behalten, nicht den Hof … sie … Lainidh …

»Bitte …« Sie stand auf, stürzte auf ihn zu. »Bitte … Können wir hierbleiben, dir dienen, ich und … das Mädchen. Es heißt …«

Sie brach ab. Olgeir war es bestimmt egal, wie Lainidh hieß. Ihm war auch egal, wie sie hieß. Nicht ganz egal war ihm, wer künftig ihren Namen rufen würde, um ihr und Lainidh Befehle zu erteilen.

»Du gehörst jetzt Skrymir«, erklärte er. »Er hat mir vorhin seine Treue geschworen, und deswegen nehme ich ihm gewiss keine Sklavin weg. An deiner Stelle würde ich mich beeilen heimzukommen.«

Heimzukommen. Als ob es für jemanden wie sie noch eine Heimat gab. Einen Ort, an dem sie Schutz finden konnte. Einen Menschen, dem sie vertrauen konnte. Alle waren sie ja doch hartherzig, eigennützig, böse, grausam … oder eigentlich nicht einmal das. Sie taten, was sie wollten, und wollten es, weil sie es konnten.

Nur sie konnte nichts … konnte nichts tun, um Lainidh zu beschützen … zumindest fast nichts. Auch wenn Olgeir nichts mehr sagte, das sie mit Zuversicht erfüllen konnte, waren da noch die Worte, die Skrymir am Vortag zu ihr gesagt hatte: Du bist schön.

Wenn sie sich ihm unterwarf, freiwillig, ganz und gar, vielleicht …

Ihre Gedanken waren zu langsam, um den Satz fertigzubringen. Erst recht blieben Bilder aus, wie genau die Unterwerfung aussehen würde. Wie betäubt drehte sie sich um, ging ein paar Schritte. Sie war noch nicht weit gekommen, als etwas Dunkles auf sie zuschoss, sie an der Schläfe traf. Es war kleiner als Muir, dennoch hielt sie es kurz für einen Vogel, ehe ihr aufging, dass es ein Stein war.

»Aua!«, entfuhr es ihr.

Der Stein war aus einer Schleuder abgeschossen worden, und die Schleuder hielt ein Junge. Seiner Größe und Statur nach zu schließen war er vielleicht neun oder zehn Jahre alt. Er stand neben dem Trog, aus dem sie nach ihrer Ankunft getrunken hatten. Dass er mit einer Waffe übte, obendrein einen glänzenden, bläulich schimmernden Pelz trug, war ein Zeichen dafür, dass er kein Sklave war, vielmehr Olgeirs Sohn. Er hat ja schwarzes Haar wie Fionn, ging es ihr durch den Kopf. Ob auch helle Augen wie er, erkannte sie schon nicht mehr, denn er ließ die Steinschleuder in der Luft schwirren. Erstaunlicherweise machte der Anblick ihr keine Angst, erfüllte sie nur mit Wut. So vieles musste sie ohnmächtig ertragen, aber nicht alles. Zumindest gegen diesen Jungen und seine Steinschleuder konnte sie sich wehren.

Blitzschnell bückte sie sich nach dem Stein, den er auf sie geschleudert hatte, blitzschnell warf sie ihn. Sie war nicht sicher, wo genau sie ihn getroffen hatte, jedenfalls stieß auch er ein »Aua!« aus.

Die kurze Befriedigung, die sie überkam, reichte nicht, um ihn höhnisch anzulächeln. Sie warf ihm nur einen letzten strengen Blick zu, ehe sie davonlief.

Das Gefühl des Triumphes blieb flüchtig. Bald wurden ihre Schritte langsamer, und am Ende schlich sie nur mehr, um den Moment hinauszuzögern, da sie Lainidh die Wahrheit sagen musste. Als Lainidh ihr entgegenkam, las sie jedoch in ihrer Miene, dass sie es längst wusste.

»Und wenn wir davonlaufen?«, fragte sie leise.

Ríona blickte sich um. An ihrem Ankunftstag hatte sich die Insel in einem farbenprächtigen Kleid gezeigt, an diesem Tag war sie so grau wie ihre Zuversicht. Nicht einmal in Irlands Wäldern hätte sie allein mit einem Mädchen und einem Raben überlebt, obwohl sie diese Wälder liebte. Unmöglich könnten sie sich in dieser Ödnis durchbringen.

»Wir müssen zurück zum Gehöft.«

»Skrymir wird uns bestrafen, weil wir es einfach verlassen haben.«

Ríona deutete in Richtung Meer. »Wir werden Treibholz suchen, wie Urta es uns befohlen hat. Im Zweifel wird er sie strafen, nicht uns.«

Dessen war sie sich zwar nicht so sicher, aber Lainidh nickte, und das gab ihr Kraft – das und auch das Krächzen, das über ihnen ertönte. In den Ohren anderer hätte es wohl unheilverkündend geklungen. Für sie war es, als leistete ihr der Rabe einen Schwur: *Was immer geschieht, ich bleibe bei dir.*

Noch ehe sie die Siedlung erreichten, gerieten sie in einen heftigen Regen. Ihre Kleidung und ihr Haar wurden durchnässt, Ríona fühlte sich klamm bis auf die Knochen. Ihre Hände schmerzten, weil sie so viel Holz trug. Sie bezweifelte, dass es brennen würde, bezweifelte, dass ihr jemals wieder warm werden würde. Zumindest was das betraf, irrte sie sich – bald wurde ihr regelrecht heiß.

Als sie das Gehöft erreichten, war nichts von Skrymir oder seinen Männern zu sehen, lediglich Urta kam ihnen entgegen, schien den Regen nicht zu scheuen. Was sie darüber dachte, dass Flóki, immerhin ihr Neffe, die Insel verlassen und sich Skrymir des Hofes bemächtigt hatte, ließ sich ihrer Miene nicht entnehmen.

»Gut, dass ihr Holz bringt«, sagte sie lediglich, »wir brauchen dringend neues.«

Anstalten, es ihr abzunehmen, machte sie keine.

Ríona zögerte, ins Haus zu gehen. »Glaubt Skrymir womöglich, dass sich die Götter ärgern, weil ich nicht geopfert wurde?«, fragte sie. »Wird er mich töten, damit er ihnen nichts schuldig bleibt?«

Urtas Blick war nicht frei von Mitleid. Aber wie am Vortag würde es wohl nicht reichen, sie zu beschützen. »Skrymir lässt sich zwar ungern von einem Priester etwas vorschreiben. Sein Hunger auf Land, auf noch lebende Sklavinnen, auf Kühe ist hingegen größer als das Verlangen, den Hunger der Götter zu stillen.«

Ríona nickte, die Erleichterung blieb aus. Der Gedanke, schnell zu sterben, war kurz verführerischer, als mit Skrymir als Herrn zu leben. Doch es zählte ja nicht, ob sie leben wollte, es zählte nur, dass sie leben musste – für Lainidh und Muir.

»Ist Skrymir im Haupthaus?«

»Nein.« Urta deutete mit dem Kinn auf ein mit Grassoden bedecktes Gebäude. »Am besten, du bringst das Holz dorthin.«

Die Alte suchte schnell wieder Zuflucht im Trockenen, Ríona befahl Lainidh, ihr zu folgen und nicht von ihrer Seite zu weichen. Etwas lag wohl in ihrem Blick, dass jeden Widerspruch des Mädchens ersterben ließ. Muir flatterte indes auf das Stalldach und thronte dort, als würde er den Regen nicht fühlen.

Ríona atmete tief ein, drehte sich um, ging langsam, aber unbeirrbar, auf das Häuschen zu.

Am Morgen hatte sie es noch für den Abort gehalten. Als sie das Holztor jetzt öffnete, drang ihr jedoch kein Gestank entgegen, nur Hitze. Das Häuschen musste eine Art Badestube sein, wobei Ríona, sobald sich ihre Augen ans trübe Licht gewohnt hatten, keinen Trog erkannte, wie er in Irland mit Wasser und heißen Steinen gefüllt wurde, um sich darin zu reinigen, nur ein steinernes Gebilde, in dem ein Feuer brannte, außerdem eine auf ebenfalls steinernen Stützen errichtete Plattform aus Holz.

Als sie auf dieser den splitternackten Skrymir hocken sah, war ihre erste Regung zurückweichen. Aber sie beherrschte sich, sie wusste, sie konnte … sie durfte nicht vor ihm fliehen. Sie wusste auch, dass es erträglicher war, selbst den ersten Schritt zu machen, anstatt zu warten, bis er sie sich mit Gewalt nahm.

Sie schloss die Tür, trat aufs Feuer zu, warf etwas von dem feuchten Holz hinein. Dicker Rauch stieg hoch, brannte in ihren Augen. Mit ihm stieg ihr allerdings auch Hitze ins Gesicht, und sie fühlte, wie die steifen Glieder warm wurden. Dass sie nicht länger vor Kälte zitterte, änderte nichts daran, dass sie es dennoch tat. Gleichwohl richtete sie sich auf, wagte, den Blick so weit zu heben, bis sie den von Skrymir erwidern konnte. Falls er erstaunt war, sie hier zu sehen, ließ er es sich nicht anmerken. Sein Blick glitt über ihren Körper.

»Komm her!«, befahl er.

Am liebsten hätte sie sich unter der Plattform verkrochen, aber sie ging mit geradem Rücken und gerecktem Kinn auf ihn zu, einen Schritt, noch einen zweiten, versuchte, die Hüften zu wiegen. Sie war nicht sicher, ob das verführerisch wirkte oder eher so, als würde sie hinken. Ganz bestimmt klang sie nicht selbstbewusst, wie beabsichtigt, eher kläglich, als sie fragte: »Willst du nicht wissen, wie ich heiße, Herr?«

Er runzelte die Stirn. »Warum?«, fragte er, schien ehrlich überrascht über den Umstand, dass Sklavinnen wie sie überhaupt Namen trugen.

»Ich heiße Caitríona, man nennt mich …«

»Komm her, Sklavin!«, fiel er ihr ins Wort, und dieses Mal war es ein unmissverständlicher Befehl.

Sie machte noch zwei weitere Schritte, blieb aber dort stehen, wo seine Pranken sie nicht erreichen konnten, zumindest nicht, wenn er sich nicht vorbeugte – und noch machte er keine Anstalten dazu.

»Bist du froh, dass ich noch lebe, Herr?«, fragte sie.

Noch tiefere Furchen erschienen auf seiner Stirn. »Warum sollte ich darüber froh sein? Wärest du tot, würde ich keinen Gedanken an dich verschwenden.«

Sie trat an den wuchtigen Leib heran. Seine Knie waren fast so groß wie ihr Kopf, seine Schenkel mächtig wie Baumstämme. Wenn sie dazwischen geriete, er würde sie wohl zerquetschen, erst recht, wenn er sich auf sie legte. Nicht aus

Fleisch und Blut schien sein Körper zu sein, nein, aus Stein und Erde. Da war nichts Weiches, Warmes an ihm, obwohl er vor Schweiß glänzte, sich das rötliche Haar, das auf Bauch, Brust und zwischen den Beinen wuchs, kräuselte.

Sie zwang sich darüberzustreicheln. »Aber ich bin nicht tot, ich bin …«

Er packte sie ungeduldig am Handgelenk, zog sie an sich. »Das ist kein Grund, ständig zu plappern. Hier schuftet man und schweigt.«

Anscheinend gab es noch etwas Drittes – sich gegenseitig aufzufressen. Zumindest fühlten sich die schmatzenden Küsse, mit denen er ihr Gesicht malträtierte, so an, als wollte er das. Immerhin lockerte sich sein Griff, und ehe er Anstalten machen konnte, ihren Körper unter seinem zu begraben, kletterte sie auf seinen Schoß. Sie schob rasch ihr Kleid hoch, tastete unter den Fleischbergen nach seinem Geschlecht, umfasste dieses, rieb daran, bis sich die oberste Dreckschicht gelöst hatte, und noch ein wenig länger, bis es hart geworden war. Dann spreizte sie ihre Beine, ließ sich darauf nieder. Sein Schaft war nicht so groß wie befürchtet, würde sie kaum entzweireißen, aber vielleicht spürte sie das nur nicht, weil ihre Seele längst in Fetzen zerrissen war.

Ruckartige Bewegungen erschütterten das Holzgestell, sie war zu betäubt, um zu erkennen, ob er sie machte oder sie selbst. Das Knarren des Holzes war lauter als sein dumpfes Stöhnen. Am Ende gab er ein Grunzen von sich, dann war es vorbei. Rasch kletterte sie von seinem Schoß, beherrschte den Drang, nach draußen zu fliehen, fuhr sich stattdessen langsam durchs Haar. Irgendetwas musste sie ihm abringen, einen Beweis, dass sie ihm gefiel, dass sie für ihn eine besondere Sklavin sein würde, dass er sie besser als die anderen behandeln würde. Doch in seiner Miene las sie nur Ungeduld.

»Worauf wartest du?«

»Soll ich dir Schweiß und Schmutz abwaschen, Herr?«

Die Vorstellung, seinen Körper gleich wieder zu berühren, erfüllte sie mit Grauen, aber noch schlimmer fand sie, dass er knurrte: »Warum? Bald werde ich ohnehin wieder dreckig. Es gibt anderes zu tun.« Und als sie sich nicht sofort rührte, versetzte er ihr einen leichten Stoß. Zumindest war es für ihn nur ein leichter Stoß – da sie ihm nichts entgegensetzen konnte, taumelte sie durch die Hütte, prallte gegen die Wand. Sie hatte Glück, dass sie nicht ins Feuer gefallen war. »Na los, an die Arbeit«, befahl er, »künftig muss ich zwei Gehöfte bewirtschaften. Dieses hat das größere Haus, weswegen ich hier leben werde. Du hältst es rein, kümmerst dich ums Vieh, machst das Essen und …«

»Das Mädchen«, Ríona hatte all ihren Mut zusammennehmen müssen, um ihm ins Wort zu fallen, »das Mädchen … Lainidh … sie ist kleiner, schwächer als ich, sie kann nicht so hart arbeiten.«

»Wer die Arbeit macht, ist mir völlig gleich. Getan werden aber muss sie. Macht ihr es gut, werden ihr gut zu essen bekommen. Wenn nicht, erschlage ich euch.«

Als Ríona nach draußen trat, schlug ihr erneut Regen ins Gesicht. Sie fühlte die Tropfen kaum, spürte auch nicht den kalten Wind, spürte nur, dass sie für Skrymir nicht einmal den Wert einer Kuh hatte, bestenfalls den eines Lammes, das Milch und Wolle versprach, das er aber schlachten würde, wenn es zu oft blökte. Lainidh wiederum war für ihn nicht mehr als eine Fliege.

Das Mädchen erwartete sie vor dem Haus. »Warum bist du denn nicht mit Urta hineingegangen?«, rief Ríona.

»Ich … ich wollte auf dich warten«, sagte die Kleine.

»Es ist alles gut«, bemerkte Ríona schnell, zog sie an sich.

Und als sie den schmächtigen Körper fühlte, der die Erinnerung an Skrymirs mächtigen vertrieb, fiel es ihr leicht zu lügen. »Es ist alles gut. Skrymir ist grob, jedoch nicht grausam. Wenn wir immer tun, was er sagt, werden wir ein erträgliches Leben haben.«

Nicht dass sie daran glaubte. Aber solange sie mit Lainidh zusammen war und solange Muir über sie wachte und sie über ihn, würde sie nur in Skrymirs Augen eine Kuh oder ein Lamm sein. Sie würde sich als Mensch fühlen, und in diesem Menschen würde die Hoffnung auf eine bessere Zukunft wohnen.

Al-Andalus

Ibn Zakariyas Heim, das sie bald nach ihrer Ankunft in Córdoba erreichten, befand sich hinter einem Gittertor am Ende einer Gasse. Dahinter erwartete sie ein Innenhof, der ganz mit weißem Stein – Marmor – ausgelegt war. In einer Zisterne sammelte sich klares Wasser, und die Seerosen, die darauf schaukelten, entfalteten einen lieblichen Duft. Gleichwohl sie kaum von der Sonne beschienen wurden, war der Hof doch mit einem dichten Laubdach überspannt. Durch eine spitzbogige Tür betraten sie das Innere. Vom Untergeschoss, wo offenbar die Küche und die Wirtschaftsräume lagen, kam nicht nur ein köstlicher Geruch – auch ein Mann, der den Arzt wortreich begrüßte. Er hielt eine Kanne aus edlem Silber und goss etwas Wasser, das nach Rosen duftete, über Ibn Zakariyas Hände. Dieser wollte gerade andeuten, dass Fionn es ihm gleichtun sollte, als ein weiteres Wesen mit braun-weiß geflecktem Fell auf sie zugeschossen kam. Fionn hielt es auf den ersten Blick für ein Hündchen, erkannte schließlich, dass es eine Katze war. Als Ibn Zakariya mit den noch feuchten Fingern über ihr Köpfchen fuhr, fauchte sie und machte einen Buckel, was Fionn vorsichtshalber ein wenig zurückweichen ließ.

»Wie ich dich vermisst habe, Muezza«, rief Ibn Zakariya, und seine Freude war nicht von dem üblichen Spott durchtränkt.

Ehe er sich ein weiteres Mal über die Katze beugte, winkte der Diener, der das Blütenwasser gebracht hatte, Fionn mit sich, und er stieg über eine geflieste Treppe in das obere Geschoss, wo sich ein niedriger, aber sauberer Raum befand. Der Boden war mit geflochtenen Schilfmatten ausgelegt, auf denen mit Leinen bezogene Matratzen lagen – sicher mit Baumwolle gestopft –, und außerdem waren da mehrere Kopfrollen, die sehr weich aussahen. Allein beim Anblick überkam Fionn tiefe Erschöpfung, und er wäre am liebsten darauf niedergesunken, der Diener stieß ihn hingegen in Richtung einer hölzernen Truhe, die auf vier Füßen stand und deren Deckel mit bunt gefärbtem Saffianleder überzogen war. Ein wahrer Wortschwall ging auf ihn nieder, doch das Einzige, was Fionn verstand, war »Esel«. Offenbar fand der Mann, dass er wie ein solcher stank – was er schwerlich leugnen konnte.

Weil er selbst keine Anstalten dazu machte, öffnete der Diener schließlich die Truhe und drückte Fionn ein rundes, glattes Ding, das gleichfalls nach Rosen duftete, in die Hand.

»Was … was ist das?«

Wieder ein Wortschwall, und mehrmals fiel ein Begriff, den Fionn noch nie gehört hatte: Seife.

Fionn hatte keine Ahnung, was damit zu tun war. Er musterte das Ding von allen Seiten, zog seine Tunika aus und begann dann zögerlich, seinen Körper damit abzureiben. Der Diener verdrehte die Augen, ehe er ihn stehen ließ, kurze Zeit später mit einer Wasserschüssel wiederkam, die Seife hineintauchte und Fionn damit abzureiben begann. Eine Weile verzichtete er auf weitere Worte. Erst als er Fionns Brusthaar erreichte, gab er ein empörtes Ächzen von sich und begann, es eifrig auszuzupfen.

»He!«, rief Fionn empört und schlug seine Hand weg.

Ein verächtliches Schnaufen ertönte, immerhin begleitet von Worten, die er verstand. Ibn Zakariya, der ihnen gefolgt sein musste, betrachtete ihn von der Türschwelle aus.

»Sieh meinem Diener die Ungeduld nach. Er ist den Umgang mit Barbaren nicht gewohnt. Im Übrigen fällt auch mir kein Grund ein, warum du dein Fell behalten willst.« Fionn fiel wiederum kein Grund ein, warum er sich der Brustbehaarung entledigen sollte. »Man muss die Haare nicht einzeln auszupfen«, erklärte der Arzt, »man kann sie mit einer Kalkpaste entfernen. Aber bitte ... wenn du nicht willst. Ich bestehe lediglich darauf, dass du dir deine Haare scheren lässt.«

Wenn es weiter nichts war. Keine Zumutung, eher eine Wohltat war es, wenig später in die frische Kleidung zu schlüpfen, die der Diener ihm reichte. Es war kein bodenlanges Gewand, wie der *hakim* es trug, sondern eine kurze Tunika, die fast bis zu den Knien reichte. In diesem Aufzug folgte Fionn dem Arzt wenig später in einen Raum, der offenbar als Esszimmer diente. War ihm schon das Mobiliar, das er bisher gesehen hatte, fremd und kostbar erschienen, kam Fionn kaum aus dem Staunen heraus, als er die merkwürdigen Gebilde an der Wand betrachtete, die wie Truhen auf vier Füßen standen, jedoch mit gleichem feinen Stoff wie Kissen überzogen waren.

»Das sind Sofas, auf ihnen ruht man sich aus«, erklärte Ibn Zakariya, nahm dennoch nicht auf einem von diesen Platz, sondern direkt hinter einem Tisch auf dem Boden. Dieser war von Teppichen und bestickten Kissen bedeckt, und zwischendurch schimmerten farbenprächtige Mosaike. Der Tisch, der sich in der Mitte des Raumes befand, war so niedrig, wie Fionn es von Irland kannte, doch Tabletts aus Kupfer, Silber oder Onyx, die darauf standen, hatte er noch nie gesehen. Noch kostbarer erschienen nur die Vasen in den Wandnischen, die hierzulande offenbar Schränke ersetzten – sie waren aus Gold, Elfenbein oder Kristall. Dazwischen hingen weitere Teppiche, wohl eher aus Seide denn aus Wolle geknüpft.

Der Arzt klatschte in die Hände, und prompt wurden Speisen gebracht. An jenem Abend wusste Fionn nicht, woraus diese bestanden – später erfuhr er, dass das, was man *shabbut* nannte, gegrillter Süßwasserkarpfen war, und die grünen Blätter nicht einfach nur Gras, nein, Salat waren, die grünen Stangen wiederum keine Zweiglein, sondern Spargel. Außerdem wurde ein Brei aus Kichererbsen und ein Gemüse in Form von Herzen – Artischocken genannt – aufgetischt.

Heißhungrig beugte Fionn sich vor, wollte sich etwas nehmen und in den Mund stopfen, doch Ibn Zakariya schlug ihm auf die Finger.

»Aua!«

»Du glaubst nicht ernsthaft, dass du mit mir essen darfst? Du wirst es hinterher in der Küche tun. Aber damit du mich nicht blamierst, werde ich dir zuvor ein paar Manieren beibringen.«

Erst erklärte er, dass er die Speisen nicht mit der Hand, nein mit einem Löffel, dessen Griff mit zierlichem Blumenschnitzwerk versehen war, zu sich nehmen müsse, dann, dass man das Essen nicht durcheinander, nein, in einzelnen Gängen verzehre.

»In Gängen?«, fragte Fionn und überlegte, ob damit gemeint war, zwischendurch aufzustehen und durch den Raum zu rennen.

»Unser Prophet war so selbstbeherrscht, dass er nie mehr als zwei Speisen auf einmal zu sich nahm – Brot und Datteln«, sagte Ibn Zakariya barsch. »Ich muss gestehen, dass ich den Sinnesfreuden deutlich mehr ergeben bin, aber das heißt nicht, dass ich alles miteinander vermengt esse. Erst nehmen wir Vorspeisen zu uns, dann den Fisch. Darauf folgt Fleisch – ich denke, heute ist es Lammbraten – und schließlich die Süßspeisen. Granatäpfel zum Beispiel, die hierzulande gern als das geöffnete Maul eines Löwen bezeichnet werden, der die blutverschmierten Zähne zeigt. Außerdem wird Traubenmus, von Sirup triefendes Backwerk und mit Thymian und Minze abgeschmeckter Joghurt aufgetischt – alles so süß, dass es reife Männer zum Weinen bringt.«

Fionn hatte eher das Gefühl, gleich vor Hunger zu weinen, doch noch zeigte Ibn Zakariya keine Gnade.

»Wein fehlt auch auf keinem Tisch von Córdoba«, fuhr er fort, »obwohl der eigentlich verboten ist. Nur die besonders frommen Männer begnügen sich mit *sharbat* – Limonade.«

Fionn ertrug es kaum zuzusehen, wie Ibn Zakariya seinen Durst löschte, während seine eigene Kehle staubtrocken war. Immerhin lenkte ihn der Anblick der seltsamen Gebilde, aus denen der Arzt den Wein zu sich nahm, ab. Es waren nicht etwa Humpen aus Holz oder Zinn oder das Horn einer Kuh.

»*Ya rab*«, sagte Ibn Zakariya, dem sein neugieriger Blick nicht entging. »Euch Barbaren ist fremd, aus Gläsern zu trinken, nicht wahr?«

Fionn nickte nur, hatte das Gefühl, sich nicht länger aufrecht halten zu können. Immer noch entließ Ibn Zakariya ihn nicht, war so grausam, nicht nur seinen Löffel, auch die Fingerspitzen in Joghurt zu tauchen, um die Katze, die gnädigerweise entschieden hatte, ihnen Gesellschaft zu leisten, diese abschlecken zu lassen. Muezza warf Fionn einen so hochmütigen Blick zu, dass Ibn Zakariyas schiefes Lächeln dagegen als Inbegriff von Demut und Bescheidenheit erschien.

»Auch der Prophet hat eine Katze mit Namen Muezza gehabt«, sagte Ibn Zakariya. »Es heißt, er habe sie stets im weiten Ärmel seines Gewandes bei sich getragen. Ich nehme an, diese Muezza hat sich ebenso für eine Königin gehalten wie meine.« Fionn brach der kalte Schweiß aus, er fühlte, wie seine Beine unkontrolliert zu zittern begannen – und immer noch war es der Qualen nicht genug. Ibn Zakariya deutete auf eine Platte, auf der merkwürdige Holzgebilde lagen und ein Schälchen mit einem Pulver. »Wahrscheinlich hast du keine Ahnung davon, wie man sich nach dem Essen die Zähne pflegt, nicht wahr?«, fuhr er fort. »Das hier sind Zahnstocher, sie sind aus den Blütenstielen des Vogelfangbaums gemacht, und man kann damit alle Fasern, die beim Essen zwischen den Zähnen hängen bleiben, lösen. Das Zahnpulver wiederum besteht aus Myrrhe und Wacholder, außerdem wildem Thymian, ein wenig Asche von Seekrebsen und manchmal auch zerriebenen Muscheln. Man reibt sich die Zähne damit ein, um sie zu reinigen.« Ibn Zakariya machte ihm vor, was er erklärte – nur das letzte Holzstäbchen nutzte er nicht, um die Zwischenräume seiner Zähne zu reinigen, er schluckte es. »Das sind keine Zahnstocher, sondern getrocknete Traubenstängel. Es heißt, sie seien gut für das Gedächtnis, bei einem Mann in meinem Alter lässt das Erinnerungsvermögen schließlich langsam nach. Von dir erwarte ich allerdings, dass du dir alles, was ich dir heute gesagt habe, merkst. Verschwinde jetzt, und iss dein Mahl in der Küche. Wenn du nicht allzu laut schmatzt und rülpst und dich auch sonst wie ein Mensch benimmst, nicht wie ein Tier, kannst du irgendwann mit mir essen – ich denke, frühestens in einem Jahr.«

Fionn hatte hinterher keine Ahnung, wie er in die Küche gelangt war. Er wusste auch nicht, womit genau er seinen Hunger gestillt hatte. Fladenbrot war dabei, ein würzig schmeckendes Fleisch, Früchte. Nicht alle waren süß, manche sehr sauer, aber gerade deshalb belebten sie ihn – genug, um erstmals über sein Geschick nachzudenken. Und ob es nun an dem gefüllten Magen lag oder daran, dass er auf dem Boden saß, die Beine ausstrecken konnte, er gestand sich ein, dass er es nicht gänzlich schlecht getroffen hatte.

Ibn Zakariya verachtete ihn dafür, dass er ein Barbar war, und er selbst ihn für diesen Hochmut. Das änderte allerdings nichts daran, dass er wohl tatsächlich ein großer Arzt war. Und nur weil er ihn, Fionn, nicht für würdig erachtete, ihn in dieser Kunst zu belehren – zumindest vorerst nicht – hieß das nicht, dass es nichts zu lernen gab. Wenn er Augen und Ohren offen hielt würde er in diesem seltsamen Land mehr über die Heilung von Menschen erfahren als jemals in Irland, vielleicht nicht genug, um sich selbst *hakim* zu nennen, aber ausreichend, um irgendwann von der Heilkunst leben zu können. Nicht nur hier, auch zu Hause in Irland und …

Er ächzte.

Zu Hause.

Allein die Worte taten zu weh, um sie im Geiste zu wiederholen. Erst recht verdrängte er jeden Gedanken an Ríona und an Ennis. Er erlag kurz der Versuchung, Ibn Zakariyas Weg zu beschreiten: allein auf die Macht des Intellekts zu vertrauen, sich das Lieben abzugewöhnen. Nicht dass er glaubte, man könnte es, jedenfalls nicht für immer. Aber an diesem Tag, vielleicht auch noch am kommenden und am darauf folgenden, würde er sich nicht der Trauer ergeben, würde dem Entschluss folgen zu lernen. Deswegen blieb er nicht lange in der Küche, sondern beschloss, sich ein wenig im Haus umzusehen. Küche und Vorratskammer befanden sich im Untergeschoss, im Erdgeschoss darüber nicht nur das Esszimmer, das er kannte, zudem ein Empfangsraum, ein Schlafzimmer und ein …

Fionn stockte schier der Atem, als er die Tür zu einem weiteren Raum öffnete. Er rieb sich die Augen, um ihnen wirklich trauen zu können, das, was er sah, nicht als Trugbild abzutun. Hätte man ihm früher gesagt, dass es dergleichen gab –

einen Raum allein für Bücher –, er hätte es nicht für möglich gehalten.

In Irland galt als Gelehrter, wer ein einziges Buch sein Eigen nennen durfte, das über Generationen vom Vater an den Sohn weitergegeben wurde. Klöster galten als reich, wenn sie deren ein Dutzend besaßen. Doch hier nun stand Buchrücken an Buchrücken, lag Papyrus- neben Pergamentrolle, stapelten sich in Leder gebundene Handschriften.

Und das war nicht alles, was seine Aufmerksamkeit fesselte. Als sein Blick in die hinterste Ecke des Raumes fiel, schwankte er kurz.

»Wie schön!«, stieß er heiser aus.

»Was genau hast du in meiner Bibliothek verloren?«, vernahm er hinter sich Ibn Zakariyas Stimme. Noch war er zu ergriffen, sich ertappt zu fühlen, und der Arzt klang denn auch nicht wirklich streng, war der Stolz auf seinen Besitz doch sichtlich größer als der Ärger über einen Sklaven, der den ihm zustehenden Platz nicht kannte. »Eigentlich verdient dieser Raum den Namen nicht«, gab er allerdings zu. »Die Büchersammlung des Kalifen al-Hakam – möge Allah seiner Seele gnädig sein – gleicht einer Bibliothek. Allein ihr Katalog umfasst vierundvierzig Bände. Und es gibt in Córdoba Gelehrte, die ein eigenes Haus nur für ihre Bücher kaufen, während ich die meinen in einem einzigen Raum unterbringe.«

»Wie … wie schön«, stammelte Fionn wieder.

»Nun«, sagte Ibn Zakariya lächelnd, »in vier Dingen übertrifft Córdoba die Hauptstädte der Welt. Die ersten beiden sind die Brücke über den Fluss und die Moschee. Dann gibt es da die Medina Azahara, die Palaststadt außerhalb der Stadt. Das größte aber ist das Wissen. Wie schon der Prophet sagte: ›Wenn Gott dich zu einem einzigen Weisen führt, ist dies für dich mehr wert, als wenn du die ganze Welt und all ihre Reichtümer besäßest.‹«

»Wie … wie schön«, sagte Fionn nunmehr ein drittes Mal. »Wunderschön …«

»Schön?«, fragte Ibn Zakariya und betrachtete ihn nachdenklich von der Seite. »Nun ja, es gibt viele Arten von Schönheit. In jedem Fall ist dieses neuartige Material, auf dem wir seit einiger Zeit schreiben, sehr praktisch. Man nennt es Papier, und es hat viele Vorzüge gegenüber dem Pergament. Wenn es feucht wird, schrumpft es nicht, und es ist viel leichter, sodass man viel mehr Seiten zusammenbinden kann. Und außerdem …« Erst jetzt ging dem *hakim* auf, wohin genau sich Fionns Blick so hartnäckig richtete. »Ach so«, sagte er und klang enttäuscht, »du meist ja gar nicht die Bibliothek, du meinst … sie.«

In der Ecke saß eine junge Frau mit überkreuzten Beinen. Sie trug Atlashosen, die sich um die Fesseln bauschten, und auf dem Haar einen Schleier, der so hauchdünn war, dass er sich beim geringsten Lufthauch bewegte. Obwohl sie ganz bewegungslos über eine Öllampe gebeugt dasaß, schien der dunkle Schatten auf der Wand hinter ihr zu tanzen. Auf einem Schreibpult vor ihr lag eine dieser weißen Seiten, die Ibn Zakariya als Papier bezeichnet hatte, und nachdem sie es zunächst mit einem Stück Glas, das die Form eines Eis hatte, glättete, begann sie nun, es mit einer kratzenden Feder zu beschreiben. Sie bemerkte anscheinend gar nicht, dass sie Gesellschaft bekommen hatte.

»Das ist Ramira, die Tochter einer Sklavin, die ich zur Kalligrafin habe ausbilden lassen.«

»Kalli … Kalligrafin?«, stammelte Fionn, und vermeinte plötzlich, die Feder streichelte seine Seele, sanft zwar und doch beharrlich genug, um Krusten aufbrechen zu lassen, seine Sehnsucht zu entblößen, nach einer zarten Frau, einer schönen … nach Ríona.

Gerade noch hatte er seinen Kummer bezwingen können, jetzt füllten sich seine Augen mit Tränen. So fremdländisch vieles an dieser Ramira anmutete, etwas an ihr erinnerte ihn an seine Liebste – jene Mischung aus Verletzlichkeit und Entrückung und zugleich der Entschlossenheit, für die ihren so zu sorgen.

»*Ya rab.*« Ibn Zakariya seufzte. »Ich muss dir wirklich alles erklären. Die Natur trägt die Handschrift Gottes, die Bücher die Handschrift der Menschen. Eine Fortführung des göttlichen Schöpfungswerkes ist es deshalb, Bücher zu kopieren, und das tun in Córdoba nicht nur Männer, es gibt auch neun Dutzend Kopistinnen und ebenso viele Bibliothekarinnen. Ramira arbeitet für einen festen Lohn für mich.« Fionn löste seinen Blick nicht von ihr. »Aber ein Barbar wie du sieht natürlich nur die Frau in ihr, nicht die Meisterin der Schrift. An dir ist wirklich jedes Wort verloren. Ich dachte, dein Intellekt führte dich in die Bibliothek, stattdessen ist es wohl nur das Laster. Hinfort mit dir, wage es nicht, jemals eines meiner Bücher zu berühren, und wage es erst recht nicht, Ramira anzuschauen. Ich bin mir nicht einmal mehr sicher, ob ich dir meine Instrumente anvertrauen kann. Besser wohl, ich lasse dich in der Küche Gemüse schälen. Nun mach schon, geh, bevor ich mich vollends vergesse!«

Ibn Zakariya hatte drohend seine Faust erhoben. Dass er ihn am Ende doch nicht schlug, lag wohl weniger daran, dass Fionn sich einen Ruck gab und schweren Herzens die Bibliothek verließ, sondern er sich vielmehr in Gegenwart einer Kalligrafin und so vieler Bücher keine Schwäche gestattete.

Fionn war so erschöpft, dass er einschlief, sobald er auf die Matratze gesunken war. Als er mitten in der Nacht aufschreckte – er brauchte eine Weile, um sich zu vergegenwärtigen, wo er war und warum –, fühlten sich seine Glieder immer noch wie gelähmt an, seine Gedanken aber drehten sich im Kreis.

Was, wenn Ibn Zakariya seine Drohung wahrmachte, was, wenn er den Rest seines Leben mit dumpfen Arbeiten verbringen musste, was, wenn er ausgerechnet hier, an der Quelle des Wissens, zu verdursten gezwungen war? Zu lernen, wie man Menschen heilte, selbst ein *hakim* zu werden, war doch das Einzige, was seinem Leben Sinn geben könnte, das Einzige, das ihm erlaubte, in eine Zukunft zu blicken, ohne vom Schmerz über die Vergangenheit aufgerieben zu werden, von der Sorge um Ríona … um sein Kind … Oh, hoffentlich ging es ihnen gut, hoffentlich kam das Kleine gesund auf die Welt, würde dereinst den Duft von Irlands Wäldern schnuppern …

Er hingegen durfte womöglich nicht einmal den Geruch von verstaubten Büchern einatmen.

Seine Augen füllten sich mit Tränen, sie perlten warm über seine Wangen, seine Hände waren nur zu schwach, um sie wegzuwischen, die Lippen zu taub, um Ríonas Namen auszusprechen. Er schlief wieder ein, und als er erwachte, waren die Tränen getrocknet. Seine Lippen wiederum waren rissig, übermächtig war sein Durst. Wobei es nicht dieser war, der ihn geweckt hatte. Es war etwas, das ihn an der Stirn kitzelte. Erst hielt er es für ein Insekt, obwohl kein Brummen zu hören war, und er schüttelte leicht den Kopf, ohne die Augen zu öffnen. Doch das Insekt krabbelte beharrlich über seine Stirn. Oder nein, es war kein Insekt … es war … Er fuhr hoch, sah Ramira vor sich sitzen. Im Dämmerlicht, das durch die Ritzen sickerte, wirkten ihre Augen nicht schwarz wie Kohlestücke, sie hatten eher die Farbe von dunklen Wolken. Sie saß mit überkreuzten Beinen da, schien sich schon vor einer Weile bei ihm niedergelassen zu haben. Vor ihr lag ein leeres Blatt, in der Hand hielt sie eine Feder, mit der sie ihn geweckt hatte.

»Was … was …«

Vergeblich versuchte er, sich der arabischen Worte zu besinnen, die er von Surtur gelernt hatte, aber er fand nicht die richtigen, um zu fragen, was sie bei ihm machte. Sein Erstaunen wuchs, als sie ihm die Feder reichte, vom Gürtel ein Tintenfässchen nahm, es öffnete, auf das Blatt Papier deutete.

Sollte er darauf schreiben?

»Ich … ich kann nicht schreiben … noch nicht einmal in meiner eigenen Sprache.«

Er sagte es auf Irisch, wiederholte es in der nordischen Sprache. Zumindest diese schien sie ein bisschen zu verstehen, vielleicht hatte Ibn Zakariya sie ihr beigebracht.

»Ich dich lehren!«, erklärte sie.

»Ich kann noch nicht einmal Arabisch *sprechen.*«

»Ich dich auch lehren«, sagte sie.

Als er die Feder nicht nahm, legte sie sie auf den Boden, streute etwas bläulichen Sand, den sie in einem Säckchen am Gürtel trug, auf den Boden. Wahrscheinlich hatte er eigentlich den Zweck, die Tinte zu trocknen, um sie nicht zu verwischen – jetzt nutzte sie ihn, um ein Zeichen hineinzuschreiben. Auf den ersten Blick glich es einem wundersamen Tier.

»*Alif*«, sagte sie.

Mehrmals nickte sie ihm ungeduldig zu, bis ihm aufging, was sie von ihm wollte – dass er nämlich mit dem Zeigefinger den Buchstaben nachfuhr, ihn laut wiederholte.

Sie beugte sich vor, zeichnete einen zweiten Buchstaben in den Sand. »*Bā*«, sagte sie.

Anstatt sich den Buchstaben einzuprägen, betrachtete

er sie genauer. Am Tag zuvor in der Bibliothek schien ihre Haut Papier geglichen zu haben, nun wirkte sie wächsern. Würde sie sich glatt wie eine Statue anfühlen, weich wie ein feiner Stoff? Oder warm wie Ríonas Haut? Wobei er es nicht schaffte, sich gleichzeitig an Ríona zu erinnern, all die Sorge um sie zu fühlen, ein wenig Bitterkeit auch, weil sie ihn für schwach und feige gehalten hatte, und sich diese Buchstaben einzuprägen, sie nachzusprechen, sie nachzuschreiben.

»*Bā*«, wiederholte er mehrmals, fragte danach: »Warum hilfst du mir?«, fragte er.

Sie blickte ihn erstaunt an, wunderte sich wohl über die Frage. »Bücher sind ganze Welt«, sagte sie schließlich. Er begriff, dass sie ihm nicht half, weil sie freundlich sein wollte, weil er ihr gefiel oder sie ihn gar mochte. Sie half ihm, weil eine, die ihr Leben der Schrift weihte, nicht ertragen konnte, dass jemand, der das Schreiben lernen wollte, es nicht durfte. Sie schrieb den dritten Buchstaben auf. »*Tā*«, erklärte sie. Als das Licht heller in die Kammer schien, ihre Augen wieder schwarz glänzten, hatte er etwa zehn Buchstaben gelernt. »Komm morgen wieder«, verkündete sie.

Er lächelte, aber sie erwiderte es nicht. Sobald sie sich erhob, sah sie ihn gar nicht mehr. Er selbst ging im Geiste die Buchstaben durch und überlegte, ob er damit ein Wort bilden konnte. Noch war ihm das nicht möglich, doch er schwor sich: Irgendwann würde er Arabisch schreiben können. Irgendwann würden von seinem Leben Texte auf Papier zurückbleiben, nicht nur – wie von Ennis – eine breite Blutspur, die schwarze Fliegen anzog.

Ich, Gormlaith, war die gedemütigte Königin.

Alles, was ich Ríona und Fionn antat, tat ich um der Rache willen, der Rache an Brian Boru, des Mannes, den ich geliebt, dem ich einen Sohn geboren habe, der mich aber verstoßen hat. Eine Weile schien es, es wäre mir gelungen, mich zu rächen. Eine Weile dachte ich nicht mehr an das junge Paar, das schön war, voller Liebe – und ohne Macht, sein Schicksal zu wenden.

Ich selbst hatte in den Monaten, die folgten, den Monaten, in denen sich mein Sohn Sitric endgültig mit Brian Borus Feinden zusammentat und sich gegen ihn erhob, wohl Macht. Ich fühlte erstmals seit Langem etwas anderes als Verbitterung. Was genau es war, ich weiß es nicht. Für Genugtuung war dieses Gefühl nicht satt genug, für Trost ging es nicht tief genug.

Grimmige Entschlossenheit fühlte jedenfalls Sitric, als er mit einem Heer, zu dem auch Krieger aus Leinster zählten, in Richtung der Wicklow-Berge marschierte – geradewegs auf Brians Mannen zu, die gekommen waren, den Aufstand niederzuschlagen. Ich sah von der Stadtmauer aus dem Heer nach.

Das ist es, woran du denken sollst, wenn du künftig meinen Namen hörst, Brian Boru. Nicht an eine Frau mit gekrümmtem Rücken, die sich von dir fortschleicht, nachdem du sie verstoßen hast. Nein, an ein Heer, das Dublins Stolz ebenso wie meinen ehren wird.

Doch dieses Heer konnte Brian nichts anhaben. Seines, so hieß es, sei noch größer gewesen, nicht nur Männer kämpften für ihn, auch riesenhafte Ungetüme mit tausend Schwänzen, wie sie nur der Fantasie von Kriegern entspringen können, nicht dem Schoß der Erde. Am Ende der Schlacht verwesten jedenfalls so viele Tote, wie man sie noch nicht auf einem Flecken gesehen hatte – in einem Tal, das man Glen Mama nannte. Es war sumpfig, weil von Flüssen und Bächen durchzogen. Das Gras, das dort wuchs, hatte immer schon rote Spitzen gehabt, als wäre es gerostet. Doch hinterher behauptete man, es hätte sich vom Blut der vielen Geschlachteten verfärbt. Nur die Flüsse waren nicht rot, sie waren immer noch grau. Grau war auch mein Herz, als Sitric mit der Nachricht von der Niederlage nach Dublin heimkehrte. Immerhin hatte er unverletzt überlebt. Und überlebt hatte desgleichen mein Bruder Máelmorda von Leinster, nicht, weil er tapfer gekämpft hatte, sondern weil er vor Brian Boras Kriegern in die Krone einer Eibe geflüchtet war.

Noch länger als er im Geäst, verkroch sich Sitric hinter Dublins Mauern, tagelang, wochenlang, belagert von Brians Kriegern. Erst am Gedenktag des heiligen Silvester beschloss er, dass es keinen Sinn ergab, ihnen länger zu trotzen, dass es besser war, die Stadt dem Feind zu überlassen und zu fliehen. Er fragte noch nicht einmal, ob ich mitkommen wolle, als er das Schiff in Richtung Norden bestieg. »Dir wird er nichts tun«, erklärte er. »Du warst doch sein Weib.«

Ja, in all diesen Monaten dachte ich nicht an Ríona und Fionn, wollte mir nicht eingestehen, dass die Niederlage von Glen Mama die gerechte Strafe für mich war. Noch nicht einmal, als Brian Borus Truppen in Dublin wüteten, die Kampfgeräusche immer näher kamen, das Zischen der Wurfschlingen, wenn sie Steine schleuderten, das Bersten von Lanzen, wenn sie auf Schilde krachten, das Klirren der Schwerter, wenn sie sich zu ihrem blutigen Kuss trafen, noch nicht einmal dann wollte ich eine Mitschuld bekennen.

Mit einer Magd, deren hysterisches Kreischen den Lärm, der über uns hereinbrach, übertönte, floh ich aus der Burg, suchte erst Zuflucht in einer Kirche, die überfüllt war, danach in Thors Heiligtum, das nicht weit entfernt vom Sklavenmarkt errichtet worden war. Der kalte Winterwind peitschte mir die Haare ins Gesicht, doch jäh folgte darauf ein Schwall nicht eisiger, nein, glühend heißer Luft. Erst sah ich nur Asche regnen, dann die roten Zungen des Feuers am Holz lecken. Brians Krieger hatten Thors Heiligtum in Brand gesetzt.

Was habe ich getan?, dachte ich. Was habe ich getan?

Noch galt die Reue der Tatsache, dass ich Sitric mein Silber für meinen vergeblichen Kampf überlassen hatte – nicht der Art und Weise, wie ich zu diesem Silber gekommen war.

Die Magd wurde ergriffen, geschändet, getötet.

Ich wurde auch ergriffen, noch nicht geschändet, noch nicht getötet.

»Sie ist zu alt«, sagte ein Krieger in jenem Munster Dialekt, den ich erst geliebt, später gehasst hatte und der mich jetzt mit kalter, metallisch schmeckender Furcht erfüllte.

»Solange sie zwei Beine und ein Loch dazwischen hat, kann sie uns Lust verschaffen.«

»Dafür ist sie nicht feucht genug.«

»Wenn sie erst mal blutet, ist sie feucht.«

Hände berührten mich irgendwo zwischen Bauchnabel und Brüsten. Dass nicht mehr viel Platz dazwischen war, weil diese so tief hingen, erfüllte mich kurz mit Häme. Dann war da nur mehr ein Rauschen in meinem Kopf. Jemand rief plötzlich, ich sei Gormlaith, die Königin, und man ließ mich los. In den Kreis der Krieger, die darüber stritten, was mit mir zu tun sei, trat Brian Boru.

Ich hatte ihn demütigen wollen. Ich war nun selbst die Gedemütigte.

Er brachte mich zu einem Haus, das halbwegs unzerstört geblieben war. Eigentlich war es kein echtes Haus, nur ein flaches Dach, von einigen Holzpfosten gestützt, das ein halb fertiges Schiff vor Wind und Regen schützte. Ein Drachenkopf befand sich schon an dessen Bug, doch er war noch nicht fertig geschnitzt. Seine Zacken waren nicht spitz, sie waren rund wie die Brüste einer jungen

Frau, und beide Augen fehlten. Der Drache war also blind für meine Schmach. Er sah nicht, wie Brian mich musterte, über mein faltiges Gesicht strich, er hörte nicht, wie er heiser meinen Namen sagte.

»Gormlaith.« Ich hingegen sah und hörte es nicht nur, ich spürte es auch. Von allen Waffen, mit denen er und seine Männer über die Stadt hergefallen waren, war diese die gefährlichste, weil heimtückischste. Jene samtige Stimme erweckte den Anschein, dass es ihm im Leben um die Liebe ging, nicht um Macht. In Wahrheit trennte er beides nicht. Jemanden zu lieben hieß für ihn, über ihn Macht zu haben. Neid packte mich, weil er mit dieser samtigen Stimme mittlerweile zu seiner neuen Frau Echrad sprach, die in Munster auf ihn wartete. »Gormlaith«, sagte er wieder.

Etwas in mir schmolz, aber etwas wurde ganz hart. Etwas wusste, dass ich ihn immer lieben würde, und etwas wusste, dass mein Hass noch größer war.

»Ich war es«, gestand ich unwillkürlich. »Ich habe Sitric in den Ohren gelegen, damit er den Aufstand wagte. Ich habe meinen Bruder Máelmorda dazu gedrängt, sich mit ihm gegen dich zu verbünden, und ihn schließlich überzeugen können. Ich stand auf Dublins Stadtmauer und habe zugesehen, wie die Truppen auszogen, um dich in Glen Mama zu besiegen, und ich habe geweint, als sie als Verlierer wiederkehrten.« Ich hielt kurz inne. »Ich war es«, wiederholte ich.

Brians Hand kroch an mir hoch, legte sich um meinen Nacken.

Brich ihn mir oder erwürg mich, dann sind wir quitt.

Aber Brian streichelte mich nur, und obwohl es sich mein trockener Mund verkniff, schien meine Haut wohlig zu seufzen. Kurz fühlte ich nicht, dass ich alt war – ich wusste es allerdings noch, und er wusste es ebenso.

»Ach, Gormlaith«, sagte er. Seine Stimme war noch immer samtig, nicht rau von jenem Hass, der in mir brodelte. »Wir hatten es doch schön, oder?«

Ich konnte seinem Blick nicht länger ausweichen. Ich erkannte in ihm jene Erinnerungen, die mich selbst stets verfolgten – nicht nur an die Nächte, nach denen ich mit noch feuchtem Schoß erwacht war, auch an die Tage, da wir am Ufer des Shannons entlanggeritten waren, die Schläge des Windes den Küssen der Freiheit geglichen hatten, wir Hirsche und Wildschweine gejagt und er mir später beim Mahl das Fleisch geschnitten und die feinsten Stücke zugeschoben hatte. Gemeinsam sind wir unbesiegbar, hatte er gesagt, der Sohn Munsters und die Prinzessin von Leinster werden eines Tages König und Königin von ganz Irland sein. Doch irgendwann hatte er erkannt, dass er auch ohne mich unbesiegbar war, dass die Ehe mit mir ihm die Krone ein Stück näher gebracht hatte, dass er den restlichen Weg dagegen allein gehen konnte.

Deshalb musste er mich aber doch nicht verabscheuen. Hass war ja nichts weiter als zum schwarzen Klumpen erstarrter, eben noch glühend roter Stahl, und Stahl nutzte jemand wie Brian, um Waffen zu schmieden. Frauen hingegen waren für ihn Blümchen, an denen man roch, solange sie dufteten, und die man noch nicht mal zertrat, wenn sie verwelkten, nur fallen ließ.

»Ich werde eine Weile in Dublin bleiben, und ich verspreche dir, dass dir in dieser Zeit kein Leid geschehen wird«, sagte er, als hätte er mein Bekenntnis nicht gehört. »Deinem Sohn Sitric übrigens auch nicht, vorausgesetzt, dass er sich mir unterwirft.«

Das Lächeln auf seinen Lippen war warm, es hatte nichts gemein mit der kalten Miene, die er getragen hatte, als er mich einst verstieß.

»Wie … wie geht es Donnchad … unserem … unserem gemeinsamen Sohn?« Ich hasste es, dass ich stammelte. Ich hasste es, dass ich seiner Antwort entgegenfieberte, dass er solche Macht über mich hatte.

Das Lächeln wurde breiter. »Donnchad ist ein guter Reiter. In einigen Jahren wird er auch ein guter Krieger sein.« Er war wohl überzeugt davon, dass das alles war, was sich eine Mutter von ihrem Sohn wünschte – dass er eines Tages ein todesmutiger, starker, ehrgeiziger Mann sein würde. Ich dagegen wollte nicht, dass Donnchad überhaupt ein Mann war. Ein Knabe sollte er sein, der sich noch gut an die Mutterbrust erinnert, der nicht schon jahrelang aus meinem Leben verschwunden war! »Ich werde ihm sagen, dass ich dich sah«, erklärte Brian, »ich werde ihm sagen, dass es dir gut geht.«

Mit diesen Worten ging er. Mit diesen Worten blieb ich zurück. Vor diesen Worten hatte ich mich mehr gefürchtet als vor wütenden. Denn sie bewiesen, dass ich nicht einmal die Macht hatte, ihn wütend zu machen, ihn dazu zu bringen, mich zu hassen, auf die Erinnerungen an unsere Ehe zu spucken. In seinem Herzen waren sie noch so schön wie meine, obwohl er unsere Ehe zerstört hat, mein Leben, Dublin, Sitrics Heer.

»Warum haftet die Zerstörung nur an mir, warum nicht auch an ihm?«, rief ich.

Und erst in diesem Augenblick ging mir auf, dass es mir das Schicksal heimzahlte, Ríonas und Fionns Liebe zerstört zu haben.

Ich, Gormlaith, bin die gedemütigte Königin, die schuldige Königin, die bestrafte Königin, ging es mir durch den Kopf, aber ebenso, dass ich diese Gormlaith nicht bleiben wollte.

Von nun an dachte ich öfter an Ríona und Fionn, fragte mich jeden Tag, was aus ihnen geworden war, bereute es, dass ich sie verkauft hatte, da mir das Geld nichts genutzt hatte. Ihr Schicksal konnte ich allerdings nicht mehr wenden. Ich konnte nur alles tun, um meine Rache an Brian doch noch zu bekommen.

III.

1000

Island

Ríona schleppte Stein um Stein, um jene Fläche vor dem Gehöft, die sie als Feld auserkoren hatte, beackern zu können.

Skrymir war skeptisch, dass es ihr gelingen würde, auf diesem kargen Boden etwas anzubauen. Auf Island lebte man von Schafen und Kühen, und wenn überhaupt etwas wuchs, so war es Gras. Dieses wiederum nährte die Tiere nicht etwa, weil es so saftig war, nein, weil die Tiere sich als so anspruchslos erwiesen.

»Wo Gras wächst, wächst auch Gerste«, darauf hatte Ríona bestanden.

Sie war sich dessen eigentlich nicht sicher, aber aus Gerste könnte sie Bier brauen. Und wenn Skrymir genug davon trank, würde er deutlich mehr schlafen, seltener zornig sein und sie unentbehrlich. Das zumindest war ihre Hoffnung – bis jetzt hatte ihr Vorhaben ihr allerdings nichts anderes als mürrische Worte eingebracht. »Wenn du es dir einbildest, dann versuch es. Aber niemand außer dir wird sich die Finger krumm machen.«

Ríona bückte sich nach dem nächsten Stein.

»Ich würde das besser nicht tun«, vernahm sie plötzlich eine Stimme.

Sie blickte hoch, sah Urta am Rande des Feldes … des künftigen Feldes stehen.

»Warum nicht?«, fragte sie vor Anstrengung stöhnend. »Glaubst du auch nicht daran, dass man hierzulande Gerste anbauen kann?«

»Ich kann mir durchaus vorstellen, dass auf Island Gerste wächst. Wenn du so weitermachst, wird aber das Kind in deinem Bauch womöglich nicht mehr wachsen.« So offen hatte Urta sie noch nie darauf angesprochen, dass sie schwanger war. Vor Kurzem hatte sie lediglich festgestellt, dass sie um die Leibesmitte herum dicker wurde – was Ríona beharrlich abgestritten hatte. Sie wusste, es wäre lächerlich, das jetzt wieder zu tun. Lieber schwieg sie trotzig, umklammerte den Stein, hob ihn hoch und schleppte ihn zu dem Haufen, auf dem all die anderen bereits lagen. Noch war ihr Bauch nicht zu dick, um ihr dabei im Weg zu sein, zum ersten Mal seit dem Beginn der Schwangerschaft durchzuckte sie jedoch jener krampfartige Schmerz, den sie noch von der ersten kannte. Sie biss die Zähne zusammen, verkniff sich jeden Laut, aber ihr Gesicht verzerrte sich, und das entging Urta nicht. »Siehst du.«

Wie so oft, wenn Urta ihr ungefragt Ratschläge erteilte, überkam Ríona leiser Ärger. Gewiss, Urta lag meist richtig, von ihr hatte sie gelernt, wie man auf dieser Insel überlebte, es erfüllte sie hingegen mit Hader, dass für sie selbst dieses Überleben ein steter Kampf war, während es Urta zu amüsieren schien. »Ein Wunder, dass du den Göttern mit ernstem Gesicht die Opfertiere darbringst, nicht mit einem Grinsen«, hatte sie ihr einmal vorgehalten.

Meist vergriff sich Urta zu diesem Zweck nur an Hasen, Mäusen oder bereits halb toten Jungvögeln, die aus dem Nest gefallen waren. Nur einmal hatte sie gemeinsam mit Skrymir ein Pferd geopfert, in einem Thor geweihten Heiligtum, das nicht weit von Reykjavik entfernt auf einer weit ins Meer ragenden Landzunge errichtet worden war – einem Wohnhaus gleichend, wiewohl es ein spitzeres Giebeldach hatte und sich innen keine Schlafstatt befand, nur ein von Götterstatuen umgebenes Podest. Mit dem Pferdeblut sollte besiegelt werden, dass Haskis Besitz nun Skrymir gehörte, und da bei den Heiden, wie Ríona mittlerweile wusste, ein jeder Priester sein konnte, hatte Skrymir selbst das Blut des Tieres, das Urta in einer bronzenen Schale aufgefangen hatte, mit einer Rute versprengt.

Mindestens einen Tropfen hatte Ríona abbekommen, doch sie hatte den Ekel unterdrückt. Widerwillig, gleichwohl entschlossen hatte sie später ihren Anteil am Pferdefleisch gegessen. Sie konnte sich nicht erlauben, auf Nahrungsmittel jedweder Art zu verzichten, denn sie musste, seit sie hier lebte, ihrem Leib stets mehr Kraft abverlangen, als sie ihm neue zurückgab. Doch während sie an den zähen Bissen kaute, sagte sie vorwurfsvoll zu Urta, dass die Menschen hierzulande wohl so wenig von ihren Göttern hielten wie diese von ihnen – warum sonst würden sie ausgerechnet so hartes, ungenießbares Fleisch in ihrem Namen teilen.

»Was wundert es dich?«, fragte Urta. »Auf diese Weise vergessen wir nie, dass man scharfe Zähne braucht, um auf dieser Insel zu überleben. Die Götter mögen es, wenn der Mensch stark ist, ausdauernd, geschickt, vielleicht noch listig. Das Schwache verachten sie.«

Genau daran musste Ríona nun denken, als Urta nachdenklich den Kopf wiegte, zum nächsten Stein ging. »Die Götter haben gewiss nur Gefallen an meinem Kind, wenn es sich beharrlich im Mutterleib festbeißt und solcherart beweist, dass es zum Leben taugt.«

Der Schmerz, den sie just wieder fühlte, schien zu bekunden, dass das Kind die Sache mit dem Festbeißen wörtlich nahm.

Urta zögerte, erklärte schließlich: »Das würde nicht nur den Göttern, auch Skrymir gefallen.« Ríona war sich nicht sicher, ob Skrymir sie in den letzten Wochen lange genug gemustert hatte, um den sich wölbenden Bauch zu bemerken. Selbst wenn, war das Kind für ihn wohl nichts weiter als ein Mensch, der irgendwann für ihn schuften konnte. Doch Urta fügte hinzu: »Es gefällt ihm ja auch, dass du so hart arbeitest und nicht daran zugrunde gehst.«

Erstmals hielt Ríona inne. Skrymir hatte ihr nie das Gefühl gegeben, dass ihm irgendetwas an ihr gefiel. Dass sie schön war, hatte er bei ihrer allerersten Begegnung gesagt, danach nie wieder – vielleicht, weil er damals noch die besondere Frau, die für Haski geopfert werden sollte, in ihr sah, nicht die gewöhnliche Sklavin. Er befahl ihr zwar regelmäßig, sich zu ihm zu legen, auf jene Schlafstatt hinter dünnen Trennwänden aus Flechtwerk, und manchmal musste sie ihn auch in die Schwitzstube begleiten und dort zu Willen sein, aber ihr Körper schien den gleichen Zweck zu erfüllen wie eine Schüssel Getreidebrei. Der eine nahm ihm Spannung, der andere gab ihm Stärke. Nach dem Mahl rülpste er, wenn er sich von ihr rollte, schnaufte er. Ob ihm der Getreidebrei schmeckte, darüber sann er wohl nicht nach.

»Auf seine Weise achtet er dich sehr«, fügte Urta jetzt hinzu, und als Ríona die Stirn runzelte, fuhr sie fort: »Wir Isländer sind nun mal ein raues Volk. Wenn wir jemanden bewundern, streicheln wir ihn nicht, wir schlagen ihn. Und wenn ein Mann eine Frau schätzt, küsst er sie nicht, er schändet sie.«

Ríona zuckte mit den Schultern. Eigentlich war es ihr gleich, was Skrymir über sie dachte. Sie ergründete ja auch selbst nie, wie tief ihre Angst und ihr Ekel gingen. Wenn er in ihrer Nähe war, zog sie den Kopf ein und gab sich unauffällig, und wenn sie unter ihm lag, versuchte sie sich vorzustellen, dass sie nicht unter seinem Körper, sondern in einer tiefen, dunklen Höhle lag, wohin kein Licht, keine Geräusche drangen, schon gar keine Gefühle, keine Erinnerungen.

»Nun ja, ich vermute, dass du deinem Kind nicht deine Liebe beweist, indem du Steine schleppst oder Torf stichst oder eine andere anstrengende Arbeit ausführst, die eigentlich Männer tun sollten, dass du es vielmehr darauf anlegst, es zu verlieren.«

Wenn er nicht so schwer gewesen hätte, Ríona hätte einen der Steine in Urtas Richtung geschleudert. So war die Gefahr zu groß, er würde auf die eigenen Füße fallen – wenngleich dieser Schmerz wohl erträglicher wäre als jener, der nicht nur ihren Bauch, sondern auch ihre Seele verkrampfen ließ. Denn Urta kam der Wahrheit bedrohlich nahe.

Ríona hatte gelernt, Pferdefleisch zu essen, ohne an den saftigen Rinderbraten zu denken, den man in ihrem Heimatland aß, unter Skrymir zu liegen, ohne an Fionns Liebkosungen zu denken, und ein Land zu beackern, ohne sich nach Irlands Wäldern zu sehnen. Aber sie ertrug den Gedanken kaum, dass ein vermeintlich falsches Kind dort wuchs, wo das richtige gestorben war. Nicht dass sie seinen Tod wollte. Wenn sie am Morgen erwachte, hoffte sie dennoch manchmal, dass der Bauch über Nacht verschwunden war.

»Geh!«, stieß sie aus. »Geh einfach!«

Urtas Lächeln wurde mitleidig. »Mit den Steinen kann ich nicht helfen, aber wenn du willst, braue ich dir stattdessen einen Sud, damit du dich weniger anstrengen musst, um dein Ziel zu erreichen.«

Ríona nutzte die Kraft, die ihr die Wut verlieh, um einen weiteren Stein aufzuheben. »Geh!« sagte sie wieder. »Dass du über vieles lästerst, daran bin ich gewöhnt, nicht, dass du auch das Leben so gering schätzt.«

»Schätzt du es denn hoch? Fühlst du dich nicht vielmehr vom Leben verspottet, weil ein Kind in dir wächst?«

Ríona starrte so beharrlich auf die Steine, dass sie nicht

sah, ob Urta ging. Nachdem sie einen weiteren weggewälzt hatte, fiel jedenfalls immer noch ein Schatten auf das Feld. Mit einem weiteren »Geh!« auf der Zunge richtete sie sich wieder auf – der Schmerz war mittlerweile vom Bauch in den Rücken gewandert –, doch es war nicht länger Urta, die ihr zusah, es war Lainidh.

In jenem ersten Jahr auf Island war das Mädchen nur größer, nicht runder geworden. Immer noch wirkten die Augen im winzigen Gesicht riesig, und inmitten der spitzen Züge die Lippen weich. Lainidh verzog sie nur selten zu einem Lächeln, aber wenn, ließ dieses sie strahlen. Noch seltener sprach sie, dann fühlte sich Ríona getröstet, ganz gleich, was die Kleine zu ihr sagte. Und am meisten Kraft schenkte das Mädchen ihr, wenn es sang, oft nicht einmal Worte, nur Melodien, die nicht den Körper, jedoch die Seele von allen Lasten befreiten. In diesen gestohlenen Augenblicken war sie keine Sklavin in einem fremden Land, die nichts als schuften musste, sie war eine glückliche Frau, die nichts als tanzen durfte.

»Ich helfe dir«, sagte Lainidh mit jener leisen, zugleich rauen Stimme, die man nur vernahm, wenn man aufmerksam lauschte – was auf dem Gehöft niemand außer Ríona tat.

Für die anderen war Lainidh kein Mädchen, nur Ríonas Schatten, und weil die Sonne selten schien, war sie nicht einmal ein dunkler, vielmehr ein fast durchsichtiger, dessen Konturen verschwammen.

»Nein«, bestimmte Ríona. »Wenn Urta keine Steine schleppen kann, schaffst du das erst recht nicht.«

»Ich könnte immerhin herausfinden, wie man den Sud braut, von dem sie gesprochen hat.«

Ríona hielt inne, trat auf sie zu. Bis heute war sie nicht sicher, wie viel Lainidh von ihrem einstigen Rat – dass die einzige Macht darin bestünde, so viel wie möglich zu beobachten – beherzigte. Wenn sie mit ihr zusammen war, vermeinte sie jedenfalls, dass das Mädchen ihr geradewegs in die Seele sah, und dann war sie selbst sich auch sicher, noch eine Seele zu haben.

»Ich würde niemals mein Kind töten«, kam es ihr hastig über die Lippen, und in diesem Augenblick, da sie jene tiefe, stets von Sorge begleitete Liebe zu Lainidh fühlte, erfasste sie erstmals eine ebenso tiefe, wenngleich mit noch mehr Sorgen begleitete Liebe für das Kind.

»Das ist gut«, sagte Lainidh leise.

Ríona blickte auf die Steine, zählte noch mindestens ein Dutzend. »Ich werde Alda fragen, ob sie mir hilft«, sagte sie.

Alda war eine schon ältere, gutmütige Sklavin, die immer tat, was man ihr befahl, weniger aus Angst, nur weil es ihr völlig fremd war, sich aufzulehnen. Anfangs war sie Ríona aus dem Weg gegangen, sodass diese schon meinte, sie würde sie verachten. Später hatte sie bemerkt, dass Aldas Misstrauen allein Muir galt. Mit der Zeit hatte sie sich an den Raben gewöhnt, wenngleich sie immer noch nicht verstand, dass Ríona ihm nicht nur einen Namen gegeben hatte, nein, oft mit ihm redete, als würde er sie verstehen.

Alda hatte einen Mann namens Prins, der eigentlich kein Sklave war, sondern ein Knecht. Einst war er in die Dienste von Haskis und Flókis Vater geraten, weil er während einer Rauferei einen Mann erschlagen hatte und diese Schuld abarbeiten musste. Doch als sie nach sieben Jahren beglichen war, konnte er sich nicht mehr an sein altes Zuhause erinnern und war auf dem Gehöft geblieben. Dass sein Herr ihm nun leichtere Arbeiten zuwies, ihm die Heirat mit Alda nicht verweigerte und es überdies immer reichlich zu essen gab, erfüllte ihn mit genügend Dankbarkeit, ihm bis zum Tod die Treue halten zu wollen. Und diese Treue – desgleichen die

Bereitschaft, sein größtes Talent, das Formen von Eisen, in seinen Dienst zu stellen – hatte er später Haski erwiesen und erwies sie nun Skrymir.

Die Werkzeuge, die Prins schmiedete, erfüllten seinen Herrn mit deutlich mehr Befriedigung als eine Schüssel Getreide. Skrymir lächelte bei ihrem Anblick, obwohl er das sonst nie tat, und seine Anerkennung für Prins äußerte sich auch darin, dass er ihm die Verantwortung für den Hof übertrug, wenn er sich um die Ländereien seines alten Besitzes kümmerte. Ríona atmete immer auf, wenn er – so wie an diesem Tag – für ein paar Stunden verschwand, während Prins seine Aufgabe mit gleicher Dienstbeflissenheit wie Alda erfüllte.

Ob er sie einst geheiratet hatte, weil es ihm irgendwann befohlen worden war oder er es selbst gewollt hatte, wusste Ríona nicht. Jedenfalls hatten die beiden eine Tochter namens Bretta, die mittlerweile sechzehn Jahre alt war, aber das Gemüt einer Sechsjährigen hatte. Sie sprach fast nie, lächelte fast immer, und wer sie ob ihres sorglosen Gemüts liebte, nannte dieses Lächeln freundlich, nicht dümmlich. Skrymir hatte sie einmal angebrüllt und ihr eine Ohrfeige versetzt, weil sie einen Tropfen Skyr auf seiner Tunika vergossen hatte. Sie wäre beinahe in die Feuerstelle getaumelt. Ríona hatte sich nicht wie üblich weggeduckt, sondern Bretta aufgeholfen und Skrymir einen vorwurfsvollen Blick zugeworfen. Bretta dagegen hatte nur gelächelt. »Gut so«, hatte Skrymir gesagt und offengelassen, für wen der beiden Frauen seine Worte bestimmt waren. »Du bist nicht leicht zu brechen, das gefällt mir.«

Alda war auch nicht leicht zu brechen, sie arbeitete den ganzen Tag, war eben damit beschäftigt, Gras- und Torfsoden zuzuschneiden, um damit Wände abzudecken – eine Arbeit, die Kraft und Augenmaß verlangte.

»Hilfst du mir später, die Steine zu schleppen?«, fragte Ríona.

Alda blickte hoch. »Eigentlich sollte ich Prins folgen. Er ist vorhin aufgebrochen, um eine Birke zu fällen.«

Nicht nur das Fällen einer Birke war eine langwierige Arbeit, es war schon eine Herausforderung, überhaupt noch eine Birke zu finden – eine der wenigen Bäume, die auf Island wuchsen. Früher waren die Hügel um Reykjavik sämtlich von Birkenwäldern bedeckt gewesen, aber die ersten Siedler hatten fast alle gerodet, und seitdem waren kaum welche nachgewachsen. Doch um jenes heiße Feuer zu entfachen, über dem man Eisen schmolz, brauchte man Birkenholz.

Ríona entging nicht, wie Alda unbehaglich von einem Fuß auf den anderen trat. Manchmal war es notwendig, das Gehöft zu verlassen – um Holz zu suchen und auch um nach den Schafen zu sehen –, Alda hingegen fühlte sich immer unwohl, wenn sie die Dächer von Haupthaus und Nebengebäuden nicht mehr sehen konnte.

»Lass mich Prins helfen«, erklärte Ríona schnell. »Und später hilfst du mir.«

»Hab Dank«, murmelte Alda, als täte sie ihr einen großen Gefallen.

In Wahrheit hatte Ríona nicht nur keine Angst, das Gehöft zu verlassen – sie sehnte es regelrecht herbei. Während bei Alda die Angst wuchs, je weiter sie sich vom Gehöft entfernte, war es bei ihr selbst die Ahnung von Freiheit.

Seit sie auf dem rauen Eiland lebte, konnte sie nicht entscheiden, ob sie es schön oder hässlich fand. Eigentlich entzog sich dieses Land einem solchen Urteil, konnte der Blick, wenn er in die Weite fiel, doch unmöglich alles erfassen, alles festhalten. Ständig wurde hier den Menschen bewiesen: Dieses Land gehört dir nicht, du darfst höchstens an seinen Rändern wandeln, an manch geschütztem Hügel dein Haus bauen, dein Tier mit Gras füttern, das das Schwemmland sprießen lässt, in den eisigen Fjorden Fische fangen. Aber weitaus größer war das Gebiet, wo niemand wohnen konnte, nicht einmal die Götter – weite Torfmoore, Berge mit Gletschern, Vulkane, deren Feuerstrom zu grauen Zungen erstarrte oder die unfruchtbare Hochebene, auf der höchstens dunkelgrünes Moos wuchs, klare, aber eiskalte Bergseen, rauschende Wasserfälle.

Und selbst dort, wo der Stein nicht schwarz war, als wäre er tot, und das Land flach und von Wiesen und Strauchwerk übersät war, konnte man schnell einen falschen Schritt machen und einer der heißen Springquellen zu nahe kommen. Sie spritzten das Wasser hoch in die Luft und gaben dabei ein Prusten von sich, vielleicht auch ein Spucken, jedenfalls kein Geräusch, das den Menschen ernst nahm. Und wenn dieses launische Prusten nicht zu hören war, verkündete das Gluckern des sumpfigen Bodens die gleiche Botschaft, die Ríona jetzt durch den Sinn ging, nachdem sie ein Stück gegangen war, sich schließlich umdrehte, von einer Anhöhe auf das Gehöft starrte, das inmitten des riesigen Landes so winzig erschien: Du bist nichts, Mensch, rein gar nichts. Und deine Träume und Wünsche, Sehnsüchte und Ängste sind auch nichts. In der wilden, öden Weite findet man sich nicht, man verliert sich.

Ríona ging ein Stück weiter, blieb wieder stehen, spürte nur noch ein schmerzhaftes Ziehen in der Brust, keines mehr im Leib, und in ihr breitete sich ein leerer, tauber Frieden aus.

Obwohl der Wind laut heulte, war die Luft, die vom Meer her kam, mild, kündigte den Sommer an und mit ihm eine Zeit, in der nachts nicht länger die sonderbaren grünen Lichter am Himmel flackern würden. Als sie sie zum ersten Mal gesehen hatte, war sie voller Angst gewesen. Später hatte sie sie gern betrachtet – lieber zumindest als den Mond. Der Mond war derselbe, zu dem sie einst gemeinsam mit Fionn hochgestarrt hatte, die grünen Lichter dagegen hatte es in Irland nicht gegeben, und deswegen schmerzte ihr Anblick nicht, schenkte ihr vielmehr das Gefühl von Freiheit. Auch jetzt fühlte sie sich inmitten der Einsamkeit, in der es nichts gab, woran sich ein Gedanke festhalten, gar Wurzeln schlagen konnte, frei. Obwohl sie zu schwer war, um zu fliegen – wenn sie die Hände ausstreckte, der Wind ihr Haar verwehte und sie hoch zum Himmel starrte, konnte sie sich vormachen, sie täte es.

Und wer auf jeden Fall fliegen konnte – länger und ausdauernder als früher –, war Muir. Sie fühlte seine Nähe, noch ehe sie den schwarzen Punkt sah, der über ihr kreiste, sie ein Krächzen vernahm, das vorwurfsvoll klang. Offenbar war er dabei zu jagen und fühlte sich von ihr gestört.

Anfangs war sie nicht sicher gewesen, ob er sich in dem kalten, unbekannten Land würde durchbringen können, doch während die Insel aus Eis und Feuer Menschen eher schlecht als recht nährte, hatte sie für Raben einiges zu bieten: den Mutterkuchen von Schafen, wenn diese lammten, kleinere Landvögel, die im Heidekraut an Tümpeln nisteten, Schneehühner, die ihre Farbe mit den Jahreszeiten wechselten. Überdies schien er viel von jener List zu besitzen, die Urta in Erzählungen an langen Winterabenden den nordischen Göttern zuschrieb: So hatte er es mehr als einmal geschafft, die unbewachten Angelleinen von Eisfischern aus ihren Löchern zu ziehen, um den daran hängenden Fisch zu fressen.

An diesem Tag hatte er es wohl auf andere Beute abgesehen. Dort hinten ragte ein Felsen auf, vom Wind umheult, der manchmal sogar die Meeresgischt ins Landesinnere peitschte.

Seine Oberfläche mochte porös sein, sein Schatten aber war lang genug, um Schutz für die Toralken zu bieten, die dort brüteten. Von den Papageientauchern und Möwen abgesehen waren keine Vögel hier zahlreicher als diese – und keine tollpatschiger. Sie konnten nicht richtig fliegen, hopsten ganz ohne Scheu auf Menschen zu, und würde ein wenig mehr als ein Bissen Fleisch an ihnen hängen, man ernährte sich hier von nichts anderem. Muir hätte ein besonders leichtes Spiel, waren die Jungen in den Nestern doch eben erst geschlüpft. Vielleicht hatte ein Tier, zu unschuldig, zu dumm, um sich vor Feinden zu fürchten, verdient zu sterben. Aber vielleicht hatte ein solches es auch gerade deshalb verdient, gerettet zu werden – an einem gewaltigen Ort wie diesem gab es keine Ordnung und folglich zählte nicht einmal das Recht des Stärkeren.

»Nicht, Muir!«, rief Ríona unwillkürlich, fuchtelte mit den Händen, schritt auf den Felsen zu. Der Rabe hatte einen weiten Kreis gezogen und kurz dachte sie, er schösse nun auf sie herunter, würde ihr ins Gesicht picken, weil sie ihn gestört hatte, und sie duckte sich unwillkürlich, obwohl sie eigentlich schwören konnte, dass er ihr nie etwas tun würde. »Nicht, Muir!«, rief sie wieder, bekam seinen Schnabel ohnehin nicht zu spüren, hörte ihn ein gutes Stück entfernt krächzen – nicht ärgerlich, eher panisch. Erst dann sah sie, was Muir längst gesehen hatte – einen Mann, der hinter dem Felsen hervortrat. Und ehe Ríona des Erstaunens Herr wurde, in dieser Einöde jemandem zu begegnen, machte er einen Satz auf sie zu und packte sie.

Nur ein Augenblick war vergangen, und doch fühlte sich ihr Körper jäh starr, als hätte sie stundenlang in Eiseskälte ausgeharrt. Sie konnte sich nicht wehren, als eine Hand ihre Schulter umschlang, die andere auf ihren Mund gepresst wurde. Der Schrei, den sie eben noch ausgestoßen hatte, riss abrupt ab, nur Muir krächzte noch, wobei dieser Laut im Rauschen des eigenen Blutes unterging.

Wer war er? Was wollte er?

Sehr lange musste sie nicht rätseln. Schon warf er sie zu Boden, warf sich auf sie, spreizte ihre Beine. Endlich konnte sie sich aus der Starre lösen. Sie schlug um sich, traf nichts, stieß ihr Knie in etwas Weiches. Ein Schmerzensschrei ertönte, und sie wurde lange genug losgelassen, um aufzuspringen. Zumindest versuchte sie es. Sie war noch nicht auf die Beine gekommen, als er sie an den Fesseln packte, sie zu Fall brachte. Sie wurde über den Boden geschleift, spitze Steine bohrten sich in ihre Haut. Ehe der Schmerz ihre Sinne verdunkelte, drückte der Mann sie auf den Boden, sodass sie auf dem Bauch zu liegen kam. Er machte sich nicht die Mühe, sie umzudrehen, versuchte, das Kleid über ihrem Gesäß hochzuschieben.

»Nun, halt schon still.«

Das tat sie tatsächlich, nicht, weil ihre Gegenwehr erstorben war, nein, weil sie ihn aus den Augenwinkeln mustern wollte. Bisher hatte sie nicht mehr zu sehen bekommen als seine Füße und Waden, mit breiten Streifen umwickelt, die bis zum Knie reichten. Dass diese wie auch das Schuhwerk löchrig und verdreckt waren, war wohl ein Zeichen dafür, dass er nicht von hohem Stand war – und als ihr Blick zu seinem Gesicht fuhr, erkannte sie tatsächlich, dass es ein Knecht von Olgeir, dem Goden, war.

»Du … du darfst mir nichts tun!«, rief sie. »Skrymir hält Olgeir die Treue, was bedeutet, dass er unter seinem Schutz steht.«

»Das gilt doch nicht für eine einfache Sklavin. Und selbst

wenn's so wäre. Der Gode ist seit geraumer Zeit krank. Sein Gesicht ist gelb wie schlecht gewordene Butter. Das Weiß seiner Augen auch.«

Das Reden machte ihn unachtsam. Er merkte zu spät, dass sie den rechten Fuß hob. Sie sah nicht, wohin sie trat. Ob das Weiche, das ihre Ferse traf, die empfindsame Stelle zwischen seinen Beinen war, konnte sie nicht sagen. Seine Worte gingen jedenfalls in Gebrüll über – und dann hörte sie kurz gar nichts, als sie aufsprang, erneut versuchte davonzulaufen. Schon nach sechs Schritten bemerkte sie, dass sie die falsche Richtung gewählt hatte – immer weiter von ihrer Siedlung fort als darauf zu. Aber der Mann war ihr zu knapp auf den Fersen, um umzudrehen.

»Verdammt!«, hörte sie ihn plötzlich brüllen – nicht etwa, weil er sie nicht einholen konnte, sondern weil Muir ihn attackierte. Sie sah es nicht, hörte jedoch ein Flattern, vermutete, als ein erneutes »Verdammt« ertönte, dass er Krallen und Schnabel ins Gesicht oder den Nacken des Mannes hackte. Das Krächzen, das dazu ertönte, klang bedrohlich – das Fluchen hingegen zornig, und bald, viel zu bald, war da wieder das Schnaufen zu hören.

Nicht stolpern. Nicht stehen bleiben. Nicht umdrehen.

Eine Weile war das das Einzige, was sie denken konnte. Erst später tauchten Erinnerungsfetzen auf an alles, was Urta ihr über die Sklaven auf Island erzählt hatte und was man mit ihnen ungestraft machen konnte. Leider war das viel.

Der Herr hatte das Recht, den eigenen Sklaven zu erschlagen, nur nicht das Recht, die Tat zu vertuschen oder mit ihr zu prahlen. Wer den Sklaven eines anderen erschlug, kam nicht so leicht davon – er musste ein Bußgeld zahlen. Aber sie töten wollte der Mann ja offenbar nicht, nur schänden, und ob darauf eine Strafe stand, wusste sie nicht.

Dann erkannte sie, dass nicht nur Ödnis sie umgab, nicht nur wildes, unbesiedeltes Land. Dort hinten war ein Ort, wo sie auf Hilfe hoffen konnte – kein Gehöft zwar, aber eine Hütte, auf der Südseite des Hügels errichtet wie ihr Gehöft, dennoch mehr dem schneidenden Wind ausgesetzt. Keine steinernen Mauern schützten den Bewohner vor diesem, keine Grassoden, nur Flechtwerk und morsches Holz – wohl um den Willen zu bekunden: Ich möchte hier gar nicht heimisch werden, ich möchte keinen Acker bestellen oder von Vieh leben. Von Almosen allein bestreite ich mein Dasein.

Auch Ríona hatte Bruder Thangbrand im letzten Jahr Almosen zugesteckt, wenn er zu ihnen gekommen war – und war doch stets erleichtert gewesen, wenn er ihre Siedlung wieder verlassen hatte. Sie hatte nicht an jenen dunklen Tag erinnert werden wollen, da sie ihm zum ersten Mal begegnet war, und hatte erst recht nicht die steten Klagen über die gottlosen Heiden auf Island hören wollen. Doch sie war sicher, dass der Mönch trotzdem seinen Knüppel schwingen und damit ihren Angreifer in die Flucht schlagen würde – nicht ihretwegen, aber um der guten Sitten willen, die einzuhalten er beständig mahnte.

Noch zwölf Schritte, dann wäre sie da. Beim sechsten spürte sie den Luftzug, als die Pranken des Verfolgers nach ihr griffen. Sie wich aus, geriet ins Stolpern, duckte sich nicht tief genug, er packte ihr Haar. Sie wehrte sich, bis er nur noch Büschel in den Händen hielt und ihre Kopfhaut blutete. Drei Schritte, zwei, einer …

Sie stürzte in die Hütte, verschloss die Tür hinter sich, lehnte sich dagegen.

»Bruder Thangbrand …« Das Licht war trübe, dennoch erkannte sie sofort, dass es nicht der Mönch aus Bremen war, der sie verwundert anstarrte, es war ein Fremder. Auch er trug eine Kutte, nur war sie nicht ganz so durchlöchert, auch seine Füße waren nackt, wenngleich die Haut nicht dick verhornt war. Und der größte Unterschied war, dass der Mann keinen Knüppel trug, ja überhaupt keine Waffe. »Bruder Thangbrand?«, fragte sie wieder.

Der Mönch erhob sich. »Bruder Thangbrand hat die Insel schon vor einiger Zeit verlassen«, erklärte er, »er war es leid, auf so viele verstockte Herzen zu stoßen.«

»Bitte … bitte hilf mir …« Die Holztür begann zu beben, als ihr Angreifer dagegen schlug. Noch konnte man das mit gutem Willen für ein Klopfen halten, doch es bekundete die Bereitschaft, die Tür notfalls einzutreten. Der Mönch trat zu ihr, schien zu überlegen, womit er die Tür verstärken konnte. Da sich in der armseligen Hütte keinerlei Mobiliar befand, blieb ihm nichts anderes übrig, als sich neben sie zu stellen. »Er ist einer von Olgeirs Knechten. Er … er hat mich einfach gepackt, er will mir Gewalt antun, er … er will mich schänden …«

Ihr entging nicht, dass den Mönch ein Zittern überlief. Sie hätte schwören können, dass er kurz mit dem Gedanken spielte, die Tür zu öffnen und sie nach draußen zu stoßen. Am Ende besann er sich doch.

Er sah durch eine der Ritzen und brüllte: »Dass Olgeirs Gesicht ganz gelb wurde, ist ein Beweis dafür, dass Gott ihm zürnt. Er hat sich endlich bereit erklärt, sich taufen zu lassen, gut möglich aber, dass diese Entscheidung zu spät kommt. Ganz sicher wird es für dich zu spät sein, wenn du dich an dieser Frau vergreifst, und dein Gesicht wird nicht nur grün, blau, violett …« Er rang nach Worten.

»Schwarz?«, schlug Ríona vor.

»Schwarz«, wiederholte der Mönch, »ja, dein Gesicht wird schwarz werden, wenn du diese Frau nicht sofort in Ruhe lässt.«

Er keuchte schwer, nachdem er geendet hatte, indes Ríona den Atem anhielt. Ein letztes Mal erbebte die Tür, doch Olgeirs Knecht hatte wohl nicht dagegen gedroschen, um sich gewaltsam Einlass zu verschaffen, nur, um seine Enttäuschung zu bekunden.

Ríona fühlte, wie ihre Füße nachgaben, und auch der Mönch ging auf die Knie. »Ich … ich habe es nicht für möglich gehalten, dass es wirkt«, stammelte er.

»Wahrscheinlich hatte er weniger Angst vor Gott und einem schwarzen Gesicht als einem unliebsamen Zeugen«, murmelte Ríona, betrachtete den Mönch genauer. Seine Schultern waren schmächtig, seine Hände schmal. Und so jemand sollte Bruder Thangbrand ersetzen?

»Bist du an Bruder Thangbrands statt hierhergeschickt worden, um die Isländer künftig zu missionieren?«, fragte sie.

Ein freudloses Lachen drang aus seinem Mund. »Sehe ich so aus, als würde einem wie mir das gelingen?«, gab er zurück. »Nun gut, Olgeir konnte ich bekehren, aber nur, weil er krank ist. Ansonsten ist es meine Aufgabe, Gissurs und Hjáltis Kommen anzukündigen.« Sie konnte sich nicht erinnern, diese Namen je gehört zu haben. »Oh, die armen Isländer in Norwegen«, klagte er seufzend, »sie werden alle sterben, wenn kein Wunder geschieht und …«

»Wovon redest du? Wer bist du überhaupt? Und wer sind dieser Gissur und dieser Hjálti?«

Der Mönch erhob sich, horchte kurz nach draußen. Als sich weiterhin nichts vernehmen ließ, trat er zurück zur Feuerstelle. Kein Fell lag in deren Nähe, noch nicht einmal ein Stück Leder. Er ließ sich auf dem gestampften Boden nieder und griff nach einem Ledersäckchen, in dem sich schwarze Krumen befanden – offenbar getrocknete Beeren. Sie sahen wie Hasenköttel aus.

»Willst du auch etwas davon?«

Sie schüttelte den Kopf, ihre Kehle schmerzte noch vom schnellen Laufen. »Beantworte mir lieber meine Fragen.«

»Ich bin Bruder Alfred«, begann er, »und ich bin hier, um ein großes Unglück zu vermeiden. Dass Bruder Thangbrand aus den Isländern keine frommen Christenmenschen hat machen können, hat er nicht nur ihnen wütend vorgehalten. In aller Welt hat er es herumposaunt, auch in dem Land, in dem er auf dem Weg in seine Heimat eine Rast einlegte – Norwegen. Bruder Thangbrand mag hitzköpfig sein, Norwegens König Olaf Tryggvason ist es erst recht. Er wurde zwar selbst als Heide geboren, ist ein solcher aber nicht geblieben, und er wurde auf die starrköpfigen Isländer, die Christus verhöhnen, anstatt ihn anzubeten, so wütend, dass er sämtliche ihrer Landsleute, die sich gerade in Norwegen befinden, gefangen genommen hat. Er droht, sie hinrichten zu lassen, wenn Island nicht binnen eines Jahres ein christliches Land wird.«

Ríona wagte nicht, von der Tür wegzutreten, lauschte dennoch aufmerksam.

»Hjálti und Gissur stammen aus Island«, fuhr Bruder Alfred vor, »und beide gehören zu den wenigen, die Bruder Thangbrand in den letzten Jahren getauft hat. Sie haben beschlossen, im Sommer nach Island zurückzukommen und beim nächsten Althing die Menschen dazu zu bringen, sich zu bekehren. Ich soll ihr Kommen vorbereiten und schon jetzt allseits verkünden, was ihren Landsleuten droht, wenn sie am Glauben an die Götter festhalten.«

Das Althing war, wie Ríona mittlerweile wusste, die jährliche Zusammenkunft freier Männer. Sie wusste auch, dass dort ein Gesetzessprecher, der für drei Jahre gewählt wurde, bei Streitigkeiten um Land und Vieh Recht sprach.

»Die Isländer sollen allesamt bekehrt werden? Wie … wie soll denn das gelingen?«

Sie las in Bruder Alfreds Blick Resignation, ein Zeichen dafür, dass er bis jetzt nicht weitergekommen war, doch jäh glomm in seinem Blick Hoffnung auf. »Du bist Irin, nicht wahr? Die ersten Christen, die hierzulande lebten, waren Mönche aus Irland. Und manch ein Sklave, der später nach Island kam, brachte seinen Herrn dazu, sich taufen zu lassen. Du … du könntest mir helfen.«

Die Vorstellung, Skrymir zu bekehren, fand sie zum Lachen – wobei sie sich dazu viel zu schwach fühlte. Und die Aussicht, wie viel Arbeit noch auf sie wartete, machte es nicht besser. Sie lugte durch die Ritzen, sah den Mann nicht mehr, griff nach dem Türriegel.

»Warte!«, rief Bruder Alfred. »Ich habe dir geholfen, jetzt musst du mir helfen.«

»Du hast mich heute vor Schlimmem bewahrt, das stimmt«, erklärte sie, »aber ich kann nicht sicher sein, dass du morgen erneut dazu imstande bist. Auf Gott verlasse ich mich erst recht nicht.«

Anstatt verärgert zu sein, seufzte der Mönch. »Auch Bruder Thangbrand hat behauptet, dass man sich auf dieser verfluchten Insel nur auf sich selbst verlassen kann. Aber wenn du mir hilfst, hilfst du dir zugleich selbst.« Sie sah ihn fragend an. »Würden sich die Isländer bekehren lassen, könnte sich viel verändern. Wie in Norwegen würde jeder Herr einmal im Jahr einem Sklaven die Freiheit schenken.«

Ríona schnaubte. »Skrymirs Wahl würde gewiss nicht auf mich fallen, dazu bin ich ihm zu nützlich.«

»Mord und Schändung würden als Todsünden gelten, auch wenn sie Sklaven treffen. Wer immer ein solches Verbrechen begeht, müsste ewige Verdammnis fürchten.«

»Der Mann, der mich vorhin angegriffen hat, fürchtet sich höchstens vor Skrymir. Dieser – und nicht du oder Gott oder Gissur und Hjálti – wird mich künftig beschützen. Er wird nicht zulassen, dass jemand Hand an seine Sklavin legt.«

Der Mönch hielt nachdenklich den Kopf schief, doch ehe er etwas einwenden konnte, öffnete sie die Tür, trat ins Freie. Erleichtert stellte sie fest, dass der Mann tatsächlich verschwunden war, nur Muir kreiste über ihr. Er blieb in ihrer Nähe, als sie sich auf den langen, beschwerlichen Heimweg machte, obwohl sie seine Gegenwart alsbald nur mehr fühlte, sie war zu schwach, den Blick zu heben. Erst als sie das Gehöft fast erreicht hatte, hob sie ihn wieder – und erstarrte.

Auf die Erleichterung war Leere gefolgt, jetzt kehrte die Angst zurück – Angst um Lainidh. Das Mädchen stand auf jenem Feld, von dem sie zuvor die Steine geräumt hatte. Oder nein, es stand nicht, es lag dort, und Skrymir stand vor ihr, seinen Fuß auf ihrer Brust und mit einer Miene, als gälte es, lästiges Ungeziefer zu zerquetschen.

Sie schrie seinen Namen, natürlich hörte er sie nicht. Einmal mehr begann sie zu rennen, wagte nicht, den Blick vom Boden zu nehmen, aus Angst zu stürzen. Wobei noch größer die Angst um Lainidh war. Erst als sie sie erreichte, sah sie Alda bleich neben Skrymir stehen, sah Lainidh, die es irgendwie geschafft hatte, auf die Knie zu kommen, sah Skrymir, der sie nun im Nacken packte, wie einen Hasen schüttelte, ihr bald die Knochen brechen würde.

Wahrscheinlich war nichts weiter geschehen, als dass Alda langsamer vorangekommen war als erwartet, und Lainidh ihr nicht jene Hilfe gewesen war, die sie in Skrymirs Augen sein sollte.

»Hör auf!«, schrie Ríona. Sie hatte ihn noch nie angeschrien. Was sie erst recht nicht getan hatte, war, auf ihn loszugehen, erst seine Pranke zu umklammern, dann, als sie so nichts ausrichten konnte, in seine Hand zu beißen. Sie schmeckte Blut, spürte aber auch, wie er Lainidh losließ. Das Mädchen robbte so schnell es konnte fort, und wahrscheinlich wäre es klug gewesen, es ihm gleichzutun, rasch zu fliehen. Das tat Ríona nicht. Für diesen Tag schien sich sämtliche Furcht verbraucht zu haben. Sie blieb vor Skrymir stehen, starrte ihn herausfordernd an. »Hör auf!«, blaffte sie erneut. Skrymirs Blick ging von seiner blutenden Hand zu ihr und wieder zurück. Sie erwartete, dass Grimm ihn erfüllte, stattdessen breitete sich Erstaunen in seiner Miene aus, und dieses gab ihr Zeit genug zu sagen: »Du solltest deine Kräfte lieber an denen verschwenden, die sich an deinen Sklavinnen vergehen wollen.«

Ihre Worte schienen ihn nicht zu erreichen. »Warum hast du deine Arbeit nicht gemacht?«, knurrte er.

»Weil ich Prins helfen wollte, eine Birke zu finden.«

»Und wo ist die Birke?«

Ríona berichtete mit erstaunlich fester Stimme, was passiert war, zumindest zum Teil. Eindringlich schilderte sie, wie Olgeirs Knecht sie angegriffen hatte. Dass sie ihre Rettung Bruder Alfred verdankte, sparte sie dagegen aus. Skrymir musterte sie, suchte anscheinend nach Beweisen dafür, dass die Geschichte stimmte, fand sie wohl in den Schürfwunden, den blauen Flecken, den ausgerissenen Haarbüscheln, dem zerrissenen Kleid. Am Ende drang ein Laut aus seinem Mund, den sie nicht recht deuten konnte. Es war eine Art Schmatzen, als würde ihm sein Essen nicht schmecken.

»Du darfst dir das nicht gefallen lassen, Herr!«, rief Ríona. »Olgeir muss ein Bußgeld zahlen.«

»Warum denn das?«, gab er unwirsch zurück. »Hast du nicht gerade gesagt, dass du dich retten konntest? Für welches Vergehen fiele denn Buße an?«

»Ich trage ein Kind von dir. Ich hätte es verlieren können.«

Sein Blick ging etwas tiefer, mit schräg geneigtem Kopf musterte er ihre Leibesmitte. »Offenbar ist es ja noch drin. Und wenn er dich wirklich genommen hätte, hätte er dir keines machen können, weil meines schon zuvor da war.«

Er ließ die blutende Hand sinken, ein Zeichen dafür, dass er niemanden mehr schlagen würde, auch nicht Lainidh, aber das war ihr kein Trost, denn er würde Olgeirs Knecht nicht zur Rechenschaft ziehen. Welch ein Irrtum zu glauben, sie hätte für ihn den gleichen Wert wie eine Schüssel Getreidebrei. Ein Hochstuhl war sie ihm, auf dem gern ein anderer sitzen konnte, wenn er es gerade nicht tat. Oder noch weniger: der Abort, auf dem man sich entleerte und den man sich mit anderen zu teilen hatte.

»Räum jetzt endlich die Steine weg!«, befahl er. »Du hast erklärt, du wollest Gerste anbauen – nun bring es auch zu Ende. Morgen früh ist das Feld bereit, beackert zu werden, und wenn du ganze Nacht schuften musst.«

Skrymir drehte sich um, wollte davonstapfen, doch anstatt erleichtert zu sein wie immer, wenn sie ihn von hinten sah, packte sie der Zorn. Sie lief ihm nach, stellte sich ihm in den Weg.

»Ich war stark genug, um mich gegen Olgeirs Knecht zu wehren. Lainidh hingegen ist nicht stark genug, um sich gegen dich zu wehren. Wenn du ihr etwas zuleide tust, dann … dann … dann stürze ich mich von einer Klippe.«

Wieder ertönte ein seltsamer Laut, klang dieses Mal ein wenig so, als würde er vor Erstaunen die eigene Zunge verschlucken. »Warum solltest du so etwas denn tun? Warum würdest du freiwillig sterben?«

Sie starrte ihn schweigend an.

Weil ich das Mädchen liebe, weil sie meinem Leben einen Sinn gibt, weil ich, solange ich für die Kleine sorge, eine Seele habe.

Sie ahnte, dass er nichts davon verstehen würde. Er erwartete von einem Stuhl, von einem Abort keine Gefühle.

»Weil ich es kann«, sagte sie ruhig und trotzte weiterhin seinem Blick. »Besser du sorgst dafür, dass ich es nicht auch will.«

»Pah! Ich könnte es verhindern, indem ich dich einsperre.«

»Und wer schleppt dann deine Steine, Herr?«

Der Laut, der folgte, glich einem Prusten, und in seinen Augen glaubte sie trotz des fahlen Lichts ein Glitzern wahrzunehmen. Sie hatte in ihm keine Wut darüber säen können, dass jemand sich an seiner Sklavin vergreifen wollte, hingegen unerwarteten Respekt für ihren Mut, ihm zu trotzen. Nicht dass dieses winzige Pflänzchen nicht sofort wieder verwelkte.

»Nun, mach schon!«, knurrte er, stapfte wenig später aufs Haus zu und grummelte in Aldas Richtung, wie hungrig er sei.

Ríona war ebenfalls hungrig, gleichwohl ihre Kehle so eng schien, dass sie vermeinte, nie wieder einen Bissen hinunterzubekommen. Hastig bückte sie sich nach dem ersten Stein. Lainidh, die geduckt am Rande des Feldes gekauert hatte, erhob sich, trat zu ihr.

»Ich helfe dir. Ich wollte auch Alda nur helfen …«

»Ich weiß. Aber ich schaffe es schon.«

Es wohnte genug Trotz, vielleicht Wut in ihr, dass es ihr leichtfiel, den ersten Stein aufzuheben. Beim zweiten musste sie ächzen, beim dritten brach ihr der Schweiß aus, beim vierten begann der Rücken zu schmerzen. Sie hielt dennoch erst nach einem Dutzend inne, und das nicht nur vor Erschöpfung, nein, sondern weil ihr der Gedanke kam, dass sie Bruder Alfreds Bitte zu vorschnell zurückgewiesen hatte.

Skrymir mochte stark sein, aber seine Stärke nutzte weder

ihr noch dem Kind. Bruder Alfred, Gissur und Hjálti mochten schwächer sein, für sie war sie dennoch nicht nur eine Sklavin, für sie war sie eine Christin. Und wenn alle Isländer es wären, war die Möglichkeit, von irgendjemandem geschändet zu werden, weil der gerade danach gierte, oder von irgendjemandem getötet zu werden, weil sie ihm lästig war, nicht ausgemerzt, jedoch geringer. Gewiss, es käme einem Wunder gleich, sämtliche Isländer zu bekehren, und hierzulande konnte man sich nicht darauf verlassen, dass Gott ein solches Wunder bewirkte. Sie selbst musste es tun. Und während sie das nächste halbe Dutzend Steine wegräumte, nahm eine Idee Gestalt an, wie sie es schaffen könnte.

Lainidh war immer noch da.

»Geh doch ins Haus«, sagte Ríona, »Skrymir schläft wahrscheinlich längst – du solltest auch schlafen. Und du siehst ja, ich brauche nicht mehr lange.«

»Selbst wenn ich dir keine Hilfe bin, ich bleibe bei dir, bis du fertig bist«, erklärte Lainidh.

Sie trat zu ihr, umschlang mit ihren dünnen Ärmchen ihren Leib, legte ihren Kopf auf den gewölbten Bauch, und Ríona vermeinte zu spüren, wie aus dem vermeintlich harten Klumpen in ihr ein lebendiges Wesen wurde. Es regte sich, es flatterte. Vielleicht hatte es keine Hände, nur Flügel, aber das war gleich, solange es sich bewegte, weiterlebte, ganz leise, vorsichtig nur und doch beharrlich erklärte: Ich will ein Mensch sein.

Liebe erfüllte Ríona. Eine Liebe, die ihr noch mehr Trotz und Wut und vor allem Kraft schenkte, um es mit Skrymir, notfalls auch allen anderen Männern der Insel aufzunehmen.

Al-Andalus

Der Mann stöhnte herzerweichend, er keuchte und schwitzte, doch Ibn Zakariya schonte ihn nicht. Während er ihn untersuchte, befahl er ihm immer wieder aufzustehen, in die Knie zu gehen oder sich zu bücken, entweder eine Hand oder ein Bein zu heben.

Als er endlich fertig war und der Mann erschöpft auf eine Liege sank, erklärte er mitleidlos: »Hier kannst du nicht bleiben. Wer so schwer krank ist wie du, sollte am besten vor dem offenen Fenster liegen – auf nichts anderem als Matten, die mit Sandelholz und Rosenwasser und Kampfer bespritzt wurden und mit frischem Leinen bedeckt.«

Der Mann seufzte. »Ich leide also an einer sehr schlimmen Krankheit?«, fragte er erschüttert.

Fionn konnte nicht erkennen, was ihm fehlte, weder hatte der Mann Fieber noch sichtbare Geschwüre, Ausschläge oder eine Verletzung, doch Ibn Zakariya nickte. »An der schlimmsten, die es gibt.«

»Werde ich sterben?«

»Ja«, Ibn Zakariya hielt quälend lange inne, »aber das werden wir schließlich alle, und zwar in jener Stunde, die der Allerbarmer bestimmt. Ich glaube nicht, dass sie bei dir schon nahe ist – zumindest nicht, wenn du all dein Trachten daransetzt, wieder gesund zu werden.«

Der Mann stöhnte erneut, versuchte vergebens, sich den Schweiß von der Stirn zu wischen, es brach ihm immer neuer aus. »Wie … wie kannst du mir helfen?«

»Ich kann dir überhaupt nicht helfen. Du leidest an einer jener Krankheiten, die nur du selbst heilen kannst, sonst niemand.« Der Arzt begann, einen jener Vorträge zu halten, mit denen er Kranke gern maßregelte. »Kaum etwas ist von größerem Schaden für die Gesundheit als die Unbeweglichkeit. Und die Wurzel fast jeder Krankheit ist überdies, das Falsche zu essen. Bei dir ist es nicht nur das Falsche, es ist auch zu viel. Du bist schlichtweg zu dick. *Ya rab*«, er seufzte, »würde der Mensch auf sich selbst so achtgeben wie er auf das Tier achtgibt, auf dem er reitet, er würde von vielen ernsten Krankheiten verschont bleiben.« Ibn Zakariya warf dem Kranken einen abfälligen Blick zu. »Wenn du dich in deinem Körper wohlfühlen willst«, fuhr er fort, »so befolge folgenden Rat: Nimm niemals eine Mahlzeit zu dir, bevor die letzte verdaut ist. Stürm nicht auf das Essen los, sondern nimm dir Zeit dafür – sei wie der kluge Schneider, der tausendmal Maß nimmt, bis er zuschneidet, denn in der Eile liegt nichts Gutes. Und lass das, was in die Gedärme gelangt, von dreierlei Beschaffenheit sein – zu einem Drittel Speise, zu einem Drittel Flüssigkeit und zu einem Drittel Windhauch.«

Der Mann hatte unwillkürlich die Augen zusammengekniffen, jetzt riss er sie verwundert auf. »Was ist denn Windhauch? Schmeckt der nach etwas?«

Die Worte, die Ibn Zakariya nun sagte, hätte Fionn auswendig mitsprechen können. »Narr! Damit ist gemeint, dass dein Bauch nie so voll sein darf, dass es in deinem Leib keinen Platz mehr zum Nachdenken gibt. Der Verstand ist die größte Gabe, die der Allerbarmer uns gegeben hat. Sie verdient, in einem schönen Gefäß zu wohnen, nicht in einem rissigen Lederschlauch wie längst vergorener Wein.«

»Aber vorerst genügt es, mich vors offene Fenster zu legen, ja?«

»Wir behalten dich nur hier, um zu überprüfen, ob du auch wirklich mit deiner Diät beginnst. Ein größeres Übel als jede Krankheit selbst ist nämlich, den Beginn der Schonkost hinauszuzögern.«

Als Fionn dieses Wort das erste Mal vernommen hatte, hatte er nichts damit anzufangen gewusst. Sehr bald aber hatte er verstanden, dass ein Arzt hierzulande nicht nur die Aufgabe hatte, Wunden zu nähen oder Krankheiten zu heilen wie in Irland – nein, sein vorrangiges Ziel war zu verhindern, dass ein Mensch überhaupt krank wurde. Folglich war ein *hakim* nicht nur ein Heiler, zudem ein Lehrer, der dem Menschen die rechte Lebensweise beizubringen hatte – was »Diät« bedeutete. Zu dieser gehörte, sich mit guter Luft zu umgeben, sich regelmäßig körperlich zu ertüchtigen, nicht zu viel und nicht zu wenig und vor allem das Richtige zu essen. »Um deine Kur zu beginnen«, erklärte Ibn Zakariya eben, »wird dir mein Diener mithilfe eines Kuhhornklistiers einen Einlauf aus Milch, Honig, Wein und Wasser verabreichen.«

Fionn unterdrückte ein Seufzen. Mittlerweile sprach er recht anständig Arabisch, konnte in der Sprache dank Ramira sogar ein wenig lesen und schreiben, doch die Hoffnung, dass er irgendwann zu wichtigeren Aufgaben als Hilfsdiensten hinzugezogen wurde, blieb bislang vergeblich.

Immerhin versäumte er an diesem Tag nicht so viel. Als er wenig später nach erfüllter Pflicht an die Seite des Arztes zurückkehrte, war der gerade dabei, einen scheußlichen Abszess unterhalb des Gesäßes des nächsten Kranken zu untersuchen, wie er ihn nicht zum ersten Mal sah. Fionn erwartete, dass Ibn Zakariya diesen mit einer Salbe einreiben und die Aufgabe, den Eiter auszudrücken, ihm zukommen lassen würde.

Was der Arzt jedoch zu seinem Erstaunen aus seinem Beutel hervorzog, war keines der kleinen Döschen, in denen sich

Medizin befand, es war ein ganz sonderliches Gebilde. Und obwohl Fionn mittlerweile viele seiner absonderlichen Instrumente kannte – er musste sie schließlich regelmäßig mit Wein waschen –, dieses war ihm fremd.

Der Kranke starrte angstvoll auf das spitze Ende. »Was … was ist das?«

»Ich fürchte, du musst einen heftigen, gleichwohl nur kurzen Scherz ertragen«, sagte Ibn Zakariya, begann jedoch noch nicht mit der Behandlung, setzte vielmehr zu einem seiner Vorträge an, um vor dem Kranken mit seinem Wissen zu prahlen. Die Eitelkeit war ohne Zweifel das größte Laster des *hakim* – und für Fionn eine große Hilfe, um stetig mehr über die Kunst des Heilens zu erlernen. »Das ist eine Erfindung des großen Abu l-Qāsim, den die *rum*, die Christen, Abulcasis nennen. Er war der Leibarzt des Kalifen al-Hakam, und anders als dieser lebt er immer noch, nur zurückgezogen. Ich habe bei ihm gelernt, wie eine Geburtszange funktioniert.«

»Und das ist eine?«, fragte der Leidende.

»Du Tor!«, entfuhr es Ibn Zakariya, der sich zwar meist bemühte, freundlich und nachsichtig zu sein, seine Ungeduld jedoch nicht immer drosseln konnte. »Gebierst du gerade ein Kind? Nein, das ist eine Spritze!«

»Sie … sie ist an der einen Seite so spitz.«

»Gewiss! Wie sonst soll sie deine Haut durchdringen? Das wiederum ist notwendig, damit das Heilmittel direkt dorthin dringt, wo sich die Ablagerung von Eiter befindet.« Er setzte die Spritze am Abszess an. »Schau besser nicht hin«, befahl er dem Kranken, und der schloss tatsächlich die Augen, während Fionn gebannt bei der Behandlung zusah und sich jedes Wort von Ibn Zakariya einzuprägen versuchte. »Eine Spritze besteht aus Silber oder Elfenbein und hat ein langes, dünnes Rohr. Der hohle Teil, der den Kolben enthält, ist genau von der notwendigen Größe, damit er davon verschlossen wird, sodass eine Flüssigkeit hochgesaugt wird, wenn man ihn hochzieht. Wenn man ihn hingegen herunterdrückt, wird sie in einem Strahl hinausgetrieben.« Ein Wimmern trat über die Lippen des Mannes, sonst nichts. »Ich bin sicher, morgen kannst du wieder richtig sitzen«, sagte der Arzt, sobald er fertig war.

Der Mann schlug die Augen wieder auf. »Wie viel schulde ich dir?«

Ibn Zakariya musterte ihn flüchtig. Fionn hatte schon manches Mal erlebt, dass der Arzt für die Behandlung eine Menge Münzen einforderte. Bei schlichter Gekleideten wie diesem Kranken erwies er sich jedoch als großzügiger, und tatsächlich erklärte er: »Die Körper werden durch Heilmittel gesund, die Ärzte hingegen durch Geld krank gemacht, weil man durch Reichtum gierig und überheblich wird. Dass du bald keine Schmerzen mehr spüren wirst, ist genug Lohn für mich.«

Während Ibn Zakariya die Spritze reinigte, betrachtete Fionn den Abszess, aus dem etwas Flüssigkeit trat. In Irland hätten Ärzte wohl empfohlen, Saft aus Lauch zu pressen und den Abszess damit einzureiben – zumindest die vernünftigen. Die abergläubischen hätten eher zum Blut einer schwarzen Katze geraten.

»Na los, worauf wartest du«, rief Ibn Zakariya, »verbinde den Abszess!«

Fionn entging nicht, dass er zwar ungeduldig klang, auch streng, jedoch nicht mehr so abfällig sprach wie früher. Er beschimpfte ihn immer noch regelmäßig als Barbar, aber manchmal nickte er anerkennend wie am Vortag, als er ihm beim Anlegen eines Gürtelverbandes helfen musste, dank dem eine gebrochene Rippe zusammenwachsen sollte. Und in der vergangenen Woche war er bei einer Operation dabei gewesen, die einen Mann vom grauen Star befreit hatte. Gewiss, er hatte nichts weiter tun müssen, als den Schreienden festzuhalten, was eine grässliche Pflicht gewesen war. Immerhin konnte er danach wieder deutlich besser sehen – und das war bei Weitem nicht das erste Wunder, das Fionn bisher hatte bezeugen können. Noch allzu gut konnte er sich an das Gefühl tiefer Ehrfurcht erinnern, als Ibn Zakariya ihn ein Jahr zuvor in das *bimaristan*, den »Ort für Kranke«, mitgenommen hatte.

Wurde in Irland jemand krank, wurde er von der Ehefrau oder Mutter gepflegt, sofern er das Glück hatte, eine von beiden zu haben. Hier in Córdoba war es nicht Sache der Familie, es war Sache der Stadt, sich um die Kranken zu kümmern – und das an einem Ort, den Fionn beim ersten Mal für einen Palast gehalten hatte. Allein um dorthin zu gelangen, durchschritt man schattenspendende Haine und Obstgärten, und der Innenhof, den man schließlich erreichte, war mit schönen Skulpturen und Ornamenten geschmückt. In der Mitte befand sich ein mit weißem Marmor ausgelegtes Wasserbecken, das ein System von Kanälen speiste. Dieses wiederum versorgte das Dampfbad ebenso mit frischem Wasser wie die vielen Springbrunnen. In den Krankensälen – die Wände waren mit Baumwolle, Seide oder Leinen bespannt – wurden die Kranken nicht zusammengepfercht, nein, entsprechend ihres Geschlechts, aber auch ihrer Beschwerden getrennt. Der Kalif von Córdoba bezahlte für jene, die sich selbst keine Behandlung und erst recht keinen Aufenthalt im *bimaristan* leisten konnten – und zwar nicht nur für solche, die seinen Glauben teilten, auch für Christen und Juden. Diese fand man ebenso unter der Ärzteschaft, die die Liebe zur Wissenschaft teilten.

Nachdem Fionn den Abszess verbunden hatte, trat er nach draußen und erkannte zu seiner Freude, dass er an diesem

Tag noch mehr würde lernen können, hatte sich im Innenhof doch ein halbes Dutzend junger Studenten um Ibn Zakariya versammelt. Sie waren häufig im Haus der Kranken anzutreffen, hatten immer Schriftrollen dabei, ihre größten Schätze. Einer breitete eben eine solche aus und fragte Ibn Zakariya, was von der Behauptung des berühmten Arztes ar-Rāzī zu halten sei, dass ein Mann an Schnupfen erkrankte, nur weil er an Rosen gerochen hatte.

»Ich habe dergleichen noch nie beobachtet«, schloss der junge Mann.

Unauffällig gesellte sich Fionn zu ihnen. Am Anfang hatte man ihm noch manch neidischen Blick zugeworfen, da man ihn für einen Schüler hielt, den der berühmte Ibn Zakariya unter die Fittiche genommen hatte. Doch mittlerweile entging keinem der Studenten, dass der *hakim* ihn wie einen Sklaven behandelte und ihm nur die niedersten Aufgaben zukamen.

»Nur weil man etwas nicht selbst gesehen hat, bedeutet es nicht, dass es nicht wahr ist«, erklärte Ibn Zakariya. »Viele haben Córdoba nicht gesehen, was nicht heißt, dass die Stadt nur ein Trugbild ist. Es stellt sich lediglich die Frage, ob wir dem Zeugen, der von einer Sache berichtet, tatsächlich trauen können. Und selbst wenn wir es tun, müssen wir es überprüfen. Solange ich nur davon gehört habe, *glaube* ich, dass manche Menschen an Schnupfen erkranken, weil sie den Duft von Rosen oder anderen Blumen oder schlichtweg von Gräsern eingeatmet haben. Erst wenn ich es mit eigenen Augen sehe, *weiß* ich es – desgleichen man an Allah zu Lebzeiten nur glauben kann, erst in der Stunde, da man ihm von Angesicht zu Angesicht gegenübersteht, kann man wissen, dass es ihn gibt.«

Die Blicke der Studenten waren auf Ibn Zakariya gerichtet, während Fionn hartnäckig auf den Boden starrte, um keine

Aufmerksamkeit auf sich zu ziehen. Deswegen bemerkte er nicht, dass sich ihrem Grüppchen jemand näherte. Plötzlich ließ sich jedoch eine Stimme vernehmen – nicht laut und dennoch schneidend.

»Willst du etwa behaupten, das Wissen habe mehr Wert als der Glaube und die Wissenschaft mehr Wert als die Religion?«

Fionn fuhr herum. Der Mann, der auf sie zutrat, schien nicht viel älter als die anderen Studenten zu sein, aber sein Bart war pechschwarz und fast so lang wie der weiße von Ibn Zakariya. Schwarz war ebenso seine Kleidung. Das unterschied ihn nicht von den anderen Ärzten, umso mehr tat es dagegen der schwarze Turban. Er wies ihn als *faqīh* aus, als Gesetzeslehrer. Was ein solcher genau machte, wusste Fionn nicht, nur, dass er nie einen von ihnen im Haus der Kranken gesehen hatte. Auch die Studenten schienen über das unerwartete Erscheinen erstaunt und begannen zu tuscheln. Ibn Zakariya hob seine Hand, um sie zum Schweigen zu bringen, und setzte selbst jenes Lächeln auf, von dem nie recht klar war, ob es Selbstbewusstsein oder Herablassung verriet und das jetzt überdies ein wenig gequält ausfiel.

»Jamal ad-Din«, nannte er den Namen des anderen. Verglichen mit dessen Stimme klang seine samtig, und doch schwang etwas mit, das Fionn sich nicht recht erklären konnte. War es Enttäuschung? Ärger? Trauer? Aber verbot sich der *hakim* solche Gefühle nicht, weil sie ihm als nutzlos erschienen?

Die Gefühle des Jamal ad-Din waren offensichtlich. Mit verkniffener Miene herrschte er den *hakim* an. »Hat die Wissenschaft für dich nun also größeren Wert als der Glaube?«

»Ist das überhaupt ein Gegensatz?«, gab Ibn Zakariya zurück und rang sichtlich um Gelassenheit. »Ein Wissenschaftler ist angehalten, alle vermeintlichen Gewissheiten zu überprüfen, aber an manches muss er glauben, weil er es noch nicht beweisen kann. Der Gläubige wiederum muss ständig seinen Glauben überprüfen, was nicht heißt, dass es nicht Dinge gibt, die er wissen kann. Überdies hängt die Antwort der Frage davon ab, wo sie gestellt wird. In einem *bimaristan* suchen die Menschen einen guten Arzt, in der Moschee suchen sie Allah.«

»Das heißt, in einem *bimaristan* ist Allah nicht?«

Ein Lodern stand in Jamal ad-Dins Blick, das diesen nicht in geringster Weise wärmte. Ibn Zakariya tat so, als würde er es nicht bemerken, nur am Zucken seiner Oberlippe erkannte Fionn, dass ihm die Heftigkeit der Worte Jamal ad-Dins zusetzte.

»Allah ist überall«, sagte er leise, »und hier im *bimaristan* wirkt er durch die Ärzte.«

»Ach was!«, entfuhr es dem anderen, »Allah benötigt keine Ärzte, um zu wirken. Und ein kranker Mensch braucht keine Ärzte, wenn sein Glaube stark genug ist. In diesem Fall würde er sich allein auf seine Bittgebete verlassen. Oder denkst du, solche sind nutzlos?«

»Ich würde die Macht von Arzneien, ob einfachen oder zusammengesetzten, nie über die Macht des Bittgebets stellen. Nur kann ich mir vorstellen, dass das Bittgebet etwas schneller erhört wird, wenn der Mensch brav seine Medizin zu sich nimmt.«

Ein Fauchen entfuhr Jamal ad-Din, das ein wenig wie das von Muezza klang, als Fionn ihr einmal auf den Schwanz gestiegen war. »So sagst du also, dass der Mensch Einfluss darauf hat, ob er von Allah erhört wird oder nicht? Dass er auch Einfluss darauf hat, ob er krank oder gesund wird, obwohl es in der Schrift heißt, dass Allah allein die Macht hat, den Menschen krank oder gesund zu machen?«

»Die Gesundheit ist in der Tat ein Geschenk Allahs. Aber des Menschen Pflicht ist es, sie zu erhalten, indem er richtig isst und schläft und sich bewegt. Und meine Aufgabe als Arzt ist es, die Menschen das zu lehren und im Notfall die Gesundheit wiederherzustellen.«

»Pah! Die wahre Gesundheit besteht in der Unterlassung von Sünden.«

Nicht nur Ibn Zakariyas Oberlippe zuckte wieder, desgleichen seine Schultern. »Auch gerechte Menschen werden manchmal von schrecklichen Krankheiten geschlagen. Ein frommes Leben kann nicht vor Ansteckung bewahren.«

»Ansteckung?«, rief Jamal ad-Din und trat noch näher. Fionn entging nicht, dass ein Teil der Studenten zurückwich, die anderen scharten sich noch enger um den Arzt. Unwillkürlich fühlte er Verachtung für Erstere – obwohl er doch selbst Abstand wahrte, sich hartnäckig sagte, dass ihn dieser Disput nichts anging. »Ansteckung?«, fragt Jamal ad-Din wieder. »Der Prophet hat deutlich erklärt, dass es so etwas wie Ansteckung nicht gibt. Man wird nicht krank, weil man einem Kranken zu nahe gekommen ist, man wird krank, weil Allah es so will.«

»Mag sein, dass man eine Stelle des Korans so auslegen kann«, erwiderte Ibn Zakariya. »In einer anderen Sure aber wird verlangt, dass der Mensch Himmel und Erde studiert, um den Beweis für den Glauben zu finden, dass der Mensch von der Wiege bis zum Grabe nach Wissen streben sollte, solcherart auf Allahs Weg wandelt und dieser geradewegs zum Paradies führt. Ich folgte diesem Weg beharrlich, indem ich behaupte, dass es so etwas wie Ansteckung gibt. Ihre Existenz steht fest durch Erfahrung, Studium, Sinneswahrnehmung, Beobachtung, folglich durch … freies Denken.«

»Es gibt Dinge, die man nicht denken kann. Der Mensch ist klein, Allah ist groß.«

»Nein, der Mensch ist groß, Allah ist größer.«

Jamal ad-Din trat noch einen Schritt näher, und Fionn tat das unwillkürlich auch, um zu verstehen, wie Ibn Zakariyas Widersacher raunte: »Du bist also der Meinung, wenn du lange genug etwas beobachtest, lässt sich daraus ein Gesetz ableiten. Ich aber sage, das ist vermessen. Du denkst, wenn ein Mensch gesund wird, nachdem er eine Arznei zu sich genommen hat, liegt es an der Arznei. Ich aber sage, es liegt allein an Allah. Nur weil eine Sache auf die andere folgt, ist das kein Beweis dafür, dass erstere der Grund für zweitere ist. Allah ist groß, ist größer, ist allmächtig, und weil er das ist, brennt das Feuer nicht, weil du es mit Holz fütterst, sondern weil Allah es jede Sekunde als brennend erschafft. Und eine Frau wird nicht schwanger, weil ein Mann sie beschläft, nein, weil Allah das Kind wachsen lässt. Und gebrochene Knochen wachsen nicht wieder zusammen, weil du eine Schiene anlegst, nein, weil Allah es so befiehlt. Und wenn du hungrig bist und etwas isst, so bist du hinterher nicht satt wegen der Speisen, die du zu dir nimmst, sondern weil Allah …«

»Das ist doch blanker Unsinn!«

Fionn gewahrte erst, dass er seine Gedanken laut ausgesprochen hatte, als alle zu ihm herumfuhren. Manche Studenten musterten ihn entsetzt, andere belustigt. Ibn Zakariyas Blick war rätselhaft wie nie, weil frei von der üblichen Herablassung, wohingegen Jamal ad-Dins Augen kalt wirkten, überdies zwei schwarzen Scheiben glichen, die nichts spiegelten, ganz so, als hätten die Augen nicht den Zweck, die Welt zu sehen, sich an ihr zu erfreuen, sie zu erforschen, nein, als wären sie eine Mauer, die vor ihr schützt. Der Blick glitt über

Fionns Gestalt und blieb bei seinem kurzen Gewand hängen, das dem der Handwerker und Bauern gleich war.

»Wer wagt es, mir zu widersprechen?«, fragte der Gesetzeslehrer gedehnt.

»Wer sagt, dass er dir widerspricht?«, mischte sich Ibn Zakariya ein. »Wenn man nicht friert, weil man in der Kälte hockt, sondern weil Allah es so will, sagt man auch keine Worte, um den anderen lächerlich zu machen, sondern weil Allah sie einem eingibt, nicht wahr?«

Einige Studenten lachten leise, und kurz waren Jamal ad-Dins Augen nicht wie ein Schild, kurz entblößte sich seine verletzte Seele.

»Lacht nicht!«, zischte er.

»Warum denn nicht?« Jäh wurde Ibn Zakariyas Stimme schneidend. »Bei Allah ist alles endlos – die Barmherzigkeit, die Geduld, selbst der Humor. Ich fürchte, ich bin damit nicht ähnlich reich gesegnet.« Er wandte sich von Jamal ad-Din ab, richtete seinen Blick stattdessen auf die Studenten. »›Bemitleidet diese drei‹, hat der Prophet gesagt. ›Den Reichsten seines Volkes, wenn er verarmt, den Mächtigsten seines Volkes, wenn er erniedrigt wird, und einen Gelehrten, mit dem sich die Dummen amüsieren.‹«

Jamal ad-Din stampfte mit dem Fuß auf, und Fionn konnte die wüste Beschimpfung, die ihm wohl auf der Zunge lag, geradezu hören. Allerdings schien der Gesetzeslehrer zu ahnen, dass er sich noch mehr erniedrigen würde, stieße er sie aus. Er kniff die Lippen zusammen, sein Blick wurde wieder schwarz und tot, und wortlos rauschte er davon.

Die Studenten schauten ihm schweigend nach, Fionn hatte seine Zunge nicht so gut unter Kontrolle. »Lieber Himmel, wer war denn das?«

Auch Ibn Zakariya starrte dem anderen nach, doch anders

als erwartet, nicht voller Triumph, ihn in die Flucht geschlagen zu haben – nein, erneut mit einem Ausdruck, den Fionn nie an ihm gesehen hatte und der ganz deutlich … Trauer verriet. Dies ließ ihn noch neugieriger der Antwort harren, doch Ibn Zakariya fand seine Fassung wieder und grinste.

»Warum hast du mich verteidigt?«, gab er zurück.

Fionn stieg Hitze in die Wangen. »Ich habe nicht dich verteidigt, sondern … die … die Logik.«

»Ah«, machte Ibn Zakariya und tat, als wäre er vollkommen überrascht. »Ausgerechnet ein Barbar wie du hat Sinn für Logik?«

Fionn straffte sich. »Ich mag ein Barbar sein, dennoch bin ich gewiss nicht so dumm wie dieser Mann.«

Ibn Zakariyas Gesichtsausdruck wandelte sich erneut blitzschnell – und wiederum auf eine Weise, wie Fionn es nicht hatte kommen sehen. Aus der Trauer wurde … Wut. »Wag es nie wieder, Jamal ad-Din dumm zu nennen«, knurrte er. Fionn verstand die Welt nicht mehr. Genau das hatte Ibn Zakariya doch gerade selbst getan. Warum hatte das erst jenen Kummer erzeugt, dann den Zorn? »Jamal ad-Din ist der Schüler eines bekannten Rechtsgelehrten von Córdoba«, fuhr Ibn Zakariya etwas gemäßigter fort. »Al-Asaili ist dessen Name, und auch er ist gewiss kein dummer Mann. Aber ich kann mich an keinen Tag erinnern, da dieser nicht mein Feind war. Unter dem Kalifen al-Hakam wurde die Wissenschaft geschätzt, jetzt gibt es leider viele Bewohner Córdobas, die al-Asailis Worten folgen, und der hat vor nicht langer Zeit etliche Bücher aus der großen Bibliothek verbrennen lassen – nicht, weil sie diese nicht verstehen, nein, weil diese angeblich unserem Glauben widersprechen. Es waren Bücher über Philosophie, über Naturwissenschaft und Medizin.« Er klang so, als spräche er von der Hinrichtung eines geliebten

Menschen, und Fionn hätte gern ein Wort des Trostes gesagt oder zumindest beteuert, wie gut er ihn verstand. Doch schon wurde Ibn Zakariyas Miene wieder herablassend. »Aber was sage ich das einem wie dir! In deinem Land gibt es ja keine Sammlung an Büchern, die umfangreich genug wäre, sie Bibliothek zu nennen. Also … geh!«

Fionn unterdrückte ein Seufzen. »Gibt es etwa irgendwo einen Abort zu reinigen?«, fragte er verdrossen.

»Nein, ich habe einen anderen Auftrag.«

Als er diesen nannte, hellte sich Fionns Miene auf. Obwohl er für Ibn Zakariya ein Sklave und Barbar war und blieb – der *hakim* war nicht so bösartig, ihm nicht dann und wann eine schöne Abwechslung zu gönnen. Das tat er auch jetzt und bewies somit, dass er ihm für seine Einmischung durchaus dankbar war, selbst wenn er sich wohl eher die Zunge abgebissen hätte, als das zuzugeben.

Fionn kannte die Stadt, in der er lebte, mittlerweile gut.

Er wusste, wo sich die Backstube befand, in der das beste Brot gebacken wurde, durch welches Metallgitter, das die Küche belüftete, der Duft von Lammbraten mit Minze hochzog, oder wo süße Köstlichkeiten – in Öl, gesalzener Butter und Eier gebacken und in Zucker oder Honig getränkt – feilgeboten wurden. Doch jedes Mal gab es Neues zu entdecken, wenn er wie heute die breite Straße, die zum Brückentor führte, beschritt – die wunderlichen Waren des Amulettverkäufers, der eben einen ausgestopften Vogelkopf hochhielt, den Schattenspieler, der mit seinen bloßen Händen die merkwürdigsten Tiere auf einem Stück weißen Leinens zum Leben erweckte, Dichter oder Sklavinnen, die hinter durchsichtigen Gardinen saßen und Laute spielten. Er ließ sich aber nicht aufhalten, drängte sich an den Sattlern und Siebmachern, Schneidern und Buchhändlern, die unter Torbögen ihre Ware anpriesen, vorbei, zuckte auch nicht wie früher zusammen, als der Ruf des Muezzins ertönte, schlug nicht einmal mehr ein Kreuz. Wenn Ibn Zakariya ihn mit Heilmitteln losschickte, so führten diese Wege ihn meistens zu den Hütten der Armen, die der *hakim* ungern selbst betrat. Nur aus den Balken von Palmstämmen waren sie errichtet und im Sommer so heiß, dass die Familien nachts auf dem flachen Dach schliefen, doch an diesem Tag war ein prächtiges Landhaus sein Ziel, ein *munyat*. Wie sein Name sagte, lag es außerhalb der Stadt, sogar noch außerhalb der Vorstädte – nicht weit von jenen Hügeln entfernt, auf denen Weinreben wuchsen und wo die kleinen weißen Häuser inmitten der vielen Gärten wie in Smaragde eingelassene Perlen anmuteten. In jenem *munyat* jedenfalls lebte Esther – die Frau, die sich in einer seiner dunkelsten Stunden als das Hellste erwiesen hatte –, bis vor Kurzem mit ihrem Mann Yussuf, nach dessen Tod ganz allein.

Fionn genoss die kühle Luft, als eine Dienstbotin ihn einließ. »Bringst du Bienenwachs und jenes Öl, das aus den Nüssen des Moringa-Baumes gepresst wird?«, fragte sie.

Fionn hatte nicht überprüft, was Ibn Zakariya ihm mitgegeben hatte, nickte aber.

Das erste Mal, als er in das Landhaus geschickt worden war, hatte er wirklich Medizin gebracht – damals noch für Yussuf, der im Sterben gelegen hatte und den man, so Ibn Zakariya, zwar nicht mehr heilen, hingegen die Schmerzen hatte nehmen können. Dass nach Yussufs Tod die Botengänge nicht aufhörten, hatte Fionn zunächst verwundert, schien Esther doch nicht gleichfalls zu kränkeln, im Gegenteil. So begeistert wie sie zuvor schon mit Stoffen gehandelt hatte, machte sie nach dem Tod ihres Mannes überdies Geschäfte mit Stofftapeten, Vorhängen, Seidenkleidern und

Schönheitsmitteln. Mittlerweile hatte er herausgefunden, dass Ibn Zakariya wie viele Ärzte nicht nur Medizin, sondern auch Letztere herstellte.

Nicht dass er zugegeben hätte, Schminke diene allein der Schönheit. Er behauptete, die Paste aus Rindertalg schütze vor dem trockenen Wind und beuge Ekzemen vor, das Henna, mit dem auf Frauenhände Muster gemalt wurden, stille jeglichen Juckreiz und das Pulver aus Perlmutt und geriebenen Eierschalen mache die Zähne nicht nur strahlend weiß, es halte sie auch sauber und somit gesund.

»Am besten du bringst die Ware selbst zur Herrin«, sagte die Dienerin und deutete auf die Treppe, die zum flachen Dach führte.

Schon als er die erste Stufe betrat, hörte er jene Glöckchen klingeln, die Esther sich gern an ihre Seidenschals nähen ließ, obwohl man hierzulande eher Esel als Menschen damit schmückte. Tatsächlich trug die Witwe einen solchen Schal – anders als bei seinem letzten Besuch jedoch *nur* einen solchen, und er war aus durchscheinendem Stoff. Deutlich zeichneten sich Esthers rosige Rundungen ab.

»Gütiger Gott«, entfuhr es ihm, und er schlug hastig die Augen nieder.

Gemächlich blickte sie hoch, wirkte nicht ertappt, nur erfreut, ihn zu sehen. »So viele Menschen rufen hier ständig ihren Gott an – kannst du mich da nicht als das bezeichnen, was ich bin, nämlich eine schöne Frau?« Fionn hielt den Kopf beharrlich gesenkt. »Betrachtest du wirklich lieber sieche Leiber als blühende?«

Vorsichtig blickte er hoch. Nicht zum ersten Mal fühlte er ob Esthers Anblick – sie war keine makellose Schönheit, sondern eine Frau, die schon gelebt, auch gelitten, hingegen nie aufgehört hatte, dem Alltag die schönen Seiten abzutrotzen –

ein Ziehen im Unterleib, das er verräterisch nannte und für das er sich verachtete, weil er es zum ersten Mal empfunden hatte, als Ennis gestorben war.

Mehr um sich selbst als sie zu bestrafen, fuhr er sie schroff an: »Mit solcher Schamlosigkeit bringst du nicht nur dich selbst in Verruf, sondern auch alle Frauen deiner Herkunft.«

Esther zupfte den Schleier zurecht, sodass er nunmehr jedes Fleckchen Haut bedeckte, doch da er durchsichtig war, machte das kaum einen Unterschied.

»Was für ein Unsinn!«, rief sie. »Ein jeder hat dafür geradezustehen, was er tut – oder was er eben nicht tut. Warum sollte man die Sünden oder Ruhmestaten seines ganzen Volkes auf sich nehmen?«

Sie beugte sich vor, sodass nicht nur die Glöckchen ein Klingeln, auch die großen Ohrringe ein Rasseln von sich gaben.

»Dennoch ist es gegen jede Sitte, dass eine Frau halb nackt einen Mann empfängt, mit dem sie nicht verheiratet ist«, hielt er entgegen.

»Gewiss. Aber du weißt doch, dass ich immer sage, dass ich zuerst Mensch bin, dann eine Frau und zuletzt erst Jüdin. Es mag Gebote geben, die nur für Juden gelten, desgleichen Christen und Muslime eigene haben, was man zu essen oder wie man zu beten hat. Und es mag Gebote geben, die nur für Frauen gelten, nicht auch für Männer, zum Beispiel, dass man gehorsam sein muss, bescheiden und leise. Sollte es nicht ebenso Gebote geben, die für alle Menschen gelten? Dass man freundlich zueinander ist, anstatt sich mit Hass zu begegnen, dass man sich lieber ein Lächeln schenkt, als dass man sich schmäht, dass man das Leben des anderen achtet, nicht darauf tritt, dass man den anderen befreit und nicht versklavt? Wenn diese Gebote eingehalten werden, das schwöre ich dir, dann will ich gern anfangen, eine gute Frau und Jüdin zu sein. Bis dahin aber werde ich einzig dafür sorgen, dass auf dieser Welt, in der so viel Schlimmes geschieht, auch Schönes seinen Platz findet. Wenn du mit zusammengepressten Lippen vor mir stehst, bist du leider nicht so schön, wie du mit einem Lächeln sein könntest.«

Fionns fester Wille geriet ins Schwanken. Wenn er ehrlich war, war seine Strenge nur gespielt. Schon der Anblick ihres rot geschminkten Mundes bewirkte bei ihm Ähnliches, wie der Anblick einer Feige bei einem Hungernden. Dass er dennoch Abstand hielt, lag am Ende nicht daran, dass er Esther mangelnde Tugend vorwarf, vielmehr sich selbst mangelnde Treue.

»Es tut mir leid«, sagte er, »aber bei deinem Anblick muss ich daran denken, wie mein Bruder starb … wie so viele andere Männer immer noch sterben müssen … Nicht ruhmvoll, nein, auf schmähliche, schändliche Weise und …«

»Ich habe damals versucht, deinen Bruder zu retten.«

»Du hast mir lediglich deine Ohrringe gegeben … oder nicht verhindert, dass ich sie nehme. Und die waren gewiss mit jenem Geld gekauft, das dein Mann mit diesem scheußlichen Geschäft verdient hat.«

»Ich verdiene mein Geld schon lange selbst, indem ich mit Stoffen handle.«

»Und woher hattest du deine ersten Stoffe, wenn nicht von Yussuf?«, fuhr er sie an. Etwas gemäßigter, gleichwohl immer noch grimmig fuhr er fort: »Dein Mann hat die Gebote der Menschlichkeit nicht geachtet. Am Ende wollte er selbst mich, selbst mich …« Er musste abbrechen, erinnerte sich jäh überdeutlich an die kalte Klinge an seinem Oberschenkel, vermeinte, dass jene in seine Zunge schnitte, spräche er davon.

»Du hasst Yesoaph also über seinen Tod hinaus«, stellte Esther fest. »Dabei war gerade ihm dieses Geschäft so widerwärtig. Warum, glaubst du, lief er stets mit dieser sauertöpfischen Miene herum?«

»Niemand hat ihn gezwungen, Sklavenhändler zu werden und mit Eunuchen zu handeln!«

»Stimmt, gezwungen werden kann man nur zum Sterben, und wer dazu bereit ist, ist ein Heiliger. Doch wir gewöhnlichen Menschen wollen nun mal leben, und wenn man hier als Jude geboren wurde und dann erst als Mann oder gar als Mensch betrachtet wird, ist das nicht immer einfach. Ich will mich nicht beklagen. In keiner Stadt außer Córdoba lebten so viele Generationen nacheinander, die den Schrecken der Verfolgung nicht kennengelernt haben. Aber das ändert nichts daran, dass wir vielen Berufen nicht nachgehen dürfen, anderen hingegen nachgehen *müssen*. Schon Yesoaphs Vater hat mit Eunuchen gehandelt und das mit gleichem Widerstreben.«

»Yesoaph … Yussuf hat seinen Glauben verraten.«

»Und warum tat er's wohl, wenn nicht in der Hoffnung, endlich mit etwas anderem Handel treiben zu können? Er wollte nur noch ein bisschen Geld sparen, um sich ein eigenes Schiff zu kaufen, und jenes, mit dem du aus dem Norden kamst, sollte die letzte Fuhre an Sklaven bringen, die er jemals verkaufen würde. Dass alle außer dir starben, machte ihn nicht zornig und verdrossen, wie du meinst, es machte ihn verzweifelt. Und erst recht verzweifelt war er, als er wenig später krank wurde und ihm aufging, dass er sich umsonst von seinem Glauben losgesagt und mit seiner Ehefrau nur noch wie mit einer Schwester zusammengelebt hatte.« Fionn war nicht sicher, ob er ihr glauben konnte … glauben wollte. »Weißt du, nicht immer tut man etwas mit böser Absicht und doch geschieht es«, fuhr sie fort. »Nicht immer führt ein Plan, ein gemeines Trachten zu etwas Scheußlichem, oft sind es nur Zufälle, unglückselige Verstrickungen. Genauso gut kann aber aus den Launen des Schicksals etwas Gutes hervorgehen. Du denkst vielleicht, ich hätte mich halb nackt auf das Dach gelegt, weil ich ahnte, dass du kommen würdest, tatsächlich bin ich nur etwas verschwitzt gewesen. Weshalb nutzt du die Gelegenheit nicht, mich zu betrachten? Du nutzt doch auch jede Gelegenheit, alles über die Heilkunst zu erlernen, warum sonst hast du mich in den letzten Monaten immer nach den Bestandteilen meiner Schönheitsmittel befragt?«

Ihm war nicht klar gewesen, dass sie sein geheimes Trachten, irgendwann selbst ein *hakim* zu sein, durchschaut hatte. Kurz fühlte er sich entblößt, aber da sie ihm Körper und Seele längst bereitwillig offenbart hatte, war es nicht peinvoll, eher eine Wohltat, ganz und gar er selbst sein zu können. Dennoch … Gerade weil sie in ihm nicht nur den Sklaven sah, wurde ihm bewusst, dass er noch lange kein freier Mann war.

»Ich … ich bin verheiratet«, sagte er plötzlich, als sie sich erhob, auf ihn zutrat.

»Aber wer immer deine Frau ist … sie ist nicht hier, du wirst sie wohl nie wiedersehen.«

Sie trat noch näher, nicht länger kitzelte ihn nur ihr Schleier, auch ihr lockiges Haar, mit gleichem Henna gefärbt wie ihre Handinnenflächen. Es hatte gerade so viel und so wenig mit Ríonas gemein, dass Erinnerungen erwachten, jedoch nur an ihren Schatten, lautlos und bleich und nicht fähig, von sich aus etwas zu tun. Dieser Schatten hatte nicht die Macht, sich zwischen Esther und ihn zu schieben, nicht die Macht, sein Begehren zu mindern. Auf Esthers üppigen Leib richtete es sich, auf das Leben, auf diese unglaubliche Stadt, auf das Wissen, auf den Reichtum. Ich selbst will nicht länger ein Schatten sein!, schrie es in ihm.

Noch lauter war der Schrei, der plötzlich von unten ertönte und der nicht nur ihn, auch Esther zusammenzucken ließ.

»Wer war das?«, entfuhr es ihr. »Besser du siehst nach! Ich bin nicht im rechten Zustand, das Haus zu verlassen.«

Er stürmte die Treppe hinunter, lief wenig später ins Freie, sah, wer da auf das *munyat* zugerannt kam. Sie war die Letzte, die er hier erwartet hätte – Ramira, Ibn Zakariyas schöne Kalligrafin, die er fast nie außerhalb der Bibliothek sah und wenn, dann höchstens in der Küche oder in seiner Kammer, wo sie ihm Arabisch beibrachte. Noch nie hatte er sie rennen sehen, nun tat sie es so schnell, dass ihr der Atem fehlte, auch nur ein Wort hervorzubringen, als sie ihn erreichte. Der leichte Atlasschleier, den sie für gewöhnlich fest um den Kopf geschlungen trug, hatte sich etwas gelöst, und eine Haarsträhne fiel ihr ins Gesicht. Es war ein betörender Anblick, der fast noch stärkere Gefühle hervorrief als Esthers Locken, doch schon im nächsten Moment verging ihm alles Wohlbehagen. In Ramiras Gesicht stand blankes Entsetzen.

Natürlich, es musste etwas Schlimmes passiert sein, sonst hätte sie das Haus nie verlassen. Sie würde auch nicht zulassen, dass sich der Schleier löste, sich zudem das Ledersäckchen, das sie wie ein kupfernes Tintenfässchen an ihrem Gürtel trug, öffnete und der blaue, fein gesiebte Sand auf den Boden rieselte. Und er nahm nicht nur Blaues wahr, auch etwas Rotes … Blut. Ramiras Hose war damit getränkt, er sah es an ihrer Wange, desgleichen an der Hand, die hochfuhr, um den Schleier festzuhalten. Die andere trug etwas … trug *jemanden*. Muezza.

Nicht die junge Kalligrafin war es, die verletzt worden war und sich mit letzter Kraft zu ihm rettete, wie er kurz befürchtete, es war Ibn Zakariyas Katze, aus deren Leib das Blut sickerte.

»Ibn Zakariya konnte mir gerade noch sagen, dass du hier bist, ehe sie ihn fortbrachten«, stieß sie endlich aus. »Muezza … die arme Muezza … kannst du ihr helfen?«

Muezza war jenes Mitglied in Ibn Zakariyas Haushalt, das Fionn am deutlichsten zeigte, dass er nur ein Sklave war. Wobei sie wohl eigentlich alle Menschen für Sklaven hielt – und zwar für ihre höchstpersönlichen. Eine Königin hätte nicht hoheitsvoller durch das Haus schreiten können, und wenn überhaupt, ließ sie sich nur von Ibn Zakariya berühren. Sie verkroch sich gern in seinem Ärmel wie die Katze des Propheten es getan hatte, einmal hatte sie sogar den waghalsigen Aufstieg zu seinem Turban unternommen, um sich dort zusammenzuringeln. Als Fionn es hingegen gewagt hatte, bloß mit dem Zeigefinger über ihren Kopf zu streicheln, hatte Muezza gefaucht und die Krallen ausgefahren. Ibn Zakariya hatte die blutenden Kratzer später mit Interesse betrachtet. Man könne davon krank werde, hatte er erklärt, und auch, dass es ihn immer schon fasziniert habe, wie eine solch winzige Wunde den ganzen Körper zum Faulen bringen könne.

Fionn war gesund geblieben, hatte Muezza aber seitdem nie wieder zu streicheln versucht.

Im Vergleich zu Muezza war Ramira ihm stets freundlich begegnet. Wenn er es schaffte, ein Wort richtig zu schreiben, lächelte sie ihn sogar an. In ihren dunklen Augen blieb das Lodern dennoch aus. Er hatte nicht das Gefühl, sie besser zu kennen als am ersten Tag, war hinter der Kalligrafin doch nie die Frau zu wittern. Manchmal fragte er sich, ob sich ihre Haut wohl wie Papier anfühlte, und ob sie zu berühren das gleiche Geräusch verursachen würde wie die kratzende Feder. Welche Laute würde er am liebsten hören? Ein Lachen, ein Lied, ein lustvolles Seufzen?

Was er ganz sicher nicht hören wollte, war das trockene Schluchzen, das Ramira jetzt ausstieß.

»Was ist geschehen?«, rief er.

»K … k … kannst du Muezza retten?«

Fionn nickte bereits, ehe ihm aufging, wie vermessen diese Zusage war. Der *hakim* selbst hatte Ramira gewiss nicht grundlos zu ihm geschickt, und falls doch, so wusste er plötzlich: Er konnte sie retten, er wollte sie retten, um seiner selbst und Ramiras willen und ein wenig auch um Muezzas willen, die, wie er nun erkannte, eine Bauchverletzung hatte. Leider war es nicht nur ein oberflächlicher Riss, den man schnell wieder nähen konnte. Als er die Wunde betastete, fiel ihm eine Darmschlinge entgegen – und auch diese war gerissen. Nun, es war zu spät, das Versprechen zurückzunehmen.

Hastig presste er ein Stück Baumwolle auf die Wunde und gewahrte erst später, dass die mittlerweile angekleidete Esther es ihm gereicht hatte. Das wäre ein Spaß gewesen, wäre sie halb nackt zu uns getreten, ging ihm noch durch den Kopf. Es war das Letzte, was er dachte, ehe er sich ganz auf Muezzas Behandlung konzentrierte. Und gerade weil er darüber nicht nachsann, ging ihm das, was er Ibn Zakariya schon zweimal bei einer ähnlichen Verletzung hatte tun sehen, erstaunlich leicht von der Hand.

Er hatte Muezza im Haus auf einem Tischchen abgelegt, untersuchte den Bauch nun noch gründlicher. Nur ein kleiner Teil des Darmes war verletzt, die anderen Organe schienen heil.

»Ich brauche einen reißfesten Faden, eine Nadel und ein Stück Gänsegurgel.«

»Gänsegurgel?«, fragte Esther.

»In meiner Heimat verwendet man Schweinedarm, aber Schweine werden hier ja nicht geschlachtet«, sagte Fionn.

»Mir genügt ein kleines Stück, nur muss es ausgekocht sein. Ich werde es dort einsetzen, wo der Darm gerissen ist.«

Esther verschwand. Er war nicht sicher, wie lange es dauerte, bis sie zurückkehrte, und wo sie die Gänsegurgel beschafft hatte. Erst recht wusste er hinterher nicht, wie lange es gedauert hatte, die Blutgefäße an den Stellen abzubinden, aus denen Muezza blutete, und die zerstörte Haut abzuschneiden. Schweiß brach ihm aus, er konnte ihn sich nicht von der Stirn wischen, aber plötzlich fühlte er Ramiras Hand, die darüberfuhr. Ihre Haut war rauer, als er erwartet hätte, und voller Schwielen, die sie wohl vom Schreiben hatte.

Auch ein Wesen wie sie kann also nicht leben, ohne dass es Spuren hinterlässt ... Nur weil ihre Haut glatt ist, ist es nicht ebenso ihre Seele.

Viel zu früh zog sie ihre Hand zurück, und er konzentrierte sich darauf, die Gänsegurgel zurechtzuschneiden, sie an den Darm zu nähen, die Bauchdecke zu schließen – mit einer Nadel aus Elfenbein und einem dünnen Faden, der wohl aus einer Sehne hergestellt worden war. Zuletzt tauchte er Leinen in einen Sud aus Lauge und Weihrauch, den Esther ihm hatte zubereiten lassen, und legte es auf die Wunde. Ob das half, wusste er nicht, aber Ibn Zakariya hatte einmal gemeint, diese Mittel hätten eine ähnliche Wirkung auf Wunden wie Wein – sie sorgten dafür, dass sie nicht brandig wurden. Das alles ließ die Katze schwach atmend und ohne Gegenwehr über sich ergehen.

Am Schluss überprüfte er ihren Herzschlag, hörte ihn nicht, denn Esther rief: »Die Männer haben Ibn Zakariya einfach mitgenommen? Wer waren sie? Und warum haben sie Muezza verletzt?«

Fionn blickte hoch, sah Ramira an.

»Es waren Männer des Wesirs«, erwiderte sie. »Sie haben

Ibn Zakariya tatsächlich einfach mitgenommen. Und als Muezza ihm nachlief, hat man ihr einen Tritt versetzt.«

»So spitz, wie viele Schuhe hierzulande sind, wundert es mich nicht, dass sie dabei schwer verletzt wurde«, murmelte Fionn.

Ramira nickte verstört. »Der Prophet sagt, dass jeder, der eine Katze tötet, siebzehn Moscheen errichten muss, um diese schwere Sünde wiedergutzumachen«, sagte sie.

»Nun, wie mir scheint, ist die Katze ja nicht tot«, bemerkte Esther. Tatsächlich vernahm Fionn nun doch einen Herzschlag – wenn auch nur kurz. »Was wollten die Männer des Wesirs wohl von Ibn Zakariya?«, sinnierte Esther indes.

Fionn wusste mittlerweile, dass Hischam, der gegenwärtige Kalif von Córdoba, ein schwacher, kränklicher Mann mit dem Geist und Gemüt eines Kindes war und dass die eigentliche Macht in den Händen seines Wesirs, dem Inhaber des wichtigsten aller Hofämter, lag. Dieser Wesir war es, der regierte, der wichtige Positionen besetzte, ausländische Diplomaten empfing, Kriege führte und bei Schlachten dem Heer immer voranritt. Er war es auch, der sich gern mit Gesetzeslehrern gutstellte, um seine Macht zu sichern. Gesetzeslehrern wie Jamal ad-Din.

Genau dessen Name fiel soeben. »Die Männer wurden von Jamal ad-Din begleitet«, berichtete Ramira. »Anscheinend … anscheinend steckt der hinter allem.« Sie ließ gequält ihren Atem entweichen. »Wie kann er Ibn Zakariya das bloß antun? Immerhin ist er … war er … sein … sein …«

Sie geriet ins Stammeln, und obwohl Fionn gern gewusst hätte, wie der Satz geendet hätte, beschloss er, sich aufs Wesentliche zu konzentrieren. »Wir müssen herausfinden, wohin man ihn gebracht hat, wir müssen ihn befreien«, erklärte er.

Ramira nickte, machte Anstalten, wieder nach draußen zu stürmen, doch er stellte sich ihr in den Weg. »Nicht du«, sagte er schnell. »Für dich ist es zu gefährlich. Ich werde an deiner Stelle gehen.«

»Aber Muezza …«

»Ich habe alles für sie getan, was ich konnte, und immerhin atmet sie noch.«

»Aber …«

Sie brach ab, doch er fühlte, was sie sagen wollte.

Aber du bist Ibn Zakariya nichts schuldig. Er hat dich immer als einen Sklaven gesehen, schlimmer noch, wie einen Barbaren behandelt.

»Ich sorge dafür, dass er wieder nach Hause kommt«, versprach er schnell.

Das Versprechen war so voreilig wie jenes, das er Ramira zuvor gegeben hatte. Er hatte schließlich nicht die geringste Ahnung, wie Jamal ad-Din die Verhaftung des Arztes hatte erreichen können und was es damit auf sich hatte. Dennoch wandte er sich an Esther.

»Ramira kann doch hierbleiben? Und Muezza ebenso?«

Esther seufzte. »Eigentlich wollte ich keine halb tote Katze streicheln, sondern lieber einen lebendigen …« Ob seines mahnenden Blickes verstummte sie, aber Ramira hatte ohnehin kein Ohr für ihre Worte. »Nun ja«, fügte Esther etwas leiser hinzu, »Wenn du das alles für die Kalligrafin machst, dann sage ich dir gleich, dass du dir an ihr die Zähne ausbeißen wirst. Ich hingegen habe zwar deutlich schlafferes Fleisch, jedoch auch weicheres, und das bedeutet …«

»Esther!«

»Schon gut, schon gut, natürlich bleiben die beiden hier. Ich frage mich allerdings, wie du herausfinden willst, was Ibn

Zakariya zugestoßen ist. Du kennst ja kaum jemanden in der Stadt, der dir dabei helfen könnte.«

Fionn zauderte, aber nur kurz. »Einen schon«, sagte er schnell. »Ich habe da eine Idee …«

Er nahm sich nicht die Zeit, mehr zu erklären, warf Ramira lediglich einen letzten Blick zu. Leider erwiderte sie ihn nicht, schenkte ihm erst recht kein Lächeln. Sie war zu beschäftigt, ihre dunklen Haare wieder unter dem Schleier zu verstecken.

Island

Zwei Tage waren sie auf schmalen Trampelpfaden, begleitet von kleinen, zähen Ponys, die ihr Gepäck trugen, unterwegs nach Thingvellir. Risse gingen hier durchs Land. Sie kämen von einem Riesen, der an diesem Ort herumgetrampelt sei, sagten die einen, andere behaupteten, dass Zwerge, die unteririsch Waffen schmiedeten, sie verursacht hätten. Die Ebene entlang des längsten Risses bildete jedenfalls den höchsten Punkt dieses Gebietes, und hier fand seit nunmehr siebzig Jahren einmal im Jahr eine Zusammenkunft, die man Althing nannte, statt.

Ríona blickte sich erstmals um. Kurz vor der Ankunft hatten sie einen großen See passiert, und die Erde in Ufernähe war so feucht gewesen, dass sie die Angst geplagt hatte, auszurutschen und sich ob ihres großen Bauchs nicht mehr erheben zu können. Die Erde auf der Anhöhe war dagegen hart, und nun hätte sie sich gern fallen lassen, um sich ein wenig auszuruhen. Skrymir befahl jedoch, die Zelte aufzubauen. Zwar standen auf der Ebene auch ein paar Häuser, die zu beziehen war allerdings einzig den Goden und ihren Sippen gestattet.

Fast alle Isländer waren mit ihrem Haushalt gekommen – mitsamt ihren Sklaven, Frauen und Kindern –, und bald herrschte reges Treiben. Nicht nur, dass die Zelte aufgeschlagen wurden, überdies packten Händler ihre Waren aus, um Wachs und Schmuck, Gefäße aus Zinn und Speckstein feilzubieten, außerdem ganze Rinderherden, was andere zum Fluchen brachte, verwüsteten die Viecher doch Feuerstellen und Schlafstätten. Einem brach gerade ein Falke aus, der ebenfalls zum Kauf angeboten wurde – ein dummes Tier, das wenig später vom Himmel schoss, weil es ein helles Schaffell für ein Lämmchen hielt. Der, der dieses Fell angepriesen hatte, musste es mit beiden Händen festhalten, um den Falken abzuwehren, woraufhin ein anderer ihm ein paar Ellen *vadmál* stahl, jenen beliebten Wollstoff, der vor Kälte und Nässe schützte. Empört ging der Bestohlene auf den Dieb los, und schon war die erste Prügelei im Gange – sie würde nicht die letzte bleiben.

Anderswo wurde ein Feuer entzündet, wo sich alsbald Männer zusammenrotteten, um erst Gerüchte auszutauschen, später Heiratspläne zu schmieden, schließlich über nichtige Dinge zu streiten, damit auch sie endlich gegeneinander kämpfen konnten. Nicht nur bei Raufereien wurden die Kräfte gemessen, bald waren Wettkämpfe im Gange, bei denen es darum ging, wer am schnellsten ein Kuhhorn mit Met leeren und wer am weitesten abgenagte Knochen werfen konnte.

Ríona bangte um ihr Zelt, stellte aber erleichtert fest, dass die wildesten Horden weit genug davon entfernt waren. Lainidh duckte sich dennoch unwillkürlich. Auf dem Hinweg hatte sie die Ponys, die vor dornigen Ranken scheuten, mit Gemurmel oder Singsang zum Weitergehen bewegt und immer wieder hatte sie Ríona jene Frage gestellt, die Skrymir nie über die Lippen gekommen wäre: »Geht es dir gut?«

Schon die Sorge in der Stimme tröstete Ríona über ihre steten Rückenschmerzen hinweg, das scheue Lächeln, das folgte, als sie nickte, erst recht. Doch das Lächeln schwand alsbald. Die Menschen – nie waren sie in den letzten Jahren so vielen auf einmal begegnet – setzten dem Mädchen sichtlich zu,

Ríona hatte das Gefühl, es wollte am liebsten in sein eigenes Innere flüchten.

»Schau nur!«, versuchte sie die Kleine abzulenken und deutete auf Männer, die sich um ein Feuer versammelt hatten, jedoch nicht, um zu streiten, sondern einem Dichter zu lauschen.

Er trug eben ein Lied vor, das von der Landnahme erzählte. Jeder Isländer hatte damals so viel Besitz zugestanden bekommen, wie er mit einer Kuh an einem Tag hatte abschreiten können. Begleitet wurde der Gesang von den rauen Tönen einer zweilöchrigen Flöte, die aus Seeadlerknochen gemacht war.

Lainidh strahlte, als sie ergriffen lauschte, und das war einer jener seltenen Momente, da Ríona sich nicht angstvoll darum sorgte, dass sie so verwundbar war, nur feststellte, dass sie immer schöner wurde. Natürlich machte Schönheit Frauen erst recht verwundbar … vor allem inmitten so vieler Menschen … Männer … und das führte ihre Gedanken wieder zurück zu ihrem Plan.

Sobald das Zelt stand, begann sie sich nach Bruder Alfred umzuschauen, mit dem sie diesen geschmiedet hatte, aber noch konnte sie ihn nirgendwo erblicken. Lainidh war die Einzige, die sie eingeweiht hatte, und als das Lied zu Ende war, trat sie zu ihr.

»Du denkst wirklich, dein Plan wird aufgehen?«, fragte das Mädchen.

Ríona nickte. »Bruder Alfred hat berichtet, dass Gissur und Hjálti vor einigen Tagen an der Südküste angelandet sind. Sie wurden dort von einer Gruppe Christen, die hier auf Island leben, empfangen und haben sich schon auf den Weg hierher gemacht. Wenn sie eintreffen, ist Muirs großer Moment gekommen.«

»Und du meinst wirklich, es genügt, wenn er …?«

Lainidh brach ab, der Zweifel war ihr deutlich anzusehen. Insgeheim befürchtete auch Ríona, dass das, was sie mit Muir seit Wochen übte, nicht genügen würde, um aus der Insel einen friedlicheren, gesitteteren Ort zu machen, an dem Sklaven nicht wahllos getötet und Sklavinnen nicht willkürlich geschändet wurden.

»Wir müssen darauf hoffen, dass Muir mehr Eindruck machen wird als Gissur, Hjálti und ihre Männer mit ihren Predigten, Gottesdiensten und Gebeten«, sagte sie leise.

»So viel Eindruck, dass sich die Isländer taufen lassen?«

Wieder war der Zweifel in ihrer Stimme unüberhörbar, aber Ríona nickte entschlossen, obwohl sie wusste, dass ihr Plan einem Felsbrocken glich. Wer ihn in Bewegung brachte, konnte letztlich nicht die Richtung bestimmen, nur hoffen, dass er am Ende nicht ins Meer fiel oder auf einem Feld liegen blieb, nein, dem Richtigen über die Füße rollte. Sie blickte sich wieder um, sah, dass Muir über ihr seine Kreise zog, ein Zeichen dafür, dass er sich von dem Falken nicht hatte einschüchtern lassen. Gut so.

Nicht weit vom Zelt entfernt schürte Urta ein Feuer, und Alda und Bretta gaben gemeinsam Zutaten in einen Topf – Wasser, Hafermus, Lammfleisch, getrocknete Algen und Erbsen. Ríona war erleichtert darüber, dass Urta beschäftigt war. Wenn sie um ihren Plan wüsste, würde sie sich wohl dagegenstellen. Prins wiederum war gerade dabei, ein paar Nägel aus Eisen, die er hergestellt hatte und die – weil deutlich haltbarer – beliebter waren als die aus Holz, zu verkaufen. Wenig später zeigte er stolz, was er dafür bekommen hatte. Nicht nur ein paar Brocken Silber nämlich, die mit einer Waage abgewogen und mit denen üblicherweise bezahlt wurde, nein, gar eine Handvoll Münzen. Ríona hatte hier auf Island noch nicht viele von solchen zu sehen bekommen, doch diese funkelten besonders schön, und ihr entging nicht, dass auf einigen sonderliche Schriftzeichen eingeprägt waren. Sie hatten nichts gemein mit den Runen, mit denen die Isländer schrieben, waren viel runder, enger ineinander verschlungen als diese.

»Die Münzen stammen aus einem Land ganz weit im Süden, wo immer die Sonne scheint und man in einer Sprache spricht und schreibt, die man Arabisch nennt«, erklärte Prins.

Ríona, die so oft fror, konnte sich nicht vorstellen, dass es ein solches Land wirklich gab, wenngleich die Buchstaben das zu beweisen schienen. Während die spitzen Runen Waffen glichen, bekundeten diese Zeichen, dass es noch eine Welt gab, in der auch das Weiche, Üppige, Verschwenderische überleben konnte, weil es nicht von eisigen Stürmen mitgerissen und aufs Notwendige zurechtgestutzt wurde.

»Aber was willst du damit anfangen?«, fragt Alda verwundert.

»Skrymir hat mir befohlen, sie einzuschmelzen und eine Silberkette für ihn daraus zu machen.« Leise fügte Prins hinzu: »Olgeir, der Gode, ist doch seit Langem krank. Wenn er stirbt, wird Skrymir Anspruch auf die Nachfolge erheben, und der Schmuck soll seinen Rang und seinen Reichtum bekunden.«

Ríona ging auf, dass auch Skrymir mit Plänen im Kopf hergekommen war, doch sie konnte noch nicht entscheiden, ob das ihren eigenen nützte oder schadete. Sie wandte sich von Prins ab, blickte sich erneut um. Jetzt, da langsam alle Zelte aufgestellt worden waren, in der Luft verführerische Essensgerüche hingen, die Spiele ausgelassener, das Flötenspiel munterer wurde, war der beste Zeitpunkt für den großen Auftritt von Gissur und Hjálti gekommen, wo blieben sie bloß?

Während sie sich noch umsah, wurde sie plötzlich aus den Augenwinkeln etwas Schwarzes gewahr, das auf sie zuschoss. Sie duckte sich gerade noch rechtzeitig, sodass es nicht ihr Auge traf, nur den Hinterkopf. Weh tat es trotzdem. Ihr erster Blick ging in Richtung Himmel, vermutete sie doch, dass Muir ein Steinchen hatte fallen lassen. Muir war nicht zu sehen, nicht weit von ihr erklang hingegen ein Lachen. Ein Junge hatte es ausgestoßen, ein Junge mit schwarzem Haar. Jetzt sah sie auch, dass er blaue Augen hatte, und sie musste unweigerlich an die von Fionn denken, die die gleiche Farbe hatten, wobei Fionn niemals etwas auf sie geworfen hätte.

»He!«, rief sie wütend, machte einen Satz auf ihn zu, doch wie so oft in letzter Zeit, waren ihre Gedanken schneller als ihr Körper. Der war nicht wendig wie einst, sondern schwerfällig wie der eines Walrosses, und anstatt den Jungen zu packen, griff sie ins Leere. Er drehte sich geschickt im Kreis, pirschte sich blitzschnell von hinten an sie heran und zog ihr etwas vom Gürtel. Es waren ein Holzlöffel und ein Messer mit einem Griff aus Walrosselfenbein – ihr kostbarster Besitz, ohne den sie mit Händen essen müsste. Die Wut und Empörung über den dreisten Diebstahl gaben ihr Kraft. Anstatt ihm nachzulaufen, als er floh, nahm sie etwas vom Gürtel, das ebenfalls dort baumelte, eine kleine Zinnschüssel. Sie zielte auf den Jungen, erwies sich so treffsicher wie Muir, schon krachte die Zinnschüssel auf seinen Kopf. Nicht dass sie ihn damit ernsthaft verletzen konnte. Aber er blickte sich gerade so lange erstaunt um, dass sie ihn nun doch einholen und packen konnte. Ihr Leib mochte unförmig sein, ihr Rücken schmerzen, in ihren Händen und Armen hingegen wohnte vom vielen Steineschleppen eine ungeheure Kraft. Sie drückte ihren Daumen in die empfindliche Stelle zwischen den Schulterblättern, sodass er aufschrie, das Besteck fallen ließ. »Du hebst es für mich auf!«, befahl sie bestimmt, war sie sich doch nicht sicher, ob sie sich wieder würde aufrichten können, wenn sie es selbst tat.

»Und wenn ich es nicht tue?«, stieß er mit schmerzverzerrtem Gesicht hervor.

Sie sagt nichts, drückte nur den Daumen noch fester in sein Fleisch, woraufhin er ein Keuchen ausstieß. Ein wenig lockerte sich nun ihr Griff, aber sie ließ ihn nicht los, selbst als er Besteck und Zinnschüssel aufgehoben hatte. Vielmehr verlangte sie, dass er alles wieder an ihrem Gürtel befestigte. Seine Hände zitterten noch, als er damit fertig war, sein Blick war starr auf sie gerichtet.

»Leg dich nicht mit mir an«, drohte sie. Er nickte, wollte zurückweichen, doch sie hielt ihn immer noch fest. »Sag es laut!«

»Ich werde mich nicht mit dir anlegen«, erklärte er.

In seinem Blick las sie ein wenig Angst, zugleich Bewunderung, auch dann noch, als sie ihn endlich losließ. Während er, obwohl nun frei, steif stehen blieb, wandte sie sich ab, doch da vernahm sie eine unwirsche Stimme.

»Wie kannst du es wagen, meinen Sohn zurechtzuweisen?« Als sie herumfuhr, verkniff sie sich nur mit Mühe ein Stöhnen. Erst jetzt ging ihr auf, dass der Junge ihr nicht nur bekannt vorgekommen war, weil er sie an Fionn erinnerte, sie hatte ihn schon einmal gesehen – an jenem schrecklichen Tag, da Flóki fluchtartig die Insel verlassen hatte. Er hatte einen Stein auf sie geworfen, was sie sich nicht hatte gefallen lassen, und bis heute hatte er es nicht gewagt, ihr wieder zu nahe zu kommen. Aus der Ferne hatte sie ihn gleichwohl manches Mal in Reykjavik gesehen. Wenn sie sich nicht irrte, hieß er Jón. Jedenfalls war er Olgeirs Sohn, und dieser trat nun drohend auf sie zu. Seine prunkvolle Aufmachung – er trug einen scharlachroten Umhang und einen goldenen Armreif – bekundete seinen Rang, sein gelbes Gesicht hingegen seine Krankheit. Es hatte die Farbe von jenem abgestorbenen Moos, mit dem viele Steine überzogen waren. Und seine Seele mochte nicht minder vergiftet sein wie sein Leib, denn sein Zischen klang böse, als er sie anfuhr: »Meinen Sohn stelle *ich* zur Rede, sonst niemand.«

Unwillkürlich wich sie zurück, ehe Olgeir sie erreichte, stellte sich hingegen Jón vor sie. Sie hatte erwartet, dass der Junge – nunmehr Oberwasser witternd – feixen würde, doch in seiner Miene stand die gleiche Furcht wie in ihrer.

»Es ist nichts weiter passiert, Vater.«

Wem galt seine Furcht? Ihr oder sich? Sein Mut war jedenfalls größer, denn er ging seinem Vater auch nicht aus dem Weg, als der sein Hand zur Faust ballte. Ríona glaubte schon, das Klatschen zu hören, wenn diese das Gesicht des Knaben traf, war kurz geneigt, ihn zu schützen. Doch ehe Olgeir zuschlug, ließ sich eine weitere verärgerte Stimme vernehmen.

»Wenn du deinen Sohn nicht selbst erziehen kannst, muss es eben eine Sklavin tun.«

Es ließ sich nicht erkennen, welchen Wettkampf Skrymir ob ihrer Auseinandersetzung abgebrochen hatte – den Ringkampf oder das Steinewerfen. Sein Gesicht war jedenfalls dunkelrot, und in seinen Augen blitzte Kampfeslust, als er, die Hände in die Hüften gestemmt, auf Olgeir zustapfte.

Olgeir löst seinen Blick nur unwillig von ihr. »Was willst du damit sagen? Dass ich unfähig bin, aus meinem Sohn einen Mann zu machen?«

»Sag selbst, ob einer ein Mann ist, der Frauen nachstellt, anstatt den Kampf mit seinesgleichen zu suchen!«

Beide standen sich gegenüber. So kränklich Olgeir auch wirken mochte – er war immerhin groß gewachsen. Und gerade weil seine Kräfte im Schwinden begriffen waren, war er wohl umso begieriger, aller Welt zu beweisen, wie viele noch in ihm wohnten. Skrymir hingegen wollte wohl ebenfalls etwas beweisen, wenn er sich mit ihm anlegte – nicht dass er sich um das Wohl seiner Sklavin scherte, nicht dass er Partei für wehrlose Knaben ergriff, sondern dass er bereit war, Olgeir als Goden abzulösen. Schon frohlockten die Umstehenden in Erwartung eines Kampfes, blutiger und grausamer, weil echter als alles spielerische Ringen. Während Lainidh sich rasch im Zelt versteckte, erschien in der Ferne Bruder Alfred, wägte wohl wie Ríona ab, ob dieser Kampf für ihr Anliegen einen Nutzen hatte oder nicht.

»So, so«, knurrte Olgeir unterdessen. »Meinem Sohn sprichst du also ab, ein Mann zu sein. Dann sag nur offen, was du von einem hältst, der einen solchen Sohn gezeugt hat.«

»Oh, beim Zeugen magst du deine Kraft bewiesen haben, aber das ist lange her. Ihn zu erziehen, ist eine andere Sache. Wenn du willst, kannst du es gern mir überlassen.«

»Dir?«, rief Olgeir, und seine Stimme brach. »Was hast du denn für Erfahrungen mit Söhnen?«

»Nun, meine Sklavin wird mir bald einen gebären, und sie ist stärker als dein Christenweib je war.«

»Wenn du von der Irin redest – sie ist getauft wie meine tote Jóhanna.«

»Mag sein, aber sie schuftet so viel, dass sie keine Zeit zum Beten hat. Du hingegen, so heißt es, betest jüngst andauernd dafür, dass dein Gesicht wieder rot wird, nicht gelb bleibt. Ich frage mich nur, wie ausgerechnet ein Gott, der an einem Kreuz verfault, Farben schenken kann. Mehr als ein blasses Grau bringt so einer ja nicht zustande.«

Raunen erhob sich, doch noch lauter als dieses war Bruder Alfreds Stimme, der offenbar die Gunst der Stunde nutzen wollte: »Du schmähst nicht nur Olgeir, du schmähst alle Christen hier, indem du sie der Schwäche und der Feigheit bezichtigst.«

Skrymir hatte keine Zeit mehr zu antworten. Dass der Mönch sich eingemischt hatte, hatte ihn unaufmerksam werden lassen, und er ließ Olgeir lange genug los, dass der ihm seine Faust ins Gesicht schlagen konnte. Skrymir taumelte, hielt sich aber aufrecht und schlug zurück. Er traf nur statt Olgeir einen der beiden Männer, die an dessen Seite getreten waren. Ob diese nun Christen waren oder Getreue, zählte nicht. Kaum lag einer auf dem Boden, stellte sich Skrymir triumphierend über ihn.

»Was sollte ich mit meinem Mund Schmähungen ausstoßen, wenn meine Fäuste mühelos beweisen, wovon ich rede«, blaffte er.

So leicht ließ sich der andere aber nicht bezwingen. Blitzschnell rollte er sich auf den Bauch, kam hoch. »Tu nicht so, als wärst du den Christen überlegen. Bruder Thangbrand selbst hat dich mehr als einmal niedergeschlagen.«

Skrymirs Gesicht wurde um noch einen Ton röter. Für gewöhnlich hätte Ríona in einem Augenblick wie diesem alles darangesetzt, sich vor ihm zu verstecken, doch jetzt sah sie gebannt zu, wie er erneut drohend die Faust hob, brüllte: »Das ist nicht wahr. Bruder Thangbrand hat mich nie getroffen!«

»Ja, weil du wahrscheinlich so viel Angst vor seinem Knüppel hattest, dass du dich stets rechtzeitig geduckt hast.«

Skrymirs Hand fuhr instinktiv zu seinem Gürtel, er zog sein Messer, woraufhin Olgeir, der eben noch erleichtert schien, dass andere für ihn in den Kampf zogen, rasch vortrat.

»Während des Althings herrscht Thingfrieden. Es sind keine Waffen erlaubt.«

Skrymir machte keine Anstalten, das Messer wieder einzustecken. »Hast du etwa Angst vor mir?«

Von den Sonnenstrahlen, die jäh auf die Klinge fielen, wurde Ríona kurz geblendet. Bis sie wieder alles sah, hatten sich weitere Männer zu Olgeir gesellt, und kaum weniger ergriffen für Skrymir Partei. Drohend bauten sie sich neben ihm auf. Keine Sätze waren mehr zu vernehmen, nur wütende Flüche. Alsbald wurde aus ihnen Geschrei, und zu diesem kam ein Ächzen und Klatschen, als weiter Schläge ausgeteilt wurden. Noch wagte niemand, mit Waffen zu kämpfen, auch Skrymirs Klinge blieb unbefleckt, aber die Fäuste, Ellbogen, Knie taten munter ihr Werk.

Ríona wich ein paar Schritte zurück, nicht ohne noch einmal Bruder Alfred einen Blick zuzuwerfen. Dessen Nicken sagte ihr, dass Gissur und Hjálti sich mit der Truppe Christen näherten, doch so heftig wie der Kampf mittlerweile tobte, würde niemand Augen für sie haben, erst recht nicht für das, was sie mit Muir geübt hatte.

Verdammt!

Die einzige Hoffnung war, dass Gissur und Hjálti sich in den Kampf einmischen, diesen für sich entscheiden und auf solche Weise beeindrucken würden. Doch nicht auszudenken, wie viel Blutvergießen notwendig war, bis Männer wie Skrymir aufgaben – genau das hatte sie ja vermeiden wollen.

Nun, sie konnte nichts anderes tun, als Zuflucht im Zelt bei Lainidh zu suchen, als sie sich dorthin umdrehte, war allerdings kein Durchkommen. Von allen Seiten kamen nun Männer, junge wie alte, selbst Knaben griffen nach allem, was als Waffe dienen konnte. Einer nach einem Rührlöffel, ein anderer nach Steinen, wiederum andere nach Holzknüppeln. Ríona duckte sich unwillkürlich, spürte das Kind heftig wie nie gegen ihren Leib treten, als fühlte es, dass ein Kampf in der Luft lag. Ríona blieb kurz der Atem weg, und als sie ihn wiederfand, sah sie eine Truppe Männer näher kommen, von zwei Fremden angeführt, die Gissur und Hjálti sein mussten. Sie hatten das Schlachtfeld, zu dem Thingvellir geworden war, allerdings noch nicht erreicht, als plötzlich von der anderen Seite ein Mann, dessen Gesicht sie nicht kannte, auftauchte. Und ehe sich der Kampf ausweiten konnte, brüllte er: »Hört auf! Hört sofort auf!«

Die Stimme war schneidend, hatte die Macht eines Schwertes, mit dem ein geübter Krieger gekonnt ein Glied von einem Körper zu trennen vermochte. Obwohl eben noch verkeilt, ließen die Kämpfenden augenblicklich voneinander ab. Alle Blicke glitten zu dem Mann, der sich nicht allein auf seine Stimme verließ, überdies mit dem Holzstab, den er hielt, auf den Boden schlug. Kupfer- und Edelsteinverzierungen hatte dieser. Der Rock des Fremden war scharlachrot und pelzverbrämt, auf dem Kopf trug er eine Fellkappe und um den Hals eine Kette aus bunten Glasperlen. Nicht einmal die Goden kleideten sich so – und tatsächlich schien er einen noch höheren Rang als sie einzunehmen.

»Der Gesetzessprecher«, rief jemand. Und ein anderer fügte den Namen hinzu: »Thorstein von Ljosavatn.«

Ríona wusste nicht, wo dieser Ort lag, wahrscheinlich in einer besonders kalten, windigen Gegend, so gegerbt, wie die Haut des Mannes aussah. Er wirkte allerdings nicht wie einer, dem das sonderlich zusetzte. Seine Bewegungen waren langsam, bedächtig und würdevoll.

»Es gibt auf dieser Insel viele Gesetze, und ich habe sie alle im Kopf«, begann er zu sprechen. »Von euch wird das nicht erwartet, jedoch dass ihr mich im Zweifel nach den Gesetzen befragt. Und eines kennt jedes Kind auf Island, auch ohne dass es vom Gesetzessprecher belehrt werden muss: Während des Althings herrscht Frieden.«

Bekräftigend klopfte er mit dem Holzstab auf den Boden, und in den meisten Gesichtern breitete sich Verlegenheit aus, obwohl seine Worte nicht nur seine Macht, sondern auch ihre Grenzen bekundet hatten. Ja, Thorstein von Ljosavatn war im Moment Gesetzessprecher, und ja, von einem solchen wurde erwartet, dass er um alle Gesetze wusste. Doch wenn ihm ein Rechtsstreit vorgetragen wurde, konnte er nur das Urteil sprechen, nicht auch dafür sorgen, dass es vollzogen wurde. Dies musste er dem Gutdünken der mächtigen Landbesitzer überlassen.

Den Thingfrieden zu brechen war gleichwohl etwas, dessen sich niemand schuldig machen wollte. Wer sich eine blutige Nase geholt hatte, wischte sie sich verschämt ab, wessen Umhang schmutzig geworden war, weil er sich auf dem Boden gewälzt hatte, schüttelte den Staub ab.

Olgeir hatte keine sichtbaren Blessuren davongetragen, er fand am schnellsten die Sprache wieder: »Es waren die Anhänger der alten Götter, die zu den Waffen griffen, sie waren es, die aus dem Thingplatz ein Schlachtfeld machten. Seht doch nur: Gissur und Hjálti, die soeben mit weiteren Christen eingetroffen sind, haben sich nicht am Kampf beteiligt.«

Er wies auf die Männer, die zuvor näher gekommen waren. Wer Gissur und wer Hjálti war, wusste Ríona nicht, ihre Kleidung unterschied sie nicht von der der Isländer. Jedenfalls waren sie geistesgegenwärtig genug, die Taktik sofort zu ändern. Anstatt im Kampf mitzumischen und ihre Überlegenheit zu beweisen, senkten sie demütig den Kopf, fielen auf die Knie.

»So ist es«, sagte einer der beiden, »unseren Glauben verkünden wir nicht mit Feuer und Schwert – wir verkünden ihn, indem wir um Frieden beten. Und diesen Frieden hat Island dringend nötig. Die Insel ist zerrissen genug. Kaum ein Feld gibt es, das nicht von einem Hochmoor begrenzt wird, kaum eine grüne Wiese, an die kein Geröllfeld anschließt. In einem Land, das uns so oft feindlich gesinnt ist, müssen wir Menschen uns zusammenrotten wie eine Schafherde. Jede Herde aber braucht einen Hirten, und der beste aller Hirten ist Christus.«

Aus dem Geraune, das sich erhob, klangen manch spöttische Worte. Bruder Thangbrand hätte mit seinem Knüppel nicht nur Frieden gebracht, und ein Schaf sei ein Tier, mit dem sich die Isländer nur verglichen, wenn es ihre Genügsamkeit und Zähigkeit hervorzuheben gelte, nicht den Willen zu Gehorsam.

Am lautesten von allen lästerte Skrymir. »Ein Friede, der hält, ist einer, der mit Blut besiegelt wurde. Denn Frieden erreicht man nur, wenn im Kampf einer als der Stärkere hervorgeht und sich der Schwächere zu seiner Niederlage bekennt. Zum Gott am Kreuz bekennt sich wiederum nur, wer gemessen am gepeinigten Christus wie ein Kraftprotz wirkt, ansonsten aber ein Siecher ist.«

Das Gelächter, das erklang, glich dem Brodeln der heißen Quellen, war gefährlich wie dieses. Schon machte Olgeir einen wütenden Schritt auf Skrymir zu, schon folgten ihm all seine Verbündeten, als wären sie sein Schatten und gezwungen, jede seiner Bewegungen nachzumachen.

»Du versteckst dich doch selbst hinter den Göttern, anstatt offen zuzugeben, dass du an meiner statt Gode sein willst«, rief Olgeir.

»Ich verstecke mich? Oh, ich kenne keinen Gott, der nicht auf jenen eindreschen würde, der hinter seinem Rücken Zuflucht sucht.« Ihm selbst stand die Lust aufs Eindreschen deutlich ins Gesicht geschrieben, doch bevor wieder ein Klatschten ertönte, klopfte Thorstein mit dem Holzstab auf den Boden.

»Genug!«, brüllte er, und seine Stimme klang wie das Rumoren der Gletscher. »Thingvellir ist ein heiliger Ort, das Althing ein heiliges Ereignis. Hier wird kein Blut fließen.«

»Und wie genau willst du das verhindern?«, rief Skrymir.

Ehe er etwas sagen konnte, erhoben sich Gissur und Hjálti wieder, traten näher.

»Wir«, sagten sie, »wir wollen das verhindern. Wir verzichten nicht nur aufs Blutvergießen. Wir wollen ein für alle Mal die Blutrache verbieten. Du behauptest, nur ein Friede der mit Blut besiegelt wurde, ist ein echter. Wir sagen, dass noch nie Getreide wuchs, wo Blut den Boden tränkte.«

»Auf Island wächst ohnehin kaum Getreide!«, rief einer von Skrymirs Fürsprechern.

»Gewiss«, erwiderte daraufhin einer der Christen. »Wir leben eher von Kühen als von Brot. Aber wie behandelt man Kühe? Entweder melkt man sie, macht Butter und Käse aus der Milch oder man tötet sie, indem man mit einem Messer die größte, dickste Ader am Hals durchtrennt. Die steten Fehden sind nicht wie ein solcher Schnitt. Sie sind so, als würde man nur in das Euter der Kuh schneiden, was sie nicht tötet, lediglich schwächt. Saure Milch und zähes Fleisch wäre alles, was man von einem solchen Tier bekäme.«

»Pah!«, rief Skrymir. »Eine Kuh, die saure Milch und zähes Fleisch gibt, hat nichts auf Island verloren. Ein Mensch, der nur süße Milch trinkt und weiches Fleisch verzehrt, aber auch nicht. Worauf es hier ankommt, ist Stärke.«

»Tu nicht so, als würdest du stets heldenhaft mit einem Messer auf eine Kuh losgehen«, meldete sich Olgeir zu Wort. »Als du heimlich Vieh von den Menschen gestohlen hast, die sich zu Christus bekennen, hast du nur Stricke benutzt. Ist das die Stärke, von der du sprichst? Dich hinter der Schwärze der Nacht zu verstecken?«

Ríona hörte zum ersten Mal von diesen Diebstählen, und das empörte Schnauben der Menge verriet, dass manch einer etliche Kühe verloren hatte.

»Vielleicht ist es nicht ein Zeichen von Stärke und Mut, die Kühe zu stehlen«, gab Skrymir zu, und fuhr umso selbstbewusster fort: »Jedoch ist es gerecht. Die Christen weigern sich schließlich, Tempelzoll zu zahlen.«

»Ohne diesen werden die Götter nicht verhungern und die Isländer ebenso wenig«, folgerte Olgeir. »Ohne den Handel mit Norwegen verhungern die Götter auch nicht – wir aber schon. Und ohne den Handel mit den Orkneyinseln, deren Jarl erst kürzlich Christ wurde, erst recht. Der Wind weht dort nicht so rau wie bei uns, er hat dort dennoch die Menschen gelehrt, dass die Welt nie so bleibt, wie sie ist.«

»Ich prüfe nur, aus welcher Richtung der Wind weht, um notfalls dem Sturm zu trotzen!«, brüllte Skrymir.

»Kein Sturm ist so stark, rot glühende Eisenhandschuhe erkalten zu lassen. In genau solche aber hat ein Priester namens Poppo seine Hände gesteckt und sie unversehrt wieder hervorgezogen, weil Gott ihn den Schmerz nicht spüren ließ, ihn vor Wunden wie Narben bewahrte. Das war übrigens der Grund, aus dem die Norweger und Dänen sich haben bekehren lassen.«

»Kann es sein, dass du nur ein gelbes Gesicht hast, weil du deinen Kopf zu lange übers Herdfeuer gehalten hast? Dein Gott mag dich ja davon verschont haben, geröstet zu werden – wie ein gesunder Mensch siehst du deshalb noch lange nicht aus.«

»Ich will niemanden bekehren«, erwiderte Olgeir, »lediglich den beiden hier ermöglichen, ihre Aufgabe zu erfüllen.« Er wies wieder auf Gissur und Hjálti, doch als die hinter Olgeir treten wollten, stellte sich Skrymir ihnen in den Weg. »Die da haben viel zu lange in Norwegen gelebt, um sich noch Isländer nennen zu dürfen. Von denen lasse ich mir nicht sagen, was ich glauben soll und was nicht.«

Nicht nur bei Olgeir regte sich Widerspruch, auch andere Christen stapften drohend auf Skrymir zu.

Da unterbrach Thorsteins schneidende Stimme einmal mehr das Murren. »Er hat recht! Nicht Gissur und Hjálti entscheiden, welchen Glauben die Isländer annehmen. Aber auch nicht Skrymir oder Olgeir. Dies ist allein die Sache des Gesetzessprechers, also meine. Auf dieser Insel überlebt man am besten, wenn das, was einer tut, alle tun, und so soll es sich künftig auch mit unserem Glauben verhalten. Was einer glaubt, glauben alle. Und ich bin derjenige, der eine Entscheidung darüber treffen wird.«

Ob nun in Bruder Alfreds Gesicht oder Skrymirs – Ríona las überall das Gleiche, nämlich leisen Ärger darüber, dass Thorstein mehr Macht beanspruchte, als ihm zustand, Berechnung, weil er vielleicht die erhoffte Entscheidung treffen würde, Zweifel daran, ob der Gegner sich dieser beugen würde. Und überdies war da die Einsicht, dass Blutvergießen auf dem Thingvellir ein Frevel war – für die Christen, weil ein Menschenleben heilig war, für die Heiden, weil dieser Ort heilig war.

»Nun, und wie lautet deine Entscheidung?«, rief jemand.

Thorstein drehte sich ganz langsam im Kreis, als wollte er jeden einzelnen der Versammelten mustern.

»Darüber werde ich den ganzen Tag und die darauffolgende Nacht nachdenken«, sagte er, »und das in völliger

Ruhe. Nur so kann ich herausfinden, wer eindringlicher zu mir spricht: Gott oder die Götter.«

Wenig später hatte sich Thorstein auf die höchste Stelle der Ebene zurückgezogen. Anstatt dort ein Zelt aufzuschlagen, breitete er lediglich ein Stück Leder auf dem Boden aus, legte sich darauf und deckte sich mit einem Stück Bärenfell zu.

»So bleibt er jetzt liegen?«, fragte Lainidh, die wieder aus dem Zelt gekommen war, verwundert.

Ríona zuckte mit den Schultern. »Ich nehme an, er wird morgen Rückenschmerzen haben.«

Wer jetzt schon Schmerzen zu haben schien, war Olgeir, der missmutig zum Gesetzessprecher starrte, ehe er sich zu Gissur und Hjálti gesellte. Mit ihnen gemeinsam war ein Priester aus Norwegen gekommen, und der sprach erst ein paar Gebete und begann später, einen Gottesdienst zu feiern, offenbar mit dem Ziel, das Johlen der Heiden, die ihre Wettkämpfe wieder aufgenommen hatten, zu übertönen.

Auf Thorstein achtete bald niemand mehr, nur Ríona ließ ihn nicht aus den Augen. Lainidh verharrte zunächst an ihrer Seite, doch dann begann nicht weit von ihnen entfernt erneut ein Mann mit einer Knochenflöte zu spielen, und Lainidh folgte den rauen Tönen, als würde eine unsichtbare Macht sie dorthin ziehen. Sie war nicht die Einzige, die dem Spiel lauschte, auch der junge Jón ließ sich auf dem Boden nieder just neben Lainidh. Dass er ebenso ergriffen lauschte, wie seine Miene vorgab, nahm Ríona ihm nicht ab. Wahrscheinlich überlegte er, wie er den Mann bestehlen könnte. Und dass er zugleich Lainidhs Nähe zu suchen schien, störte sie noch mehr – nur weil er sich einmal schützend zwischen sie und den gelbgesichtigen Vater gestellt hatte, hieß das nicht, dass sie ihn nicht für ungezogen, ja, eine Plage hielt.

Doch ehe sie Lainidh von Jón weglotsen konnte, erstarrte sie. Während Skrymir gerade beim Steinewerfen seine Kraft bewies – oh, hätte er das bloß auch mit den Steinen vom Feld gemacht –, Prins wieder in den Handel mit Münzen einstieg und die Christen nunmehr Brot und Wein miteinander teilten, rührte Alda im Suppenkessel. Und aus dem schöpfte Urta eben etwas in eine kupferne Schale – nicht, um aus dieser selbst zu essen, nein, um damit zu Thorstein zu gehen.

Ein paar Männer hatten um ihn herum einen Kreis gebildet und trennten ihn so von der Menschenmenge, aber nachdem Urta eine Weile auf sie eingeredet hatte, ließen sie sie hindurchtreten.

»O nein!«, entfuhr es Ríona.

Rasch folgte sie Urta, behauptete gegenüber den Männern, ein Gewürz für die Suppe zu bringen – um einen Mann zu kräftigen, müsse diese schließlich kräftig schmecken –, und wurde gleichfalls vorbeigelassen.

Nicht dass keine misstrauischen Blicke sie trafen. Aber die Christen sahen in der irischen Sklavin ihresgleichen, die Heiden Skrymirs Magd, die sichtbar dessen Kind trug.

Dieses Kind stieß eben so fest gegen ihre Rippen, dass es ihr schier den Atem raubte, doch hatte sie bald den letzten Abstand überwunden, um zu sehen, dass Urta die Schale mit Suppe direkt neben Thorstein abgestellt hatte. Anstatt sich danach zurückzuziehen, ließ sie sich neben ihm nieder, gab vor zu warten, bis er die Schale geleert hatte, begann dabei vor sich hin zu plaudern wie alte Weiber, deren Geist oft langsam wie die müden Beine waren, es nun mal taten. Ríona entging allerdings nicht, dass sie nicht einfach vor sich hin schwatzte, nein, die Worte in eine bestimmte Richtung lenkte. Schon fiel der Name Tyr, der nicht bloß einer der stärksten Götter war – schließlich hatte er die Mächte des Chaos bannen müssen, indem er seine rechte Hand in den Rachen des riesigen Fenriswolfes steckte –, auch der älteste.

»Älter sogar als Odin und viel älter als Christus«, hörte sie Urta sagen.

Ríona stampfte zornig auf. »Es wurde alles gesagt, was es zu sagen galt«, mischte sie sich ein. »Jetzt muss Thorstein seine Entscheidung ganz allein treffen. Und er sagte, er wolle es in Ruhe tun.«

Urta gab sich unschuldig, deutete auf ihre Beine, als wollte sie sagen, dass sie ohne fremde Hilfe unmöglich hochkommen könnte. »Ich erzähle doch nur alte Geschichten, ich befehle niemandem, sie zu glauben. Wenn von den Bergen jenes Grummeln ertönt, als würden sie sich dehnen und strecken, liegt es womöglich gar nicht daran, dass Thor mit seinen eisernen Handschuhen Felsen zermalmt. Und wenn Blitze den Himmel zerreißen und der Donner grollt, liegt es womöglich gar nicht daran, dass er seinen Hammer schwingt.«

Ríona blickte sich um und stellte fest, dass niemand sie beachtete. Sie vermutete aber, dass Thorstein, gleichwohl er verborgen unter seinem Bärenfell lag, jedes Wort erfasste.

»Du hast einmal zu mir gesagt, dass die Menschen den Göttern gleich seien. Warum können den Menschen dann nicht auch die Götter egal sein?«

»Wenn Thor versehentlich seinen Hammer fallen lässt, bricht er sich selbst nur die Zehen, diese Insel dagegen könnte in zwei Teile zerfallen. Die Götter sind größer als wir. Deswegen müssen wir uns mit ihnen gut stellen – nicht sie sich mit uns.«

Ríona überlegte, was sie ihr entgegensetzen konnte, aber da sprach Urta schon vom nächsten Gott, von Loki, vor dem sich besonders zu hüten galt, war der doch ein Lügner, Spötter und Verleumder. Würde man ihn künftig missachten, würde man ihn wohl dazu herausfordern, eine besonders hinterlistige Falle zu stellen.

»Warum sollte man einem boshaften Gott dienen, nicht einem, der Leben schenkt?«, fragte Ríona.

»Ist der christliche Gott nicht der hinterlistigste von allen?«, gab Urta kühl zurück. »Er lässt sich selbst ans Kreuz nageln und wieder auferwecken, um dem Menschen vorzugaukeln, auf diese Weise das ewige Leben zu gewinnen. Doch was, wenn Tod und Elend stets das letzte Wort haben?«

Nicht dass Ríona das nicht manchmal insgeheim befürchtete, dennoch rang sie nach Widerworten. Ehe ihr welche einfielen, sah sie nicht weit von sich entfernt Muir über den Boden staken.

Der Rabe ...

Plötzlich kam ihr der Gedanke, dass sie ihr Ziel wohl eher erreichte, wenn sie Urtas Göttern nicht Christus entgegensetzte, sondern wenn sie den ursprünglichen Plan wieder aufgriff, vielleicht in abgewandelter Form.

Sie senkte den Blick. »Du hast schon viele Götter erwähnt, aber hast du nicht den wichtigsten Gott vergessen?«, fragte sie. »Den Göttervater?«

Urta sah sie an, in ihren Augen schien ein Lächeln zu tanzen, der Mund war indes verzogen. »Odin ist nicht nur der Vater aller Götter, zudem der Gott des Krieges und des Todes.«

»Womit du wohl sagen willst, dass man ihm den Respekt am allerwenigsten schuldig bleiben darf.«

»Odin will keinen Respekt. Odin will gefallene Helden, damit er ein Heer hat, um in der letzten großen Schlacht zu kämpfen.«

»Der Tod von Kriegern kommt ihm also zupass ... gewiss nicht der Tod von Raben.«

Nun wurden auch Urtas Augen schmal. »Wie kommst du auf Raben?«

»Sind sie nicht Odins Lieblingsvögel?«

»Er hat deren zwei ... Hungin und Mungin«, sagte Urta gedehnt, brach dann ab, als fühlte sie, worauf Ríona hinauswollte.

»Hugin und Munin«, wiederholte diese. »Wenn Odin Raben liebt, ist es dann jenen, die an ihn glauben, nicht geraten, in deren Tun ein Zeichen zu sehen?«

Mit diesen Worten stand Ríona auf, und es gelang leichter als gedacht, ganz ohne Ächzen. Sie hob ihren rechten Arm, und begann jene Laute auszustoßen, mit denen sie einst den schwer verletzten Muir beruhigt hatte, jenes raue Rüh-rüh, Rüh-rüh, Rüh-rüh.

Sie hatte Muir in den letzten Wochen beigebracht, wie er auf diese Laute reagieren sollte, und tatsächlich breitete er seine Flügel aus, stob in die Lüfte, zog majestätisch Kreise. Hatte sie ursprünglich damit bewirken wollen, dass er Gissur und Hjálti entgegenflog und auf diese Weise Odins Willen bekundete, schien der Rabe zu fühlen, dass er stattdessen in ihrer Nähe verbleiben sollte. Und damit nicht genug. Als wüsste er, dass noch mehr nötig war, flog er schließlich dicht an sie heran, ließ sich elegant auf ihrem Unterarm nieder. Sie hatte an diesem Tag vergessen, ihn mit Leinenbinden zu umwickeln, schmerzhaft bohrten sich seine Krallen in ihre Haut. Aber sie ließ sich das nicht anmerken. Eine Weile blickte sie nur auf den Raben, dann sah sie hoch.

»Ist das nicht ein eindeutiges Zeichen? Odins Lieblingsvogel lässt sich nicht auf den Schultern einer Heidin nieder, sondern auf dem Arm einer Getauften!«, rief sie.

Eigentlich hatte sie nur bezweckt, dass Thorstein es hörte, aber als sich ein Raunen erhob, wurde sie gewahr, dass sich mittlerweile viele Blicke auf sie gerichtet hatten. Ob auch Thorstein sie mit dem Raben gesehen hatte, konnte sie nicht mit Sicherheit sagen – jedenfalls war die Stelle, an der zuvor noch die Suppenschüssel gestanden hatte, leer.

»Bleib bei mir«, raunte sie Muir zu, und tatsächlich blieb er über Stunden auf ihrem Unterarm sitzen.

Später zog er ganz in ihrer Nähe seine Kreise, und als Thorstein am nächsten Morgen seine Entscheidung verkündete, nahm er wieder auf ihrem Arm Platz.

Al-Andalus

Bruder Bonifatius lachte, als Fionn bei ihm erschien.

»Du schon wieder?«, fragte er. »Denkst du immer noch daran zu fliehen?«

Bruder Bonifatius lebte nicht weit von Esther entfernt in einem Haus am Ufer des Guadalquivir, das *munyat nasr* hieß und seit den Zeiten des großen Kalifen Abd ar-Rahman Besucher aus fernen Städten beherbergte. Der Mönch stammte aus Regensburg, und den Namen dieser Stadt auszusprechen war für Fionn keine geringere Herausforderung, als Arabisch zu lernen. Viel leichter kam ihm da schon der Name des Kaisers über die Lippen, der Bruder Bonifatius nach al-Andalus gesandt hatte, nämlich Otto. Er war der dritte Herrscher, der diesen Namen trug, und schon dem ersten, seinem Großvater, war viel daran gelegen gewesen, gute Beziehungen zum Kalifat von Córdoba zu halten. Regelmäßig schickte der Kaiser Gesandte, die Botschaften und Geschenke überbrachten, wobei Letztere nie so wundersam wie jene waren, die diese Boten später wieder in die Heimat mitnahmen – goldene Gewänder, kostbare Gewürze und einmal sogar einen Affen.

Das zumindest hatte Bruder Bonifatius gegenüber Fionn behauptet, als sie sich ein Jahr zuvor das erste Mal in der Stadt begegnet waren und Fionn auf den Mann zugestürmt war, der keinen Turban und kein bodenlanges seidenes Gewand trug, sondern eine Tonsur und Kutte und solcherart dem Mönch glich, der seinerzeit seinen Bund mit Ríona gesegnet hatte. Die Hoffnung, dass dieser Mann wie er aus

Irland stammte und ihm irgendwie zurück in die Heimat würde helfen können, hatte sich jedoch rasch zerschlagen. Er sei nicht in den arabischen Landen, um Sklaven zu befreien, hatte Bruder Bonifatius erklärt, er sei vielmehr eine Gabe des Kaisers an den Kalifen gewesen.

»Man hat dich wie mich versklavt?«

»Unsinn«, hatte der Mönch erwidert. »Ich beherrsche die griechische Sprache und soll den hiesigen Gelehrten bei der Übersetzung jener griechischen Bücher helfen, die der Kaiser dem Kalifen übergeben ließ. Selbst wenn diese Pflicht erledigt ist, werde ich nicht so schnell in meine Heimat zurückkehren. Einer Stadt wie dieser wendet man doch nicht freiwillig seinen Rücken zu! Eine liebe Verwandte von mir, sie heißt Roswitha und lebt im Kloster von Gandersheim, hat sie als eines der glänzendsten Juwele der Welt beschrieben, als Zierde des Erdkreises, prächtig und kraftstrotzend, voller Freunde und Reichtümer.« Er hatte kurz innegehalten. »Leider hat sie Córdoba nie mit eigenen Augen gesehen und ist längst gestorben.«

Fionn war wütend und enttäuscht gewesen, doch gerade weil Bruder Bonifatius nicht nur ein großer Bewunderer, auch Kenner Córdobas war, war er ihm nach Ibn Zakariyas Verhaftung heute als Erstes eingefallen.

»Ich will nicht fliehen«, erklärte er und berichtete mit knappen Worten, was passiert war.

Bruder Bonifatius, der im *munyat nasr* immer noch griechische Bücher übersetzte, war offenbar langweilig. Hatte er ihm seinerzeit jeden Gedanken an Flucht ausgeredet, versprach er an diesem Tag umso bereitwilliger, sich umzuhören.

»Komm morgen zu Mittag wieder, dann berichte ich dir, was ich herausgefunden habe«, sagte er.

Fionn verbrachte die Nacht in Ibn Zakariyas Haus, beseitigte die Spuren der Verwüstung und wischte das Blut auf. Unmöglich konnte er zu Esther zurückkehren und Ramira unter die Augen treten, ohne Neuigkeiten zu überbringen.

»Im Gefängnis ist er nicht«, erzählte Bruder Bonifatius ihm am nächsten Tag. »Auch nicht im Palast des Kalifen, dem Alkazar, und ebenso wenig in der Medina Azahira, jener Palaststadt außerhalb der Stadtmauern, in der sich die Schatzkammer befindet und wo die Inhaber der wichtigsten Hofämter leben. Er ist wohl beim Wesir Almansor.«

»Was macht Ibn Zakariya denn beim Wesir? Und hält sich der Wesir für gewöhnlich nicht an einem der drei genannten Orte auf?«

»Tja«, sagte Bruder Bonifatius, »manchmal macht ein einziger Buchstabe einen großen Unterschied. Ein Ort, an dem sich der Wesir Almansor ebenfalls häufig aufhält, ist nicht die Medina Azah*i*ra, sondern die Medina Azah*a*ra im hügeligeren und deshalben kühleren Umland.«

Fionn konnte sich vage daran erinnern, schon einmal gehört zu haben, dass es in Córdoba zwei Palaststädte gab, in die sich die Mächtigen gerne zurückzogen, und dass diese beinahe den gleichen Namen trugen.

»Wie gut, dass man ihnen auch noch Namen gibt, die sich überhaupt nicht ähneln, sodass man sie nicht verwechseln kann«, spöttelte er.

»Jedenfalls ist es gut möglich, dass der Wesir eben in der Medina Azahi… Medina Azaha…«

Er verhaspelte sich immer mehr, sodass Fionn vorschlug, der Einfachheit halber von einem Apfel oder einer Birne zu sprechen. Bruder Bonifatius warf ihm einen missbilligenden Blick zu. »Mit einem Apfel wurde die Medina Azahara nie verglichen – ihre weißen Mauern eher mit einem nackten Mädchen in den Armen eines Äthiopiers.«

Fionn hob die Brauen. »Und das erscheint dir passender?«

»Nun ja, ein Mönch wie ich sollte nicht von einem nackten Mädchen sprechen, und trotzdem habe ich jetzt eines im Kopf, dessen Brüste die Form von Äpfeln und dessen Hüften die Form einer Birne haben, und herrje! Warum helfe ich dir bloß?«

»Ich hoffe, du hilfst mir noch weiter – nämlich die Medina Azahara zu finden. Der Weg ist so weit, dass du über die Anstrengung sicher die Äpfel und Birnen vergisst.«

Bruder Bonifatius musterte ihn belustigt und trieb schließlich zwei Maultiere auf, die sie in die Palaststadt bringen würden. »Glaub nicht, ich mache das deinetwegen«, erklärte er. »Aber in der Medina Azahara gibt es nicht nur weiße Mauern, kostbarstes Mobiliar und blühende Gärten. In der Küche dort werden die besten Süßspeisen der Welt zubereitet. Das Gebot von Gehorsam und Keuschheit kann ich ja gerade noch einhalten, nur trockenes Brot zu essen, das schaffe ich dagegen nicht.«

»Und woraus werden die Leckereien zubereitet? Aus Äpfeln und Birnen?«

»Genug gescherzt«, sagte de Mönch streng. »Spar dir die Kräfte für den Weg.«

Sie kamen erst am Abend an. Aus dem warmen roten Glühen der untergehenden Sonne war längst ein blasses Lila geworden, und als sie in der Ferne endlich die Mauern sahen, waren diese nicht weiß, eher grau. Das Umland, das Abd ar-Rahman, der Erbauer der Medina, einst von sämtlichem wild wuchernden Gestrüpp hatte befreien lassen, um Feigen- und Mandelbäume anzupflanzen, stand wiederum nicht in lieblichem Grün, es wirkte fahl.

»Es heißt, der Kalif forderte Gott heraus, weil er die Natur zwang, sich der Schönheit der Palaststadt anzupassen«, nahm Bruder Bonifatius nach längerem Schweigen seine Erklärungen wieder auf.

»Glaubst du das auch?«

»Ich glaube, ich weiß mittlerweile, weshalb der Wesir ausgerechnet hier ist und man Ibn Zakariya gleichfalls in die Medina Azahara brachte.«

Fionn sah den Mönch erwartungsvoll an, doch der verstummte wieder, als sie auf die Palaststadt zuritten, wo sie nicht bloß Hunderte, nein, Tausende Türme zu erwarten schienen und ebenso zahlreiche Säulen, die Mauern aus weißem und dem noch kostbareren grünen Marmor stützten. »Wer versucht, die Schönheit dieses Ortes in Worte zu fassen«, sagte der Mönch, »dem fällt die Zunge ab. Zumindest wird das gern behauptet.«

Bruder Bonifatius sagte vorsichtshalber schon jetzt nichts mehr, weil er seine Zunge ja nicht nur zum Reden, sondern auch zum Verzehren von Süßigkeiten brauchte, und Fionn sagte auch nichts mehr, weil ihm die Zunge trocken wurde.

Beim Eingangsportal zur Palaststadt wurden sie von einer riesigen Frauenstatue, die hier thronte, empfangen, ferner von mehreren Soldaten, die Fionn das Gefühl gaben, er wäre ein Zwerg. Bruder Bonifatius ließ sich von ihrer Größe nicht einschüchtern, er trat auf einen der Soldaten zu und fragte nach Ibn Zakariya, doch sein Gegenüber antwortete nur mit einer Grimasse.

»Verstehe«, sagte Fionn, »er zählte zu jenen, die die Schönheit der Medina Azahara in Worte zu fassen versucht haben, und denen deswegen die Zunge abgefallen ist.«

»Die Soldaten des Kalifen werden nicht ›die Stummen‹ genannt, weil ihnen die Zunge fehlt, sondern weil sie aus dem Osten kommen und kein Arabisch beherrschen.«

»Also können sie uns nicht weiterhelfen.«

»Mir scheint, der Mann hat genickt, als er Ibn Zakariyas Namen hörte und ...«

Bruder Bonifatius brach ab, als einer der Soldaten sein Schwert zog. Fionn schrie auf. Doch als der Mönch ihm in die Rippen stieß, erkannte er, dass dieses Schwert nicht gegen sie gerichtet wurde, nur erhoben. Die anderen Palastwächter taten es ihm gleich, und so bildeten die Waffen eine Art Dach, unter dem sie hindurchschreiten mussten, um die Medina Azahara zu betreten.

»Ein würdiger Empfang«, sagte Bruder Bonifatius. Fionn wusste nicht, ob er scherzte oder ob er es ernst meinte. Seine Hände wurden schweißnass. Bitte, lass mich diesen Ort mitsamt Zunge wieder verlassen, betete er im Stillen. Dass einer der Soldaten ihnen mitsamt Schwert gefolgt war, ließ die Bitte noch flehentlicher ausfallen – doch offenbar wollte der Mann ihnen nur den Weg weisen.

»Ich denke, er wird uns zum Wesir bringen«, raunte Bruder Bonifatius ihm zu, »und wenn ich richtigliege mit meiner Vermutung, werden wir dort deinen Medicus finden.«

Trotz seiner Furcht blickte Fionn sich um, musterte seine Umgebung, verstand nun langsam, warum es schwierig war, die Schönheit dieses Ortes in Worte zu fassen. Da waren Teppiche aus rotem Brokat und Türen aus Ebenholz, marmorne Säulen und Goldplatten an Wänden. Das größte Wunder jedoch erwartete sie in dem Saal, in den sie gebracht wurden. Ein Marmorbecken stand hier, in das zwölf Figuren gehauen waren, darunter ein Löwe, eine Antilope, ein Krokodil und ein Adler. In dessen Mitte sprudelte kein Wasser, vielmehr ergoss sich ein silbriger Strahl darin, und über ihm hing vom Dach herab eine Perle, die größer und reiner war als alle, die Fionn je gesehen hatte. Er blickte so erstaunt darauf, dass er den Schlag in den Nacken nicht kommen sah.

Es war Bruder Bonifatius, der ihm diesen versetzt hatte, damit er sich mit gesenktem Kopf hinkniete, und allein weil ihm davon der Schädel brummte, tat er wie ihm geheißen. Als eine Weile nichts geschah, hob er wieder den Kopf, blickte dieses Mal nicht zum Marmorbecken, nein, zu dem Stuhl aus Edelholz, der in der Mitte des Saales stand. Er vermutete, dass dieser als Thron diente – doch er war leer.

»Warum verbeugen wir uns, wenn der Wesir nicht hier ist?«, raunte er dem Mönch zu.

»Es ist üblich, jeden Gast als Erstes hierherzubringen, auf dass er von dem Prunk eingeschüchtert wird und um zu prüfen, ob er die Gesetze der Höflichkeit kennt.«

Fionn fand es ermutigend, dass Bruder Bonifatius von ihnen als Gästen sprach, dagegen erschöpfend, dass sie von einem Soldaten in weitere Räume geführt wurden, nicht minder kostbar ausgestattet als die vorangegangenen. In keinem erwartete ihn allerdings des Rätsels Lösung, warum Ibn Zakariya auf Veranlassung von Jamal ad-Din zum Wesir gebracht worden war.

Bruder Bonifatius wirkte nun auch etwas besorgt, zeigte sich von der prächtigen Umgebung – sie kamen eben an Springbrunnen vorbei, in denen goldene Fische schwammen – aber trotzdem beeindruckt. »Schade, dass Abu l-Qāsim das nicht mehr sehen kann, weil er längst blind ist.«

Da war ein weiterer Name, den Fionn nicht einzuordnen wusste. »Abu l-Qāsim?«, fragte er.

»Er ist einer der berühmtesten Ärzte von Córdoba, war ein Lehrer von Ibn Zakariya.«

»Ach du meinst Abulcasis – den Mann, der die Spritze erfunden hat.«

»Seit er alt ist, lebt er in der Medina Azahara. Ich nehme an, das ist der Grund, aus dem wir hier sind.« Als Fionn ihn fragend ansah, ging Bruder Bonifatius etwas langsamer, sodass der Abstand zu dem Soldaten größer wurde, und er raunte: »Gerüchte bekunden, dass der Wesir häufig krank ist. Wahrscheinlich ist es so schlimm geworden, dass er hierhergekommen ist, um sich von keinem Geringeren als Abu l-Qāsim behandeln zu lassen.«

»Und weil der es nicht geschafft hat, ihn zu heilen, wurde Ibn Zakariya zurate gezogen?«

»Abu l-Qāsim mag blind sein, aber ganz sicher ist er nicht dumm. Ibn Zakariya halte ich eigentlich auch nicht für so dumm, den Wesir zu behandeln, und dennoch ...«

Nun, Fionn fühlte sich dumm, weil er nichts von dem begriff, was der Mönch sagte. Was war daran falsch, den Wesir zu behandeln? Warum sollte Abu l-Qāsim das abgelehnt haben, sodass Ibn Zakariya diese Pflicht zukam? Und warum hatte Jamal ad-Din ein Interesse daran, dass der *hakim* sie übernahm?

Ehe er etwas sagen konnte, erreichten sie einen kleinen Innenhof, auf dessen sandigem Boden Blätter von Rosen und Jasminzweige lagen. Von hier betraten sie einen düsteren Raum, in dem sie ein durchdringender Geruch erwartete. Wahrscheinlich verbrannten in den Räuchergefäßen Weihrauch, Aloe und Ambra. Fionn musste husten, sodass die Menschen, die sich in diesem Raum befanden, zu ihm herumfuhren. Ehe er sie alle erkannte, versetzte Bruder Bonifatius ihm wieder einen Schlag in den Nacken, und er sank auf die Knie.

Eine Weile geschah nichts, dann vernahm er ein Stöhnen, hob langsam den Kopf. Kein Thron befand sich in diesem Raum, nur ein Diwan. Er war mit bunten Kissen überhäuft, und auf diesen lag ein Mann, der sich unruhig wand. Er litt, wie die schweißbedeckte Stirn verriet, offenbar an hohem Fieber.

Das musste der Wesir sein, der für den schwächlichen Kalifen regierte. Eigentlich hieß der Wesir Abi Amir, doch nach vielen gewonnenen Schlachten hatte er sich den Beinahmen *Al-manus-billah* zugelegt – »der durch Gott Siegreiche« –, und daraus war mit der Zeit Almansor geworden. In diesem Augenblick, da er sich in den Fängen der Krankheit befand, hatte er nichts von einem Sieger. Längst schien er nicht mehr selbst zu kämpfen, er überließ es einem anderen, dies für ihn zu tun: Ibn Zakariya. Fionn entdeckte den Arzt neben dem Diwan, er rührte in einer Schüssel. Zunächst war er so konzentriert darauf, dass er ihn gar nicht bemerkte, dann huschte sein Blick zu ihm herüber. In seiner Miene stand etwas, das er an seinem Lehrer noch nie gesehen hatte: Sorge. Wenn er sich nicht täuschte, glaubte Fionn gar den stummen Vorwurf »Ja bist du verrückt geworden hierherzukommen?« aus seiner Miene zu lesen.

Fionn begriff immer weniger und wollte eben eine Frage stellen, als er eine Bewegung wahrnahm. Jamal ad-Din kniete neben einem Kissen. Ein Buch lag darauf – wahrscheinlich der Koran –, außerdem ein Schwert. Richtig, Almansor trug beides stets mit sich, und offenbar hatte der Gesetzeslehrer beschlossen, darüber zu wachen. Von ihnen allen war er der Einzige, der ein zufriedenes Gesicht machte.

»Oh, Wesir«, erklärte er eben, ohne auf Fionn oder Bruder Bonifatius zu achten, »wenn Ibn Zakariya dich nicht heilen kann, kann es niemand.«

Nach dem Streitgespräch im *bimaristan*, dessen Fionn am Tag zuvor Zeuge geworden war, hätte er schwören können, dass Jamal ad-Din sich lieber die Zunge abgebissen hätte, als

Ibn Zakariyas Können zu rühmen. Und doch tat er das nun ausschweifend, während der *hakim* versuchte, dem Kranken etwas von dem angerührten Sud einzuträufeln. Fionn war ratloser denn je, und Bruder Bonifatius seufzte, als hätte der Gesetzeslehrer nichts Geringeres als ein Todesurteil über sie alle gesprochen.

Augenblick um Augenblick verrann. »Gut, dass du hier bist, du kannst mir helfen«, sagte Ibn Zakariya schließlich.

Fionn trat näher, musterte den Kranken, war kurz überzeugt davon, dass nichts und niemand ihm helfen konnte. Das Kissen war ganz schwarz verfärbt, ganz so, als schwitzte er Blut, das sogleich stockte.

»Grundgütiger …«

»Still«, raunte Ibn Zakariya ihm zu. »Das ist nicht unsere größte Sorge.«

Nach dem ersten Schrecken erwachte eine Ahnung, woher die dunkle Farbe rührte, gemessen an allen anderen Rätseln war dieses allerdings bedeutungslos.

»Warum hat er so hohes Fieber?«, fragte er leise.

»Es ist nicht das erste Mal, dass ihn dieses Leiden befiel, doch nie glühte er wie heute«, murmelte Ibn Zakariya. »Manche behaupten, es rührt vom Alter, andere geben einem Mückenstich die Schuld, wieder andere meinen, es würde von der zerstörenden Macht der Sonne ausgelöst. Viel wichtiger ist die Frage, wie man es wieder senken kann.«

»Und?«, fragte Fionn. »Was wirst du tun?«

»Tja«, sagte der *hakim* und wandte sich an Jamal ad-Din. »Unser Gesetzeslehrer behauptet ja, dass das allein in der Macht des Allerbarmers liege, wen er krank macht und wen wieder gesund. Ein Wunder, dass er mich überhaupt hierhaben wollte.«

Seine Stimme klang nicht spöttisch, eher resigniert. Jamal

ad-Din senkte indes den Kopf – eine Geste, die bei einem anderen Mann Demut und Bescheidenheit bekundet hätte, bei ihm verlogen wirkte.

»Ich gestehe, dass ich in meinem Glauben geschwächelt habe, als ich deine Hilfe suchte. Aber nun bist du hier, und es kann nicht schaden, wenn du alles versuchst, um den Wesir zu retten.«

Seine Stimme klang erst recht nicht bescheiden, eher triumphierend, ehe Fionn allerdings verstand, was ihn derart frohlocken ließ, befahl Ibn Zakariya ihm: »Geh in die Zuckerbäckerei, hol etwas Zuckerwasser, auch ein Gelee aus Maulbeeren, Saft von der Akazie, vielleicht Lakritzenwurzel.«

Der Triumph in Jamal ad-Dins Blick erlosch. »Warum braucht du das alles?«, fragte er misstrauisch. »Willst du etwa damit das Fieber bekämpfen?«

»Mitnichten.« Die Mundwinkel des Arztes zuckten. »Was das Fieber senken könnte, wäre der Sud, den ich gebraut habe. Doch da er so bitter ist, spuckt der Wesir ihn aus. Vielleicht behält er ihn leichter bei sich, wenn ich ihn mit Süßem vermische. Auf diese Weise habe ich bereits manchem Kranken übel schmeckende Medizin verabreicht.« Er holte tief Luft. »Wenn du jedoch denkst, dass es allein Allahs Entscheidung ist, ob etwas in eines Menschen Mund bitter oder süß schmeckt, dann kannst du gern ein Stück verbranntes Holz in des Wesirs Mund stopfen.« Kurz packte Fionn die Angst, dass Jamal ad-Din nicht dessen Tod abwarten würde, um den Arzt für diese Worte zu strafen. Am Ende aber begnügte er sich, Fionn anzuherrschen. »Nun geh schon!«

Er stolperte hinaus, und Bruder Bonifatius, der sich bislang unauffällig in einer Ecke verkrochen hatte, folgte ihm rasch.

»Dem Arzt muss viel an dir liegen, dass er dich rettet«, murmelte er, sobald sie das Krankenzimmer verlassen hatten.

»Dass er mich rettet?«, fragte Fionn verwirrt.

Immer noch verstand er nichts ... oder zumindest nicht alles. Dass Ibn Zakariyas Leben bedroht war, falls der Wesir starb, hatte er begriffen, jedoch nicht, warum dieses Leben auch für den Fall in Gefahr war, dass er ihn zu heilen vermochte.

Anstatt mehr zu erklären, sagte der Mönch indes nur: »Lass uns so schnell wie möglich in die Zuckerbäckerei kommen.«

Zunächst betraten sie nicht die Bäckerei, sondern einen Garten, von genügend Fackeln beleuchtet, um zu sehen, dass dessen Hecken nicht wild wucherten, vielmehr akkurat beschnitten waren wie hierzulande die Bärte der Männer. Fionn sog tief den durchdringenden Geruch von Tulpen und Hyazinthen, Narzissen und Schwerlilien ein, als sie die mit Matten belegten Wege beschritten. Er hatte einen Garten wie diesen noch nie gesehen. Was man in seiner Heimat so nannte, war ein Stück fruchtbarer Boden, auf dem man Kohl, Bohnen und Kräuter anbaute.

»Nun mach schon!«, rief der Mönch. »Du willst ja dein Leben retten, oder?«

»Und das soll ausgerechnet in der Zuckerbäckerei gelingen?«

»Nun, dort gibt es einen geheimen Ausgang, durch den man die Medina Azahara ungesehen verlassen kann.«

Erst jetzt begriff Fionn, warum Ibn Zakariya plötzlich so dringend Süßes brauchte. »Aber ... aber ich kann den *hakim* doch nicht einfach im Stich lassen. Es ist ja auch möglich, dass er Almansor heilt.«

»Weswegen er erst recht sterben wird.«

»Aber ...«, setzte Fionn erneut an.

Bruder Bonifatius fiel ihm ins Wort. »Hast du den Mann gesehen, der vor dem Krankenzimmer kniete? Dieser Diener Almansors trägt stets jenen Staub mit sich, den sich der Wesir nach siegreichen Schlachten aus seinem Gewand geschüttelt hat.« Fionn war nicht sicher, ob zu viel von diesem Staub seinen oder Bonifatius' Verstand benebelte. »Mit diesem Staub bedeckt will er eines Tages begraben werden«, fuhr der Mönch da schon fort, »und ich denke, der Tag rückt näher. Seit Jahren wird er regelmäßig von einem Fieber heimgesucht, was natürlich niemand erfahren darf. Während der letzten Schlacht war er so davon geschwächt, dass er nicht reiten konnte und in einer Sänfte getragen wurde.«

»Aber …«, setzte Fionn wieder an.

»Keine Ahnung, wie Almansor das mit der Sänfte vertuschen konnte. Jedenfalls darf niemand wissen, wie krank er ist, wie geschwächt. Die Macht, die er an sich gerissen hat, obwohl sie eigentlich in den Händen des Kalifen liegt, beruht schließlich auf dem Ruf, den er sich durch viele errungene Siege erworben hat – dass er nämlich der neue Attila ist.«

»Ich fürchte, ich kenne nicht mal den alten Attila.«

»Das ist jetzt nicht so wichtig. Wer ständig Krieg führt, braucht jedenfalls nicht nur Gesundheit und Kraft, er braucht ebenso ein Heer. Almansor wirbt jeden Mann als Söldner an, der eine Waffe halten kann, selbst wilde Berber aus dem Süden, sogar Christen aus dem Norden. Aber wie lange will er das Heer noch hinter sich einen, wenn er immer häufiger schwächelt?«

»Das heißt, er muss dafür sorgen, dass niemand von seiner Krankheit erfährt, selbst wenn er wieder gesund wird. Deswegen hat auch Abulcasis seine Behandlung abgelehnt, oder? Er wollte hinterher nicht zum Schweigen gebracht werden. Aber warum hat sich Ibn Zakariya nicht auch geweigert?«

»Nach allem, was ich von deinem *hakim* weiß, ist er ein hochmütiger Mensch. Wenn jemand krank ist, will er ihn heilen, um zu zeigen, das er's kann – selbst wenn ihm das den Tod bringt.«

Fionn musste Bruder Bonifatius recht geben – und einsehen, dass Jamal ad-Din ihn mit den eigenen Waffen geschlagen hatte, so wie der *hakim* am Tag zuvor ihn.

»Nun ja«, sagte der Mönch, »mit etwas Glück schaffen wir es heil zurück nach Córdoba. Ich hoffe, ich bleibe nicht im Fenster der Zuckerbäckerei stecken, wobei dir als Ibn Zakariyas Sklave die größere Gefahr droht. Ich habe dir zwar immer davon abgeraten, vielleicht sollte ich dir jetzt jedoch helfen, Córdoba zu verlassen und …«

Fionn schwindelte es. Er war viel zu lange auf den Beinen, ohne gegessen und getrunken zu haben.

»Ich kann doch nicht …«

»Die Zuckerbäckerei verlassen, ohne zuvor etwas zu naschen? Vielleicht haben wir dafür noch Zeit.«

»Ich kann Ibn Zakariya nicht im Stich lassen!«

Fionn rieb sich die Schläfen in der Hoffnung, dass der Schwindel nachließ. Eigentlich hatte er etwas anderes sagen wollen: dass er Ramira nicht im Stich lassen, das Versprechen nicht brechen konnte, das er ihr gegeben hatte. Aber das war nur die halbe Wahrheit. Sooft er Ibn Zakariya insgeheim verflucht, ihn grausam und herzlos genannt hatte – den Tod verdiente er nicht.

»Ich fürchte, du kannst ihm nicht helfen«, murmelte der Mönch.

Alles schien sich zu drehen – und die Gedanken taten das auch. Plötzlich kam ihm eine Idee, die er wohl wahnwitzig genannt hätte, hätte er länger darüber gebrütet. Er folgte indes seiner ersten Eingebung und wandte sich um, um zurück zur Krankenstube zu hasten.

»Wo willst du denn hin?«, rief Bruder Bonifatius ihm nach.

»So dürr wie du bist, wirst du schon nicht im Fenster der Zuckerbäckerei stecken bleiben.«

»Falls *du* hindurchkriechst, kann ich dich leider nicht anschieben«, rief Fionn ihm über die Schultern zu. »Ich muss zurück zu Ibn Zakariya. Ich glaube, ich weiß, wie ich sein Leben retten kann.«

Island

Als sich Thorstein nach der Nacht, die er schweigend und unter einem Bärenfell liegend verbracht hatte, erhob, waren seine Glieder gewiss steif. Er ließ es sich aber nicht anmerken, stützte sich nur etwas schwerer auf den Stock als am Tag zuvor. Ríona selbst vermeinte, dass sämtliche ihrer Glieder aus Stein wären. Sie war so lange starr dagehockt, während Muir mal über ihr gekreist, mal auf ihrem Arm gehockt war.

Nun, da der Gesetzessprecher seine Entscheidung verkünden würde, war es nicht notwendig, noch länger seine Nähe zu suchen. Sie richtete sich auf, trat zurück zu ihrem Zelt, erleichtert, dass nicht Skrymir sie dort erwartete, nur Lainidh.

»Wie wird er sich entscheiden?«, fragte diese.

Ríona war zu müde, um zu antworten, zumal sich nun Thorsteins Stimme laut und klar erhob. »Solange Island bewohnt ist, wird man daran denken, was sich heute zutrug«, begann er zu sprechen.

Spätestens jetzt erstarb jegliches Raunen, doch noch zögerte er. Erst ließ er sämtliche Goden und andere einflussreiche Grundbesitzer vortreten, um jeden Einzelnen schwören zu lassen, dass er seine Entscheidung akzeptieren würde.

Olgeir tat das auf die Bibel, die Bruder Alfred brachte. Zumindest behauptete er, dass das zerfledderte Buch die Bibel sei. Gissur schien etwas skeptisch, er murmelte, dass ein Schwur noch mehr Gewicht habe, würde man ihn mit einem Bischofsstab in der Hand leisten.

»Den gibt es nun mal nicht«, raunte Hjálti ihm zu.

»Wie wär's mit Bruder Thangbrands Knüppel?«, ging Skrymir plötzlich dazwischen. Er hatte die Nacht offenbar trinkend mit anderen Männern verbracht, baute sich nun aber drohend in Thorsteins Nähe auf. »Oder hat er diesen mitgenommen, als er seinerzeit von Island floh, weil es ihm hier zu kalt geworden war?«

Der Blick, den Olgeir ihm zuwarf, wäre wohl ein finsterer gewesen, hätte aus den gelben Augen nicht so viel Schmerz gesprochen. Er hatte in der Nacht anscheinend kaum ein Auge zugemacht.

»Nun«, rief Skrymir, »ich schwöre nicht auf ein Buch und nicht auf einen Gott. Mein Wort allein hat genügend Gewicht.«

Thorsteins Wort ließ auf sich warten. Dann wiederholte er: »Solange Island bewohnt ist, wird man daran denken, was sich heute zutrug.«

»Das haben wir schon gehört!«, rief irgendeiner dazwischen, der in Skrymirs Nähe stand. »Was ist es nun, was du uns zu verkünden hast?«

Der nachdenkliche Blick wurde grimmig, als Thorstein zum dritten Mal wiederholte: »Solange Island bewohnt ist, wird man daran denken, was sich heute zutrug.« Dieses Mal klang seine Stimme so streng, dass es hinterher still blieb. Bruder Alfred hob die Bibel etwas, vielleicht, um sich dahinter zu verstecken, vielleicht, um damit auf jemanden einzudreschen, falls die Entscheidung nicht zugunsten der Christen ausfiel. Nach einer Weile angespannter Stille fuhr Thorstein endlich fort: »Denn heute verkünde ich die Entscheidung, dass sich alle Isländer taufen lassen werden und man das in aller Welt verkündet. Jeder Einzelne wird seinen Kopf im Fluss unter Wasser tauchen, sodass niemand – auch der König von Norwegen nicht – später behaupten kann, nur ein einziger Isländer habe das nicht getan. Was allerdings *in* diesem Kopf vorgeht, ist etwas, das man nicht sehen kann, und deswegen soll niemand danach fragen. Wer heimlich den alten Göttern huldigt, dem sei das gestattet. Wer ihnen heimlich Opfer darbringt, dem sei es gestattet. Wer ihre Geschichten leise flüsternd am Leben erhält, dem sei es gestattet.« Bislang hatte er den Blick starr zum Himmel gerichtet, nun senkte er ihn. »Solange Island bewohnt ist, wird man daran denken, dass die Insel ab dem heutigen Tag ein christliches Land ist.«

Bei seinen ersten Worten hatte sich nur ein Gemurmel erhoben, mittlerweile war es in ein Jubeln vonseiten der Christen übergegangen. Als Gissur und Hjálti diesen mahnende Blicke zuwarfen, riss es ab. Ein Dankgebet ertönte, bei dem sich lateinische und nordische Worte vermischten. Bruder Alfred sprach es aus, schien sich aber nicht sicher zu sein, ob er die Bibel nun höher oder tiefer halten sollte.

Ríona blickte zu Skrymir. Sein Gesicht war voller roter Flecken, wie sie es an ihm bisher nur in Momenten der Lust gesehen hatte. Wütend stampfte er auf. Kurz hatte sie Angst, er würde auf Thorstein losgehen und seine Entscheidung für nichtig erklären, am Ende brüllte er indes nur: »Ich opfere den Göttern, wann und wo ich will. Wer das nicht sehen will, soll eben nicht hinschauen.«

»Nun, aber alle werden hinschauen, wenn du dich taufen lässt«, erwiderte Thorstein und fügte etwas spöttisch hinzu: »Es muss ja nicht unbedingt im kalten Fluss ein, man kann stattdessen einen Zuber mit warmem Wasser benutzen.«

»Seit wann fürchtet ein Isländer kaltes Wasser?«, rief jemand aus Skrymirs Richtung. »Oder wollen wir schon als verweichlicht gelten, ehe wir überhaupt Christen sind?«

Gissur trat vor. »Gern könnt ihr eure neugeborenen Kinder in kaltes Wasser tauchen, um zu prüfen, wie laut sie schreien können. Doch verboten ist ab nun, wie bisher die schwachen auszusetzen. Das gilt für die Kinder der Freien, und das gilt für die Kinder der Sklaven. Wer es dennoch tut, hat künftig mit gleicher Strafe wie für einen Mord zu rechnen – nämlich mit der Verbannung.«

Ríonas Hand fuhr unwillkürlich zu ihrem Leib. So stark, wie das Kleine darin eben strampelte, stand wohl nicht zu befürchten, dass es schwächlich war, und doch erfüllte es sie mit Erleichterung, dass Kindesaussetzungen künftig verboten waren – zumindest wenn es nach den Christen ging. Skrymir sah das anders.

»Ich werde kein Kind großziehen, das nichts taugt!«, brüllte er.

Der gelbe Olgeir, der sich bis jetzt zurückgehalten hatte, trat vor. Sein Blick streifte kurz seinen Sohn Jón, ehe er erklärte: »Kein Kind wird künftig der Wildnis überlassen, aber wenn es langsam stirbt, weil es zu wenig zu essen bekommt, wird das niemand bemerken. Wovon hingegen keiner mehr zu viel essen soll, ist Pferdefleisch, denn das ist unrein.«

»Ha!«, entfuhr es Skrymir. »Einer, dem man selbst den Brei vorkauen muss und der trotzdem kotzt, kann leicht darauf verzichten.«

Olgeir schritt auf ihn zu, legte ihm die Hände auf die Schultern. »Jetzt, da Island christlich sein wird, wird Gott mich nicht länger mit dieser Krankheit schlagen, ich werde wieder zu Kräften kommen. Also werde ich dein Gode bleiben, dem du die Treue geschworen hast. Und als dein Gode frage ich dich: Wirst du dich taufen lassen?« Skrymir starrte ihn an, sagte kein Wort. Olgeirs Gesicht kam ganz dicht an seines heran. »Wirst du dich taufen lassen?«

Seine Augen quollen fast aus Höhlen, und in Skrymirs Miene stand ein Ekel, wie Ríona ihn noch nie an ihm bemerkt hatte, eine Angst auch, das Giftige könnte auf ihn überschwappen. »Meinetwegen«, knurrte er schließlich, »aber nur in einem eiskalten Fluss, nicht in einem Zuber.«

Er spuckte aus, um zu zeigen, was er von lauwarmen Menschen hielt, traf Olgeir allerdings nicht. Der wandte sich rasch ab und verschwand, weil er offenbar verbergen wollte, dass ihm die Knie bebten und er sich dringend setzen musste. Bruder Alfred und der Priester, der Gissur und Hjálti begleitet hatte, erklärten indes, dass sie jetzt eine Messe feiern würden. Davon unbeeindruckt ging Thorstein erneut zurück an jenen Ort, wo er einen Tag und eine Nacht verbracht hatte, dieses Mal wohl, um zu schlafen. Ríona hätte es ihm gern gleichgetan, so erschöpft wie sie war. Selbst Urta, die vor dem Zelt saß und einmal mehr in einem Kessel rührte, wirkte bleich und kraftlos. Wobei das vielleicht kein Ausdruck von Müdigkeit war, sondern von Enttäuschung und Verbitterung über Thorsteins Entscheidung.

Sie wird sich niemals taufen lassen, ging es Ríona durch den Kopf, aber bei einem alten Weib wird man wohl nicht darauf bestehen.

Sie überlegte, wie sie ins Zelt zu Lainidh kommen sollte, ohne sich auf einen Wortwechsel mit ihr einzulassen, doch ehe sie auch nur einen Schritt machen konnte, kam Skrymir auf sie zugestapft.

Die Männer, die sich der Taufe widersetzen wollten, rüsteten sich zum Ringkampf, um Ärger und Enttäuschung loszuwerden, umwickelten gerade Oberschenkel, Taille und Schultern mit Lederriemen, um sich später gegenseitig daran zu Boden zu ziehen, doch Skrymir gedachte wohl, sich seines Grimmes anders zu entledigen.

Ríonas erste Regung war zurückzuweichen. Sie ahnte hingegen, dass sie es damit nicht besser machen würde, stemmte deshalb die Hände in die Hüften und streckte den Bauch heraus. Nicht dass sie Rücksicht auf das ungeborene Kind erwartete – nur einen gewissen Respekt vor ihrer Stärke –, und tatsächlich traf sie kein Schlag. Sie spürte nur Skrymirs heißen Atem, als er heiser drohte: »Dein verfluchter Rabe gerät mir in den nächsten Tagen besser nicht in die Hände.« Ríona war erleichtert, dass er nur von Tagen sprach, nicht von der Zukunft, und zugleich erstaunt, dass er nur dem Raben zu zürnen schien, nicht ihr, obwohl ihm ihrer beider Beitrag an Thorsteins Entscheidung offensichtlich nicht entgangen war. Er fragte lediglich barsch: »Warum hast du das getan?«

Mehrfach setzte sie zum Reden an. Weil ein christliches Island immer noch ein roher Ort bleibt, aber das Leben des Einzelnen nun vielleicht ein bisschen mehr geachtet wird. Weil man immer noch Sklaven ermorden und Sklavinnen schänden wird, aber nicht mehr so leichtfertig. Weil Kinder nicht mehr ausgesetzt werden und vielleicht ein paar Schläge weniger abbekommen werden, bis sie groß sind.

Doch nichts davon hätte Skrymir verstanden. So begnügte sie sich am Ende zu murmeln: »Ich wollte es, Herr, ich konnte es.«

Seine Augen wurden schmal. »Es war sehr listig, den Raben zu nutzen«, knurrte er, es sprach allerdings mehr Anerkennung als Wut aus seiner Stimme. Und ganz sicher war es Hochachtung, die er mit seinen nächsten Worten bekundete: »Ich dachte, du würdest nicht lange durchhalten. Offenbar habe ich mich geirrt.« Immer noch war ihr Blick unverwandt auf ihn gerichtet, doch nun machte sie den Fehler zu blinzeln. Prompt stieß er sie so grob gegen die Schulter, dass sie taumelte. »Was stehst du rum? Mach mir zu essen, damit ich für den Ringkampf gestärkt bin. Ich hoffe, auch dein Kind ist stark. Wenn es mit einem Jahr nicht laufen kann, schlage ich ihm die Zähne aus.«

Er stieß noch einmal zu, traf dieses Mal die andere Schulter, und sie musste sich beherrschen, um nicht aufzuheulen.

Unterdessen hatte sich Urta erhoben, trat mit einer Zinnschüssel in der Hand auf Skrymir zu. »Hier hast du etwas zu essen. Und kein Kind – nicht mal ein starkes – hat mit einem Jahr bereits alle Zähne. Also kannst du ihm auch nicht alle ausschlagen, wenn es dich enttäuscht.«

Skrymir schüttete die Suppe so hastig in sich hinein, dass ihm ein Teil über das Kinn troff. Danach trat er auf eine der Rinderhäute zu, auf der sich bereits zwei Gegner ineinander verkeilt hatten. Mit einem Aufschrei stieß er beide fort, stellte sich in die Mitte und brüllte: »Wer wagt es, gegen mich anzutreten?«

Ríona rieb sich die schmerzenden Schultern, während Urta rasch davonging, um die leere Zinnschüssel beim nahen Wasserfall auszuwaschen. Nichts an ihrer Haltung verriet, warum sie sich eben eingemischt hatte, und Ríona verschwendete nicht viele Gedenken daran, wollte sie doch endlich ins Zelt, um dort nach Lainidh zu schauen und sich auszuruhen. Ehe sie es betrat, stellte sie fest, dass Lainidh nicht dort war. Sie hockte ein Stück entfernt, lauschte wieder dem Mann, der auf der Knochenflöte spielte, und sosehr es Ríona freute, dass ihr Gesicht wie nie erstrahlte, gefiel es ihr nicht, dass Olgeirs Sohn Jón wieder neben ihr hockte. Gewiss würde er sie bestehlen wollen – und Lainidh, verträumt und abgelenkt, würde es nicht einmal bemerken!

Allerdings war das Kostbarste, das Lainidh besaß, ihr feines blondes Haar, und das konnte er ihr schwerlich nehmen. Sie selbst wiederum hatte sämtliche Kräfte bei dem Vorhaben verbraucht, aus Island eine christliche Insel zu machen – sie reichten nicht mehr, die beiden Kinder zu trennen. Und so ließ sie sie gewähren und nutzte die Zeit, da Skrymir kämpfte, um etwas Schlaf zu finden.

Am Ende ließ sich kein einziger Isländer in einer warmen Quelle oder in einem Badezuber taufen – alle entschieden sich für die Öxará, den Axtfluss, der durch Thingvellir floss.

Gissur und Hjálti verkündeten, gleich nach der Taufe der Isländer abzureisen, um dem norwegischen König davon zu berichten, und ließen es offen, ob sie jemals zurückkehren würden. Bruder Alfred zog sich wieder in Bruder Thangbrands einstige Hütte zurück.

Der Herbst kam mit Stürmen und Regen, und wann immer Urta mit gerunzelter Stirn zum Himmel blickte, vermutete Ríona, dass sie das feuchtkalte Wetter für die Strafe der Götter hielt. Doch die Alte erklärte nur: »Die Götter hadern nicht mit Entscheidungen, die Menschen treffen. Für sie sind wir so unbedeutend wie eine Maus.«

Ríona fand, dass eine Maus viel Schaden anrichten konnte und sie, ehe eine solche sich an ihren Vorräten gütlich tun konnte, Muir auf sie hetzten würde. Und wenn der Mensch nicht zählte, warum hatte sich Urta dann überhaupt während des Althings eingemischt? Allerdings kümmerte es sie nicht weiter, was die Alte fühlte und dachte – es war mühsam genug mit dem immer dickeren Bauch zu leben, dem Gefühl, sie würde platzen, vor allem, wenn das Kind gegen die Bauchdecke trat, die Füßchen deutlich zu spüren waren. Am liebsten tat es das, wenn Lainidh sang – und diese sang nicht nur öfter als früher, vor allem schöner.

Seit dem Althing hatte sich das Mädchen verändert, und Ríona vermutete, dass die Flötenspieler und Skalden mit ihrer Dichtkunst, denen es gelauscht hatte, ihm eine neue Welt eröffnet hatten. Eines Tages beobachtete sie die Kleine, wie sie Fäden an einem Stück Holz befestigte.

»Was machst du denn da?« Lainidh zuckte zusammen und senkte rasch den Blick. »Und woher hast du dieses Stück Holz?«

Holz war doch kostbar, Ríona erlaubte nicht einmal Prins, ein Holztier für ihr Kind zu schnitzen. Es müsse eben mit Steinen spielen, hatte sie gemeint, und Aldas Einwand, dass es während des Zahnens am Holz kauen könne, an Steinen nicht, überhört.

Lainidh hielt das Ding in die Höhe. »Das soll eine Harfe werden. Die Saiten werden aus Schweinedarm bestehen.«

Ríona konnte nur wenig Ähnlichkeit mit dem Instrument feststellen, das in Irland *ceis* genannt wurde. Und nicht nur, dass Lainidh den Willen hatte, eine Harfe herzustellen, erstaunte sie.

»Wir haben doch keine Schweine.« Lainidh zuckte mit den Schultern. »Und kaum Holz.«

Lainidh zuckte wieder mit den Schultern, obwohl sie für gewöhnlich alle Fragen beantwortete. Gewiss, sonderlich viele stellte Ríona ihr nicht. So lieb ihr das Mädchen war, so gern sie dicht an es gepresst schlief, so erleichtert sie war, dass es jemanden gab, der den Menschen in ihr sah, nicht bloß die Sklavin, behandelte sie es oft wie einen Schatten, der nun mal dazugehörte, den man aber nicht weiter beachtete.

»Du … du hast beides von Jón, oder?« Die rötlichen Flecken, von denen das ansonsten bleiche Gesicht übersät war, verrieten Lainidh sofort. Der Blick, den sie wieder hob, bekundete nicht minder deutlich, dass sie nicht darüber reden wollte. Ríona ersparte es ihr nicht. »Er ist ein ungezogener Junge!«, stieß sie aus.

»Er hat nur ein einziges Mal versucht, dich zu bestehlen. Kannst du das nicht vergeben und vergessen?«

»Schon am nächsten Tag habe ich beobachtet, wie er sich heimlich ein Stück Brot von einer Frau nahm.«

»Er hat es mir gebracht. Er fand, ich wäre zu dürr.«

Ríona sog scharf den Atem ein. Eigentlich hätte sie der Gedanke, dass sich auch ein anderer um Lainidh sorgte, um sie kümmerte, erfreuen müssen, stattdessen fühlte er sich wie ein giftiger Stachel an. »Selbst wenn er nicht nur ein ungezogener Junge sein kann, sondern auch ein lieber – am Ende wird er ein Mann sein wie alle Isländer: jemand, der sich nimmt, was er will, und das tut, solange wie er's kann.«

»Ich denke nicht, dass Jón irgendwann Skrymir gleichen wird. Er … er mag Musik.«

Und dann wandte sie sich wieder diesem Ding zu, das eine Harfe werden sollte und die am Ende tatsächlich Töne von sich gab, wenngleich diese, so behauptete Alda zumindest später, Ähnlichkeiten mit einem quietschenden Ferkel hatten.

Ríona wusste nicht genau, wie Ferkel quietschten. Sie vermutete, dass sie selbst so klingen würde, wenn sie sich nachts um Schlaf ringend ihr Seufzen nicht verkniffe. Unbeweglich fühlte sie sich dann, hilflos wie nie.

Aber wenn der Tag dämmerte, schaffte sie es doch immer wieder aufzustehen, und sie machte sich ans Tagwerk, trocknete die Pilze, die sie gesammelt hatte, presste Saft aus den Blau- und Preiselbeeren, begann Gruben zu schaufeln, in denen im Winter Fleisch frisch gehalten wurde, indem man es mit Gestrüpp und Schnee bedeckte.

Ehe dieser Schnee fiel, beschloss Skrymir eines Tages, Sumpferz suchen zu gehen, woraus Eisen gewonnen wurde. Es war eine ebenso mühselige wie dreckige Arbeit, da es galt, knietief in Sümpfen zu stehen, mit Haken und Spaten zu graben. Und kaum weniger anstrengend war es, das Sumpferz später nach Reykjavik zu schleppen, gab es doch nur dort die großen Schachtöfen, in denen das Eisen von der Schlacke getrennt wurde.

Nicht nur Prins und Alda mussten mithelfen, selbst Bretta, und Skrymir ging davon dass, dass sie selbst ebenso nach Sumpferz graben würde.

Wenn ich stolpere und im Sumpf falle, lässt er mich liegen, ging es ihr durch den Kopf. Sie rüsteten sich schon für den Aufbruch, als Urta plötzlich erklärte: »Das schafft sie nicht mehr.«

Skrymir blickte sie erstaunt an. »Warum denn nicht?«

»Das Kind kommt bald.«

»Aber noch ist es nicht da, also hat sie beide Hände frei.«

Ríona unterdrückte ein Stöhnen. Nicht dass sie von ihm Rücksichtnahme erwartet hatte, dass er hingegen nicht einmal bemerkte, wie ihr Körper die Form eines Walrosses angenommen hatte, machte die Vorstellung, einfach lautlos im Sumpf zu versinken, regelrecht verführerisch.

»Das Kind kann unterwegs kommen«, erklärte Urta, »und das würde euch aufhalten. Sie kann es ja nicht beim Laufen oder Graben oder Schleppen auf die Welt bringen.«

Skrymir hielt den Kopf eine Weile schief, schien zu überlegen, worin der jeweils größere Nutzen und der jeweils größere Schaden lag – und zwar ausschließlich für ihn, nicht für sie –, dann entschied er, dass Ríona zu Hause bleiben sollte.

»Dafür kommst du mit!«, knurrte er in Lainidhs Richtung.

Ríona hatte sich eben setzen wollen, um sich Näharbeiten zu widmen – das Einzige, was ihr leicht von der Hand ging –, erhob sich nun schnell. »Aber …«, setzte sie an.

»Kein Wort!«, unterbrach Skrymir sie. »Ich hätte sie ohnehin mitgekommen. Mit ihrem Gesang bewegt sie das sture Pony stets weiterzugehen.«

Ríona war erstaunt, dass ihm das überhaupt aufgefallen war und dass er gar Lainidhs Gesang und das Tempo des Ponys miteinander in Verbindung brachte. Jedenfalls konnte sie nur hoffen, dass er sich im Laufe des Tages über das Pony mehr ärgern würde als über Lainidh – und dass diese sich mehr darauf freute, in Reykjavik Jón wiederzusehen, als vor Angst zu vergehen.

Sie umarmte sie inniglich zum Abschied, wandte sich dann an Urta. Da die zu alt war, um Schweres zu schleppen, und ihre Stimme zu krächzend, um zu singen, würde sie als Einzige mit ihr zurückbleiben.

»Danke«, murmelte Ríona.

»Wofür?«, fragte Urta erstaunt.

»Du hast dich bei Skrymir dafür eingesetzt, dass ich hierbleiben kann.«

»Na und? Vielleicht habe ich das ja nur getan, damit die ganze Näharbeit nicht an mir hängen bleibt.«

Natürlich, wie konnte sie erwarten, dass hier auf Island jemand etwas tat, das ausschließlich einem anderen etwas nutzte?

Ríona begann zu nähen, und eine Weile war das Sitzen angenehm. Mit der Zeit begann es jedoch, in ihrem Rücken zu ziehen, und als sich das nicht besserte, als sie unruhig hin und her rutschte, erhob sie sich. Aus dem Ziehen wurde immerhin kein Schmerz, und als sie nach draußen ging, vertrieb die frische Luft das Schwindelgefühl. Das Kind war ruhiger als sonst, bewegte sich kaum, während sie plötzlich eine merkwürdige Unruhe fühlte. Sie trat in die Hütte, die sie als Küche nutzten, bereitete erst eine Suppe aus Algen, Kräutern und

Samen zu, legte später ein paar Beeren in Bier ein, das sie aus der kürzlich geernteten Gerste gebraut hatte.

Just als sie nach dem Krug Bier griff, begannen ihre Beine zu zittern. Oder nein, eigentlich kribbelte es nur, als würden Käfer darüberkrabbeln. Ehe sie entschieden hatte, ob das angenehm war oder nicht, bemerkte sie, wie auch ihre Hände zitterten. Was, wenn nicht ausgeschüttetes Bier, konnte das Feuchte sein, das an ihren Beinen entlanglief? Oh, hoffentlich bemerkte Skrymir diese Verschwendung später nicht!

Sie überlegte, womit sie das Bier verdünnen konnte, sah dann aber, dass der Krug immer noch voll war, indes an ihren Beinen noch mehr Flüssigkeit hinunterlief. Sie stellte den Humpen hab, hob ihren Kittel. Die Flüssigkeit war kein Bier, sie war durchsichtig. Und während sie noch überlegte, was es war, durchzuckte sie ein Schmerz, als würde eine Klinge beginnend bei den Kniekehlen erst über den Oberschenkel, dann den Rücken hochfahren. Sie schrie auf, der Schmerz verging.

»Urta …« Nur mehr ein Krächzen kam über ihre Lippen. Sie wankte aus dem Küchenhaus, die Beine waren wie taub. Ob sie sie bis zum Haus tragen konnten, obwohl das kein langer Weg war? »Urta!« Dieses Mal klang ihre Stimme etwas kräftiger, eine Antwort erhielt sie dennoch nicht. Drei Schritte trennten sie vom Haupthaus, als der Schmerz zurückkam. Sie beugte sich vor, stütze die Hände auf die Knie, erstaunt, dass sie nicht nach vorn kippte. »Urta, hilf mir …«

Weiterhin kam keine Antwort, nur plötzlich glaubte sie aus den Augenwinkeln etwas Schwarzes zu sehen. Sie vermutete, dass es Muir war, allerdings war weder sein Flügelschlagen noch sein Krächzen zu hören. Und plötzlich sauste das Schwarze auf sie herab. Sie war nicht sicher, wo es sie traf, ob auf den Schläfen, dem Nacken, dem Hinterkopf – nur dass dieser Schmerz sie den anderen vergessen ließ. Das Letzte, was sie bei Bewusstsein tat, war, ihre Arme auszustrecken, damit der Bauch nicht als Erstes aufprallte, als sie zu Boden ging. Schützend die Hände davorhalten, kaum dass sie lag, konnte sie schon nicht mehr.

Sie erwachte von einem Tropfen, dachte kurz, es wäre die Flüssigkeit, die aus ihrem Körper kam, fühlte, dass es auf ihre Stirn tropfte. Die Flüssigkeit war kalt, stellte sie fest. Dann war da wieder Schmerz, im Kopf wie im Bauch. Der Schmerz im Bauch kam und ging, der im Nacken glich einem steten Pochen. Daran konnte sie sich gewöhnen – anders als an die Finsternis, die sie umgab. So durchdringend, wie sie war, vermeinte sie kurz, der Schlag auf den Kopf hätte sie erblinden lassen. Irgendwann wurde aus dem Schwarz jedoch ein Grau – das Grau von steinernen Wänden. Nicht minder hart war der Boden, auf dem sie lag.

Ein Berg, dachte sie, ich liege in der Mitte eines Berges.

Manchmal hatte sie sich an einen solchen Ort gewünscht, vor allem, wenn sie unter Skrymir gelegen hatte, jetzt heulte sie auf, trat mit Händen und Füßen um sich, traf nichts als Stein. Von weither kam eine Stimme.

»Sie scheint wach zu sein.«

Nein, nein, nein, sie war nicht wach! Es war ein dunkler Traum! Sie war nicht in Stein gefangen!

Als sie sich jedoch aufzurichten versuchte, ihr das tatsächlich gelang, erkannte sie – der Stein hielt sie nicht gefangen, die beiden Männern, die vor ihr standen, taten es. Zumindest den einen kannte sie, es war Olgeirs Knecht, der über sie hergefallen war, den sie aber mit Mühe hatte abwehren können. Damals war sie noch stark genug gewesen, um davonlaufen, stark genug gewesen, um um sich zu schlagen, und nicht dem Schmerz ausgeliefert.

Wollte er nachholen, was er versäumt hatte? Sie schänden, während sie ein Kind gebar? Nun, anscheinend war er sich noch nicht sicher, denn er kam nicht näher. Ríona sank wieder auf den Boden zurück. Die Wände schienen nach ihr zu greifen, in Form von Zapfen, die von der Decke hingen, nicht aus Eis geformt, aus Stein, als hätte dieser geweint. Sie hatte keine Tränen, sie brachte nicht einmal einen Schrei hervor, nur das Wimmern, das an das Ferkel erinnerte, von dem Alda gesprochen hatte. Hilflos wie ein solches fühlte sie sich.

Sich ein zweites Mal aufzurichten, dazu fehlte ihr die Kraft. Nur nachdenken konnte sie noch, zu dem Schluss kommen, dass die Männer sie in eine der unterirdischen Höhlen geschafft hatten, die unter der Insel verliefen, vom Feuer geformt, das von den Bergen kam oder vielleicht von den Göttern.

Was trieb diese Männer an? Wäre es ihnen nur darum gegangen, den Hof auszurauben, sie hätten sich nicht die Mühe gemacht, sie hierherzuschaffen. Sie hatten sie einfach niedergeschlagen, genauso wie Urta und …

»Es wird nicht mehr lange dauern.«

Urta war nicht niedergeschlagen worden, Urta lebte. Da ihre Stimme von den Wänden widerhallte, war Ríona kurz nicht sicher, aus welcher Richtung sie kam. Dann erkannte sie, dass die Alte gleich neben ihrem Kopf saß, in einer Schüssel aus Speckstein rührte.

»Was … was …«, presste Ríona hervor.

Sie konnte nicht weiterreden, weil sie keine Stimme mehr hatte. Auch nicht, weil Urta das Gefäß nun an ihre Lippen setzte. Was immer sich darin befand, es schmeckte so bitter wie das Gift, das auf Loki getropft war, nachdem er Baldur getötet hatte.

Sie wandte ihren Kopf ab, konnte der Schüssel nicht entgehen, nur ausspucken konnte sie das Gesöff. Hoffentlich treffe ich Urtas Gesicht, dachte sie.

Urta hatte dafür gesorgt, dass sie auf dem Hof zurückbleiben durfte. Was bedeutete, dass Urta womöglich die Männer herbeigelockt hatte. Warum sie in eine Höhle verschleppt worden war, erklärte das nicht, ganz offensichtlich aber war, dass sie sich rächen wollte, weil die Isländer den Göttern abgeschworen hatten.

Als einer der Männer sprach, war allerdings nicht von Göttern die Rede. »Olgeir wollte, dass wir sie töten, sobald Skrymir den Hof verlässt und sie allein ist«, erklärte er.

Er kam einen Schritt näher, und auch wenn sie nicht sicher war, was er in seinen Händen hielt – ein Messer oder einen schwarzen Felsbrocken –, sie wusste, dass er sie mühelos damit ermorden konnte. Sie schrie auf.

»Seine Schmerzen haben Olgeir Sinne und Verstand verdunkelt«, hörte sie Urta sagen. »Welch eine Verschwendung, sie einfach zu töten.« Ríona selbst litt ebenso unter Schmerzen – aber nie waren ihre Sinne so wach gewesen. Sie spürte alles: Urtas raue Hand, die ihr über das Gesicht strich, die Tropfen, die an ihr abperlten, der Sud, der getrocknet ihr in den Mundwinkeln klebte. Nur auf ihren Verstand konnte sie nicht setzen – sie hatte keine Ahnung, warum Olgeir sie töten lassen wollte. »Olgeirs Leiden«, fuhr Urta eben fort, »ist nach seiner Taufe nur noch schlimmer geworden. Er deutet das richtig, als Zeichen dafür nämlich, dass es ein großer Fehler war, Gissurs und Hjáltis Sache zu seiner zu machen. Nicht länger ist er dankbar, dass Ríona mit ihrem Raben eingegriffen hat – er denkt, sie hätte ihn verflucht.«

»Eben!« rief einer der Männer. »Und dafür muss sie bezahlen.«

Er machte einen weiteren Schritt auf sie zu, doch Urta hob

abwehrend die Hand. »Olgeir wird es nicht besser gehen, wenn sie stirbt. Denn die Götter sind nicht zornig, weil sich die Isländer haben taufen lassen, darüber lachen sie nur. Die Götter sind zornig, weil man ihnen von nun an keine Opfer mehr darbringen wird … keine Tiere … erst recht keine Kinder. Seit sich die Insel dem Gott der Christen unterworfen hat, sind Kindesaussetzungen schließlich verboten.«

Kurz, ganz kurz hatte sich in Ríona die Hoffnung geregt, Urta würde ihr helfen, würde verhindern, dass die Männer ihr ein Leid zufügten. Jetzt erkannte sie, was sie in Wahrheit plante. Sie hatte es nicht auf sie abgesehen, sondern auf ihr Kind, und das wohl nicht einmal aus Wut, aus Rache, mit nüchterner Berechnung, damit die Götter ihr das Leben nicht schwer machten. In die Höhle hatte sie sie nur deswegen bringen lassen, weil sie hier von aller Welt ungehört das Kind gebären konnte.

Auch wenn es keinen Sinn ergab – sie begann laut zu schreien. Sie klang nicht länger wie ein armseliges Ferkel, sondern wie eine Frau mit einer Seele, eine Frau voller Liebe, eine Frau mit dem unbändigen Wunsch, ihr Kind zu schützen. Aber der Schrei verhallte, und danach ließ sich nur mehr ein Gurgeln vernehmen. Erneut träufelte Urta ihr das bittere Gesöff in den Mund.

Al-Andalus

Als Fionn in die Kammer des Kranken zurückkehrte, war er nicht allein. Zunächst hatte er Bruder Bonifatius gebeten, ihn zu begleiten, brauchte er doch für das, was er vorhatte, einen Zeugen, der Mönch indes hatte den Kopf geschüttelt.

»Mag sein, dass dein Plan aufgeht. Darauf verlassen werde ich mich aber nicht. Ich will in meinem Leben noch mehr Leckereien kosten, nicht schon den bitteren Tod.«

Ist der Tod wirklich bitter?, fragte sich Fionn. Im Raum des Kranken roch es jedenfalls süßlich. Er betrat ihn mit dem Diener Almansors, der stets mit dem Staub bereitstand, falls sein Herr stürbe. Mit bebenden Lippen murmelte der ein Gebet, warf sich gleich neben der Tür zu Boden. Fionn hingegen trat beherzt auf das Krankenlager zu. Er missachtete Ibn Zakariyas Blick, in dem gewiss die Frage stand: Warum wirfst du dein Leben weg?

Ich werfe es nicht weg, ich rette deines, hätte er ihm gern entgegengehalten, diese Worte musste er sich allerdings verkneifen. Stattdessen erklärte er entschlossen: »Ich weiß, woran der Wesir leidet.« Auch Jamal ad-Din war in ein Gebet versunken gewesen, nun fuhr er hoch. Im dunstigen Licht glichen seine Augen waberndem Nebel. Es war schwer, diesem Blick standzuhalten, dennoch fuhr Fionn fort: »Es gibt ein überaus seltenes Gift, das gefährlichste überhaupt. Es wird aus einem Tropfen Schlangenblut gebraut, der Wurzel der Dattelpalme, die man um Mitternacht ernten muss, außerdem aus dem Samen einer Fledermaus ...« Fionn geriet etwas ins Straucheln, hätte er doch die Frage, wie man an den Samen einer Fledermaus kam, nicht zu beantworten gewusst. Ehe Jamal ad-Din etwas sagen konnte, fügte er deshalb rasch hinzu: »Dieses Gift ist so stark, dass es jeden noch so kräftigen Mann augenblicklich tötet. Zumindest *fast* jeden. Der Wesir ist kein gewöhnlicher Mann, hat nahezu übermenschliche Kräfte. Vielleicht wird er es überleben.«

Wie aufs Wort begann Almansor zu ächzen und um sich zu schlagen, was zwar Ausdruck seiner Qualen war, zugleich aber auch Ausdruck von Stärke.

Ibn Zakariya starrte ihn dennoch verständnislos an, Jamal ad-Din zunächst ebenso, doch er fing sich als Erster wieder. »Was für ein Unsinn!«, entfuhr es ihm.

»Ist es nicht! Die dunklen Spuren auf dem Kissen des Wesirs beweisen, dass er vergiftet worden ist. Sein Schweiß hat die Farbe des Giftes angenommen.«

Die Erwähnung des Fledermaussamens war ein spontaner Einfall gewesen – wie schmutzig das Kissen war, war ihm schon zuvor aufgefallen. Er hatte eine vage Ahnung, woran das lag – ganz und gar nicht an Gift nämlich –, doch nicht er war es, vielmehr Jamal ad-Din, der diese aussprach.

»Die Schwärze kommt davon, dass der Wesir sich die Haare färbt.«

Fionn hatte gehofft, dass der andere in diese Falle tappen würde. »Willst du damit etwa sagen, dass ein Mann vom Range des Wesirs, bislang auf dem Schlachtfeld unbesiegt, weißes Haar hat und das vertuschen will?«

Jamal ad-Din biss sich auf die Lippen. In der Tat war es ein offenes Geheimnis, dass Almansor sich das Haar färbte, ähnlich wie vor ihm der Kalif Abd ar-Rahman, wobei der kein weißes Haar hatte verbergen wollen, vielmehr das rötlich blonde, das er von der christlichen Mutter geerbt hatte.

»Verschwinde, Ungläubiger!«, knurrte Jamal ad-Din und machte einen bedrohlichen Schritt auf ihn zu.

»Und wenn ich seine Hilfe brauche, um den Wesir von jenem schweren Gift zu heilen?«, mischte sich Ibn Zakariya ein, der mittlerweile wohl erfasst hatte, was Fionn bezweckte. »Ich kann doch nichts unversucht lassen, ihn genesen zu lassen, oder?«

Wieder erklang ein Ächzen aus dem Mund des Kranken, das, wenn überhaupt, nur Fieberfantasien bekundete. Fionn aber erklärte schnell: »Hört selbst! Der Wesir selbst bittet uns, gegen das Gift zu kämpfen! Ich bin sicher, er wird diesen Kampf wie alle anderen siegreich hinter sich bringen. Und Ibn Zakariya und ich werden hinterher aller Welt bezeugen können, dass er der erste und einzige Mensch ist, der je dieses Gift überlebt hat.«

Jamal ad-Dins Augen wurden klein und hart, als ihm aufging, dass Almansor zwar Zeugen seiner Schwäche würde beseitigen lassen, nicht aber Zeugen seiner Stärke. »Du bist doch nur ein Sklave. Wer soll dir Glauben schenken?«

»Er ist kein Sklave«, sagte Ibn Zakariya rasch, »er ist mein Schüler.«

In einer anderen Lage hätte Fionn laut gelacht, weil er dem Arzt dieses Bekenntnis abgerungen hatte. So aber konzentrierte er sich allein darauf, Jamal ad-Din anzustarren. Der zögert eine Weile, und ehe er etwas sagen konnte, ertönte hinter ihnen eine heisere Stimme.

»Versuchen … sollen es versuchen …«, bekundete Almansor nun eindeutig seinen Willen.

»Wenn Ihr es so wollt«, sagt Jamal ad-Din, ehe er aus dem Raum stürmte.

Ibn Zakariyas Mund war immer noch zu einem Schmunzeln verzogen, in seinen Augen las Fionn hingegen Sorge, und auch sein Gefühl der Genugtuung schwand. Ihr Sieg konnte rasch zur Niederlage werden, begann Almansor doch nun mit rot glühendem Gesicht um sich zu schlagen. Kein Wort des Dankes richtete der *hakim* deswegen an ihn, nur den Befehl, Pfirsiche zu holen, da diese das Fieber senkten, außerdem das Fenster zu öffnen und das dunkle Kissen gegen ein anderes auszutauschen.

Als all das getan war, wuschen sie beide den Körper des Kranken, erst mit Wasser, dann mit Essig. Danach blieb nichts anderes zu tun, als ihm kühle Luft zuzuwedeln, noch mehr Sandelholz, Rosenblätter und etwas Kampfer zu verbrennen und Almansor schließlich einen weiteren Sud einzuträufeln, dieses Mal einen, der aus ähnlichen Zutaten bestand wie der Schlafschwamm.

»Der Schlaf ist schließlich ein Helfer des Arztes«, erklärte Ibn Zakariya.

Der Schlaf ist auch ein Bruder des Todes, ging es Fionn durch den Kopf. Ihm entging nicht, dass Almansor zwar gleichmäßiger atmete, sein Gesicht jedoch immer noch ungesund gerötet war.

»Was … was sollen jetzt tun?«, fragte er.

Ibn Zakariya, der eben noch um das Krankenlager gehuscht war, ließ sich auf seine Fersen sinken. Sein Bart wirkte im fahlen ersten Licht des Tages grau. »Jetzt können wir nur mehr warten und beten.«

»Ich dachte, du willst nicht, dass ich in deiner Gegenwart zu meinem Gott bete.«

Ein fremder Ausdruck stand in Ibn Zakariyas Gesicht, er kündete nicht von der üblichen Klugheit und Überheblichkeit, aber von Überdruss und Trauer.

»Wenn du es in deinen Gedanken tust, habe ich nichts dagegen«, murmelte er. »Gut möglich, dass wir die Hilfe deines

Gottes brauchen, weil die von meinem allein nicht reicht. Gut möglich auch, dass beide ein und derselbe sind, wir ihnen nur unterschiedliche Namen geben.«

Fionn wollte sich lieber nicht ausmalen, was Jamal ad-Din zu diesen Worten sagen würde. Als dieser zurückkam, schwiegen sie beide. Der Gesetzeslehrer überprüfte kurz, ob Almansor noch lebte und verschwand danach wieder, wahrscheinlich enttäuscht.

Irgendwann öffnete Ibn Zakariya den Mund, doch es war kein Gebet, das er murmelte. »Vielleicht war es falsch, dir das Beten zu verbieten. Vielleicht war es falsch, dich als Barbar zu beschimpfen und dich Sklavendienste tun zu lassen.«

Fionn ahnte – noch deutlicher als mit diesen Worten würde er ihn nicht um Vergebung bitten. Er selbst war noch nicht bereit, sie ihm zu gewähren. »Wenn das hier gut ausgeht«, erklärte er entschlossen, »dann will ich keine niederen Arbeiten mehr verrichten, ich will tatsächlich dein Schüler sein, alles von dir lernen, irgendwann selbst ein *hakim* sein.«

Etwas vom altbekannten Stolz war in Ibn Zakariya Miene zu lesen. Wie Jamal ad-Din wusste er, wann er geschlagen war – auch wenn er wie dieser eine Niederlage nicht offen zugeben würde.

»Wer sagt dir denn, dass ich nicht ohnehin geplant habe, dich demnächst zu meinem Schüler zu machen?«

»Falls es so wäre, hast du diese Absicht gut verborgen.«

»Nun, mir ist nicht entgangen, dass du ein gewisses Talent hast. Schon bei unserer ersten Begegnung ist es mir aufgefallen, das letzte Jahr hat es bestätigt. Hätte ich dir aber sogleich vorgeschlagen, mein Schüler zu sein, hättest du es womöglich abgelehnt, weil du mich für den Tod deines Bruders mit verantwortlich gemacht hast.«

Fionns Gefühle waren so matt wie das Licht, Freude, Genugtuung blieben aus. Der Tod, der in diesem Raum lauerte, erwies sich zwar als ähnlich zahm wie die Nacht, die ihre Flügel anlegte, anstatt sie noch länger auszubreiten, und doch schien alles Verlangen nach einem Sinn in seinem Leben, nach Freiheit, wie in einem tiefen Brunnenschacht zu versickern.

»Ich will gern dein Schüler sein«, sagte er so leise, dass er nicht sicher war, ob Ibn Zakariya es überhaupt gehört hatte, zumal der Kranke nun ächzte, heiser zwar, aber laut vernehmbar. Almansors Gesicht war zerknitterter als je ein Blatt Papier von Ramira es hätte sein können, aber er schlug die Augen auf. Die gleiche Härte stand darin wie in Jamal ad-Dins Blick, aber während sie bei ihm den Ehrgeiz verriet, Ibn Zakariya zu schaden, bekundeten Almansors Augen vor allem den Willen zu leben.

Der *hakim* beugte sich über ihn. »Du hast ein Gift besiegt, das einen Adler vom Himmel hätte fallen, einen Löwen kläglich wie ein Kätzchen miauen, ein Kamel, das ansonsten schwere Lasten schleppt, schon unter dem Gewicht eines Sandkorns niederbrechen lassen. Du bist stark und groß, Wesir. Alle Welt soll von deinem Sieg über das Gift erfahren.«

Almansors Wangen hatten einen etwas gesünderen Farbton angenommen. Seine Augen fielen ihm zwar wieder zu, aber er nickte.

Fionn vermochte etwas freier zu atmen, auch zu sprechen. »Jamal ad-Din ist überzeugt davon, dass Allah allein die Menschen zu heilen vermag«, sagte er schnell. »Schon allein aus diesem Grund kann er uns doch nichts anhaben, oder? Dass Almansor stark und groß ist, ist schließlich auch ein Beweis für die Stärke und Größe Allahs.«

Ibn Zakariya warf wieder ein paar Körner und Kräuter ins Feuer. Erst züngelten zischend Flammen hoch, dann stieg dichter Rauch auf. Er verhüllte sein Gesicht, und doch konnte Fionn ganz deutlich spüren, dass es nicht Erleichterung war, die den Arzt überkam, es war Enttäuschung und wieder diese … Trauer.

»Jamal ad-Din sucht Allah nicht, weil dieser größer als alles andere ist, sondern weil er größer sein will als ich. Und ich bin schuld daran.«

»Warum denn das?«, rief Fionn erstaunt. »Du hast ihm widersprochen, als er Unsinn redete – das ist dein gutes Recht.«

»Er mag dir als dumm erscheinen, aber er ist es nicht. Ich kannte nie einen Mann, der sich als wissbegieriger erwies, als geschickter. Selbst du könntest nicht mit ihm mithalten, wenn er alles, was er über die Medizin weiß, umsetzen würde. Mühelos würde er mich übertrumpfen, ein größerer Arzt sein als Abu l-Qāsim.«

Kurz war Fionn überzeugt, dass der Rauch dem *hakim* Sinne wie Verstand vernebelt hatte. »Warum hat er sich dann von der Medizin losgesagt, warum achtet er die Logik so gering?«

»Weil ich ihm zwar ein guter Lehrer war, aber nicht mehr.«

»Genügt das nicht? Ich bin der gleichen Meinung wie Aristoteles – dass nämlich der Verstand im Gehirn sitzt und nicht, wie Platon behauptet, im Herzen. Ich für meinen Teil begnüge mich gern mit deinem Gehirn, dein Herz brauche ich nicht.«

Ibn Zakariya legte den Kopf schräg, als er ihn musterte. »Du hast also Aristoteles gelesen?«, fragte er, mehr müde als vorwurfsvoll.

Fionn nickte. »Ich tat es heimlich.«

»Und wer hat dir die Schrift beigebracht?«

Fionn wollte Ramira nicht in Schwierigkeiten bringen und war erleichtert, dass Almansor wieder ein Ächzen von sich gab und über Durst klagte. Er beeilte sich, ihm Wasser einzuträufeln und tat so, als würde er Ibn Zakariyas nachdenklichen Blick nicht bemerken. Als sie den Kranken später erneut wuschen, tat Ibn Zakariya wiederum so, als hätte er die eigene Frage vergessen. Und als sie später, nachdem Almansor in tiefem Schlaf versunken war, den Raum verließen, blieben alle offenen Fragen dort, auch die, was genau Jamal ad-Din von Ibn Zakariya erwartet hatte.

Der ließ sich nicht mehr blicken, was den Arzt allerdings nicht triumphieren ließ, eher schwermütig zu stimmen schien.

»Wir leben noch, freust du dich denn darüber gar nicht?«, fragte Fionn.

Ibn Zakariya zuckte mit den Schultern. »Ich freue mich jedenfalls nicht, dass Almansor noch lebt. Er ist kein guter Herrscher wie einst der Kalif al-Hakam. *Führe keine unnötigen Kriege,* hat der erklärt, *sichere den Frieden, damit es dir und deinem Volke wohlergehe. Erhebe das Schwert nur gegen die, die Unrecht begehen. Welche Freude liegt darin, ein Land zu überfallen und zu zerstören, Raub und Zerstörung bis ans Ende der Welt zu tragen? Lass dich nicht von der Eitelkeit blenden. Deine Rechtsprechung möge so friedlich sein wie ein ruhiger See.*« Er seufzte. »An keinen dieser Ratschläge hält sich Almansor. Er … er wird noch viel Verderben über die Stadt bringen.«

»Kann ein einzelner Herrscher denn Córdoba so viel anhaben?«

Wieder ein Seufzen, aber es klang nicht ganz so trübsinnig. »Dass ich mich ausgerechnet von einem Barbaren trösten lassen muss …«

»Ich dachte, du hieltest mich nicht länger für einen Barbaren.«

Zumindest das Lächeln, das nun auf Ibn Zakariyas Lippen erschien, war fröhlich. »Du magst ein kluger Barbar sein. Aber solange du dir deine Brusthaare nicht rasierst, bleibt du in meinen Augen ein solcher.«

Muezzas Wunde verheilte gut. Die ersten zwei Tage lag sie in einem todesähnlichen Schlaf, danach nahm sie eine Weile nichts anderes als Wasser zu sich. Schließlich ließ sie sich von Ibn Zakariya füttern, wenn auch nicht von Fionn. Immerhin wandte sie sich nur hoheitsvoll ab, als er sie zu streicheln versuchte, sie kratzte ihn nicht wieder.

Deutlich freundlicher war Ramira, wenngleich sie, als sie heimkehrten, nur Augen für Ibn Zakariya hatte. Erst nachdem sie sich vergewisserte, dass es ihm gut ging, Jamal ad-Din ihm nichts mehr anhaben konnte, wandte sie sich an Fionn.

»Hab Dank für deinen Mut«, murmelte sie, »aber hüte dich fortan vor Jamal ad-Din. Er wird nie vergessen, dass du seine Pläne durchkreuzt hast.«

Mit dieser Gefahr zu leben, erschien Fionn ein geringer Preis für das Lächeln, das sie ihm zuwarf, zumal Ibn Zakariya versicherte, dass sie sich beide Almansors Gunst gewiss sein konnten.

Ramiras Lächeln schwand leider viel zu schnell. »Almansors Launen ändern sich schnell – zudem ist er alt.«

»Und was nach ihm kommt, weiß Allah allein. Was ich hingegen weiß, werde ich mit Fionn teilen. Er ist nun mein Schüler.«

Ramira ließ nicht erkennen, ob sie sich freute oder insgeheim enttäuscht war, weil die Nächte, da sie sich heimlich zu ihm schlich und ihn unterrichtete, vorbei waren. Nicht nur auf diese musste Fionn verzichten. Wann immer er die Bibliothek betrat, um ein Buch zu suchen, blickte sie kaum hoch. Mit jeder Geste schien sie ihm beweisen zu wollen, dass sie ihm nur geholfen hatte, um der Schrift zu dienen, nicht, weil er ihr etwas bedeutete.

Fionn nahm das eine Weile hin, er war ohnehin damit beschäftigt, all die Bücher zu lesen, deren Lektüre Ibn Zakariya ihm befohlen hatte. Doch eines Tages – der Arzt hatte soeben das Haus verlassen, um die wöchentlichen Einkäufe zu machen – beobachtete Fionn, wie Ramira jenen Raum betrat, der sich neben der Vorratskammer befand und in dem Papier hergestellt wurde.

Er folgte ihr, räusperte sich, und als sie erschrocken herumfuhr, sagte er schnell: »Du hast mich viel gelehrt, aber nicht alles. Ich weiß, dass Papier leichter ist als Pergament und Papyrus, fast so geschmeidig wie Seide. Und ich weiß auch, dass man für seine Herstellung Flachs und Hanf benötigt. Wie daraus nun wirklich Papier entsteht, weiß ich nicht. Zeigst du es mir?«

Kurz zögerte sie, dann nickte sie zaghaft. »Man benutzt nicht nur Flachs und Hanf, manchmal auch Leinen, Baumwolle, Schafwolle. Alles muss zerkleinert werden – in einem Schlagwerk, das von Wassermühlen angetrieben wird.«

»Ich verstehe«, sagte er und verstand eigentlich gar nichts.

Wann immer er sie betrachtete, wann immer sie jene Sehnsucht in ihm beschwor, nach der Vergangenheit mit Ríona ebenso wie nach der Zukunft mit einer Frau, die er vielleicht lieben konnte wie sie, war sein Geist in ähnlichem Zustand wie der Flachs und der Hanf – er zerfiel in immer kleinere Teile, von denen sich nicht sagen ließ, ob sie wieder an der richtigen Stelle zusammenwachsen würden.

»Danach wird das Material mit Kalkmilch ausgelaugt, gebleicht und in der Papiermühle erneut zerkleinert.«

»Ich verstehe«, sagte er wieder, und kurz streifte ihn die Ahnung, dass, wenn er lange genug in diesen großen, dunklen Augen versank, in seiner Seele das Dunkle verblassen würde. Das schien zwar widersinnig, aber es war ja auch nicht widersinnig, dass aus den winzigen Teilen von Hanf und Flachs am Ende etwas Großes, Ganzes wurde.

»Man füllt die Masse in einen anderen Behälter«, fuhr Ramira fort, »vermischt sie mit Wasser und schüttelt so lange, bis alles eine Verbindung eingeht. Danach wird sie auf ein Holzbrett gestrichen.«

»Wahrscheinlich noch dünner als ein Stück Fladenbrot«, murmelte er.

Sie sah ihn ob dieses Vergleichs verdutzt an. Hätte sie behauptet, sie hätte noch nie Fladenbrot gegessen, eigentlich überhaupt nichts, weil sich ihr Geist allein von Buchstaben nährte, hätte er ihr wohl geglaubt. In Wahrheit konnten Buchstaben vieles – nur nicht jenen Hunger stillen, der in ihm erwachte. Sie bemerkte es nicht, erklärte, was als Nächstes zu geschehen hatte. Wenn die Masse fest war, wurde sie an eine saubere Wand geheftet und mit Kleister eingerieben. Sobald dieser getrocknet war, wurde sie zwischen zwei Bretter gepresst. Am Ende galt es nur mehr, sie mit dem Polierstein abzureiben. Während sie sprach, fuhr Ramira erst über ein Blatt Papier, dann über besagten Polierstein, der sich wohl ähnlich glatt anfühlte wie ihre Haut.

»Jetzt weißt du, wie Papier gemacht wird«, schloss sie.

Ihr Lächeln verriet eher Stolz als den Wunsch, er möge noch bleiben. Er suchte dennoch einen Vorwand, das zu tun, entdeckte ein kleines Kästchen mit einem gelben Pulver. »Und wozu dient das?«

»Das ist Safran«, sagte sie. »Manchmal mischt man etwas davon in die Papiermasse, bevor sie trocknet, damit das Papier gelb wird. Es gilt als besonders kostbar – auf Seiten wie diesen werden nur die schönsten Texte geschrieben, der Koran oder die Hadithe des Propheten –, und wenn es nach Ibn Zakariya geht, auch die Werke der griechischen Ärzte.« Sie zuckte mit den Schultern, schien nicht sicher, was sie davon halten sollte. »Die höchsten Würdenträger schreiben auf rosafarbenem Papier, aber ich weiß nicht, wie das hergestellt wird.«

»Rosa?«

»Das ist die Farbe der Macht.«

»Nein, das ist die Farbe deiner Lippen.«

Er sprach die Worte aus, noch ehe er sie gedacht hatte, und obwohl sich nun auch ihre Wangen ähnlich rosig färbten wie die Lippen, hätte er sie um nichts auf der Welt wieder zurückgenommen.

»Lippen sind nicht rosa, sie sind rot«, sagte sie energisch, »und rot ist Farbe des Glücks. Aber ich bin nicht glücklich, wenn ich spreche … ich bin nur glücklich, wenn ich schreibe. Das ist schon immer so gewesen.« Obwohl sie mit ihren Worten jegliches Verlangen zu sprechen abtat, schien es doch größer zu sein, als es zuzugeben sie bereit war, denn als er fragte, ob sie das auch immer schon gewusst habe, fuhr sie zu erzählen fort. »Als ich ein Mädchen war, musste ich mit meiner Mutter oft aufs Flachdach steigen. Du weißt, an warmen Tagen versammeln sich die Frauen dort, um zu spinnen und Teig zu kneten. Dann und wann blickten sie hoch und sahen auf die Dächer und Palmen und Minarette und die blauen Berge in der Ferne.« Ihr eigener Blick richtete sich nach innen.

»Aber du hast nichts davon getan.«

»Ich habe mich manchmal auf den Rücken gelegt, habe hoch zum Himmel geblickt, und der Himmel war so leer und nackt wie ein großes Blatt Papier.«

»Woraufhin dich das Verlangen überkam, ihn zu beschreiben.«

Sie schien wieder ins Hier und Jetzt zurückzukehren, sah ihn an, erkannte wohl in seiner Miene etwas Vertrautes, das Wissen, wer man war, mehr noch, wer man sein wollte.

»Den Himmel kann man nicht beschreiben. Er bleibt nackt

und leer, ganz gleich, was die Menschen tun. Allah allein bestimmt, wann Wolken ihn bedecken, wann Blitze ihn durchzucken, wann die Sonne scheint. Ein leeres Blatt Papier – das ist mein Himmel. Ich kann es mit düsteren Worten füllen und lichten, leisen und lauten, erschreckenden und wunderschönen. Die Schrift ist jenes hauchdünne Band, das die winzige Hand des Menschen mit der riesigen Hand Allahs zusammenhält.« Sie macht eine kurze Pause: »Durch die Feder erhält das Leben die Befehle Allahs.«

Er wollte nicht, dass sie zu reden aufhörte, deutete deshalb auf die harten Schilfrohre, die sie an ihrem Gürtel trug. »Daraus werden die Federn gemacht, nicht wahr?«

Er konnte sich auf ihre Leidenschaft fürs Schreiben verlassen, sie nickte eifrig. »So ist es. Es ist sehr wichtig, das richtige Schilfrohr auszuwählen, beide Enden zu betrachten, schließlich das dünnere, feinere zu wählen. Hier gilt es, einen schräger Schnitt durchzuführen, genau an der richtigen Stelle, denn von ihm wird die Schönheit der Buchstaben abhängen.«

Fionn betrachtete das Schilfrohr, und kurz schien es das Sinnbild seiner Seele zu sein. Wenn er an der richtigen Stelle einen harten Schnitt durchführte, konnte er das Blatt der Zukunft beschreiben, ohne dass es von der Vergangenheit befleckt wurde.

»Wichtig ist natürlich auch die Tinte, die man verwendet«, fuhr Ramira fort, »und die werde ich nun herstellen …«

Für sie war ihr Gespräch damit beendet, für ihn noch lange nicht. Als sie sich an ihm vorbeidrängte, tat er etwas, das er noch nie gewagt hatte – er umfasste ihre Handgelenke. Und anstatt sich sofort loszureißen, blieb sie bewegungslos stehen.

»Ich bin dir unendlich dankbar dafür, dass du mich zu schreiben gelehrt hast.«

»Jetzt bist du ja Ibn Zakariyas Schüler.«

Wieder huschte ein verräterisches Rosa über ihre Wangen, nur ihre Lippen wurden weiß, weil sie sie so fest aufeinanderpresste. Machte er ihr Angst? Oder wollte sie verbergen, dass vielmehr das Gegenteil der Fall war?

»Und du hast mich nicht nur zu schreiben gelehrt«, sagte er schnell, »auch Arabisch zu sprechen, und ich verstehe mittlerweile, warum jüdische und christliche Gelehrte lieber diese Sprache nutzen, anstatt Hebräisch und Latein: Weil diese Sprache nämlich zweierlei kann – wissenschaftliche Erkenntnisse ganz exakt ausdrücken und zugleich eine Sache in so schöne blumige Worte kleiden, dass ein einziger Satz einem vor Düften überbordenden Garten gleicht. Und hat dich nicht auch das zur Schrift getrieben? Die Sehnsucht nach einem duftenden Garten?«

Sie sagte nichts, atmete heftig. Er ließ ihr Handgelenk los – und plötzlich lag ihre Hand in seiner. Fast gleichgroß war diese, und eine Weile fühlte er ihren sanften Druck. Viel zu schnell machte sie sich los.

»Berühr mich nicht!«

Er unterdrückte ein Seufzen. »Gewiss, für dich bin ich ein Heide, aber … aber …«

Er wusste nicht, was er ihr zu versprechen bereit war. Einst hatte er sowohl Ibn Zakariya als auch dem Sklavenjungen Surtur im Brustton der Überzeugung erklärt, niemals die Schahāda, das Glaubensbekenntnis der Muslime, auszusprechen, sich zu jenem Gott zu bekennen, den Ibn Zakariya gern den Allerbarmer nannte und der ihm selbst, wie alle Götter, grausam erschien. Doch dieses Versprechen zu brechen, war ein geringer Preis, wenn er damit Ramiras Vertrauen, ihre Nähe … ihre Liebe erwerben konnte.

Jäh wurde ihre Miene ausdruckslos. »Für mehr als die Schrift gibt es in meinem Herzen keinen Platz.« Sie holte tief

Luft. »Ich diene ihr wie die große Aixa. Auch diese lebte in Córdoba, entstammte einer vornehmen Familie, erklärte von klein auf, dass es für sie keine größere Freude gebe, als Bücher zu lesen, zu schreiben und zu kopieren. Sie hat geschworen, nie zu heiraten, und diesen Schwur hat sie gehalten. Ihre Oden waren Wunder der Beredsamkeit, ihre Verse vorbildlich, es gab keine geschicktere Kalligrafin als sie.« Sie zögerte kurz. »Gewiss, ich habe kein Talent, eigene Bücher zu verfassen wie sie. Aber ich schreibe ähnlich schnell wie die Kalligrafin Lubna, die im Laufe ihres Lebens so viele Bücher für die Bibliothek des Kalifen kopiert hat, dass die Räume des Palastes nicht mehr dafür ausreichten, dass neue gebaut wurden. Und in dieser Bibliothek ist später die gelehrte und tugendhafte Fátima ein und aus gegangen, die sagte, sie wolle allein für Bücher leben. Noch im hohen Alter hatte sie eine so ruhige Hand, dass sie die schönsten Buchstaben zu schreiben vermochte.«

»Aber die Liebe zur Schrift muss doch die Liebe zum Leben nicht ausschließen! Ihretwegen musst du nicht auf die vielen kleinen Freuden verzichten, die dieses bietet.«

Die Freuden sah er deutlich vor sich: Wie er mit ihr auf dem Flachdach saß, wie sie Weintrauben aßen, über Muezza lachten, weil sich diese wieder einmal nicht streicheln ließ, wie sie sich gegenseitig die schmerzenden Rücken massierten, weil er sich den ganzen Tag lang über Kranke gebeugt hatte und sie sich über Papier, wie sie auf den blumenübersäten Wiesen in Córdobas Umland lagen, unter dem Schatten der Palmen. Nicht dass Ibn Zakariya irgendetwas davon erlauben würde, doch in diesem Augenblick hätte er sich damit begnügt, dass sie seine Sehnsucht teilte.

Auf ihren Wangen stand allerdings kein rosiger Glanz mehr, die Augen wirkten so hart wie der Polierstein.

»Den nackten Himmel können wir nicht beschreiben, selbst wenn wir es wollten. Das nackte Papier aber schon, vorausgesetzt, wir erweisen uns als würdig. Dafür muss nur die Seele nackt sein, durch nichts befleckt.«

»Eine zweite Leidenschaft neben der ersten zu haben, befleckt diese doch nicht«, hielt er ihr entgegen, musste daran denken, dass er immer Arzt hatte werden wollen, dass die Liebe zu Ríona diesen Wunsch niemals gemindert hatte.

»Der Schrift zu dienen, bedeutet frei zu sein. Die Liebe macht uns zu Sklaven.«

»Unsinn! Ich kann dir genau sagen, was uns zu Sklaven macht. Die Gier, die Unredlichkeit, die Bösartigkeit von anderen Menschen!«

»Du redest leicht, du bist ein Mann. Vielleicht kannst du beides haben, aber Frauen wie ich, wir sind dazu geboren, Brotteig zu kneten, einem Mann zu dienen und Kinder zu gebären. Das Talent zu schreiben hat mich von diesem Los befreit, was nicht bedeutet, dass ich ohne Liebe leben muss. Denn die Schrift ist etwas, das man lieben kann, ohne die Freiheit opfern zu müssen.«

Er wusste nicht, ob das das Dümmste oder das Klügste war, was er je gehört hatte. Vielleicht war ihr die Schrift wirklich genug, so wie Ibn Zakariya die Heilkunst zu genügen schien, um ein erfülltes Leben zu führen. Doch bei ihm war es anders. Nicht nur sein Verstand brauchte Nahrung, auch sein Herz! Seine Hände wollten nicht nur heilen, auch liebkosen!

Als sie sich an ihm vorbeidrängte, ahnte er jedoch, dass Ramira diese Sehnsucht nie erfüllen würde. Das Äußerste, was sie an Nähe duldete, war, dass er ihr bei der Papierherstellung, beim Schreiben zusah. Nun, er würde nicht darauf verzichten, wenn sich die Gelegenheit dazu bot, sich damit aber auch nicht begnügen. Am besten, er machte sich gleich daran, Salben und Schönheitsmittel für Esther herzustellen, die oft genug bekundet hatte, dass Liebe und Freiheit für sie kein Widerspruch waren, oder vielmehr dass Freiheit und Schönheit kein Widerspruch waren und dass die Liebe zu den schönen, nicht den qualvollen Seiten des Lebens zählte.

So oder so würde er in Córdoba nicht alles bekommen, was er sich je erträumt hatte, immerhin aber genug, um die Stadt zum ersten Mal als seine Heimat zu betrachten. Hier winkte ihm eine Zukunft. Hier wollte er bleiben.

Island

Ríona hatte keine Ahnung, wie viel Zeit vergangen war. Vielleicht gar keine. Hier verging nichts, hier regte sich nichts, hier wurde alles zu Stein. Fast wünschte sie sich, sie könnte selbst einer werden, das Kind einmauern wie manche hierzulande ihren Schatz unter Steinplatten. Doch dass immer wieder eine neue Schmerzwelle über sie hinwegrollte, war ein Zeichen dafür, wie inständig das Kind auf die Welt drängte. Nach einer Weile kämpfte sie mehr gegen diesen Drang als gegen den Schmerz an. Wenn sie lange genug durchhielt, wenn es ihr Leib einfach nicht hergab … Allerdings: Wer würde sie hier schon finden? Sie war ja noch nicht einmal sicher, dass irgendjemand sie suchen würde.

»Tu es nicht«, vernahm sie Urtas Stimme dicht an ihrem Ohr. »Du kannst nicht verhindern, was geschehen wird, mach es dir nicht unnötig schwer.«

Sie träufelte ihr keinen bitteren Sud mehr ein, wiewohl Ríona ihr so gern noch einmal ins Gesicht gespuckt hätte. So blieben ihr nur Worte. »Du bist ein böses, altes, verbittertes Weib, das zu nichts taugt. Und deine Götter sind ebenfalls böse, alt und verbittert und sind erst recht zu nichts nütze. Warum verlangen sie nach einem Neugeborenen, wenn sie sich doch so erhaben über die Menschen fühlen? Was nützt denn ein Kind, das wimmernd auf Fellen liegt, Odin in Walhall?«

Urta sah sie ungerührt an. »Es gibt eine Ordnung, und die muss aufrechterhalten werden.«

»Nach dieser Ordnung überlebt das Starke – und mein Kind ist stark.«

»Du bist auch stark. Aber wenn du so weitermachst, wirst du zugrunde gehen.«

Ríona ahnte, was sie meinte. Jenes Ringen mit dem eigenen Körper führte sie immer näher an eine gefährliche Klippe heran. Nicht mehr lange, und sie würde der Erschöpfung nachgeben … den Wehen nachgeben … dem Lauf der Natur. Sich dagegen zu stemmen war so unsinnig, wie darauf zu hoffen, aus dieser Höhle zu finden, wenn man nur lange genug gegen die steinernen Wände klopfte. Und doch: Jenem Befehl, den sie damals auf dem Schiff vernommen hatte, als sie Fionns Kind verloren hatte – gib auf, lass es los –, konnte sie an diesem Tag nicht folgen. Sie schrie gegen die Wehen an, schrie gegen das Trachten des Kindes an, schrie Urta an, schlug um sich, traf irgendetwas, hoffte, es war ihr Gesicht.

Ihre Stimme war allerdings nicht schmerzverzerrt, als sie sich an die Männer wandte. »Besser, ihr wartet draußen. Solange ihr in der Nähe seid, weigert sie sich, die Beine weit genug zu spreizen.«

Dummes Weib. Als ob sie ihre Schenkel beharrlich zusammenpresste, damit niemand ihre Scham sehen konnte.

Die Männer blickten sich misstrauisch an. »Schon dass wir nicht sie töten, nur das Kind, war deine Idee, nicht Olgeirs. Dass wir sie allein lassen, würde er nicht dulden.«

»Bei Fárbauti und der Laufey, den zwei hinterlistigen Riesen! Wenn das Kind stirbt, bevor es geboren ist, nutzt es Olgeir nichts. Dann wird seine Haut nicht bloß noch gelber, vielmehr schwarz.« Immer noch stand Misstrauen in ihren Blicken, aber auch Furcht. »Ich muss das Kind endlich herauslocken«, erklärte Urta, »und dazu brauche ich einen Weidenzweig, Vogelbeeren und Korallenstaub. Ihr müsst gehen, um mir das zu holen.«

»Was ist Korallenstaub?«

»Bringt einfach alles, was ihr auf meinem Lager findet. Und beeilt euch. Wenn das hier umsonst ist, wird Olgeir nicht mich bluten lassen, sondern euch.«

Ríona sah nicht mehr, wie sie gingen. Erneut kam eine Welle auf sie zu, drohte sie mitzureißen, nein, zu erschlagen, wenn sie sich ihr entgegenstellte. Als sie irgendwann aus jenem Sumpf der Schmerzen auftauchte, fühlte sie sich taub, benommen.

»Ein bisschen noch«, sagte Urta, »nur noch ein bisschen.«

Was meinte sie? Ein bisschen noch, und das Leiden war zu Ende? Aber der Schmerz hatte doch kein Ende, auch keinen Anfang, er war eine Schlange, die sich in den eigenen Schwanz biss.

Urta hockte zwischen ihren Beinen, Ríona wollte sie wegstoßen. Sie tat es nicht, weil sie plötzlich sah, wie ihre Hände ein Köpfchen hielten. Und dann kam wieder ein Schmerz, nur dass die Welle nicht an ihr zerrte, sondern am Kind. Wenig später hielt Urta es in den Händen, und von den Wänden der Höhle hallte ein Quäken.

Es lebt, dachte Ríona von Erleichterung erfüllt.

Es lebt, dachte sie, und Schrecken packte sie.

Es lebte *noch.*

»Schrei!«, befahl Urta.

Wem eigentlich? Dem Kind oder ihr? Wollte sie, dass es den Beweis erbrachte, wie stark es war, sodass das Opfer einen noch größeren Wert hatte?

»Du verdammte …«

»Das klingt zu heiser, schrei lauter!« Ríona war nun sicher, dass sie ihr selbst, nicht dem Kind zu schreien befahl. Sie verstand nur nicht, warum. Sie tat es trotzdem, und sei es nur, um Ohnmacht und Hilflosigkeit und die Liebe für das rot und gelb verschmierte Bündel Mensch aus sich herauszuschreien. Nicht dass das möglich war. Von dieser Liebe würde sie sich nie befreien können, und jene Liebe würde nie frei von Angst und Sorge sein, von der Ahnung, dass, was immer sie als Mutter tun konnte – das Kind umsorgen und liebkosen, für es kämpfen und notfalls sterben –, immer zu wenig war, nie zu viel. »Schrei lauter!«

Sie schrie, bis sie kaum mehr eine Stimme hatte, indes Urta die Nabelschnur durchtrennte, das Kind mit etwas besprengte. War es Wasser oder der schwarze Sud?. Sie hob es schließlich mit beiden Händen hoch, als wollte sie es den Mächten von Himmel und Erde anbieten.

»Lass mein Kind leben …«

Und lass es mich einmal halten, wenigstens ein Mal sein Gesichtchen streicheln.

Sie wollte die Hände heben, konnte es nicht. Konnte nur mit den Beinen um sich treten in der Hoffnung, dass sie Urta irgendwo trat.

»Bist du verrückt?«, fuhr diese sie an, »willst du, dass ich das Kleine fallen lasse?«

Die Alte presste es nunmehr an sich, hielt ihm die Hand vor den Mund, allerdings nicht, um es zu ersticken, um die quäkenden Laute zu dämpfen. Sie hallten trotzdem von den Wänden wider – immerhin war das der einzige Laut. Man hörte keine Schritte, die die Rückkehr der Männer ankündigten.

»Den Göttern sei Dank«, murmelte Urta. »Sie scheinen nicht gehört zu haben, dass du das Kind geboren hast.«

»Gib es mir, so gib es mir doch …«

Endlich vermochte Ríona die Hände auszustrecken, und

Urta reichte ihr das Kind. Aus dem Quäken wurde ein Glucksen, ähnlich dem steten Tropfen von den feuchten Wänden. Jetzt erst begriff sie, dass die Alte ihr Kind nicht töten wollte.

»Du … du wirst es nicht ersticken?«, fragte sie schwach.

»Natürlich werde ich es nicht ersticken, auch nicht ertränken oder aussetzen oder sonst wie opfern. Ich versuche, die ganze Zeit über, das Kleine und dich ebenso zu retten. Ich habe dich nur schreien lassen, damit die beiden nicht hören, dass das Kind geboren wurde. Und zumindest das scheint geglückt zu sein.«

Ríona konnte ihren Kopf gerade so weit heben, um das Kind zu betrachten. »Es hat ja schwarzes Haar«, murmelte sie.

Wie Fionn …

»Nein«, sagte Urta, »es wirkt nur so dunkel, weil es blutverschmiert ist. Ich denke, es ist eher rot.«

Also wie Skrymirs, dachte sie, aber dieser Gedanke machte ihr keine Angst.

»Warum?«, fragte sie. »Warum hilfst du mir?«

»Dass die Götter zornig sind, weil keine Kinder mehr ausgesetzt werden, habe ich nur erfunden, um Zeit zu schinden.«

»Aber dass Kinder ausgesetzt wurden, war bislang doch tatsächlich Sitte.«

»Nur wenn sie nicht lebensfähig waren, und selbst diese hatten lediglich Nutzen für die wilden Tiere, nicht für die Götter. Du hattest recht, als du fragtest, was die Götter damit anfangen sollten.«

»Ich dachte, du wolltest dich rächen … wegen Thorsteins Entscheidung auf dem Althing.«

Urta verzog ihren Mund. »Du dachtest ja auch, du hättest mich damals überlistet, nicht wahr? Wärst klüger und weitblickender … Pah! Ich habe Thorstein nur Suppe gebracht und von den Göttern gesprochen, weil ich wusste, dass du mir folgen würdest. Und ich wusste ebenso, dass, wo du bist, der Rabe nicht weit sein kann.«

Kurz war das Erstaunen größer als die Erschöpfung. Ríona hob den Kopf noch weiter. »Du hast das alles bezweckt? Aber warum wolltest du, dass sich die Isländer taufen lassen?«

»Ob sich taufen lassen, sich gegenseitig in Flüssen ertränken oder darin nur baden, ist mir völlig gleich. Den Göttern ist es übrigens erst recht gleich. Sie sind so viel älter, so viel mächtiger als die Menschen. Die Geschichten, die über sie erzählt werden, sind allesamt lächerlich. Und am lächerlichsten ist, wenn man von ihnen behauptet, sie liebten den Kampf und das Blutvergießen. In Wahrheit geht es ihnen nur um das Leben, und das Leben ist schon grausam genug, da muss es der Mensch nicht auch noch sein. Das Leben ehrt man überdies nicht, indem man sich ums Land balgt, obwohl man nicht auch nur einen Bissen davon abbeißen kann, man ehrt es nicht, indem man um Sklaven streitet, obwohl doch jeder Mensch frei sein sollte. Man dient dem Leben, der Erdenmutter, indem man lauscht, die Welt mit Ehrfurcht betrachtet, sich das Wenige nimmt, was man unbedingt braucht. Das Grollen der Berge, das Plätschern der Wasserfälle, das Gluckern der Moore – das sind die Geräusche, auf die es auf dieser Insel ankommt, nicht das Ächzen und Grölen und Klirren von kämpfenden Männern. Eigentlich sollte auf Island nur Platz sein für wirklich starke Frauen, nicht für vermeintlich starke Männer.«

»Die Männer werden sich nicht vertreiben lassen.«

»Aber ich konnte für etwas weniger Gewalt und Tod sorgen. Ich habe nicht nur meinen Teil dafür getan, dass Island christlich wird. Ich habe seinerzeit auch Bruder Thangbrand geholt, damit er dich rettet. Eine lebendige Frau sollte niemals für einen toten Mann sterben, denn damit ehrt man nicht die Götter, damit beleidigt man das Leben.«

Vage Erinnerungen stiegen in ihr hoch, von Urta, wie sie damals erklärt hatte, sie könne ihr nur Essen und diese getrockneten Pilze geben, ihr sonst nicht weiter helfen. Wenig später war tatsächlich Bruder Thangbrand aufgetaucht.

Kurz dachte sie, sie könnte niemandem je näher sein als der Alten, deren Hand sie nun ergriff, drückte, auch dem Kind an ihrer Brust, das vorsichtig seine Äuglein öffnete, blau, nur viel heller als Fionns. Doch allzu bald wurde aus diesem friedlichen Reich im Verborgenen ein Gefängnis, dem sie nicht entkommen könnten. Bald … bald würden Olgeirs Männer zurückkommen.

»Heute«, stammelte sie »heute kann mich niemand retten. Nicht Bruder Thangbrand, nicht Bruder Alfred.«

»Nun«, sagte Urta, »Jón hat nichts mit beiden gemein, trotzdem solltest du auf ihn hoffen.«

»Jón?«

»Ist dir entgangen, dass er sich seit dem Althing ständig in der Nähe unseres Hofes herumtreibt?«

Sie dachte an Lainidhs Harfe, ihr Erstaunen, woher sie diese wohl hatte, das beharrliche Schweigen, mit dem das Mädchen auf ihre Fragen reagiert hatte, und das Unbehagen, das die Ahnung in ihr gezeugt hatte, Lainidh könnte zu viel Zeit mit dem unverschämten Jungen verbringen. Noch größer als dieses Unbehagen war nun jedoch die Erleichterung, als ihr aufging, dass der Junge auch an diesem Tag da gewesen war.

»Ich habe ihn zu Skrymir geschickt, als ich sah, wie die Männer dich niederschlugen«, erklärte Urta.

»Es sind die Männer seines Vaters, warum sollte er uns helfen?«

»Olgeir hat ihn zu oft verprügelt, als dass er ihm die Treue hält. Jón wird alles tun, um dich zu retten. Die Frage ist, ob auch Skrymir alles tun wird.«

Ríona versuchte, nicht darüber nachzudenken, ob Jón Lainidh mehr zugetan war als erwartet, oder ob sie für Skrymir noch weniger Wert hatte als erwartet.

»Können wir denn nicht irgendwie aus der Höhle fliehen, ehe sie zurückkommen?«, fragte sie.

»Der Weg ins Freie ist zu weit. Aber … aber wir könnten noch tiefer in die Höhle hineingehen, dorthin, wo es ganz dunkel ist. Schaffst du es denn aufzustehen?«

Das Aufstehen war gar nicht so schwer. Was ihr schwerfiel, war, Urta das Kind zu geben, weil sie es, so leicht es auch war, nicht selbst tragen konnte. Aber sie hatte keine andere Wahl, musste all ihr Kräfte dafür nutzen, langsam Schritt vor Schritt zu setzen, immer tiefer in die Dunkelheit hinein. Bald genügte es nicht mehr, den Kopf einzuziehen, sie mussten auf allen vieren kriechen, kamen nur langsam voran. Sie waren noch nicht weit gekommen, als sie Schritte hörten. Da sie von den Wänden widerhallten, klang es, als würden Riesen durch die Höhle stapfen.

»Geh du weiter!«, raunte sie Urta zu, während sie sich selbst umdrehte. »Sie haben es doch eigentlich auf mich abgesehen, nicht auf das Kind. Wenn sie mich bekommen, werden sie vielleicht vergessen, euch zu suchen.«

Sie hörte nicht mehr, ob und was Urta antwortete, musste sich darauf verlassen, dass die Alte, die dem Leben diente, wusste, welches zu retten mehr Erfolg versprach. Sie konnte sich nicht einmal ein letztes Mal umdrehen, musste alle Kraft zusammennehmen, um zurückzukriechen. Auch als der Gang der Höhle wieder etwas breiter und höher wurde, stand sie nicht auf. Krämpfe schüttelten ihren Körper, etwas drang aus ihrem Leib, vielleicht die Nachgeburt. Sie ließ sich davon nicht aufhalten. Noch ein bisschen weiter, nur noch ein bisschen, Hauptsache, sie brachte eine so große Distanz zwischen sich und dem Kind wie möglich. Zumindest genügte, dass die Schwärze erst in ein diffuses Grau überging, es schließlich hell genug war, um Rot zu erkennen. Das Rot auf ihren Händen, das Rot auf dem Gesicht des Mannes, der ihr entgegenkam. Bei ihm war das Blut noch frisch, bei ihr bereits gestockt. Seines tropfte ihm vom Kinn, und ihr erster Gedanke war, dass er die Widersacher nicht einfach nur erstochen oder erschlagen, nein, ihnen die Kehle durchgebissen hatte.

Doch sie fühlte keinen Ekel, keine Abscheu, nur Erleichterung. Noch nie war sie so froh gewesen, Skrymir zu sehen.

Sie konnte sich noch langsam aufrichten – nur sich umdrehen, Urta zu rufen, schaffte sie nicht mehr. Schwindel überkam sie so heftig, dass sie plötzlich nicht mehr wusste, wo oben und unten war. Als sie fiel, fühlte sie nicht spitzen Stein, nur starke, wenngleich blutbesudelte Arme. Skrymir fing sie auf.

»Du lebst ja noch«, stellte er fest, und sie fühlte, dass auch er – auf seine Weise – noch nie so froh gewesen war, sie zu sehen.

Sie würde nie erfahren, wie Skrymir Olgeirs Männer abgeschlachtet hatte. Wahrscheinlich hatte er sie mit dem Spaten, mit dem er nach Sumpferz gegraben hatte, erschlagen. Solange sie nach Urta Ausschau hielt, brachte sie keine Frage über die Lippen, und als diese endlich mit dem Kind zurückkam, das Kleine nicht quäkte, sondern, als ahnte es, dass die Gefahr vorbei war, kräftig schrie, wollte sie nichts mehr von Blut und Tod hören. Das Kleine entgegenzunehmen erforderte all ihre Kräfte – sie war nicht sicher, ob sie sich auch aufrecht halten könnte. Doch noch hielt Skrymir sie, und er machte keine Anstalten, sie loszulassen. In seinen Augen stand ein Glanz, wie sie ihn noch nie wahrgenommen hatte. Was immer das Kind für ihn war – es war kein geschmackloser Getreidebrei, sondern mindestens so viel wert wie ein kross gebratenes Stück Schwein oder eine Kette, die man stolz trug, weil sie so schön glitzerte.

»Wie laut er schreit«, stellte er zufrieden fest.

Und da erst ging ihr auf, dass das Kind ein Sohn war, und da erst wurde sie gewahr, wir werden leben. Für ihn werde ich genauso kämpfen und mich plagen und allen Widrigkeiten trotzen, wie ich es bislang für Lainidh getan habe, dachte sie.

Lainidh kam nun auch in die Höhle, wirkte etwas ängstlich und duckte sich unwillkürlich, als sie die steinernen Zapfen betrachtete, die aus den Wänden wuchsen. Sie wich jedoch nicht zurück, vielleicht, weil Jón sie mit sich zog. Das Gefühl von Erleichterung und Liebe, das Ríona durchflutete, war so groß, dass sie kurz keinen Hader wider ihn fühlte, sich nicht daran störte, Lainidh in seiner Nähe zu wissen. Er gehört zu jenen, die auf List, nicht auf Kraft setzen, ging es ihr durch den Kopf. Er ist so wie ich … so wie Fionn.

Lainidh blieb geduckt, als sie sie erreichten, um notfalls Skrymirs schlagender Hand auszuweichen, Jón ebenso, was ihn nicht vor Skrymirs wütendem Blick bewahrte.

»Deinen Vater erschlage ich auch noch«, knurrte er.

Urta trat rasch zwischen ihn und den Jungen. »Das wirst du nicht tun, das überlässt du allein der Natur. Wen du ebenso der Natur, vielmehr den wilden Tieren überlassen solltest, sind Olgeirs Männer. Niemand darf herausfinden, dass du sie getötet hast. Bleiben sie verschwunden, werden alle denken, dass sie ertrunken sind.«

»Der da kennt aber die Wahrheit«, rief Skrymir und deutete mit dem Kinn auf Jón, während seine Hand unwillkürlich zum Gürtel ging, von dem er zuvor wohl den Spaten gezogen hatte. Gottlob hatte er ihn draußen liegen lassen – wobei wohl seine Faust reichen würde, den Kopf des Knaben zu zertrümmern.

»Er hat unseren Sohn gerettet, dafür lässt du ihn leben, Herr«, sagte Ríona schnell, und als Skrymir die Stirn runzelte, fügte sie hinzu: »Er musste uns nicht helfen – er tat es, weil er es wollte. Also solltest du ihn nicht töten.«

Skrymir sann eine Weile nach, die Furchen auf der Stirn wurden tiefer, und der Laut, der ihm am Ende entwich, klang finster. Immerhin machte er keine Anstalten, auf den Jungen loszustürzen, und der warf ihr ein dankbares Lächeln zu.

Sie konnte es nicht erwidern, nahm sie doch alle Kräfte zusammen, sich von Skrymir zu lösen, eigenständig aus der Höhle zu gehen. Obwohl Urta sie rasch auf der einen Seite stützte, Lainidh auf der anderen, bebten ihre Knie, und als sie im Freien sah, wie Prins gerade dabei war, einen der Leichname auf das Pony zu werfen, drohten sie endgültig nachzugeben.

Skrymir fing sie wie in der Höhle auf, nahm sie mit dem Neugeborenen auf den Arm. »Du kommst ja langsamer voran als ein hinkendes, altes Weib. Würde ich dich nicht tragen, wir würden es nie bis zum Abend nach Hause schaffen.« Mit gleichem strengem Ton wandte er sich an Lainidh: »Du begleitest Prins, damit wir doch noch zu Sumpferz kommen, und falls die Ponys scheuen, singst du ihnen etwas vor.«

Im hellen Licht waren die Blutspuren in seinem Gesicht noch deutlicher zu sehen, aber Ríona hielt ihren Blick auf das Kind gerichtet, versuchte, auch den metallischen Geruch zu missachten. »Wie … wie soll er heißen?«, fragte sie leise.

Skrymir zögerte. Er schien nicht einmal zu wissen, dass die Frau, die er all die Jahre Weib oder Sklavin gerufen hatte, Ríona hieß.

Viellicht würde er seinen Sohn künftig Junge oder Sklave

rufen, doch da sagte Urta schnell: »Er wurde in einer Höhle geboren, also ist Fjálli ein passender Name.«

»Heißt das Stein?«, fragte Ríona.

»Nein, es heißt Berg. Und ein Berg steht für vieles. Für etwas Großes, Starkes, Unverrückbares. Zugleich für Freiheit, die man nirgendwo in jenem Ausmaß findet wie auf einem Gipfel.«

Urta klang, als hätte sie diese Freiheit längst gefunden, ohne dass sie Berge besteigen musste. Ríona hingegen hatte sich nie weniger frei gefühlt als in diesem Augenblick, da sie ihr schreiendes Kind betrachtete. Die Fesseln der Liebe waren immer enger als die Ketten der Sklaverei. Skrymir hatte lediglich Macht über ihren Körper, das Kind über alles – den Geist, das Herz, die Seele. Und doch schenkte sein Anblick ihr zugleich Kraft – und Mut.

»Unser Sohn wurde inmitten von Stein geboren«, sagte sie zu Skrymir, als sie das Gehöft fast erreicht hatten. »Aber ich werde künftig keine Steine mehr schleppen, Herr. Schuften, das ja, mich indes nicht zugrunde richten.«

Er stellte sie unsanft auf die eigenen Beine – und sie konnte stehen, ohne zu wanken. »Und wenn ich dich zwinge?«

»Wie genau willst du mich zwingen, Steine zu schleppen? Wenn du mich aufs Feld zerrst und sie mir in die Hand drückst, könnte einer auf deine Zehen fallen.«

Kurz war sie nicht sicher, ob das, was sie Mut nannte, nicht einfach nur Dummheit war. Skrymir könnte sie sehr wohl zwingen, könnte ihr drohen, Lainidh mit einem der Steine zu erschlagen oder das Kind wie einen solchen ins Meer zu werfen.

Stattdessen lachte er heiser auf. »Warum hat du dich nicht schon früher so entschieden geweigert, dann hättest du dir all die harte Arbeit erspart.«

Die letzten Schritte brachte sie auf eigenen Füßen hinter sich. Fjálli war eingeschlafen, seine Hände waren zu Fäusten geballt. Sie hoffte, dass Lainidh bald zurückkehren würde – obwohl sie erschöpft war, würde sie zuvor kein Auge zutun. Immerhin ging es Muir gut, er saß auf dem Grasdach, begrüßte sie mit einem Krächzen. Nicht nur seinetwegen hatte sie zum ersten Mal das Gefühl, nach Hause zu kommen, als sie auf das Langhaus zuging.

Ich, Gormlaith, war die geduldige Königin. Wenn es nötig war, konnte ich warten, sogar sehr lange warten.

Natürlich wagte es nach der schrecklichen Niederlage von Glen Mama und der Plünderung von Dublin so schnell niemand, wieder gegen Brian Boru Krieg zu führen, am allerwenigsten mein Sohn Sitric, der manchmal hitzköpfig ist und immer ehrgeizig, dessen kühle Berechnung die Leidenschaft am Ende aber erkalten lässt.

Eine Weile war er auf der Flucht. Da niemand ihn vor Brian, der sich alsbald zum Hochkönig von Irland machen würde, schützen wollte, ging er demütig vor diesem auf die Knie. Er bekam Dublin unter der Voraussetzung zurück, ihm von nun an die Treue zu halten, und um dieses Bündnis zu besiegeln, bekam er obendrein Brians Tochter Slàine, obwohl er gar nicht um ihre Hand angehalten hatte.

Ich weiß nicht, warum man um die Hand einer Frau anhält, wenn man Heiratsabsichten hat. Welchen Zweck hat das zarte Händchen einer Königstochter? Ein Diener arbeitet mit seinen Händen, ein Krieger tötet mit seinen Händen, aber von einer Königstochter erwartet man einen willigen Leib, auf den man sich legen und in den man hineinstoßen kann und der irgendwann einen Sohn hervorbringt.

Der Sohn für Sitric blieb aus.

Das Glück für Slàine blieb aus.

Er, der einen Sohn aus einer früheren Ehe hatte, konnte damit leben.

Fehlendes Glück lässt sich hingegen nicht so leicht ersetzen. Womit denn? Slàine war nicht gut im Singen und nicht gut im Nä-

hen. Sie war keine Frau, die nach Macht gierte oder – wie ich – nach Rache. Und deswegen verbrachte sie ihre Zeit nicht damit, stumm zu warten, sondern laut zu weinen.

Eines Tages – neun Jahre waren mittlerweile seit meiner letzten Begegnung mit Brian Boru vergangen – betrat ich ihr Gemach. Bis dahin hatte ich sie meist gemieden. Sie würde alle Dubliner hassen, hatte sie am Tag ihrer Hochzeit erklärt, und das schloss die Frauen mit ein. Dass ich, wäre es nach mir gegangen, liebend gern die Frau ihres Vaters und Königin von Munster geblieben wäre, wusste sie nicht oder wollte es nicht wissen.

Jedenfalls weinte sie wieder einmal, als ich mich zu ihr gesellte. Vielleicht, weil sie auf Dublins Straßen in eine der zahlreichen Pfützen gestiegen war, vielleicht aus Sehnsucht nach Munster, vielleicht, weil Sitric wie so oft schroff gewesen war. Als ob es nicht ihre eigene Schuld war, dass er sie wie ein lästiges Kind behandelte.

Ich tat das in jener Stunde nicht. Ich strich über ihr blondes Haar. In welcher Beziehung diese junge Frau zu mir stand, ließ sich nicht so einfach sagen. Weil sie mit meinem Sohn Sitric verheiratet war, war sie meine Schwiegertochter. Weil ich selbst einmal mit ihrem Vater verheiratet gewesen war, war sie meine Stieftochter. Mit Töchtern kenne ich mich nicht aus, ich habe nie eine geboren.

Aber ich musste ja nicht ihre Mutter sein, es genügte, sie als Gormlaith behutsam zu fragen: »Warum weinst du?«

Sie blickte hoch, ihre Augen waren gerötet. Schon wieder oder immer noch. »Ich … ich habe eine Nachricht erhalten. Aus Munster. Dub Choblaig ist gestorben.«

Als ich über ihr blondes Haar streichelte, ging mir deutlich wie nie auf, dass die Gicht meine Hände mittlerweile zu Krallen verbogen hatte. »Wie traurig«, murmelte ich.

Slàine blickte hoch, in den tränenverschleierten Augen funkelte etwas. »Für dich doch nicht. Dub Choblaig war die vierte Frau mei-

nes Vaters. Dich hat er gegen Echrad ersetzt, und nach Echrads Tod holte er dich nicht zurück, sondern nahm Dub Choblaig.«

Unmöglich konnte ich den Triumph verhehlen, dass an jenem Leib, den Brian am Ende verschmähte, die Würmer viel später fressen würden, als an den zwei Frauen, die meine Nachfolgerinnen geworden waren.

»Ich leugne nicht, dass ich mehr Grund zur Schadenfreude denn zur Trauer hätte«, sagte ich, »aber es tut mir leid, dass du traurig bist. Wobei ich es nicht verstehe. Du hast deine Stiefmutter doch so lange nicht gesehen.«

»Genauso lange hast du Brian nicht gesehen, und dennoch weiß ich, dass du meinen Vater immer noch hasst. Ist Liebe nicht mindestens gleich stark?«

Als ob sie wüsste, was Liebe war. In mir selbst beschwor dieses Wort keine Erinnerungen von mir und Brian – ganz unverhofft aber von Ríona und Fionn, ein Jahrzehnt nun schon getrennt, vorausgesetzt, dass sie überhaupt noch lebten.

Was ganz gewiss noch lebte, war meine Rachsucht.

»Inmitten dieser vielen Menschen, die dir alle fremd geblieben sind, fühlst du dich jetzt noch einsamer, nicht wahr?«

Slàine nickte, überkreuzte die Arme. Ihr Gemach in der Dubliner Burg war einer der größten Räume und zugleich einer der kältesten.

»Ich … ich bin auch eine Irin«, murmelte ich, obwohl sie das natürlich wusste. »Wenngleich ich keinen Grund habe, darauf stolz zu sein – nicht so, wie du auf deinen Vater stolz sein kannst. Der ist mittlerweile Hochkönig geworden, der tatkräftigste, den Irland jemals kannte. Mein Bruder Máelmorda hingegen, der König von Leinster, ist ein Feigling. Wusstest du, dass er in der Schlacht von Glen Mama vor deinem Vater auf eine Eibe geflohen ist?«

Slàines Augen weiteten sich überrascht. Wer in Dublin hätte ihr diese Geschichte schon freiwillig erzählt? Ich aber tat es gern, *schmückte sie nun aus, behauptete auch, dass jene Demütigung für Máelmorda einer eiternden Wunde glich, die sich niemals schloss, immer noch schmerzte.*

Slàine lachte auf, schlug sich rasch die Hand vor den Mund. »Oh, ich wollte dich nicht kränken«, beeilte sie sich zu sagen, »immerhin ist er dein Bruder.«

»Meinetwegen kann alle Welt wissen, wie schäbig er sich damals verhielt. Ich frage mich ja, ob man sich in Munster noch daran erinnert, wie er da erbärmlich zwischen den Ästen gehockt ist.«

Slàine zuckte mit den Schultern. »Wäre meine Stiefmutter noch am Leben, ich würde es ihr schreiben …«

»Hast du nicht Schwestern, mit denen du dich austauschst?«, insistierte ich.

Ihre Miene wurde misstrauisch. »Warum bist du so erpicht darauf? Willst du deinem Bruder schaden? Oder gar meinem Vater?«

Ich gab mich gelassen, obwohl es in mir brodelte. »Wenn man alt wird, wird nicht nur das Haar grau, auch der Wunsch, irgendjemandem zu schaden. In der Jugend entzünden Kränkungen ein Feuer, mit dessen Hilfe sich manche Waffe schmieden lässt. In meinem Alter findet man die Glut im Herdfeuer, nicht mehr im Herzen.« Nie hatte ich dreister gelogen, doch sie glaubte mir, nickte nachdenklich. »Nun«, fuhr ich fort, »es ist mir gleich, ob du die Geschichte von Máelmorda auf der Eibe weitererzählst oder nicht. Hauptsache, du hast aufgehört zu weinen.«

Mit diesen Worten ließ ich sie allein.

Ich, Gormlaith, war die geduldige Königin. Es gibt Bäume wie die Trauerweide, die schnell wachsen, aber deren Äste beim ersten Sturm geknickt werden. Und es gibt Bäume wie besagte Eibe, bei denen es mehr als ein Menschenleben dauert, bis ihr Stamm dick ist, denen man dann jedoch nichts mehr anhaben kann. Und schließlich gibt es Bäume, denen man nachsagt zu vergiften, wer immer sie berührt. Wobei manches Gift sehr langsam wirkt, auch jenes, das ich in Slàines Ohr träufelte. Ich würde noch warten müssen, bis es seine Wirkung entfaltete.

Nicht minder lange mussten Ríona und Fionn warten, ehe das Schicksal sie zurück in ihre Heimat brachte. Wobei sie zu diesem Zeitpunkt gar nicht mehr darauf warteten. Sie hatten sich in den Ländern, in die es sie verschlagen hatte, zum Bleiben eingerichtet.

IV.

1009

Al-Andalus

»Bitte, bitte beeil dich!«, rief die Frau flehentlich. Fionn hätte ihr den Wunsch gern erfüllt, aber leider war in den Straßen von Córdoba an diesem Tag kaum ein Durchkommen. Nicht dass sie sich jemals leerten, doch solche Menschenmengen quollen selten aus den Häusern. Fionn konnte nicht zählen, wie vielen er schon auf die Zehen gestiegen war und wie viele wütende Flüche er deswegen geerntet hatte. Die Frau sah aus, als würde sie gleich in Tränen ausbrechen. »Beeil dich, bitte beeil dich! Sonst kommen wir zu spät!«

Fionn drängte sich energisch an zwei Männern vorbei und gelangte rasch durch eine weitgehend leere Seitengasse, obwohl ihn der Gedanke, was ihn am Ziel erwartete, mit zunehmendem Unbehagen erfüllte. Die junge Frau war eine Hebamme, und dass sie an Ibn Zakariyas Haus geklopft hatte, um um Hilfe bei einer besonders schweren Geburt zu bitten, war ungewöhnlich. Geburten waren Frauensache, und es musste schlimm um die werdende Mutter stehen, wenn die Hebamme nicht mehr weiterwusste.

Ibn Zakariya hatte in Ruhe zugehört, ein paar Fragen gestellt, solcherart erfahren, dass die Gebärende nun schon seit zwei Tagen in den Wehen lag, schließlich zu Fionn gesagt: »Du gehst mit ihr.«

Fionn war überrascht gewesen, die Hebamme regelrecht erschrocken. »Aber … aber … ich brauche die Hilfe eines *hakim!*«

»Nun, er ist ein *hakim*. Ein so guter wie ich. Oder eben ein *fast* so guter …«

Dass er sich zu diesem Lobpreis herabließ, hatte wohl nicht nur damit zu tun, dass Fionn in den letzten beiden Jahren immer mehr Kranke allein behandelt hatte – und das meist erfolgreich. Vielmehr hätte Ibn Zakariya, wäre er gezwungen, sich über eine Gebärende zu beugen, zugeben müssen, wie sehr ihm mittlerweile seine Rückschmerzen zusetzten. Seit einem Jahr verließ er ihretwegen immer seltener das Haus, um Menschen zu behandeln oder Vorträge zu halten, doch er behauptete, es habe allein damit zu tun, dass er sich seinen Experimenten widme. Er war besessen davon, *takwin* herzustellen, künstliches Leben, indem er einen Tropfen männlichen Samen mit Substanzen vermischte, um die er ein großes Geheimnis machte. Fionn spottete manchmal darüber, nur in den letzten Minuten war ihm das gründlich vergangen.

»Ich habe Angst, dass Hira und das Kind tot sind, wenn wir ankommen«, jammerte die Hebamme.

Fionn beschleunigte seine Schritte, konnte sich zugleich aber eines verräterischen Gedankens nicht erwehren: Wenn Mutter und Kind bereits tot waren, wenn er eintraf, konnte man nicht ihn dafür verantwortlich machen. Dafür schämte er sich allerdings derart, dass er umso erbitterter ums Durchkommen kämpfte.

Nicht nur Menschen waren auf den Straßen, auch Pferde samt Reitern. Die Generäle schwenkten die Kriegsfahnen, die in der Mezquita, der großen Moschee, geweiht worden waren und die sie sich danach an die Lanzen gebunden hatten. Manch eine wurde dabei schmutzig, hatte es doch in der vergangenen Nacht geregnet, und das Wasser war noch nicht in den eigens dafür angelegten Rinnsteinen abgeflossen.

Was für ein Irrsinn, so früh im Jahr zu einem Feldzug aufzubrechen, dachte Fionn und kämpfte sich an einem jungen Mann vorbei, der eine Trommel in den Händen hielt. Von diesen wurde behauptet, dass allein ihr Klang die Feinde tot umfallen ließ. Wenig beeindruckt davon waren die Maultiere und Kamele, die durch die Straßen trotteten, nicht nur mit Waffen und Rundzelten für die Offiziere beladen, auch mit Mühlen, auf dass während des Kriegszugs stets Weizen für die Soldaten gemahlen werden konnte. Was die Straßen endgültig überfüllte, waren die Sänften mit den Frauen, die den Feldzug begleiteten, um den Soldaten mit ihren Liedern Mut zu machen. Wahrscheinlich hatten sie zudem andere Pflichten zu erfüllen, aber darüber wurde nicht gesprochen.

Nicht gesprochen wurde schließlich auch darüber, dass der Zug auf dem schlammigen Weg stecken bleiben könnte, ehe die feindlichen Städte und Dörfer überhaupt erreicht wurden.

Was für ein Irrsinn, dachte Fionn wieder, während er einem Kamel auswich. Gleiche Worte waren in den letzten Jahren auch Ibn Zakariya häufig über die Lippen gekommen, wann immer er über Córdobas neuen Machthaber gesprochen hatte. »Manche Arten von Wahnsinn kann man heilen«, fügte er stets trübsinnig hinzu, »andere leider nicht.«

Fionn fand insgeheim, dass der Machthaber nicht wahnsinnig war, einfach nur dreist und dumm. Nur wenige Jahre, nachdem Ibn Zakariya und Fionn Almansor geheilt hatten, war er an einem weiteren Fieber verstorben, zu ihrer beider Glück fernab von ihnen. Sein ältester Sohn al-Malik war ihm als Wesir nachgefolgt, und dieser hatte, wie Ibn Zakariya behauptete, alle Schwächen von seinem Vater geerbt – Eitelkeit, Herrschsucht und Grausamkeit, leider jedoch nicht die Stärken: Den Mut, an vorderster Front zu kämpfen, oder die Geduld, eine langfristige Strategie zu verfolgen. Der *hakim* hatte erleichtert geseufzt, als sich einige Jahre zuvor die Kunde von al-Maliks Tod verbreitete – zumindest so lange, bis bekannt wurde, dass Almansors zweiter Sohn sein Nachfolger wurde.

Der war nach dem Vater seiner christlichen Mutter Sanchol benannt worden, und von ihm waren weder Stärken noch Schwächen bekannt. Einem leeren Blatt Papier kam er gleich, doch wer es beschreiben wollte, war keine Kalligrafin wie Ramira, die grazile Wörter benutzte, es waren seine Generäle mit ihrem Hunger auf Beute.

Wahrscheinlich hatten diese Generäle auf dem frühen Feldzug bestanden, und Sanchol hatte ihnen nichts entgegensetzen können – desgleichen der wahre Kalif Hischam, der Almansor wie al-Malik überlebt hatte und immer noch als Kind in einem Männerkörper verborgen im Palast lebte, nichts dagegen tun konnte, dass andere seine Macht ausübten.

»Hier entlang!«, riss ihn die Stimme der Hebamme aus den Gedanken und wählte eine Nebengasse, die tatsächlich weitgehend frei von Menschen war. Erst an ihrem Ende stießen sie auf ein Grüppchen, das nicht darauf aus war, den aufbrechenden Truppen zuzuwinken, sondern sich um einen Mann scharte. Dieser war auf ein Fass gestiegen, um von erhöhter Position zu sprechen, und Fionn konnte ihm geradewegs ins Gesicht sehen. Seine Miene erinnerte an jene Männer, die soeben mit Todesverachtung in den Krieg zogen, doch er trug keine Waffen, auch keines der engmaschigen Panzerhemden, keine Fahne. Seine Waffen waren Wörter, so geschliffen wie die tödliche Klinge von den besten Waffenschmieden.

»Der Wesir Sanchol hat schon seit Langem Allahs Weg verlassen«, erklärte er. »Ich weiß nicht, wann genau er ins Straucheln gekommen ist, aber dass er's tat, offenbart sich an dem schwarzen Turban, den er wie seine Krieger trägt. Dabei ist es in al-Andalus Sitte, dass nur die Gesetzeslehrer den Kopf mit schwarzem Stoff bedecken. Es ist ein Vorrecht, das man sich mühsam erwerben muss – und man tut es nicht, indem man in den Krieg zieht und Gold erbeutet.«

Fionn hielt unwillkürlich inne, starrte den Mann an. Er erkannte ihn als Jamal ad-Din, hatte der doch in den letzten Jahren häufig an verschiedenen Plätzen über den Sündenpfuhl Córdoba gelästert, hatte beklagt, dass die Menschen dem Bösen verfallen waren, gefordert, alle Ungläubigen zu vertreiben. Neu war, dass er seine Stimme so offen gegen den Wesir erhob – wenngleich nicht überraschend.

Almansor hatte alles darangesetzt, sich mit den Gesetzeslehrern gut zu stellen, hatte zugelassen, dass sie sämtliche Bücher der großen Bibliothek verbrannten, die aus der Feder ungläubiger Autoren stammten. Al-Malik hatte sie bereits vor den Kopf gestoßen, als er weiterhin viele Berber aus Nordafrika in seinem Heer aufnahm, obwohl diese, wie Jamal ad-Din beklagte, Wilde und Barbaren seien. Sanchol nun hatte sich ihn endgültig zum Feind gemacht, weil er diese Berber sogar zu Generälen ernannte.

Jamal ad-Din fuhr voller Wut zu predigen fort: »Ein Krieg, zu dem nicht die Gesetzeslehrer aufrufen, nur der Wesir, ist kein heiliger Krieg. Und ein Krieg, der nicht heilig ist, ist ein schlechter Krieg.«.

Fionn sah die Umstehenden nur von hinten, konnte in ihren Mienen folglich nicht Zustimmung oder Widerspruch lesen. Ehe er weiter nachdenken konnte, wies die Hebamme auf ein Nebengässchen.

»Hier müssen wir entlang!«, rief sie und gemahnte daran, dass es um das Leben von Mutter und Kind ging, nicht um Kriege und Wesire.

Wenig später erreichten sie endlich das Haus. Die Bediensteten gingen aufgeregt vor dem Eingang auf und ab, anstatt bei der Gebärenden auszuharren. Niemand war bei ihr, um ihr den Schweiß von der Stirn zu wischen oder ihr aufmunternde Worte zuzuflüstern, und als Fionn mit der Hebamme das Zimmer betrat, vermeinte er, dass sie beides ohnehin nicht mehr wahrnahm, er selbst zu spät kam. Die Frau lag reglos auf der Matratze, und sowohl diese als auch ihre Kleidung war blutgetränkt. Die Hebamme schrie auf und wich unwillkürlich zurück, und fast hätte Fionn es ihr gleichgetan. Dann aber sah er, dass die Haarsträhne, die der Frau ins Gesicht fiel – der Schleier hatte sich längst gelöst – leicht erzitterte, was einen schwachen Atem verriet.

Dass sie ohnmächtig war, war ihm sogar recht. So konnte sie sich nicht wehren, als er zu ihr trat, sich an ihrer Seite niederließ, den durchgebluteten Stoff hochschob. Fast alle Frauen weigerten sich, einem fremden Mann ihren Körper zu zeigen, ob der nun Arzt war oder nicht. Einmal hatte er erlebt, wie Ibn Zakariya hinter einem Vorhang stehen musste, um von dort aus einer Hebamme Anweisungen zu geben. Wieder ein anderes Mal hatte er einer kranken Frau einen Spiegel zwischen die Beine gehalten, um sie zu untersuchen, weil sie ihm nur gestatten wollte, das Spiegelbild des Körpers zu sehen, nicht diesen selbst. Doch jetzt konnte er keine Rücksicht auf Schamhaftigkeit nehmen. Er spreizte die Schenkel der Frau, schob seine Finger in ihren Leib, versuchte den Kopf des Kindes zu erspüren, aber ertastete lediglich etwas Weiches – die Nabelschnur. Sie wurde vom Gewicht des kleinen Kopfes gegen den Beckenknochen gepresst, was bedeutete, dass das Kind tot war.

»Kannst du Hira helfen?«, fragte die Hebamme.

Fionn hob kurz seinen Blick, sah, wie sie mit einem Schälchen Salz durch den Raum huschte.

»Was … was tust du denn da?«

»Salz vertreibt doch den bösen Blick.«

Fionn wandte sich kopfschüttelnd ab. Hiras Blick war ganz und gar nicht böse. Sie hatte ihre Augen leicht geöffnet, nur waren diese glasig. Entweder war sie zu schwach oder zu gleichgültig, um sich vor einem Mann zu fürchten, der zwischen ihren Schenkeln kniete. Sie war indes nicht zu schwach zu fragen: »Mein Kind? Lebt es?«

Fionn dachte an Worte, die Ibn Zakariya häufig wiederholte – dass man einen Körper nur heilen konnte, wenn man die Seele nicht in Aufruhr versetzte, und dass es deshalb ratsam war, einem Kranken die Genesung in Aussicht zu stellen, selbst wenn man nicht daran glaubte. Er ahnte, die Frau würde all ihre Kräfte zusammennehmen, wenn es Hoffnung für das Kind gab. Ohne diese wäre ihr das eigene Überleben womöglich gleich.

»Ich kann seine Bewegungen fühlen, sei unbesorgt.«

Die Augen schlossen sich wieder, aber der Mund verzog sich zu einem Lächeln. Bald schwand es, sie schrie auf, aber das wertete er als gutes Zeichen. Die Wehen waren nicht zum Stillstand gekommen, was wohl unweigerlich ein Todesurteil bedeutet hätte.

Er kramte in dem Beutel, den er wie immer bei sich trug, zog einen silbrig glänzenden Gegenstand hervor. Als die Hebamme diesen erblickte, erstarrte sie.

»Ja, willst du sie damit töten?«

Zugegeben, das Instrument sah furchterregend aus. Wie die Spritze war es eine weitere Erfindung von Abu l-Qāsim, den die Christen Abulcasis nannten, zumindest war er der Erste gewesen, der eine Zeichnung davon angefertigt hatte. Es war eine Geburtszange.

Fionn ließ sie sinken. »Hol Zucker, Gold und Brot«, wies er die Hebamme an.

Kurz starrte sie ihn verständnislos an, dann ging ihr auf, was er meinte. Wenn ein Kind geboren wurde, war es üblich, dieses mit Wasser, in das Blütenblätter geworfen wurden, zu waschen. Außerdem steckte man dem Neugeborenen ein Stück in Zucker getauchtes Brot in den Mund und legte Gold in seine Wiege. Der Zucker sollte das Kind freundlich machen, das Gold glücklich, das Brot ihm ein langes Leben schenken.

»Das Kind lebt also wirklich noch«, murmelte die Hebamme.

Fionn war längst zu dem Schluss gekommen, dass es keinen Sinn ergab, wenigstens ihr die Wahrheit zu sagen. Viel wichtiger war ihm, dass sie den Raum verließ und nicht sah, wie er sich mit der Geburtszange ans Werk machte. »Nun mach schon«, befahl er, »und sorg dafür, dass eine kräftigende Mahlzeit für Hira zubereitet wird – eine Suppe aus Weizenmehl, Hammelfett und Traubenmus.«

Immer noch zögerte die Hebamme, weswegen er die Zange sicherheitshalber wieder in seinem Beutel verschwinden ließ. Alsbald erkannte er aber, dass sie nur unsicher gewesen war, wohin sie das Salz stellen sollte. Schließlich entschied sie sich für die Truhe neben dem Bett. Sie war sichtlich erleichtert, gehen zu können, und Fionn war nicht minder erleichtert, sich ohne Zeugen ans Werk zu machen.

Als er später das Haus verließ, vermeinte er, dass nicht nur ein paar Stunden, sondern etliche Tage hinter ihm lagen. Oder vielmehr Nächte, deren Dunkelheit an ihm haftete wie Schweiß. In der Zwischenzeit waren neue Regenschauer herabgegangen, die Truppen hatten Córdoba endgültig verlassen, die Straßen waren leer. Nur Jamal ad-Din stand immer noch am selben Platz wie zuvor. Seine Stimme war heiser, hatte aber nicht an Wut eingebüßt, als er weiter über Sanchol herzog. Nicht nur Berber, gar Christen habe der zu Offizieren ernannt, sein Leben werde von Wein und Gelüsten beherrscht, er vertreibe sich mit Sodomiten und Sängern, Narren und Tänzern die Zeit und überreiche Astrologen Säcke voller Gold, auf dass sie ihm die Zukunft vorhersagten. In Wahrheit bestimme allein Allah über die Zukunft, desgleichen er Männern und Frauen ihr Aussehen gebe, es deshalb ein Frevel sei, sich zu kostümieren und zu schminken.

Jedes Wort fühlte sich für Fionn wie ein Stein an, der – wie die unsichtbare Schwermut und Trauer, die er aus Hiras Haus mitgenommen hatte – auf Nacken und Schultern drückte. Er ertrug es kaum, Jamal ad-Din zuzuhören, wollte auch verhindern, von ihm gesehen zu werden, und doch hielt er inne, als er in die Gesichter der Umstehenden blickte, in ihnen den gleichen Hass las, wie er von den Worten des Gesetzeslehrers triefte.

»Es heißt, Sanchol begnügt sich nicht damit, Wesir zu bleiben. Er will zum Nachfolger Hischams ernannt werden, sodass er nach dessen Tod der neue Kalif ist«, rief einer.

»Das ist nur ein weiterer Beweis für seine Gottlosigkeit, denn dieses Amt nimmt man sich nicht, man erhält es vom Allmächtigen«, erwiderte Jamal ad-Din.

»Durch seine Mutter ist er der Enkelsohn eines christlichen Königs«, mischte sich ein weiterer ein. »Es heißt, er ist in Wahrheit auch Christ und hat nichts weniger als Córdobas Untergang im Sinn.«

Jamal ad-Din nickte. »Warum sonst wäre er derart schamlos?« Dass Fionn erschauderte, lag nicht nur an der kühlen, feuchten Januarluft. Nie waren die Schmähreden, die er auf den Wesir gehört hatte, so weit gegangen. Fast alle Kalifen und Wesire hatten christliche Vorfahren gehabt, doch niemals hatte jemand daran Anstoß genommen – so wie niemand sich je beklagte, dass in der Stadt Christen wie Juden lebten, wichtige Ämter, respektable Berufe innehatten. Córdoba glich einem Krug, in dem sich Wasser und Wein und Honig vermischt hatten. Unsinnig wäre es, diese Zutaten zu trennen, unsinnig auch, die eine als wohlschmeckend zu bezeichnen, die andere als giftig! Doch Jamal ad-Din fuhr fort: »Gut möglich, dass Sanchol nicht ausgerückt ist, um gegen unsere christlichen Feinde Krieg zu führen, sondern um sich mit ihnen zu verbünden. Nur der, der dafür kämpft, dass der Islam zur Herrschaft gelangt, führt einen *dschihād*. Nur der, der Menschen tötet, die nicht an Allah und den Jüngsten Tag glauben, führt einen *dschihād*.«

Fionn konnte sich vage daran erinnern, dieses Wort schon einmal gehört zu haben. Nicht den gerechten Krieg hatte Ibn Zakariya damals mit *dschihād* gemeint, stattdessen den Kampf gegen das Böse in einem selbst. Doch Jamal ad-Din hatte wohl ein ganz anderes Verständnis davon, sah in dem Bösen Sanchol … mehr noch, alle Christen. Endlich konnte sich Fionn aus der Starre lösen, er wandte sich ab, hastete nach Hause. Vom Regen blieb er verschont, aber ein Sturm brauste durch die Straßen, klang unheilverkündend wie die Stimme des Gesetzeslehrers.

Als er heimkehrte, wollte er am liebsten zwei Tage nur schlafen, doch ehe er sich in seine Kammer zurückziehen konnte, erschien Ibn Zakariya. Sein Blick blieb an den vielen Blutflecken an seinem Gewand – mittlerweile lang wie das eines jeden *hakim* – hängen.

»Du hast nicht mehr viel tun können«, stellte er fest, ehe Fionn etwas sagen konnte.

Fionn nickte. »Das Kind ist tot … Ich glaube, das war es schon Stunden, bevor ich eintraf. Aber die Mutter lebt noch.«

»Ich wusste, auf dich kann ich mich verlassen.«

Anders als früher war Ibn Zakariyas Lächeln stets freundlich, nicht mehr herablassend und spöttisch. Gleichwohl wirkte er weggetreten, als wäre er mit den Gedanken längst wieder in seinem Labor.

»Die Mutter war verzweifelt, wollte es nicht glauben.«

»Hauptsache sie lebt, denn so kann sie weitere Kinder gebären«, sagte Ibn Zakariya, und in seinem Blick stand jene Härte, mit der er schon früher Trauer als unnützes Gefühl, das man sich als kluger Mensch verbieten sollte, abgetan hatte.

Fionn wollte nicht mit ihm darüber streiten, berichtete stattdessen, was er in der Stadt erlebt hatte.

Die Härte schwand aus Ibn Zakariyas Miene, zurück blieb Unbehagen. »Dass die Gesetzeslehrer gegen Sanchol predigen, ist nichts Neues. Aber es ist gefährlich, solange Sanchol nicht hier ist«, murmelte er.

»Denkst du, das Volk wird sich gegen ihn erheben?«

»Ich denke, dass der Hass etwas ist, das sogar im verregneten Winter blüht – dann vielleicht sogar am besten.«

»Was hat Jamal ad-Din denn davon, wenn er diesen Hass anheizt?«

»Nun, Frieden wünschen sich Menschen von selbst. Damit sie nach Krieg lechzen, bedarf es guter Redner, und als solcher wollte er sich schon immer beweisen.« Der Arzt seufzte, aber seine gerunzelte Stirn glättet sich rasch wieder. »Umso dringlicher ist es, künstliches Leben zu schaffen. Vielleicht kann ich dieses von Hass und Rohheit reinhalten.«

Er verschwand wieder in seinem Labor, und Fionn stieg bedrückt nach oben in sein kleines Gemach. Die trüben Gedanken würde er so schnell nicht loswerden, aber zumindest konnte er sich Schweiß und Blut abwaschen.

Ein Monat war seit der Geburt vergangen, und Hira hatte sich gut erholt, zumindest was ihren Körper anbelangte. Die Blutungen waren versiegt, sie hatte keine Schmerzen mehr beim

Sitzen, noch nicht einmal beim Gehen, und Fionn war sicher, dass sie wieder schwanger werden konnte. Doch auf ein Lächeln, das bewies, dass nicht nur neue Kräfte, auch neue Hoffnung sie erfüllte, wartete er bei jedem seiner Besuche vergebens. Ihr Miene war ausdruckslos, der Blick leer, nicht nur der Kopf war mit einem dunklen Schleier bedeckt, überdies ihre Seele.

Zu den ersten Dingen, die Fionn in Córdoba gelernt hatte, gehörte, dass die Seele genauso krank sein konnte wie der Körper, schlimmer noch: dass eine kranke Seele auf Dauer auch den Körper unweigerlich krank machen würde. Doch während er bei der Geburt ungefähr gewusst hatte, was er tun musste, war er ratlos, wie er Hiras Seele heilen könnte. Was Ibn Zakariya ihm vorgeschlagen hatte, erschien ihm als wenig hilfreich.

»Du musst ihr abrupt den Schleier vom Kopf ziehen«, hatte er erklärt.

»Und das soll ihr helfen, den Kummer um ihr verlorenes Kind zu überwinden?«

»Da nur ein Ehemann der Frau den Schleier abnehmen darf, wird sie furchtbar erschrecken, mehr noch, sie wird sich zu Tode schämen.«

»Ich will ihre Seele von schlechten Gefühlen befreien, nicht weitere verursachen.«

»Aber Scham und Schrecken werden sie ihren Kummer kurz vergessen lassen, und mit etwas Glück kommt er nicht mehr zurück. Mit dem Kummer verhält es sich nicht wie mit einem Raubtier, das auf der Lauer liegt und den Menschen ohne Warnung anfällt. Der Mensch züchtet ihn wie andernorts Orangenbäume gezüchtet werden, indem er sich lange genug einredet, dass er einen Grund hat, traurig zu sein.«

Fionn fand weder, dass Trauer etwas mit Orangenbäumen

zu tun hatte noch dass es Sinn machte, Hira den Schleier vom Kopf zu ziehen. Er gab den Dienstboten den Rat, überall im Haus duftende Blumen aufzustellen, wie man es im *bimaristan* auf der Station der Kranken, die an Melancholie litten, tat, und verabreichte Hira eine Mixtur aus verschiedenen Kräutern, in der sich auch etwas Opium befand, wenngleich er befürchtete, dass es sie nicht anspornen würde, wieder das Leben anzupacken, stattdessen sie noch träger machte.

Als er später nach Hause ging, war allerdings niemand träge. Nicht dass in Córdoba das Leben jemals stillstand. Immer glich die Stadt einem Obsthain im Frühling, wo grüne Triebe und Blüten sich gierig reckten, als gälte es, um Wärme und Licht einen Wettstreit zu führen. Doch um die Mittagszeit wurde das Stimmengewirr meist leiser, man sah mehr Menschen im Schatten hocken, als die Straßen entlangeilen. Nun aber begegnete er immer wieder Männern, die an ihm vorbeirannten. Hatte er zunächst versucht, deren Ziel auszumachen, erkannte er, dass sie aus verschiedenen Richtungen kamen und in verschiedene Richtungen strebten. Alle trugen jedoch das Gleiche mit sich – eine schwere Holzkiste, die sie an sich pressten wie eine Mutter ihr Kind.

Als Fionn einen von ihnen fragte, was sich darin befände, erntete er noch nicht einmal einen Blick. Der nächste Mann warf ihm einen überaus bösen zu, als hätte er keine Frage gestellt, sondern Allah verflucht. Er drängte sich so grob an ihm vorbei, dass er taumelte und mit einem dritten zusammenstieß. Der Verschluss von dessen Kiste schnappte auf, sodass Fionn einen Blick hineinwerfen konnte. Was darin lag, waren keine Gewürze, keine Edelsteine, keine feinen Stoffe, es waren Waffen. Die Spitzen von Lanzen und Wurfspeeren, Keulen und Steinschleudern und ein Schild, wie es die Reiter nutzten. *Adarga* nannte man es, und es ging das Gerücht um, dass man es herstellte, indem man Holz mit der Haut der Sahara-Antilope umwickelte, und dass es mit einer gewöhnlichen Lanze nicht zu durchbohren war.

Fionn hatte keine Ahnung, wie eine Antilope aussah und wo sich die Sahara befand – und genauso wenig konnte er sich zusammenreimen, was die Männer mit den Waffen bezweckten. Kehrte Sanchol schon vom Kriegszug zurück und wollte, dass man ihn nicht nur mit Jubel begrüßte, nein, ihm alles entgegenreckte, was scharf war, womit man töten konnte und was in der Sonne schimmerte? Allerdings war Sanchol nicht lange genug unterwegs gewesen, um schon siegreich heimzukehren. Die großen Schlachten fanden frühestens im Frühling statt, die Triumphzüge meist erst im Herbst. Und die Spannung, die er jäh empfand, kündete auch nicht von Jubel über einen Sieg … mehr von der Vorbereitung auf einen Kampf.

Kurz entschlossen stellte er sich einem Mann, der stark schwitzte, in den Weg und erklärte forsch: »Komm, lass mich dir helfen, die Last zu tragen.«

Schon griff er nach der Kiste, und tatsächlich war die Verblüffung des anderen für einen Augenblick größer als die Feindseligkeit. Dann aber kniff der andere misstrauisch die Augen zusammen. »Bist du ein Bruder von al-Mahdi?«

Fionn lebte mittlerweile lange genug im Land, um zu wissen, dass sich auch Männer Brüder nannten, die nicht blutsverwandt waren, Hauptsache, sie hielten einander die Treue bis in den Tod. Was er nicht wusste, war, wer dieser al-Mahdi war. Er zählte wohl nicht zum Kreise der Mächtigen. Zumindest noch nicht. Vielleicht wollte er es werden, indem er eine Verschwörung gegen Sanchol anzettelte und sich in dessen Abwesenheit Córdoba unterwerfen.

Fionn nahm seine Hände von der Kiste, und mit einem

Fluch auf der Zunge lief der Mann weiter. Er war kaum hinter der nächsten Ecke verschwunden, als wieder jemand angelaufen kam, doch das Gebimmel, das diesen Menschen ankündigte, verriet, dass er keine Waffen in Truhen, vielmehr jede Menge Schmuck an Hals und Ohren trug. Jener Laut hatte auf seine Ohren ähnliche Wirkung wie der Anblick einer Blumenwiese auf seine Augen, er schenkte die Gewissheit, dass die Welt schön und lieblich sein konnte und das Leben auf dieser Welt beglückend und leicht. Auch an diesem Tag hatte er kurz die Macht, dunkle Ahnungen zu vertreiben, überdies den Gedanken an eine untröstliche Mutter, die über den Verlust ihres Kindes nicht hinwegkam.

»Esther!«, rief er erfreut und trat auf die Frau zu, die er in den letzten Jahren immer wieder besucht hatte.

Er hatte mit ihr gelacht und gegessen, sich mit ihr geneckt und übers Menschsein gesprochen, hatte ihren kaum bekleideten Körper betrachtet und war mit dem völlig nackten auf ein Lager gesunken. Anfangs mochte ihn noch die Enttäuschung zu ihr getrieben haben, weil Ramira nur den gelehrigen Schüler des *hakim*, nicht den Mann in ihm sah. Doch es wäre verwerflich gewesen, Esther als Ersatz zu sehen, mit dem er vorliebnehmen musste. Sie war mehr als ein Trost, mehr als ein Fluchtpunkt, sie war etwas ganz … Eigenes. So wie sie mit Sitten brach, sich jeder Wertung entzog, ihr gleich war, was andere von ihr erwarteten, Hauptsache, das eigene Spiegelbild sagte ihr zu, ließ sich das, was sie verband, nicht mit jenen Worten ausdrücken, die das Verhältnis von Mann und Frau für gewöhnlich beschrieben. Liebe, Lust, Begehren trafen es kaum. Sie teilten schließlich nicht nur das Lager, auch den Schlüssel zu einem Reich, in dem das übliche Kämpfen und Ringen und Hadern und Ertrotzen nichts verloren hatte, in dem es nicht zu lernen, zu heilen, seinen Rang zu behaupten galt – einfach nur zu lassen.

Jetzt war das Klimpern ihres Schmucks allerdings kein Zeichen dafür, dass sich ihm dieses Reich einmal mehr öffnete. Dass Esthers Schminke verwischt war, war nicht ungewöhnlich – erstaunlich war, dass sie sich wohl gar nicht erst die Mühe gemacht hatte, selbige aufzutragen. Noch befremdlicher war es, sie in fleckiger, einfacher Kleidung zu sehen. Und noch nie war ihre Stimme, ansonsten immer keck, so tief gewesen, wie in dem Moment, da sie ihren Lastenträgern rüde Befehle erteilte. Auch diese trugen Kisten, wenngleich er sicher war, dass sich in ihnen Seide und Edelsteine befanden, lief der Handel, so hatte Esther ihm zumindest bei ihrem letzten Treffen berichtet, doch gut wie nie. Die Befriedigung darüber war offenbar Sorge gewichen.

»Nun macht schon, macht schon!«, rief sie. »Beeilt euch! Wollt ihr etwa ein Mittagsschläfchen halten? Wenn ihr noch auf der Straße seid, wenn die Plünderungen beginnen, wird man euch nicht nur die Lasten rauben, sondern euch auch zu Sklaven machen.«

Eben hatte Fionn den Mund öffnen wollen, um erneut ihren Namen zu rufen, hatte Esther ihn beim ersten Mal doch nicht gehört. Jetzt brachte er nur entsetzt hervor: »Plünderungen?«

Sie fuhr herum, und in den Augen stand nicht übliches Funkeln, das jeden Edelstein zum matten Stein werden ließ, keinerlei Freude auch, ihn zu sehen. »Hast du es noch nicht gehört?«, fragte sie grußlos.

»Was gehört?«

»Dass Sanchol in den Bergen von León in einen Schneesturm geraten ist. Dass er zwar Zuflucht in Toledo fand, dort aber bis jetzt vergeblich auf besseres Wetter wartet. Dass er so bald nicht nach Córdoba zurückkehren kann.«

In Córdoba war noch nie Schnee gefallen, der heutige Tag vielmehr einer der bislang wärmsten des Jahres. Gleichwohl wurde Fionn plötzlich kalt. »Was hat das denn mit drohenden Plünderungen zu tun?«

Esther furchte die Stirn, obwohl sie dergleichen ansonsten nie tat, weil sie Falten fürchtete. »Was tun die Mäuse in eurem Haus, wenn Muezza ein zu langes Schläfchen hält? Sie beginnen, heimlich an den Vorräten zu knabbern.«

»Die Waffen, die die Männer mit sich schleppen, sind also allesamt gestohlen?«

Nun war sie erstaunt. »Welche Waffen?«

Rasch berichtete er, was er erlebt hatte.

Ihre Wangen, sonst immer rosig, erblassten. »Es scheint ja noch schlimmer zu sein, als ich dachte!«, rief sie und schlug die Hände über dem Kopf zusammen. Sie fuhr zu den Lastenträgern herum, trieb sie mit noch schrofferer Stimme die Straße entlang, blieb kurz stehen, um sich noch einmal zu ihm umzudrehen und ihm ein flüchtiges Lächeln zuzuwerfen. »Ein hübsches Jüngelchen sollte sich an einem Tag wie diesem besser nicht auf den Straßen herumtreiben.«

Dass er, obwohl ein Mann von Anfang dreißig, in ihren Augen ein Jüngelchen war, hätte er an einem anderen Tag lustig gefunden. An diesem gab es nichts zu lachen.

»Was genau meintest du denn mit den Plünderungen?«, rief er, schloss zu ihr auf.

Sie trieb ihre Lastenträger weiter an, erklärte immerhin schnaufend: »Sanchol hat fast alle seine Männer mit auf den Kriegszug genommen, deswegen gibt es hier zu wenige, die für Recht und Ordnung sorgen. Seit sich herumgesprochen hat, dass er so schnell nicht heimkehren wird, wird immer mehr gestohlen. Dass die Männer Waffen sammeln, ist wohl ein Zeichen dafür, dass sie sich auf einen Aufstand vorbereiten.«

»Einer der Männer hat einen al-Mahdi erwähnt. Weißt du, wer das ist?«

»Ein Mann, der genug davon hat, eine Maus zu sein und sich im Loch zu verkriechen, der lieber der Katze die Augen auskratzen will. Wenn ich es recht im Kopf habe, behauptet er, der Enkel oder Urenkel von Abd ar-Rahman zu sein, dass in seinen Adern folglich das Blut eines Kalifen fließe, was ihm mehr Recht auf die Stadt gebe als einem Abkömmling des Wesirs wie Sanchol.«

»Sanchol ist ein Nichtsnutz«, entfuhr es ihm, »und obendrein ein Dummkopf. Warum ist er bloß so früh im Jahr zum Kriegszug aufgebrochen?«

»Ach, auch dumme Menschen können schöne Kleidung tragen. Seine war immer besonders schön – der Panzer aus vergoldetem Silber, der achteckige Helm, in den Edelsteine eingelassen waren.« Kurz wurde ihr Tonfall schmachtend, doch als sie die Lastenträger erneut zur Eile antrieb, wurde ein keifender daraus. »Nun, ich will nichts von meinen Edelsteinen und meinen Stoffen verlieren – ich lasse alles von Wert in ein Lager außerhalb der Stadt bringen.«

»Soll ich … soll ich dir helfen?«

Ein letztes Mal blieb sie stehen. »Ach Jüngelchen, du hast wunderschöne Hände, ich würde dennoch nie erwarten, dass diese Hände Lasten für mich schleppen oder mich gar vor dem Feind beschützen. Zeit, mich von ihnen liebkosen zu lassen, habe ich allerdings auch nicht, also nutze sie, um das zu tun, was du am besten kannst – zu heilen. Ich mag das Sieche und Kranke ja nicht, aber wenigstens bekommst du bei deiner Arbeit keine Schwielen.« Sie breitete ihre Arme aus, drückte ihren Körper an seinen und gab ihm einen Kuss, der ein wenig nach Honig schmeckte. Das Schmatzen, das ertönte, klang wiederum so, als würde sie eine besonders saftige Olive verzehren. »Na los!«, rief sie, »geh zu deinen Kranken und mach sie gesund. Und ich sperre mich mit meiner Ware ein, bis das Schlimmste ausgestanden ist.«

Obwohl sie ihn nicht noch einmal küsste, glaubte er weiterhin Honig zu schmecken. Und kurz, ganz kurz vermochte dies, den Gedanken an Schneestürme, drohende Aufstände und Plünderungen zu vertreiben.

Anstatt sofort nach Hause zu gehen, wie er es eigentlich beabsichtigt hatte, trieb sich Fionn noch eine Weile auf den Straßen herum, suchte Gelassenheit daraus zu ziehen, dass er nun wieder mehr Menschen, die ihren alltäglichen Geschäften nachgingen, begegnete, statt Männern mit Kisten. Doch just als sich die Lage endgültig beruhigt zu haben schien – die Sonne war im Sinken begriffen, und ihr violettes Licht kämpfte vergebens gegen die langen Schatten, die die Häuser warfen –, hörte er in der Ferne Geschrei. Noch war es nicht wirklich laut, mehr ein Ächzen als ein Gebrüll, allerdings das Ächzen von einem, der eine Waffe hebt, gefolgt vom Ächzen dessen, den die Waffe trifft. Der Krieg war ja ein solch schlechter Sänger, nur drei, vier Töne ließ er den Kehlen der Menschen entfliehen. Und jäh kam ein weiterer hinzu, ein Knistern. Es war so leise, dass er erst daran glaubte, als er den dichten Rauch wahrnahm, der über der Stadt hing. Er drehte sich in alle Richtungen, konnte in der Dämmerung aber nicht erkennen, wo genau es brannte. Was zählte es? Was zählte es auch, wer genau die Toten auf der Straße waren, die er nun erreichte. So oder so wusste er plötzlich: Es würden nicht die Letzten sein, die von den Verschwörern um al-Mahdi gemeuchelt worden waren.

Diese hatten den Einbruch der Dunkelheit abgewartet, um loszuschlagen, und selbst wenn er, der seinen Schritt nun beschleunigte, noch keinen von ihnen sah – stieß er auf weitere Tote, auf Wehklagen auch, schnappte Gerüchte auf, die immer bedrohlicher klangen, je länger sie im Umlauf waren. Al-Mahdis Männer hätten demnach pechschwarze Gesichter, ritten auf Pferden, die flink wie Leoparden waren, mordeten grausamer als Wölfe, die nachts eine Schafherde überfielen. Aus den dreißig, die ursprünglich genannt worden waren, wurden dreihundert – wobei schon drei genügt hätten, ihn zu töten.

»Hinein ins Haus!«, schrie er einer Frau zu, die schluchzend neben einem Toten auf der Straße hockte.

Eine Weile starrte sie ihn blicklos an, fügte sich dann endlich dem Befehl, schlug die Tür zu. Kurz blieb er davor stehen, voller Reue, nicht um ein Versteck gebeten zu haben. Allerdings würde er es ja doch nicht ertragen, hier auszuharren. Er musste nach Hause, musste nach Ibn Zakariya sehen, nach Ramira!

Erst kämpfte er sich von Gasse zu Gasse, danach von Haus zu Haus. Er versteckte sich immer kurz, um durchzuatmen, sich umzusehen, hastete dann weiter. Einmal wäre er fast mit einem Mann zusammengestoßen, der um die Ecke kam, doch es war kein Bewaffneter, ein Flüchtiger. Die edle Kleidung verriet, dass er ein Beamter des Wesirs war, und dass er so verzweifelt nach einem Versteck Ausschau hielt, war ein Beweis dafür, dass seinesgleichen nicht einmal mehr im Alkazar sicher war. Ihm folgte wenig später eine Truppe, und Fionn konnte nur hoffen, dass sie ihn nicht erwischte.

Die Männer, die in der nächsten Gasse laut schrien, kämpften nicht um ihr Leben, sie kämpften um Beute – silberne und goldene Figuren, Kästchen aus Elfenbein, seidene, purpurne Stoffe, die sie offenbar aus irgendeinem

Haus gestohlen hatten. Die Stoffe zerrissen, als sie daran zerrten, einer schlug dem anderen ein Elfenbeinkästchen auf den Kopf. Plünderer, dachte Fionn im ersten Augenblick, um dann festzustellen, dass es offenbar ehrwürdige Bewohner Córdobas waren, die den Aufruhr nutzten, um sich zu bereichern.

Er überlegte kurz, jenem zu helfen, der nach dem Schlag ohnmächtig niedergesunken war, doch er konnte sich an diesem Tag unmöglich um alle Verletzte kümmern – er musste heim zu Ibn Zakariya und Ramira.

Auf dem Platz, den er als Nächstes überquerte, begegnete er einem Redner, der erst mehrmals laut al-Mahdis Namen wiederholte, ihn dann zum neuen Kalifen erklärte. All jene, die näher traten und seine Worte aufgriffen, bekamen prompt Waffen ausgehändigt. Bevor sie noch auf die Idee kamen, sie gegen ihn zu richten, rannte Fionn weiter. In der nächsten Gasse begegnete er einem Mann, der ein Wasserrohr mit sich trug. Er brauchte eine Weile, um zu erkennen, dass dieser damit keine Menschen erschlagen, vielmehr seinen kostbarsten Besitz nicht in seinem Haus zurücklassen wollte – und das war eben die Wasserleitung.

Ja, sind denn alle verrückt geworden, ging es ihm durch den Kopf, ehe er sich wieder vor einer der blutrünstigen Horden schützen musste. Als er den Kopf wieder herausstreckte, war der Himmel dunkelrot, und der Rauch stand dick wie nie. Brannten nicht nur Häuser in Córdoba, auch eine der beiden Palaststädte, die Medina Azahira oder die Medina Azahara?

Er konnte es von seinem Standpunkt aus nicht sagen. Hauptsache, er erreichte Ibn Zakariyas Haus, bevor er vom Flammenmeer verschlungen wurde. Was sie danach tun sollten – sich verkriechen oder gleichfalls fliehen –, konnte er dann gemeinsam mit dem *hakim* entscheiden. Bald trennten ihn nur mehr zwei Gassen von seinem Ziel. Durch die erste kam er ungehindert, als er die zweite betrat, ragte plötzlich jemand vor ihm auf. Er wurde gepackt, konnte sich nicht befreien, sah in ein schwarzes Gesicht … Nein, nicht das Gesicht war schwarz, es war der Turban. Und der, der einen solchen trug, wies sich damit als Gesetzeslehrer aus.

Jamal ad-Din.

Fionn hustete gegen den Rauch an, hustete gegen die Angst an. Zumindest der Angst konnte er lange genug Herr werden, um wütend zu rufen: »Bist du nun zufrieden, weil du endlich deinen Krieg bekommen hast? Ist es wirklich das, was dein Gott will und heilig findet – dass Unschuldige beraubt und niedergemetzelt werden, dass jeder Wüterich eine Waffe in die Hand gedrückt bekommt, nur weil er al-Mahdi preist? Oder ist es dir immer noch zu wenig, willst du weiter predigen?«

Nicht anders zumindest konnte er sich erklären, warum Jamal ad-Din auf den Straßen war, anstatt sich in einer Moschee zu verkriechen, warum er sich nicht damit begnügte, der Bogen zu sein, der dem spitzen Pfeil – al-Mahdi und dessen Männern – die Richtung vorgab. Doch Jamal ad-Din ging es hier und jetzt offenbar nicht darum, den Menschen noch mehr Hass in die Seelen zu pflanzen, vielmehr dem eigenen, der über Jahre gewachsen war, endlich Nahrung zu geben.

»Nehmt ihn mit!«, befahl er knapp. Fionn hatte sich bereits vergebens gegen seinen Griff zu wehren versucht. Nun sah er, dass noch mehr Männer kamen, ihn umkreisten. Er vermutete, dass es Soldaten von al-Mahdi waren. Und kurz vermutete er auch, sie würden ihn packen, um ihn zu töten. Doch das war nicht die Art Rache, nach der Jamal ad-Din lechzte.

»Die Stadt stand so lange unter der Herrschaft von schändlichen Kreaturen, die das Gesetz nicht achteten und sich unsagbaren Freveln hingaben. Unter al-Mahdi wird Recht und Ordnung zurückkehren, und wir werden das an Männern wie dir beweisen.«

Gegen den Griff konnte sich Fionn nicht wehren, gegen die Worte schon. »Ich habe die Ordnung nicht gestört, und ich habe nie ein Unrecht begangen!«, rief er.

»Und ob du das hast«, entgegnete Jamal ad-Din.

»Was genau wirfst du mir vor? Dass ich Christ bin? Ich habe immer die *jizya* bezahlt, das kann ich beweisen.«

Die *jizya* war jene Kopfsteuer, die die »Ungläubigen« zu zahlen hatten. Früher hatte das Ibn Zakariya für ihn getan, mittlerweile tat er es vom eigenen Lohn, und er trug stets – wie gefordert – den Nachweis über diese Zahlung bei sich.

Jamal ad-Din schwieg lange, bis er zum eigentlich Schlag ausholte. »*Dass* du Christ bist, laste ich dir nicht an. Aber *weil* du Christ bisst, hast du Hiras Kind getötet.«

Obwohl er die trauernde Mutter erst vor Kurzem verlassen hatte, brauchte Fionn eine Weile, um das, was in deren Haus geschehen war, mit dem zu verbinden, was ihm hier in dieser Gasse zustieß. »Das Kind war doch schon tot, als ich kam!«

»Sowohl Mutter als auch Hebamme bezeugen anderes. Demnach hast du behauptet, es würde noch leben. Und sie können gleichfalls bezeugen, mit welch schrecklicher Waffe du es getötet hast – mit einem Messer.«

Das war eine Geburtszange, keine Waffe, hätte Fionn dem anderen am liebsten entgegengehalten. Aber er wusste, das würde ihm nicht helfen. Jamal ad-Din hatte jahrelang gewartet, sich an ihm zu rächen, und nun, da mit al-Mahdi ein Mann an die Macht kommen würde, der auf die Unterstützung der Gesetzeslehrer angewiesen war, würde ihn niemand daran hindern.

»Du wirst dich vor Gericht für deine grausame Tat verantworten.«

Jamal ad-Dins kaltes Lächeln ließ keinen Zweifel daran offen, auf welches Urteil er hoffte.

Island

Ríona zog beharrlich am Strick, aber die Kuh wollte nicht vorangehen. Bei jeder anderen hätte sie längst die Geduld verloren, bei dieser war sie gelassener. Das Tier gab eindeutig die meiste Milch und war zugleich am genügsamsten, weswegen sie es oft als Lieblingskuh bezeichnete. Alda hatte mehr als einmal gespottet, warum sie ihr nicht gleich einen Namen gab. Wenn ja, sei Audumla passend – laut einer alten Sage war das jene Kuh gewesen, die den ersten Mensch aus dem ewigen Eis geleckt hatte. Doch Ríona erklärte stets, dass Muir das einzige Tier blieb, dem sie je einen Namen geben würde.

»Nun komm schon«, sagte sie.

Sie hatte die Kuh am Morgen zum ersten Mal in diesem noch jungen Jahr in jenes etwas höher gelegene Gebiet getrieben, wo besonders saftiges Gras wuchs. Jetzt wollte sie sie wieder zurück in den Stall bringen. Offenbar hatte die Kuh aber noch nicht genug von der Einsamkeit, von der Freiheit.

Wenn sie es recht bedachte, ging es ihr selbst ähnlich. Sie ließ den Strick los, atmete durch, hielt nach Muir Ausschau.

Ihr Rabe, der ihr all die Jahre die Treue gehalten hatte, war in den letzten Monaten nur selten allein zu sehen gewesen, hatte meist jenes Weibchen an seiner Seite, dessen Vertrauen er erlangt hatte, indem er ihm sein geheimes Futterversteck gezeigt hatte. Restlos von sich überzeugt hatte er es, als er es – mit nur einem Flügel fächernd – umkreist und sogar in Rückenlage umflogen hatte. Seitdem vertrieben die beiden die Vögel aus den Nestern, die sie sich als Schlafplatz auserkoren.

Am frühen Nachmittag verließen sie diese jedoch immer für ihre Flugspiele, und selten fielen sie so wild aus wie heute. Aus der Ferne sah es gar so aus, als würden sie sich gegenseitig an den Füßen packen.

Ríona beobachtete die Raben eine Weile und lächelte jäh.

Muir war glücklich – so glücklich ein Rabe eben sein konnte.

Sie war auch glücklich – so glücklich eine Sklavin eben sein konnte.

Seit Fjállis Geburt hatte sich nicht viel verändert – aber ein bisschen eben doch. Skrymir ließ sie weiterhin hart schuften, mutete ihr hingegen nicht mehr jede Arbeit zu, solange sie dem Boden reiche Ernte abrang, ihre Kühe wohlgenährter waren als die anderer, und der Käse, den sie zubereitete, würzig schmeckte. In seiner Sprache gab es wohl nicht einmal ein Wort für das, was er für sie empfand. Jedenfalls zog er sie manchmal auf seinen Schoß, damit sie ihm das Haar oder den Bart flocht, und während sie das tat, kam zumeist ein Ton über seine Lippen, der ähnliches Wohlbehagen verhieß, wie er in den Stunden, da er auf ihr lag, zu fühlen schien. Das geschah seltener, seit eine Sklavin, die einst zu Olgeirs Haushalt gehört hatte, auf ihrem Gehöft lebte. Dísas Hüften waren breit wie ihre Nase, die Arme kräftig wie die eines Mannes, das blonde Haar hingegen fast noch feiner als Lainidhs. Was genau davon Skrymir gefiel, ließ sich nicht sagen, wahrscheinlich musste sie ihm gar nicht gefallen, wenn er sie benutzte. Dass das wiederum Dísa gefiel, konnte sich Ríona nicht vorstellen, trotzdem kicherte diese, sobald der sie zu seinem Lager rief.

Ríona war erleichtert, immer öfter mit Fjálli und Lainidh auf der Schlafstatt liegen bleiben zu können und nicht wieder schwanger geworden zu sein. Es fiel ihr leichter, ihren Sohn zu lieben, als sie nach dem Verlust des ersten Kindes erwartet hatte, aber mit der Liebe verhielt es sich auf Island wie mit den Vorräten: Es galt sie zu rationieren, sie nicht bedenkenlos zu verschwenden. Wenn es zu viele Münder satt zu machen gälte, würden am Ende alle zu wenig haben – und wenn sie außer Fjálli und Lainidh und Muir noch andere lieben würde, käme sie wohl ebenso an ihre Grenzen. So hielten sich die Entschlossenheit, mit der sie jeden Morgen aufstand, die Zufriedenheit, dass alles wuchs und gedieh, und die Sorge und Angst, dass es dabei nicht bleiben würde, die Waage.

Fjálli war mittlerweile neun Jahre alt und hatte nichts gemein mit dem dunklen, zarten Kind, das wohl ihr und Fionns Sohn geworden wäre. Sein Körper war robust wie der seines Vaters, sein Haar von einem dunkleren Rot, als hätte sich die Farbe von ihrem mit der von Skrymirs vermischt, sein Wesen glich mehr ihrem als seinem. Er beobachtete viel, sprach wenig, weinte und brüllte fast nie, aber er war überaus beharrlich. Schon als kleines Kind hatte er es geliebt, Steine übereinanderzustapeln, und er tat es noch. Wenn diese zusammenfielen, klagte er nicht, sondern begann erneut, sie aufeinanderzulegen, immer höher jetzt, immer geschickter. Anfangs war nur die ständig grinsende Bretta davon begeistert gewesen, mittlerweile schien auch Skrymir von dem Talent, Mauern zu errichten, angetan. Immer öfter packte er den Jungen im Nacken wie Katzen ihr Junges, zog ihn zu sich und erzählte ihm von Göttern – vorzugsweise Geschichten, in denen irgendjemand grausam zu Tode kam. Fjálli ließ beides über sich ergehen, ohne je erkennen zu lassen, ob ihm die Aufmerksamkeit des Vaters behagte oder ob sie ihn verängstigte – vielleicht, weil er nichts von beidem fühlte, vielleicht, weil er das eine wie andere geschickt verbergen konnte.

Jedenfalls war er kein Kind, das einer Mutter große Sorgen machte, und auch die um Lainidh hatten abgenommen. Immer noch sang sie gern, und obwohl sie zu schwach war, um hart zu arbeiten, verstand sie es, sich nützlich zu machen – an diesem Tag, indem sie Wollgrasköpfe von sumpfigen Wiesen pflückte, um aus deren Halmen Kerzendochte herzustellen. Und weiterhin gemahnte ihre Anwesenheit sachte daran, dass das Leben mehr war als nur Arbeit und Essen und Schlafen. Wenn es Lainidh nicht gäbe – vielleicht würde sie jetzt nicht hierstehen, den Blick in die Weite und in den Himmel genießen, wäre vielleicht längst von einem Buckel gekrümmt, weil sie ständig auf den Boden gestarrt hätte.

Auch die Gefahr, dass Skrymir Lainidh eines Tages wie eine lästige Fliege erschlagen würde, erschien ihr nicht mehr groß wie einst, im Gegenteil. Eines Tages hatte er ihr von Reykjavik eine richtige Harfe mitgebracht, mit der sie wunderschöne Töne erzeugte. So klingt es, wenn der Himmel lacht oder weint, dachte Ríona. Sie ahnte zwar, dass es Skrymir nicht darum ging, Lainidh eine Freude zu machen, dass sie vielmehr Lieder von den alten Göttern singen musste, um seinen Widerstand gegen den christlichen Glauben zu bekunden, aber es kam aufs Gleiche heraus. Lainidh konnte häufig tun, was sie am liebsten wollte, während Ríona selbst tat, was sie mittlerweile am besten konnte – Tiere züchten und Land beackern.

»Nun komm«, sagte sie wieder zur Kuh, wollte nach dem Strick greifen.

Ehe sie es tat, begann die von selbst zu traben. Was ihr vorsichtiges Locken nicht vermochte, hatte etwas anderes geschafft, ein ganzer Schwarm Vögel nämlich, der plötzlich mit Muir und seinem Weibchen über ihnen zu kreisen begann, so hektisch, wie sie es noch nie erlebt hatte. In den Augen der

Kuh stand regelrecht Panik, als die Vögel zu kreischen begannen, in Ríona kroch Unbehagen hoch. Eine Weile stand sie wie erstarrt da, sah dann erleichtert, dass die Vögel weiterzogen, doch als sie verschwunden waren, schien der Himmel einen Ton dunkler zu sein, und das nicht nur, weil er wolkenverhangen war. Nein, diese Wolken hatten sich in Rauch aufgelöst, sodass das eben noch strahlende Blau aussah, als wäre es von Schimmel überzogen. Wobei nicht dieser fremde graue Farbton das Verstörende war, es waren die gelben Flecken, die sie an abgestorbenes Moos erinnerten, eine Farbe, die dort oben nichts verloren hatte. Die Kuh brüllte immer noch, was Ríona ihr gut nachfühlen konnte. In der Luft lag jäh die gleiche Spannung, wie wenn ein Mann drohend die Faust erhob, bereit war zuzuschlagen, nur dass es in diesem Fall kein Mann zu sein schien, nein, Island selbst. Prompt ertönte jenes Donnern, das ansonsten ein Gewitter ankündete, doch weder zog Regen noch Wind auf noch wurde der graugelbe Himmel von Blitzen zerrissen.

Wie merkwürdig, dachte sie, versuchte, ihrer Angst nicht nachzugeben. Vielleicht wollte die Insel nur einmal mehr beweisen, dass jeder Mensch hier immer ein Fremder bleiben würde, dass er sich manches von diesem wilden Land borgen, es aber nicht besitzen konnte, und dass dieses einem ungezähmten Tier glich, bereit, zur Unzeit seine Krallen auszufahren.

Sie beschleunigte den Schritt, kam der Kuh kaum nach, war immerhin erleichtert, dass deren Brüllen verstummt und auch vom kreischenden Vogelschwarm nichts mehr zu sehen war. Muir und sein Weibchen waren ebenfalls verschwunden, und weil sie sich immer wieder umdrehte, um vielleicht doch einen Blick auf sie zu erhaschen, lief sie beinahe in die Gestalt, die sich ihr in den Weg stellte.

»Was für eine schändliche, gotteslästerliche Sippe!« Ríona zuckte zusammen, als sie den Mann erkannte, und die merkwürdigen Farben des Himmels waren vergessen. Was wiederum jene Spannung anbelangte, die in der Luft zu liegen schien, so sorgte der Mann dafür, dass diese sich vergrößerte. »Was für eine schändliche, gotteslästerliche Sippe!«, wiederholte er.

Ríona unterdrückte ein Seufzen. Sie ging Bruder Alfred seit einigen Jahren grundsätzlich aus dem Weg, erst recht, nachdem er wieder einmal zu ihrem Gehöft gekommen, dort nicht wie ein Gast, vielmehr wie ein Störenfried behandelt worden und mit gekränkter Miene wieder abgezogen war.

»Wie es scheint, hast du heute immerhin kein blaues Auge abbekommen«, murmelte sie und neidete es der Kuh, das die zum Stall traben konnte, während sie sich verpflichtet fühlte, nicht gleich weiterzugehen.

Bruder Alfred schnaubte verdrossen. Er war nie ein besonders kräftiger Mann gewesen, doch in den letzten Jahren schien er regelrecht geschrumpft zu sein, aus mehr Haut denn Fleisch und Knochen zu bestehen. Meist war er müde, jetzt verlieh ihm der Ärger Kraft.

»Ich wollte von einem Heiligen erzählen, der ein so gottgefälliges Leben führte, dass sein Leib, nachdem er verschied, nicht grässlich stank, nein, nach Blumen duftete. Aber ich wurde dafür nur verlacht.«

Ríona konnte sich gut vorstellen, wer am lautesten gelacht hatte – Urta. Sie litt in den letzten Jahren häufig an Rückenschmerzen, und ihre Finger waren nicht minder krumm wie der Buckel, das Blitzen in ihren Augen wirkte dagegen immer noch jung. Wahrscheinlich hatte sie den Mönch spöttisch gefragt, nach welchen Blumen genau der tote Heilige gerochen hatte, ob nach Glockenblumen oder Korallenwurz.

»Was stört es dich?«, fragte sie. »Als Thorstein einst seine Entscheidung verkündet hat, dass alle Isländer sich taufen lassen müssen, hat er ihnen zugleich gewährt, im Geheimen weiterhin den alten Göttern zu dienen.«

»Viele tragen für alle Welt sichtbar ein Amulett mit Thors Hammer um den Hals.«

»Bist du sicher, dass es Thors Hammer ist, nicht vielleicht die Kralle eines Raubvogels?«

Bruder Alfred kniff die Augen zusammen, schien zu überlegen, ob sie über ihn spottete oder nicht. Sie war sich dessen selbst nicht sicher. Sie hatte ihren Beitrag zur Bekehrung der Isländer geleistet und fand, dass es damit genug war. Dazu, den Mönch einzuladen und zu bewirten, seinen Heiligengeschichten zu lauschen und diese weiterzuerzählen, gar Skrymir – nach Olgeirs Tod vor acht Jahren sein Nachfolger – zu bitten, ein frommeres Leben zu führen, fühlte sie sich nicht verpflichtet. Bruder Alfred lag Skrymir mit diesem Anliegen häufig selbst in den Ohren, was bei der letzten Begegnung dazu geführt hatte, dass Skrymir ihm einen schmerzhaften Hieb verabreicht hatte.

»Die Kirche hat immer noch viel zu wenig Macht«, begann er eine seiner Klagereden. »So viele Missionare sind in den letzten Jahren hierhergekommen, nur um festzustellen, dass es sich mit der Bekehrung der Isländer wie mit einem verdreckten Mann verhält, der, anstatt ein Bad zu nehmen, nur die Fingerkuppen ins Wasser steckt und meint, damit sei es genug. Wir haben keinen Bischofssitz, wir haben keinen Bischof, der mit einem roten Mantel bekleidet ist, wir haben viel zu wenige Kirchen, und das Verbot, Sklaven zu erschlagen, wird, wenn überhaupt, nur an Festtagen und während der Fastenzeiten beherzigt.«

»Aber es werden keine Kinder mehr ausgesetzt«, sagte

Ríona schnell. »Und jeder Landbesitzer lässt einmal im Jahr einen Sklaven frei. Skrymir hat Prins vom Sklaven zum Knecht erhoben – zu diesem Zweck hat er nach alter Sitte einen Widder schlachten lassen und ihm den Kopf abgeschnitten.«

Sie wusste nicht genau, warum ausgerechnet ein Widder für Freiheit stand. Prins hatte jedenfalls weder mit dem Widderkopf noch mit dieser etwas anfangen können. Er lebte mit ihnen und schmiedete weiterhin Werkzeug, als hätte sich nichts verändert.

Bruder Alfred verzog angeekelt das Gesicht. »Wer immer sich die Sache mit dem Widderkopf ausgedacht hat, war ein Heide. Und wer die Freilassung eines Sklaven auf diese Weise bekundet, ist ein ebensolcher. Oh, dieses gotteslästerliche Pack wird die Insel noch ins Verderben stürzen.«

»Das haben die Anhänger der alten Götter einst auch von den Christen behauptet. Manch einer hat geglaubt, dass nach der Taufe sämtliche Berge gleichzeitig Feuer spucken werden.«

»Die Götter haben keine Macht, Gott aber hat sie schon.«

»Ach ja?« Rífonas Tonfall nahm an Schärfe zu. »Wenn Gott so stark ist, dann könnte ich ihn gut gebrauchen. Um die Kühe auf die Weide und später wieder heimzubringen, um Torf zu stechen, Treibholz zu sammeln und Schafe zu scheren.«

»Schäm dich, so zu reden! Du standest doch einst auf meiner Seite! Was ist bloß aus dir geworden?«

Finster starrte er sie an, hob mahnend den Zeigefinger.

»Was aus mir geworden ist?«, fragte sie. »Nun, eine Frau, der man nicht so leicht Angst machen kann. Du schaffst das nicht, und wenn Gott es will, weil er die Angst der Menschen braucht, um sich stark zu fühlen, dann ist er nicht meiner.«

Mit diesen Worten ließ sie Bruder Alfred stehen, und was er ihr nachrief, konnte sie schon nicht mehr hören. Ob es nun

Flüche oder Klagen waren … Was sollte er ihrer Sippe damit schon anhaben können?

Auch die anderen waren von der Begegnung mit dem Mönch nicht weiter beeindruckt. Als sie das Gehöft erreichte, hämmerte Prins in seiner Werkstatt, während Alda mithilfe von zwei runden Schleifsteinen Getreide mahlte, indem sie diese gegeneinanderrieb. Bretta spann neue Wolle, aus der sie später *vadmál,* jenen dicken, hierzulande so beliebten Stoff weben würde, und Urta war gerade damit beschäftigt, kleine tönerne Gefäße mit Butter zu füllen, die später in Sümpfen vergraben wurden, wo sie frisch blieb. Lainidh wiederum stellte Kerzen her. Ihre Harfe lag gleich neben ihr, damit sie immer wieder die Saiten zupfen konnte, war das für sie doch nicht minder wichtig wie die Luft zum Atmen.

Die Einzige, die Ríona nicht sah, war Dísa. Das kleine Grubenhaus neben dem Stall, in dem diese eigentlich Käse machen sollte, war leer – nur der Eimer mit Milch stand davor.

»Wo ist Dísa?«, fragte sie.

Obwohl ihr das Kichern manchmal lästig war und sie noch öfter die Angst packte, Skrymir mochte der anderen ob ihrer breiten Hüften mehr Macht zugestehen als jemals ihr selbst, fühlte sie sich für die junge Frau ebenso verantwortlich wie für den Rest der Sippe.

Urta zuckte mit den Schultern. »Ich denke, im Stall.«

»Sie sollte doch die Milch verarbeiten, nicht ausmisten.«

Urta sagte nichts, zuckte nur wieder mit den Schultern.

Ob die Alte in diesem Augenblick schon wusste, was sich im Stall zutrug, würde Ríona nie erfahren. Als sie es selbst herausfand, war keine Zeit mehr, sie dafür zur Rede zu stellen.

Mehrere aufrecht stehende Steinplatten trennten im Stall die Tiere voneinander. Im ersten Abteil stand die Kuh, die sie von der Weide gebracht hatte. Im zweiten lagen zwei ovale

Broschen, mit denen man auf Island die Trägerröcke zusammenhielt. Ríona runzelte die Stirn, und ihr Erstaunen wuchs, als sie im nächsten ein Hemd aus Leinen vorfand, das man unter solchen trug. Als sie ein paar Schritte weiterging, fiel ihr Blick nicht länger auf abgelegte Kleidung, nein, auf ein nacktes Gesäß.

Es gehörte einem jungen Mann, und dieser junge Mann lag auf Dísa, stieß sein Geschlecht in sie, und Dísa kicherte in einem fort. Nicht nur an dem Kichern, auch an ihrem feinen blonden Haar hätte sie sie sofort erkannt. Sie brauchte etwas länger, den Mann zu erkennen, der in ihrer Vorstellung immer noch der Knabe von einst war, obwohl er in den letzten Jahren in die Höhe geschossen war, einen Bart, eine tiefere Stimme und breitere Schultern bekommen hatte. Noch deutlicher als das bekundete das Stöhnen – mehr Lust verratend als jemals Skrymirs Grunzen es getan hatte –, dass Jón Olgeirsson längst kein Kind mehr war.

Keiner der beiden hatte sie bemerkt und Ríona tat eine Weile nichts, um das zu ändern. Starr blieb sie stehen, starr blickte sie auf Jóns nacktes Gesäß, während er auf Dísa liegen blieb.

Wie konnte er es nur im Stall mit Skrymirs Sklavin treiben!

Und wie konnte sie nur dieses Hinterteil anstarren, denken, wie wohlgeformt es war, und das Verlangen fühlen, selbst darüberzustreichen, zu prüfen, wie fest es war. Wie konnte sie darüber sinnieren, dass sie Skrymirs Gesäß nie gesehen hatte, weswegen dieser Anblick kein Unbehagen, keinen Ekel, keine Angst erzeugte, etwas ganz anderes, Fremdes beschwor. Oder nicht Fremdes, durchaus Vertrautes. Sie wusste, was Begehren war, sie wusste, was Lust war, hatte beides zumindest nicht so gründlich vergessen, wie sie gedacht hatte.

Ein junger, schöner Mann, kein Klotz … Muskeln, die Kraft

verhießen, nicht Rohheit … ein Körper, der Lebenshunger verriet, nicht Spuren von Kämpfen und Morden. Eine Sehnsucht überkam sie, die nicht beschmutzt war von all den Stunden, da sie unter Skrymir gelegen hatte, Sehnsucht wie die eines noch jungen, unschuldigen Mädchens, das an Elfen glaubte und von Liebe träumte …

Ríona stand immer noch reglos da, Dísa hingegen schien es auf dem harten Boden unbequem zu werden. Ihr Kichern erstarb, sie drückte so lange gegen Jóns Brust, bis dieser sich von ihr rollte. Ríona erhaschte einen kurzen Blick auf sein Gemächt, geschrumpft zwar, dennoch wohlgeformt, kaum verdeckt von jenem Dickicht schwarzer Haare wie Fionn sie hatte. Nicht röter, wie sie sie von Skrymir kannte.

Die Starre fiel von ihr ab. »Ja, seid ihr wahnsinnig geworden?«, entfuhr es ihr.

Falls Dísa entsetzt darüber war, ertappt worden zu sein, konnte sie es gut verbergen. Sie stieß keinen Schrei aus, nur wieder ein Kichern. Jón schrie auch nicht, sog nur scharf den Atem ein, was man mit gutem Willen als Ausdruck von schlechtem Gewissen deuten konnte, wenngleich in seiner Miene eher ein trotziges »Na und?« zu lesen stand.

»Was hast du hier verloren?«

In den letzten Jahren hatte ihr diese Frage oft auf der Zunge gelegen. Als Olgeir gestorben war, war Jón noch zu jung gewesen, um selbst das Amt des Goden einzunehmen. Skrymir hatte das getan, Jón aber immerhin das Gehöft und das Land in Reykjavik überlassen, wusste er dort doch lieber einen Knaben in der Obhut einiger tüchtiger Knechte als einen Rivalen um die Macht. Mittlerweile war Jón neunzehn oder zwanzig Jahre alt, und es hatte sich herumgesprochen, dass kaum einer so erfolgreich Handel treiben konnte wie er. Aufs Feilschen verstand er sich ebenso gut wie auf manche List. Selbst außergewöhnliche Waren wie eine Kette aus seltenen bunten Glasperlen hatte er in seinen Besitz gebracht. Er hatte diese Kette Lainidh schenken wollen, aber diese hatte sie abgelehnt. Das Einzige, was sie gern annahm, waren dann und wann neue Saiten für die Harfe, doch dass er ihr diese ganz selbstlos beschaffte, glaubte Ríona seit Langem nicht mehr. Gewiss suchte er nur einen Grund, sich in ihrer Nähe herumzutreiben, sich am Anblick des zarten Mädchens zu laben. Dieser Anblick schien ihm offenbar zu wenig zu sein, sonst hätte sie ihn nicht zwischen den Schenkeln einer Sklavin vorgefunden, deren Leib deutlich robuster war als der Lainidhs. Wie enttäuscht Lainidh sein würde, erführe sie davon.

»Was hast du hier verloren?«, herrschte sie Jón ein zweites Mal an. Er rührte sich nicht, nur Dísa erhob sich und ging nackt an ihr vorbei. Sie bückte sich ganz langsam, schlüpfte noch langsamer in ihr Kleid.

»Wenn Skrymir davon erfährt …«, begann Ríona, brach ab. Sie schämte sich, weil durch ihre Stimme weniger Sorge als eine offene Drohung klang. Eigentlich hatte sie doch selbst genügend Angst vor Skrymir ausgestanden, um nicht einer anderen diese Angst zu wünschen. Das dreiste Lächeln konnte sie Dísa ohnehin nicht nehmen. »Skrymir ist es gleich, wer seine Kühe melkt, solange er genügend Skyr zu trinken bekommt. Und Skrymir ist es gleich, wer bei seinen Sklavinnen liegt, solange sie bereit sind, wenn er sie will.«

»Ist es ihm auch gleich, wenn du ein Kind von Jón bekommst?«

»Solange es tüchtig ist und nicht zu viel zu essen braucht, ist ihm alles recht. Aber ich werde kein Kind bekommen. Urta hat mir erklärt, wie man es verhindern kann.«

Sie befestigte einen der Träger an einer Brosche, fuhr freimütig fort: »Du darfst nicht vergessen, dass ich einst Olgeir gehörte. Schon damals habe ich Jón gezeigt, dass die üppigen Brüste einer Frau nichts sind, das man heimlich bestaunen sollte, nein, das er gern jederzeit berühren kann. Er hat viel von mir gelernt – wenn auch nicht alles. Oder glaubst du, ich bin die einzige Frau, bei der er liegt? Hör dich in Reykjavik um! Wenn's um Männer geht, die für einen satten Schoß, aber ein hungriges Herz sorgen, wirst du am häufigsten seinen Namen hören.«

»Nun ist es genug«, mischte sich Jón ein.

Als Ríona zu ihm herumfuhr, stellte sie erleichtert fest, dass auch er sich mittlerweile angekleidet hatte, sie gar nicht erst in Versuchung kam, seinen nackten Leib erneut zu mustern – mit einem Begehren, das sie beschämte, mit einer Sehnsucht, die sie verstörte.

»Ja«, sagte sie nachdrücklich. »Es ist wirklich genug. Nämlich genug damit, dass du dich hier herumtreibst.«

Dísa stieß wieder ein Lachen aus, dieses Mal klang es tiefer, höhnischer. »Bei allen Göttern, den alten, den neuen, gönn ihm doch, ein wenig Vergessen zu finden, wenn er die, die er will, schon nicht haben kann.«

Sie befestigte den zweiten Träger, verließ hinterher ohne ein weiteres Wort den Stall. Jón stand ganz steif vor ihr, als Ríona sich ihm wieder zuwandte.

Obwohl Dísas Worte bewiesen, dass er noch nie versucht hatte, Lainidh zu verführen, stimmte sie das nicht gnädiger. Gut möglich, dass er am kommenden Tag danach trachten würde, und allein die Vorstellung, wie Lainidh auf dem Stallboden lag und Jón sich auf sie wälzte, bedingte in ihrem Kopf ein Geräusch, als würden sämtliche Saiten der Harfe reißen. Lainidh machte nicht nur Musik, sie *war* Musik, wunderschön, aber zart, flüchtig, erst recht für jene, die nicht daran gewöhnt waren, ihrem Echo zu lauschen, in deren Seele dieses keine Spur hinterlassen konnte.

»Wag es nie wieder, Lainidh zu nahe zu kommen«, zischte sie.

Immer noch stand sachte Röte in seinem Gesicht, die Scham bekundete, während sie in den Augen Trotz las. »Warum?«, gab er zurück, »damit du sie weiterhin glauben machen kannst, dass das Leben nur aus Schufterei besteht, nicht auch aus Vergnügen?«

Ein Zorn packte sie, der älter war als dieser Tag. Aus dem Mund eines anderen hätte sie die Worte als sanfte Mahnung verstanden – sie war in jenen letzten Jahren nicht nur stärker geworden, auch härter. Doch er bekundete damit die Dreistigkeit von einem, der nie um seine Zukunft, sein Leben, seine Freiheit hatte bangen müssen, der sich nehmen konnte, was er wollte, weil das Wollen allein genügte. Sie hob die Hand und schlug ihm so heftig ins Gesicht, dass ein lautes Klatschen ertönte. In der Ferne brüllte eine Kuh, Jón blieb stumm. Er war auch kaum zusammengezuckt, nur seine Hand schnellte hoch. Sie war nicht sicher, ob er sie gleichfalls schlagen oder nur sein Gesicht schützen wollte. Jedenfalls bezwang er den Drang, ließ die Hand wieder sinken. Kein Vorwurf sprach aus seiner Miene, eher Belustigung.

»Aua«, sagte er grinsend und viel zu spät, als dass man ihm den Schmerzenslaut hätte abnehmen können.

Ríona hingegen tat die Hand weh … oder nein, sie tat nicht weh, sie schien zu glühen – so wie noch etwas anderes in ihr glühte, in einer Tiefe, in die hinunterzuspähen sie viel zu lange nicht gewagt hatte. Wie hätte sie auch ahnen können, dass dort noch etwas Helles, Warmes glomm, dass nicht nur Schlamm oder Scherben oder Asche oder längst verschimmelte Hoffnungen warteten?

»Was du mit anderen Frauen treibst, ist mir gleich«, rief sie, »aber ich will nicht, dass du Lainidh ein Leid zufügst. Du wirst sie nicht bekommen.«

Weder nickte er noch schüttelte er den Kopf. Übermächtig wurde der Drang, ihn ein weiteres Mal zu schlagen, diesem leisen, verdächtigen Kitzel in ihrer Magengrube die Rohheit des hiesigen Lebens entgegenzusetzen. Um ihm nicht nachzugeben, wandte sie sich rasch ab, wollte den Stall verlassen, doch plötzlich stürzte er ihr nach, umklammerte ihre Handgelenkte. Er zog sie an sich, und sie spürte den Körper, den sie zuvor nur mit Blicken verschlungen hatte, spürte den Wunsch: Ich will auch nicht nur schuften, ich will mich doch auch einmal vergnügen, ich will mich jung fühlen und glockenhell lachen, wie Ríona nicht lachen kann … es einst nur Caitri konnte. Ich will mich an einer Lebenslust berauschen, die keine Narben kennt, nur Fülle, ich will den dreisten Glauben teilen, dass man schon irgendwann bekommt, was man sich inniglich wünscht, ich will mich an der Gewissheit laben, dass man dem Leben, so launisch es oft ist, nur ein Lächeln schenken muss, um es gnädig zu stimmen, nicht die Faust zeigen. Und kurz … ganz kurz dachte sie, dass all das mühelos gelingen würde, solange sie sich nur fest an Jón presste.

Seine raue Stimme brach den Zauber. »Wer bist du, mir Befehle zu erteilen?«

Sie rang nach Atem ob seiner Berührung. Sie rang nach Worten ob dieser Frage.

So etwas wie Lainidhs Mutter, wollte sie sagen, aber damit gingen nur Sorge und Liebe einher, Macht tat es nicht. Skrymirs Sklavin, lag ihr dann auf der Zunge, aber damit ging nur Arbeit einher, erst recht keine Macht. Nur weil er sich von ihr den Bart flechten ließ, würde er sich nicht von ihr vorschreiben lassen, wie er mit einem Jón Olgeirsson umgehen sollte.

Am Ende fiel ihr jedoch etwas anderes ein. »Es ist nicht wichtig, wer ich bin und was ich dir zu sagen habe oder nicht«, sagte sie. »Wichtig ist doch, wer *du* bist. Ein junger Mann nämlich, der nicht mehr von der Welt gesehen hat als Reykjavik und die nähere Umgebung. Manch einer mag sagen, dass das für ein Leben reicht, aber das sind Menschen, die sich am Anblick fetter Kühe und grüner Wiesen erfreuen. Ist dir das genug? Dass du gern Lainidhs Musik lauschst und Handel treibst, beweist doch, dass du dich nach einer größeren, bunteren Welt sehnst, als du sie hier findest. Warum gehst du nicht auf Handelsreise? Warum fährst du nicht in den Süden zu den Orkneyinseln, der Insel Man oder Norwegen? Warum nutzt du die Freiheit nicht, die du hast?«

Nur in Gedanken fügte sie hinzu: anders als ich. Nur im Stillen gestand sie sich ein, dass sie ihn nicht einfach nur vertreiben wollte, ein Meer zwischen ihn und Lainidh bringen, nein, dass sie sich selbst nach einem anderen Leben verzehrte, einer anderen Welt. Was für ihn der Traum vom Meer und von fremden Städten sein mochte, war bei ihr der Traum von duftenden Wäldern, von Fionn. Bei ihr würde sich der Traum nie erfüllen, sie war eine Sklavin und bald drei Jahrzehnte auf der Welt, folglich alt. Aber Jón war jung, Jón konnte sein Leben in die Hand nehmen, und ihn daran zu gemahnen, ließ sie ein wenig teilhaben an Freiheit und Jugend, auf die sie kurz ähnliche Lust verspürte wie zuvor auf seinen Körper.

Er sah sie lange schweigend an. »Du willst also, dass ich gehe?«

»Was willst du denn selbst? Auf Island verrotten? Dir Lainidhs Lieder anhören und nie selbst erleben, wovon sie künden? Von Kampf und Abenteuern und den Aufbruch in ferne Länder? Dir steht die ganze Welt offen.«

Sie spürte geradezu, wie Erregung von ihm Besitz ergriff,

und solange sie unmittelbar vor ihm stand, konnte sie selbst davon kosten.

Viel zu schnell war es vorbei. Er nickte, wandte sich ab, und als er den Stall verließ und die Tür zufiel, ließ er sie gewahr werden, dass ihre Welt winzig war und dass sie es bleiben würde gemessen an seiner.

Sie blieb starr stehen, hätte wahrscheinlich noch gewartet. Doch plötzlich ertönte ein Schrei, der umso panischer klang, weil jene, die ihn ausstieß, eben noch gekichert hatte. Es war Dísa, und auf den ersten Schrei folgte rasch ein zweiter.

Ríona stürzte ins Freie, und all das, was im Stall geschehen war, wurde bedeutungslos. Der Himmel wurde von Wolken verdunkelt, so tief hängend, als wären sie wie ein Stein in die Tiefe gesackt, von einem Grau außerdem, das nicht einfach nur Regen ankündigte, sondern Unheil. Erneut kreisten Vögel über ihr, panisch diese, die Kühe brüllten jäh, leise war nur Fjállis Stimme. Er kam zu ihr gerannt, schmiegte sich an sie, wie er es selten tat.

»Mutter«, fragte er bange, »Mutter warum ist der Himmel so dunkel?«

Eine Wolke kam näher, vom Wind getrieben, der nicht eisig war wie ansonsten im noch jungen Frühling. Er brachte eine Wärme mit sich, die zu ungewöhnlich war, um in ihr etwas Gutes zu sehen. Woher kommt der Staub, der aufgewirbelt wird?, dachte sie noch, um dann zu merken, es war Asche. Und sie erkannte auch, dass die Wolke nicht vom Himmel gefallen war, nein, von einem der Berge im Landesinneren war sie hochgestiegen, der seinen Schlund geöffnet hatte, ausspuckte, was schon seit Langem in seinem Magen rumorte. Jenes Tosen und Grummeln, das jäh die Luft erfüllte, war nicht nur etwas, das sie hörte, sie spürte es mit dem ganzen Leib.

Schon färbten sich Fjállis rötliche Haare unter dem Ascheregen grau, schon wurden aus den weißen Schafen, die in der Nähe des Gehöfts grasten, schwarze. Nur Dísas blonde Strähnen flatterten im Wind, während sie wie verrückt herumsprang, laut schreiend verkündete, dass sie alle verbrennen würden.

»Ach was«, sagte Urta, deren Blick zum Himmel eher missmutig als besorgt ausfiel, »für gewöhnlich spuckt alle fünf Jahre ein Berg Feuer. Dass seit dem letzten Mal mehr Zeit vergangen ist, hieß nie, dass wir davor gefeit bleiben würden. Der Feuerstrom wird erkalten, ehe er uns erreicht, und vor dem Ascheregen schützt uns das Dach. Also hinein ins Haus!«

Und wer schützt die Felder und Wiesen vor der Asche?, fragte sich Ríona, sagte es hingegen nicht laut, verschob das, was ihr morgen Sorgen bereiten würde, auf morgen, es blieb auch so genug übrig, das sie ängstigte.

Erst brachte sie Fjálli ins Haus, dann so viele Schafe wie möglich in den Stall, sah sich schließlich nach Muir um. Sie konnte ihn nirgends erblicken, nur hoffen, dass er sich mit seinem Weibchen an einem sicheren Ort verkrochen hatte.

Als sie sich wenig später selbst im Haus verkroch, hatte Dísa zu schreien aufgehört, erst recht kicherte sie nicht mehr. Prins hämmerte auf irgendetwas ein, und Alda murmelte vor sich hin. Das Flüstern klang nicht wie ein Gebet, das Bruder Alfred gern hören würde, aber der hatte wohl sowieso andere Sorgen. Ríona war sich nicht sicher, ob er es in der Zwischenzeit zurück nach Reykjavik geschafft hatte – ganz zu schweigen von Jón, der noch später aufgebrochen war. Um ihn machte sie sich keine Sorgen – umso mehr jedoch, als sie sich umblickte und sah, dass sich auch Skrymir vor dem Ascheregen ins Haus geflüchtet hatte und gerade etwas von erzürnten Göttern knurrte, nicht aber Lainidh.

»Lainidh!«, rief sie.

Das Mädchen war weder hinter den dünnen Trennwänden noch in den Nebenräumen des Haupthauses – dort hockte lediglich Urta.

Sie packte die Alte an den Schultern. »Wo ist Lainidh? Vorhin hat sie doch noch Kerzen gemacht!«

Urta legte den Kopf schief. »Wenn ich mich recht besinne, wollte sie Halme pflücken, um sie als Docht zu verwenden. Sie hat sich wohl weiter vom Haus entfernt als sonst. Aber ich bin sicher, sie ist bald zurück.«

Ríona hätte alles dafür gegeben, diese Zuversicht teilen zu können. Plötzlich ahnte sie, dass Lainidh die Siedlung nicht verlassen hatte, um Halme zu pflücken, dass sie vielmehr Jón und Dísa im Stall gesehen hatte und verstört geflohen war. Und nun, da die dunkle Wolke noch tiefer hing, es kaum heller war als in der Nacht, würde sie womöglich nicht nach Hause finden.

Irgendwann einmal hatte Urta behauptet, dass sich in den Höhlen und Hohlräumen, die unter der Insel verliefen, die Werkstätten der Zwerge befänden. Diese täten den ganzen Tag nichts anderes, als Schmuck und Waffen zu schmieden, noch kunstfertiger als Prins es jemals zustande bringe. Wenn man aufmerksam lausche, könne man das Hämmern, Fauchen und Zischen hören.

Ríona hatte nie geglaubt, dass es Zwerge gab, hatte ihnen nie gelauscht, doch als jetzt der Sturm unaufhörlich am Dach rüttelte, in der Ferne ein Grollen anschwoll, als wollte die Erde dem Himmel beweisen, dass sie lauter und zerstörerischer war als jeder Blitz und Donner, da war es ein Leichtes, sich ein ganzes Heer an Zwergen auszumalen.

Urta begann zu murmeln, erzählte von den Zwergen, erzählte auch von zwei Riesen, die sich, wenn sie Magenschmerzen hatten, qualvoll krümmten und auf einem der hohen Berge niederließen, woraufhin der vor lauter Empörung Feuer zu spucken begann.

Wie dumm, ging es Ríona durch den Kopf, wie dumm zu glauben, es bedürfte Zwergen oder Riesen, um ein solches Unglück heraufzubeschwören. Die Gesetze des Werdens und Vergehens allein können doch tödlicher sein als Thors scharfes Schwert …

Dísa begann wieder zu kichern.

»Hör auf!«, entfuhr es Ríona, nicht sicher, was ihr mehr zusetzte – Urtas Murmeln, Dísas Kichern oder der Anblick von Alda und Prins, die ihre stets lächelnde Tochter Bretta in die Mitte genommen hatten, ihre Hände hielten und sie trösteten, obwohl Bretta doch gar keines Trostes bedurfte. So rührend dieser Anblick war – er gemahnte deutlich daran, dass sie nur Fjálli an sich drücken konnte, nicht Lainidh. Fjálli wiederum suchte Trost bald dort, wo er ihn immer fand, nicht in ihrer Umarmung, nein, bei seinen Steinen. Trotz des zitternden Bodens gelang es ihm, sie zu einer Mauer zu stapeln, indes sie sich noch hilfloser, ohnmächtiger fühlte.

Als sie sich erhob, wiederholte Skrymir, was er ihr schon beim ersten Mal befohlen hatte, als sie hinausstürzen wollte, um Lainidh zu suchen: »Du bleibst!«

»Sie könnte sterben, Herr!«

»Selbst wenn, leben wir noch gut weiter. Wenn du hingegen stirbst, wirst du fehlen.«

Er ließ es offen, ob mehr auf seiner Bettstatt oder im Kuhstall. Mehr Wert als sie hatte jedenfalls sein Schatz. Jeder reiche Grundbesitzer sammelte Kostbarkeiten in einer Truhe und versteckte diese – Skrymir hatte das unter der Türschwelle getan. Als der Aschesturm begonnen hatte, hatte er sie hervorgeholt. Nun öffnete er sie, hängte sich Silberketten um, legte Gürtelschnallen an und befestigte einen kunstvoll gearbeiteten Dolch daran, ein besonders geformtes Kuhhorn hielt er fest umklammert.

Dass er all das, was ihm teuer war, in seiner Nähe wissen wollte, Lainidh aber nicht, erfüllte Ríona mit Wut. »Ein Mädchen zu suchen, das lebt und atmet und hofft und träumt und wunderschön singt, ist also unsinnig. Aber Schmuck zu tragen und ein leeres Horn zu halten – erfüllt das irgendeinen Zweck?«, entfuhr es ihr.

Skrymir stierte sie finster an. »Dummes Weib«, knurrte er. »Aus diesem Kuhhorn werde ich womöglich heute noch in Walhall trinken.«

Sie erkannte, dass er sich von dem Schatz nicht Schutz erhoffte, nur für den Fall, dass sie vom Dach begraben wurden, gerüstet sein wollte. Doch gerade, weil er nicht einmal Furcht um das eigene Leben spürte, nur grimmige Entschlossenheit, hatte er kein Verständnis für ihre Sorge um Lainidh.

Ríona presste ihre Lippen zusammen. Anstatt unbedachte Worte von sich zu geben, war es besser zu überlegen, wie man Lainidh retten konnte. Dísas Kichern, von dem sie nicht sicher war, ob es mittlerweile ein Schluchzen war, störte sie anfangs dabei, doch dann brachte ausgerechnet die blonde Sklavin sie auf eine Idee.

»Zu den Beigaben, die die Männer ins Grab mitnehmen, gehörte einst eine Frau«, wandte sie sich wieder an Skrymir. »Wer wüsste das besser als ich, die ich beinahe für Haski geopfert worden wäre. Vielleicht solltest du nicht deinen Schmuck halten, sondern Dísa – und das nicht nur, um auf den Tod vorbereitet zu sein, sondern auch um das Leben zu feiern, solange du es noch hast.«

Eine Weile saß Skrymir mit seinem Kuhhorn so reglos da,

als hätte er sie nicht gehört. Doch als sich mit einem lauten Krachen eine jener Steinplatten löste, die als Unterlage für die Grassoden das Dach bedeckten, zuckte selbst er zusammen. Die Steinplatte fiel nicht zu Boden, blieb schräg hängen, und eine Wolke aus Staub und Asche drang durch das Loch. Selbst die stets lächelnde Bretta begann zu wimmern, und Dísa kreischte.

»Halt's Maul!«, brüllte Skrymir.

Obwohl ansonsten gehorsam, hörte Dísa nicht auf ihn, sodass er sich erhob, das Kuhhorn in der einen Hand, mit der anderen zog er den Dolch. Eine Weile blickte er sie an, nicht sicher, mit was genau er zudreschen sollte. Am Ende ließ er den Dolch fallen, packte sie am Oberarm. Das Kreischen erstarb, als er sie zur Schlafstatt zog, wohl nicht nur, um Ríonas Rat zu befolgen, auch, weil bis dort hinten kaum Asche gewirbelt wurde. Ríona wollte nicht abwarten, welche Laute nun aus Dísas Mund dringen würden, ob weiterhin panische oder eher lustvolle.

Sie blickte rasch zu Fjálli, vergewisserte sich, dass der immer noch ungerührt seine Steine aufeinanderstapelte, wandte sich dann an Urta. »Pass auf ihn auf.«

Die Alte nickte, fügte jedoch hinzu: »Das Schicksal wird von den Nornen vorherbestimmt. So wenig wie du verändern kannst, was geschehen ist, kannst du Einfluss nehmen auf das, was geschehen wird.«

Wenn die Nornen bösartige Weiber sind, dann tanzen sie heute am Rand der Feuerberge, anstatt sich um mich zu kümmern, dachte Ríona. Sind es aber gleichgültige, so lassen sie heute ihr Schnitzen sein, weil der Ascheregen alles bedeckt.

Als sie nach draußen stürmte, haftete auch an ihr alsbald eine graue Schicht.

Während der ersten Schritte hatte sie noch Angst, Skrymir

würde ihre Flucht bemerken, ihr nachstürzen. Während der nächsten dachte sie gar nichts mehr, setzte alles daran, die Augen vor dem Ascheregen zu schützen, die Angst zu bezähmen, aus den schwarzen Flocken würden plötzlich rote werden, feurige Funken auf sie einprasseln, mehr noch, ein roter Fluss die Erde aufreißen. Nun, von einem solchen Strom aus Feuer war zwar nichts zu sehen, aber schon jetzt war das Feld, das sie so oft von Steinen befreit hatte, von einer dunklen Schicht bedeckt, suchte man das Grün der Wiesen, die ihre Kühe nährten, vergebens. Selbst wenn sie Sturm und Ascheregen und das Beben der Erde überstanden, wie würden sie weiterleben?

Sie ließ sich von dem Gedanken nicht abhalten, tat weiter Schritt vor Schritt, presste kurz ihre Schürze vors Gesicht, nahm sie bald wieder weg, um Lainidhs Namen zu rufen. Der Name war kaum hörbar, ihr gequältes Husten umso lauter. Wieder folgte Schritt um Schritt. Sie fühlte, dass es bergauf ging, fühlte dass es bergab ging, nur in welche Richtung sie ging, wusste sie nicht, vielleicht drehte sie sich im Kreis. Zumindest die Aschewolke zog weiter. An ihren Rändern glaubte sie den Himmel zu sehen, nicht blau wie am helllichten Tag, auch nicht von zartem Rot oder Violett wie bei einbrechender Nacht, nein, von einem giftigen Gelb.

Immerhin konnte sie nun deutlich mehr sehen – den Unterstand für die Schafe dort hinten. Die Tiere, die sich darunter drängten, waren allesamt grau, fast schwarz. Und schwarz war auch das Haar des Mädchens, das inmitten der Herde stand und das sie kurz nicht erkannte, hatte sie doch nach den feinen blonden Strähnen Ausschau gehalten. Wie dumm zu glauben, es würde etwas Blondes diesen Tag heil überdauern. Wie berechtigt aber die Hoffnung, dass Lainidh noch lebte. Sie rief ein letztes Mal ihren Namen, stürzte auf sie zu, zog sie an sich. Nicht nur das Haar war von einer dunklen

Schicht bedeckt, auch Gesicht und Hals, aber sie war nicht kalt und gefühllos wie Stein, roch nicht nur nach Staub und Asche, sie roch nach Mensch, und wie immer in den letzten Jahren, wenn sie Lainidh umarmte, fühlte sie sich selbst wie ein solcher.

»Ach, Lainidh ... Lainidh ... Warum bist du bloß fortgelaufen?«

Das Mädchen gab keine Antwort, das war auch nicht notwendig. In den letzten bangen Stunden hatte sie nicht mehr darüber nachgedacht – nun kam ihr das Bild von Jón, der sich auf Dísa wälzte, umso deutlicher in den Sinn.

»Er ist ein Schuft«, brach es aus ihr heraus, »du darfst ihm nicht die Macht geben, dich zu verletzen. Er wird ohnehin nicht wiederkommen. Ich habe ihm vorgeschlagen, auf Reisen zu gehen, und wenn er sich an diesen Rat hält, sind wir ihn los. Ich verspreche dir, künftig an seiner statt dafür zu sorgen, dass du genügend Saiten ...«

Lainidh hatte ihr schweigend zugehört, ihre Augen waren von einem blassen Blau wie immer – die einzige Farbe, die der Ascheregen nicht hatte verschlucken können –, das Weiß so gelblich wie der Himmel.

»Wovon redest du?«

»Natürlich von Jón ... und Dísa ... ihretwegen bist du doch weggelaufen.«

»Ich bin nicht weggelaufen, ich wollte Halme sammeln. Und warum sollte ich ausgerechnet wegen Jón davonlaufen?«

»Ich ... ich dachte, du liebst ihn, während er nur deinen Körper begehrt und, da er ihn nicht bekommt, mit anderen vorliebnimmt.«

Es tat ihr leid, Dísa überhaupt erwähnt zu haben, doch Lainidh schien das schon wieder vergessen zu haben. »Ich liebe die Musik, er auch, das ist alles. Ansonsten mag ich ihn nicht.«

Ríonas Erstaunen wuchs. »Du magst ihn nicht? Wenn ich euch früher sah, wie ihr ständig die Köpfe zusammenstecktet, habe ich euch für Freunde gehalten.«

»Da war er noch ein Junge, jetzt ist er ein Mann. Du hast mir immer gesagt, ich solle mich vor Männern hüten.«

»Aber Jón ist ganz anders als andere Männer, keiner, der sich ständig prügelt, keiner, dem es nur um Grundbesitz geht. Er sehnt sich nach Freiheit, nach fernen Ländern, er setzt mehr auf List als auf Kraft, und …«

»Ich dachte, du würdest ihn auch nicht mögen.«

»Er ist mir völlig gleich!« Ríona schrie nahezu. »Er darf dir nur kein Leid zufügen.«

»Das hat er nicht getan … und der Ascheregen gleichfalls nicht.«

Die Rauchschwaden über ihnen glichen einem löchrigen Stoff. Dahinter war kein Gelb mehr auszumachen, einfach nur farbloses Nichts. Die Erleichterung wich neuer Sorge – dieses Mal um Muir. So viele Vögel hatten vor nicht allzu langer Zeit noch hektisch Kreise am Himmel gezogen, nun war kein einziger mehr zu sehen, auch kein fernes Kreischen oder Zwitschern war zu hören. Grabesruhe lag über dem Land. Sämtliche Wiesen und Felder waren grau, der Himmel glich einem steinernen Dach, das die Welt zum Gefängnis machte.

»Wir … wir sollten nach Haus gehen«, sagte Lainidh.

Ríona entschied, Lainidh dorthin zu begleiten, ehe sie sich auf die Suche nach Muir begab. Sie fürchtete sich vor dem Anblick, der sie erwarten könnte, aber schon von Weitem sah sie, dass das Dach des Langhauses weitgehend heil geblieben war. Anders sah es mit der Hütte aus, die als Küche diente. Die Wände, aus dem raren und deshalb so kostbaren Holz errichtet, waren in sich zusammengestürzt.

Das ist nichts, dachte Ríona, was sich nicht wieder aufbauen lässt. Die Küche hatte, anders als der Stall, schließlich leer gestanden.

Doch dann sah sie etwas unter einem Brett liegen. Nein, sie sah nicht etwas, sie sah *jemanden* dort liegen. Sie hätte ihn wohl nicht erkannt, wenn sie nicht ein paar Schritte vor ihm beinahe über ein Kuhhorn gestolpert wäre. Bevor sie hinausgestürzt war, um Lainidh zu suchen, hatte er es noch fest in den Händen gehalten. Es musste ihm beim Sturz entglitten sein. Gestürzt wiederum war er wohl, weil ihn einer der Balken getroffen hatte.

»Skrymir!«, entfuhr es ihr entsetzt. Sie konnte sich nicht daran erinnern, ihn jemals mit seinem Namen angesprochen, nicht bloß das knappe »Herr« benutzt zu haben. Sie konnte sich auch nicht erinnern, jemals keine Angst *vor* ihm gehabt zu haben, sondern *um* ihn. Und doch, wie er da lag, wie Blut aus einer Kopfwunde über sein Gesicht rann, er keine Ähnlichkeiten mit einem der mächtigen Thursen, den Riesen, hatte, eher mit einem der Zwerge, bangte sie um sein Leben. »Skrymir!«, schrie sie wieder.

Sie stürzte zu ihm, fühlte, dass er noch atmete. Nach einer Weile öffnete er sogar die Augen, blutrot sein Blick und von etwas verschleiert, dessen kalter Hauch sie streifte – dem Odem des Todes.

»Ich … ich …«, stieß er mit letzter Kraft hervor.

»Warum bist du nicht im Haus geblieben?«, rief sie.

Erst als sie ihm das Kuhhorn reichte, seine Hände sich daran klammerten, konnte er antworten. »Du … nicht … nicht zurückgekommen … wollte dich suchen.«

»Dafür, dass ich mich deinem Befehl widersetzt habe, hättest du mich auch später bestrafen können.«

»Ich … wollte dich … nicht strafen … wollte dich heimholen … beste Sklavin …«

Ganz langsam sickerte das Blut aus der Wunde an seinem Kopf. Ganz langsam kamen seine Worte bei ihr an. Er hatte sich tatsächlich Sorgen um sie gemacht … oder zumindest um ihre künftige Arbeitsleistung. So oder so – er hatte sein Leben riskiert, um sie in Sicherheit zu bringen.

Sie drehte sich zu Lainidh um, die verstört, fassungslos schien wie sie selbst. Sie schickte sie ins Haus, bat sie allerdings, Skrymirs Zustand zu verschweigen.

»Wie konntest du nur so dumm sein, mir zu folgen«, brach es aus ihr heraus, sobald Lainidh verschwunden war.

»Stimmt, das war dumm … ich … ich habe verdient … zu sterben.« Seine Stimme wurde immer leiser.

»Du kannst nicht sterben«, brüllte sie umso lauter.

»Ich will es nicht … aber wir tun es alle … wir … müssen es nicht einmal lernen, es geschieht ganz von selbst.«

Bis jetzt hatte sie die Wunde nur hilflos angestarrt. Nun riss sie einen Fetzen Stoff von ihrem Kittel, versuchte, das Blut abzutupfen, erreichte nichts anderes, als dass die Wunde schwarz von Asche wurde. Sagte man Asche nicht eine heilende Wirkung nach? Oder galt das vielmehr für Schimmel?

Jedenfalls wurde Skrymirs Blick immer glasiger. »Geh hinein, wärm dich auf!«, befahl er.

Erst jetzt bemerkte sie, wie er zitterte … und sie ebenso. Sie zitterte ob der Kälte, die der Sturm gebracht hatte. Er ob der Kälte, wie man sie nur in Hel fand.

Sie ließ ihre Hand sinken, wusste, dass es keinen Sinn hatte, das Blut abzutupfen, erhob sich jedoch nicht.

»Ich … ich bleibe bei dir«, sagte sie.

Er bäumte sich ein letztes Mal auf. »Das tust du nicht, niemand sieht mich schwach.«

Sie tastete nach seiner Pranke, und auch wenn er ihren

Druck nicht mehr erwidern konnte, stieß er ihre Hand nicht zurück.

»Eben weil du so schwach bist, kannst du mich nicht vertreiben.«

Kein Widerwort kam mehr. Kurz dachte sie, dass ihm schlichtweg die Kraft dazu fehlte, dann brachte er doch noch einen letzten Satz heraus. »Du bist gut zu mir, Ríona.«

Es klang erstaunt, sogar ein wenig verächtlich, weil Barmherzigkeit nichts war, worin er jemals einen Sinn gesehen hatte. Aber in seinem langsam brechenden Blick stand tiefe Dankbarkeit.

Al-Andalus

Während der ersten Tage, die er im Gefängnis verbrachte, war Fionn stets hellwach. Jedes Geräusch ließ ihn zusammenzucken, vor allem das von nahenden Schritten. Doch wann immer das Tor geöffnet wurde, geschah das nur zu dem Zweck, neue Gefangene zu bringen, nicht etwa, ihn vor Gericht zu stellen. Irgendwann überwog die Erschöpfung, und er verbrachte etliche Tage in einem Dämmerzustand. Wie viel Zeit vergangen war, wusste er hinterher nicht – jedenfalls genug, um den Eindruck zu bekommen, dass man ihn vergessen hatte. Dafür sprach auch, dass die neuen Gefangenen – größtenteils Beamte, dessen einziges Verbrechen es war, unter Sanchol gedient zu haben – von weiteren Unruhen in der Stadt berichteten. Al-Mahdi versuchte zwar, vollendete Tatsachen zu schaffen, indem er einen Wesir und etliche Statthalter ernannte und dafür sorgte, dass alle Männer, die zu ihm gehalten hatten, ins Heer aufgenommen wurden, ob sie nun eine Waffe halten konnten oder nicht.

Doch es war nicht so, dass es keinerlei Getreue von Sanchol mehr in der Stadt gab. Es lebten genügend Berber in Córdoba, die einst entweder er, Sanchols Vater oder sein Bruder angeworben hatten. Wenn einer von ihnen den Fehler machte, allein mit schwarzem Turban auf die Straße zu gehen, fiel rasch eine aufgebrachte Menge über ihn her – und es war schon Glück, wenn diese sich begnügte, ihm dem Turban vom Kopf zu ziehen. Doch wenn sie sich in Gruppen zusammenschlossen, massakrierten sie den einen oder anderen von al-Mahdis Soldaten.

Fionn fühlte sich von Ekel wie von Trauer übermannt. Córdoba war ihm eine Heimat geworden, er ertrug kaum, was in der Stadt geschah. Er hatte zwar immer gewusst, dass es auch hierzulande das Schöne nicht ohne das Hässliche gab, das Duftende nicht ohne das Stinkende. Gleichwohl graute ihm bei dem Gedanken, dass Córdoba nun zum Schlachtfeld wurde.

Ein Gutes hatten die grausamen Geschichten immerhin. Ihm verging der Hunger, der hier ein steter Begleiter war, bekamen sie doch bestenfalls einmal am Tag ein Stück Brotfladen hingeworfen.

Das änderte sich erst, als eines Tages der bislang mächtigste Gefangene in jenen kahlen Raum mit weißen Wänden und Strohmatten auf dem Lehmboden gebracht wurde. Eine Weile lag er nur wimmernd auf dem Boden, und da es mittlerweile so eng geworden war, mussten alle anderen die Füße einziehen. Schließlich wurde aus dem Wimmern ein jämmerliches Klagen, bekundend, dass er es nicht verdiente, gefangen zu sein.

Wer hat das schon?, dachte Fionn, sagte es aber nicht laut, lauschte wie zunächst die anderen dem Lamento schweigend.

Doch irgendwann verlor einer der Gefangenen die Geduld. »Wir haben alle hier nichts weiter getan, als dem Wesir zu dienen. Wir sind keine Verbrecher, wir sind Generäle, Palasteunuchen, Großmeister der Garderobe und der Teppiche oder Goldschmiede.«

»Nun, ich bin Falknermeister!«, rief der Mann empört. »Ich beherrsche die Sprache dieser Tiere. Aber nur, solange ich die eigenen Flügel ausbreiten kann. In Gefangenschaft verkümmert meine Gabe.«

Ein Bild durchzuckte Fionn. Vom blauen Himmel, einem schwarzen Vogel, der dort kreiste, seiner kreuzförmigen Silhouette ... Wobei ... die beliebtesten Falken waren ja weiß.

»Al-Mahdi hat die Falken womöglich schon schlachten und rupfen lassen«, murmelte er.

Der Mann riss erschrocken die Augen auf. »Das ist nicht wahr!«

»Dass man die Medina Azahira erst plünderte, dann niederbrannte, wie man sich hier erzählt, hast du doch gewiss mit eigenen Augen gesehen.«

»Al-Mahdi hat es immerhin noch nicht gewagt, dem Kalifen Hischam ein Haar zu krümmen. Er hat ihn nur gefangen genommen, will ihn offenbar zur Abdankung zwingen. Meinen Falken erweist er hoffentlich eine ähnliche Gnade.« Aus seinen Klagen und seinem Flehen wurde nach einer Weile ein Wimmern, aus diesem empörter Protest, der nun nicht mehr an gestutzten Flügeln entbrannte, sondern am Essen. »Nicht einmal dem lahmsten meiner Tiere würde ich zumuten, was man uns zumutet!«, jammerte er.

Die Blicke der anderen Gefangenen, die sich auf ihn richteten, waren entweder leer oder schadenfroh. Bald trifft der knurrende Magen die Entscheidung für dich, schienen sie zu sagen. Doch noch knurrte der Falkner lauter. Er rief einen Wachtposten zu sich und bot ihm eines der Schmuckstücke, die er trug – einen funkelnden Ring –, als Lohn für ein besseres Essen an. Und da er viel Schmuck trug, auch Ketten, Broschen, Armbänder, bekamen sie alle mehr und Besseres als sonst vorgesetzt. *Harīsa* nämlich, jenen Brei aus gekochtem Weizen und Fett, dem etwas Hackfleisch beigegeben wurde, manchmal sogar Obst wie Zitronen, Granatäpfel, Bananen.

Seit Langem hatte Fionn nichts so Süßes mehr gegessen, seit Langem nichts so Saures mehr. Nur die Hoffnung, endlich befreit oder zumindest vor Gericht gestellt zu werden, schmeckte nach gar nichts mehr. Sie schwand, da er nunmehr schon Wochen gefangen war.

Mit der Zeit wurden nicht nur neue Gefangene gebracht, auch alte geholt.

»Was … was geschieht wohl mit ihnen?«, fragte Fionn.

Der Falknermeister sah ihn müde an. »Entweder macht man ihnen den Prozess, oder man richtet sie gleich hin. Al-Mahdi ist sehr wütend. Hast du nicht gehört, was gestern einer der Neuen berichtet? Sanchol lässt sich seine Stadt anscheinend nicht einfach stehlen, er hat Toledo mit einem Heer verlassen, marschiert auf Córdoba zu. Ach, hätte er auf seinem Kriegszug nur die Falken mitgenommen, dann wüsste ich sie jetzt in Sicherheit. Stattdessen haben ihn lediglich siebzig Frauen seines Harems begleitet.« Der Falkner seufzte. »Es wird zu schrecklichen Kämpfen kommen, und wir können nur darauf hoffen, dass wir hier im Gefängnis sicher davor sind.«

Fionn nickte nachdenklich. Wenn al-Mahdi um seine Macht kämpfte und Jamal ad-Din weiterhin seinen heiligen Krieg predigte, bestand immerhin die Hoffnung, dass sie ihn weiterhin vergessen würden. Die Langeweile, die er dafür Tag für Tag ertragen musste, war ein Opfer, das er gern brachte. Deutlich mehr setzte ihm der Hunger zu, denn die *harīsa* wurde immer wässriger, je weniger Schmuck der Falknermeister am Körper trug. Erst befand sich kein Hackfleisch mehr darin und bald auch kein Mehl, nur harte Körner, von denen er sich nicht sicher war, ob sie nicht Kieselsteine waren.

Immerhin drangen weiterhin Neuigkeiten zu ihnen – Fionn bekam sogar etwas zu tun. Ein Mann wurde in den Kerker geworfen, von so vielen Wunden übersät, dass er eine Weile nicht sicher sein konnte, aus welcher er am stärksten blutete. Tödlich war allerdings keine, und nachdem Fionn die meisten der Schnitte mit Wasser gereinigt und lange genug zusammengepresst hatte, dass sie sich zu schließen schienen – mehr konnte er nicht tun –, wurde aus dem Stöhnen ein Ächzen, und aus dem Ächzen wurden schließlich Worte. Der Unglückliche stand demnach in Diensten Sanchols, der sich mittlerweile mit dem Grafen Gómez aus Kastilien verbündet hatte.

Bis jetzt hatte der Falknermeister Abstand gewahrt, nun beugte er sich über den Verletzten. »Wie groß ist das Heer, das Sanchol und dieser Graf Gómez hinter sich vereint haben? Groß genug, um al-Mahdi zu vertreiben?«

Der Mann zuckte mit den Schultern, woraufhin sich sein Gesicht prompt vor Schmerz verzerrte. »Ich bin mir nicht sicher, ich habe der Vorhut angehört …«

Die Wunden hörten nach und nach auf zu bluten, allerdings blieb der Mann geschwächt, und spät am Abend glühte er vom Fieber.

Fionn bat den Wärter mehrmals, ihm sauberes Wasser zu bringen, am besten Wein, doch der fuhr ihn schroff an: »In ganz Córdoba ist Wein verboten worden. Es ist doch das Gesöff der Ungläubigen!«

Ratlos saß er neben dem Verletzten, nickte schließlich ein, fuhr hoch, als der Wärter an seinen Schultern rüttelte. Fionns erster Blick traf den Verwundeten. Ein übler Geruch stieg ihm in die Nase, aber er atmete noch.

»Konntest du mir doch noch ein bisschen Wein beschaffen?«, fragte er hoffnungsfroh, obwohl er insgeheim wusste, dass er damit den Wundbrand nicht würde eindämmen können.

Der Wärter schüttelte den Kopf. »Mitkommen!«, knurrte er stattdessen.

Solange hatte er auf diese Worte gewartet, sie manchmal herbeigesehnt, sie manchmal befürchtet. Jetzt war er wie gelähmt, schaffte es erst auf die Beine, als der Wärter ihn im

Nacken packte. Der Falknermeister stellte sich schlafend, als er aus dem Verlies gezerrt wurde.

»Wohin bringst du mich?«

»Nach der siegreichen Schlacht zweifelt niemand mehr an, dass al-Mahdi der rechtmäßige Herrscher ist. Es ist Zeit für deine Gerichtsverhandlung.«

Nicht nur seine Beine schienen wie gelähmt, auch seine Zunge wollte sich kaum bewegen. »S… s… siegreiche Schlacht? Aber … San… Sanchols Heer …«, stammelte er, »dieser Graf G… G… Gómez, der sich mit ihm verbündet hat …«

Der Wärter stieß ein hämisches Lachen aus. »Ihre Truppen waren viel zu klein. Wie blinde Kamele sind sie auf die Stadt zugestolpert, sie wurden geschlagen, noch bevor es überhaupt zum Kampf kam.«

Fionn fühlte sich auch wie ein blindes Kamel. Sie gingen einen Gang entlang, an dessen Ende das Licht immer heller wurde. Als der Wärter eine Tür ins Freie aufstieß und Sonnenstrahlen ihn trafen, vermeinte er, ein glühendes Holzscheit auf seinen Kopf krachen zu spüren. Eine Weile kämpfte er darum, sich aufrecht zu halten, und vergaß darüber seine Angst, und als er sich etwas an das Tageslicht gewöhnt hatte, kam die Angst nicht mehr zurück. Er überlegte ganz nüchtern, was ihn wohl erwartete.

»Vor wem wird die Verhandlung stattfinden?«, fragte er, »Vor dem *muḥtasib*?«

Dieser war der Aufseher des Marktes, der die Gewichte kontrollierte, kleine Rechtsstreitigkeiten klärte und der sich einschaltete, wenn es zu Prügeleien kam. Die schlimmste Strafe, die er verhängen konnte, war ein Bußgeld.

»Nein«, zerstörte der Wärter seine Hoffnung, »du kommst vor den *qāḍī*.«

Fionn wusste, so nannte man den Richter, der über schwere Fälle wie Diebstahl, auch Mord urteilte. Er wusste aber nicht, ob der an einem ungeborenen Kind so schwer wog wie der an einem Erwachsenen. Und erst recht konnte er nicht abschätzen, welche Strafe ihm drohte, falls man ihm die Tat nachweisen konnte. Würde er verstümmelt, geblendet, hingerichtet werden?

Obwohl ihn das gleißende Sonnenlicht weiterhin blendete, zwang er sich, die Augen offen zu halten. Er wollte unbedingt die Palmen sehen, die sich sanft im Wind wiegten, vielleicht die letzten Palmen, die er jemals sehen würde. Und was hätte er gegeben, auch Ramira noch einmal sehen zu können, sich zu vergewissern, dass sie die Unruhen heil überstanden hatte.

Er war nicht sicher, woran es lag – ob am langen, sinnlosen Hocken im Kerker, all den Wochen der Ungewissheit oder dem ungewohnten Licht. Als wenig später die Gerichtsverhandlung begann, vermeinte Fionn jedenfalls, ihr aus weiter Ferne zuzusehen, gleich so, als würde hier nicht über sein Schicksal entschieden, sondern über das eines Fremden. Fremd waren auch die meisten Gesichter, nur eines nicht. Er erkannte Ibn Zakariya sofort, obwohl der seinen Turban nie so nachlässig um den Kopf gebunden trug wie an diesem Tag, seine Kleidung nie so zerknittert gewesen war, sein Blick nie so fahrig. Ob es die Sorge um seine Stadt war oder die Sorge um ihn – er glich einem Schatten seiner selbst. Der Blick des Arztes, der nun auf ihn fiel, war aber nicht nur unendlich traurig. Er zwinkerte ihm beruhigend zu, als wollte er ihm jene Hoffnung zurückgeben, die er für sich längst verloren hatte.

Fionn fühlte einen harten Stoß im Nacken, der ihn auf die Knie sinken ließ. Gleichwohl gebückt musterte er die Umgebung. Erst hatte er nur Ibn Zakariya wahrgenommen, jetzt sah er, dass die Gerichtsverhandlung im Innenhof der Mezquita, der großen Moschee, stattfand, die – den Freitagnachmittag ausgenommen – vielen Zwecken diente. Ibn Zakariya hatte hier einst im Schatten einer der vielen Palmen Unterrichtsstunden für seine Schüler abgehalten. Neben dem Rauschen der Blätter war das Plätschern von jenem Brunnen zu hören, an dem sich die Gläubigen vor dem Gebet wuschen. Hinzu kamen manch menschliche Laute – das Ächzen von Reisenden, die im Ruhehaus neben der Mezquita einkehrten, die klagenden Rufe der Bettler, die davor um Almosen baten, der Singsang von Kindern, die in der benachbarten Schule für Arme Lesen und den Koran zu rezitieren lernten. Es waren vertraute Laute, kündend, dass das alte Córdoba den Aufstand von al-Mahdi überlebt hatte.

Dass sich die Stadt dennoch verändert hatte, ging Fionn erst auf, als er den *qāḍī* betrachtete. Irgendwann einmal hatte er gesehen, wie ein solcher zu Gericht saß – auf einem Stuhl, der Ähnlichkeit mit einem Thron hatte, gegürtet mit dem Amtsschwert und das Haupt mit einem dunklen Hut bedeckt. Anders als damals trug dieser Richter einen Turban und wurde nicht nur von zwei, drei Gerichtsdienern und einem Schreiber begleitet, nein, er war von einer Schar von Gesetzeslehrern umgeben. Bei einem Dutzend hörte Fionn zu zählen auf, schon zuvor war ihm Jamal ad-Din und dessen zufriedener Gesichtsausdruck aufgefallen. Eben nickte er dem Mann zu, der Fionn gebracht hatte, und er wurde im Nacken gepackt, hochgezerrt.

Er war nicht sicher, wer zu sprechen begonnen hatte, nur, dass die Stimmen bald immer lauter wurden. Eine von ihnen gehörte Ibn Zakariya, der einforderte, als sein *adl* aufzutreten.

»Die gerechten Männer, die einem Angeklagten beistehen,

müssen vom Kalifen ernannt werden«, erklärte Jamal ad-Din gebieterisch.

»Wir können darauf warten, aber dann muss die Verhandlung verschoben werden«, erwiderte der Arzt. »Soll sie heute stattfinden, werde ich für ihn sprechen.«

Bitte heute, dachte Fionn.

Womöglich konnte er an einem anderen Tag nicht so ein gleichgültiges Gesicht machen. Womöglich würde er sich an einem anderen Tag nicht so unbeteiligt fühlen, als ginge ihn alles nichts an. Kurz schloss er die Augen, hörte nur, wie Ibn Zakariya erklärte, dass er, Fionn, Christ und es in Córdoba üblich sei, dass die Christen und Juden nach ihren Gesetzen und von ihren eigenen Richtern verurteilt werden würden.

»Nicht, wenn es um Angelegenheiten geht, die nicht nur ihresgleichen, sondern auch uns betreffen. Das Kind, um das es geht, war das Kind muslimischer Eltern. Und ein solches zu töten ist ein schweres Verbrechen, das geahndet werden muss. Selbst ein Mann, der seine Frau beschläft, während diese schwanger ist und dadurch dem Kind Schaden zufügt, wird bestraft.«

»Ich … ich habe das Kind nicht getötet.«

Fionns Stimme schien so schwach wie jenes Band, das Seele und Körper zusammenhielt. Dennoch wurde sie gehört, alle Blicke flogen zu ihm. Der des *qāḍī* war so leer, dass ihn anzuschauen sich anfühlte, als würde man in eine tiefe Schlucht fallen. Mit rauer Stimme verkündete er, dass nun die Zeugen aussagen würden.

Fionn ahnte, dass die wichtigste Zeugin Hira war und auch, was sie sagen würde. Doch nicht sie trat vor den Richter, es war ein ihm fremder Mann – Hiras Ehemann, wie sich herausstellte, der, bevor er von der Geburt zu berichten begann, eine Reihe Flüche in Fionns Richtung abschoss.

»Wie kannst du Zeugnis abgeben?«, mischte sich Ibn Zakariya ein. »Du warst bei der Geburt nicht dabei, warst vielmehr auf einer langen Handelsreise, obwohl deine Frau ein Kind erwartete.«

Er musste die Worte mehrmals wiederholen, ehe sie den Mann überhaupt erreichten. Erst stierte er den *hakim* finster an, dann knurrte er auch in seine Richtung ein paar Flüche. Von der Geburt wusste er tatsächlich nicht viel. Er begnügte sich damit zu behaupten, Fionn habe das Kind getötet. Er hatte jedoch keine Ahnung, wie genau.

»Die Hebamme kann uns sicher mehr sagen«, erklärte Jamal ad-Din schnell. »Sie war schließlich Zeugin des Geschehens.«

Fionn kniff kurz die Augen zusammen, öffnete sie wieder. Obwohl er damals viel Zeit mit der Hebamme verbracht hatte, war ihm ihr Gesicht fremd. Vielleicht, weil damals Panik, Entsetzen, Verzweiflung in ihrer Miene gestanden hatten, auch die Hoffnung, dass er Mutter und Kind retten könnte. Jetzt nahm er nur einen Ausdruck von Verlegenheit wahr, gefolgt von Härte. Sie starrte an ihm vorbei, als sie zu sprechen begann.

»Er hat beteuert, dass das Kind noch lebt. Und als es auf die Welt kam, habe ich es noch schreien gehört. Dann hat er ein Messer genommen und das Kind damit aufgeschlitzt.«

Ein Raunen erhob sich.

»Was du gesehen hast, war keine Messer, es war eine Geburtszange«, sagte Ibn Zakariya schnell, »und er hat damit das Kind nicht aufgeschlitzt, er hat es aus dem Leib der Mutter geholt. Oder gibt es jemanden, der eine Schnittverletzung an dem toten Kind bezeugen kann?«

Die Hebamme wand sich, aber niemand drängte sie, diese Frage zu beantworten. Schon trat Jamal ad-Din vor, erklärte energisch: »Wie es scheint, steht Aussage gegen Aussage. Und vor einem Gericht wie diesem hat die Stimme einer Gläubigen mehr Gewicht als die Stimme eines *rumi*, eines Christen.«

»Die Stimme eines *hakim* wiederum sollte mehr Gewicht haben als die eines Weibes«, warf Ibn Zakariya ein.

»Ist er denn ein *hakim*, nicht vielmehr dein Sklave?«

Erstmals kreuzten sich ihr Blicke – und in dem Ibn Zakariyas stand etwas, das Fionn nicht recht deuten konnte. Nicht einfach nur Hoffnungslosigkeit, auch … Schuldgefühle, als läge es allein in seiner Verantwortung, dass sich Fionn in dieser Lage befand. Ibn Zakariya versuchte aber offenbar, sich weniger von diesen Gefühlen, als dem Verstand leiten zu lassen. »In Córdoba kann sich jeder *hakim* nennen, wenn er denn will«, erklärte er. »Ich selbst halte das für eine Unsitte, rege schon seit Langem an, dass das nur darf, wer eine Prüfung vor anderen Ärzten abgelegt hat, wie es anderswo Sitte ist. Aber statt dafür kämpfen zu können, muss ich meine Zeit mit dieser unsinnigen Gerichtsverhandlung verbringen.«

»Ein Kind ist tot!«, rief Jamal ad-Din.

»Nun und?«, gab der *hakim* zurück. »Allah wollte, dass es entsteht, Allah wollte, dass es stirbt. Allah wird sich dabei etwas gedacht haben. Es mag uns grausam erscheinen, aber er ist der Allerbarmer, der Allbarmherzige, und wir sollten Trost im Gebet finden, nicht in der Verfolgung von Unschuldigen.«

Jamal ad-Din hielt dagegen: »Der Begriff Barmherzigkeit – *raḥma* – kommt von *raḥim*, was wiederum Mutterleib bedeutet. Und deswegen wiegt es besonders schwer, ein Kind im Leib der Mutter zu töten.«

»Wurde nicht eben behauptet, das Kind sei erst hinterher getötet worden? Mit jener vermeintlichen Waffe, die in Wahrheit eine Geburtszange war?«

»Ganz gleich wann es geschah!«, rief Jamal ad-Din erbost.

»Getötet wurde es auf jeden Fall. Weil der da einer der Feinde Córdobas ist, der al-Mahdi schwächen will.«

»Das Kind starb, ehe al-Mahdi die Macht ergriff. Und als er es tat, wurde von ihm Blut vergossen, nicht von Fionn.«

»Man kann nie genügend *dschihād* führen!«

»Seit wann findet ein heiliger Krieg im Wochenbett statt?«, gab Ibn Zakariya zurück. »Und sagte nicht unser Prophet: *Am Tage des Gerichts wird die Tinte der Gelehrten mit dem Blut der Märtyrer gegengewogen, und die Tinte wiegt schwerer?* Dieser Mann ist kein Krieger, dieser Mann ist ein Gelehrter. Er hat seine Arbeit gemacht, und gewiss, vielleicht hätte er sie besser machen können. Aber nur im Tun erlangen wir höchste Meisterschaft, nur aus unseren Fehlern lernen wir. Wenn überhaupt, hat er einen solchen Fehler gemacht, kein Verbrechen begangen.«

»Willst du sagen, er hat das Kind benutzt, um zu lernen?«

»Ich sage: Wenn du alle Ärzte anklagen willst, die darin scheitern, einen Kranken zu heilen, werden sich die Kranken künftig Arzneien von Eseltreibern und Wasserträgern verschreiben lassen. Wir werden sehen, ob dann nicht noch viel mehr Kranke sterben und noch viel schneller.«

Das Schweigen, das folgte, bewies, dass Jamal ad-Din langsam die Argumente ausgingen. Doch Fionn ahnte, dass es zu früh war zu triumphieren – und er behielt recht.

»Der Prophet hat uns vor den Gefolgsleuten des Satans gewarnt«, erklärte der Gesetzeslehrer prompt. »Diese kämpfen mit List. Gut möglich, dass der Angeklagte auch dich getäuscht hat, sich als gelehriger Schüler gab, obwohl er nichts anderes im Sinn hat, als dir zu schaden, dich irgendwann zu töten.«

»Traust du einem Mann wie mir, angesehen, gelehrt und klug, zu, auf solche List reinzufallen?«

»Wer sagt, dass nicht auch aus deinen hochmütigen Worten just Satans Stimme spricht? Gerade Stolz ist ein Laster, das er dem Menschen gern einpflanzt.«

»Mag sein, dass ich voller Hochmut spreche, aber genauso gut ist es möglich, dass ich für Gerechtigkeit kämpfe. Mag sein, dass ich aus falschen Gründen den falschen Menschen schütze, aber genauso gut ist es möglich, dass ich versuche, Versöhnung und Frieden zu stiften. Du kannst nicht mit letzter Gewissheit darüber urteilen. So wenig wie du mit letzter Gewissheit beweisen kannst, dass Fionn das Kind absichtlich getötet hat, es bereits tot war oder er einen Fehler gemacht hat, der jedem hätte unterlaufen können. Und da – erneut spreche ich nicht mit eigener Zunge, wiederhole nur die Worte des Propheten – besser ein Schuldiger davonkommt, als dass ein Unschuldiger zu Unrecht bestraft wird, sage ich: Dieser Mann hat den Tod nicht verdient.«

Wieder herrschte langes Schweigen, und kurz klang es selbst in Fionns Ohren hoffnungsvoll. Die Schreiber und die Gerichtsdiener begannen zu raunen, der Blick des *qāḍī* wurde nachdenklich.

Doch ehe der ein Urteil fällen konnte, trat Jamal ad-Din rasch einen Schritt vor und sagte: »Nun, es stimmt, wir können nicht zweifelsfrei behaupten, dass er das Kind getötet hat. Aber eine andere Sache wird niemand leugnen können. Dieser Mann ist ein Ungläubiger, und er hat eine Muslima dort berührt, wo nur ihr Mann sie berühren darf. Damit hat er gegen jegliche Sitte gehandelt, jedes Gebot. Er hätte der Hebamme Anweisungen geben dürfen, nicht mehr.«

»Dafür verdient er allerdings nicht den Tod«, sagt Ibn Zakariya.

»Das nicht«, Jamal ad-Dins Lächeln verriet den Triumph. »Es muss dennoch verhindert werden, dass sich eine solch schändliche Tat wiederholt. Er wird beide Daumen verlieren. Danach wird er immer noch Arzneien verkaufen können und immer noch Ratschläge geben, hingegen nicht mehr fähig sein, komplizierte Behandlungen durchzuführen. Mit einem solchen offensichtlichen Makel ist es auch nicht mehr so leicht, das Vertrauen von Kranken zu erlangen.«

Das Verlies, in das er nach dem Urteilsspruch zurückgebracht wurde, glich dem ersten, nur dass hier keine anderen Gefangenen auf ihn warteten, er ganz allein war, als er sich auf den Lehmboden sinken ließ. Obwohl bald Frühling war, hing in dem Gemäuer die Kälte fest, und dabei blieb es in den nächsten Tagen. Anfangs zählte er sie noch, bald konnte Fionn den Tag nicht von der Nacht unterscheiden, weil es kein Fenster, noch nicht einmal eine kleine Luke gab. Nur durch die Ritze der Tür floss etwas Licht. In der ersten Zeit zuckte er bei jedem Geräusch zusammen, erwartete, dass man ihn holen würde, das Urteil zu vollziehen. Doch nichts geschah, und aus seiner Furcht wurde Unrast. Die Hoffnung, dass man ihn vergessen hatte, stritt mit dem Wunsch, es hinter sich zu bringen. Und war die Zeit zunächst ein Verbündeter, weil sie die Strafe aufschob, wurde es immer quälender, sich zu fragen, was er mit seinen Daumen anfangen konnte, solange er sie noch hatte. Es war nicht viel. Er könnte den Käfer, der dort hinten krabbelte zerquetschen, allerdings sollte zu töten nicht das Letzte sein, was seine Daumen jemals taten. Stattdessen gab er dem Käfer den Namen Dyrnwch – den unpassendsten überhaupt, denn der war in einer alten irischen Legende ein Riese gewesen – und begann mit ihm zu sprechen.

Erst fragte er ihn, ob er sich genauso einsam fühle wie er, dann erzählte er ihm, wie er nach Córdoba geraten war, dass er die Stadt anfangs gehasst hatte oder zumindest die Menschen, die in ihr lebten, sie ihm aber nach und nach zur Heimat geworden war. Als er fertig war, dachte er sich aus, wie es Dyrnwch wohl in diese Zelle verschlagen hatte, fragte sich, ob er sich hier beschützt fühlte oder gefangen. Wahrscheinlich traf beides zu wie bei ihm.

»Ich hoffe ja nur«, sagte er, »dass sie mir lediglich die zwei Glieder des Daumens abhacken, nicht auch den Ballen. Ich wüsste gar nicht, wie man in diesem Fall die Wunden abbinden sollte ...«

Nahezu neidisch starrte er auf Dyrnwch' sechs lange schwarze Beine. Krabbelte er mittlerweile schneller oder langsamer? Von dem Brot, das Fionn bekam, aß er jedenfalls nichts, obwohl er ihm kleine Krümelchen zuwarf. Er schien auch nie zu schlafen, während er selbst das immer öfter tat, stets von Horden an Käfern träumte.

Als er eines Tages aus dem Schlaf aufschreckte, war Dyrnwch verschwunden. Vielleicht hatte er sich in irgendeiner Ritze verkrochen. Leider konnte Fionn sich nicht gleichfalls verkriechen, als er plötzlich Schritte hörte, die Tür aufgestoßen wurde. Er konnte sich nur ducken, fühlte er doch plötzlich, dass man ihm nicht einfach nur Essen brachte. Das hatte stets ein buckliger, schlurfender Wärter getan – nun stieß ein groß gewachsener Mann die Tür auf, musterte ihn, bellte ihm zu mitzukommen. Als er sich nicht sofort erhob, zerrte er ihn hoch.

Leb wohl Dyrnwch, dachte er, ich hoffe, du wirst alle deine Beine behalten.

Lebt wohl Daumen, dachte er, ich hoffe, ihr habt im Laufe meines Lebens mehr Nützliches als Schädliches vollbracht.

Noch waren seine Finger vollzählig, und er nutzte sie, um sich vor dem Licht zu schützen. Er war überzeugt, dass das Urteil im Freien vollstreckt werden würde, weshalb er überzeugt war, dass es Tag war. Doch das Licht, das ihm in die Augen schnitt, kam von den Fackeln und Öllampen, die endlose Gänge beleuchteten. An deren Ende gelangten sie nicht in einen Innenhof, vielmehr wurde die Tür zu einem Raum geöffnet, der nicht viel größer war als jener, in dem er die letzten Wochen zugebracht hatte. Hier war es völlig finster. Das Einzige, was er wahrnahm, war ein abscheulicher Geruch, schlimmer noch, als wenn der Wärter wieder einmal vergessen hatte, den Eimer mit seinen Ausscheidungen auszuleeren.

Der Griff des Mannes, der ihn hergebracht hatte, lockerte sich, als dieser sich unwillkürlich die Hand auf den Mund presste.

Hier verfault mehr als Daumen, dachte Fionn.

Und richtig, als jemand eine Fackel brachte, den Raum ausleuchtete, fiel sein Blick auf einen schmalen Tisch – und auf diesem lag ein Leichnam. Der war vollkommen nackt, übersät von Blessuren. Die Arme baumelten rechts und links herunter, ob sich an den Fingern noch Nägel befanden, konnte er nicht genau erkennen. Was der Tote ganz sicher nicht mehr hatte, war ein Kopf. An dessen Stelle war nur ein Stumpf zu sehen. So schwarz, wie das verkrustete Blut war, und so abscheulich wie es stank, musste dieser Kopf schon ein paar Tage zuvor abgeschlagen worden sein.

»Na los!«, knurrte der Mann, der ihn geholt hatte, und versetzte ihm einen Stoß. »Mach dich an die Arbeit.«

»Äh … Arbeit? Töten kann ich ihn ja nicht mehr, das hat ein anderer bereits gründlich getan. Und heilen kann ich ihn auch nicht mehr. Du weißt selbst, dass es der beste aller Ärzte nicht schaffen könnte.« Wieder bekam er einen Stoß, fiel fast auf den Leichnam. »Wenn du wiederum willst, dass ich den Kopf annähe, damit der Unglückselige nicht ohne diesen vor dem Jüngsten Gericht erschient, musst du mir schon sagen, wo sich sein Kopf befindet.«

Er bekam keine Antwort, begann sich umzusehen, machte sich auf einen grässlichen Anblick gefasst. Tatsächlich fiel sein Blick auf ein Gesicht, nur dass dieses nicht verzerrt von Todesfurcht war und nicht zu verwesen begonnen hatte, vielmehr wunderschön war. Dieser Kopf saß noch fest auf den Schultern.

»Ich habe den Männern gesagt, dass du in der Lage bist, den Toten einzubalsamieren«, ertönte eine Stimme.

Fionn hatte bereits an seinen Sinnen gezweifelt, als er den kopflosen Leichnam erblickt hatte. Nun wähnte er sich erst recht in einem Traum gefangen. Wer da zu ihm sprach, war … Ramira.

»Einbalsamieren?«

»Es ist alles da, was du brauchst«, sagte der Mann, ehe er den Raum verließ und die Tür hinter ihnen ins Schloss fiel. Immerhin hatte er die Fackel dagelassen. Sie flackerte, warf unruhige Schatten auf Ramiras Gesicht. Sie war noch blasser, dünner als sonst, ein Zeichen dafür, welch große Sorgen sie sich um Córdoba gemacht hatte … oder um ihn. Er machte einen Schritt auf sie zu, wollte ihre Hände ergreifen. Ja, das ist das Letzte, was ich mit meinen Daumen machen will, sie berühren … sie liebkosen. Allerdings wollte er sie nicht inmitten dieses Gestanks, in der Gegenwart eines Toten umarmen. Außerdem war er plötzlich sicher, die Daumen doch nicht so schnell wie erwartet zu verlieren.

»Was hat das zu bedeuten?«

Ehe sie antwortete, zupfte sie an ihrem Schleier und hielt sich den Saum vor den Mund, um sich vor dem Gestank zu schützen. »Es ist alles da, was du brauchst«, wiederholte sie die Worte des Mannes. »Ich weiß zwar nicht, ob das Wasser reicht, um ihn neunmal zu waschen, wie es vorgesehen ist, aber es gibt genügend getrocknete Blätter vom Judendorn, um ihn gründlich zu reinigen, und ebenso viel geriebenen Kampfer, um ihn zu bestauben.«

Vage konnte sich Fionn an die Zeit erinnern, als er noch Ibn Zakariyas Sklave gewesen war, nicht sein Schüler, und auch der ihm einmal den Befehl gegeben hatte, einen Leichnam zu reinigen. Nach mehreren Waschungen – dem Wasser war die Essenz von Sandelholz und Rosenblüten beigegeben worden – musste man auf Wangen und Bart Gallia verstreichen, ein Mittel, von dem Fionn nicht wusste, woraus es bestand, lediglich, dass es durchdringend roch. Und mit Kampfer war nicht nur der ganze Leichnam zu bestreuen, dieser wurde zudem in Nasenlöcher und Gehörgänge eingeführt.

Na, wenigstens das bleibt mir heute erspart, dachte er.

»Wer ist das?«, fragte er: »Oder vielmehr: Wer *war* das?«

Ramira hatte sich etwas abgewendet. »Sanchol«, sagte sie knapp.

»Der Wesir von Córdoba?«

Das Letzte, was er von ihm gehört hatte, war, dass er von Toledo aus ein Heer um sich versammelt hatte, um mit diesem Córdoba anzugreifen und die Stadt von al-Mahdi zurückzuerobern. Sein wichtigster Verbündeter war Gómez gewesen, ein christlicher Graf, und gemeinsam mit ihm hatte er die Schlacht verloren.

Ramira berichtete knapp, was danach passiert war – dass Sanchol Córdoba erneut angegriffen hatte, aber rasch entwaffnet worden war. Nun blieb ihm nichts anderes mehr übrig, als al-Mahdi um Erbarmen anzuflehen.

»Al-Mahdi hat erklärt, er müsse erst den Boden vor ihm küssen, danach die Hufe seines Pferdes, nur so werde er ihm vergeben. Doch er hat sein Wort gebrochen. Nachdem Sanchol sich derart erniedrigt hat, hat al-Mahdi nur gelacht. Sanchol wollte sich selbst mit seinem Dolch töten, aber der wurde ihm entrissen, al-Mahdi ließ ihn enthaupten. Er hat mit dem Gedanken gespielt, Sanchols Leichnam von jenem Pferd zertrampeln zu lassen, dessen Hufe er gerade noch geküsst hatte, stattdessen entschied er, die Leiche einbalsamieren zu lassen. Er will sie an ein Kreuz nageln und möglichst lange dort hängen lassen.«

Himmel, wenn wir beide zusammen sind, will ich lieber eine Geschichte hören, in der sich zwei Liebende küssen, als die eines Todgeweihten, der von Pferdehufen zertrampelt wird, dachte Fionn. Aber gern wollte er den stinkenden Leichnam ertragen, wenn nur Ramira bei ihm war, nicht bloß ein Käfer.

»Sollen wir den Kopf nicht auch einbalsamieren?«

»Ich bin mir nicht sicher, wo er ist.«

»So schnell verliert man einen Kopf doch eigentlich nicht, oder?« Ein Prusten stieg ihm in der Kehle hoch, an dem er fast erstickt wäre. So lange hatte er nicht mehr mit einem anderen Menschen geredet, so lange nicht mehr gelacht, so lange nicht etwas so Schönes wie Ramira gesehen. Allein dafür hätte er liebend gern beide Daumen geopfert – obwohl niemand Anstalten machte, ihm diese zu nehmen. »Warum bin eigentlich ich für diese Aufgabe auserwählt worden? Und warum bist du hier?«, fragte er.

»Man hat Ibn Zakariya gefragt, ob er den Toten einbalsamieren würde, woraufhin der behauptete, dazu nicht in der Lage zu sein. Er hat mich geschickt, weil ich ihn vertreten könne, wie er sagte, und niemand hat sich darüber gewundert. Es gibt schließlich Frauen, die von Ärzten angelernt werden und nichts anderes tun, als Leichname auf Begräbnisse vorzubereiten. Sobald ich hier war, habe ich erklärt, diese Pflicht mit deiner Hilfe weitaus besser erledigen zu können.«

Ihre Worte kratzten an seinem Hochgefühl. »Das heißt, ich bin nicht frei. Hinterher wird man mich wieder einsperren.«

Sie zuckte mit den Schultern. »Es tut mir leid, wenn ich dir falsche Hoffnungen mache. Ich dachte, wenn du erst mal hier bist, fällt uns vielleicht ein, wie du fliehen könntest.«

»Selbst wenn nicht, bin ich unendlich froh, dich zu sehen.« Eine sachte Röte breitete sich auf ihrem bleichen Gesicht aus. In den letzten Jahren hatte er nie wieder seine Gefühle für sie angedeutet, nie gewagt, den unsichtbaren Bannkreis zu überschreiten, den sie um sich gezogen hatte. Die äußerste Form der Nähe hatte er erlebte, wenn er mit ihr *madad* herstellte – jene Tinte, die aus in Honig aufgelöstem Ruß und Gummi gewonnen wurde. Und einmal hatte er ihr eine *qalam* geschenkt, ein hartes, festes, zugespitztes Schilfröhrchen, das nach den Worten des Händlers, von dem er es gekauft hatte, aus den Sümpfen Babylons stammte. Doch immer hatte die weltentrückte, pflichtbewusste Kalligrafin ihm gedankt, nie die Frau. Diese war es aber, die nun erbebte, erst recht, als er hinzufügte: »Ich habe einst eine Frau geliebt und dachte, es wäre nicht möglich, dergleichen wieder zu empfinden. Und es stimmt ja auch, ich werde nie mehr genau diese Art von Liebe fühlen. Es gibt indes auch deren andere, vielleicht so unendlich viele wie Sterne am Himmel.«

»Du weißt, dass ich mich der Schrift geweiht habe.«

»Einen Menschen zu lieben heißt nicht, sein Tun weniger zu lieben. Ich kann doch *hakim* und Mann sein.«

»Nun«, ein gequälter Ausdruck erschien auf ihrem Gesicht, »das, was wir hier und heute tun müssen, hat nichts mit Liebe zu tun. Wir sollten beginnen.«

Trotz des Gestanks war ihm kurz gelungen, nicht an den

Toten zu denken. Jetzt ging ihm auf, dass er den denkbar schlechtesten Moment gewählt hatte, seine Gefühle zu bekennen. Am Ende drohten eher sie zu stinken, als dass der Leichnam duftete. Immerhin, als er eine Truhe öffnete, in der sich die notwendigen Zutaten befanden, vertrieb der durchdringende Kampfer ein wenig die verdorbene Süße des Todes.

»Mir fällt schon was ein, wie ich uns hier heil hinausbringe«, murmelte er.

Er konnte nur hoffen, dass das Einbalsamieren einer Leiche seine Fantasie anregte, anstatt sie zu lähmen.

Island

Ríona blickte ratlos auf die Kuh. Bis zum Morgen hatte sie gedacht, dass ihr ständiges Gebrüll am unerträglichsten war. Doch dass sie nun überhaupt keinen Laut mehr hervorbrachte, deutete sie als ein noch schlechteres Zeichen. Ihr fehlte die Kraft zu brüllen, so wie ihr schon seit Längerem die Kraft zum Stehen fehlte – und das war kein Wunder. Der Vorrat an Heu hatte gerade über den Winter geholfen. Nun, im Frühling, standen die Wiesen nicht in sattem Grün, nein, unter der Ascheschicht war nur gelbliches Gras zu finden. Die Schafe, die sie frei laufen ließ, fanden immer irgendetwas. Die Kuh aber brauchte dringend frisches Futter – sie hatte nur keine Ahnung, wie sie es ihr in einem Land, das die Totengöttin Hel angehaucht zu haben schien, beschaffen könnte. Besonders wenn sie im Morgengrauen vor die Tür ging, kam ihr die Welt regelrecht schmutzig vor.

Für die Kuh wäre es wohl eine Gnade, sie zu schlachten – allerdings hätten sie dann gar keine mehr. Eine hatten sie zu Skrymirs Begräbnis geschlachtet, weitere den Bauern mitgegeben, die ihm die letzte Ehre erwiesen hatten – der Preis, dass niemand Anspruch auf den Hof erhob, zumindest vorerst nicht. Dass die Gnadenfrist am Ende länger wurde, als gedacht, lag nicht daran, dass niemand Skrymirs Land wollte. Ein jeder war vielmehr mit dem eigenen Überleben beschäftigt, und die Blicke richteten sich nicht sehnsüchtig auf den Besitz des Nachbarn, sondern auf den Horizont, um endlich ein Schiff mit neuen Vorräten zu erspähen. Ríona wusste nicht, ob es mehr Gnade oder Fluch war, dass keines anlegte, solange die Insel nahezu gänzlich von der dunklen Wolke verschluckt schien.

Sie ließ sich neben der Kuh auf den Boden sinken. Auch sie fühlte sich geschwächt, weil sie kaum noch etwas aß, zu viel von der schweren grauen Luft einatmete. Das Tier glotzte sie an, und sie las etwas in seinen feuchten Augen, das sie bewog, die Hand zu heben über seine Stirn zu streicheln.

»Müssen wir sie schlachten?«, hörte sie plötzlich Fjállis Stimme.

Sie hatte nicht bemerkt, dass ihr der Sohn in den Stall gefolgt war. Früher hatte er ständig mit seinen Steinen gespielt, Mauern errichtet oder versucht, den weicheren mittels anderer Steine eine Form zu geben. Mittlerweile half er, wo er nur konnte und stellte viele Fragen, vielleicht, weil Alda nach Skrymirs Tod erklärt hatte, dass er dessen Erbe sei.

Tatsächlich hätte er auch als Sohn einer Sklavin den Hof für sich beanspruchen können – vorausgesetzt allerdings, er wäre alt und stark genug. Fjálli aber war nichts von beidem, obwohl Alda darüber hinwegsah und Prins, immerhin der einzige freie Mann auf dem Hof, mit allem zufrieden war, solange er seine Werkzeuge aus Eisen herstellen konnte.

»Sie gibt noch Milch«, murmelte Ríona.

»Schwächt sie das nicht weiter?«, fragte Fjálli. »Und sie gibt doch nur mehr wenige Tropfen.« Ríona zuckte mit den Schultern. »Urta meint, zu verhungern sei nicht so schlimm«, fuhr Fjálli leise fort. »Irgendwann spüre man gar nichts mehr. Qualvoll sei es nur, solange man dagegen ankämpfe.«

Urta hat leicht reden, schoss es ihr durch den Kopf, sie ist ja alt, sie hat ihr Leben hinter sich. Aber sie beherrschte sich.

»Komm her!«, sagte sie, zog Fjálli mit einer Hand an sich, während sie mit der anderen weiter die Kuh streichelte. Sie spürte spitze Knochen, die sich einige Wochen zuvor noch unter weichem Fleisch versteckt hatten.

Nach dem Ascheregen und Skrymirs Begräbnis, das die Nachbarn nicht nur nutzten, um zu trauern oder ihre Treue zu bekunden, sondern vor allem, um sich richtig satt zu essen, waren die Vorräte rasch zur Neige gegangen. Am schnellsten hatten sich jene Steinkisten geleert, die als Kornbehälter genutzt wurden. Ríona hatte noch lange selbst in den kleinsten Rillen nach Getreidekörnern gesucht, das kratzende Geräusch, das sie dabei verursacht hatte, würde sie künftig mehr an den Hunger erinnern als das Knurren des Magens.

»Müssen wir jetzt Steine essen?«, hatte Fjálli gefragt, als das Getreide endgültig verbraucht gewesen war. Er hatte nicht verzweifelt geklungen, eher nüchtern, als wäre das durchaus ein Gedanke, mit dem er sich anfreunden konnte.

Ríona hatte den Kopf geschüttelt. Immer war ihr irgendetwas eingefallen, womit sie die Sippe ernähren konnte. Samen und getrocknete Beeren, die sie im letzten Herbst gepflückt hatte, außerdem getrocknetes Seehundfleisch und Quark. Letzterer war klumpig und sauer, und sie bekamen alle schlimme Bauchkrämpfe davon. »Immerhin spürt man den Hunger dann nicht so deutlich«, hatte Urta gemeint.

Prins hatte schließlich versucht, Seerobben oder zumindest Papageientaucher zu jagen. Und auch wenn ihm das nicht geglückt war, so war er eine Tages mit einem Schwan zurückgekehrt, der zur leichten Beute geworden war, da er an einer Eisscholle festgefroren war. An diesem Tag hatte Ríona ein regelrechtes Festmahl auftischen können – weitaus karger waren die Mahlzeiten in den darauffolgenden Wochen gewesen – die paar Fische, die Prins gefangen hatte, waren winzig klein, das Fleisch gelblich gewesen. »Wir essen nicht alle sofort«, hatte Ríona entschieden, »wir trocknen ein paar.«

Leider hatten sie kaum mehr Salz – wurde das doch wie das Getreide mit Schiffen gebracht. Und bevor man die Fische trocknen konnte, musste man die Innereien durch die Kiemen ausdrücken – und das taten entweder Dísa oder Bretta und beide nicht sorgfältig genug. Etliche der Fische, die sie auf Schnüren gefädelt und übers Herdfeuer gehängt hatten, begannen zu faulen.

Ríona hatte nicht übel Lust gehabt, beiden Frauen einen Fisch ins Gesicht zu schlagen. Dass sie das nicht tue, hatte sie eisig gesagt, liege nur daran, dass sie keine Kraft mehr in den Händen habe. In Wahrheit war da durchaus Kraft, nur wollte sie sie nicht darauf verwenden, jemandem wehzutun. Das Einzige, was es schließlich überreich gab, waren die Stunden, da sie alle gemeinsam um das Herdfeuer saßen, dicht aneinanderdrückten und sich Geschichten erzählten – und diese Stunden wollte sie nicht mit Hader und Vorwürfen vergiften.

Manchmal lachten sie zusammen, manchmal weinten sie zusammen, und wenn Ríona sich hinterher erhob, hatte sie meist eine neue Idee, wo sie noch etwas zu essen finden könnte. Manchmal zog sie die Gefäße, in denen die Abfälle gesammelt wurden, aus den Bodenvertiefungen in der Nähe der Feuerstelle hervor, und tatsächlich entdeckte sie darunter oft noch ein paar abgenagte Knochen. Sie kochte sie gemeinsam mit Walrosshaut aus, und auch wenn der Sud bitter wie Asche schmeckte, gab er etwas Kraft.

Eine Schale davon hatte sie eines Tages Bruder Alfred gereicht, der dann und wann vorbeikam und um Essen bettelte. Mit den Wochen war er immer dürrer geworden, doch anstatt den Mangel an Essen zu beklagen, hatte er über den Mangel an Kirchen geschimpft. »Es müssen noch viel mehr gebaut werden«, hatte er erklärt, »damit Gott sich dieser Insel erbarmt.«

»Gott gefällt es doch gewiss, wenn man an uns allen die Knochen sieht«, hatte Urta gespottet. »So gleichen wir schließlich mehr und mehr dem Gekreuzigten.« Und als Bruder Alfred ihr einen finsteren Blick zugeworfen hatte, war sie mit ihrer Schmährede fortgefahren. »Und ist es nicht so, dass viele Heilige den Tod geradewegs suchen? Nun, hier muss man ihn nicht suchen, um ihn zu finden, hier lächelt er einem aus jedem Winkel entgegen.«

»Was du meinst, ist das Märtyrertum, aber man wird nicht zum Märtyrer, indem man verhungert, nein, indem man von Heiden erschlagen wird. Von denen gibt es übrigens immer noch zu viele auf dieser Insel. Kein Wunder, dass Gott die Isländer bestraft hat.«

»Es gibt auch Menschen, die sagen, dass nicht Gott, vielmehr die Götter wütend waren und uns deshalb die Hungersnot ereilte. Pah! Als ob sich die großen Feuerberge darum scheren, was die kleinen Menschen glauben und hoffen, als ob die Lavaströme Rache oder Mitleid kennen, als ob für die Natur, die mal einer mächtigen Faust gleicht, die donnernd herabsaust, mal einem weichem Busen, der nährt, die Menschen mehr sind als Mücken.«

Bruder Alfred hatte nicht widersprochen, weil er so erschöpft war, Ríona nicht, weil sie Urta insgeheim recht gegeben hatte.

Nur jetzt, da sie mit Fjálli bei der Kuh hockte, dachte sie, dass sie mehr war als eine Mücke, die nichts als surren konnte. Die Natur mochte größer sein als der Mensch, aber ihre Regungen folgten den Gesetzmäßigkeiten von Wasser, das aus dem Fass quoll, wenn dieses überlief. Der Mensch jedoch konnte, wenn er es denn wollte, das Fass umstoßen, solange es nicht voll war.

Unwillkürlich zog sie die Hand von der Kuh zurück, wenn

sie ihren Blick auch nicht von den feuchten Augen ließ. »Ich glaube, du hast recht«, murmelte sie, »ich glaube, es ist wirklich die Zeit gekommen, sie zu schlachten.«

Fjálli blieb so steif sitzen, dass sie kurz vermeinte, er wäre eingeschlafen. Doch schließlich hob er den Kopf. »Zeigst du mir, wie es geht?«

Ríona graute vor der blutigen Prozedur, bei der das Tier erst mit Seilen festgebunden wurde, um dann die dicken Adern am Hals zu durchtrennen. Wenn man es richtig machte, fiel das Tier innerhalb der nächsten ein, zwei Atemzüge in sich zusammen.

»Du bist noch zu jung dafür.«

»Aber dir fällt es doch so schwer.«

Rührung keimte in Ríona auf. »Was nicht heißt, dass es dir leichtfällt.«

»Ich … ich muss alles lernen. Alda sagte nämlich, ich sei der Erbe.«

Ríona unterdrückte ein Seufzen, dachte wieder daran, wie aussichtslos ihre Lage war. Kamen keine Schiffe, würden sie verhungern. Überlebten sie, würden die freien Männer bald anfangen darum zu streiten, wer der neue Gode sein würde und wer Skrymirs Besitz für sich beanspruchen konnte. Eine dritte Möglichkeit gab es nicht – zumindest fiel ihr keine ein, solange der Kopf voller Sorgen, der Magen dagegen so leer war.

»Du … du kannst mir helfen«, murmelte sie schweren Herzens und befahl ihm, Seil und Messer zu holen.

Sobald Fjálli den Stall verlassen hatte, wandte sie sich wieder der Kuh zu, die sie immer noch aus ihren feuchten Augen anstarrte.

»Du weißt, ich habe keine andere Wahl«, murmelte sie, biss sich auf die Lippen. »Das heißt ich habe durchaus eine Wahl, wir könnten auch alle gemeinsam verhungern. Aber solange es geht, werde ich mich fürs Leben entscheiden. Und wenn irgendwann doch das Sterben unausweichlich ist, kann man sich entscheiden, ob man sein Leben rückblickend schlecht heißt oder gut. Du hattest ein gutes Leben, du standest gern auf der Weide, und du hast fast immer genug zu fressen gehabt. Und ich …«, ihre Kehle wurde eng, »… ich hatte auch ein gutes Leben … trotz allem … Ich habe Menschen verloren, die ich liebte, aber es kamen immer wieder neue hinzu, die ich lieben konnte. Ich … ich war nicht allein.«

Nicht einmal Skrymir war allein, als er starb …, dachte sie.

Die Kuh schnaubte. Vergebens versuchte sie, sich zu entscheiden, ob dieser Laut Gleichgültigkeit bekundete, Verständnis oder einen Vorwurf. Ríona konnte nichts erwidern, sie weinte zu heftig, auch wenn sie sich noch so oft sagte, dass einem eine Kuh zwar leidtun konnte, dass man hingegen nicht um sie trauerte. Trauer blieb den Menschen vorbehalten.

Es tat trotzdem weh, als sie Schritte näher kommen hörte. Rasch wischte sie die Tränen ab, damit Fjálli sie nicht weinen sah, und als das Bild nicht länger vor ihren Augen verschwamm, erkannte sie, wer den Stall betrat. Es war nicht Fjálli, es war Dísa.

»Schiffe!«, rief sie. »Schiffe! Der Himmel über Reykjavik ist klar wie nie, endlich legen wieder Schiffe an.«

Die Insel erwachte nur langsam. Nach einem Winter glich sie oft einem Krieger, der mit dem Schwert in der Hand aufspringt und sofort bereit ist, zu kämpfen und zu siegen. Nun aber schien Island einem Greis gleich zu sich zu kommen, der überrascht war, noch am Leben zu sein, eine Weile brauchte, der steifen Glieder Herr zu werden, dem Leben nicht richtig traute. Wo sonst heiße Quellen hoch zum Himmel schossen, lief nur ein dünnes Rinnsal. Gluckernde Schlammtümpel waren jetzt unter einer schwarzen Schicht erstarrt, und wo von den Gletschern sonst mächtige Ströme rauschten, die in der Sonne golden funkelten, kamen nun schwarze Bächlein, in denen man nichts waschen konnte.

Als Ríona heute über die Wiese schritt, wartete sie außerdem vergebens auf den Duft des sprießenden Grases. Immerhin konnte sie nun wieder zügig den Hügel neben dem Haus hochgehen, ohne dass die Beine nachzugeben drohten oder sie Schwindel überkam. Nicht von diesem rührten denn auch die schwarzen Punkte vor ihren Augen – es waren Vögel, die die erwachende Insel lautstark feierten, sich nicht davon beirren ließen, dass ihr Echo so leise war, nicht die Fülle zum Leben brauchten, sich auch mit dem Knappen begnügten.

Einer der Vögel war Muir, der Nester der Dreizehenmöwen umkreiste. Er war nicht so dumm, blindlings anzugreifen wie früher, nein, er bewarf die Möwen so lange mit Grasbüscheln und kleinen Steinen, bis diese verstört ihre Nester verließen und er sich ein Ei schnappen konnte. Er hatte während der Hungersnot nicht so schlimm gedarbt wie sie, selbst unter der Asche Nahrung gefunden, aber das Leben wie das Fliegen schienen in den letzten Wochen für ihn ein Kampf gewesen zu sein, jetzt war es wieder Freude und Lust an der Freiheit. Nachdenklich stimmte sie einzig, dass weit und breit sein Weibchen nicht zu sehen war – vielleicht war es gestorben, vielleicht scheute es ihren Anblick.

Ríona ging weiter, erreichte bald eine Anhöhe, von wo aus sie das Meer sah, auch die Schiffe mit den bunten, vom Wind geblähten Segeln – fast täglich legten neue an, um den Handel wieder aufzunehmen. Eines der ersten hatte frisches Getreide gebracht, das sie mit einem Teil von Skrymirs Schmuck gekauft hatte. Bei dem Gedanken an die duftenden Brotfladen, die sie gebacken hatten, lief ihr immer noch das Wasser im Mund zusammen.

Etwas trocken wurde ihr der Mund dagegen, als sie daran dachte, dass heute auf einem der Schiffe Jón in den Süden aufbrechen würde.

Seit ihrem Gespräch im Stall und dem Ausbruch des Feuerberges hatte er offenbar nur darauf gewartet, die Insel zu verlassen und auf Handelsreise zu gehen – ob freudig, trotzig oder kleinlaut wusste sie nicht, auch nicht, ob er ihr nur zu Willen sein wollte oder es sich selbst wünschte. Jedenfalls hatte er sich all die Zeit über von Lainidh ferngehalten. Noch nicht einmal zu Skrymirs Begräbnis war er gekommen, und dessen Tod brachte ihn auch nicht von seinen Plänen ab, obwohl er als Olgeirs Sohn und obendrein im rechten Alter durchaus das Amt des Goden und ihren Hof für sich hätte beanspruchen können.

»Für uns wäre das doch gut«, hatte Dísa gemeint, »von Jón hätten wir nichts zu befürchten.«

Ríona gab ihr insgeheim recht, hatte aber etwas ganz anderes erwidert. »Wer nimmt einen Mann ernst, der mehr Zeit mit Frauen, Musik und dem Feilschen verbringt als mit Ringkampf, Saufen und Küheschlachten?«

Sie war nicht sicher, ob sein Ruf wirklich so schlecht war. Sie war überdies nicht sicher, was sie davon abhielt, nach Reykjavik zu gehen und ihn zu bitten zu bleiben. Zumindest hinderte sie Dísa nicht daran, von ihm Abschied zu nehmen – noch nicht einmal Lainidh, die meinte, er habe sie so lange mit Saiten für ihre Harfe versorgt, dass sie ihn nun nicht ohne Lebewohl ziehen lassen könne. Ríona hatte vor allem deshalb nichts dagegen einzuwenden gehabt, weil Prins mitgegangen war. Nicht wegen, Jón, sondern um Werkzeuge gegen Essen einzutauschen, und sie das Mädchen an seiner Seite gut geschützt wusste. Das genügte, um nicht während jedes einzelnen Atemzuges vor Sorge zu vergehen – wobei solche sie erfüllte, als sie auf dem Hügel eines ihrer Schafe hinken sah.

Rasch trat sie auf das Tier zu, von der Furcht gepackt, dass sich die Klauen entzündet hätten – ein Vorbote jener schrecklichen Krankheit, die ein jedes Schaf nach spätestens dreißig Tagen sterben ließ. Doch weder lag der üble Geruch in der Luft, der mit dieser einherging, noch trat eine schmierige Flüssigkeit aus den Klauen, als sie daraufdrückte.

»Du hast dir nur einen Erdklumpen oder Dorn eingetreten«, murmelte sie, um sich selbst zu beruhigen. Sie suchte die Klauen danach ab, doch plötzlich begann sich das Schaf zu wehren. Bockig drehte es den Kopf im Kreis, drohte mit den Beinen auszutreten. »Bist du närrisch geworden, du dummes Tier?«, entfuhr es ihr ungeduldig. Sie wollte es fester packen, woraufhin das Schaf noch tollere Sprünge vollzog. Und als sie nicht übel Lust hatte, ihm einen Tritt zu versetzen, nahm sie ihn jäh selbst wahr – den beißenden Geruch von dunklem Rauch.

Sie blickte hoch zum Himmel, aber der war immer noch blau, die Wolken, die entlangzogen, waren weiß. Sie war gerade so lange erleichtert, bis sie den Kopf senkte, den Hügel hinunter auf ihre Siedlung blickte, die Rauchsäule wahrnahm, die von dort hochstieg.

»Was zum …«, entfuhr es ihr.

Das Schaf stand plötzlich ganz still da, sie erstarrte auch, begann danach aber, umso schneller zu rennen. Es ging so steil bergab, das sie fast gefallen, hinuntergerollt wäre, doch irgendwie konnte sie sich aufrecht halten. Sie lief, bis die Kehle schmerzte, lief weiter, bis sie kaum mehr atmen konnte. Der Wind trieb den Rauch in ihre Richtung, er hüllte sie gleich einem erstickenden Tuch ein, ließ sie husten, die Augen tränen. Mit jedem Schritt wuchs ihre Angst, erst recht, als sie das Knacken von Holz hörte. Brannte die Hütte, die als Küche diente und die sie nach dem Ascheregen wieder aufgebaut hatten, gar der Stall? Der Rauch hing so dicht über dem Gehöft, dass sie kaum etwas sah. Jedenfalls brüllte plötzlich ihre einzige verbleibende Kuh, und das lauter als seit Langem.

»Holt Wasser! Löscht das Feuer! Rettet die Kuh!«, schrie sie. Trotz der dunklen Schwaden erkannte sie, dass es der Stall war, der lichterloh brannte. Sie wusste, es war zu spät, das Gebäude zu retten, und doch wiederholte sie den Befehl, weil er ihr leichter von den Lippen kam als die Frage, warum am helllichten Tag ein Feuer ausgebrochen war. »Holt Wasser! Löscht das Feuer! Rettet die Kuh!«

Dieses Mal schrie sie nicht, flüsterte nur. Ihre Stimme hatte keine Kraft mehr, sie selbst hatte keine Kraft mehr. Noch setzte sie beharrlich Schritt vor Schritt in die knisternde Schwärze, dann stieß sie unvermittelt gegen einen Leib, warm und schwarz. Es war nicht der der Kuh, es war der von Alda. Ihre Augen waren rot, nicht nur wegen des Rauchs, sondern weil sie bitterlich schluchzte.

»Wie kann man nur so etwas Schlimmes tun!«

Ein Balken krachte auf den Boden, vielleicht war es auch nur eine Abtrennung aus Stein. Ríona ging ebenfalls zu Boden, beugte sich vor, versteckte den Kopf zwischen ihren Knien, sog keinen Rauch ein, nur den Geruch des eigenen Leibes. Das gab ihr genügend Kraft hochzublicken, die Kuh nicht länger nur brüllen zu hören, sie vor dem Stall stehen zu sehen.

Alda hat sie rechtzeitig herausgeholt …

Doch als sie schon frohlocken wollte, sich erheben, auf das Tier zustürzen, riss das Gebrüll ab. Kein brennender Balken hatte sie getroffen, sie war nicht am Rauch erstickt. Ein Mann hatte ihr ein Messer in den Hals gerammt, das Blut spritzte in sein Gesicht. Noch ehe sie einen Laut hervorbrachte, der ihr Entsetzen verriet, bekundete ein anderer seine Trauer. Ein Seufzen ertönte, und als sie herumfuhr, sah sie ein vertrautes Gesicht.

Flóki.

Der gutmütige Riese vom Schiff, auf dem sie damals von Irland nach Island gekommen war. Der Bruder von Haski, der eigentlich dessen Besitz geerbt hätte, der aber kein Land bewirtschaften, lieber auf dem Meer reisen wollte, die Welt erforschen, bis zu jener Insel im Norden vordringen, die man Grönland nannte.

Wie ohnmächtig hatte sie sich gefühlt, als sie damals seinem Schiff hatte nachblicken müssen, ihr aufging, dass er sie im Stich ließ, sie Skrymir ausgeliefert war. Jetzt fühlte sie sich nicht minder ohnmächtig, als sie sich wieder umdrehte, auf den reglosen Leib der Kuh starrte, auf den Mann, der sich darüberbeugte. Es war Nordri, der auch zur Besatzung gehörte, der mehr als einmal mit Flóki gestritten hatte. Damals hatte sich Flóki immer durchgesetzt – jetzt seufzte der Koloss von einem Mann nur ein weiteres Mal, ein Zeichen dafür, wie sehr ihm der Anblick der toten Kuh zusetzte, und zugleich als Ausdruck seiner Hilflosigkeit. Nordris Blick fiel auf sie. »Ah!«, sagte er, und seine Stimme glich dem bedrohlichen Knistern des Feuers. »Das Weib kenne ich doch. Gewiss weiß sie, wo sich der Schatz befindet.«

Langsam dämmerte ihr, dass nicht blinde Wut, vielmehr kalte Gier Grund für all die Zerstörung war. Während des Aschesturms hatte Skrymir sämtliche seiner Kostbarkeiten an sich genommen – die Silberketten und Gürtelschnallen, den kunstvollen Dolch und das Kuhhorn und vieles andere, was seinen Reichtum bekundete. Nach seinem Tod hatten sie das meiste davon zurück in die Truhe gelegt und diese wie zuvor unter der Türschwelle versteckt. Alda hatte sich offenbar geweigert, Nordri das Versteck des Schatzes zu verraten – und der hielt ihr nun vor Augen, was geschah, wenn er selbst danach suchen musste. Warum aber stand Flóki tatenlos daneben?

»Tu doch etwas!«, rief sie, die Stimme heiser vom Rauch. »Haski war dein Bruder. Du kannst seinen Besitz mit sämtlichen Reichtümern für dich einfordern. Warum siehst du lieber zu, wie er zerstört wird?« Wenn sie in den letzten Jahren je Flókis Gesicht heraufbeschworen hatte, hatte sie nur eine Unmenge an Haaren gesehen. Auch jetzt fielen ihm diese tief in die Stirn. Wie damals hielt er den Kopf etwas schief, als gälte es, sich vor der Welt zu ducken. »Tu doch etwas!«, krächzte sie wieder, schmeckte gleiche Ohnmacht wie an dem Tag, da sie dem Schiff nachgesehen hatte.

»Versteh doch«, setzte er an, klang hilfloser als einst, »nachdem wir Island damals verlassen haben, sind wir nach Grönland gesegelt, haben dort gelebt. Das Leben ist härter als hier … härter als ich es je sein konnte … Ich hätte uns dort nicht durchgebracht, Nordri hat es schon …« Wirre Worte folgten von öden Eislandschaften, von kalten Stürmen, von Jagden auf den Narwal, dessen Knochen mehr Wert als Gold hatten. Anscheinend hatten sie nicht genügend von diesen Walen gefangen, sonst wären sie nicht zurückgekehrt, würde Nordri nicht an Flókis statt Haskis Erbe einfordern. »Wo ist der Schatz?«, fragte er bedrohlich flüsternd und kam noch näher.

Ríona wusste nicht, wessen Anblick schwerer zu ertragen war – der von Flókis Gesicht, an dem Haare hafteten, der von Nordris Gesicht, das blutverschmiert war. Mit bebenden Knien trat sie zur Türschwelle aus Birkenholz und kniete sich davor, schob die lockere Steinfliese gleich dahinter zur Seite und holte die Truhe heraus. Sie zog den Dolch mit dem Elfenbeinknauf ebenso heraus wie eine der Ketten und eine Münze mit den fremdländischen Schriftzeichen, wie sie im fernen Süden geprägt wurden.

»Das ist alles, was wir haben, und nun geht.«

Nordri war ihr gefolgt, stand breitbeinig hinter ihr, warf einen Blick ins Innere. Was dort zu sehen war, war wenig verheißungsvoll die Feuerstelle, die Bänke an den Wänden, verhangen beides von der rauchgeschwängerten Luft, die vom nunmehr glimmenden Stall kam. Aber offenbar war ihr Heim auf Grönland noch karger gewesen.

»Warum sollen wir denn gehen? Wir haben genügend Eisstürme überstanden, genügend Trolle gejagt, die auf Grönland Skrälinge heißen und noch bösartiger sind als anderswo. Wir haben genug von der Welt gesehen, um zu wissen: Schön ist es nirgendwo. Hier ist es zumindest etwas weniger hässlich.«

Ríona kniete immer noch, hatte keine Kraft, sich zu erheben. Nordri kam zur Türschwelle, bückte sich, nahm etwas aus der Truhe. Sie sah nicht, was es war, nur dass er es plötzlich in die Luft schleuderte. Erst dachte sie, er wollte es Flóki zuwerfen, damit anerkennen, dass er als Haskls Bruder ebenfalls Rechte an dem Schatz besaß. Doch dann sah sie, dass er ein anderes Ziel hatte. Muir hatte die Eierjagd aufgegeben, war ihr gefolgt, zog Kreise über dem Hof und warf Grasbüschel auf Nordri wie zuvor auf die Möwen. Der Rabe konnte Nordri mit Grasbüscheln nichts anhaben – der ihm mit einem silbernen Amulett durchaus. Beim ersten Mal hatte er ihn nicht getroffen, aber er hob es blitzschnell auf, schleuderte es erneut auf den Vogel. Das Amulett fiel sofort wieder auf den Boden, bei Muir dauerte es etwas länger. Sie sah, wie seine Flügel zuckten, nachdem er unsanft gelandet war – ein Zeichen dafür, dass er wieder wegzufliegen versuchte. Ob es ihm gelungen wäre – sie wusste es nicht. Schon trat Nordri auf ihn, das scheußliche Knacken von brechenden Knochen ließ sich vernehmen.

»Ich hätte den verfluchten Raben bereits auf dem Schiff töten sollen. Damals wollte ich ihn auch essen. Da wird mir heute die Kuh schon besser schmecken. Was nicht heißt, dass der Vogel leben soll.«

Und schon hob er wieder den Fuß.

Nur Augenblicke waren vergangen, seit Nordri den Fuß regungslos in der Luft gehalten hatte. Ríona vermeinte hinterher dennoch, sie hätte über Stunden die stumme Bitte wiederholt: Lass ihn tot sein, lass ihn diesen Tritt nicht mehr spüren.

Nun, die Welt hielt nicht den Atem an, der Fuß traf den Raben gleichwohl nicht, denn in diesem Augenblick kam Fjálli herbeigestürzt, zwei Steine in den Händen – wobei er nicht mit diesen angriff, nein, seine Zähne in Nordris Oberschenkel rammte. Nicht dass er das dicke Leder seiner Beinkleider durchdringen konnte – und das war gut so. Hätte er ihn ernsthaft verletzt, Nordri hätte ihm wohl alle Knochen gebrochen. So versetzte er ihm bloß einen Stoß.

Fjálli taumelte über den Hof, und dann hielt die Welt nicht den Atem an, nein, sie schien sich so schnell zu drehen, dass Ríona sich später nicht daran erinnern konnte, wie sie von der Stelle, wo sie starr gestanden hatte, zu Fjálli gelangt war, sich auf ihn geworfen hatte, um ihn mit dem eigenen Körper zu schützen.

Kurz hatte sie Angst, ihn zu erdrücken, sie spürte ihn kaum noch atmen, im nächsten Augenblick wurde sie gewahr, dass er mit Absicht regungslos wie ein Stein dalag. Sie war kein Stein, sie konnte sich nicht hinter Härte verstecken, als sie den Blick hob, sah sie, wie Muir erbärmlich mit den Flügeln schlug. Wenigstens bekam er keinen weiteren Fußtritt ab, wenn auch nur, weil Nordri ein anderes Opfer entdeckt hatte: Bretta. Offenbar hatte sie sich mit Urta irgendwo versteckt, doch während die Alte weiterhin nirgendwo zu sehen war, trat Bretta in den Hof, mit dem üblichen Lächeln, das Ríona nie unpassender erschienen war … und das es umso unerträglicher machte zuzusehen, wie Nordri gemächlich auf sie zuschritt, sie danach umso grober im Nacken packte.

»Ein hübsches Weib!«, erklärte er freudig.

Ein Weib, das nicht richtig ist im Kopf ist, wollte sie sagen, aber sie wusste ja: Auf den Kopf kam es einem wie Nordri nicht an, er wollte nur mit seinen Pranken ihre Brüste quetschen. Bretta quiekte auf, wie sie noch nie gequiekt hatte.

Ríona erhob sich. Es fiel ihr unglaublich schwer, Fjállis Körper los- und ihn danach schutzlos liegenzulassen, aber nachdem sie sich erst mal dazu überwunden hatte, schritt sie erhobenen Hauptes auf Nordri zu.

»Wenn du ein rechtes Weib willst, nimm mich, nicht dieses Kind.« Wieder bewegte sich Nordri ganz gemächlich. Es dauerte eine Weile, bis er sich zu ihr umgedreht hatte. »Nimm mich!«, wiederholte sie.

Nordri ließ Bretta tatsächlich los, wenn auch nicht, um sie, Ríona, zu packen. »Ein Fisch, der zu lange in der Sonne gelegen hat, stinkt. Ein Weib, das zu lange auf dieser Welt gelebt hat, ebenso.«

»Und seit wann scheut jemand wie du Gestank?«

»Gestank ist mir gleich. Aber wer so oft von der unruhigen See in den Schlaf gewiegt wurde, will nicht auch noch auf harten Knochen liegen. Damals auf dem Schiff hattest du doch ein blondes Mädchen bei dir, nicht wahr? Es müsste jetzt in jenem Alter sein, da Weiber saftig sind.«

Dass er von Frauen wie von einem Schweinebraten sprach,

verwunderte sie nicht weiter, umso mehr jedoch, dass er sich an Lainidh erinnern konnte.

»Also«, fragte Nordri, »wo ist sie?«

Sie ist nicht hier, sie ist in Sicherheit, versuchte sich Ríona zu sagen, während sie seinem Blick trotzte, ein gleichgültiges Gesicht machte.

»Sie war ein dünnes Kind mit spärlichem Haar. Denkst du wirklich, dass sie auf einer Insel wie dieser überlebt hat?«

Er hielt den Kopf noch schräger. »Ich denke, die Götter sind manchmal ungerecht, auf dass die Menschen noch wütender werden, noch erbitterter kämpfen. Manchmal erschlägt der einarmige Alte den wackeren Berserker. Manchmal überlebt eine zarte Blume den Sturm und ein dicker Baum wird von ihm geknickt. Wenn du mir nicht sagen willst, wo sie steckt, suche ich sie eben. Den Schatz habe ich schließlich auch gefunden.«

Er trat nach Bretta aus, die ihm im Weg stand, missachtete den Raben, der sich kaum noch regte, ging auf die Einhegung zu, die die Hauswiese umfasste, um sie niederzustoßen. Danach ging er auf das Haus zu, an dessen Außenwand Aldas Webstuhl lehnte. Er hob ihn hoch.

»Kann es sein, dass das Mädchen vorhin hier gesessen und gewebt hat?«

Ríona hörte Alda hinter sich aufschluchzen, aber der Ton verstummte, nachdem sie sich rasch die Hand vor den Mund geschlagen hatte. Sie hörte Flóki, der erstmals einen Schritt näher kam, wenn auch mit hängenden Schultern, etwas murren.

»Hast du nicht eben verkündet, das Gehöft gehöre dir«, sagte Ríona. »Welchen Sinn hat es, alles zu zerstören?«

»Ich werde ja Sklaven wie dich besitzen, die es wieder aufbauen können.«

»Wir Sklaven können aus Sumpferz Werkzeuge machen, aus Körnern Brei, aus Flicken einen Umhang. Aber wo keine Bäume wachsen, lässt sich kein Holz finden.«

Die Worte schienen ihm einzuleuchten, er ließ den Webstuhl einfach fallen. Die Lust an Zerstörung verging ihm darüber nicht. Das kalte Feuer, das in Nordris Augen flackerte, verriet, dass im fernen Grönland nicht nur sein Köper erfroren war, überdies die Seele. Er machte einen Satz auf Ríona zu, zog sie an sich.

»Statt dem Knacken von Holz ist mir auch das Knacken von Knochen willkommene Musik. Sag mir endlich, wo das blonde Mädchen ist, oder …«

Ein Rauschen erfüllte ihren Kopf, würde das Brechen der Knochen wohl übertönen. Kurz war sie sich nicht sicher, ob er es auf ihren Arm abgesehen hatte, ein Bein oder gar das Genick. Alle Glieder waren wie taub, und erst als Erdkrumen an ihrem Gaumen, an ihrer trockenen Zunge klebten, wurde sie gewahr, dass er ihr nichts gebrochen, sie vielmehr von sich gestoßen hatte und sie zu Boden gefallen war.

Sie verstand es nicht. Fjálli war nicht eingeschritten, um sie zu retten, Flóki auch nicht. Tief wie nie ließ dieser vielmehr seinen Kopf hängen. Wer hingegen mit geradem Rücken und hochgerecktem Kinn plötzlich in der Mitte des Hofes stand, war Lainidh. Aus den Krumen in Ríonas Mund schienen Scherben zu werden.

Warum war sie zurückgekommen? Hatte sie den Rauch nicht gesehen? Ahnte sie nicht, dass ihr einziger Trost gewesen war, sie in Sicherheit zu wissen?

»Na also«, sagte Nordri vergnügt.

Ríona richtete sich auf, versuchte es zumindest. Als sie sich auf die Hände stützte, gaben diese nach, als wären die Knochen wirklich gebrochen worden. Ihre Seele war längst gebrochen, als sie zusehen musste, wie Nordri auf Lainidh zuging. Nur mehr drei Schritte trennten ihn vor ihr, schon erhob er die Hand.

Doch ehe er sie packte, ertönte eine Stimme: »Das würde ich nicht tun.«

Nordri drehte sich langsam um, Ríona viel schneller. Jón stand neben der zerstörten Einhegung, und obwohl er gemessen an dem Knaben von einst männlich wie nie erschien mit seinem dunklen Umhang, dem wehenden Haar und einem Bart, der erstmals diesen Namen verdiente, entging ihr nicht, dass er keine Waffen trug. Er ballte noch nicht einmal die Hände zu Fäusten. Was wollte er bloß gegen einen Mann, der in Grönland überlebt hatte, ausrichten?

Das Gleiche schien auch Nordri zu denken, sein Grinsen wurde breiter, als er gemessenen Schrittes nicht länger auf Lainidh, sondern auf Jón zuging. Der ließ ihn ganz nahe an sich herankommen, bevor er plötzlich einen Pfiff ausstieß. Wie aus dem Nichts erhoben sich Männer, die sich bislang im hohen Gras versteckt hatten. Ein paar erkannte Ríona: Prins, einige Sklaven und Knechte, die einst Olgeir, später Skrymir gehört hatten und die in Reykjavik lebten, überdies Bauern, die diesem die Treue geschworen hatten. Aber es waren auch fremde Gesichter dabei. Bei einem Dutzend hörte sie zu zählen auf, sie vermutete, dass es doppelt so viele waren – in jedem Fall genug, damit sich Unbehagen auf Nordris Gesicht ausbreitete.

»Ich hab doch gleich gesagt, dass es keine gute Idee ist«, sagte Flóki.

»Verschwindet«, knurrte Jón. »Und gib zuvor den Schmuck zurück.«

Nordri rührte sich nicht, weniger, weil er einen Kampf im Sinn hatte, wohl eher, um zu überlegen, wie sich sein Stolz retten ließ. Er schien zum Schluss zu kommen, dass er die Niederlage nicht länger hinauszögern konnte. Das Einzige, was er noch tun konnte, war, den Schmuck einfach auf den Boden fallen zu lassen, ehe er seinerseits ein Pfeifen ausstieß, um damit seinen Männern den Befehl zum Rückzug zu geben.

Ríona wusste später nicht mehr, wer den Schmuck aufgehoben hatte. Sie wusste auch nicht, wen sie als Erstes an sich ziehen sollte, Lainidh, Fjálli, den Raben … wobei sie Muir nicht berühren durfte, ehe sie nicht wusste, wo und wie er verletzt war. Und erst recht wusste sie nicht, was da eigentlich geschehen war und warum.

Noch umarmte sie also niemanden, wandte sich an Jón. »Was … was hat das zu bedeuten?«

Er, der eben noch so stolz gewirkt hatte, ließ jäh den Blick sinken, als wäre ihm unangenehm, was sie darin lesen könnte. Nicht er gab ihr die Antwort, eine andere Stimme erhob sich.

»Das hat zu bedeuten, dass die Kirche stark wie nie ist.«

Unter den Männern befand sich Bruder Alfred. Bis jetzt hatte er sich zurückgehalten, nun trat er stolz in den Hof. Sie konnte sich nicht erinnern, jemals ein so freudiges Lächeln auf seinen Lippen gesehen zu haben. Sie selbst vermeinte, nie wieder lächeln können, als er fortfuhr und alles erklärte.

Wenig später zog Ríona Lainidh hinter die Schwitzstube.

»Ich … ich kann es nicht fassen«, stammelte sie. »Du … du wolltest heute doch nur nach Reykjavik gehen, um dich von Jón zu verabschieden.«

Lainidh stand so steif vor ihr wie zuvor vor Nordri. »Das habe ich dich zumindest glauben lassen«, murmelte sie.

»Ich … ich kann es nicht fassen«, wiederholte Ríona, ließ aber offen, was sie meinte. Dass Lainidh ihr ihren Plan verschwiegen oder dass sie diesen schon vor Wochen ausgeheckt hatte. Als sie in Reykjavik jedenfalls Gerüchte von Nordris und Flókis Ankunft vernommen hatte, auch von deren Vorhaben, sich das Gehöft anzueignen, war sie umso zielstrebiger darangegangen, ihn umzusetzen. »Warum?«, stieß Ríona aus.

»Warum Bruder Alfred mir so bereitwillig geholfen hat?«, fragte Lainidh. »Nun, seit Langem setzt er seine Hoffnung darauf, dass der neue Gode von Reykjavik ein echter Christ sein wird, keiner von jenen, die heimlich den alten Göttern huldigten. Dass Olgeir am Ende seines Lebens vom Glauben abfiel, brachte zwar auch Jón in Verruf. Aber seine Mutter war Christin – nur deswegen trägt er den Namen von einem der Jünger Christi. Wusstest du das?« Ríona wusste es nicht. Bis jetzt hatte sie ja auch nicht gewusst, dass Lainidh so viele Worte auf einmal sprechen konnte, und doch hörte sie nicht zu reden auf. »Am Ende hielt Bruder Alfred Jón vor allem für den passenden Goden, weil der nie so stark und mächtig sein würde, sich mit der Kirche anzulegen, nein, er vielmehr die Kirche brauchen würde, um sich durchzusetzen. Seine eigene Macht konnte er wiederum bekunden, als er heute den freien Bauern befahl, sich hinter Jón zu stellen.«

»Warum?« Ríona wieder.

»Warum so viele Männer bereit waren, Jón als Goden anzuerkennen und gemeinsam mit ihm Nordri und Flóki zu vertreiben? Ich denke, es wäre nicht geschehen, hätten die Berge nicht Feuer gespuckt und das Land verwüstet. So war die Angst groß, dass die Heiden aus Grönland Gott zu einer noch schlimmeren Strafe herausfordern würden.«

»Das alles meine ich doch nicht«, entfuhr es Ríona. Was Lainidh sagte, hatte sie sich längst selbst zusammenreimen können. Und es war nicht, was ihr Herz stolpern ließ. Es war der Gedanke: Ich hätte sie beschützen müssen, nicht sie mich.

Zum ersten Mal wich Lainidh ihrem Blick aus. »Warum Jón die Insel nicht verließ? Warum ich ihn zum Bleiben überreden konnte? Nun, ich habe ihm angeboten, was er seit Langem haben will.«

Sie schwieg, sprach das entscheidende Wort nicht aus. Dennoch dröhnte es laut in Ríonas Ohren.

Mich.

»Damals im Sturm hast du gesagt, dass du ihn nicht sonderlich magst«, stieß sie mit erstickter Stimme hervor.

»Seit wann ist das die Voraussetzung für eine Ehe? Dafür reicht doch, dass ich ihn nicht hasse, ihn nicht verabscheue. Ich habe nicht einmal Angst vor ihm, das ist genug.«

Nicht für dich, ging es Ríona durch den Kopf. Du solltest einen Mann lieben, wie ich Fionn liebte, oder niemals heiraten, einzig singen. Du solltest der Beweis dafür sein, dass man tun kann, wonach man sich sehnt, auch wenn man eine Frau ist und auf Island lebt. Ich sollte der Schild sein, der dich schützt – nie solltest du die Waffe werden, die mein Überleben sichert, Fjállis, Muirs.

Der Gedanke an den Raben, den sie ins Haus gebracht hatte, und der, selbst wenn er überlebte, womöglich nie wieder der Alte sein würde, trieb ihr endgültig die Tränen in die Augen.

»Warum weinst du denn?«, rief Lainidh. »Heute ist doch ein guter Tag. Alle haben bekommen, was sie wollten. Jón hat Bruder Alfred versprochen, dass er künftig regelmäßig seinen Gottesdienst besucht. Ich werde wohl dabei sein müssen, Irinnen wie mich hält man schließlich für tiefgläubig, wobei ich mir gar nicht sicher bin, ob mein Vater mich je hat taufen lassen.« Das Lachen aus ihrem Mund war so befremdlich wie ihre Worte, ließ erahnen, dass irgendetwas an diesem wohlfeil ausgeheckten Plan grundfalsch war. Jón hätte

Island verlassen sollen, ging es ihr durch den Kopf. Jón hat immer schon für Unfrieden gesorgt. Aber dieses Urteil war zu harsch, um es auszusprechen. Dann hätte sie schließlich nicht nur Lainidh, auch sich selbst erklären müssen, warum sie ihn unbedingt forthaben wollte. »Heute ist ein guter Tag«, wiederholte Lainidh, »uns alle hätte es schlimmer treffen können. Vor allem mich, das weißt du. Jón hat mir versprochen, keine anderen Frauen neben mir zu haben, und selbst wenn er dieses Versprechen bricht, ist es mir gleich.«

Sagte sie die Wahrheit? Und was würde das für eine Ehe sein, wenn die Braut schon davor dem Mann die Macht absprach, sie zu kränken? Fest stand, dass sie, Ríona, sich immer noch ohnmächtig fühlte, immer noch ausgeliefert.

Lainidh legte ihr die Hand auf die Schulter – etwas, das sie noch nie getan hatte. »Wir wollen nach Muir schauen«, sagte sie, »und außerdem gilt es, viel vorzubereiten. Unsere Eheschließung soll groß gefeiert werden. Wir müssen möglichst viele Männer einladen, denn wer kommt und sich bewirten lässt, beweist damit, dass er uns die Treue hält.«

Sie machte nicht deutlich, wen genau sie mit »uns« meinte, ob nur sich und Jón oder sie alle zusammen. Sie selbst konnte doch unmöglich zu diesem »Uns« gehören, da sie nichts anderes beigetragen hatte, als im Dreck zu liegen und sich retten zu lassen.

»Ja« sagte sie, »lass uns nach Muir sehen.«

Als sie zurück zum Haupthaus gingen, waren sämtliche Männer verschwunden und auch von Bruder Alfred war nichts mehr zu sehen. Jón stand hingegen auf dem Weg, der zum Haus führte – immer noch oder schon wieder –, und er murmelte, dass das Schiff abgelegt habe. Sie wusste nicht, ob er mit ihr sprach oder mit Lainidh. Sie wusste desgleichen nicht, ob er Nordris Schiff, das einst Flókis gewesen war, meinte oder das, mit dem er selbst in den Süden hatte reisen wollen. Erst recht konnte sie sich nicht erklären, warum die grimmige Entschlossenheit, die er eben noch an den Tag gelegt hatte, jäh einen Riss bekommen hatte, dahinter Verstörtheit durchschimmerte. Er würde doch Lainidh bekommen!

Da sie allerdings schmählich damit gescheitert war, Lainidhs Absichten zu erkennen, sollte sie sich nicht den Kopf darüber zerbrechen, was Jón insgeheim dachte und fühlte.

Al-Andalus

Stunde um Stunde verging, da Fionn und Ramira allein mit Sanchols Leichnam waren. Jedes Mal wenn die Wachtposten kamen und fragten, wann sie endlich fertig wären, erklärte er, die Einbalsamierung sei nun mal kein Werk von wenigen Augenblicken. Mittlerweile hatte der neue Tag begonnen, und in seinem ersten grauen Licht fiel es schwer, die Hoffnung leuchten zu lassen. Fionn hatte immer noch keine Idee, wie er es ins Freie schaffen könnte.

»Nun ja«, sagte er und trat vom Leichnam zurück, der kaum weniger grauenhaft aussah als Stunden zuvor, dessen Gestank immerhin von Düften überdeckt wurde. »Jetzt habe ich so lange einen Menschen berührt, der lasterhaft und dumm war, dass mir die Daumen vielleicht ganz von selbst abfallen.«

Ramira sah ihn entsetzt an. »Wenn ich nicht mehr schreiben könnte – ich würde sterben!«

Er zuckte mit den Schultern. »Einst habe ich eine Frau geliebt und gedacht, ich würde sterben, wenn ich sie verlöre. Aber uns Menschen scheint etwas zu eigen zu sein, das uns unverwüstlich macht. Es drängt uns weiterzumachen, auch wenn wir es nicht wollen. Ich wünsche dir nicht, dass du diese Erfahrung jemals machen musst, ich bin dennoch sicher: Wer den festen Willen hat, sein Leben einem Ziel zu weihen, ist stark genug weiterzuleben, selbst wenn dieses Ziel nicht mehr erreichbar ist.«

Ramira runzelte die Stirn, weniger ob seiner Worte, viel

mehr weil plötzlich ein merkwürdiges Geräusch von draußen zu ihnen drang. Erst hielt er es für das Quietschen einer Tür, doch als die Laute näher kamen, wurde eindeutig ein Kreischen draus.

»Vielleicht hat jemand Sanchols Kopf gefunden«, schlug Fionn vor.

Das Kreischen schwoll an, wurde nunmehr begleitet von Flüchen, und dann war da ein Flügelschlagen, lauter noch, als stürzte sich eine Horde Tauben auf einen Brotkrumen. Neugier trieb Fionn zur Tür, und als er sie öffnete, sah er etliche Männer aufgeregt hin und her laufen. Sie versuchten zu fangen, was dort flatterte, und das war keine Taube, es war ein riesiger Vogel, dessen Anblick Ramira angstvoll aufschreien ließ.

»Ein weißer Falke!«, rief Fionn überrascht. »Ich habe einmal gehört, dass diese Vögel von einem fernen Land kommen, das noch weiter nördlich liegt als Island und das Grönland heißt. Schon in Irland sind die weißen Falken sehr begehrt, hier zahlt man mehr für einen als für ein halbes Dutzend Sklaven.«

Er war nicht sicher, ob das Kreischen des Falken Angst bekundete oder er uber die Männer lachte. Mittlerweile waren es fünf, die ihn einzufangen versuchten, doch sie hatten keinen Erfolg.

»Der Falkner des Wesirs war mit mir im Gefängnis«, flüsterte er Ramira zu, »offenbar weiß niemand sonst, wie man mit ihm umgeht. Deswegen ist er wohl dem Käfig entkommen, konnte irgendwie die Augenbinde loswerden.«

»Und warum lässt man ihn nicht einfach fliegen?«

Dass ein weißer Falke so kostbar war, war nicht der einzige Grund. Eben kam zum Kreischen ein Ton, der etwas höher, etwas verzweifelter und noch unangenehmer klang. Es war ein Schluchzen, ausgestoßen von einem dicken Jungen, der nun ebenfalls im Gang erschien, jedoch gar nicht erst versuchte, den Falken zu erhaschen. Er war es wohl nicht gewohnt, schnelle Schritte zu tun.

Wie kann man so jung sein und schon so dick, ging es Fionn durch den Kopf, ehe er genauer hinsah und erkannte, dass er keinen Knaben vor sich hatte, nein, einen alten Mann, jedoch mit kindlichem Geist.

»Ich gehe nicht ohne meinen Falken«, stieß er in ebenso jämmerlichem wie trotzigem Ton aus.

Die Männer, die den Vogel jagten, hielten keuchend inne, sahen sich an.

»Notfalls müssen wir den Kalifen eben mit Gewalt fortbringen«, sagte einer leise.

»Aber wir haben den Befehl erhalten, dass wir kein Aufsehen erregen dürfen, wenn wir ihn in das Haus außerhalb der Stadt bringen. Er darf nicht schreien und sich wehren. Al-Mahdi könnte hinterher dem Volk nicht weismachen, dass der Kalif gestorben ist, und den Leichnam eines Christen als den seinen präsentieren.«

Ramira und er warfen sich einen raschen Blick zu. Der dickliche Mann im Körper eines Knaben war also Hischam, jener machtlose Kalif, der von Kindheit an gezwungen war, im Schatten zu leben, während listige Männer die Macht für ihn ausübten. Seit Jahrzehnten hatte er den Alkazar kaum verlassen, nur zu besonderen Anlässen besuchte er die große Moschee.

Er sei der wichtigste Mann in Córdoba, hieß es, doch in Wahrheit war der Titel, den er trug, so leer wie ein runzliger Weinschlauch, dessen Inhalt andere ausgesoffen hatten.

»Kein Wesir hat es bislang gewagt, Hischam zu töten und sich selbst zum Kalifen zu ernennen«, flüsterte Ramira. »Sein Blut gilt als zu heilig, um es zu vergießen.«

»Al-Mahdi wird das auch nicht tun, jedoch seinen Tod vortäuschen.«

Der dicke Mann hatte mittlerweile bitterlich zu weinen begonnen, und obwohl sich in Fionn ein wenig Verachtung regte, weil er sich derart gehen, sich zudem regelrecht mästen ließ, schier an den Vergnügungen zu ersticken schien, war sein Mitleid am Ende größer. Vielleicht war er nur so dick geworden, um sich zu beweisen, dass es ihn noch gab, dass man ihn nicht so einfach zum Verschwinden bringen konnte. Nun, für Hischam konnte er nichts tun. Er konnte höchstens verhindern, dass er selbst in sein Verlies zurückkehren musste … Schlimmer noch: dass er selbst der Christ sein würde, dessen Leichnam man als den Hischams ausgeben wollte.

Fionn handelte blitzschnell. Die Tür zu dem Raum, in dem der einbalsamierte Leichnam lag, war angelehnt, nun stieß er sie auf, und die Gerüche von dort drangen prompt in den Gang. Wie gehofft wurde der Falke davon angezogen, und kaum flatterte er in den Raum, trat Fionn schnell zur Fensterluke, zog den Vorhang davor weg, öffnete den Holzbalken.

»Flieg hinaus!«, raunte er dem Vogel zu. »Um Himmels willen, flieg ins Freie!« Kurz wurde das Kreischen lauter, wurden die Flügelschläge heftiger – seinem Befehl folgte der Falke aber erst, als Fionn zischte: »Du gehörst nicht in den Süden, du gehörst in den Norden. Nun flieg!«

Der Anblick der weit gespannten Flügel vor dem blauen Himmel ließ den Vogel erstmals Freiheit schmecken. Endlich flog er aus dem Fenster, und Ramira war geistesgegenwärtig genug zu schreien: »Er ist hinausgeflogen. Nun folgt ihm doch! Noch könnt ihr ihn erwischen! Er sitzt da drüben auf der Palme.«

Die Männer starrten in den Raum, zögerten, aber der schwerfällige Hischam setzte sich in Bewegung, und ob sie nun wirklich seinen Falken einfangen oder nur verhindern wollten, dass auch er in die Freiheit gelangte – alle Männer hetzten ihm nach. Da der dickliche Mann schneller lief als gedacht, war es für Fionn und Ramira ein Leichtes, sich der Gruppe anzuschließen, nicht nur den Gang hinter sich zu lassen, ferner den Innenhof, schließlich das Tor. Hier standen zwar weitere Wachtposten, aber ihnen allen wurde eben der Befehl erteilt, den Falken und den Kalifen einzufangen, sodass niemand auf Fionn und Ramira achtete.

Wenig später hatten sie den Alkazar hinter sich gelassen, sahen vor sich den Guadalquivir schimmern. Keuchend blieb Fionn stehen, die Beine schmerzten ihm vom schnellen Laufen. Immerhin gewöhnten sich seine Augen an das Licht, der durchdringende Türkiston des ansonsten schlammig grünen Flusses schien seine Augen regelrecht zu streicheln. Noch schöner anzusehen war der rosige Ton auf Ramiras Wangen.

»Wir … wir haben es wirklich geschafft«, erklärte sie, und es klang Zweifel aus ihrer Stimme, als wäre alles nur ein Traum.

Für den Fall, dass er gleich daraus erwachen würde, wollte Fionn nichts versäumen. Er hob die Hände, und dann lagen sie auf ihren Wangen, und diese fühlten sich tatsächlich so an wie vermutet. Wie glattes Papier, nur viel wärmer … lebendiger.

»Danke … hab Dank für alles.«

Ramira trat rasch zurück, aus dem rosigen Ton wurde ein dunkelroter. »Wir müssen nach Hause«, murmelte sie, »Ibn Zakariya wird es kaum fassen können, dich zu sehen.«

Rasch ging sie davon, und als Fionn folgte, geriet er ein wenig ins Taumeln. Der Fluss erschien plötzlich wieder grau und schlammig, und auch die Freiheit glitzerte nicht mehr.

Nur weil er sie mit viel Glück erlangt hatte, konnte er sie ganz schnell erneut verlieren.

Zu Hause vergewisserte er sich davon, was Ramira bereits in der Nacht berichtet hatte: Ibn Zakariyas Heim hatte die Unruhen rund um al-Mahdis Machtergreifung heil überstanden. Der *hakim* schien seit dem Gerichtsprozess dennoch um Jahre gealtert. Fionn kannte die fahrigen Bewegungen von dem sonst so beherrscht auftretenden Mann nicht, und auch sein Blick schweifte umher, als gäbe es nichts, woran er sich festhalten konnte.

Was Córdobas Zukunft anbelangte, war er allerdings nicht bar der Hoffnung. »Das große Córdoba wird diese unruhigen Zeiten überstehen«, erklärte er entschlossen. »Und damit du sie ebenso überstehst, bleibst du die nächsten Wochen besser versteckt. Irgendwann hat man dich vielleicht vergessen und erst recht, dass noch ein Urteil vollstreckt werden muss.«

Aus den Wochen wurden Monate, da Fionn nichts von der heißen Sonne zu spüren bekam, die draußen auf die Stadt niederbrannte. Er versteckte sich in der Vorratskammer, die sich neben der Küche im Keller befand. Wie diese wurde der Raum mit einem Metallgitter belüftet, und meist stand er dort und presste sein Gesicht dagegen, um frische Luft zu erhaschen. Wie im Kerker war er zur Untätigkeit gezwungen, doch statt nur mit einem Käfer konnte er immerhin mit Ibn Zakariya Gespräche führen, der ihm überdies Bücher brachte. Auch Ramira leistete ihm dann und wann Gesellschaft, gab sich aber in sich gekehrt und hoheitsvoll, sodass er sich wünschte, er hätte ihr nie in der Gegenwart eines Leichnams seine Gefühle gestanden.

Diesen Leichnam, so berichtete sie, habe al-Mahdi ebenso

zur Schau gestellt wie einen weiteren, den er als den von Hischam ausgab, doch seiner Macht fühle er sich danach trotzdem nicht sicher.

Al-Mahdi witterte in allen Ecken Verrat und Aufruhr und ließ jeden Tag Männer hinrichten – nicht nur Beamte, die schon vor seiner Zeit Hofämter innegehabt hatten, auch engste Vertraute, denen er unterstellte, gemeinsame Sache mit den Berbern, die einst Sanchol angeworben hatte, zu machen. Etliche von diesen hatten nicht bloß unter Schikanen zu leiden – die wichtigsten Generäle wurden erst entlassen, dann umgebracht. Selbst einfache Soldaten waren nicht sicher. Gesetzeslehrer wie Jamal ad-Din hetzten gegen sie, indem sie ihnen einen geheimen Pakt mit den Ungläubigen unterstellten, sodass sich immer häufiger Menschen zusammenrotteten, um sie zu überfallen, auszurauben, ihre Häuser niederzubrennen.

»Und al-Mahdi lässt das zu?«, fragte Fionn verstört.

»Er hat nicht vergessen, dass Männer wie Jamal ad-Din ihm an die Macht verholfen haben – nun will er ihre nicht einschränken und lässt sie predigen.«

»Immerhin ist Jamal ad-Din so von meinen Daumen abgelenkt«, sagte Fionn seufzend.

Nach und nach verließen fast alle verbliebenen Berber die Stadt – die meisten fluchtartig statt freiwillig. Fionn war nicht sicher, ob nun, da wieder etwas Ruhe einkehrte, der beste Zeitpunkt gekommen war, die Vorratskammer zu verlassen, oder ob es nie so gefährlich war. Noch drängender wurde die Frage, was aus ihm werden sollte, selbst wenn niemand mehr an das Urteil gegen ihn dachte. Er würde ja doch nie wieder in dieser Stadt als *hakim* arbeiten können. Wenn er ein solcher sein wollte, dann musste er Córdoba verlassen ... vielleicht gar al-Andalus verlassen, nach Irland heimkehren. Ibn Zakariya würde wohl nichts dagegen haben, ein solches Vorhaben als naheliegendstes und deshalb vernünftigstes benennen. Und trotzdem zögerte er, den Namen seiner Heimat laut auszusprechen – nicht gegenüber dem *hakim* und erst recht nicht gegenüber Ramira.

Diese brachte ihm eines Tages Granatäpfel und frische Feigen, worum er sie gebeten hatte – nicht etwa, um sie zu verzehren, wie sie dachte, nein, um ihre Schale aufzuschneiden und das Nähen von Wunden zu üben. Sie war so verblüfft, dass sie auflachte, und obwohl dieser Laut – es war das erste Mal, dass er dergleichen aus ihrem Mund vernahm – ein wenig wie das Kratzen einer Feder auf Papier klang, schob er den Entschluss, erst die Vorratskammer, dann Córdoba zu verlassen, wieder um eine weitere Woche auf.

In den heißesten Nächten schlief Ramira nebenan in der Küche, und meist lag er wach und lauschte auf ihren gleichmäßigen Atem. Erst als es kühler wurde, blieb sie in der Bibliothek, und er fand wieder etwas mehr Schlaf.

Eines Nachts wurde er von einem lauten Fauchen geweckt, und als er hochfuhr, sah er, wie Muezza in der Mitte des Raumes einen Buckel machte, den Blick argwöhnisch auf Feigen und Granatäpfel gerichtet.

»Das sind keine Schlangen oder Ratten, das ist nur Obst«, sagte Fionn spöttisch, ehe er gewahr wurde, warum Muezza nicht länger nur fauchte, sondern zudem mit dem Schwanz auf den Boden schlug und einen noch größeren Buckel machte. Viel früher als ihm war der Katze Rauch in die Nase gestiegen. Die Schwaden waren noch nicht so dicht, dass es durchdringend danach roch, die Kehle verätzt, die Nasenhärchen versengt wurden. Aber es gelang Fionn nicht, beruhigend auf die Katze einzureden, um sich wieder hinzulegen und weiterzuschlafen. Stattdessen erhob er sich, trat in die Küche, stellte fest, dass im Herd kein Feuer brannte. Der Rauch kam nicht von hier, er kam von oben … kam von der Stadt.

Muezza fauchte wieder, als sie ihn die Treppe hoch begleitete, und dort kam ihm schon Ramira aus der Bibliothek entgegengerannt. Nie hatte er sie ohne Schleier gesehen, nur einzelne Strähnen ihres dunklen Haars. Nun fiel es offen über den Rücken, auch ins Gesicht. Doch das Entsetzen in ihrer Miene galt nicht dem Umstand, dass er sie solcherart nahezu unbekleidet sah.

»Komm mit!«, rief sie. »Du musst mir helfen, Ibn Zakariya zu überzeugen.«

»Wovon zu überzeugen?«

»Sofort zu fliehen!«

»Fliehen wovor? Und wohin?«

Sie zitterte. »Die Berber haben die Stadt zwar verlassen. Aber nach all den Demütigungen, die sie hier erlitten haben, haben sie sich zusammengeschlossen und bei ihren Stämmen in Nordafrika um Verstärkung gebeten. Gemeinsam mit diesen bilden sie ein großes Heer, und angeführt wird es von einem gewissen Sulaiman, und der hat sich … der hat sich …«, sie atmete tief durch, um die Anmaßung dieses Mannes endlich benennen zu können, »… und der hat sich zum neuen Kalifen von Córdoba ernannt.«

Fionn riss die Augen auf. »Aber er kann doch nicht …«

»Er kann es, er will es, er tut es. Er hat sich mit dem König von Kastilien verbündet wie einst Sanchol und gemeinsam mit dessen Soldaten die Stadt angegriffen. Sie zerstören, plündern, morden …«

Nicht schon wieder!, ging es Fionn durch den Kopf. »Al-Mahdi wird sie doch zurückschlagen«, murmelte er.

Ramira schüttelte den Kopf. »Al-Mahdi hat sich wegen seiner Grausamkeit zu viele Feinde gemacht. Er … er ist bereits geflohen. Córdoba ist den Angreifern schutzlos ausgeliefert.«

Fionn hatte Ibn Zakariya kaum je ohne Turban gesehen, nun stellte er fest, dass sein Hinterkopf eine kreisrunde Glatze aufwies. Was er erst recht nicht gesehen hatte, war, dass seine Hände zitterten, sein Blick rastlos umherirrte, dass er, eigentlich groß gewachsen, jäh gebeugt wie ein Greis ging.

Mehrmals hatte Fionn nun schon wiederholt, dass sie fliehen müssten, doch zunächst schien es, als ob er es gar nicht gehört hätte. Und als Fionn ihn schließlich an den Schultern packte, seine Forderung wiederholte, nickte er zwar endlich, verweigerte hingegen einen zu überhasteten Aufbruch. Stattdessen machte er Anstalten, diverse Instrumente einzupacken, auch Bücher, Schriftrollen, noch leeres Papier.

Fionn ging schnell dazwischen.

»Wir haben keine Zeit zu verlieren. Wir … wir müssen fliehen. Ich weiß nicht, wohin, Hauptsache, wir verlassen die Stadt.«

Vielleicht war es eine Sinnestäuschung, aber die Rauchschwaden schienen dichter zu werden. Und obwohl sie noch gedämpft klangen, vermeinte er jene schrecklichen Geräusche zu hören, die nur Menschen erzeugten, wenn sie Waffen schwangen – oder von solchen getroffen wurden.

Ibn Zakariya sah ihn entsetzt an. »Córdoba verlassen? Warum denn?«

Fionn unterdrückte ein Seufzen. »Weil es wieder zu Plünderungen kommen wird, wieder zu Morden – ich fürchte, dieses Mal zu noch schlimmeren als in der Nacht, da al-Mahdi an die Macht kam.«

»Aber … aber das ist doch nicht möglich! Der Mensch ist groß, Córdoba ist am größten, nur Allah ist größer. Córdoba ist ein Zeichen dafür, wozu die Menschen im Guten fähig sind.«

»Leider ist es heute ein Zeichen dafür, wozu die Menschen im Bösen fähig sind.«

»Das … das ist nicht möglich«, stammelte er wieder.

Er deutete verzweifelt auf seine Bücher, seinen größten Schatz. »Ich kann sie doch nicht im Stich lassen. Sie … sie dürfen nicht in Flammen aufgehen.«

»Falls das geschieht, muss es Menschen geben, die noch wissen, was in diesen Büchern steht. Also rette dich!«

»Und was, wenn ich alles vergesse, was ich jemals gelesen habe, sobald ich Córdoba verlasse?«

Fionn warf Ramira einen hilfesuchenden Blick zu, las in ihrer Miene aber plötzlich die gleiche Hoffnungslosigkeit wie in der des Arztes. »Ich weiß, was er meint«, murmelte sie. »Ich kenne keinen Ort außer Córdoba, wo ich sein kann, was ich bin: eine Kalligrafin.«

Die Kampflaute kamen näher. Und hektische Schritte verrieten, dass er nicht der Einzige war, der lediglich in der Flucht einen Ausweg sah. »Man bleibt auch in der Fremde der, der man ist!«, rief er energisch. »Ich habe meine Heimat verloren, und der Schmerz darüber wird nie vergehen. Die Freude hingegen, noch am Leben zu sein und in diesem Leben etwas Sinnvolles tun zu können, ist mittlerweile größer als dieser.«

Als er sich immer noch nicht rührte, packte er den Arzt einfach und zog ihn mit sich hinaus. Notfalls wäre er auch mit Ramira so verfahren, aber am Ende war ihre Scheu vor seiner Berührung größer als ihr Zaudern, das Haus zu verlassen.

Bissiger Rauch stieg ihnen in die Nase. Er konnte nicht erkennen, wo genau es brannte – vielleicht überall. Zumindest waren in der Gasse vor dem Haus keine Menschen zu sehen, weder Angreifer noch ihre Opfer.

»Wir müssen in Richtung Gerberviertel«, rief er und zog Ibn Zakariya weiter. Leicht wie eine Feder erschien ihm der, als wäre von ihm nur eine leere Hülle geblieben.

»Was sollen wir denn im Viertel der Gerber?«, erwiderte er. »Uns in einer der Gerbergruben verstecken und hoffen, dass der Gestank die Berber und Kastilier abhält?«

Fionn wusste, dass solche Männer keinen Gestank scheuten. »Wegen dieses Gestanks liegt das Viertel der Gerber außerhalb der Stadt und grenzt an eines, dessen Bewohner sogar noch mehr verachtet werden – die Aussätzigen. Ich denke, dorthin werden sich die Angreifer nicht wagen.«

Ibn Zakariya widersprach nicht länger, doch erneut überlief den alten Mann ein Zittern. Aus Ramiras Richtung kam wiederum ein Fauchen. Sie hatte Muezza mitgenommen, die Katze wand sich nur, kratzte sie.

»Lass sie los! Sie verletzt dich!«

Ramira hörte nicht auf ihn. Am Ende war ein Kratzer harmloser als alles, was sonst noch drohte und wessen sie bald Zeugen wurden. Bei der *ceca*, der Münzprägestätte, herrschte gerade ein großer Tumult. Ein Mann schlug auf einen anderen ein, doch es war kein Berber, es war ein Krämer, der das Chaos offenbar ausnutzen wollte, um sich zu bereichern. Erbittert kämpften die beiden um einen Beutel, bis dieser riss, Münzen auf den Boden rollten, und ihrer beider Köpfe krachten aneinander, als sie sich bückten, sie einzusammeln versuchten. Noch nicht einmal die Hälfte hatten sie an sich gebracht, als sich eine Horde Reiter näherte. Alles an ihnen war schwarz – der Turban, die Gesichter, selbst die zweischneidigen Beile, die sie in den Händen hielten. Aber vielleicht lag das nur an dem vielen Rauch. Das Blut, das spritzte, als die Männer getroffen wurden, war jedenfalls rot.

Ramira schrie auf.

»Zurück!«, brüllte Fionn. Sie wichen in eine kleine Gasse aus, tasteten sich an einer Mauer mit einfachem Mörtelverputz entlang, stießen plötzlich an eine weitere Mauer. Er befürchtete schon, sie wären in einer der viele Sackgassen gelandet, doch dann sah Fionn ein Tor. Es wurde nur nachts versperrt, war jetzt noch offen, und er schob Ramira und Ibn Zakariya rasch hindurch.

Danach lauschte er, ob das Hufgetrappel, die Schreie, das Keuchen sich entfernten. Ehe die Truppe Berber den Platz verließ, wurde der Rauch allerdings noch dichter, und plötzlich stieß Ramira wieder einen Schrei aus. Muezza hatte sich aus ihren Armen befreit, schoss durch das Tor zurück auf den Platz.

»Muezza!«

»Sie wird sich schon irgendwie durchbringen«, sagte Fionn schnell. »Und wir werden auch überleben – wenn wir es denn endlich aus der Stadt schaffen.«

Nach einer Weile beschloss er, dass sie sich wie Muezza aus dem Versteck wagen konnten. Fieberhaft überlegte er, welches Stadttor am nächsten lag.

Es war das Jungfrauentor, durch das er einst Córdoba betreten hatte, aber er vermutete, dass in der Nähe des Flusses besonders viele Berber und Kastilier wüteten. Seine zweite Wahl war das Sevilla-Tor, nach der Stadt benannt, zu der die Straße dahinter führte, dorthin war leider schon eine große Menge an Menschen unterwegs, trampelte sich zu Tode. Ihm fiel das Gewürzhändlertor ein.

Für gewöhnlich musste man nur betörenden Düften folgen, um es zu erreichen, doch weiterhin trieb der nächtliche

Wind nur Rauch in ihr Gesicht. Ganz kurz ließ er Ibn Zakariya los, um sich die Hand vor den Mund zu schlagen. Es half wenig, er musste trotzdem husten, seine Augen tränten. Bis sein Blick sich endlich wieder klärte, erkannte er, dass Ibn Zakariya nicht stehen geblieben, sondern weitergelaufen war – nicht auf ein Tor zu, auf eine Horde Reiter, die eben auf einige Männer einschlugen.

»Ja, bist du denn wahnsinnig geworden!«, rief Fionn, als er sah, wer sich unter diesen Männern befand.

Er holte Ibn Zakariya ein – zu dem Preis, dass er Ramira zurücklassen musste –, packte ihn.

»Ich lasse meine Bücher im Stich«, erklärte Ibn Zakariya, »ich lasse Córdoba im Stich. Aber ihn … ihn lasse ich gewiss nicht im Stich.«

Die Berber schlugen dieses Mal nicht mit Beilen auf die Männer ein, es waren Knüppel. Und der Mann, der eben von einem getroffen wurde und ohnmächtig niedersank, war Jamal ad-Din.

»Ich wünsche niemandem einen so grausamen Tod, aber wenn ihn einer verdient hat, dann er!«, brüllte Fionn. »Er selbst hat das Unglück heraufbeschworen, das nun über die Stadt hereinbricht. Er hat an Sanchols Sturz gearbeitet, er hat zum heiligen Krieg aufgerufen, er muss nun eben die Erfahrung machen, dass ein Krieg vieles ist, grausam und ungerecht und blutig und stinkend und tödlich, nur nicht heilig.«

»Barmherzigkeit zählt mehr als Zorn. Allah wird sich niemandes erbarmen, der sich der Menschen nicht erbarmt.«

Fionn war überzeugt davon, dass der *hakim* endgültig seinen Verstand verloren hatte. Wie stark er auch an ihm zerrte, er bewegte sich kein Jota. Während er ihm vor wenigen Minuten noch leicht wie eine Feder erschienen war, wirkte jetzt alles an ihm wie aus Eisen gemacht. Und nicht nur, dass er sich erbittert gegen ihn, Fionn, wehrte – überdies tat er alles, um die Berber auf sich aufmerksam zu machen. Bevor Jamal ad-Din einen weiteren Schlag abbekam, wandten sich diese tatsächlich von ihm ab und dem Arzt zu, und anstatt endlich zurückzuweichen, schüttelte Ibn Zakariya Fionns Griff endgültig ab und schritt ihnen mit aufrechtem Rücken entgegen. Fionn wusste, dass er verloren hatte. Schweren Herzens überließ er den *hakim* seinem Schicksal, begnügte sich damit, zurückzulaufen, Ramira zu packen, sie unter einer jener Balustraden zu ziehen, unter denen stets die Dichter gesessen hatten. Er stieß sie auf den Boden und legte sich einfach auf sie, um sie notfalls mit dem eigenen Leib vor den Hieben der Keulen zu schützen. Eine Weile spürte er, wie sie sich wehrte, später wurde sie von Schluchzern geschüttelt, irgendwann lag sie völlig reglos unter ihm. Und wenn sie erstickt war? Noch wagte er nicht, sich zu bewegen, sorgte nur weiterhin dafür, dass jedes Fleckchen ihres Körpers von seinem bedeckt war.

Wenigstens einen Menschen will ich diese Nacht retten, hämmerte es in seinem Kopf. Endlich vernahm er ihren Atem, heiser, röchelnd – nicht nur ein Zeichen dafür, dass Ramira noch lebte, auch dafür, dass es hinter ihnen still geworden war, man hörte weder Pferdegetrappel noch Schläge mit dem Knüppel.

Er erhob sich, stellte erleichtert fest, dass das auch Ramira gelang.

»Warte hier!«

Erleichtert sah er, dass sie sich dicht an die Mauer presste, den Kopf zwischen ihren Knien versteckte. Doch die Erleichterung erstarb, als er auf den Platz trat, Ibn Zakariya mit merkwürdig verdrehten Beinen auf dem Boden liegen sah. Er wusste, dass er nie wieder auf diesen stehen würde. Ein anderer hingegen hatte sich erheben können, beugte sich nun über ihn.

Fionn konnte nicht fassen, dass sich der *hakim* wirklich für Jamal ad-Din geopfert hatte. Und erst recht konnte er die Worte nicht fassen, die dieser wieder und wieder stammelte: »Warum zeigst du erst jetzt, dass du mich liebst, Vater?«

Eine Weile schienen die beiden ihn gar nicht zu bemerken, als wäre ein Bannkreis um sie gezogen. Doch die Horden – sollten sie zurückkommen –, würden diese unsichtbare Grenze nicht ehren, und als Fionn sah, dass Ibn Zakariya am Kopf blutete, tat er das auch nicht länger. Entschlossen stürzte er auf ihn zu, packte ihn unter den Achseln.

»Ich werde dich in ein Versteck bringen, dich dort versorgen …«

Ibn Zakariya bedachte ihn mit jenem herablassenden Lächeln, das früher bekundet hatte, dass er ein Barbar, heute, dass er ein Narr war. Immerhin wehrte er sich nicht, Fionn hatte dennoch Mühe, ihn mit sich zu ziehen.

»So hilf mir doch!«, rief er Jamal ad-Din über die Schulter zu. Der blieb eine Weile ganz starr stehen, gab sich dann einen Ruck. Anstatt aber zu helfen, lief er in die andere Richtung davon. »Dieser verflu…«

»Lass ihn! Mich kann er nicht retten, sich selbst schon. Du solltest es genauso halten.«

Fionn schüttelte energisch den Kopf, mühte sich weiterhin ab, hatte wenig später die Balustrade erreicht, an der Ramira immer noch kauerte. Als sie sie sah, erhob sie sich schnell.

»Bleibt nicht hier … bringt euch in Sicherheit … lasst mich zurück«, presste der *hakim* hervor, während Blut über sein Gesicht rann.

Fionn tat so, als hätte er ihn nicht gehört. »Ich brauche

Stoff, um die Blutung zu stillen«, rief er, legte Ibn Zakariya auf den Boden, zerrte an dem eigenen Gewand, indes Ramira sich an ihre Atlashosen fasste. Kurz verharrte sein Blick auf ihren nackten Beinen, dann riss er sich zusammen. Den Stoff nahm er gleichwohl nicht an. »Press den Stoff lieber vor dein Gesicht!«, befahl er ihr.

Ramira tat wie ihr geheißen, was nicht bedeutete, dass sie nicht mehr an Ibn Zakariya dachte. »Ich suche in dem Haus hier nach mehr«, sagte sie, und ehe er sie aufhalten konnte, lief sie auf eine Tür, nicht weit von der Balustrade entfernt, zu.

»Warte! Ich …«

Er brach ab, weil er zu dem Schluss kam, dass sie im Haus sicherer war. Und weil die Frage, ob sie gewusst hatte, dass Jamal ad-Din der Sohn des Arztes war, in diesem Augenblick bedeutungslos war. Er rollte Ibn Zakariyas Turban zusammen, schob ihm dem Stoff unter den Nacken, damit er halbwegs bequem lag.

»Du fragst dich, warum ich es dir nicht gesagt habe«, murmelte er. »Wenn ich selbst oder andere von meinem Sohn sprachen, erklärten sie immer, ich hätte ihn verloren. Ich fürchte, so ist es auch. Ein Teil von ihm ist tot … und ich habe ihn auf dem Gewissen.«

Fionn rief sich ins Gedächtnis, was er über arabische Namen wusste – dass nämlich zum persönlichen Namen oft weitere kamen, die entweder einen Hinweis auf die Abstammung, den Beruf oder den Herkunftsort gaben. Doch während Ibn Zakariya mit dem von ihm gewählten Rufnamen stolz bekundete, Sohn eines Zakariya zu sein, wollte Jamal ad-Din mit seinem, der sich mit »Schönheit des Glaubens« übersetzen ließ, ausschließlich seine Frömmigkeit bekunden.

»Was könntest du an Schlimmem schon getan haben?«, fragte Fionn.

»Oh, Schlimmes hätte Jamal mir vielleicht verzeihen können. Ich fürchte dagegen, ich habe … nichts getan. Als meine Frau, seine Mutter, starb, habe ich beschlossen, dass mein Wille stärker war als die Trauer. Um sie nie wieder zu fühlen, habe ich nie wieder geliebt. Auch ihn nicht.«

»Das rechtfertigt nicht, wie schändlich er dich behandelt hat.«

»Ich war so stolz, als ich sah, dass er ein größerer Arzt als ich sein könnte. Doch das hat er mir wohl nicht gegönnt. Er hat auch … nichts getan. Nicht mehr die Schriften in meiner Bibliothek gelesen, nicht mehr der Wissenschaft gedient, nicht mehr Kranke geheilt. Er wollte mir wohl beweisen, dass die Liebe größer ist als die Vernunft … zumindest seine Liebe zu Allah.«

»Ein Mensch, der Gott liebt, hasst die Menschen nicht.«

»Vielleicht hast du recht. Ich jedenfalls hatte unrecht. Er war für mich kein Sohn, nein, ein Schüler. Du wiederum warst für mich kein Schüler, sondern ein Sklave.«

»Nur am Anfang, später nicht mehr.«

»Ein wenig von meinem Versäumnis konnte ich wiedergutmachen … aber nicht bei ihm.«

»Er wollte dich damals, als er dich zum kranken Almansor holte, töten!«

Der Arzt versuchte, seinen Kopf zu schütteln. »Nein, er wollte, dass ich ihm ganz und gar ausgeliefert bin, auf dass er mir seine Barmherzigkeit hätte beweisen können, die umso größer gewesen wäre, weil ich sie nicht verdiente …«

Fionn wusste nicht, ob er sich das nur einredete. Er war sich aber ganz sicher, dass es ihm nicht zustand, es ihm auszureden.

»Kannst du … kannst du dich bewegen?«

Der andere antwortete nicht. Seine Beine waren reglos, was

Fionn vermuten ließ, dass er auch am Rücken getroffen worden war. Obwohl die Luft zu brennen schien, war die Haut des *hakim* eiskalt, doch Fionn hatte nicht einmal genug Stoff, die Wunde abzutupfen, geschweige denn, Ibn Zakariya zuzudecken. Er blickte sich nach Ramira um, und da sie nicht wiederkam, legte er sich einfach dicht an ihn gedrückt neben ihn, um ihn zu wärmen.

»Du bist anders als ich«, stieß Ibn Zakariya hervor, »du bist nicht nur ein guter Arzt, du bist zudem ein guter Mensch. Sorg nach meinem Tod für Ramira … und für Muezza, wenn sie denn wieder auftaucht.«

Fionn schüttelte den Kopf. »Die Wunden an deinem Kopf sind nicht so tief. Ich kann sie nähen, du wirst nicht sterben!«

»Ich fürchte, ich blute nicht nur *an* meinem Kopf, sondern *in* meinem Kopf – und du weißt, dagegen kann man nichts machen.«

»Mithilfe der Trepanation …«

»Genug! Niemand kann sterben, außer mit Erlaubnis Allahs zum vorherbestimmten Termin, und meiner ist heute, was überaus passend ist. Córdoba ist die einzige Stadt, in der ich leben will, in der ich leben kann. Ich will in keiner Welt herumirren, in der es Córdoba nicht länger gibt. Also versprich mir …« Er brach ab.

»Natürlich kümmere ich mich um Ramira! Und um Muezza.«

»Muezza bringt sich notfalls durch, aber Ramira … Ramira ist nicht für diese Welt gemacht. Sie lebt allein für die Schrift, und wer bin ich zu sagen, dass das falsch ist.«

Das Beben seiner Hände erfasste den restlichen Leib. Laut schlugen seine Zähne aufeinander, ein Stöhnen entfuhr ihm. »Wenn ich tot bin, lass mich liegen … Ich denke nicht, dass

Allah sich von einem Menschen abwendet, nur weil niemand für ihn betet.«

Wieder schlugen die Zähne aufeinander, Fionn vermutete, dass er sich auf die Zunge biss. Unbeholfen streichelte er dem anderen über das Gesicht. Trotz seiner Worte begann der Arzt nun doch etwas zu stammeln, aber er kam nicht weit.

»Kannst du … kannst du es trotzdem tun? Für mich beten? Es … es kann auch ein christliches Gebet sein.«

Fionn blickte ratlos auf ihn. Allzu gut konnte er sich an Ibn Zakariyas striktes Verbot erinnern, niemals ein christliches Gebet in seiner Gegenwart zu sprechen. Nicht dass er je das Bedürfnis gehabt hätte. Er hatte ja auch kaum je eine der Kirchen Córdobas besucht und musste deshalb lange nachdenken, bis ihm überhaupt ein Gebet einfiel. Ein Mönch hatte es gesprochen, als sein Großvater gestorben war, und dass er es sich eingeprägt hatte, hatte mehr an seiner Faszination für die lateinische Sprache gelegen als an seinem tiefen Glauben.

»*Lux aeterna luceat eis, Domine: cum sanctis tuis in aeternum: quia pius es*«, murmelte er.

Er musste es mehrmals wiederholen, bis ihm aufging, was die Worte bedeuteten. *Das ewige Licht leuchte ihnen, o Herr. Bei deinen Heiligen in Ewigkeit: Denn du bist gütig.*

Er hatte Gott nie für gütig gehalten, hatte auch nie recht verstanden, dass Ibn Zakariya den seinen gern als Allerbarmer bezeichnet hatte. Ein leeres Wort war das für ihn gewesen, aber plötzlich vermeinte er, er müsste es mit etwas füllen – und das nicht nur mit einem christlichen Gebet und lateinischen Worten.

Im Laufe der letzten Jahre hatte er viele Kranke sterben sehen, und manchmal war er dabei gewesen, wenn für sie gebetet worden war. Fieberhaft versuchte er, sich an das Totengebet zu erinnern, zumindest an die ersten Zeilen, aber sie fielen ihm nicht ein. Als er Ibn Zakariyas Atem kaum mehr hören konnte, kam ihm eine andere Idee. In der Stunde des Todes wurde ja nicht nur ein Totengebet gesprochen – auch die Schahāda, das Glaubensbekenntnis der Muslime.

Fionn hatte sich einst geschworen, dass diese Worte niemals über seine Lippen kommen würden. Aber was zählte das schon? Wenn er sie sprach, würde er es ja nicht in seinem Namen, sondern in dem des *hakim* tun.

Plötzlich fiel es ihm ganz leicht, sich tief über Ibn Zakariya zu beugen, damit der ihn noch hören konnte.

»*Aschadu 'anla ilaha illal-Lah, wa 'aschhadu 'anna muḥammadan rasulul-Lah*«, sagte er leise.

Es gibt keinen Gott außer Allah, und Mohamed ist sein Gesandter.

Ibn Zakariyas Atem schien endgültig zu stocken, und doch, dass Fionn für ihn die Schahāda gesprochen hatte, hatte dem Sterbenden anscheinend letzte Kräfte verliehen. Er öffnete den Mund, verzichtete aber zu Fionns Überraschung darauf, die arabischen Worte zu wiederholen.

»*Quia pius es*«, sprach er stattdessen das Ende des christlichen Gebetes nach, »*quia pius es.*« Und Fionn fühlte, dass Ibn Zakariya nicht Gott meinte, nicht Allah, er fand, dass er, Fionn, gütig war. Und tatsächlich murmelte der Arzt, ehe er seinen letzten Atemzug tat, kein Gebet mehr, sagte stattdessen: »Der Mensch sollte nicht der Größe Allahs nachlaufen, denn die wird er nie erreichen. Er sollte ihm in seiner Barmherzigkeit nacheifern, denn wer weiß: Vielleicht gelingt es ihm dann sogar, ihn in den Schatten zu stellen.«

Mehrere Tage plünderten die Berber Sulaimans mit ihren Verbündeten, den Kastiliern, die Stadt. Sie stahlen Kostbarkeiten, verwüsteten Häuser, verbrannten Bücher, töteten Männer, schändeten Frauen. Was ihnen Esther am meisten übel nahm, war, dass sie dabei so viel Stoff zerrissen. Er und Ramira hatten sie im Viertel der Aussätzigen angetroffen, denn Esther war wie sie zu dem Schluss gekommen, dort sicherer zu sein als in ihrem Landhaus. Sie hatte nicht nur ihr Leben retten können, auch eine Unmenge ihres Schmucks, mit dem sie sich behängt hatte. Und sie war in so viele Kleider wie möglich geschlüpft, wirkte deshalb, obwohl sie sich doch eigentlich lieber ent- als verhüllte, unförmig wie nie.

»Ich habe viel zu wenig in Sicherheit gebracht«, klagte sie gleichwohl.

Fionn war innerlich so leer, dass er sie mitleidlos anstarrte, als sie in Tränen ausbrach. »Wie kannst du nur Stoffe beklagen, wenn so viele Menschen sterben mussten?«, fragte er.

Ramira zeigte mehr Verständnis. Sie weinte auch, wenngleich lautlos und ohne Tränen, denn was für Esther die Stoffe waren, war für sie Papier. Zwar trug sie an ihrem Gürtel ihre Federn, gleichfalls das Tintenfässchen, aber sie hatte kein einziges Blatt bei sich.

»Himmel!«, entfuhr es Fionn, »Papier und Stoff mögen kostbar sein, aber beides hat keine Seele. Man kann neue Stoffe weben, neues Papier machen, Menschen dagegen bleiben tot, wenn sie sterben mussten. Die, die nach ihnen kommen, werden immer andere sein als die, die sie gewesen sind.«

»Gewiss«, erwiderte Esther, »Stoffe sind jedoch für den Leib das, was Papier für den Geist ist. Sie verbergen das Hässliche, sie lassen glauben, die Welt wäre schön und der Mensch gut und weise. Eine nackte Welt ist immer eine blutige, grausame, stinkende.«

Ramira nickte stumm, und obwohl Fionn ihr insgeheim recht gab, sagte er dennoch: »Ibn Zakariya hat mir mit seinem letzten Atemzug gestanden, dass es am Ende nicht um Größe geht. Was schert mich die Menschheit, wenn einzig zählt, ob wir bis zum nächsten Tag leben.«

Das schafften sie tatsächlich, lebten nicht nur nach einem Tag, auch noch nach einer Woche, sogar nach einem Monat. Sie bezogen ein leer stehendes Haus, in dem Aussätzige entweder gestorben oder aus dem sie mit Beginn der Unruhen geflohen waren. Zwar gab es hier keine Wandteppiche oder bestickte Kissen, der Boden war dafür mit Schilfmatten ausgelegt, und sie entdeckten einen Korb mit Feigen. Die meisten waren eher faulig als süß, aber sie füllten fürs Erste den Magen.

Mit der Zeit kamen mehr und mehr Flüchtende aus der Stadt, berichteten, dass das schlimmste Blutvergießen sein Ende gefunden hatte, doch noch wollte Fionn nicht nach Córdoba zurückkehren. Kein Handwerk war in diesen Tagen so wichtig wie seines. Es gab viele Wunden zu nähen, Blutungen zu stillen, gebrochene Knochen einzurenken. Manchmal bekam er als Lohn nur ein trauriges Lächeln, manchmal eine Münze, manchmal sogar ein wenig Essen. Und was umsonst war, waren Gerüchte. Demnach hatte sich Sulaiman, der Anführer der Berber, im Alkazar verschanzt, immerhin weitere Plünderungen verboten. Wie lange dieser Friede währen würde, war ungewiss. Al-Mahdi war zwar so feige gewesen zu fliehen, doch anscheinend hatte er in Toledo nicht nur neuen Mut gesammelt, auch ein Heer aus Slawen und Katalanen. Mit diesem, so hieß es, werde er nach Córdoba ziehen.

»Es ist doch nicht möglich, dass die Stadt ein drittes Mal geplündert wird!«, riefen die Menschen verzweifelt.

Fionn konnte die Verzweiflung nachfühlen. Wann genau, fragte er sich, ist Córdoba, die Zierde des Erdkreises, dieses Juwel unter den Städten, zu einem Knochen geworden, um den sich die Hunde balgen, obwohl kaum mehr Fleisch daran hängt?

Als er in ihren Unterschlupf zurückkehrte, erzählte er den Frauen nichts von dem, was er gehört hatte. Es war schlimm genug, ihnen zu sagen, dass er weder ein Stück heiles Papier noch ein Stück heilen Stoff gefunden hatte.

Zu seiner Erleichterung hatten beide Frauen ausnahmsweise nicht das im Sinn. »Schau mal, wer seinen Weg zu uns gefunden hat!«, rief Esther lächelnd.

Auf Ramiras Schoß lag Muezza und schnurrte. Die Katze, deren Anblick ihn immer an eine stolze Königin hatte denken lassen, war in einem erbärmlichen Zustand. Ein Ohr war eingerissen, sie war abgemagert, der Rücken wies räudige Stellen auf. Aber sie lebte – und vielleicht war das das Zeichen dafür, dass Córdoba weniger einem Knochen glich, um den sich Hunde balgten, nein, mehr einer Katze, die bereit war, ihre Krallen auszufahren, um um eine Zukunft zu kämpfen und jeden wohligen Moment, der sich zwischendurch bot, zu genießen.

Und genau so, dachte Fionn, werde ich es auch halten.

Island

Die Männer schienen nur darauf zu warten, dass Bruder Alfred endlich sein Segensgebet zu Ende brachte, doch der zog es absichtlich in die Länge, um seine neue Macht zu beweisen. Die ersten Worte sprach er noch klar erkennbar in Latein, die letzten gingen in ein raues Gemurmel über, klangen ein wenig so, als wären sie frei erfunden. Nun, Jón ließ ihn gewähren, und deswegen wagten auch die anderen Gäste nicht aufzubegehren. Als der Mönch endlich ein lautes »Amen!« sprach, gab es hingegen kein Halten mehr.

Die schlimmste Hungersnot war überstanden, seit wieder Schiffe an der Insel landeten, doch so viel wie beim Hochzeitsmahl von Jón und Lainidh war schon lange nicht mehr aufgetischt worden: gebratene Gänse, Hühner und halbe Schweine, die, auf kräftigere Haselnusszweige aufgespießt, geröstet worden waren, gewürzt mit einer Unmenge Salz und Knoblauch und irgendwelchen Blättern, die Urta gepflückt hatte. Ríona konnte sich nicht vorstellen, wo diese wuchsen, war doch immer noch so viel Land von der Ascheschicht bedeckt. Sie erwartete, dass sie bitter oder nach gar nichts schmeckten, aber erstaunlicherweise verliehen sie dem Fettrand vom Fleisch eine süße Note. Noch süßer schmeckten nur die Birnen, zu einer sämigen Masse eingekocht. Eigentlich aß man diese mit rund geschnitzten Holzlöffeln, doch einer der Männer steckte sein Gesicht in die Schüssel, bis ihm sein Bart verklebt war. Die frische Butter, die ebenfalls aufgetischt worden war, war noch weißer als Lainidhs Gesicht, der Käse, frisch und würzig, hatte die Farbe von ihrem Haar, etwas dunkler war das Bier, das Ríona eigens für die Hochzeit gebraut hatte.

Niemand, so hieß es, könnte derart schnell einen Humpen leeren wie die Isländer. Und sie tat es ihnen gleich, als gälte es den Beweis zu erbringen, dass sich eine irische Sklavin nicht minder schnell besaufen konnte. Als sie den Humpen absetzte, fühlte sie sich jedoch nicht betrunken, eher wie betäubt. Die Männer wiederum lachten und grölten mittlerweile laut, konnten aber immer noch halbwegs geraden Schrittes zu den Wettkämpfen schreiten, die nun anstanden. Weil die meisten zu schwach waren, sich nach der Hungersnot lange auf den Beinen zu halten, zogen sie es vor, mit Hörnern bewaffnete Pferde aufeinanderzuhetzen, indem sie mit stacheligen Stöcken auf ihre Hinterteile schlugen.

Das Wiehern klang panisch, das Gelächter noch lauter, und Ríona war erleichtert, als sich die Leute vom Haupthaus entfernten, alsbald nur mehr Fjállis Juchzen zu hören war, als dieser begeistert einem Mann aus Norwegen zusah, der mit drei Steinen jonglierte. Kurz war ihr Lächeln, das sich bis jetzt angefühlt hatte, als hätte ein heißer Lavastrom es ihr ins Gesicht gebrannt, echt, und sie fand die Kraft, nicht nur vorsichtig in Richtung des jungen Paares zu lugen, sondern Lainidh geradewegs ins Gesicht zu schauen. Am Morgen hatte sie es kaum geschafft, sie in die Schwitzstube zu begleiten, sie dort mit einem Krautstiel abzureiben. Zögerlich nur war sie vorgegangen, hatte sie doch das Gefühl gehabt, dass sie nicht nur die Schicht Dreck, sondern die Haut selbst entfernte. Schließlich hatte Lainidh ihr den Krautstiel abgenommen und sich selbst gereinigt. Und als Ríona sie ebenso zögerlich zu kämmen begonnen hatte, hatte sie ihr auch den Kamm aus Knochen aus der Hand genommen, um es selbst zu tun. »Ich werde die Haare offen tragen und nur einen dünnen Schleier darüber«, hatte sie danach verkündet. »In Zöpfen, so heißt es, können sich bösartigen Zwerge verkriechen.«

Ríona hatte keine Ahnung, von wem sie dergleichen gehört hatte. Erst recht wusste sie nicht, ob Lainidh daran glaubte. Es war ja so schwer zu durchschauen, was in ihrem Kopf vorging – und es war so schwer, der eigenen Gefühle Herr zu werden, seit die junge Frau nicht länger ihr Schatten zu sein schien, vielmehr sie gezwungen war, alles mitzumachen, was sie beschlossen hatte.

Immerhin wirkt Lainidh nicht unglücklich, versuchte sie sich zu sagen und daraus ebenso Trost zu ziehen wie aus der Tatsache, dass Muir noch lebte, wenngleich er kümmerlich auf dem Boden des Stalles lag, wohin Ríona ihm jeden Tag Würmer, Schnecken und einmal sogar das Ei einer Seemöwe brachte.

Nicht besonders glücklich wirkte – trotz seines langen Gebets – dagegen Bruder Alfred, als Ríona eben zu ihm trat, sich neben ihn auf die Bank fallen ließ. Auch vor ihm stand ein voller Bierhumpen, doch bis jetzt hatte er ihn nicht geleert, noch nicht einmal einen Schluck daraus getrunken.

»Schmeckt dir das Bier etwa nicht?«

»Wie sollte ich wissen, wie es schmeckt, wenn ich es noch nicht gekostet habe?«, erwiderte er verdrossen. »Wie das Fleisch schmeckt, weiß ich übrigens gleichfalls nicht, denn auch von diesem nahm ich keinen Bissen.«

Ríona zuckte mit den Schultern. »Wer heute hungrig bleibt, ist selbst schuld.«

»Nein, wer heute hungrig bleibt, ehrt Gottes Gebote! Bald feiern wir Ostern, jetzt ist Fastenzeit.«

Ríona blickte ihn erst verwundert an, dann löste sich ein Lachen aus ihrer Kehle. »Wie lange lebst du nun auf Island? Fast ein Jahrzehnt? Und du hast immer noch nicht gelernt, dass man sich hier auch mit viel Mühe und Not nur ein bisschen abtrotzen kann, niemals genug und erst recht nicht alles? Du hast einen Goden bekommen, der regelmäßig die Kirche in Reykjavik besuchen wird, und irgendwann wird diese vielleicht sogar ein Bischofssitz werden. Jetzt verlang nicht überdies noch, dass die Menschen Fisch statt Fleisch essen.«

»Jón hat mir viel versprochen«, murmelte Bruder Alfred. »Aber er selbst wird wohl kaum überwachen, ob man die Kirche in Reykjavik künftig mehr zum Beten nutzt, nicht weiterhin als Unterstand für Schaf und Rind. Er wird schließlich hier leben.«

Ríona hatte eben Bruder Alfreds Humpen an sich gezogen, wollte ihn an den Mund setzen. Nun hielt sie inne. Sie hörte zum ersten Mal von dieser Entscheidung. Eigentlich hatte sie erwartet, dass Jón mit Lainidh jenes große Haus beziehen würde, das einst Olgeir bewohnt hatte und in dem er aufgewachsen war.

Lainidh bleibt hier, dachte sie, und heiße Freude durchströmte sie.

Lainidh bleibt hier, dachte sie wieder, und dieses Mal versetzte ihr der Gedanke einen glühenden Stich.

Sie war nicht sicher, was Letzterer bewirkte. Solange sie Lainidh in der Nähe wusste, konnte sie sich jeden Tag vergewissern, dass es ihr gut ging – und jede Nacht, dass hinter den dünnen Trennwänden kein Schluchzen zu hören war. Sie senkte nachdenklich den Kopf über den Bierhumpen, starrte auf die kleinen weißen Blasen, anstatt zu trinken.

»Was tust du denn da?«, ließ Bruder Alfreds Stimme sie plötzlich hochschrecken.

Kurz dachte sie, er schimpfte mit ihr, weil sie ihm das Bier weggenommen hatte. Doch dann gewahrte sie, dass sein Blick nicht auf sie gerichtet war, nein, auf das Ende des Raumes, wo sich die Schlafstatt befand, auf der das Brautpaar seine erste Nacht verbringen würde.

Sie zu betrachten war Ríona bislang noch schwerer gefallen, als Jón und Lainidh ins Gesicht zu sehen. Eine andere hatte hingegen keine Scheu, dorthin zu treten. Urta war eben dabei, etwas unter den Fellen zu verstecken, und auch wenn sie nicht erkennen konnte, was genau, verriet der silbrige Glanz, dass es aus Eisen gemacht war.

Empörung erwachte in Ríona. Wenn Lainidh schon bei Jón liegen musste, sollte sie das nicht auf etwas Hartem tun müssen. Doch nicht sie tat diese Empörung kund, Bruder Alfred erhob sich so abrupt, dass die Bläschen auf dem Bier schaukelten.

»Was tust du denn da?«, rief er wieder und das mit einer Wut, als hätte Urta das Stück Eisen nicht versteckt, sondern ihm an den Kopf geworfen. Und er begnügte sich nicht damit, bekreuzigte sich erst, stürzte dann auf sie zu, um die Felle zu durchwühlen, das Ding aus Eisen hervorzuziehen. Es hatte die Form eines Hammers. Ríona hatte kein Ahnung, was ein Hammer in einem Brautbett verloren hatte – Bruder Alfred hingegen umso mehr. »Das ist Thors Hammer!« Er ließ das Stück Eisen fallen, als wäre es noch glühend heiß und als hätte er sich deshalb daran verbrannt. »Und das warst wohl auch du!«, blaffte er und deutete auf die Wände. Ríona sah dort nichts Ungewöhnliches, die Männer, die sein Toben von draußen hereingelockt hatte, sahen auch nichts. Jón hatte sich mittlerweile aufgerichtet, doch er war gleichfalls ratlos. »Du hast die Wirbel eines Walrosses in die Wände gepresst!«, brüllte der Mönch. In der Hungersnot hätten wir sie auskochen können, ging es Ríona durch den Kopf. Ansonsten waren Wirbel eines Walrosses nichts, was den Ärger des Mönches erklärte. Und doch wurde er so rot wie die anderen nur nach dem Genuss von zu viel Bier. »Dass die Wirbel des Walrosses einem Haus Frieden und Wohlstand bringen sollen, ist eine Sitte der Heiden.«

»Und was genau hast du gegen Frieden und Wohlstand einzuwenden?«, fragte Urta gedehnt.

»Gott schenkt beides, sonst niemand!«

Ríona erhob sich. Bis jetzt hatte sie geglaubt, Bruder Alfred wäre bloß ein wenig mürrisch, weil er wegen der Fastenzeit weiter hungern musste. Nun kroch eine kalte Ahnung in ihr hoch, was er mit diesem Schauspiel bezweckte.

»Das ist doch nur dummer Aberglaube«, sagte sie schnell und trat näher, »so schnell lässt sich dergleichen nun mal nicht aus den Herzen und Köpfen der Menschen verbannen. Jüngst habe ich gesehen, wie sich zwei Männer um den Stoßzahn eines Narwals prügelten, weil sie behaupteten, mit seiner Hilfe könne man verdorbenes von frischem Essen unterscheiden.«

Bruder Alfred deutete mit der Fußspitze auf Thors Hammer. »Damit unterscheidet man nicht frische von saurer Milch. Damit sollen die Götter der Heiden verehrt werden. Dass sie ihn ins Ehebett gelegt hat, ist ein Zeichen dafür, dass die Kinder, die daraus hervorgehen, auch Heiden werden, nicht wahr? Am liebsten würdest du deinem Thor wohl ein solches Kind opfern, oder?«

Urta sagte nichts, legte nur den Kopf etwas schräg.

»Unsinn!«, rief Ríona, »die Zeiten sind vorbei, da man Kinder aussetzte. Und man tat es, weil man sie für zu schwach hielt, nicht, um sie den Göttern zu opfern.«

»Erst recht sind die Zeiten vorbei, da man Thors Hammer um den Hals trägt.«

»Das wurde damals beim Althing nicht ausdrücklich verboten«, hielt sie ihm entgegen.

»Nun, dann tue ich es jetzt.«

Urta zuckte mit den Schultern. »Eigentlich sehe ich niemanden, der Thors Hammer um den Hals trägt, nur dich, der du mit dem Fuß darauf stehst.«

Von weiter hinten ertönte Gelächter. Ríona war nicht sicher, wer es ausstieß, nur dass es dumm war, Bruder Alfred noch mehr aufzuwiegeln.

»Warum wundert es mich nicht, dass du über einen Mann Gottes spottest, du Heidin!«, brüllte er.

Ríona trat rasch zwischen ihn und Urta. »Es gibt keine Heiden mehr auf Island. Nach dem Althing ließen sich alle taufen.«

»Alle Männer, aber auch die Frauen? Auch … *sie?* Ich glaube nicht. Ich glaube, dass sie immer noch den Göttern dient.«

Jegliches Gelächter war verstummt.

Jón erhob sich von jenem Hochstuhl, der als Zeichen seiner neuen Würde ins Haus geschafft worden war. »Das wurde damals beim Althing nicht verboten, solange es heimlich geschieht.«

Ríona war ihm dankbar, dass er sich einmischte, doch auf Bruder Alfred machten seine Worte keinen Eindruck.

»Nun, jetzt ist die Zeit gekommen, es ein für alle Mal zu verbieten«, rief er. »Niemand wird auf Island jemals wieder einem schwarzen Rind die Kehle aufschlitzen, um die ersten Tropfen Blut, die herausschießen, der Göttin Frigg darzubringen. Niemand wird auf Island jemals wieder ein Pferd schlachten und die Statue des Thors mit dem Blut besprengen. Niemand wird …«

»Dafür, dass du sie bekämpfst, kennst dich aber gut mit den Göttern aus«, warf Urta ein, und obwohl ihre Miene ernst blieb, klang deutlich ein Kichern durch die Stimme.

Bruder Alfred, der eben noch mahnend Richtung Jón geblickt hatte, fuhr zu der Alten herum. »Und wie gut kennst du dich mit unseren Gebeten aus? Zwei muss jeder Isländer mindestens kennen. Das *Pater noster* und das *Credo in Deum*. Sprich sie, und wir wollen die Angelegenheit auf sich beruhen lassen.«

Urta schwieg.

»Heute ist genug gebetet worden«, rief Ríona schnell. »Willst du nicht lieber doch etwas vom Bier kosten? Ich bin mir nicht sicher, ob dieses zur Fastenzeit wirklich verboten ist. In Irland trinken die Mönche verdünnten Wein und …«

»Sprich die Gebete!« Bruder Alfred schrie wieder.

Urta reckte ihr Kinn so hoch sie konnte, machte einen Schritt auf ihn zu, und obwohl sie kleiner war, wich er plötzlich zurück. Sein Fuß gab Thors Hammer frei, und Urta bückte sich schnell, das Stück Eisen aufzuheben.

»Selbst wenn ich sie sprechen könnte, würde ich es nicht tun.«

Eine Weile blieb er ganz starr, dann drehte sich Bruder Alfred wieder zu Jón um, erklärte nahezu triumphierend: »Du weißt, was nun zu geschehen hat.«

Jón warf erst ihr, dann Lainidh einen hilflosen Blick zu. Ríona rang nur die Hände, Lainidh rührte sich nicht. »Ich spreche dir das *Credo* vor«, sagte Jón zu Urta. »Nicht, dass ich mir sicher bin, dass ich es fehlerfrei aufsagen kann, ich habe zu viel getrunken, aber …«

Ríona hätte plötzlich schwören können, dass Jón so wenig getrunken hatte wie Bruder Alfred. Auch ohne Bier schien dieser jedoch regelrecht berauscht, als Urta auf ihren eben gesagten Worten bestand: »Ich denke nicht daran.«

»Nun«, sagte der Mönch zu Jón, »zu verlangen, dass gebetet wird, ist meine Aufgabe. Eine gottlose Heidin zu verjagen ist deine.«

Das Gesicht des Mönches war noch röter geworden, Jón hingegen erbleichte. »Jemanden in die Verbannung schicken oder ihn ächten, kann nur der Gesetzessprecher während des Althings.«

Ríona war nicht sicher, ob das stimmte. Selbst wenn, nutzte es nichts. »Du musst sie nicht in die Verbannung schicken oder ächten«, erklärte Bruder Alfred, »du verjagst sie einfach von deinem Hof. Ich denke nicht, dass jemand so dumm … so frevlerisch ist, ihr künftig Obdach zu gewähren.« Als Jón zögerte, trat Bruder Alfred dicht an ihn heran. »Solltest du dich weigern, könnte ich auf die Idee kommen, dass du das Handeln dieser Heidin gutheißt, dass du in Wahrheit selbst den Göttern dienst, dass du zu jenen gehörst, die ihre Tiere möglichst grausam töten, damit so viel Blut wie möglich fließt, und dass du dir ihre Häute an die Wände hängst. In diesem Fall müssen wir uns wohl alle vor Gottes Strafe fürchten, solange du Gode bleibst.«

Kurz rührte sich niemand, als wäre das Bild vor aller Augen eingefroren, dann erklärte Urta: »Mich muss niemand von diesem Hof vertreiben. Ich gehe freiwillig.«

Sie verließ den Raum, ohne Thors Hammer sinken zu lassen, hielt ihn ein wenig wie eine Waffe. Nicht dass sie damit jemanden verletzten, gar töten konnte. Dazu fehlte ihr die Kraft. Und erst recht würde ihr die Kraft fehlen, allein zu überleben.

Ríona wollte ihr nachstürzen, sie aufhalten, sie überreden, doch noch das Credo zu sprechen, dann fiel ihr Blick auf Lainidh. Resignation breitete sich in ihrer Miene aus, und Ríona musste an jene Worte denken, die sie gerade erst zu Bruder Alfred gesagt hatte: Auf dieser kargen Insel kann man nur das Wenige bekommen, nie alles. Der Schutz der Kirche hatte einen Preis. Einen sehr hohen Preis.

»Ich glaube, jetzt könnte ich einen Schluck Bier vertragen«, erklärte Bruder Alfred.

Am liebsten hätte sie ihm das Bier ins Gesicht geschüttet, aber wahrscheinlich wäre der Krug ihren tauben Händen entglitten. Ihre Knie zitterten wie diese, immerhin schaffte sie es, dem Mönch einen finsteren Blick zuzuwerfen, ehe sie das Haus verließ.

Urta war nirgendwo zu sehen. Als Ríona laut ihren Namen rief, antwortete ihr nur ein Mähen. Sie folgte dem Geschrei und fand Urta wenig später mit einem der rundesten ihrer Schafe vor, zugleich dem mit dem dichtesten Fell. Anders als Kühe wurden Schafe nie eingesperrt oder festgebunden, doch eben versuchte Urta, diesem einen Strick um den Kopf zu binden. Das Schaf mähte immer erbärmlicher, hielt allerdings inne, als Urta sich ganz dicht über seinen Kopf beugte, ihm Worte in einer fremdländischen Sprache zuflüsterte.

»Bist du verrückt geworden?«, rief Ríona.

Urta hielt inne, blickte hoch, legte den Kopf wieder schief. Falls sie Verzweiflung und Ärger gespürt hatte, war beides längst verschwunden.

»Weil ich ein Schaf an einem Strick hinter mir herziehen will? Das ist vielleicht wirklich dumm. Denn da wir den Tieren schon so viel rauben, Milch und Wolle und Fleisch, sollte ich ihm wenigstens die Entscheidung zugestehen, freiwillig mit mir zu gehen oder nicht.«

Ríonas Knie bebten. »Bist du verrückt geworden?«, stieß sie wieder aus, dieses Mal tonlos.

»Dass ich es wage, das Schaf zu stehlen? Wem außer dir fällt es denn auf? Jón hat die Herde nie gezählt, Lainidh auch nicht. Und du missgönnst es mir doch nicht, oder?«

Auch ihr Mund wirkte nun schief. Oder lag es daran, dass sie lächelte?

»Himmel, warum hast du nicht nachgegeben?«, fragte Ríona. »Warum hast du nicht einfach ein Gebet gesprochen? Dachtest du, die Zunge würde davon schwarz, fiele dir ab?«

Urta kicherte leise. »Was für eine Vorstellung. Vielleicht passiert das eines Tages ja Bruder Alfred – nicht, weil er zu viel betet, sondern weil er zu wenig isst.«

»Bruder Alfred darf dich nicht vertreiben.«

»Er hat die Macht, Jón das Leben schwer zu machen und somit auch Lainidh und dir.«

»Das ist kein Grund, dein Leben zu opfern.«

Nun war es eindeutig ein Grinsen, das Urtas Lippen verzog. »Ich habe den Strick um den Hals des Schafes gelegt, nicht um meinen eigenen. Und noch nicht einmal das Schaf habe ich bislang erwürgt.«

»Spotte nicht!«

»Ich würde über das Leben nie spotten, über den Tod übrigens gleichfalls nicht. Mit beiden bin ich gut befreundet, weißt du das nicht? Ich gehe von hier fort, werde ein *fudir* sein, ein Flüchtling, der nirgendwo geduldet ist. Aber das Schöne an Island ist, dass es hier viel mehr Land ohne Menschen gibt als Land mit ihnen. Ein großer, sehr großer Teil der Insel wird also mir gehören. Vielleicht bringe ich mich durch, vielleicht sterbe ich. Mir ist beides recht.«

Nicht dass sie es ihr nicht zutraute, in der Wildnis Islands zu überleben. Keine Frau war dafür mehr geschaffen. Urta war jedoch alt, gebrechlich. Und selbst wenn sie jung gewesen wäre – wie könnte sie sie gehen lassen!

Tränen füllten Rionas Augen. Das Antlitz der Alten schien zu verschwimmen, selbst die Furchen in ihrem Gesicht waren nicht mehr so tief, glätteten sich. »Ich … ich brauche dich doch.«

»Dir sind Leben und Tod nicht beide recht, ich weiß. Du willst das Leben, aber das hat nun mal immer einen Preis.«

»Es war schon ein hoher, dass Lainidh sich opferte. Es ist ein zu hoher, dass du dich opferst. Erst recht für die Götter.«

»Ja, denkst du, ich tue es für die Götter? Sie brauchen gewiss keine Fürsprecherin – die Freiheit schon. Daran, dass mir diese Freiheit das Allerwichtigste ist, kannst du nichts ändern. Du hast Lainidh tun lassen, was sie tun musste, und jetzt wirst du mich tun lassen, was ich tun muss, und hinterher wischst du dir die Tränen aus dem Gesicht, straffst den Rücken, gehst wieder hinein, säufst Bier oder betest mit dem Mönch. Ich grolle dir nicht, ich grolle auch ihm nicht, erst recht grolle ich dem Leben nicht.«

Ich schon, ging es Ríona durch den Kopf, ich schon. Aber sie wusste, dass sie Urta nicht davon abhalten konnte zu gehen, das Schaf hinter sich herzuziehen. Und dass sie ihr schuldig war, ihr nicht schluchzend und bebend nachzusehen, sondern als starke, aufrechte Frau.

Noch ging Urta nicht. »Gräm dich nicht wegen Lainidh. Sie wird's ertragen. Jón übrigens auch.«

»Jón muss nichts ertragen. Er ist doch der Einzige, der bekommen hat, was er wollte.«

»Glaubst du das wirklich?«

»Seit Jahren ist er sämtlichen Weibern hinterher, weil er Lainidh nicht bekommen konnte und …«

»Genug!« Urtas Ausdruck wurde gelangweilt, überdrüssig. »Mich geht das nichts mehr an. Ich will nichts von Männern hören, die sich um Höfe oder Frauen streiten, und von Frauen, die so viel verleugnen müssen, um zu überleben.

Dort, wohin ich gehe, erwarten mich Eis und Berge und Wasserfälle und Schlamm. Und wahre Schönheit. Die es nur gibt, wenn sie zugleich für wahre Freiheit steht.«

Nun endlich ging sie, zog das Schaf hinter sich her, und dieses wehrte sich nicht. Erst nach einem Dutzend Schritte drehte sich Urta ein letztes Mal um. »Ich wünsche, dass du diese Freiheit auch irgendwann findest.«

Es war leichter als gedacht, sie gehen zu lassen. Was immer auf die Alte wartete, es waren nicht nur Gefahren, es war … die große Stille. Gewiss, die Natur war niemals still, aber sie würde nicht mehr von dem Geschrei der Menschen gequält werden, nicht von den Stimmen im eigenen Kopf.

Über ihr krächzte Muir. Er schien Urta folgen zu wollen, doch schon nach wenigen Flügelschlägen landete er unsanft auf dem Boden.

Ob er jemals wieder heil werden würde? Ob jemals sie?

Ríona ging zu dem Raben, bot ihm ihren Arm, blieb stehen und starrte Urta nach, bis diese so klein schien wie Muir. Irgendwann blieb nur mehr ein schwarzer Punkt, und nach einer Weile war auch der verschwunden.

Der Himmel war bereits dunkel, als Ríona immer noch an der gleichen Stelle stand. Dass sie irgendwann die Starre aufgab, lag weniger daran, dass sie ihrer Trauer Herr geworden war, nein, weil die Männer neue Wettkämpfe abhielten. Nicht länger wurden Pferde aufeinandergehetzt, es galt, Baumstämme so weit wie möglich zu werfen.

Holz ist doch so knapp, wie kann man damit spielen?, ging es ihr durch den Kopf, aber eigentlich war das ihre geringste Sorge. Wie betäubt setzte sie Schritt vor Schritt. In der Ferne hörte sie Fjálli lachen, vielleicht jonglierte wieder irgendjemand mit Steinen oder gar mit Messern. Sie selbst würde es nicht ertragen, eine Waffe zu sehen. Sie ertrug es noch nicht mal, Menschen feiern und trinken und lachen zu sehen.

Sie brachte Muir in den Stall, ging danach ziellos weiter. Als sie wenig später auf jenem Hügel stand, von dem aus man in der Ferne das Meer sah, konnte sie nicht sagen, wie sie dorthin gekommen war. Die Beine, die sie trugen, schienen nicht ihre zu sein, das Meer, das rauschte, nicht das, was oft so gewaltig gegen Islands Küste donnerte. Das Abendlicht brach sich im Wasser, zerfiel tausendfach in Scherben, nur war keine Scherbe scharf genug, um tief zu schneiden. Als die Sonne errötete, wurden die vielen Schaumkronen runder, glichen nunmehr einem Flammenmeer. Warm schien das Wasser zu sein, die Natur so zahm, als wäre sie nicht eines der wilden Pferde, das bei einem lauten Geräusch durchging, dagegen eines der Ponys, dem die Mähne über die Augen hing und das sich gern streicheln ließ.

Ríona sank auf den Boden, umschlang ihre Beine, legte das Kinn auf die Knie, und während sie auf das Meer starrte, weinte sie. Sie weinte um Urta, sie weinte um Skrymir, sie weinte um Fionn, sie weinte um das Kind, das sie verloren hatte, sie weinte um Lainidh, obwohl sie diese nicht verloren hatte, nicht ganz zumindest, und sie weinte um die Caitri von einst, auch die nicht verloren, vielmehr zurückgekehrt. Warum sonst würde sie sich wie das Mädchen von einst fühlen, verzagt, scheu, von fremden, bösen Mächten auf einen Lebensweg getrieben, ohnmächtig wie die bronzenen Schaumkronen, die, selbst wenn sie den Anschein gaben, sie würden tanzen, ja doch nicht entscheiden konnten, wann sie an den dunklen Klippen zerplatzen würden.

Das Rauschen war immerhin tröstlich, weil lauter als ihr Schluchzen, so wie diese Insel immer größer, mächtiger war als ihr Leid. Und vielleicht war das der einzige Trost: dass es am kommenden Morgen so viel zu tun gab, um weiterhin um ihr Überleben zu kämpfen, dass sie schlichtweg keine Zeit hatte, der Trauer nachzuhängen. Noch gab sie sich dieser hin, ganz lautlos nun. Das Rauschen wurde lauter, und laut war eine Stimme, die dicht an ihrem Ohr erklang.

»Schscht …« Kurz war sie überzeugt, es war kein Mensch, nein, eines jener geheimnisvollen Wesen wie die Elfen, nur dass diese hier robuster waren. Die Elfen hatten in Irland ja Wälder, in denen sie sich verstecken konnten. Auf Island gab es nur kalte Höhlen, in die sie sich verkriechen konnten, die Trolle und Zwerge. Doch die Hände, die sich auf ihre Schultern legten, waren menschliche Hände. Sie waren warm und fein. »Schscht …«

Nie hatte sie diese Hände betrachtet, und dennoch wusste sie sofort, es waren seine.

Sie schüttelte sie ab, sprang auf. »Was machst du hier, Jón?« Erst als sie seinen Namen aussprach, konnte sie ihm in die Augen sehen … oder zumindest in sein Gesicht, denn er hielt den Blick gesenkt. Er schien sie nicht bloßstellen zu wollen, indem er die Tränen zählte, die über ihre Wangen perlten. »Was machst du hier?«, fragte sie wieder. Er zuckte mit den Schultern. Erst jetzt erkannte sie, dass der feste, dunkle Umhang, den er trug, jener war, der früher Olgeir gewärmt hatte. Er war zu groß für seinen Körper, wobei das nur feststellen konnte, wer diesen Körper kannte. »Was machst du hier?«, fragte sie ein drittes Mal, obwohl sie die Antwort kannte.

Nur deswegen hatte sie Jón von der Insel schicken wollen. Nur deswegen hatte sie sich wieder und wieder gesagt, dass sie Lainidh vor ihm schützen müsste. Nur deswegen war sie so verzweifelt, weil diese über ihren Kopf hinweg den Plan geschmiedet hatte, ihn zu heiraten.

»Ich bin nun mal nicht gut im Baumstammwerfen«, murmelte er. Ein nervöses Kichern stieg aus ihrer Kehle. Sie hätte gewichtigere Worte erwartet, und dass er nicht benannte, worin er schlecht war, sondern was er gut konnte. Als er aber auf sie zutrat, musste er gar nichts sagen, um zu beweisen, worin er gut war – in ihr die Caitri von einst zu erkennen, sie zu trösten, ihr über die Schultern zu streicheln, ihr anzubieten, sich unter seinem Umhang zu verkriechen. »Urta hat ihr Schicksal selbst erwählt«, sprach er. »Es mag grausam sein, vielleicht war es hingegen gerade deshalb das, was sie wollte. So bleibt ihr ein kleiner, schäbiger Tod im Bett erspart. Wenn sie von der Welt geht, wird sie noch einmal gehörig aufstampfen. Und wenn die Berge wieder Feuer spucken, werden wir uns sagen, dass es ihretwegen geschieht.«

Woher kennst du Urta so gut? Woher kennst du mich so gut?

Und er musste sie kennen, sonst könnte er nicht so genau die Bahn ihrer Tränen vorhersehen, ihnen mit der Kuppe seiner Finger nachfahren. Eine Weile ließ sie das starr über sich ergehen, doch plötzlich fuhren ihre Hände hoch. Sie packte ihn, wie sie ihn als Kind gepackt hatte, als er sie hatte bestehlen wollen, hob die Hand, als wollte sie ihn wieder schlagen wie damals im Kuhstall.

»Hör mir gut zu!«, befahl sie. »Du musst Lainidh glücklich machen. Ich weiß nicht, wie das geht, ich weiß nicht, ob das je einem Menschen gelingen mag, aber versuche es dennoch oder mache sie zumindest nicht unglücklich. Sei zärtlich zu ihr, freundlich, erledige so viele Arbeiten wie möglich für sie, gönn ihr die Zeit, ihre Lieder zu singen, nichts ist ihr so wichtig wie Musik und …«

»Das weiß ich doch.«

Sie ließ ihre Hand sinken, allerdings nur so weit, um ihn an der Schulter zu packen. »Ich will nicht hören, was du weißt, ich will hören, dass du tun wirst, was ich dir sage.«

»Alles tue ich. Für … für … für …« Für Lainidh, würde er sagen, das hoffte sie zumindest. »Für dich«, sagte er stattdessen.

Sie hatte seine Worte bereits vernommen, noch ehe er sie aussprach – was nichts daran änderte, dass sie sie nicht glauben wollte … konnte.

»Was redest du für einen Unsinn«, fuhr sie ihn wütend an.

»Ich tue alles für dich«, bekräftigte er.

»Das ist doch lächerlich!«

Vielleicht würde er nicht weiterreden, wenn sie ihn anstarrte. Aber das Licht wurde erst kalt, dann schwach. Sie konnte nicht in seiner Miene lesen, nicht an der Lüge festhalten, dass er immer nur Lainidh angebetet hatte. Schon begann er zu sprechen.

»Nur deinetwegen habe ich mich all die Jahre immer wieder zu Skrymirs Hof geschlichen, Lainidh war lediglich ein Vorwand. Mit Dísa und all den anderen Frauen habe ich mich nur getröstet, weil du unerreichbar warst … unerreichbar *bist*. Allein weil du es dir gewünscht hast, wollte ich Island verlassen. Aber dann kamen Nordri und seine Männer, und ich bin geblieben und habe Lainidh geheiratet, damit du ein gutes, sicheres Leben führen kannst.«

Der Wind zerrte an seinem Umhang. Er rutschte ihm nicht ganz von den Schultern, dennoch waren die Konturen seines Körpers zu sehen, nicht mehr schmächtig, nicht mehr kindlich diese. Wenn sie sich fest an ihn presste, würde er sie umarmen, wie Fionn sie stets umarmt hatte – nicht mit der Kraft eines Kriegers, aber mit der Entschlossenheit eines Liebenden.

Sie riss sich ungestüm los, obwohl nicht er sie hielt, sondern sie ihn. »Ich könnte deine Mutter sein.«

»Uns trennen höchstens zehn Jahre.«

»Trotzdem bin ich zu alt für dich. Warum wohl hat Bruder Alfred gar nicht erst vorgeschlagen, du könntest mich statt Lainidh heiraten? Gewiss hält er mich nicht mehr für fruchtbar, und wahrscheinlich stimmt das ja auch. Deswegen hast du doch lieber Lainidh …«

»Ich habe Lainidh geheiratet, weil ich wusste, dass sie dieses Ansinnen niemals zurückweisen würde – anders als du. Nicht nur, dass ich dich nicht zu einer Heirat zwingen wollte. Ich war mir auch nicht sicher, ob du es nicht rundweg abgelehnt und eure Zukunft aufs Spiel gesetzt hättest, nur um mir einmal mehr deine Verachtung bekunden zu können.«

»Ich verachte dich doch nicht.«

»Das weiß ich, aber ich weiß gleichfalls, dass dir Verachtung weniger Angst macht als … Liebe. Dabei musst du gar keine Angst haben. Du bist die stärkste Frau, die ich je gekannt habe.« Nichts als Schwärze umgab sie, und dennoch konnte sie die Wahrheit deutlich wie nie sehen. »Meine Mutter war nicht stark«, fuhr er fort, »sie war sanft und leise. Lainidh erinnert mich ein wenig an sie, wenngleich sie nicht singen konnte, nur flüstern, immer voller Furcht. Vater hat sie stets schlecht behandelt, und allein das ist der Grund, aus dem ich immer gut zu Lainidh sein werde. Geliebt aber habe ich meine Mutter nicht. Ich wagte es nicht. Ich ahnte, dass Geschöpfe wie sie früh sterben – auf dieselbe unauffällige Weise, wie sie gelebt haben. Sie hat mir alles durchgehen lassen, du tatest das nicht. Sie hat Vaters Launen hingenommen, du hast dir überlegt, wie du gegen Skrymirs Willen die Geschicke der Insel lenken kannst. Sie hat mich nicht vor meines Vaters Schlägen bewahrt, du hast Lainidh all die Jahre vor Skrymirs beschützt.«

»Du musst mir schon andere Gründe nennen für die Liebe, als den, dass ich nichts mit deiner Mutter gemein habe.«

»Die Gründe für die Liebe zu benennen ist so unsinnig, wie zu erklären, warum das Meer gegen den Fels schlägt und die Berge Feuer spucken. Sie tun es einfach.«

»Nun, du darfst es nicht tun. Du darfst mich nicht lieben. Du bist mit der Frau verheiratet, die mir wie eine Tochter ist. Und diese Ehe sichert dir die Macht als Goden.«

Zunächst vermeinte sie, mit der Nacht zu sprechen, nicht mit ihm. Doch plötzlich stand er vor ihr, nicht, um sie zu umarmen, wie sie kurz fürchtete, nein, hoffte, nur, um die Hände an ihre Wangen zu legen.

»So schwer es ist, die Gründe für die Liebe zu benennen, so leicht ist es, alle aufzuzählen, die dagegen sprechen. Aber das Einzige, was sie wirklich unmöglich machen würde, wäre dein kaltes Herz. Du hast viel gesagt, nur nicht, dass du mich nicht liebst, dass du mich nicht begehrst, dass du dich wieder jung und schön und unverwundet fühlst, wenn du mit mir zusammen bist.«

Sie stieß ein Krächzen aus, das wie eines von Muir klang. Sie konnte nichts sagen, solange seine Hände an ihren Wangen lagen, konnte erst recht nichts sagen, als er sie losließ, als er sich abwandte, um heimzugehen, wo Lainidh im Brautbett auf ihn wartete. Sie wusste, er würde zärtlich und vorsichtig sein, sich bemühen, ihr keine Schmerzen zu bereiten, aber in Gedanken würde er bei ihr sein. Unerträglich war bereits die tiefe Scham, die das erzeugte – regelrecht abscheulich die verbotene Lust, die in ihr hochstieg. Sie wusste nicht, wen sie mehr verachtete – ihn oder sich, sie wusste nur, dass sie sich nie so machtlos gefühlt hatte wie in diesem Augenblick, da er davonging.

»Du bist doch nur ein dummer, frecher Junge«, rief sie ihm nach

Sie fühlte, wie er lächelte. »Ich weiß«, warf er ihr über die

Schulter zu, »und deswegen werde ich nicht aufhören, dich zu lieben.«

Starr blieb sie stehen wie zuvor, da sie Urta nachgeblickt hatte. Urta würde nicht wiederkommen, Urta würde die Freiheit suchen und finden. Sie hingegen würde eine Gefangene sein. Sie würde Jón von nun an jeden Tag sehen, die Tage würden zu Monaten werden und die Monate zu Jahren.

Das ist viel zu viel Zeit, um den Falschen zu lieben und vom Falschen geliebt zu werden, sagte jener Teil der Seele, der sich vor den Gefühlen graute wie vor sich selbst.

Es wird niemals genug Zeit sein, die ich mit ihm verbringe, sagte jener andere, für den die Liebe kein Fluch war, sondern ein Geschenk – und eine Verheißung.

Ich, Gormlaith, war die listige Königin. Oder vielleicht auch nur die Königin, die außergewöhnlich viel Glück hatte. Jener feine Faden, den ich gesponnen habe, als ich Slàine damals von der größten Demütigung meines Bruder erzählte, hätte reißen können, sich verknoten oder schlichtweg zu kurz gewesen sein, um daraus ein Tuch zu weben. Nicht in jedem Spinnennetz verfangen sich fette Fliegen. Manchmal fällt nur ein Tautropfen darauf, und dass er im Sonnenlicht silbrig glitzert, hat für niemanden einen Wert.

Aber aus meinem Faden wurde vier Jahre später, im Jahr 1013, ein Strick, und aus diesem Strick wurde eine Schlinge, und diese Schlinge konnte taugen, den mächtigsten Mann Irlands zu Fall zu bringen.

Ganz sicher nicht mächtig war der Mann, der an diesem Tag in den Saal der Dubliner Burg gestolpert kam, es war mein Bruder Máelmorda. Gerade fand ein großes Fest statt. Ich saß neben Slàine, die in den letzten Jahren weniger weinte, vielleicht, weil sie sich damit abgefunden hatte, dass silbrige Tränen den Wert von silbrigen Tautropfen hatten – nämlich gar keinen. Jedenfalls waren ihre Augen nicht rot, als Máelmorda den Saal betrat. Dessen Augen wiederum schienen aus den Höhlen zu treten, als er berichtete, was ihm widerfahren war.

Er wollte zunächst zu viele Wörter in zu wenigen Sätzen unterbringen, weswegen niemand ihn verstand. Ich nutzte die Zeit, ihn in Ruhe zu mustern. Seine Tunika mit goldener Einfassung und silbernen Bändern verriet, dass er eitel wie eh und je war. Die Schlammflecken, die sie übersäten, verrieten, dass er sehr schnell hergeritten sein musste.

Er kam von Cenn Corad, jener Burg in Munster, die Brian einst hatte errichten lassen, in der ich mit ihm gelebt, ihm unseren Sohn Donnchad geboren hatte. Seit Ewigkeiten hatte ich sie nicht mehr betreten, Máelmorda aber war wenige Tage zuvor dort empfangen worden, um dem Hochkönig von Irland seine Treue und Freundschaft zu versichern, wie er es einmal jährlich tat. Mochte auch Grimm auf ihn in seiner Seele wohnen – dass Brian Boru der mächtigste Hochkönig war, den Irland jemals hatte, war etwas, das mein Bruder weder leugnen konnte noch in den letzten Jahren je zu leugnen versucht hatte.

Er begnügte sich nicht mit einem Kniefall, brachte als Geschenk Baumstämme von Fid Gaible mit – das war das beste Holz, das man in Irland fand.

Nicht aus Holz, aus Bernstein, Glas und Horn waren die Spielwürfel und -plättchen, mit denen am nächsten Tag ein Brettspiel namens hneftafle von Brians Sohn Murchad und Brians Neffen Conan gespielt wurde. Meinen Bruder hatten sie gar nicht erst dazu eingeladen, sie erwarteten wohl, dass er die Holzstämme in die Burg schleppte. Máelmorda aber dachte nicht daran. Er sah dem Spiel zu und gab Conan den entscheidenden Rat, wie er den Gegner besiegen könnte.

Ich weiß nicht, wie man hneftafle genau spielt. Ich weiß nur, dass es darum geht, den Spielstein zum richtigen Zeitpunkt an den richtigen Ort zu schieben. Und an diesem Tag erwies sich Máelmorda als mein Spielstein, der sich genau dorthin hatte schieben lassen, wo ich ihn wollte.

Brians Sohn Murchad ärgerte sich zutiefst, dass er das Spiel verloren hatte, und wenn Männer sich ärgern, spucken sie gern einem anderen vor die Füße. Ihre Leiber mögen nämlich riesig sein, ihre Herzen und Seelen aber zu klein, um den Ärger für sich zu behalten.

»Heute magst du einen guten Ratschlag erteilt haben«, rief Mur-

chad. »Die Dubliner hast du in Glen Mama hingegen nicht so gut beraten, sonst wären sie nicht vernichtend geschlagen worden, und du hättest nicht auf eine Esche fliehen müssen.«

»Es war keine Esche, es war eine Eibe!«, rief Máelmorda, als würde das seine Demütigung wettmachen.

»Jedenfalls kann ich nur hoffen, dass das Holz, das du meinem Vater geschenkt hast, weniger morsch ist.«

»Dieses Holz werde ich wieder mitnehmen. Und wenn ich das nächste Mal den Dubliner König berate, dann werden wir gewinnen.«

Ja, dies war die Begebenheit, von der Máelmorda berichtete. Im Laufe des Tages wurde die Geschichte von vielen Mündern weitergegeben, jedes Mal um ein Detail reicher, sodass am Ende gar behauptet wurde, Máelmorda habe sämtliche Spielsteine vom Brett gefegt und einen von ihnen Brian vor die Füße geworfen. Oder war es ins Gesicht?

All das war übertrieben. Der Wahrheit entsprach, dass Máelmorda mitsamt den mitgebrachten Geschenken von Cenn Corad floh, um nach Dublin zu kommen. Hier schrie er Sitric zu: »Hast du es nicht längst satt, Brians Vasall zu sein? Willst du den Buckel so lange krümmen, bis dir dein Rückgrat bricht?«

»Wie das Holz der Eibe oder das Holz der Esche?«, sagte ich leise spöttisch ins Slàines Richtung.

Sie starrte mich an, ich konnte nicht genau sagen, ob sie entsetzt wirkte oder heimlich triumphierte. »Niemand kann gegen meinen Vater gewinnen«, murmelte sie.

Ich widersprach nicht. Genau das hatten in den letzten Jahren immer alle gesagt: Brian Boru ist der Hochkönig, Brian Boru ist unbesiegbar. Allerdings knüpft das reißfesteste Spinnennetz das Leben. Und darin verfangen sich keine Fliegen, es sind die Menschen, und sie werden nicht das Opfer einer Spinne, aber das der Zeit, die sie immer älter, immer schwächer werden lässt.

Brian mochte ein mächtiger König sein, er war nur kein junger mehr.

Mein Sohn Sitric war auch nicht mehr jung. Er wurde immer noch Seidenbart genannt, obwohl dieser Bart schütter geworden war.

Zweifelnd blickte er auf Máelmorda. »Hinter uns liegen friedliche Jahre. Dublin erging es nicht schlecht.«

Der Bart von Sitrics Sohn Oleif wuchs dicht. »Warum sollen wir nach Frieden streben, wenn wir den Sieg haben können?«

»Und warum«, gab Sitric zurück, »soll uns morgen gelingen, woran wir gestern gescheitert sind?«

»Weil gestern in England noch König Æethelred herrschte, sich heute aber der König von Dänemark die Insel unterworfen hat. Er wird uns unterstützen, weil er die Nachbarinsel lieber in der Hand der Nordmänner sieht, als in der der Iren.«

Sitrics Mundwinkel zuckten. Kein Lächeln erhellte seine Augen, dagegen Kampfeslust.

Slàine erhob sich. Sie war tatsächlich so dumm, jene Worte zu wiederholen, die sie mir einen Moment zuvor schon zugeraunt hatte – dass ihr Vater unbesiegbar sei, dass er sich in den letzten Jahren jeden Feind unterworfen habe.

Ach, du wunderschöner, wenngleich dummer Schmetterling! Nicht nur dass du mir als Erstes ins Netz gegangen bist, auch heute ist es dein Zucken, das die anderen geradewegs zur Stelle lockt, wo ich sie haben will.

»Traust du mir nicht zu, einen Krieg zu gewinnen?«, herrschte Sitric sie an, und durch seine Stimme klang gleicher gekränkter Stolz wie zuvor durch Máelmordas. Kein Gefühl entfachte so viele Kriege wie dieser.

Slàine klang nicht stolz, sie klang trotzig, als sie ihm entgegenhielt: »Nicht nur mein Vater ist alt, auch du bist es.«

Sitric hob die Hand, um sie zu schlagen, aber ich trat rasch da-

zwischen. Ich habe Slàine nie Schlechtes gewollt. Wem nützt das Blut des Schmetterlings? Wobei sie in diesem Augenblick mehr einem Stück saurem Käse glich, der – hätte man ihn nur richtig zubereitet und mit den passenden Kräutern gewürzt – durchaus wohlschmeckend hätte sein können.

»Du schlägst sie nicht!«, rief ich.

»Du sagst mir gar nichts«, richtete sich Sitrics Zorn auf mich.

»Dabei habe ich so viel zu sagen. Wer in diesem Raum kennt Brian denn am besten? Ihr habt ihn alle stark gesehen – ich kenne ihn auch schwach.«

»Einen Mann im Bett zu besiegen ist etwas anderes, als ihm auf dem Schlachtfeld gegenüberzutreten – und nicht einmal das hast du gekonnt.«

Weil es in der Liebe nur Verlierer gibt, niemals Sieger, schoss es mir durch den Kopf.

»Er hat mich gegen eine jüngere Frau ausgetauscht, das stimmt, und mich damit tief gekränkt. Ihn hingegen kann seit Langem niemand mehr kränken, und das hat ihn überheblich gemacht. Er traut euch keinen neuerlichen Aufstand zu, und darin liegt euer Vorteil. Und wenn ihr auch selbst nicht mehr jung seid – die Krieger werden es sein, die ihr anwerben werdet.«

»Anwerben? Von wo?«

»Wie Oleif schon sagte – in England herrscht Aufruhr, vielleicht überlässt der dänische König uns Truppen. Und wenn nicht, so warten viele Männer auf den Orkneyinseln, den Hebriden, der Insel Man oder in der Normandie nur darauf, für die Sache eines der ihren in den Krieg zu ziehen.«

Sitric strich sich nachdenklich über den Bart. »Ich kann Dublin nicht verlassen, um Männer anzuwerben.«

»Dann lass mich gehen. Ich bin … ich war die Frau von zwei Königen, meine Worte haben Gewicht.«

Was für eine Lüge. Die Worte einer Frau haben kein Gewicht, erst recht nicht die einer alten. Allerdings haben auch Spinnfäden kein Gewicht und können doch zur tödlichen Falle werden. Ein Raunen erfüllte den Saal, das so schnell nicht verstummen würde, ein Durst war geweckt, den Wein allein nicht stillen konnten. Slàine begann, leise zu weinen, ich begann, leise zu lachen.

Ich, Gormlaith, war die listige Königin. Nie war ich meinem Ziel, mich an Brian zu rächen, so nahe gekommen. Voneinander weit entfernt waren hingegen weiterhin Ríona und Fionn. Sie lebten an den äußersten Rändern der Welt, sie ahnten so wenig wie ich, dass die Ereignisse, die an diesem Tag in Gang gesetzt wurden, sie zurück nach Irland bringen würden.

V.
1013–1014

Al-Andalus

Das Kind würde sterben, das wusste Fionn sofort. Die Mutter des Kindes wusste es auch, wollte es aber noch nicht wahrhaben.

»Es ... es ist doch nicht möglich, dass es einfach nichts mehr zu essen gibt«, klagte sie. »In den letzten Jahren haben wir noch immer etwas gefunden ...«

Fionn nickte düster. Er dachte an die Goldfische, die sie aus den Brunnen geholt hatten, um sie zu verzehren. Er dachte an die Brieftauben, von denen es in Córdoba immer zahlreiche gegeben hatte und die am Ende ebenfalls gebraten worden waren. Er dachte an die Pferde, an deren Fleisch sich selbst jene gütlich taten, die zu Friedenszeiten niemals unreines Fleisch zu sich genommen hätten. Irgendwann lebte kein Tier mehr – von Muezza abgesehen. Einmal hatte ihr ein Mann zu Leibe zu rücken versucht, doch Fionn hatte streng erklärt, dass er der einzige *hakim* in der belagerten Stadt sei. Würde dem Tier etwas zustoßen, würde er niemandem mehr helfen. Seitdem war Muezza sicher, wobei er sich fragte, ob das in Zukunft so bleiben würde. Die Menschen waren so hungrig, dass sie bald nicht nur nach der Katze des Arztes gieren würden, sogar nach dem Arzt selbst. Zumindest gab es Gerüchte, dass mittlerweile sogar die Toten gegessen wurden.

»Das Letzte, was ich ihm geben konnte, war Lampenöl«, murmelte die Frau. »Er hat es gierig ausgetrunken.«

Daran hatte er noch gar nicht gedacht – aber richtig: Die

Lampen aus durchbrochenem Kupfer wurden mit Pflanzenöl gespeist.

»Das ist eine gute Idee«, murmelte er und versuchte sich zu erinnern, wie viele Lampen er in den letzten Wochen hatte brennen sehen. Eigentlich keine, aber das hatte nichts zu bedeuten. Seit Langem nahm er weder Wärme noch Licht wahr, obwohl auch über dem belagerten Córdoba Tag für Tag die Sonne aufging. Zu groß und vernichtend war die Dunkelheit in ihrer aller Herzen.

»Ein Tuchhändler«, fuhr die Frau fort, »trug einen Talisman um den Hals, aus dem Holz des Haselnussbaumes gemacht, dem man nachsagt, Skorpione und Schlangen zu vertreiben. Man hat ihn ihm gestohlen, um das Holz zu essen, und jetzt ist der Mann verrückt geworden. Er glaubt, dass ständig Skorpione über seinen Körper kriechen. Eine andere Frau trug wiederum einen Talisman aus einem getrockneten Schafauge, das sie auf eine Schnur gefädelt hat. Sie behauptete, es werde nicht nur vor dem bösen Blick, auch vor Spinnen schützen. Man hat es ihr einfach vom Hals gerissen, und jetzt vermeint sie, ständig Spinnen krabbeln zu spüren, nicht nur auf, nein, unter der Haut. Wie schrecklich sie andauernd schreit ...«

Das Kind hatte lange nicht mehr geschrien, es lag apathisch in ihren Armen. Fionn wusste selbst nur allzu gut, was der Hunger aus Menschen machen konnte. Die einen verloren nur ihre Kraft, andere den Verstand. Harmlos war, wenn einer lediglich schrie – viele schlugen in Raserei einander halb tot ... oder rissen sich selbst die Haare aus. Jedenfalls schienen am Ende keine Menschen übrig zu bleiben – Menschen, die sich nach Erlösung sehnten, Menschen, die den Niedergang Córdobas beklagten, Menschen, die sich sagten: Wir können nicht zulassen, dass diese Stadt endgültig zerstört wird, wir müssen ihren Geist am Leben erhalten. Aber der Geist brauchte wie der Körper Nahrung – und diese gab es nicht.

Fionn rang sich ein Lächeln ab, und kurz zuckten auch die Mundwinkel des Kindes, gleichwohl dessen Lächeln schmolz, als wäre sein Gesicht aus Wachs und einer der Lampen, von denen die Mutter zuvor gesprochen hatte, zu nahe gekommen.

Vor einigen Jahren waren ihm Worte des Trosts noch leicht über die Lippen gekommen – in jener Zeit, als der Anführer der Berber, Sulaiman, der die Stadt gemeinsam mit kastilischen Truppen erobert hatte, wieder von al-Mahdi aus Córdoba vertrieben worden war. Zu diesem Zeitpunkt hatte er sich mit Ramira und Esther noch im Viertel der Aussätzigen außerhalb der Stadtmauer versteckt. Als sie sicher sein konnten, dass es dieses Mal zu keinen Plünderungen, keinen Bränden und Zerstörungen kommen würde, waren sie in Ibn Zakariyas Haus zurückgekehrt. Nicht dass die Nachrichten, die vom Alkazar kamen, beruhigend gewesen wären. Al-Mahdi, so hieß es, habe aus den Schädeln jener Berber, die er zu fassen bekommen hatte, Blumentöpfe gemacht.

»Wenn die Menschen damals gewusst hätten, was ihnen bevorstand, hätten sie nicht von Blumentöpfen, eher von Suppenschüsseln gesprochen«, sagte Esther später oft bitter. »Damals dachte man ja noch, dass schöne Blumen einen Wert hätten – dabei ist es in Wahrheit doch nur das Essen, das zählt.«

Beim Gedanken an die Stoffhändlerin musste Fionn wieder lächeln. Irgendwie war es ihr gelungen, sich den Verstand zu bewahren, auch den bissigen Humor. Nur den Ehrgeiz, sich schön zu machen, indem sie sich schminkte, hatte sie aufgegeben. Ein paar Wochen zuvor hatte sie ihre Schatulle aus gelacktem Holz, Elfenbein und Silber geöffnet, hatte nicht nur Handspiegel und Bürste herausgeholt, zudem ihr Schönheitswasser, die Paste aus Kalk zum Enthaaren und zuletzt die Phiole mit dem Duftwässerchen aus Veilchen-, Jasmin- und Rosenessenz. Diese hatte sie an die Lippen gesetzt und bis zum letzten Tropfen ausgetrunken.

»Das hätte Al-Mahdi mit Blumen machen sollen – sie nicht in Töpfen, die in Wahrheit die Köpfe von Toten waren, pflanzen, sondern aus den Blättern etwas Essbares herstellen.«

Esther hatte Koliken bekommen, aber sie hatte gemeint, die seien weniger schmerzhaft als Hungerkrämpfe. Al-Mahdi wiederum war längst tot. Er hatte nach seiner Rückkehr einen tiefen Graben um die Stadt ausheben und die Mauer verstärken lassen für den Fall, dass die Berber oder Kastilier oder irgendwelche anderen Feinde erneut über Córdoba herzufallen drohten. Das war ohne Zweifel eine weitsichtige Entscheidung gewesen. Weniger klug war der Befehl an die Generäle gewesen, selbst zur Schaufel zu greifen und Steine zu schleppen. Einer von ihnen hatte sich dazu ermutigt gefühlt, den Kalifen zwar nicht mit der Schaufel zu erschlagen, ihm jedoch mit dem Schwert den Kopf abzuschlagen. Und weil es nun niemand anderen mehr gab, der mit dem früheren Kalifen oder dem Wesir Almansor verwandt war, war der für tot erklärte Hischam plötzlich wieder höchst lebendig zurück in den Alkazar gebracht worden.

Ob mit oder ohne weißen Falken – was zählte es. Das Berberheer wollte jedenfalls Beute machen gleich Falken, die nach Feldhasen Ausschau hielten. Sulaiman kam mit seinen Männern zurück, und das Einzige, was Hischam tun konnte, war, die Stadtmauer schließen zu lassen und zu hoffen, dass die Mauer stark genug und der Graben tief genug waren.

Zumindest diese Hoffnung hatte sich erfüllt. Medina Azahara, die prunkvolle Palaststadt, war von den Berbern dem Erdboden gleichgemacht worden, Córdobas Mauern aber konnten diese nicht überwinden. Die Erleichterung der Bevölkerung, auch der Bauern, die sich gerade noch rechtzeitig vom Umland nach Córdoba hatten retten können, war rasch Bestürzung gewichen. Die Berber waren nicht hineingekommen, das war gut. Aber die Bewohner kamen nicht hinaus, um neue Vorräte zu beschaffen, solange das Heer da draußen war.

Nach einem Jahr ziehen sie ab, wurde anfangs gemunkelt, das Jahr hingegen war vergangen, und die Berber waren vor der Stadt geblieben. Was schwand, waren die Vorräte – Korn, Datteln, Öl, Dörrobst und Stockfisch.

Nach zwei Jahren ziehen sie ab, hofften die Menschen, aber das Berberheer schien noch größer zu werden, und der Hunger wuchs ebenso. Man stritt sich um das, was die flüchtenden Bauern mitgenommen hatten – Reis, Hartweizen, Zuckerrohr, Orangen, Zitronen. Leider war auch das so knapp geworden, dass am Ende nur Rosinen, die in besseren Zeiten als Ziegendreck verachtet wurden, blieben.

Nach drei Jahren ziehen sie ab, war nun die Erwartung, aber mittlerweile war das vierte Jahr angebrochen, und Fionn ahnte, dass bald niemand mehr vom Abzug der Berber sprechen würde. Bald war niemand mehr am Leben, die Berber würden keine Stadt erobern, nur einen Friedhof.

Er wandte sich erneut dem Kind zu, doch auch wenn er Grimassen schnitt, konnte er es nicht mehr zum Lächeln bewegen. Immerhin wimmerte es nicht länger, die Augen fielen ihm zu, und es schlief ein.

»Es wacht doch wieder auf?«, fragte seine Mutter.

Fionn kramte lange in seinem Sack. Bis vor Kurzem hatte er noch ein paar süße Datteln besessen, die man in Leinenläppchen gebunden Kindern zum Nuckeln gab, um ihnen beim Einschlafen zu helfen. Keine war übrig geblieben, aber er besaß noch jene Salbe, die zahnenden Kindern aufs Zahnfleisch gestrichen wurde und die aus Hühnerfett, Hasenhirn und Rosenöl bestand.

»Das kannst du ihm später geben«, murmelte er.

Die Mutter blickte auf das Tiegelchen. »Das wird nicht lange reichen.«

»Unser Schicksal liegt in den Händen des Allmächtigen. Vielleicht erweist er Córdoba doch noch seine Gnade.«

Die Frau schwankte, als sie das Kind hochhob, ließ sich aber von ihm nicht helfen. »Es geht schon«, murmelte sie. Ihre Stimme war indes trostlos wie der Blick.

Seufzend blickte Fionn der Frau nach, wandte sich dann dem nächsten Kranken zu, der zu ihm kam. Dieser litt an schmerzenden Gliedern – ein Schicksal, das er mit vielen teilte, seit zu allem Übel auch noch eine große Flut über Córdoba hereingebrochen war. Es hatte so lange und heftig geregnet, dass der Guadalquivir über das Ufer getreten war. Er hatte Straßen und Wege und vor allem jene Flecken der Stadt überschwemmt, wo man versucht hatte, Bananen und Orangenbäume anzupflanzen, auch Kürbis und Melonen. Wochenlang hatten die Keller unter Wasser gestanden, viele Wände nachgegeben, weil sie so feucht gewesen waren, und manch einem, der zu oft in Wasserpfützen geschlafen hatte, taten Hände und Füße weh. Früher hatte Fionn zu einem Sud aus Löwenzahn, Petersilie und Teufelskralle geraten, mittlerweile wuchsen diese Pflanzen längst nicht mehr. Er konnte dem Mann nur vorschlagen, sich auf das Dach seines Hauses zu setzen und sich von der Mittagssonne bescheinen zu lassen.

Als der andere davonwankte, ohne zu danken, aber auch ohne zu klagen, fühlte er sich so hilflos wie zuvor beim Anblick des hungernden Kindes. Ein wenig nützlicher konnte er sich beim nächsten Kranken machen. Der Mann war fest davon überzeugt, von jener Seuche geschlagen zu sein, die kurz nachdem die Flut über die Stadt hereingebrochen war, unzählige Menschenleben gefordert hatte.

»Du hast keine dunklen Flecken« erklärte Fionn, »nur einen Ausschlag, und du hast auch kein Fieber, bist nur erhitzt.«

Er wusste, der Ausschlag war meist ein Vorbote dafür, dass den Menschen die Zähne ausfielen – offenbar lag das daran, dass sie zu wenig zu essen bekamen –, aber das sagte er dem Mann nicht, er labte sich vielmehr am Ausdruck von Erleichterung, der sich auf seiner Miene ausbreitete.

Nach ihm kam kein weiterer Besuch. Fionn blieb noch eine Weile im Esszimmer, das mittlerweile als Krankenstube diente, beschloss dann, in die Bibliothek zu gehen. Er war nicht sicher, ob er irgendetwas aufnehmen könnte, aber es war ihm ein Trost, dass sich die Menschen, die fast alles aßen, was sich anbot, noch nicht an den Seiten von Büchern vergriffen hatten.

Ehe er die Bibliothek erreichte, vernahm er ein Geräusch, das vom Innenhof kam. Von dort, wo früher ein Springbrunnen geplätschert hatte, drang jetzt ein Stöhnen zu ihm.

Einst hätten Fremde es nie gewagt, einfach den Innenhof eines anderen Hauses zu betreten, nun wurden Grenzen des Besitzes so wenig geehrt wie die Gesetze des Anstandes. Zwei junge Leute paarten sich, obwohl sie wahrscheinlich nicht einmal verheiratet waren, und das sogar unter dem freien Himmel. Fionn blickte mit gleichen Gefühlen auf die beiden ineinander verschlungenen Körper wie auf die Kranken – ratlos, ein wenig überdrüssig, vor allem tieftraurig.

Er erinnerte sich an Worte, die Esther gleich zu Beginn der Belagerung zu ihm gesagt hatte: »Es gibt zu wenig zu essen, zu wenig Hoffnung, zu wenige Waffen, um gegen die Belagerer zu kämpfen. Aber Liebe und Lust werden niemals knapp, und beides beweist, dass wir noch Menschen sind, keine Skelette.«

Hat das, was die beiden hier treiben, denn mit Liebe und Lust zu tun?, fragte sich Fionn jetzt. Hat das, was Esther treibt, mit Liebe und Lust zu tun?

Esther war eine der Ersten gewesen, die sich nach der Belagerung hemmungslos betrunken und sich in Liebschaften gestürzt hatte, und ihrem Beispiel waren viele rasch gefolgt. Für Gesetze und Gebote und Sitten galt das Gleiche wie für Goldfische in Brunnen: In Friedenszeiten waren sie schön anzusehen, man fütterte und umsorgte sie. In Belagerungszeiten wurde nicht mehr zwischen schön und hässlich, gut und böse, richtig und falsch unterschieden – nur mehr zwischen satt sein und hungern. Jamal ad-Dins Urteil über den Sündenpfuhl Córdoba wäre wohl vernichtend ausgefallen, aber entweder war der damals während der Plünderungen gestorben oder hatte doch noch fliehen können, er hielt sich jedenfalls nicht mehr in der Stadt auf, und die anderen empörten Stimmen, die darüber klagen, dass Männer zu Sodomiten wurden und Frauen auf offener Straße Fremde küssten, wurden leiser – nicht, weil die Verachtung, weil die Kraft abnahm.

Fionn gehörte jedenfalls nicht mehr zu Esthers Liebhabern. »Besser du wirst nicht von meinen spitzen Knochen erstochen«, hatte sie einmal mit spöttischer Stimme, unter der in der letzten Zeit stets Trauer schlummerte, gesagt und verhindert, dass er sie umarmte.

»Spitze Knochen stehen dir immer noch besser als eine spitze Zunge«, hatte er erwidert.

Sie hatte geseufzt. »Versteh doch: Mit dir habe ich das Leben gefeiert. Mit den anderen halte ich nur den Tod fern. Unter dir habe ich gestöhnt, weil mich die Lust übermannte.

Unter den anderen stöhne ich, um das Knurren des Magens zu übertönen. Wenn es zu Ende geht, dann bleib mir fern. Ich will alles mit dir gemeinsam machen, essen und singen und lachen und tanzen und lieben, nur sterben will ich ganz allein.«

Eine Weile starrte er gebannt auf das Paar, das es in seinem Innenhof trieb, weniger von Gier oder Scham erfüllt, eher vor Erstaunen darüber, dass sich jemand in dieser hungernden Stadt noch so flink bewegen konnte. Dann wurde er wütend. Warum setzten die beiden ihre verbleibenden Kräfte nicht sinnvoll ein? Und warum stand er hier und glotzte sie an?

»Haut ab!«, rief er plötzlich mit einem so galligen Geschmack im Mund, als hätte er selbst irgendeines der ungenießbaren Dinge – ob vertrocknete Schafsaugen oder ranziges Parfüm – zu sich genommen. Die zwei hörten ihn nicht einmal. »Hört auf!«, rief er.

Doch wer ihm Beachtung schenkte, waren weiterhin nicht die beiden Kopulierenden, es war die schmale Gestalt, die beim Brunnen stand, das Paar ebenfalls betrachtete, schließlich schwach sagte: »Lass sie doch.«

Bei Ramira saß der Schleier – anders als bei den meisten Frauen – immer noch akkurat. Wenn er damit gerechnet hatte, dass sie sich deshalb bei diesem Anblick sofort errötend abwenden würde, hatte er sich aber getäuscht. Sie blieb im Hof, den Blick unverwandt auf die Liebenden gerichtet.

Sie war immer zart gewesen, nun vermeinte er, sie würde schon zerbrechen, wenn er ihr nur einmal heftig ins Gesicht atmete. Jeden Tag versuchte er, sich an Ibn Zakariyas Versprechen gebunden fühlend, für sie zu sorgen. Jeden Tag bat er ihn stumm um Verzeihung, weil er es über kurz oder lang nicht mehr schaffen würde.

»Lass sie«, murmelte sie wieder, »es ist so kalt heute, sollen es die beiden doch kurz warm haben.«

Obwohl es Ende April war, ließ sich die Frühlingssonne kaum sehen. In der Luft hing nicht der Duft blühender Orangenbäume, nur der von Verwesung. Ramira fröstelte, und er musste den Drang bezwingen, seine Arme um sie zu legen.

»Ich hole dir einen Umhang«, bot er ihr an.

»Das wird nicht reichen. Ich denke, wir sollten anfangen, die Bücher zu verbrennen, damit wir es auch warm haben.«

»Ramira!«, rief er entsetzt.

In den letzten Jahren war sie beharrlich ihrer Arbeit als Kalligrafin nachgegangen, selbst dann noch, als sie kaum mehr Papier herstellen konnte. Das wenige füllte sie mit so vielen Buchstaben, dass am Ende die Zeichen ineinanderliefen. Er war erleichtert, dass sie Trost darin fand, doch anscheinend war das jetzt nicht mehr der Fall.

»Vielleicht werden wir nicht überleben, dann soll aber zumindest Ibn Zakariyas Bibliothek bestehen bleiben«, erklärte er energisch.

»Und wer soll die Bücher lesen? Etwa die Berber, die mit ihren blutigen Händen die Seiten nur beflecken, nicht verstehen werden?«

Er zuckte mit den Schultern. »Selbst wenn alle Bewohner Córdobas tot sind – die Stadtmauern bleiben unüberwindlich.«

»Und wenn zuvor jemand eines der Tore öffnet?«, murmelte sie, fast abgeklärt, gleichgültig.

»Was meinst du?«

»Es … es gibt Gerüchte. Ein paar Männer haben offenbar die Stadt verlassen, um Verhandlungen zu führen. Es heißt, sie haben den Berbern versprochen, ihnen Córdoba zu übergeben, wenn sie die Bewohner am Leben lassen.«

»Glaubst du das?«

»Dass die Berber uns am Leben lassen? Ganz sicher nicht. Trotzdem heißt es, dass morgen eines der Tore geöffnet werden soll.« Das Stöhnen hinter ihnen war längst leiser geworden, umso lauter wurden die Erinnerungen an Schmerzensschreie, Waffenklirren, Getrampel von Kämpfenden. »Wenigstens ist es dann schnell zu Ende«, murmelte Ramira.

Gern hätte er ihr anderes versprochen, hätte ihre Hoffnung auf eine Zukunft am Leben erhalten. Aber er war des Lügens müde.

»Wenn wir ohnehin nicht mehr lange frieren werden, dann ertragen wir es auch noch diese eine Nacht. Versprich mir, dass du kein einziges Buch verbrennen wirst.«

»Ich tue es nicht, vorausgesetzt, dass du mich wärmst.« Kurz war er nicht sicher, ob er ihre Worte richtig verstanden hatte und ob nicht gleicher Wahn aus ihr sprach wie aus so vielen Hungernden. Doch ihr Blick war klar, als er sich auf ihn richtete. »Falls du die letzte Nacht dagegen lieber mit Esther verbringen willst …«

Er war sich nicht bewusst gewesen, dass sie von ihrer Liebschaft wusste, war dennoch zu müde, zu leer, um Scham zu fühlen.

»Esther wollte mich nur in Zeiten des Friedens«, murmelte er.

»Nun ich will dich in Zeiten des Todes. Ich habe mein Leben lang nur geschrieben, und ich fürchte, es war ganz und gar sinnlos, es wird nichts von meinen Schriften bleiben. Von meinem Körper wird auch nichts mehr bleiben, und dennoch: Schreibe auf ihm, schreibe nur ein Mal auf ihm.«

Als wären Worte nicht genug, um ihn zu überzeugen, schnellte ihr Kopf vor. Sie küsste ihn, nicht fest, dafür inniglich genug, um ihm das Gefühl zu geben: und ob etwas von uns bleiben wird. Nicht mehr zwar als vom Ton einer Laute, vom Duft einer Blume, vom Flügelschlag eines Schmetterlings, aber zumindest das.

Er löste sich dennoch von ihr. »Ich habe Ibn Zakariya versprochen, für dich zu sorgen, er meinte jedoch sicher nicht … *das*.«

»Das ist das Einzige, was du mir jetzt noch geben kannst, sonst nichts mehr. Du kannst mich nicht vor den Berbern retten. Du kannst mich nur … lieben.«

Durchdringend starrte sie ihn an, und obwohl ihr Blick auch Verzweiflung, Angst, Hoffnungslosigkeit erweckte, blieb am stärksten die Gewissheit: Und wenn wir alle grausam sterben müssen – den letzten Tropfen Leben will ich mit ihr auskosten.

Er nickte hastig. »Wenn du es wirklich willst, ja – dann werde ich auf dir schreiben.«

Als es finster wurde, suchte Fionn Ramira in jenem Raum auf, in dem früher Ibn Zakariya geschlafen und den sie nach seinem Tod bezogen hatte. Doch er fand nicht sie dort, nur ihren Schleier, den sie abgelegt und zurückgelassen hatte. Er stieg hoch auf das Dach, wo sie tagsüber manchmal saß, auf Córdoba hinunterstarrte, ihr Geist entweder leer oder so übervoll wie die Blätter, die sie zuletzt viel zu dicht beschrieben hatte. Doch hier war sie ebenso wenig wie in der Küche. Eine Ahnung streifte ihn, und dennoch war er überrascht, als er sie wenig später in der Bibliothek vorfand. Nicht der Schein einer Lampe beleuchtete sie, nur das Mondlicht.

»Hier?«, fragte er.

»Es gibt keinen Ort, der mir heiliger ist.«

Sein Mund wurde ganz trocken. Seit Jahren, nein, seit mehr als einem Jahrzehnt verzehrte er sich nach der schönen Kalligrafin, und doch war seine Scheu, seine Angst, nun größer als jegliches Begehren.

»Hältst du das, was wir tun werden, auch für heilig?«, fragte er.

Sie zuckte mit den Schultern. »Ich weiß es nicht. Ich weiß nur, dass ich mich einst der Schrift geweiht habe, weil sie mir die Freiheit schenkte.«

»Und sich zu lieben verspricht diese Freiheit ebenso?«

»Nein, es verspricht Vergessen, und vielleicht ist das auf dieser Welt dasselbe wie Freiheit. Vielleicht ist Freiheit nichts weiter, als dass wir dann und wann unsere Fesseln nicht bemerken.«

Er war nicht sicher, von welchen Fesseln sie sprach – ob sie auf die Belagerung anspielte, den quälenden Hunger oder die Grenzen, die sie als Frau erfuhr. Während er noch zögerte, nicht näher zu treten wagte, begann sie, sich langsam auszukleiden, mit sanften Bewegungen und zugleich jenem Ernst, mit dem sie stets geschrieben hatte. Ihr nackter Körper, von Mondlicht beschienen, war denn auch weiß wie Papier.

Ich will nicht die schwarze Tinte sein, die sie befleckt, dachte er. Doch schwarz war ohnehin nur die Nacht, und diese befleckte nicht, diese verhüllte, und beschreiben wollte er Ramiras Körper durchaus, nicht mit der Feder, mit seinen Lippen. Er küsste vorsichtig ihren Hals, fuhr mit den Fingerspitzen ihre Oberarme entlang, fühlte, wie sich dort eine Gänsehaut ausbreitete. Er war nicht nur behutsam, sondern nahezu ängstlich vorsichtig, Papier konnte so schnell reißen. Aber wenn Ramira – eine der schnellsten Kalligrafinnen Córdobas – ihm eines nicht gestattete, so war das Langsamkeit. Als gälte es nicht, Buchstabe neben Buchstabe zu setzen, nein, sie alle gleichzeitig zu schreiben, presste sie sich an ihn, umschlang seinen Nacken, zog ihren Mund zu ihrem, um ihn zu küssen, heftig, nahezu grob, sodass mehr von ihren Zähnen als ihren Lippen zu fühlen war. Er erwartete, dass sie beben würde. Doch ihre Hand hatte nie beim Schreiben gezittert. Warum sollte ihr Leib nun beim Lieben zittern?

Die Angst, sie zu verletzten, mehr noch, sie zu zerstören, sie zu zerreißen, fiel von ihm ab. Auch er wurde nun von jenem Gefühl getrieben, das nicht einfach nur Lust, nicht einfach nur Begehren war, es war das Wissen, dass, wer auf einem Blatt Papier die Feder ansetzte, nicht verharren durfte, sondern den Schriftzug mit Schwung zu Ende bringen musste.

Sie sanken auf einen der Teppiche, mit denen die Bibliothek ausgelegt war. Ramira stieß ein Keuchen aus. Er war nicht sicher, was es verriet, desgleichen er nicht in den schwarzen Augen lesen konnte, die unverwandt auf ihn gerichtet waren, als er vorsichtig in sie eindrang. Eben noch hatte er vermeint, sie endlich zu bekommen, nun fühlte es sich eher an, als würde er sie ein für alle Mal verlieren. Sie suchte ja nicht seine Seele, um mit ihr zu verschmelzen, sie suchte das Vergessen, um im großen Nichts Trost zu finden, und das mit jener Strebsamkeit, jenem Eifer, jener Kompromisslosigkeit, die ihr zu eigen war. Seine Bewegungen, erst ganz behutsam, wurden schneller, als sie ihn dazu antrieb. Bald fühlte er sich dem Höhepunkt seiner Lust nah, fühlte auch, dass es ihr ebenso erging, und jäh durchzuckte ihn der Verdacht: Sie will ja gar nicht lebendig sein wie nie, sie will tot sein wie nie. Nun glich sie nicht länger Papier, sie war eine Feder, aber keine, die man in Tinte tauchte, nein, eine, die vom Wind in jene luftigen Höhen getrieben wurde, wo man sie nicht fangen konnte.

Später lagen sie nebeneinander. Sie war von ihm abgerückt, überließ ihm nur ihre Hand, der einzige Beweis dafür, dass sie noch da war. Er hörte ihren Atem nicht mehr, er fühlte ihren Blick nicht mehr. Ermattet schien sie, satt wie selten und zugleich angespannt wie die Saite eines Instruments.

Nach endlosen Augenblicken wagte er es, den Kopf zur Seite zu drehen, sie zu betrachten. Eine Wolke hatte sich vor den Mond geschoben, ihre Haut deuchte ihn grau, ihre Augen schienen feucht zu glänzen. Er hielt es für ein Zeichen von Reue, doch plötzlich sagte sie: »Danke.« Sie vergrub ihr Gesicht in seiner Achselhöhle, und das Wohlbehagen, das er empfand, war intensiver, als es zuvor seine Lust gewesen war. Dieses währte nicht lange. Während er ihren Rücken streichelte, war sie ihm zwar nah wie nie, aber immer noch fremd. Wenn sie erst einmal beisammenlagen, so hatte er immer gedacht, würden sie einander voll und ganz erkennen. Nun erschien es ihm rätselhaft, wer die Frau hinter der Kalligrafin war, ob es diese überhaupt gab. Und er würde keine Zeit haben, dieses Rätsel zu lösen, am kommenden Morgen schon würde Córdoba seinen Feinden preisgegeben werden, würden sie einen grausamen Tod finden.

Nur mühsam schüttelte er den Gedanken ab. Sie hatten sich vom Schicksal diese Stunde der Liebe gestohlen, warum sollten sie sich nicht auch noch eine Stunde Schlaf stehlen, tief und kraftschenkend und frei von dunklen Träumen.

Als er erwachte, vernahm er ein Schnurren, das tiefste Behaglichkeit verriet. Ramiras Kopf ruhte nicht länger an seinen Schultern, stattdessen fühlte er auf seinen Knien ein Gewicht. Er hob den Kopf, sah Muezza dort zusammengerollt liegen. Nie war ihm die Katze so nahe gekommen, und er dachte schon, sie würde gleich ihre Krallen ausfahren, als sie erwachte und ihr Blick auf ihn fiel. Doch sie streckte sich nur, begann dann seelenruhig, ihre Pfoten zu putzen. Er drehte sich um, sah Ramira mitten im Raum stehen. Sie war immer noch nackt, ihr Haar fiel offen über ihren Rücken, und obwohl sein Blick über ihren Leib huschte, machte sie keine Anstalten, sich zu bedecken. Ihre Haut wirkte im ersten blutigen Licht des Tages rosig. Ihr Mund lächelte, ihre Augen nicht.

»Muezza sorgt sich nicht um die Zukunft. Keinen Augenblick denkt sie darüber nach, dass bald nichts mehr von ihr bleiben wird, dass ihr Körper zu Staub zerfallen wird wie sämtliches Papier zu Asche.«

Obwohl sie nichts anhatte, schien ein schweres dunkles Tuch auf ihr zu liegen. Er wusste, es wäre schändlich, ihr den schützenden Mantel wegzureißen, dessen Stoff aus Schicksalsergebenheit und Gleichgültigkeit gewoben war, dennoch wurde der Wunsch, sie zumindest einmal noch zu küssen, übermächtig. Als er sich erhob, hielt er dennoch plötzlich inne.

»Warum … warum ist Muezza eigentlich so wohlgenährt?«

Ramira betrachtete die Katze. »Sie scheint genügend Mäuse zu fangen.«

»Alle, die es jemals in Córdoba gab, haben die Bewohner gegessen.«

»Muezza gelangt gewiss an Orte, an die kein Mensch kommt.«

»Vielleicht … vielleicht schafft sie es immer wieder aus der Stadt hinaus, um sich an den Abfällen der Berber gütlich zu tun.«

»Was zählt das denn noch?«

Ihr Blick war entrückt, als sie ihr Gesicht ins Sonnenlicht hielt, zu schwach dieses, um zu wärmen. Er wiederum hatte sich bislang zu schwach gehalten, sie vor dem, was kam, zu beschützen Oder hatte er sich geirrt? Einer Eingebung folgend, die er nie gehabt hatte, solange er an Schlafmangel wie an Hunger litt, beugte er sich zu Muezza hinunter. Er wagte es nicht, sie zu streicheln, roch nur an ihrem Fell. Und was er dort wahrnahm, war ein unerwarteter Wohlgeruch. Er hatte nichts mit dem süßlichen Gestank von Leichnamen zu tun, nichts mit dem säuerlichen Atem von Hungernden.

»Ich … ich glaube ich weiß, wie sie aus der Stadt kommt.« Ramira schien gar nicht zuzuhören, schien nicht einfach nur von einem dunkeln Tuch eingehüllt, nein, in einem Kokon eingesponnen zu sein. »Und das gibt auch uns die Möglichkeit zu fliehen!«, rief er.

Ihr Lächeln zerriss wie der Kokon. »Fliehen?«, fragte sie, und sie klang nicht hoffnungsvoll, sie klang entsetzt.

»Ja«, rief er, »ich habe eine Idee, wie wir aus der Stadt hinauskommen! Und wenn uns das gelingt, bevor die Berber Córdoba stürmen, können wir unbemerkt davonlaufen. Wir … wir werden leben.«

»Leben?«, fragte sie und klang noch entsetzter.

Rasch senkte sie ihren Blick. Mit einer Hand bedeckte sie ihre Brüste, mit der anderen ihre Scham. Plötzlich wusste er: Ob sein Plan aufging oder nicht – sie würde sich ihm nie wieder nackt zeigen.

Island

Ríona erkannte mit einem Blick, dass der Sack gleich reißen würde. Der Flachs, aus dem er gemacht war, war sehr brüchig. Schon als sie ihn geröstet, gewaschen, getrocknet, schließlich geschwungen hatte, bis sich die Fasern von der Hülle lösten, hatte sie das Gefühl gehabt, am Ende keine festen Fäden in Händen zu halten, eher Brotkrumen. Prins schien sich auf dem Rückweg von Reykjavik zu ihrem Gehöft keine Gedanken darüber zu machen. Er war glücklich, dass er wieder ein paar Werkzeuge hatte verkaufen können und dass der Winter vorbei war. Jón hatte auch keinen Blick für den Getreidesack, er war in Gedanken versunken, hatte an diesem Tag erst zweimal den Mund aufgemacht: einmal ganz früh am Morgen, als er erklärt hatte, Lainidh müsse nicht mitkommen, er wisse doch, dass sie sich am wohlsten fühle, wenn sie zu Hause sei und Harfe spiele. Und beim zweiten Mal, als er um den Preis des Getreides gefeilscht hatte. Ríona fand, dass er für die Münzen, die er am Ende bezahlt hatte, mehr Getreide hätte bekommen können. Und sie fand fernerhin, dass er Lainidh etwas mehr zutrauen könnte.

Nicht dass sie, Ríona, ihr nicht bereitwillig jede anstrengende Arbeit abnahm wie früher auch – sie reinigte die Feuerstelle, sie mistete den Stall aus, sie schor Schafe und bestellte das Feld. Aber je länger sie es so hielt, desto öfter streifte sie der Gedanke, dass man einem Menschen, der auf Island lebte, keinen Gefallen tat, wenn man ihn allzu flauschig bettete. Damit änderte man ja doch nichts daran, dass auf dieser Insel alles hart war, das Eis, der Stein, dass selbst das Feuer, das die Berge spuckten, zu jener schwarzen Masse stockte, die das Land wie Pech bedeckte.

Allerdings mischte sie sich selten ein. Und als Dísa einmal darüber gelästert hatte, dass Jón stundenlang nach Treibholz gesucht hatte, um eine neue Harfe für Lainidh zu schnitzen, deren Saiten aus dem Schweif eines Ponys gemacht waren, hatte sie streng gesagt: »Hör auf!« Lainidh gelang es, selbst diesen absonderlichen Saiten schöne Töne abzuringen, während Dísas Lachen bitter klang, verriet es doch die Eifersucht der Älteren auf die Jüngere, die den schönen Mann am Ende bekommen hatte. »Hör auf!«, hatte Ríona wieder gesagt, als sie nicht und immer noch nicht damit aufgehört hatte.

Dísa hatte darauf verzichtet zu lachen, nicht aber zu reden. »Nun, er mag ihr eine neue Harfe schenken. Aber sie hat ihm noch kein Kind geschenkt.«

Daran hatte sich auch später nichts geändert, weswegen Dísa Jón eines Tages vorgeschlagen hatte, sie doch als Zweitfrau zu nehmen. Bruder Alfred werde das zwar nicht gern sehen, aber im Zweifelsfall taufe er wohl lieber ein Kind, das der Sünde entsprungen war als gar keines, hatte sie bemerkt. Da Jón unumwunden abgelehnt hatte, war Dísas Eifersucht gewachsen, allerdings war sie kein Mensch, der sich sein Leben zu sehr vergiften ließ. Im letzten Jahr – dem dritten, seit Jón und Lainidh verheiratet waren – hatte sie sich von einem freigelassenen Sklaven umwerben lassen und diesen zum Mann genommen. Mittlerweile war sie hochschwanger und glücklich, wobei dieses Glück ihrer Zunge nicht sämtliche Spitze genommen hatte. »Jetzt sind die Dinge so, wie sie sein sollten«, hatte sie zufrieden erklärt, als hätte es eine alte Schuld zu begleichen gegolten.

Für Ríona waren die Dinge nicht so, wie sie sein sollten.

Sie war eifersüchtiger als Dísa jemals sein könnte, allerdings eine Meisterin darin, dies zu verbergen. Tagsüber gelang ihr das sogar vor sich selbst. Nur nachts lag sie oft wach, lauschte auf jeden Laut, der von Jóns und Lainidhs Lager kam. Es waren nicht viele. Lainidh machte beim Singen Laute, sonst selten. Jón wiederum war ein schweigsamer, in sich gekehrter Mann geworden. Hinter der dünnen Trennwand fühlte er sich wohl so einsam wie sie, ahnte Ríona, aber das machte es nicht leichter für sie, ihn neben Lainidh zu wissen. Wenn überhaupt konnte sie meist erst einschlafen, wenn sie sich an Fjálli presste, was der abzuwehren begonnen hatte, seit er vom Knaben zum jungen Burschen heranreifte. Er liebte immer noch seine Steine – sammelte sie, wusch sie, baute Mauern, versuchte, sie zu formen. Die Liebe zu seiner Mutter verriet er dagegen weniger offenkundig und ganz sicher nicht, indem er sich von ihr berühren, gar über den Kopf streichen ließ.

Eigentlich ließ er das nur zu, wenn er hungrig war, und weil das ziemlich oft der Fall war, betrachtete Ríona den Sack mit dem Getreide, den sie auf den Rücken des Ponys gebunden hatten, noch sorgenvoller. Jón schenkte ihm weiterhin keine Beachtung, Prins auch nicht.

»Geht voran«, sagte er unvermittelt und deutete auf die Bucht in der Nähe ihrer Siedlung. »Ich schau, was sich von dem da noch holen lässt.«

Ein toter Wal war an den Strand gespült worden, die dunkle Haut an vielen Stellen aufgerissen, sodass Fleisch hervorquoll – gelblich und stinkend.

»Das kann man unmöglich noch essen«, murmelte Ríona.

»Aber ich kann die Walknochen benutzen«, sagte Prins und machte sich auf den Weg.

Ríona öffnete den Mund – sie vermied es immer, mit Jón

allein zu sein –, aber ihr fiel nicht ein, womit sie ihn zum Bleiben bewegen könnte.

»Keiner macht so gute Angelschnurhaspeln aus Walknochen wie Prins«, sagte Jón. »Er ist darin so geschickt wie beim Schmieden.«

»Das weiß ich doch«, sagte Ríona schroffer als beabsichtigt. »Du hingegen bringst das nicht zustande.«

»Immerhin habe ich kürzlich aus Walknochen ein Bügelbrett gemacht«, sagte er.

Ein solches wurde benutzt, um Stoff zu glätten und zu fälteln – und obwohl das Weiberarbeit war, die eigentlich zu Lainidhs Pflichten gehörte, hatte Jón das für sie übernommen. Er stelle sich dabei schrecklich ungeschickt an, hatte Ríona gelästert.

»Warum redest du nur so mit ihm?«, hatte Alda hinterher kopfschüttelnd gefragt. »Er ist unser Herr. Er weiß zwar, dass du tüchtig bist, unverzichtbar gar, um den Hof zu bewirtschaften, aber ein freundliches Wort dann und wann kann nicht schaden, um ihn uns weiterhin wohlgesinnt zu stimmen.«

Alda hatte ja keine Ahnung. Würde sie ein freundliches Wort zu ihm sagen und er eines zu ihr, wäre sie nicht länger die tüchtige Sklavin. Etwas in ihr würde schmelzen, und was danach von ihr übrig bliebe, würde womöglich zu weich sein, um harte Arbeit zu tun.

Obwohl Jón in all den Jahren nie wieder seine Liebe zu ihr beteuert hatte, quälte Ríona allein das Echo dieser Worte … oder es ließ sie freudig erschaudern, was fast noch unerträglicher war. Sie verbat es sich, und manchmal gelang es auch. Dann aber ertappte sie sich wieder, wie sie Jón heimlich beobachtete. Ob er nun Handel trieb, Vieh zählte, Prins' Werkzeuge prüfte, immer tat er es auf jene zurückhaltende, stille

Art, in der mehr Würde lag, als sie dem Knaben von einst je zugetraut hätte. Einmal hatte sie durch die Ritzen der Schwitzstube gestarrt, sich am Anblick seines zwar muskulösen, dennoch feingliedrig anmutenden Körpers erfreut. Sie war geflohen, ehe jemand sie dabei erwischt hatte, und war doch viel zu spät weggelaufen, um sich selbst vormachen zu können, dass dieser junge Mann sie kaltließ. Ihr Herz glich vielmehr dem Getreidesack. Eine ungestüme, falsche Bewegung, und etwas würde reißen, nur dass aus dem Sack Getreide rieseln würde, aus ihrem Herzen nichts, was satt machen konnte, eher nur noch hungriger.

Beharrlich richtete sie den Kopf zu Boden, um diesen Gedanken nicht länger nachzuhängen, doch gerade deswegen bemerkte sie zu spät, wie das Befürchtete eintrat: Der Sack riss, Getreidekörner rieselten heraus.

»Verflucht!«, stieß Jón aus.

Sie hob den Blick, hoffte, dass nur Spott darin stand und dieser kalt war. »Ich habe es kommen sehen.«

»Und warum hast du dann nichts gesagt?«

»Dein Vater ist immer streng zu dir gewesen, hat dich oft verprügelt, aber was Brauchbares gelehrt hat er dich nicht, sonst hättest du darauf geachtet, aus welch schlechtem Material der Sack gemacht wurde. Nachdem du alle Getreidekörner eingesammelt hast, wirst du künftig nie mehr vergessen, darauf zu achten.«

Alda wäre wohl vor Schreck das Herz stehen geblieben, weil sie so mit dem Herrn sprach. Sie hingegen starrte Jón herausfordernd an. Was immer er zunächst sagen wollte – zuletzt begnügte er sich damit, auf die Knie zu sinken, die Getreidekörner einzusammeln, zu knurren: »Nun los, hilf mir.«

»Ich denke nicht daran«, rutschte ihr heraus, und dieses Mal hatte sie selbst das Gefühl, zu weit gegangen zu sein.

Doch Jón wiederholte seinen Befehl nicht noch einmal, und sie wandte sich ab, gab eine Weile vor, das Pony zu beruhigen, obwohl dieses unbeweglich dastand, später einen Stein vom Weg zu wälzen. Zuletzt blickte sie Richtung Strand, gegen den so laut die Wellen donnerten, dass sie vermeinte, das Meer teilte nicht minder heftige Schläge aus, um das Land zu formen, wie Prins mit seinem Hammer. Prins erzeugte damit Werkzeuge, während es dem Meer egal war, ob es etwas Nützliches, Schönes, Bleibendes schuf, ob es mehr zerstörte oder mehr entstehen ließ.

Der Anblick wühlte sie auf, anstatt sie zu beruhigen. Und als sie sich wieder zu Jón umdrehte, war dessen Anblick erst recht verstörend. Da der Sack gerissen war, hatte er seine Tunika ausgezogen, um die Körner daraufzuhäufen, und erstmals sah sie seine muskulösen Schultern nicht im dunstigen Licht der Schwitzstube, sondern im hellen, klaren dieses Frühlingstages. Ihm entging ihr Blick nicht. Eben hob er den Kopf, sah sie seinerseits an. Der Trotz in seiner Miene erinnerte an das freche Kind, das er einst gewesen war – und mehr noch: Er erinnerte sie an das Mädchen, das sie selbst einst gewesen war, zwar nicht trotzig, nicht frech, aber so anmaßend zu glauben, das Leben wäre schön und leicht und man bekäme, was man sich wünschte. Ohne den Blick von ihr zu lassen, hob er Korn für Korn auf.

»Willst du die Körner einsammeln oder zählen?«, fuhr sie ihn an.

»Du hast die Wahl«, entgegnete er. »Entweder du siehst mir zu und musst ewig warten, oder du hilfst mir.«

Sie schnaubte, trat zu ihm. Obwohl sie versuchte, Abstand zu wahren, vermeinte sie, seine nackten Schultern an ihren zu spüren. Und was sie ganz sicher fühlte, waren die Kuppen seiner Finger, als sich ihre Hände beim Einsammeln jäh berührten. Sie unterdrückte ein Schaudern – ihm gelang das nicht. Auf seinen Unterarmen richteten sich die Härchen auf.

Hastig zerrte sie an ihrem Umhang. »Nimm ihn, sonst frierst du noch.«

»Das ist doch gut so, oder? Dann werde ich mich künftig umso besser daran erinnern, was geschieht, wenn man nicht auf den Zustand des Getreidesacks achtet.«

Sie würde sich auch an diesen Tag erinnern, bei ihr dagegen würde die Erinnerung keine Mahnung sein, nein, eine Labsal in einsamen Nächten. Wie er sammelte sie nun jedes Korn einzeln ein, um den Moment hinauszuzögern, da sie wieder aufstehen müsste, nicht mehr die Nähe seines Körpers fühlen würde, jenes Verlangen, über seine nackte Schulter zu streicheln.

Sie waren noch nicht fertig, als eine Woge Gestank sie traf. Prins kam mit schlurfenden Schritten näher, die Arme randvoll mit Walknochen. Als sie ihm welche abnehmen wollte, schüttelte er den Kopf.

»Ich kann das selbst tragen, du dagegen solltest nach deinem Raben schauen.«

»Muir ist hier?«

»Ich habe ihn am Strand gesehen. Wie die Möwen wollte er sich etwas vom Walfleisch holen, aber das haben sie nicht zugelassen. Er liegt ganz reglos da, scheint zu bluten und …«

Ríona hörte nicht mehr, was er hinzufügte, hatte sie doch schon zu laufen begonnen.

Die stete Sorge um Muir begleitete sie seit nunmehr vier Jahren. Nachdem Nordri ihn verletzt hatte, war er nicht mehr der Alte. Nie hatte sie ihn danach mit seinem Weibchen gesehen, und auch wenn er mit der Zeit wieder hatte fliegen können, wagte er sich doch nicht mehr in die schwindelerregenden Höhen von einst. Manchmal erinnerten seine Bewegungen an die der Toralken, jene tollpatschigen Vögel, die sich nur kurz in der Luft halten konnten. Und obwohl er immer noch wie der selbstbewusste Herr des Hofes wirkte, wenn er auf dem Dach des Haupthauses thronte, glaubte Ríona zugleich, Verzagtheit zu fühlen.

Dass er sich jetzt im Frühling immer weiter vom Gehöft entfernte, hatte sie mit Freude erfüllte, bekundete das doch Mut und Kraft. Aber als sie Muir nun am Strand liegen sah, nicht weit vom stinkenden Walkadaver entfernt, sein Gefieder nicht schwarz glänzte, eher grau wirkte, fürchtete sie kurz, es wäre das letzte Aufbäumen vor dem Tod. Bebend ließ sie sich neben ihm nieder. Sie hatte nicht oft über sein Gefieder gestrichen, immer vermeint, das stünde ihr nicht zu. Jetzt war es weniger Respekt, der sie die Hand sinken ließ, kaum dass sie sie erhoben hatte, es war die Angst, womöglich keine Regung mehr zu spüren, keinen Herzschlag. Blut quoll aus einer Wunde auf der Brust des Raben, vielleicht hatten die anderen Vögel sie ihm zugefügt, vielleicht die spitzen Steine.

»Rüh-rüh. Rüh-rüh. Rüh-rüh.«, kamen ihr jäh die Laute über die Lippen, mit denen sie Muir schon bei ihrer allerersten Begegnung hatte beruhigen wollen. »Rüh-rüh … Es ist nicht so schlimm … du wirst wieder gesund. Die Wunde scheint nicht tief zu sein, zumindest ist kein Knochen gebrochen, deine Flügel sind noch heil …«

»In welcher Sprache redest du da?«

Sie hob langsam den Kopf, hatte nicht gewahrt, dass Jón ihr gefolgt war. Er ließ sich neben ihr auf den spitzen Steinen nieder. Vor allem war ihr nicht bewusst gewesen, dass sie instinktiv Irisch gesprochen hatte – das erste Mal seit Ewigkeiten. Früher hatten sie und Lainidh manchmal die Muttersprache benutzt, aber irgendwann hatten sie damit aufgehört.

»D… damals im Wald«, stammelte sie, nicht sicher, in welcher Sprache, nur sicher, dass sie Erinnerungen beschwor, die sie eigentlich hatte ruhen lassen wollen. »Damals im Wald war Muir auch verletzt … Ennis dachte, er wäre tot … aber er hat noch geatmet.«

»Ich könnte die Wunde nähen«, sagte Jón plötzlich.

Das Gleiche hat Fionn damals gesagt …

»Du kannst doch nicht nähen«, entfuhr es ihr.

»Woher willst du das wissen? Ich … ich nähe oft für Lainidh.«

Sie wusste, dass Jón viel für seine Frau tat, das hingegen war ihr neu.

»Du kannst Lainidh nicht alles abnehmen.«

»Du tust das doch auch, seit ich euch kenne. In den letzten Jahren schuftest du noch mehr als früher. Nie forderst du, dass sie den Käse macht, den Flachs kämmt, die Wolle spinnt. Immer machst du es selbst.«

»Sie ist wie meine Tochter.«

Dieses Wort war eigentlich ein Schild, den sie hochhob, um seine Gefühle abzuwehren. Doch in diesem Augenblick bewies es vor allem, dass sie lieben konnte, sich um jemanden sorgen – und das strafte ihre Kälte, ihre Schroffheit Lügen.

»Ich kann seine Wunde nähen«, sagte Jón wieder.

»Nein!« Sie schrie jetzt, und an dem Ton war nichts frisch, er war das Echo eines uralten Schmerzes.

»Warum willst du es denn nicht?«, fragte er überrascht.

»Fionn hat das auch gesagt … du erinnerst mich schon genug an ihn, und …«

»Wer … wer ist Fionn?«

War es möglich, dass sie den Namen ihres Mannes nie in seiner Gegenwart ausgesprochen hatte? Nun, eigentlich hatte sie ihn kaum je gesagt, noch nicht einmal gedacht, und wenn, dann nur auf einem einsamen Hügel, von Winden gepeitscht, von denen sie wusste, sie würden ihn mitreißen, und ihr Geist wäre hinterher leer wie das Herz.

Als sie nun den Raben behutsam auf ihren Schoß zog, ein kleines Stück Stoff von ihrem Kleid abriss, es auf die Wunde presste, da konnte sie nicht anders, als ihn wieder und wieder zu sagen, gefolgt von noch mehr Wörtern auf Irisch, und als Jón sie verwundert ansah, wiederholte sie sie in nordischer Sprache. Sie erzählte von ihrer Kindheit und Jugend, sie erzählte von den Stunden im Wald und an den Klippen, sie erzählte von der Liebe und der Enttäuschung, weil die Liebe sie nicht gerettet hatte. Die Liebe war ja nie genug, die Liebe wurde immer irgendwann zur Waffe, die verletzte, nicht zur Nadel, mit der man Wunden nähte. Warum sehnte sie sich trotzdem danach?

Ihre Wangen wurden nass, aber nicht wegen der Tränen, wegen der Gischt. Als sie den Stoff anhob, kam kaum neues Blut. Jón würde die Wunde nicht nähen müssen …

»Fionn hat dich also nicht beschützt«, stellte Jón fest, und erst als er wiederholte, was sie ihm anvertraut hatte, vermeinte sie klar und deutlich den Sklavenmarkt von Dublin vor sich zu sehen.

»Wer hätte es in dieser Lage schon gekonnt?«, fragte sie leise.

»Ich«, erwiderte er, »ich!«

»Pah! Du schaffst es ja nicht einmal, einen Sack Getreide heil nach Hause zu bringen.«

»Aber wenn dir einer ein Leid antun würde, würde ich kämpfen.«

»So?«, rief Ríona schrill. Behutsam setzte sie Muir auf den Boden, erhob sich, stampfte auf. »Du willst kämpfen? Selbst ich bin kräftiger als du.«

Vor einigen Jahren hatte das noch gestimmt. Seit er Gode

war, beteiligte Jón sich allerdings regelmäßig an Wettkämpfen, drillte sich dafür, hatte darob muskulöse Arme und Schultern. Mühelos konnte er manchen Faustschlag abwehren – als sie jetzt ihre Faust auf seine Schulter drosch, wehrte er sich hingegen nicht. Er wehrte sich noch nicht einmal, als sie ein zweites Mal die Faust hob, ihm dieses Mal ins Gesicht schlug. Erst beim dritten Mal umfassten seine Hände jäh ihre Handgelenke. Er zog sie an sich, nah genug, dass sie seinen Atem spüren konnte. Ein leichtes Rucken ihres Kopfes noch, und ihre Münder würden aufeinanderliegen.

Wenn ich ihn küsse, werde ich niemals wieder Fionns Namen sagen, dachte sie. Oder doch, ich werde seinen Namen wieder sagen, aber es wird anders klingen … ein wenig wie Lainidhs Musik, die oft so traurig scheint und die doch nur süßen Schmerz verursachen kann, niemals eine blutende Wunde schlagen.

Sie riss sich los, sank wie betäubt auf die Knie, der Rabe versuchte zu flattern, machte klägliche Geräusche dabei. Vorsichtig hob sie ihn hoch. Sie wusste, um ihm keine Schmerzen zu bereiten, sollte sie ganz langsam gehen. Aber da Jón sie unverwandt anstarrte, konnte sie nicht anders als davonzurennen.

Alda behauptete, dass Raben nur ein paar Jahre alt wurden, ein Wunder also, dass dieser hier – sie scheute sich wie immer, ihn Muir zu nennen – überhaupt noch lebte. Wenn er jetzt stürbe, was zu erwarten war, war es der Lauf der Natur. Ihm gegenüber hatte sich diese immerhin von gnädigerer Seite gezeigt als den meisten Menschen.

»Unsinn«, sagte Prins, »ein Rabe, schwarz wie dieser wird älter als jeder Mensch. Er wird noch leben, wenn wir alle nicht mehr sind.«

Ríona war nicht sicher, ob es eine schreckliche Vorstellung war oder ein Trost. Sie fürchtete, dass selbst wenn Muir noch lebte, er nie wieder fliegen könnte. Damals, nachdem sie ihn verwundet im Wald gefunden hatte, hatte er es schon für lange Zeit nicht vermocht.

»Ich bin sicher, er wird wieder zu Kräften kommen«, sagte Jón.

Nicht nur am Strand hatte sie ihm von damals berichtet, auch später, als sie im Stall bei Muir wachten. Bald fiel ihr nichts mehr ein, was sie noch erzählen konnte, denn alles, woran sie sich erinnerte, hatte sie ihm bereits anvertraut.

Alda und Prins gingen wieder ihrer Arbeit nach, Jón blieb bei ihr. Ríona konnte auf Arbeit auch nicht ganz verzichten. Damit keine Stunde ungenützt verstrich, begann sie, einen neuen Sack aus Flachs zu nähen. Für gewöhnlich konnte sie mit der Knochennadel kunstvolle Muster in Stoffe einarbeiten, doch an diesem Tag zitterte ihre Hand zu stark.

»Lass mich das machen«, sagte Jón und nahm die Nadel.

Richtig, er hatte in den letzten Jahren ja heimlich für Lainidh genäht.

»Dein Vater würde dich verachten, sähe er dich bei Weiberarbeit«, sagte sie.

»Mein Vater hat mich immer verachtet – als sein Gesicht gelb wurde vor allem dafür, dass ich noch lebte.«

»Das war keine Verachtung, das war Neid.«

»Verachtest du mich denn?«, fragte er.

Jedenfalls beneide ich dich dafür, dass du hiersitzt und nähst und beides eigentlich grundfalsch ist und du doch mit jeder Geste bekundest: Ich habe ein Recht darauf.

»Ich verachte dich nicht, ich liebe dich«, sagte sie, hielt inne, war nicht sicher, ob sie damit ihn quälen wollte oder vielmehr sich selbst. »Wie einen Sohn«, fügte sie hinzu.

Etwas in seinem Blick erlosch, etwas begann zu funkeln. Er wirkte so jung – jünger als Fjálli je gewesen war.

Den kündigten eben seine schweren Schritte an. Wie so oft schleppte er Steine mit sich.

»Die sind für Muir«, erklärte er.

»Was soll denn der Rabe mit Steinen anfangen?«

»Ich werde eine Mauer um ihn bauen, dann ist er geschützt.«

Im Stall ist es doch ohnehin warm, dachte Ríona, aber sie sagte nichts. Es rührte sie, dass er ihr helfen wollte, auch wenn sie sich fragte, ob es nicht besser wäre, wenn er zwischen Jón und ihr eine Mauer errichten würde. Nicht dass diese lange Bestand hätte. Das trotzige Funkeln in Jóns Augen war ein Zeichen dafür, wie schnell er sie niederreißen würde. Es erlosch noch nicht einmal, als wenig später auch Lainidh in den Stall kam, auf ihre Art zu helfen versuchte, indem sie Lieder sang. Ihre Stimme war nie besonders laut gewesen, jetzt war sie leise wie nie. Es galt schließlich, kein Rüh-rüh zu übertönen, denn Muir gab keinen Laut von sich. Nur der Wind begann irgendwann zu heulen.

Drei Tage versammelten sie sich immer wieder um den Raben, ohne dass der sich rührte. Am vierten Tag öffnete er die Augen, doch der Blick war glasig und leer. Obwohl sie stets am längsten bei ihm ausgeharrt hatte, ertrug Ríona die Enge des Stalles nicht länger. Sie trat auf die Wiese, tat, was es im Frühling immer zu tun gab: Sie begann, mit einer Harke das Feld zu bestellen. Ihre Hände, obwohl verhornt, brannten bald, ihr Rücken schmerzte. Wenigstens werde ich heute gut schlafen können, dachte sie, aber als die Nacht kam, schlief sie gar nicht. Sie erhob sich von der Schlafstatt, schlich leise nach draußen. Eigentlich hatte sie beschlossen, nach Muir zu sehen, stattdessen blieb sie vor dem Stall stehen, starrte hoch zum Himmel, dieser bemalt von den grünen Lichtern, wie sie manchmal auch noch im Frühling zu sehen waren.

»Es ist, als würde der Himmel brennen«, vernahm sie eine Stimme.

Jón war ihr lautlos, dennoch für sie nicht überraschend gefolgt. Obwohl sie zusammengezuckt war, musste sie sich ein gestehen, dass sie gefühlte hatte, dass er ihr nachgekommen war, vielleicht sogar darauf gehofft.

»Brennen?«, fragte sie. »Die Lichter sind doch grün, nicht rot.«

»Wenn man das Holz, das am Rande der Feuerberge wächst, verbrennt, ist das Feuer grün.«

»Unsinn«, murmelte sie. »Bei den Feuerbergen wächst kein Holz.«

»Bist du je nah genug an sie herangekommen, um das zu beweisen?« Er selbst trat nun ganz nah an sie heran. »Manche Menschen glauben, dass die Lichter die Seelen der noch ungeborenen Kinder sind, die am Himmelszelt Fangen spielen. Oder die Seelen der Toten, die den Lebenden bei der Jagd helfen wollen.«

»Unsinn«, sagte sie wieder, »die ungeborenen Kinder spielen nicht Fangen, sie spielen Verstecken, damit sie nicht entdeckt und geboren werden. Und die Toten interessieren sich nicht für die Lebenden, sie sind froh, nichts mehr mit der Welt zu tun zu haben.«

»Glaubst du das wirklich?«

Sie zuckte mit den Schultern. »Ich glaube jedenfalls nicht wie manch ein Isländer, dass diese Lichter eines Tages vom Himmel fallen werden und uns verbrennen.«

»Mein Vater hat das einst behauptet. Er hat mir damit keine Angst gemacht. Ich hatte nie Angst vor Feuer.«

Ich schon, dachte sie. Laut sagte sie jedoch nur: »So wenig wie ich glaube, dass dort oben im Himmel ein Feuer brennt, glaube ich, dass man mit einer Fackel zu Tir-far-thóinn gelangen kann.«

»Tir-far-thóinn?«

Sie hatte gedacht, dass sie ihm alles über sich erzählt hatte. Nun ging ihr auf, dass sie etwas Wichtiges vergessen hatte – die Geschichte von jenem mythischen Land, das nur erreichte, wer sieben Jahre lang über das Meer reiste, und das nur erlöst wurde, wenn jemand eine Fackel ins Meer tauchte, ohne dass sie erlosch. Aber selbst wenn das gelänge, selbst wenn Tir-far-thóinn sich aus den Fluten erheben würde – würden seine Bewohner noch das wärmende Sonnenlicht spüren, obwohl sie so lange im eisigen Wasser ausgeharrt hatten?

Sie konnte jedenfalls fühlen, wie Jón zu ihr trat, seinen Arm um ihre Schultern legte, während sie ihm von Tir-far-thóinn erzählte. Kurz, ganz kurz, wurde sie die Caitri von einst.

»Eines Tages wird die Insel aus den Fluten auferstehen«, murmelte er, nachdem sie geendet hatte.

»Unsinn«, sagte sie, wurde wieder zu Ríona, rückte von ihm so weit ab, bis sich ihre Hüften nicht mehr berührten, aber wehrte sich nicht gegen seine Umarmung.

»Und Muir wird wieder gesund, nicht eines Tages, schon morgen.«

»Unsinn«, sagte sie wieder, und ihre Stimme brach. Schweigend starrten sie in den nächtlichen Himmel, bis die grünlichen Lichter verschwunden waren. Die ungeborenen Kinder, dachte sie, spielen weder fangen noch verstecken – sie tanzen. Und die Toten helfen nicht bei der Jagd, aber feiern auch nicht das Ende ihres Lebens – sie tanzen gleichfalls.

Es wäre so leicht, sich selbst ebenso auf die Zehenspitzen zu stellen, sich zu drehen, aber sie tat es nicht. Als sie hinterher zum Haus zurückgingen, war sie trotzdem so müde, als hätte sie ausgelassen getanzt, und sie schlief endlich traumlos ein.

Als sie am nächsten Morgen zu Muir in den Stall trat, waren seine Augen wieder geöffnet. Der Blick war jedoch nicht leer, stattdessen glaubte sie, Hunger darin zu lesen. Sie kaute ihm etwas getrocknetes Seehundfleisch vor und war über jeden Bissen froh, den er aufpickte. Viele waren es nicht, aber schon am nächsten Tag musste sie ihm die Bissen nicht mehr vorkauen. Und wieder einen Tag später wagte er ein paar zaghafte Schritte. Der Raum hinter Fjállis Mauer wurde ihm rasch zu eng, gewissenhaft trug der Junge Stein um Stein ab. Lainidh sang unterdessen ein Lied vom Fliegen, denn noch wagte Muir es nicht, mit den Flügeln zu schlagen.

»Lass uns doch zum Meer gehen«, schlug Jón vor. »Wenn er erst einmal die Möwen über den steilen Klippen kreisen sieht, bekommt er schon wieder Lust darauf zu fliegen.«

Ríona tat sich schwer, das zu glauben, verkniff sich gleichwohl ein Widerwort und folgte Jón rasch, als er den Raben vorsichtig hochhob, ins Freie trug. Lainidh sang weiter, rührte sich aber nicht, Fjálli kam ebenfalls nicht mit ihnen, sondern sammelte sämtliche Steine ein.

Als sie den Strand erreichten, lag dort immer noch der verendete Wal. Das Fleisch, das noch an den Knochen hing, war jetzt schwarz. Zumindest dachte sie das im ersten Augenblick, während ihr dann aufging, dass es eine Unmenge schwarzer Fliegen waren, die laut surrten.

Der Geruch war unerträglich, Ríona schlug sich die Hand vor den Mund und Jón ebenso. Auf diese Weise hielt er Muir nicht mehr richtig fest. Plötzlich sah sie, wie er mit den Flügeln schlug und zu Boden glitt. Nein, noch konnte er nicht fliegen, aber er hüpfte, wenn auch etwas schwankend, auf den toten Wal zu, stritt sich mit den Fliegen um das faule Fleisch.

Es war nichts Neues, dass Raben Kadaver liebten, oft hatte Muir sich über ein totes Schaf hergemacht. Dennoch stieg ein Würgen in ihr hoch, konnte sie sich doch nicht erinnern, jemals etwa so Abscheuliches gesehen, etwas so Abscheuliches gerochen zu haben.

»Siehst du?«, sagte sie zu Jón und klang vorwurfsvoll. »Er fliegt nicht, er frisst nur einen stinkenden Kadaver.«

Jón hatte Muir auch beobachtet, schien aber nicht angeekelt. »Das eine gibt ihm die Kraft, das andere zu tun.«

Das konnte sie nicht abstreiten, und doch machte sie genau das wütend. »Warum muss es so sein? Warum frisst man gierig, was grässlich stinkt? Warum wachsen Blumen auf Kuhmist? Warum sind oft gerade jene Böden am fruchtbarsten, die eben noch von Asche bedeckt waren? Und warum macht es mich so glücklich, mit dir zusammen zu sein?«

Sie biss sich auf die Lippen, es war jedoch zu spät, die Worte zurückzunehmen. Zu spät auch, die letzten Tage zurückzunehmen, da sie von ihrem Leben erzählt und wie einst die kleine Caitri von Tir-far-thóinn geträumt hatte, die Tage, da Lainidh sie mehr gestört, als sich ihr gegenüber schuldig gefühlt hatte. Sie war zum Strand gegangen, obwohl sie wusste, was hier passieren würde … obwohl sie wusste, dass hier immer noch der verwesende Wal lag und stank.

Jón ging nicht auf ihre Worte ein. »Es sind keine Möwen da, an denen sich Muir ein Beispiel nehmen kann. Vielleicht … vielleicht sollten wir ihm vormachen, was er zu tun hat.«

»Wie das denn? Kein Mensch kann fliegen.«

»O doch«, sagte Jón.

Und dann zog er sie weg, nicht weit genug, dass sie den Gestank nicht mehr wahrnahm, nur so weit, bis der Wal nicht mehr zu sehen war. Er zog sie an sich, und dann lagen seine Lippen auf ihren und hatten nichts gemein mit Skrymirs malmendem Maul. Ob sie etwas mit Fionns gemein hatten, wusste sie nicht. Fionn hatte sie nie in der Nähe eines toten Wales geküsst, nur in duftenden Wäldern, aber der Gestank machte aus dem Kuss eher einen ehrlichen, den Kuss einer erwachsenen Frau, einer starken Frau, einer, die Gestank ertragen, ihn überleben konnte wie alle anderen Prüfungen des Lebens auch. Er wich zurück, und nun packte sie ihn, küsste ihn, wollte ihn am liebsten aufessen, fühlte, dass sie nicht genug bekommen würde. Sie hob die Hände, er hielt sie fest. Offenbar deutete er ihre wilde Geste falsch.

»Du schlägst mich nicht noch einmal«, sagte er atemlos.

Sie hatte kein Bedürfnis, ihn zu schlagen, kein Bedürfnis, ihm wehzutun. Sie tat es trotzdem, als ihr Kopf vorschnellte, ihre Lippen dieses Mal nicht auf seinen zu liegen kamen, sondern auf seinem Hals. Sie biss in die weiche Haut, die junge Haut. Sein Schmerzensschrei war leise … zumindest nicht lauter als sein Stöhnen, das folgte, als sie ihm ihre Hände entzog, an seiner Kleidung zerrte, seine Hosen öffnete, das Geschlecht umfasste, so fest, dass sie fürchtete, ihre Fingernägel hineinzutreiben. Keine Wohltat war es auch, als sie auf den spitzen Steinen zu liegen kam und er auf ihr. Aber nicht, weil es schmerzte, schlug sie so lange auf seine Brust, bis er zurückwich, sie ihn sich hinlegen hieß und sich auf ihn kniete, sie tat es, weil sie weder unter einem Mann versinken wollte noch sich unter ihm verstecken.

Ihre Hände umschlossen sein Gesicht, ihre Blicke waren unverwandt aufeinandergerichtet, als er in sie eindrang … oder vielmehr sie ihn in sich aufnahm. Sie fühlten das Gleiche, den gleichen Schmerz, die gleiche Begierde, die gleichen Schuldgefühle, den gleichen Trotz, die gleiche Lebendigkeit.

Am größten war Letztere, die Sehnsucht auch, dieses Leben zu feiern, und sei es mit dem kleinen Tod. Wobei nichts klein war an der Empfindung, in viele Teile zu zersplittern, um hinterher aufs Neue ganz zu werden, nichts klein war an dem Gefühl, sich selbst zu verlieren wie nie, um sich wiederzugewinnen, nichts klein war in jenem Reich, wo Gegensätze verschmolzen, Mut und Angst und Sehnsucht und Erfüllung und Wohlgeruch und Gestank und Schönheit und Hässliches. Als sie später matt in seinen Armen lag, fühlte sie sich nicht nur jung wie nie, sie fühlte sich neu wie nie.

Al-Andalus

In Córdobas großen Tagen hatte es alles in Überfluss gegeben – Werkstätten und Tavernen, Bibliotheken und Moscheen, Weinschänken und Verkaufsbuden. Nichts aber war so zahlreich wie die öffentlichen Bäder, war doch für alle, die geschlechtlich verkehrten, eine große Waschung Pflicht. Und darüber hinaus war nirgendwo so viel Entspannung zu finden wie in einem *hammām* – zumindest hatte Ibn Zakariya das stets behauptet, während Fionn sich lieber damit begnügt hatte, sich zu Hause mit Seife zu waschen. Obwohl sein Lehrer ihm die großen Räumlichkeiten immer ausführlich beschrieben hatte, hatte er sie sich eher wie die Schwitzstuben in Irland vorgestellt, kleine Hütten, in denen heiße Steine erhitzt wurden, eng und finster. In dem *hammām,* den er gemeinsam mit Ramira und Esther betrat, war aber nichts eng, und finster war es nur, weil die Nacht bereits angebrochen war. Das Mondlicht reichte aus, auch hier Zeuge von Córdobas Verfall zu werden. Die bräunlichen Badetücher, die auf einer Marmorbank lagen, waren irgendwann granatrot gewesen. Von der verglasten Kuppel, die den Eingangsbereich überdachte, war nur ein buntes Scherbenmeer geblieben.

»Pass auf!«, rief Fionn, ehe Ramira hineinsteigen konnte.

Sie hatte die Scherben nicht gesehen, setzte gleichgültig Schritt vor Schritt. Fionn unterdrückte ein Seufzen. Als er Esther von seinem Plan berichtet hatte, hatte diese erst laut gelacht, dann gehustet, war ihm schließlich um den Hals gefallen und hatte ihm einen Kuss gegeben. Ramira aber wirkte seit dem Morgen, als wäre ein Todesurteil über sie verhängt worden, obwohl er doch einen Weg gefunden hatte, ihr Leben zu retten.

Wenn sein Plan aufging, konnte sie sich allerdings immer noch darüber freuen. Und falls nicht, war es wohl besser, dass sie sich keine zu großen Hoffnungen machte. Immerhin hatte sie sich nicht gewehrt, als er den Lederbeutel mit seinen Instrumenten um den Leib geschnürt und erklärt hatte, dass sie Muezza bei einem ihrer nächtlichen Streifgänge folgen würden. Sie waren kaum Menschen auf den Straßen begegnet, nur ein paar Liebespaaren und ein paar Betrunkenen, waren auf weitaus mehr Leichname von Verhungerten, die zu begraben niemand die Kraft fand, gestoßen. Den ganzen Tag über hatte sich das Gerücht verbreitet, wonach mit den Berbern ein Waffenstillstand verhandelt worden wäre und man diesen das Stadttor öffnen werde, doch es war nur hinter vorgehaltener Hand ausgesprochen worden, und in der Dunkelheit war jegliches Getuschel verstummt.

Fionn fühlte sich schäbig, dass er nur Esther und Ramira in seinen Plan eingeweiht hatte, aber er wusste: Wenn er zu viele von den geschwächten Menschen mitnähme, würden sie kaum vorankommen. Also versuchte er sich mit dem Gedanken zu trösten, dass er für Córdobas Bewohner in den letzten Jahren alles getan hatte, was er konnte, es nun vor allem galt, sein Versprechen an Ibn Zakariya zu erfüllen und Ramira in Sicherheit zu bringen – selbst wenn diese kein Interesse daran zu haben schien.

Wie benommen blickte sie eben auf die Glasscherben. Als er sie zur Seite ziehen wollte, machte sie sich unwirsch von ihm los. Esther warf ihm einen fragenden Blick zu, sagte aber nichts. Schließlich war sie es, die Ramira am Scherbenmeer vorbei in einen weiteren Raum führte, bestand doch jede Badeanstalt aus mehreren. Der Geruch nach Weihrauch, Mastix und Labdanum empfing sie, mit dem die Räume einst zweimal am Tag ausgeräuchert worden waren. Genau diesen Geruch hatte Fionn an Muezza wahrgenommen, was ihn auf die Idee gebracht hatte, dass von einem *hammām* aus ein Weg ins Freie führte.

Der Marmorboden, der früher jeden Tag geschrubbt worden war, war voller Schlamm, ein Zeichen dafür, dass auch dieses Gebäude nicht vom Hochwasser verschont geblieben war.

»Wir müssen ganz vorsichtig gehen, um nicht auszurutschen«, mahnte er.

Wieder war es Esther, die Ramira packte und weiterzog. »Wie es ausschaut, befinden wir uns im Bereich der Männer – die Frauen badeten ja strikt von ihnen getrennt. Schade, dass ich ausgerechnet jetzt hier bin, da sich weit und breit keine Nackten aalen.«

Fionn blickte sich um. Das Licht wurde von Raum zu Raum trüber, hätte er keine Fackel mitgebracht, sie würden kaum mehr die Hand vor den Augen erkennen. »Dort hinten!«, rief er und deutete auf jene Wand aus Ziegelstein, aus der ein Rohr ragte. Die Bäder befanden sich im Untergeschoss, damit das Wasser eingelassen, erwärmt und erneuert werden konnte. Und ehe Letzteres getan wurde, wurde das schmutzige Wasser in den Guadalquivir abgeleitet. Er stürzte zu der Wand, hielt die Fackel ganz dicht vor das Rohr. »Verdammt!«, entfuhr es ihm.

Er hatte der Furcht, dass die Rohre zu schmal wären, höchstens Muezza durch diese kriechen könnte, es unmöglich aber Menschen schaffen würden, bis jetzt keinen Raum gegeben. Als er nun das schmale Rohr betrachtete, konnte er sich nicht länger etwas vormachen. Seine Hand passte hindurch, notfalls ein Bein, niemals sein Kopf.

»Wir kommen hier nie raus«, sagte Ramira mit einer Stimme, als wäre sie schon tot.

So entschlossen er sie bis jetzt mit sich gezogen hatte – ihren Worten konnte er nichts entgegensetzen. Doch anders als er verschwendete Esther keine Zeit, das viel zu kleine Rohr zu betrachten und ob seines Anblicks zu verzagen.

»Natürlich kommen wir hier raus!«, rief sie. Fionn folgte ihrem Blick, sah in einer finsteren Ecke nicht weit von dem Rohr entfernt eine weitere Öffnung, einem viereckigen Schacht gleich. Vielleicht war es nur ein Sprung im Gemäuer, der mit den Jahren gewachsen war, vielleicht ein Gang, von dem aus man einst die Rohre verlegt hatte. So oder so war dieser Schacht breit genug, um hineinzusteigen, sogar für ihn mit dem Lederbeutel auf dem Rücken. Esther triumphierte sichtlich, die Öffnung entdeckt zu haben, konnte es sich aber nicht verkneifen zu spotten: »Ein Glück, dass wir alle so dürr geworden sind. In den letzten Jahren habe ich mir ja viele Arten zu sterben vorgestellt – keine war so unerfreulich wie die, in einem Schacht stecken zu bleiben. Da fiele ich lieber einem jungen, kräftigen Berber in die Hände.«

Der Blick, den Ramira ihr zuwarf, war zum ersten Mal eisern, aber bald wurde er wieder ausdruckslos. »Ich bin die Dünnste«, sagte sie leise zu Fionn. »Soll ich als Erste kriechen?«

Er schüttelte den Kopf. Erst wollte er sicher sein, dass der Schacht nicht schon nach wenigen Metern endete oder gar – wie die Wasserleitungen von manchem Privathaus – in die nächste Senkgrube mündete.

»Ich rufe euch, wenn ihr mir folgen könnt«, sagte er.

»Und wenn du nicht rufst, lassen wir dich dann einfach stecken?«, fragte Esther mit heiterem Tonfall, als wäre alles ein Spiel. »Oder sollen wir hinterherkriechen und dich an den Füßen rausziehen?«

»Die größte Gefahr ist nicht stecken zu bleiben, sondern zu ertrinken.«

»Das geht immerhin schneller, als zu verhungern«, bemerkte Esther, »wobei ich trotzdem den jungen und kräftigen Berber ...«

»Schluss jetzt!«, sagte Fionn.

Ehe er in den Schacht kletterte, lauschte er noch einmal. Trogen ihn seine überreizten Sinne oder war in der Ferne wirklich Lärm zu hören? War der Zeitpunkt gekommen, da man den Berbern die Stadttore öffnete und diese über Córdoba herfielen?

Er konnte sich nicht überwinden, zuerst den Kopf in den Schacht zu stecken, kroch mit den Füßen voran hinein, fühlte Schlamm, spitze Steine, robbte irgendwie weiter. Wie weit er genau gekommen war, konnte er nicht sagen, schließlich hatte er Esther die Fackel in die Hand gedrückt, sah nichts als Schwärze. Nachdem er innerlich bis zehn gezählt hatte und immer noch kein Wasser fühlte, rief er den Frauen zu, dass sie ihm folgen sollten. Er war nicht sicher, ob sie ihn gehört hatten, nicht sicher auch, wer von den beiden den Anfang machte. Er hoffte, es wäre Ramira, denn jäh war er sich nicht sicher, ob sie den Schacht besteigen würde, wenn niemand sie dazu drängte.

Als er weiterkroch, stieß er bald auf Widerstand. Doch ehe die Panik hochsteigen konnte, trat er mit den Füßen dagegen, und der Widerstand gab nach. Der Schacht schien größer zu werden, nicht länger konnte er nur kriechen, sondern beinahe stehen. Allerdings war bei seinem nächsten Schritt jenes Plätschern zu vernehmen, vor dem er sich die ganze Zeit über innerlich gewappnet hatte. Schon trat er in eine Pfütze, und ein halbes Dutzend Schritte später stand er kniehoch im Wasser. Es war eisig kalt, schnitt ihm in die Knochen, gab ihm immerhin die Lebenskräfte zurück. Und es stand nicht hoch genug, um ihn mitzureißen.

»Kommt schnell, kommt!«, brüllte er. Es schien eine Ewigkeit zu dauern, bis er endlich Ramira erblickte, dahinter Esther. »Wir werden es nach draußen schaffen!«, rief er, obwohl es zu früh war zu frohlocken. Zwar konnten sie Schritt vor Schritt setzen, doch der Gang wurde nun wieder enger, und das Wasser stieg höher. Bald musste er den Kopf in den Nacken legen, um noch atmen zu können. Als er ein Gurgeln hinter sich vernahm, erkannte er, dass Ramira das Gegenteil gemacht hatte – den Kopf gesenkt, sodass das Wasser fast über sie schwappte. »Bist du verrückt geworden?«, entfuhr es ihm, und er legte seine Hände um ihr Kinn, drückte es zurück.

Erst gab sie nur ein prustendes Geräusch von sich, dann Worte, von denen er nicht sicher war, ob er sie richtig verstand. »Unser Schicksal ist es zu sterben.«

»Nein, ist es nicht!«, rief er. Die Wut, die in ihm erwachte, gab ihm die Kraft, weiter der Kälte des Wassers zu trotzen, der Beklemmung ob der Enge, der Angst, dass sie am Ende nicht ins Freie gelangen würden, sondern irgendwo im Nichts gefangen wären. Der Boden wurde immer glitschiger, etwas streifte seine Beine, glich einer aufgeblähten Hand. Grauen überkam ihm, rasch gefolgt von Erleichterung. »Da … da sind Schlingpflanzen im Wasser!«, rief er. »Solche, wie sie am Ufer des Guadalquivir wachsen. Das ist der Beweis dafür, dass dieser Weg ins Freie führt.«

»Unser Schicksal ist es zu sterben«, sagte Ramira wieder.

»Dann beeil dich weiterzugehen, Mädchen«, ließ sich Esthers bedrückte Stimme vernehmen, »wie es aussieht, erwartet uns der Tod.«

Unsinn, hätte Fionn am liebsten gerufen. Es ist der Mond, der uns erwartet. Tatsächlich ließ dieser das Wasser silbern glitzern, wenig später drang der Geruch von feuchter Erde in ihre Nasen, und bald spürte er diese unter den Füßen, hatten sie doch das Ende des Schachts erreicht. Er kämpfte gegen die Strömung des Flusses an, in den er mündete, zog erst Ramira, dann Esther die Uferböschung hoch, wollte jubilieren. Doch jeder Laut erstarb in seiner Kehle. Er vernahm, was Esther lange vor ihm vernommen hatte – die Kampflaute, das Hufgetrappel, jene Trommeln, die den Kriegern Mut geben sollten oder einfach nur dafür sorgen, dass sie jede Regung dem Willen der Anführer unterwarfen. Die Berber mussten ganz nah sein.

»Wenn sie uns erwischen, hoffe ich ja, sie schänden mich, bevor sie mich töten, nicht umgekehrt – dann habe ich wenigstens noch etwas davon.«

Fionn hob die Hand, um Esther zum Schweigen zu bringen, lauschte. Eine Weile schien es, als würde der Lärm anschwellen, der Boden nicht einfach nur beben, nein, sich unter ihren Füßen öffnen. Doch ob die Berber ganz knapp an ihnen vorbeistürmten, wie es den Anschein hatte, oder ein gehöriges Stück entfernt – niemand achtete auf das sumpfige Ufer des Flusses. Eine Weile blieben sie dort im Gebüsch hocken, dann zog er die beiden Frauen zu der Straße, die den Fluss entlang verlief.

»Wir müssen weg von hier, ehe sie zurückkommen«, raunte er.

Esther beschleunigte den Schritt, Ramira hielt inne. Er hatte es vermieden, einen Blick hinter sich zu werfen – sie hingegen starrte auf die Mauern und die Brücke.

Wie ein Heer von Todesengeln fielen die Berber über die Stadt her, wie bei der Überflutung zu Beginn des Jahres wurde wohl keine Straße verschont. Wahrscheinlich hielten sie sich selbst für Wölfe, Bären, Löwen, die endlich Beute reißen konnten. In Wahrheit waren sie nicht mehr als Würmer, die sich an einem Leichnam gütlich taten. Kurz schwoll das Gebrüll an, kurz waren auch Schreie zu hören, doch jegliche Gegenwehr erstarb rasch. Es würde nicht lange dauern, die verhungernden Menschen aus den Verstecken zu zerren und zu töten.

Fionn erschauderte, Ramira stand wie betäubt da.

»Unser Schicksal ist es zu sterben«, sagte sie ein drittes Mal, und dieses Mal fügte sie hinzu: »Genauso wie Córdoba.«

Eine Weile gingen sie am Flussufer entlang, ließen sich schließlich, als nichts mehr von der Stadt zu sehen war, erschöpft fallen, nahmen den Marsch erst im Morgengrauen wieder auf. Fionn war nicht sicher, ob er auch nur eine Minute geschlafen hatte. Esther hörte er schnarchen, Ramira leise weinen. Sie weigerte sich, sich an die Schulter zu lehnen, die er ihr anbot.

»Sie haben alle Menschen getötet, sie werden alle Bücher verbrennen«, murmelte sie am Morgen, als sie in der Ferne eine Rauchsäule aufsteigen sahen.

»Aber sie werden die Moschee stehen lassen, den Alkazar, die Stadtmauern«, versuchte Fionn sie zu trösten.

»Und was nutzt es, wenn Córdoba von nun an keine Seele mehr hat?«

Sie schien gleichfalls keine Seele mehr zu haben, ihr Blick war so leer wie ein weißes Blatt. Gern wäre er derjenige gewesen, der darauf die ersten Buchstaben schrieb, doch es fielen ihm keine Wörter ein, mit denen er ihr helfen konnte. Längst ahnte er, dass sie um mehr trauerte als nur um Córdoba. Und dass ihr das nicht die Berber genommen hatten, sondern er.

Esther rieb sich die Augen, gähnte. Sie wirkte älter und grauer denn je, aber in ihrem Blick stand eine scheinbar unzerstörbare Lebensgier. »Wir müssen etwas zu essen finden, erklärte sie. Sonst hätte es ja gar keinen Sinn gehabt, dass wir uns nass gemacht haben.«

Fionn sah sich um. Das Land begann langsam zu erblühen. Selbst im Morgendunst war zu erkennen, wie grün die Wiesen waren. Früchte wuchsen gleichwohl noch keine.

»Die Medina Azahara und die Medina Azahira sind längst zerstört worden«, sagte er. »Und ich kann mir nicht vorstellen, dass irgendein Dorf heil geblieben ist.«

»Aber die Mühle dort hinten, schau doch nur!«, rief Esther, und tatsächlich erkannte er in der Ferne das große hölzerne Mühlrad, wie es dergleichen viele am Guadalquivir gab, hörte auch das vertraute Quietschen. »Die Berber haben ja irgendwo ihr Getreide mahlen müssen«, fuhr Esther fort, »mit etwas Glück finden wir das eine oder andere Körnchen.«

Ramira begab sich nicht mit ihnen auf die Suche. Sie hockte am schlammigen Ufer des Guadalquivir. »Für eine Stadt wie Córdoba sind die vielen Tränen, die einem reißenden Sturm gleich vergossen werden, wenig … O Paradies, über das der Wind der Zwietracht hinweggestürmt ist und alles zerstört und die Bewohner vernichtet hat.«

Kurz wich Fionns Sorge der Wut. Sei froh, dass du noch lebst, wollte er ihr zurufen. Dann ging ihm auf, dass es ihr ja nie ums Leben gegangen war, immer nur ums Schreiben.

Wenig später hatten sie eine Handvoll Körner gesammelt. Zumindest behauptete Esther, es wären Körner, er war nicht sicher, wie viele Kieselsteine sich darunter befanden.

»Schlammsuppe, wie fein«, spottete Esther, nachdem sie das Getreide zerstampft und mit etwas Wasser aus dem Fluss vermischt hatten. Sie konnten kein Feuer machen, um es weichzukochen, es erst recht nicht würzen, hatten nicht einmal ein Geschirr, sondern nur ein großes Blatt, über das sie sich beugten, um den Brei abzulecken. Esther war hinterher befleckt, Ramira nicht. Fionn war nicht sicher, ob sie einfach nur vorsichtiger gewesen war oder gar nichts gegessen hatte. Er selbst hatte sich jedenfalls gleichfalls nicht befleckt und dennoch das Gefühl, nie wieder sauber zu werden.

Immerhin machte Ramira zum ersten Mal wieder den Mund auf – wenn auch nur, um einen einzigen Namen zu sagen: »Muezza ... wir haben sie einfach zurückgelassen.«

»Sie wird sich schon aus Córdoba gerettet haben«, bemerkte Esther, bevor Fionn etwas sagen konnte. »Anders als wir sogar durch ein halbwegs trockenes Rohr. Wobei es eigentlich schade ist, dass wir sie nicht mitgenommen haben. Wir hätte sie notfalls essen können.«

»Ich hätte niemals zugelassen, dass du Muezza etwas zuleide tust«, erklärte Fionn barsch.

»Das heißt, es gibt weiterhin Schlammsuppe? Wie großartig! Hoffentlich stärkt sie genug, um den weiten Weg zurückzulegen, den wir vor uns haben.«

»Wohin soll dieser Weg uns eigentlich führen?«

Esther ging zum Fluss, um nicht nur ihre Kleidung, auch ihren Körper zu waschen. »Ihr könnt gern über Córdoba weinen«, sagte sie, als sie zurückkam. »Ich denke mir, dass es vielleicht keine andere Stadt wie diese gibt, irgendeine andere Stadt aber schon. Die Berber haben schließlich nicht das ganze Land verwüstet. Irgendwo brauchen Menschen noch Stoffe, um sich zu kleiden, und noch Bücher, um sich zu bilden.« Und irgendwo sind Menschen krank und brauchen einen Arzt, ging es Fionn durch den Kopf, davon sprach Esther hingegen nicht. »Ich glaube, dass ich noch Verwandte habe«, fuhr sie fort. »Und selbst wenn ich oft gesagt habe, dass ich erst Mensch, dann Frau, dann Jüdin bin, ist es nun vielleicht ratsam, vor allem eine Jüdin zu sein, damit mich meinesgleichen aufnimmt. Wenn Ramira weiterhin beharrlich den Mund hält, kann ich behaupten, sie wäre stumm und ebenfalls Jüdin. Bei dir wird es schwierig, das zu behaupten. Sobald man dich nackt sieht, erkennt man die Wahrheit. Und wenn ich mir den Zustand unserer Kleidung so anschaue, ist es sehr wahrscheinlich, dass wir – wo auch immer – nackt ankommen.«

Das hielt sie allerdings nicht davon ab, beharrlich den Fluss entlangzumarschieren, und was immer Ramira von ihren Worten hielt – sie folgte ihr, sodass Fionn gleichfalls nichts anderes übrig blieb.

Als der Tag sich dem Ende neigte, hing die Kleidung zwar noch nicht in Fetzen von ihren Leibern, aber das bedeutete nicht, dass sie sie warm hielt. Ramira fror erbärmlich. Als er ihr erneut anbot, sich an ihm zu wärmen, was Esther längst tat, schüttelte sie den Kopf.

»Lass sie in Ruhe«, sagte Esther, als er erneut den Mund öffnete, und Ramira schlief trotz Kälte und hartem Boden ein.

Am zweiten Tag begann Fionn zu überlegen, wie weit es wohl zu jener Stadt war, die ebenfalls am Guadalquivir lag und die Sevilla hieß. Vage erinnerte er sich daran, dass Händler für diese Strecke fünf Tage einplanten, doch so geschwächt, wie sie waren, würde es bei ihnen wohl eine Woche dauern. Ramira schienen schon jetzt bei jedem Schritt die Fußsohlen zu schmerzen, weil sie es nicht gewohnt war, so viel zu laufen. Doch als er ihr anbot, sie zu stützen, sie gar ein Stück zu tragen, schüttelte sie den Kopf.

»Lass sie in Ruhe«, mahnte Esther wieder und fügte, sobald sie ihn von Ramira weggezogen hatte, neckisch hinzu: »Mich kannst du natürlich gern tragen, aber ich bin dir zu schwer, oder?«

»Du bist nicht schwer, du bist nur ein Mensch, der sich immer irgendwie durchbringt.«

»Willst du damit sagen, meine Haut sei zäh wie Leder und noch runzeliger als solches? Na vielen Dank.«

»Ich will damit sagen …«

»Oh, ich weiß, was du meinst, und du hast recht, ich bringe mich irgendwie durch. Und Ramira werde ich auch durchbringen. Ihr sieht man es zwar nicht an, denn ihre Haut hat rein gar nichts mit altem Leder gemein, aber etwas in ihr ist genauso zäh wie ich, vorausgesetzt …«

»Vorausgesetzt?«, fragte er, als sie nicht fortfuhr.

Esther zögert eine Weile. »Um wieder eine Kalligrafin sein zu können, muss sie vergessen, dass sie jemals deine Liebste war. Sie kann es allerdings nicht vergessen, solange du bei ihr bist und dich um sie sorgst. Den größten Gefallen, den du ihr tun kannst, wäre, aus ihrem Leben zu verschwinden.«

Fionn sah sie fassungslos an. »Ich … ich soll sie im Stich lassen? Ausgerechnet jetzt, da wir alle keine Ahnung haben, was aus uns werden soll? Ich habe Ibn Zakariya versprochen, mich um sie zu kümmern.«

»Und das hast du in den letzten Jahren besser gemacht, als man es unter diesen Umständen hätte erwarten können. Du hast sie aus Córdoba herausgebracht, damit ist dein Versprechen mehr als erfüllt. Nun aber …«

Er stampfte auf, woraufhin ein Steinchen ihm schmerzhaft in die Fußballen schnitt. »Vom Anblick der Toten, vom Anblick der Kranken, vom Anblick der hungernden Kinder mag man sich beschmutzt fühlen – doch nicht von der Liebe.«

»Hm«, machte Esther, »ich glaube, Ramira will nicht sauber

sein, sie will frei sein. Und das kann ich ihr nicht verdenken. Weißt du, ich habe Yesoaph ganz gern gehabt, obwohl wir uns oft gezankt haben, und als er starb, war ich traurig. Mein Leben ohne ihn gefällt mir dennoch besser als das an seiner Seite.«

»Du hast andere Männer gehabt … auch mich.«

»Ach, euch habe ich meinen Körper gegeben, nicht meine Seele. Es gibt Menschen, die das trennen können – Ramira gehört nicht dazu. Ich würde sogar sagen, sie hat dir noch mehr als ihren Körper ihre Seele anvertraut, und nun ist es an dir, ihr all das wieder zurückzugeben, auf dass sie sich allein der Schrift widmen kann. Buchstabe um Buchstabe errichtet sie solcherart einen Zaun zwischen sich und einer Welt, die in ihr nur das Weib sieht, das sich dem Mann unterwerfen muss, ihm Bälger gebären, bis sie halb tot ist, einer Welt, in der sie in dunklen Räumen hocken muss, weil draußen eine Gefahr für ihre Ehre lauert. Das wäre jedenfalls ihr Geschick gewesen, hätte sie nicht dieses außergewöhnliche Talent, und an dem muss sie festhalten. An deiner Seite ist sie eine Frau. Als Kalligrafin ist sie ein Mensch. Ich verstehe nur allzu gut, wenngleich aus anderen Gründen, warum ihr Letzteres lieber ist.«

Fionn drehte sich um. Trotz der Schmerzen in ihren Füßen schloss Ramira zu ihnen auf, und plötzlich fühlte er: Sie würde den Weg schaffen, wie lang und beschwerlich er auch war. Sie war tatsächlich zäh und willensstark, zumindest wenn es um ihre Berufung ging. Sie würde stumm sein, wie Esther es forderte, oder lügen, wenn es sein musste, Hauptsache, sie konnte irgendwann wieder Bücher kopieren. Nur lieben würde sie nie wieder. Vielleicht, weil sie es noch nie getan hatte, vielleicht, weil sie ihn viel zu sehr liebte.

»Ich glaube, es ist Zeit für dich, in deine Heimat zurückkehren«, hörte er Esthers Stimme ganz nah an seinem Ohr. »Du bist frei.«

In ihm war keine Freude, keine Sehnsucht, kein Bedauern. Er starrte sie an, als hätte sie in einer fremden Sprache zu ihm gesprochen. Er wusste nicht mehr, was Heimat war. Er wusste nicht mehr, was Freiheit war.

Island

Falls Dísa immer noch Neid auf Lainidh verspürte, weil diese Jón geheiratet hatte, ließ sie sich diesen nicht anmerken, erst recht nicht, nachdem sie einen Sohn geboren hatte – ein Wesen, das viel zu kugelrund für diese schroffe Insel erschien, dessen Backen zu rot waren in dem oft farblosen Land, und dessen fröhliches Glucksen nicht zum fernen Dröhnen der Gletscher und Wasserfälle passte. Die meisten – auch Ríona – betrachteten ihn als eines jener Wunder, die Bruder Alfred in seinen Legenden beschwor, nur dass die Wunder dort von Heiligen bewirkt wurden, auf Island aber vom Leben selbst.

Sie war nicht sicher, ob das Leben sie mit dem kleinen Bjóssi verspotten oder trösten wollte. Sie war auch nicht sicher, ob Lainidh, deren eigener Schoß unfruchtbar zu sein schien, sich vom drallen Anblick des Kindes verspottet oder getröstet fühlte. Sie hatte ihn noch nie auf den Arm genommen, wenn Dísa ihn aber neben sie auf den Boden setzte, schien sie sich nicht daran zu stören. Sie spielte ihm, der mittlerweile einige Monate alt war, gern Lieder vor, so auch an jenem Tag im Herbst, da Lainidh eigentlich kräftigen Wollstoff in Essig hätte waschen sollen, sodass er sich zusammenzog und Schutz gegen die kommende Kälte bot.

Wie immer rügte Ríona sie nicht, weil sie untätig war. Sie lauschte dem Gesang ja selbst gern, während sie damit beschäftigt war, in jenem Ofen neben dem Stall Feuer zu machen, den Prins für gewöhnlich nutzte, um Eisen zu schmelzen, in dem sie an diesem Tag jedoch Schalen und Platten, die sie aus Ton geformt hatte, brennen wollte.

Früher hatte sie Lainidh zugehört, um einen Beweis dafür zu haben, dass das Leben schön sein konnte, leicht, beflügelnd, heute, um sich zu vergewissern, dass Lainidh nichts von seinen hässlichen, gemeinen, bedrückenden Seiten erahnte. Solange ihre Stimme nicht beschmutzt war von dem Wissen, dass sie und Jón sich heimlich liebten, sich immer wieder am Strand trafen, den ganzen Frühling schon und den Sommer auch, konnte sie beruhigt sein, oder?

Lainidhs Stimme klang tatsächlich klar wie immer, nur wovon sie sang, war etwas befremdlich, von Sif nämlich, der wunderschönen Gattin des Thor, die diesem viele Söhne geboren hatte und deren Haar die Farbe von goldenem Korn besaß. Durch dieses Haar zu fahren begehrte jedoch nicht nur Thor, auch Loki, mit dessen Bösartigkeit lediglich seine List mithalten konnte. Er verführte Sif, und weil er noch mehr Lust als zwischen ihren Schenkeln an dem Gedanken fand, Thor zu demütigen und aller Welt seine Macht zu bewiesen, schnitt er Sif das blonde Haar ab, als sie hinterher an seiner Brust schlief.

»Und auf diese Weise«, endete Lainidhs Lied, »kam der Winter in die Welt.«

Wie konnte sie den Winter herbeireden? Und wie von Ehebruch singen, zu dem nicht einmal Liebe führte, nur der Wunsch, zu besitzen und zu zerstören?

Der kleine Bjóssi gluckste, Ríona trat weiterhin auf den Blasebalg, um das Feuer anzuheizen, zu hoffen, dass der Anblick der lodernden Flammen ihr vages Unbehagen ausmerzen konnte.

»Soll ich dir helfen?«, fragte Jón.

Sie trat noch heftiger auf den Balg. »Hilf lieber Fjálli«, erklärte sie in jenem barschen Ton, in dem sie schon früher mit ihm gesprochen hatte und in den letzten Monaten erst recht. Lieber war ihr, dass alle verstört darüber waren, wie sie mit dem Herrn umging, als dass sie sich fragten, wie nahe sie sich ihm fühlte.

Fjálli war eben dabei, das Haupthaus winterfest zu machen, seit sich am Tag zuvor die fernen Berge erstmals mit weiß verschneiten Kuppen gezeigt hatten. Nicht nur, dass er die Grassoden an den Außenwänden prüfte – er tauschte ein paar Stützsteine für die Holzsäulen, auf denen das Dach ruhte, aus. Ríona fand zwar, dass die alten Steine hart genug waren, doch Fjálli musste nur darüberstreichen, um zu bestimmen, welche noch Halt gewährten und welche porös zu werden drohten.

Sie fragte sich oft, woher er diese Gabe hatte, da Skrymir doch alles Zerbrechliche abgelehnt und sie selbst es geschafft hatte, hart zu werden. Aber mittlerweile war diese harte Schale wohl porös wie der Stein, den Fjálli eben mit Jóns Hilfe nach draußen schaffte, und sie konnte nur hoffen, dass er ihr gegenüber nicht so feinfühlig war. Lainidh stimmte unterdessen ein anderes Lied an, von einer Frau, die kein goldenes Haar hatte wie Sif, jedoch einen roten Mund und damit Gott Freyr betörte. Als der um sie warb, wurden die roten Lippen schmal. Er drohte ihr mit Einsamkeit, wenn sie ihn nicht nähme, aber Einsamkeit machte ihr keine Angst, er drohte mit Trübsal, wenn sie ihn abwies, auch das war ihr gleich. Auf ewig um ihn weinen würde sie, wenn sie ihn noch einmal ausschlüge, sagte er. Sie verneinte jedoch und erwiderte, sie werde auf ewig lachen. Wütend vermählte Freyr sie mit einem zweiköpfigen Riesen.

Der kleine Bjössi gluckste in einem fort. Ríona wischte sich den Schweiß von der Stirn. Kein Feuer konnte heiß genug sein, das Unbehagen zu vertreiben.

»Ich habe noch nie von zweiköpfigen Riesen gehört«, sagte sie erbost. »Du machst dem Kleinen Angst damit.«

Lainidh ließ die Harfe sinken. »Er ist doch viel zu jung, um die Geschichten zu verstehen.«

»Noch ist es so. Aber wenn du dich daran gewöhnst, sie ihm vorzusingen, wird er irgendwann schlecht träumen.«

»Kann es sein, dass vielmehr du davor Angst hast, schlecht zu träumen?«

Ein Kichern entfuhr Ríona, das so abscheulich klang, wie wohl das Lachen eines zweiköpfigen Riesen klingen würde. »Denkst du, zweiköpfige Riesen machen mir Angst?«

Plötzlich schien Lainidh zwar keine zwei Köpfe, dagegen zwei Gesichter zu haben. Das eine wirkte unbeteiligt, gedankenverloren, verträumt wie immer, das andere warf ihr jenen durchringenden Blick zu, der geradewegs in ihre Seele schauen mochte.

Ríona senkte rasch den Kopf. »Nun, Bruder Alfred macht mir schon eher Angst«, antwortete sie. »Er mag es nicht, wenn du von den Göttern singst.«

»Es sind doch nur Lieder.«

War das so?

Ríona wagte kaum den Kopf zu heben. Als sie es tat, sah sie, dass Lainidh sich längst abgewandt hatte, und ehe sie sie umrunden konnte, hörte sie über sich ein lautes Flügelschlagen. Wuch, wuch, wuch. Ríona blickte hoch zum Himmel, konnte kaum glauben, was sie sah, als sie den schwarzen Fleck dort oben wahrnahm. Ob er gegen den Wind ankämpfte oder sich ihm ergab, ließ sich nicht sagen – jedenfalls flog Muir so hoch, wie er lange nicht mehr geflogen war. Seit er sich am Fleisch es toten Wals gelabt hatte, schließlich an Feldmäusen, die Ríona eigenhändig erbeutet hatte, war er zwar ausreichend zu Kräften gekommen, um sich wieder in die

Lüfte zu schwingen. Doch bislang hatte er das getan, weil er es musste, um Beute zu machen – an diesem Tag schien er jenes Vergnügen zu finden wie einst, wenn er stundenlang mit seinem Weibchen Kreise gezogen hatte.

»Muir scheint es wieder gut zu gehen«, sagte Lainidh strahlend. Ríona glaubte gar, eine Träne darin schimmern zu sehen, keine von den bitteren, nein, eine, die glänzte wie die Glasperlen, die die Isländer so liebten.

»Ich habe nicht gewusst, dass dir Muir so viel bedeutet«, murmelte Ríona.

»Er bedeutet dir viel, und deswegen freue ich mich.«

Jene Worte schnitten viel tiefer in ihr Herz, als sämtliche Lieder. Die Lieder rührten an die Frage, wie sie ihre Liebe zu Jón verbergen konnte. Ihre Freudentränen aber kamen dem Geheiß gleich, dass sie diese Liebe unmöglich weiterleben durfte. Das wusste sie, solange sie in die feuchten Augen blickte, und erst recht, als Lainidh wieder nach ihrer Harfe griff.

»Das Feuer«, sagte Fjálli, »du darfst das Feuer nicht ausgehen lassen.«

Doch, dachte Ríona, genau das muss ich tun. Ich muss es löschen.

In der Nacht lag sie lange wach, rang mit einer Entscheidung. Wobei sie diese eigentlich längst getroffen hatte, es jetzt nur mehr galt, sie umzusetzen, so wie Prins, sobald er glühendem Eisen eine Form gegeben hatte, dieses noch in kaltes Wasser tauchen musste, damit es erhärtete. Das Zischen, das dabei ertönte, klang immer ein wenig so, als würde das Eisen gequält aufschreien. Dabei fühlte Eisen doch nichts – und auch sie war in diesem Augenblick wie tot. Ganz nüchtern sagte sie sich: Ich darf das Schicksal nicht länger herausfordern. Ich habe mehr gehabt, als mir zustand. Einen Frühling, fast einen ganzen Sommer lang durfte ich mich jung fühlen, lebendig, hatte einen Körper, der sich nicht ob der Last, sondern ob der Lust krümmte, habe nicht vor Anstrengung geächzt, habe wohlig gestöhnt.

Aber jetzt ... jetzt war es Zeit, es zu beenden, und da sie sich nun dazu durchgerungen hatte, wollte sie es so schnell wie möglich hinter sich bringen. Sie erhob sich, lugte hinter die Trennwand, Jón lag auf seiner Schlafstatt, schlief tief und fest.

Sie trat zurück. Vielleicht war die Tatsache, dass sie nachts wieder mehr schliefen, nicht jeden Augenblick nutzten, um sich heimlich zu treffen, ohnehin ein Zeichen dafür, dass ihre Leidenschaft langsam erlosch, dass es besser war, das Flämmchen gleich zu ersticken, anstatt zuzusehen, wie es bläulich flackerte. Plötzlich fiel ihr jedoch etwas anderes auf. Neben Jón lag ein Fellberg, der vermuten ließ, dass Lainidh darunter lag. Allerdings ruhten auf dem Kissen aus Reisig keine blonden Locken.

Sie lag nicht dort, hatte nur den Anschein erweckt, sie täte es.

O Lainidh!

Sie dachte den Namen nur, sprach ihn nicht aus. Sie wusste auch so, dass sie keine Antwort bekommen würde. Leise verließ sie das Langhaus, trat in den Hof. Die Nächte waren nur kurz, selbst mitten in der Nacht vermeinte sie, die Sonne würde nicht schlafen, würde sich hinter einem Tor verstecken und jede Ritze nutzen, um hindurchzulugen.

»Lainidh!« Dieses Mal rief sie den Namen, bekam trotzdem keine Antwort, hörte etwas anderes, ein Quietschen. Der Wind rüttelte am Stalltor, das nicht ordentlich verschlossen war. Was macht Lainidh im Stall?, fragte sie sich, und eine Ahnung stieg in ihr hoch, noch ehe sie ihn betrat, Lainidh neben einer der Kühe hocken sah. Sie versuchte, sie zu melken, so wie sie es am ersten Tag auf Island gelernt hatte. Seitdem hatte sie kaum geübt, brachte lediglich ein paar Tropfen zustande, keinen dicken weißen Strahl. Gerade einmal der Boden von jenem hölzernen Eimer mit Deckel, der benutzt wurde, um die Milch zu transportieren, war bedeckt. Offenbar hatte sie vor, nicht nur diese mitzunehmen. Neben ihr lagen zwei Lederbeutel, der eine so ausgestülpt, dass Ríona die Harfe darin vermutete, der andere wohl mit getrockneten Beeren, Samen, Wurzeln gefüllt. »Lainidh.«

Lainidh schien sich nicht ertappt zu fühlen. Als sie hochblickte, stand in ihrem Gesicht die gleiche Entschlossenheit geschrieben wie an dem Tag, da sie Jón zu heiraten erklärt hatte. »Kannst du dich an unsere Reise auf dem Schiff erinnern, das uns hierherbrachte?«, fragte sie leise. »Du hast mir geraten, die Menschen stets ganz genau zu beobachten, wäre das doch der einzige Weg, dass unsereins so etwa wie Macht bekäme.«

Lainidh senkte den Blick, starrte nun wieder auf das Euter. Die Kuh fand nichts dabei, dass sie mitten in der Nacht gemolken wurde. Von ihrem Leib ging Wärme aus, von Lainidhs nicht.

»Du frierst«, murmelte Ríona, »komm zurück ins Haus … schlaf noch ein wenig …«

Lainidh schien sie nicht zu hören. »Ich habe deinen Rat immer befolgt«, fuhr sie fort, »ich habe auf jede noch so kleine Regung geachtet, meist so, dass es die Menschen gar nicht merkten. Manchmal dachte ich, die Gabe zur Beobachtung wäre nutzlos wie Musik. Nur weil man weiß, was Menschen tun, kann man nichts daran ändern. Aber manchmal hilft das Wissen doch, weil man dann weiß, was man selbst tun muss.« Sie hielt kurz inne. »Ich werde gehen.«

Zum ersten Mal stahl sich etwas Raues, Heiseres in ihre Stimme, ein Zeichen von Kränkung oder ein Zeichen dafür, dass es für sie anstrengend war zu melken.

Ríona machte einen Schritt auf die junge Frau zu, trat auf etwas Weiches. Erst jetzt sah sie, dass Lainidh nicht nur Proviant und ihre Harfe eingepackt hatte, offenbar auch ein Bündel mit Kleidern.

»Wenn jemand geht, dann ich.«

Lainidh ließ das Euter los. »Ich werde gehen«, wiederholte sie. »Ich wollte schon gehen, seit ich euch vor einigen Wochen zum ersten Mal am Strand sah. Zuvor musste ich mir allerdings sicher sein, dass es Muir gut geht. Wenigstens um ihn musst du dir nun keine Sorgen mehr machen. Mit den Sorgen, die du dir um mich machen wirst, kannst du leben.«

»Nein, das kann ich nicht!« So viele Worte lagen Ríona auf der Zunge.

Ich weiß, dass das, was ich getan habe, schändlich ist und nicht zu vergeben. Ich habe dir deinen Mann gestohlen, ich habe dir seine Liebe gestohlen. Du hast an uns alle gedacht, als du Jón geheiratet hast. Ich habe nur an mich selbst gedacht, während ich bei ihm lag.

Doch das Einzige, was sie am Ende hervorbrachte, war: »Ich liebe dich.«

Lainidh richtete sich auf. »Nein«, sagte sie kühl, »das tust du nicht.«

»Lainidh, bitte! Ich weiß, das ist schwer zu glauben nach allem, was ich tat. Und ich will auch nicht leugnen, dass diese Liebe zu schwach war oder ich nicht stark genug, um meine Gefühle für Jón zu bekämpfen, meine Sehnsucht danach, mich jung zu fühlen, begehrt zu werden. Aber … aber sie ist echt. Ich liebe dich wie eine Tochter.«

»Nein«, sagte Lainidh, und ihre Stimme wurde zur Waffe, »das tust du nicht, und das hat nichts mit Jón zu tun. Dass er in unser Leben trat, machte keinen Unterschied. Du hast mich nie geliebt. Du hast mich *gebraucht*.«

Ríona hätte sich den Vorwurf gefallen lassen, dass sie ihre Liebe zu Lainidh beschmutzt hatte, nicht, dass diese eine Lüge war.

»Dich gebraucht?«, rief sie. »Ich habe dich all die Jahre beschützt! Ich habe für dich geschuftet. Ich habe dir die Zeit geschenkt, damit du singen, auf der Harfe spielen konntest. Ich bin dir in den Ascheregen gefolgt. Ich habe …«

»Ich wollte nicht sagen, dass ich dich nicht auch brauchte«, fiel Lainidh ihr ins Wort. »Ohne dich wäre ich vielleicht tot, das stimmt. Ich denke dennoch, du wärest ohne mich ebenso tot. Ich bin der Grund, aus dem du überlebt, dich nie aufgegeben hast. Ich bin das Stück Holz, an das du dich geklammert hast, als du auf dem Meer der Verzweiflung getrieben bist.«

Ríona wurde der Mund trocken, als sie erkannte, dass Lainidh recht hatte. Damals auf dem Schiff wäre sie dem ungeborenen Kind in die schwarze, kalte Tiefe gefolgt, wäre Lainidh nicht gewesen und der Drang, sie zu beschützen. Ohne das Mädchen hätte sie nicht die Kraft gefunden, die Schwitzhütte zu betreten, in der der nackte Skrymir gehockt war. Sie hätte nicht unermüdlich geschuftet und ihren Körper gestählt. Sie hätte nicht damit leben können, nicht länger Caitri zu sein, wenn nicht zumindest das zarte, verletzbare Mädchen ein solches hätte bleiben dürfen. Es war ein Irrtum zu glauben, Lainidh wäre ein Schatten. Die Kerze war sie, die die Finsternis, die sich immer wieder in ihr auszubreiten gedroht hatte, stets aufs Neue bezwang.

»Nur weil ich dich brauche, heißt das nicht, dass ich dich nicht auch liebe«, sagte Ríona leise. »Dass ich nicht bereit wäre, jedes Opfer für dich zu bringen.«

»Du verstehst mich nicht!«, rief Lainidh, und etwas glomm in ihrem Blick auf, das verriet: Ich bin zwar nicht stark, aber zäh. »Ich will nicht, dass du ständig für mich Opfer bringst. Ich wäre so gern diejenige, die das selbst tut! Als ich Jón geheiratet habe, dachte ich, ich könnte dir etwas zurückgeben, wäre nicht länger das schwächliche Mädchen, sondern die entschlossene Frau.«

»Ich hätte das sein müssen! Ich hätte mich Jón niemals hingeben dürfen. Er ist dein Ehemann, und daran werde ich mich künftig halten. Ich werde nie wieder bei ihm liegen, ich werde ihm nie wieder auch nur einen Blick zuwerfen, ich werde nie mehr ein Wort sprechen und …«

»Ja, denkst du, ich bin auf dich böse, weil du mir Jón genommen hast? Ich bin auf Jón böse, weil er mir dich genommen hat.«

»Ach, Lainidh, ich wollte dich nicht belügen, betrügen, hintergehen …«

»Das alles macht mir nichts aus. Es tut nur weh, dass du ihn liebst, wie du ihn liebst. Du hast mich einst vor ihm gewarnt, meintest, er würde irgendwann wie alle anderen Männer werden. Aber das stimmt nicht. Du hast keine Angst *vor* ihm. Du hast höchstens Angst *um* ihn. Ich war dir nie eine ebenbürtige Gefährtin, er dir aber ein ebenbürtiger Geliebter. Ich habe die Wunden, die das Leben dir geschlagen hat, nur verbunden, sodass kein frisches Blut daraus tropft. Er hat sie geheilt. Du kannst nun aufrecht gehen, ohne dich auf mich zu stützen.«

»Würde ich dich verlieren, ich wäre für immer zerstört.«

»Das stimmt nicht. Fjálli kann aus vielen Steinen eine Mauer bauen, er wird auch die Scherben deines Herzens zusammenkleben. Jón wird seinen warmen Mantel ausbreiten und Muir wieder seine Kreise ziehen. Mich brauchst du nicht … nicht mehr.« Lainidh war unwillkürlich zurückgewichen, sodass ihr Gesicht im Dunkeln lag. Nun war sie doch wieder ein Schatten, keine Kerze, ließ nicht zu, das Ríona eine solche für sie wurde, sie wärmte, sie beleuchtete. Was immer sie vor ihr verbarg – gekränkten Stolz oder gekränkte Liebe, die Bereitschaft, ein weiteres Opfer zu bringen, indem sie aus ihrem Leben verschwand, oder nur Überdruss über eine Welt, in der Männer immer lauter brüllten als Frauen sangen –, sie würde es mit sich selbst ausmachen. »Ich werde gehen«, sagte sie wieder.

»Wohin willst du denn gehen?«

»Ich mache es wie Urta.«

»Bist du verrückt? Du kannst unmöglich in der Einsamkeit überleben! Ich bin sicher, auch Urta konnte es nicht, und sie kannte die Insel besser als du.«

»Ich bringe mich durch.«

»Nein, das wirst du nicht! Denkst du, ich lasse dich einfach fortgehen?«

»Natürlich denke ich das nicht. Sobald du hier im Stall erschienen warst, wusste ich, dass du alles tun würdest, mich daran zu hindern.«

Ríona verschwendete zu viel Zeit, diese Worte zu verstehen. War deshalb nicht vorbereitet, als Lainidh sich blitzschnell bückte, jenes Holzgefäß nahm, dessen Boden mit Milch bedeckt war, ihr die Milch ins Gesicht schüttete. Wieder verschwendete Ríona viel zu viel Zeit – dieses Mal, um aufzuschreien, zurückweichen, die Augen zusammenzukneifen. Da hatte Lainidh schon ihre Lederbeutel gepackt, war aus dem Stall gestürmt, hatte den Riegel vorgeschoben.

»Lainidh!«

Ríona trommelte mit den Fäusten gegen Stalltür.

Erst schrie sie, um Lainidh aufzuhalten, aber sie kehrte

nicht zurück. Dann schrie sie, um die Bewohner im Haus zu wecken, damit diese sie befreiten, aber der Wind, der den Herbst ankündigte, stöhnte zu laut.

Sie suchten Lainidh mehrere Tage lang und drangen dabei tiefer in die Insel vor, als Ríona es je gewagt hätte – in eine Ödnis, die von der Grabesruhe der Ewigkeit kündete. Sie wusste, der Erdenmutter Jörd war es völlig gleich, was die Menschenkinder trieben. Nichts weiter waren sie als Ameisen, die sie nicht spürte, weil ihre Haut zu hart war, entweder aus Stein oder Eis oder schwarzen, zerklüfteten Lavafeldern, auf denen nur spärliches Moos spross. Und dennoch klang das ferne Rumoren von Bergen und Gletschern wie ein grimmiger Vorwurf.

Ihr habt hier nichts verloren, das ist nicht euer Reich.

Ríona achtete nicht darauf, ging weiter und weiter, begann, die unterschiedlichen Grautöne zu zählen, zahlreicher hier als Sand am Meer, bekundend, dass selbst das Unfruchtbare, das Nutzlose, mehr Nuancen kannte als ihre Gefühle es taten. Von diesen verfolgte sie nur eines: Verzweiflung.

Der Regen befreite die Luft von Staub, hell und klar standen die Seen in der kristallenen Luft, spiegelten die umliegenden Berge wie ihr Gesicht. Das Wasser war zu kalt, den Durst zu löschen, das eigene Antlitz ihr fremd. Sie glaubte, Eis zu atmen, aber noch waren Zunge und Lippen nicht zu steif gefroren, um zu sagen: »Weiter, wir müssen weiter!«

So entschlossen Jón sie bislang begleitete hatte – am dritten Tag hielt er inne, um sich länger auszuruhen, als er es sich bislang gestattet hatte.

»Wir finden sie nie«, sagte er leise.

»Wir müssen sie finden«, beharrte sie, »wir haben keine andere Wahl.«

Jón widersprach nicht, das Land aber schien über sie zu spotten.

Der Mensch hat niemals eine Wahl. Der Mensch ist bestimmt zu sterben, da ist alles. Und hier hinterlässt er noch nicht einmal eine winzige Spur.

Nichts würde daran erinnern, dass sie durch diese zerklüfteten Täler gegangen waren, dass sie hochgeschaut hatten zum Himmel, um festzustellen, dass kaum mehr Vögel flogen, dass sie heißen Quellen ausgewichen waren, die unter der Erdkruste brodelten. Jener ewige Kampf zwischen Eis und Feuer, aus dem diese Insel hervorgegangen war, ging auch ohne Zuschauer vonstatten, die ihn bestaunten, beklatschten oder ihn fürchteten. Angebracht war nur ein Verstummen, denn die Stille war mächtiger, als jedes Wort es sein konnte.

Mit jedem Tag wuchs ihre Verzweiflung. Jón musste nicht wieder sagen, dass sie sie nicht finden würden – sie wusste es ja selbst. Und auch wenn er es verschwieg – Alda begann zu klagen. Sie war bereitwillig mit ihnen aufgebrochen, sorgte sie sich doch nicht minder um Lainidh. Irgendwann verharrte sie allerdings, erklärte, dass sie es – gingen sie noch weiter – nicht wieder zurückschaffen würden, gleich so, als wäre die Insel das Maul eines Raubtiers, das den verschlang, der zu tief hineinschaute und nicht rechtzeitig die Flucht ergriff.

»Ich kehre um«, erklärte Alda, »ich will leben.«

Mit Alda ging auch Prins, was der noch größere Verlust war, kannte er, der so oft Sumpferz und Holz gesucht hatte, die Insel doch am besten.

Ríona blickte den beiden nach, stampfte auf – was auf dem weichen Moos nicht zu hören war –, rief: »Weiter, wir müssen weiter!« Gerade weil Jón nicht widersprach, verlor ihr Trotz an Macht, und was zurückblieb, war nicht Verzweiflung, die immerhin anspornte, nur Verzagtheit. »Weiter«, murmelte sie, »ich muss weiter. Aber du gehst heim zu Muir und Fjálli und Dísa. Wir haben sie lange genug allein gelassen.«

Die Luft war nicht länger klar, graue Schwaden hingen schwer auf dem Land, wurden dichter, sodass sie sich fragte, ob das der gefürchtete Eisnebel war, aus dem die Menschen nicht mehr herausfanden, wenn sie erst einmal hineingerieten.

»Ríona!«, sagte Jón.

Sie hatte auf ihn eingeschlagen, als er sie damals aus dem Stall befreit hatte, hatte in den letzten Tagen seine Hand nicht ergreifen wollen, wenn er sie ihr auf einem steilen Stück gereicht hatte, hatte sich an seinem Körper nicht wärmen wollen, wenn sie nachts in einfachen Zelten und auf Fellen geschlafen hatten. Nun aber fand sie sich plötzlich in einer Umarmung wieder, von der sie nicht wusste, ob sie sie selbst gesucht hatte. Sie schmiegte ihren Kopf an seine Brust.

»Ich kann dich nicht auch noch verlieren«, stieß sie hervor.

»Das ergibt doch keinen Sinn«, murmelte er, strich über ihr Haar. »Die Kraft, die du brauchst, um dich gegen die Liebe für mich zu wehren oder dich dafür zu bestrafen, fehlt dir bei der Suche nach Lainidh.«

Als sie den Kopf hob, las sie etwas in seinem Blick, das sie an den unbekümmerten Knaben von einst erinnerte, und doch war er ihr nie so alt, so weise erschienen. Da wusste sie, sie durfte sich nicht noch länger in etwas verrennen, das aussichtslos war. Sie würden Lainidh niemals finden, wenn diese es nicht wollte … wenn die Insel aus Eis und Feuer es nicht wollte.

»Wir müssen heimkehren«, gestand sie. »Wenn wir weitermachen, verlieren wir uns selbst, ehe wir Lainidh finden.«

Nicht dass nicht bei jedem Schritt das schlechte Gewissen

wuchs, weil sie bei aller Liebe zur angenommenen Tochter das eigene Wohl – auch das von Fjálli und Muir – vor ihres stellte. Doch selbst wenn sie nicht wusste, welche Gefühle Lainidh zuletzt für sie gehegt hatte – sie hätte sie gewiss verachtet, wäre sie einen sinnlosen Tod gestorben.

Kurz bevor sie heimkamen, wurden aus den Regentropfen zum ersten Mal in diesem Jahr Schneeflocken. Sie schmolzen nicht sofort, färbten zuvor Jóns Haar weiß. Selbst in der kältesten der zurückliegenden Nächte hatte sie nicht so gefroren wie nun bei diesem Anblick.

Dísa scheute Kälte und Schnee nicht. Obwohl sie am liebsten am Herdfeuer hockte, kam sie ihnen entgegengestürzt. Ríona war überrascht, dass ausgerechnet sie sich über ihre Heimkehr freute, stellte alsbald aber fest, dass nicht Freude sie ins Freie trieb, eher der Wunsch, endlich die Neuigkeit loszuwerden, die sie jüngst von einem fahrenden Händler erfahren hatte.

»Er schwört, dass er Lainidh gesehen hat, wie sie jenes Schiff bestieg, das jüngst von den Orkneyinseln kam und nun wieder dorthin zurückkehrt.«

»Sie ist gar nicht in die Wildnis gegangen?«, fragte Jón verwirrt.

»Mein Gott«, stieß Ríona aus, als ihr aufging, dass Lainidh sie zweimal getäuscht hatte. Sie hatte die Milch nicht gemolken, um ihren Proviant aufzustocken, sondern um sie ihr ins Gesicht zu schütten. Und sie hatte vorgegeben, Urtas Weg zu folgen, damit sie sie im Landesinneren suchten, nicht in Reykjavik.

»Wir müssen ihr sofort folgen!«, rief sie.

»Das Schiff hat doch schon vor ein paar Tagen abgelegt«, erklärte Dísa.

Tage, da sie nutzlos die Wildnis durchstreift hatten …

»Dann müssen wir ihr eben auf einem anderen folgen.«

»Ich kann mir nicht vorstellen, dass jetzt, da die Winterstürme beginnen, noch eines ablegt.«

Als wäre es dem Himmel nicht gleichgültig, was die kleinen Menschen trieben, würde vielmehr einen Spaß daran finden, über sie zu spotten, drehte sich der Wind und peitschte ihnen die Schneeflocken ins Gesicht.

Ríona begann trotzdem loszulaufen, kam aber nicht weit. Jón hielt sie auf.

»Es hat doch keinen Sinn!«

»Ich muss sie suchen! Ich muss sie finden.«

Sein Griff lockerte sich nicht. Wieder überkam sie das Verlangen, ihn zu schlagen, am Ende umarmte sie ihn nur, dachte an seine Worte, dass sie bloß sinnlos Kräfte verschleuderte, wenn sie sich wegen der Liebe zu ihm verfluchte.

»Wir werden sie suchen, wir werden sie finden«, erklärte er, »aber erst im Frühling. Dann brechen wir mit Fjálli und Muir auf und fahren mit dem ersten Schiff zu den Orkneyinseln.« Er hielt inne. »Wir werden sie suchen, wir werden sie finden«, wiederholte er. »Und werden am Ende alle glücklich sein.«

Sie war nicht sicher, was die größere Herausforderung war. Sie war auch nicht sicher, ob die Aussicht, in Richtung Süden aufzubrechen und der einstigen Heimat nah wie nie zu kommen, Angst machte oder die Hoffnung nährte, seine Worte könnten wahr werden.

Südosten Irlands

Fionn kam im Herbst nach Irland zurück, sah, als in der Ferne Land sichtbar wurde, nichts Vertrautes. Der Kapitän steuerte nicht den flachen, sandigen Osten der Insel an, sondern den Süden mit seinen vielen Buchten, die tief ins Land hineinschnitten, seinen von der See umtosten Klippen, an denen so leicht ein Schiff zerschellen konnte. Immerhin gab es einen Hafen, Cork, der sich gut erreichen ließ – zumindest, wenn man oft und tief genug in die Augen vom wilden Weib Meer geblickt und deshalb dessen Launen kannte und vorhersehen konnte. Hier war es wärmer als im restlichen Irland, und in der Luft hing selbst jetzt noch der süße Geruch von Blumen, die anderswo längst verblüht waren. Ihre bunten Köpfe waren jedoch nicht zu sehen, da sich eine Nebeldecke über das Land gesenkt hatte. Dieses schien in den frühen Morgenstunden noch unschlüssig, ob es sich darunter aufbäumen oder lieber verstecken wollte. Fionn wiederum war unschlüssig, ob ihm gefiel, was er erblickte. All die Jahre hatte er keinen Nebel gesehen, zumindest keinen so dichten, aber just dieser Anblick führte dazu, dass sich jener Nebel, der sich über sein Gemüt gesenkt hatte, lichtete.

Ich habe es tatsächlich geschafft, dachte er, ich bin am Ziel. Oder eigentlich doch nicht. Ich bin lediglich an den Ausgangspunkt meiner vierzehnjährigen Reise zurückgekehrt …

Abenteuerliche Monate lagen hinter ihm. Jeden Tag hatte er so viel erlebt, dass er sich schon am nächsten kaum mehr daran erinnern konnte. Die Gruppe Händler, der er sich in

Sevilla angeschlossen hatte, war zunächst nicht in Richtung Norden aufgebrochen, wie er erhofft hatte, sondern in Richtung Südosten gezogen, nach Granada. Eine Weile hatte er dort gelebt und sich vergewissert, dass es noch Orte gab, an denen arabische Bücher gelesen, arabische Lieder gesungen wurden und Ärzte praktizierten, die deutlich mehr von ihrer Wissenschaft verstanden als er. Bei erstbester Gelegenheit war er mit einer weiteren Gruppe Kaufleute nach Almería weitergereist, konnte dort aber nicht mit Bestimmtheit sagen, ob das dieselbe Stadt war, in der er einst mit Ennis angekommen war. Seine Erinnerungen glichen keinen Steinen, die man nebeneinanderlegen, polieren, von allen Seiten betrachten konnte, eher einzelnen Tropfen, die in einer riesigen Pfütze, schmutziger noch als der ferne Nebel, zum grauen Einerlei verschmolzen. Nur Ramira würde nicht zu einer grauen Erinnerung werden – wenn auch nicht zu einer bunten. Für Weiß und Schwarz stand sie, für nichts dazwischen. Es war ihm schwergefallen, Abschied zu nehmen, nachdem sie Sevilla erreicht hatten und Ramira wortlos davongegangen war.

»Warte!«, hatte er gerufen, war ihr nachgehastet. »Muezza ist einfach verschwunden, du sollst anders aus meinem Leben gehen. Schau mich an, schau mich noch einmal an!«

Sie hatte ihn tatsächlich angeschaut, und kurz hatte er sogar ein vorsichtiges Lächeln wahrzunehmen geglaubt. Es bewies, dass sie ihn nie vergessen würde, selbst wenn sie es wollte, und dass sie, wenn sie seiner gedachte, mehr fühlen würde als nur Scham. Doch diese würde stets das heftigste Gefühl bleiben, und um sie nicht weiter zu quälen, hatte er sie gehen lassen müssen, darauf hoffend, dass sie irgendwann wieder als Kalligrafin arbeiten würde.

Der Gedanke, niemals mehr etwas von ihr zu hören, tat ihm weh, erinnerte an den Schmerz darüber, auch nichts von

Ríonas Geschick zu wissen. Doch dieser Schmerz wurde ihm zum Ansporn, wandelte sich gar zur irrwitzigen Hoffnung, die Insel so vorzufinden, wie er sie verlassen hatte – gleich einem Mann, der morgens sein Haus verließ und abends mit zwei fetten Lachsen, die er gefangen hat, ins vertraute Heim zurückkehrte.

Erst jetzt, da in der Ferne diese Küste sichtbar wurde, gestand er sich den Irrtum ein, wusste, dass er sich selbst betrogen hatte, weil er nur so die Kraft gehabt hatte, als *hakim* genügend Geld zu verdienen, um einen Kapitän zu finden, der ihn auf seinem Schiff in den Norden mitnahm.

Ich kehre nicht heim. Ich bin auch hier ein Fremder.

Neben der Küste wurden in der Ferne Häuser sichtbar, so winzig noch, als würden keine Menschen, sondern Trolle darin leben. Vor diesen hatte der Kapitän keine Angst, aber eben gab er hektische Befehle, galt es doch nicht nur gefährliche Riffe zu umschiffen, sondern sich auch vor den Seeungeheuern in Acht zu nehmen, die vorzugsweise in Küstennähe auf der Lauer lagen. *Peist* war der Name für das schlimmste dieser Untiere, so riesig, dass es ein ganzes Schiff verschlucken konnte. Andere waren kleiner, hatten dafür spitze Stacheln, mit denen sie Löcher ins Schiff bohren und es zum Sinken bringen konnten. Und dann gab es solche, die vorzugsweise die Gestalt eines Pferdes annahmen, aus dem eine Walfischflosse wuchs.

»Wenn sie an Land gehen, fällt die Flosse ab«, erklärte der Kapitän eben, »das heißt allerdings nicht, dass sie nun gewöhnliche Pferde sind. Setz dich nie auf ein Pferd, wenn du nicht weißt, wem es gehört.«

Das hatte Fionn ohnehin nicht vor, obwohl er vor der Frage stand, was er tun sollte, sobald das Schiff anlegte, wohin er sich durchschlagen würde. In Richtung Dublin, in Richtung Norden? An keinem dieser Orte wartete jemand auf ihn.

Nun, zunächst war alles, wonach er sich sehnte, fester Boden unter den Füßen. Und Wald, dunkler, feuchter, duftender Wald. Noch sah er keine Bäume, sah nur, wie die Häuser größer wurden, sah die Rauchsäulen, die von ihnen hochstiegen. Und da waren Menschen, viele Menschen.

Eben noch hatte der Kapitän den Befehl gegeben, das Segel einzuziehen, nun erstarrte er.

»Was zum Teufel ist hier los?«

»Wie es aussieht, ist heute Markttag«, murmelte Fionn, hatte immerhin nun eine Ahnung, wie der Tag, der vor ihm lag, aussehen würde. Wenn sich so viele Menschen an einem Fleck versammelten, war mindestens einer von ihnen krank, könnte seine Hilfe gebrauchen, und …

»Es ist nicht Markttag, es ist …«

Der andere verstummte. Oder nein, er wurde zum Verstummen gebracht. Von jenem Pfeil, der plötzlich in seinem Hals steckte, ohne dass Fionn ihn hatte kommen sehen. Der Kapitän war nicht minder davon überrascht worden. In seinem Blick standen kein Schreck, kein Schmerz. Er fuhr sich an den Hals, wollte den Pfeil herausziehen, doch seine Hände hatten nicht genügend Kraft. Schon ließ er sie sinken, schon kippte sein Körper um. Und Fionn, der ihn hatte auffangen wollen, duckte sich unwillkürlich, als ein Regen aus weiteren Pfeilen auf sie herabging. Eine Weile blieb er hocken, dann robbte er zu dem Kapitän. Noch war sein Ächzen lauter, als die Kampflaute in der Ferne es waren. Doch dieses verstummte bald, während das Klirren von Waffen, das Gebrüll von Kriegern, das Geheule ihrer Opfer anschwollen.

Hilflos starrte Fionn auf den Kapitän. Sein Blick war starr, kein Bedauern über seinen Tod war herauszulesen, nur Überraschung, weil er sich sein Leben lang vor den Wesen im Meer gefürchtet hatte, obwohl doch die am Land die gefährlichsten waren.

Ihm war nicht mehr zu helfen, einem Mann, der nicht weit von ihm entfernt ebenfalls auf den Boden gesunken war und dem ein Pfeil aus den Schultern ragte, vielleicht schon noch.

Fionn kroch zu ihm.

»G... g... gegen das Gift von Pfeilen«, stammelte der Unglückliche, »h... h... hilft die Milch von einer weißen Kuh.«

»Bis wir eine weiße Kuh gefunden und gemolken haben, bist du tot.«

Er brach das Stück Pfeil ab, das aus der Wunde ragte, in der Hoffnung, dass man nun leichter die Spitze herausziehen könnte, die die Schulter durchbohrt hatte.

Ob ihm das gelungen wäre, würde er nie erfahren, denn im nächsten Augenblick machte das Schiff einen Ruck. Er krachte gegen die Reling, blieb kurz liegen, rollte drei Mal um die eigene Achse, krachte wieder gegen etwas, offenbar den Mast. Als er sich endlich wieder aufgerichtet hatte, konnte er den Verletzten nirgends mehr sehen. Die anderen Männer schrien, deuteten wild um sich. Sie waren geistesgegenwärtig genug gewesen umzudrehen, um sich vom Kampfgeschehen zu entfernen, doch es war zu spät. Mehrere kleine Boote kamen auf sie zu, die Männer darauf schossen weitere Pfeile auf ihr Schiff ab, Steine, gar Speere.

Während Fionn sich noch nach dem Verletzten umsah, packte ihn einer der Männer. »Nun los, spring!«

Ob er wirklich selbst ins Wasser sprang oder nur, weil der andere ihn stieß, wusste er hinterher nicht mehr. Er wusste auch nicht mehr genau, ob er schwimmen konnte. Ennis hatte ihn einmal als Kind ins Wasser gestoßen und behauptet, wer in der Irischen See ersöffe, sei kein echter Ire. Nun, ertrunken war er damals ganz offensichtlich nicht, und auch an diesem Tag konnte er sich mit wildem Strampeln über dem eiskalten Wasser halten. Als echter Ire fühlte er sich gleichwohl nicht. Das Land, das er wenig später betrat, schien überdies gar nicht Irland zu sein, es war die Hölle.

Offenbar war tatsächlich Markttag gewesen, denn das, was da in Flammen aufging, waren nicht nur Häuser und Hütten, es waren auch Verkaufsstände. Ein Haus war heil geblieben, aus Stein gebaut und offenbar ein Kloster. Doch in Sicherheit waren die Menschen, die sich dort versteckten, bestimmt nicht. Eben kam schreiend ein Mann mit Kutte und Tonsur herausgerannt, wobei das Geschrei abrupt abriss. Als er niedersank, sah Fionn eine Streitaxt in seinem Rücken stecken.

Fionn hockte noch am schlammigen Ufer, sah sich nach einem besseren Versteck um, aber das Einzige, was er erblickte, waren eine Frau und ein Kind, die vor einem Krieger davonliefen. Das verlieh ihm endgültig die Kraft und den Mut, sich aufzurichten, auf sie zuzulaufen, sich zwischen sie und den Krieger zu stellen. Ein sinnloser Tod, die beiden sterben ohnehin, fuhr es ihm durch den Kopf. Doch nicht die Mutter starb, nicht das Kind und auch nicht er – stattdessen der Krieger, der gerade sein Schwert gehoben hatte, aber nun selbst wie ein gefällter Baum umfiel. Was ihn getroffen hatte, ob ein Pfeil oder ein Speer, sah Fionn nicht genau, er stellte nur fest, dass neben den mordenden Angreifern weitere Horden Krieger in die Stadt einfielen, diese offenbar mit dem Ziel, Cork zu verteidigen und die Feinde zu vertreiben. Bevor er erkennen konnte, wer den Kampf für sich entschied, hüllte ihn eine derart dichte Rauchwolke ein, dass ihm nichts anderes übrig blieb, als sich auf den Boden zu hocken, das Gesicht auf die Knie zu pressen, zu hoffen, dass er weder erstickte noch totgetrampelt wurde.

Ich wollte doch den Geruch von Wäldern einatmen, nicht den von Rauch, dachte er. Und er fragte sich, ob er eine Art Todesengel war, weil überall, wohin er seine Schritte setzte, ob kurz oder lang Krieg herrschte. Er kam zu keiner Antwort, denn jäh zog von der See ein starker Wind auf, der den Rauch von ihm wegtrieb. Vorsichtig hob er den Kopf, seine Augen tränten zwar, aber das Atmen tat nicht mehr so weh.

Ob es wirklich vorbei war?

Auch auf diese Frage fand er keine Antwort. Es zählte ja auch nicht, ob es vorbei war. Es zählte allein, dass von den vielen Verwundeten, die rund um ihn lagen – auf dem Steg, auf dem Marktplatz, vor den brennenden Häusern – etliche noch lebten. Er sprang auf, hastete zum ersten, bezeugte dessen letzten Atemzug. Der nächste, den er erreichte, lebte etwas länger, aber auch er starb, ehe Fionn überhaupt erkennen konnte, woran. Der dritte brüllte, schlug um sich. Jemand hatte ihm sein Bein abgehackt, doch er schien nicht einzusehen, dass es verloren war, umklammerte es mit beiden Händen. Ihn wiederum umklammerte ein weiterer Mann, um ihn zu beruhigen und zu erklären, dass man den Stumpf am besten in einen Eimer mit siedendem Öl hielt.

Unsinn, ging es Fionn durch den Kopf. Am wichtigsten ist es, den Stumpf abzubinden. Das war wiederum nicht möglich, weil der Mann sein Bein einfach nicht losließ, sondern begann, mit diesem um sich zu schlagen. Fionn wich geschickt aus.

Bis jetzt dachte ich ja, die größte Gefahr drohte meinen Daumen. Von einem abgehackten Bein erschlagen zu werden, ist was Neues.

Dennoch überließ der den Rasenden nicht seinem Schicksal, band seinen Lederbeutel vom Rücken, kramte darin, fand einen Schlafschwamm. Er hatte keine Ahnung, ob der noch wirkte, war er schließlich nass geworden, aber er presste ihn dem Verletzten dennoch vors Gesicht. Seine Regungen erstarben, schließlich sank er zurück, sein Bein hielt er jedoch immer noch umklammert.

»Was … was ist das?«, traf ihn die Stimme des Mannes, der den Beinstumpf mit siedendem Öl hatte behandeln wollen. Erst jetzt musterte Fionn ihn etwas genauer, stellte fest, dass er zwar groß gewachsen, aber bucklig war, bereits graues Haar hatte und eine *lés* bei sich trug, jene Tasche, die in Irland einen Heiler als solchen auswies. Anstatt ihm zu antworten, nahm er das abgeschlagene Bein, lagerte den Stumpf darauf. Besser wäre ein Holzklotz oder ein großer Stein gewesen, nur war beides in der Nähe nicht zu finden. »Was ist das?«, fragte der Mann wieder.

»Ein Schlafschwamm … Man muss ihn dem Verletzten vor Nase und Mund pressen.«

»Um ihn zu ersticken?«

»Natürlich nicht! Falls er stirbt, liegt das am Blutverlust, nicht am Schlafschwamm. Wo ist es denn nun, das Öl? Es muss nicht siedend heiß sein, wäre es Lein- oder Lilienöl, würde es trotzdem gut helfen.«

Der Heiler starrte ihn ratlos an, während Fionn ein Stück Stoff von seiner Tunika riss, um den Stumpf abzubinden. »Ich dachte, man hätte Öl heiß gemacht, um es auf die Angreifer zu schütten«, erklärte der Mann, »aber ich finde keines. Vielleicht … vielleicht kann man die Wunde ja mit Mehl bestäuben.«

»Du willst Mehl auf eine offene Wunde geben?«, rief Fionn entsetzt. »Wenn überhaupt, sollte man sie mit Rosenwasser, Essig oder Wein reinigen. Wobei im Moment vor allem zählt, dass der Verletzte kein Blut mehr verliert – ist es mehr als das, was in zwei Weinschläuche passt, stirbt er.«

Der Mann starrte immer noch ratlos auf ihn herab. »Wie

kommt es, dass ich dergleichen noch nie gehört habe? Ich bin doch ein *olave-liaig*.«

Vage erinnerte sich Fionn daran, dass dieser Titel nur den größten aller Ärzte zukam, aber noch hatte er keine Zeit, darüber nachzudenken. Erst band er den Stumpf ab, begnügte sich damit, dass die Blutung aufhörte. Danach zog er ein Stück Hautlappen über die Wunde, umschloss sie damit und steckte die Haut mit Nadeln fest. Nähen durfte man eine solche Wunde nicht, damit der Eiter, falls sich das Fleisch entzündete, abfließen konnte.

Später half er einem Mann, den ein Pfeil in den Fuß getroffen hatte, indem er die Spitze herauszog und einen Strick um den Schenkel band, um den Blutfluss zu unterbrechen. Schließlich blickte er sich um, sah, dass jene Krieger, die den Angriff auf Cork zurückgeschlagen hatten, ihren Feinden nicht nur nachsetzten, sondern alle, die sie in die Hände bekamen, enthaupteten. Die Mühe herauszufinden, ob einer der Fliehenden vielleicht ein Einwohner Corks war, der sich nur in Sicherheit hatte bringen wollten, machten sie sich nicht.

Fionn lief zur Vorsicht zurück zum *olave-liaig*, und nun fiel ihm wieder ein, dass dessen Titel nicht nur bekundete, ein außergewöhnlich großer Heiler zu sein, nein, der eines Königs, dem ein Platz an dessen Tafel zustand.

»Welchem der vielen Könige, die es in Irland gibt, dienst du?«, fragte er.

»Na, dem Hochkönig. Dort hinten ist er!« Erst jetzt sah Fionn nicht weit von ihnen entfernt einen alten Mann auf einem Pferd sitzen, mit grauem schütterem Haupthaar, aber leuchtend rotem Bart.

»Wer ist denn gerade der Hochkönig von Irland?«, fragte Fionn.

Der Heiler starrte ihn an, als wäre er vollends verblödet.

»Na, wer wohl, natürlich Brian Boru! Kein Hochkönig Irlands war jemals so mächtig wie er.«

»So mächtig kann er nicht sein, wenn Feinde über Cork herfallen.«

»Sie haben die Stadt nur verwüstet, sie nicht bekommen. Das wird ihm eine Lehre sein.«

»Das wird *wem* eine Lehre sein?«

»Natürlich Sitric, dem König von Dublin. Schon vor vielen Jahren hat er sich gegen Brian Boru erhoben. Jetzt ist er so dumm, es noch einmal zu versuchen. Es war sein Sohn Oleif, der Cork überfallen hat. Aber ich denke, wenn wir seinem Vater seinen Kopf schicken, wird der zur Vernunft kommen.«

»Oleif ist tot?«

»Noch nicht. Er konnte auf einem Schiff entkommen, ist in Richtung Süden gesegelt, wo er wohl eine neue Attacke plant. Spätestens dort werden wir ihn allerdings besiegen.«

Durch die Stimme des anderen klang Genugtuung, Fionn hingegen fühlte nur Erschöpfung. Er schüttelte sie ab. Er wollte zwar nicht länger vom Krieg hören, jedoch den Opfern dieses Krieges helfen, beugte sich über den Mann, der sein Bein verloren hatte, betrachtete den Stumpf genauer. Die Wunde sah aus, als hätte ein riesiges Raubtier das Bein abgebissen. Damit sie heilen konnte, würde er noch ein weiteres Stück abschneiden müssen. Er griff nach seinem Lederbeutel und holte jenes Instrument aus besonders gehärtetem Metall heraus, halb Säge, halb Messer, das man in Córdoba zur Amputation verwendete.

»Lieber Himmel, was ist denn das?«, rief der Arzt.

Fionn hatte keine Zeit, es ihm zu erklären. »Kannst du ihn festhalten? Der Schlafschwamm hat nicht genügend Wirkung.«

Der *liaig* tat nichts dergleichen. Er packte den Lederbeutel, wühlte darin herum, zog ein weiteres Instrument hervor. »Welch ein Zauberwerk!«

»Das ist nur eine Spritze.«

»Eine … was?« Schon zog er weitere Instrumente hervor.

»Damit wird das Innere der Harnröhre untersucht«, erklärte Fionn, »damit wird ein Fremdkörper aus der Speiseröhre entfernt, und damit wird ein Zahn gezogen. Hältst du ihn nun endlich fest?«

Der Arzt betrachtete weiter fasziniert die Instrumente. So reglos wie der Verletzte vor ihm lag, musste Fionn wohl ohnehin nicht befürchten, dass der sich zu winden begann, kaum dass er das Messer ansetzte, um ein Stück Haut zu lösen. Fionn atmete tief ein, beugte sich tiefer über ihn. Er hatte noch nicht zum Schnitt angesetzt, als er plötzlich aufgebrachte Stimmen hörte.

»Seht doch nur! Er hat eine Waffe! Er will ihn töten!«

Er blickte hoch. Bevor er diese Worte auf sich bezog, ihm aufging, dass man ihn des Mordes anklagen könnte, donnerte etwas Hartes auf seinen Hinterkopf. Die Klinge eines Schwertes war es nicht. Dennoch war der Schmerz so groß, dass er vornüberkippte. Das Letzte, was er fühlte, war Erleichterung, dass er nicht auf den Beinstumpf fiel, sondern auf den matschigen Boden.

Er kam wieder zu sich, was nicht hieß, dass er auch bei sich war. Über dem eigenen Körper schien er zu schweben, von oben hinunterzublicken, wie er etwas verdreht dalag, mit einer Beule am Hinterkopf. Weder fühlte er Schmerzen noch konnte er sich bewegen. Vielleicht bin ich tot, dachte er gleichgültig. Vielleicht ist alles nur ein Traum, nicht nur der letzte Tag und das letzte Jahr, das ganze Leben. Und immer noch regte sich kein Entsetzen, keine Trauer.

Er schloss die Augen, ohne gewahr zu werden, dass er sie überhaupt geöffnet hatte. Was folgte, war keine gnädige Ohnmacht, sondern ein unruhiger Schlaf. Irgendwann drang ein Stöhnen zu ihm, von dem er nicht wusste, ob es andere ausstießen oder er selbst es tat. Warum aber sollte er stöhnen, wenn er keine Schmerzen empfand? Als er allerdings die Augen wieder aufschlug und Sonnenlicht ihn traf, das eben noch von dunklen Wolken verdeckt worden war, schien es ihm, als würde eine Streitaxt seinen Kopf treffen, ihn nicht nur in zwei Hälften spalten, ihn in viele Scherben zerhauen. Doch irgendetwas hielt diese zusammen, fesselte die Seele an den Körper.

Nicht dass auch nur ein Glied den Befehlen folgte, die sein Kopf ihnen gab. Er versuchte, sich auf einen Arm aufzustützen, der knickte weg. Er wollte sich auf den Bauch wälzen, dabei schienen sich die Beine zu verknoten. Wieder blieb er eine Weile liegen, dieses Mal kam das Stöhnen eindeutig aus seinem Mund. Allerdings wurde es von anderen Schmerzenslauten übertönt – diese von Männern ausgestoßen, die neben ihm hockten, nein, lagen. Sie waren in einem noch erbärmlicheren Zustand als er. Einer hielt sich einen Arm, aus dem ein Pfeil ragte, und brüllte besonders laut auf, wenn sie wieder einmal kräftig durchgerüttelt wurden. Sie lagen in einem Wagen, und der rollte wohl gerade über einen besonders unebenen Weg. Es gelang ihm nun doch, sich aufzustützen, und er versuchte, zu dem Mann mit dem Pfeil zu robben. Da lag indes ein weiterer zwischen ihnen. Wo der verwundet war, ließ sich nicht sagen, nur dass sein Gesicht bleich und schmerzverzerrt war. Fionn tastete seinen Körper ab, stutzte sogleich wieder. Der Mann trug Fesseln.

Sie waren Kriegsgefangen … Sklaven …

Seufzend sankt Fionn zurück. Ob das Leben nun ein Traum war oder nicht – es schien sich immer im Kreis zu drehen. Sie würden sie zum Sklavenmarkt bringen, von dort in ein fremdes Land, womöglich Eunuchen aus ihnen machen … Wobei es in Córdoba ja keinen Bedarf an Eunuchen mehr gab. Während seine Gedanken noch kreisten, hatte er unwillkürlich seine Hände gehoben, stellte nun fest, dass diese nicht gefesselt waren, seine Beine auch nicht. Und als er sich noch fragte, warum man ihm mehr Gnade angediehen ließ als den Männern neben ihm, vernahm er eine Stimme.

»Na? Ausgeschlafen?«

Er blickte in das Gesicht des Mannes, der neben dem Wagen ritt. Es war der *olave-liaig*. Fionn klammerte sich an die Holzwände des Wagens, versuchte sich hochzuziehen, fühlte einen pochenden Schmerz am Hinterkopf.

»Was …«, setzte er an, und mit seiner Zunge verhielt es sich wie zuvor mit den Gliedern. Sie schien regelrecht verknotet.

»Wir sind auf dem Weg nach Cenn Corad«, erklärte der *liaig*, »Brian Borus Burg in Munster.«

Eine Weile stieß Fionn mit der Zunge gegen den Gaumen, als müsste er sich erst wieder vergewissern, wie viel Platz er uberhaupt hatte, um Worte zu bilden. »Warum … warum bin ich nicht gefesselt?«, brachte er schließlich hervor.

»Weil du kein Kriegsgefangener bist. Man glaubte zwar, dass du jenen Verletzten nicht heilen, vielmehr ermorden wolltest, und hat dich deswegen niedergeschlagen. Aber ich konnte Brian Borus Krieger überzeugen, dich am Leben zu lassen und dir die Freiheit zu schenken.«

Nie hatte er sich weniger frei gefühlt, vielmehr wähnte er sich im eigenen Körper gefangen. Immerhin konnte er die Hand heben, den Nacken abtasten. Er fühlte die Beule, verkrustetes Blut, Dreck. Er sollte die Wunde abtupfen, sollte … Fieberhaft tastete er seinen Körper ab.

»Suchst du etwa das hier?«, fragte der *olave-liaig*. Fionn konnte den Kopf gerade weit genug heben, um am Gürtel des anderen seinen Beutel hängen zu sehen.

»Du hast mir meine Instrumente gestohlen!«

»Ein geringer Preis für dein Leben, wie mir scheint.«

Empörung stieg in ihm hoch, aber er konnte sie schlucken. Deutlich schwerer fiel ihm das mit dem säuerlichen Speichel, der ihm aus den Mundwinkeln quoll. Mit jeder Radumdrehung, wuchs seine Übelkeit, doch noch musste er sich nicht übergeben.

»Was nutzen dir meine Instrumente, wenn du nicht weißt, was man mit ihnen anstellt?«, fragte er.

»Eigentlich will ich sie dir gar nicht stehlen, ich will sie mir von dir erklären lassen. Das ist übrigens einer der Gründe, warum ich dich gerettet habe. Aber es gibt noch einen anderen.«

»Welchen?«

Der *liaig* antwortete nicht sofort, und Fionn war trotz seiner Neugier dankbar dafür. Das Reden war so anstrengend, selbst das Zuhören war anstrengend … und zu denken erst recht. Er sank zurück, schloss die Augen, schien auf einem Meer zu treiben, ruhig und schwarz. Doch als er sich wieder aufrichtete – nein, der Heiler des Hochkönigs ihn hochzog –, stieg ihm kein salziger Geruch in die Nase, und schwarz waren hier nicht die Fluten, schwarz waren die Schatten, die die Bäume warfen.

Bäume … sie standen dich beisammen … bildeten einen Wald … So lange hatte er einen solchen nicht gesehen, so lange einen solchen nicht gerochen. Plötzlich waren die Schmerzen im Nacken erträglich, plötzlich ließ die Übelkeit nach, plötzlich wusste er, warum er sämtliche Mühen auf sich genommen hatte, um hierher zurückzukehren, und er wusste auch wieder, was Heimat war: der Geruch von vom Regen durchtränkten Moos, von dunkeln Sümpfen, von Harz, das aus den mächtigen Baumstämmen von Ahorn und Eiche tropfte.

Er merkte kaum, wie er aus dem Wagen stieg, auf einen Baum zulief, ihn umarmte wie einen lieben, verloren geglaubten Menschen … einen Menschen wie Ríona …

Tränen stiegen in ihm hoch, als ihm aufging, dass er sie nie mehr umarmen würde, nie erfahren, ob sie noch lebte. Aber er war in Irland. Und Irland war noch sein Zuhause. Er rieb sein Gesicht an der Rinde, bis er die Haut aufschürfte. Diese Wunden waren ihm jedoch, wenn sie auch schmerzten, willkommen, diese Wunden wurden nicht von ewigen Kriegen oder Schlachten geschlagen, sie waren der Preis dafür, noch Wurzeln zu haben, noch Wurzeln zu spüren, von ihnen genährt zu werden. Er löste sich von dem Baum, wankte dennoch nicht, konnte gehen.

»Und das ist der andere Grund«, kam wie von weither die Stimme des *liaig*. »Du bist nicht mehr ganz jung, aber immer noch jung genug, um auch nach einer Verletzung wieder zu Kräften zu gelangen und wieder gerade Schritte zu machen. Wenn wir uns mit Bäumen vergleichen, bist du hart wie eine Ulme, ich bin weich wie eine Trauerweide. Ich kann nicht sehr lange gehen und erst recht nicht lange reiten. Nach Cenn Corad schaffe ich es – hingegen nicht von dort in den Osten.«

»In den Osten?«, fragte Fionn. Er war nicht sicher, wohin er wollte – Hauptsache, es gab dort Wälder.

»Brian Boru ist alt wie ich, aber wer glaubt, er ist deswegen morsch, ist ein Narr. Brian wird nach Dublin ziehen, um den Aufstand dort niederzuschlagen. Ich bin mir sicher, es wird ihm gelingen, allerdings wird er viele seiner Männer dafür opfern müssen. Damit es so wenig wie möglich sind, sollte ein tüchtiger Arzt ihn begleiten.« Er hielt kurz inne, und noch bevor weitersprach, hatte Fionn eine Ahnung, wie sein Leben in den nächsten Monaten aussehen würde. »Ich selbst kann ihm meine Dienste nicht anbieten – jedoch einen würdigen Ersatz. Nämlich dich.«

Orkneyinseln

Es hieß, die Orkneyinseln seien ein paar Felsbrocken, die ein Riese auf dem Weg vom Land der Scoten nach Island ins Meer hatte fallen lassen. Angeblich waren sie zunächst schroff und unbewohnbar gewesen, doch der Meereswind hatte so lange darübergefegt, bis runde Hügel daraus geworden waren. Menschen hatten sich angesiedelt, und bis heute ließen sie Kühe und Schafe auf Wiesen grasen, die Ríona grüner erschienen als die auf Island. Aber vielleicht trogen sie ihre Sinne auch, und der Frühlingshimmel wirkte nur deshalb so durchdringend blau, weil ihr in den letzten Monaten alles grau vorgekommen war.

Vor der Herberge, wo sie auf einer Bank aus Stein Jóns Rückkehr harrte, war ein Mönch damit beschäftigt, getrocknete Brennnesselstauden zu bearbeiten. Er teilte die Blätter mit dem Fingernagel der Länge nach und höhlte die Fasern aus. Dann drehte er mehrere von ihnen wie Taue ineinander, um sie später in die Einkerbungen einer leeren Muschelschale zu legen.

»Wenn man Öl hineingießt und den Halm entzündet, brennt er nahezu endlos«, murmelte er.

»Kann ich dir helfen?«, fragte sie.

Vielleicht würde ihre Hoffnung so auch länger brennen, wäre nicht nur ein Funken, der verglomm, kaum hatte er sich einmal übermütig in der Luft gedreht. Vielleicht würde sie sich dann nicht so nutzlos fühlen, weil sie schon wieder oder immer noch wartete, in jedem Fall nichts tun konnte, um Lainidh zu finden und nach Hause zu holen.

Schon mit dem Schiff, auf dem sie Island verlassen hatten, war es ihr nicht schnell genug vorangegangen, obwohl ein laut heulender Wind das Segel gebläht hatte, so stark, dass der Mast beinahe gebrochen wäre. Als endlich Land in Sicht gekommen war, wäre sie am liebsten in die Fluten gesprungen und zur Küste geschwommen, um schneller anzukommen. Doch Jón hatte sie davon abgehalten, und sie hatte warten müssen, bis ihr Schiff inmitten der vielen anderen einen Platz am hölzernen Steg fand. Sobald sie den Steg betreten hatten, hatte sie Wortfetzen in irischer Sprache aufgeschnappt. All die Gerüchte, die sich den Winter über selbst im fernen Irland verbreitet hatten, waren also wahr: In Irland stand eine große Schlacht zwischen Iren und Nordmännern bevor, und der König von Dublin ließ überall im Norden Krieger anwerben.

Eine große Schlacht, hatte Ríona bang gedacht, eine Schlacht, die Krieger anzieht wie der Kadaver eines Schafes die Fliegen … und irgendwo mitten darin Lainidh.

»Es gibt so viele Menschen hier, die wir nach ihr fragen können«, hatte Jón gesagt und versucht, zuversichtlich zu klingen.

Ríona hätte am liebsten sofort mit der Suche begonnen. Nur wegen Fjálli, der seinerseits Muir in einem Käfig trug, ließ sie sich von Jón überreden, erst einmal Unterschlupf in einer Herberge zu finden. Sie lag etwas außerhalb der kleinen Siedlung um den Hafen, und dass die paar Mönche, die hier Pilger verköstigten, ihnen Einlass gewährten, lag einzig daran, dass sie zu den wenigen Menschen gehörten, die keine Waffen bei sich trugen. Das Gästehaus war eine lang gezogene Hütte, dessen Boden mit Stroh bedeckt war.

»Du wartest hier«, erklärte Jón, »ich höre mich um. Inmitten dieser vielen rohen Männer werde ich wohl schneller eine

Antwort finden, wenn du als Frau keine Aufmerksamkeit auf dich ziehst.«

Sie fügte sich ihm, doch es fiel ihr schwer. Eine Weile hockte sie sich zu Fjálli und Muir, bis der Junge eingeschlafen war, später befiel sie eine große Unrast, sodass sie nach draußen ging, dem Mönch mit den Brennnesselstauden half. Schließlich lief sie in Richtung Strand, wo Schafe Seetang fraßen. Als die Sonne unterging, verblasste sein Grün, und als es fast schwarz war, kam Jón zurück. Schon von Weitem sah sie, dass er keine Neuigkeiten bringen würde, und tatsächlich musste er wenig später kleinlaut zugeben, dass alle von der Schlacht sprachen, von dem berüchtigten Brian Boru mit dem roten Bart, von König Sitric, der sich gegen ihn auflehnte, aber nicht von einer blonden, jungen Frau.

Der Name der beiden Könige brachte etwas in ihr zum Klingen, als wäre die Saite einer Harfe zum Schwingen gebracht worden, noch nicht einmal von Lainidhs zarten Händen, nur von einem Windhauch.

Doch sie hörte nicht auf diesen Ton, rief verzweifelt: »Es ist nicht möglich, dass niemand sie gesehen hat! Eine blonde, zarte junge Frau wie sie muss einfach jemandem aufgefallen sein.«

Jón zuckte hilflos mit den Schultern. »Vielleicht hat sie ihr Haar verborgen, sich als Mann ausgegeben.«

»Wie sollte das bei ihrer Statur gelingen? Du musst weiter suchen, weiter fragen!«

»Gewiss. Aber erst morgen.«

Ríona war sicher, keinen Schlaf finden zu können, nickte am Ende doch ein, versank so tief in Dunkelheit, dass sie sich, als sie erwachte, nur langsam wieder darauf besann, wo sie war – auf einer Insel nur aus Felsen und Erde, nicht auch aus Eis –

und was ihr Jón über dieses Eiland erzählt hatte. So karg es war, es war immer umkämpft worden, denn anders als Rinder und Schafe, die nur um fruchtbare Weiden stritten, war der Mensch das einzige Tier, das auch nach Schroffem, schier Unfruchtbarem gierte. Das Volk, das ursprünglich hier gelebt hatte, war längst von Norwegern vertrieben worden. Mittlerweile wurden diese wiederum missmutig von den Schotten beäugt, die sie wohl am liebsten ins Meer gestoßen hätten. Bis jetzt war der Jarl, wie man den Herrn der Insel bezeichnete, mächtiger als diese. Sigurd hieß er, und am besten, so dachte Ríona an diesem Morgen, wäre es doch, ihn selbst nach Lainidh zu fragen.

Der Mönch wies ihnen den Weg zum Langhaus des Jarls, das den Häusern von Island glich, nur länger war, dickere Mauern hatte und dessen Dach nicht mit Grassoden, sondern mit Steinplatten und Geröll bedeckt war.

Entschlossen schritt sie an Jóns Seite darauf zu, sah sie doch vor der Tür keine Krieger stehen, die ihren Herrn bewachten. Dennoch hielt eine unangenehme Stimme sie davon ab einzutreten: »Das ist der falsche Zeitpunkt, den Jarl zu stören.« Jón und Ríona fuhren herum. Zwei Frauen standen nicht weit vom Haus entfernt, die eine so alt, dass ihr Gesicht gefurchter als das von Urta schien, aber mit lebendigen Augen, die andere noch jung, dafür mit leerem Blick. Beide waren wohl keine Sklavinnen oder Bäuerinnen, denn ihr Haar wurde nicht nur von einem sehr feinem Schleier, auch von einem Goldband, auf dem bunte Steine prangten, gebändigt. »Er führt eben eine wichtige Unterredung«, erklärte die Alte. »Der König von Dublin bittet ihn nicht nur um Truppen, er will, dass Sigurd sie selbst in die Schlacht führt. Der Herr der Insel Man scheint dazu bereit zu sein.«

»Ich verstehe nicht«, mischte sich die andere ein, deren

Stimme unverhohlen verdrossen klang, »warum Sigurd für eines anderen Mannes Macht kämpfen soll. Zeig mir einen Wolf, der ein Schaf reißt und die Beute für seinen Gefährten liegen lässt.«

Die Alte kicherte. »Zeig mir einen Wolf, der dumm genug ist, einen Bären anzufallen, anstatt sich zu ducken und ins Gebüsch zu verziehen! Du wirst keinen finden, hingegen immer genügend Männer, die sich mit einem stärkeren Gegner anlegen.«

»Weh dir, Eithne! Du hältst also deinen eigenen Sohn für zu schwach, um Brian Boru zu besiegen?«

»Ich denke wie du, dass Brian Boru zu besiegen allein Aufgabe von Sitric von Dublin ist, nicht die von Sigurd. Aber der hat nun mal seine Mutter geschickt, um um ein Bündnis zu buhlen, und ihre Worte scheinen für ihn mehr Gewicht zu haben als deine, Platula, und meine, sonst hätte man uns nicht hinausgeschickt.«

Ríona hatte genug gehört, um zu dem Schluss zu kommen, dass die eine die Mutter von Jarl Sigurd sein musste, die andere seine Gattin. Schon stürzte sie auf die beiden zu, fragte nach Lainidh. Sie tat es mit vor Angst und Sorge wirren Worten, und Jón musste sie wenig später wiederholen, damit die beiden sie verstanden. Die Alte kicherte oder hustete fortwährend, der Blick von Platula wurde müde.

»Ich fürchte, blonde junge Frauen und Harfenmusik haben viel mit Worten gemein«, sagte sie. »Sie haben kein Gewicht wie ein Stein oder ein Krieger, und somit hinterlassen sie keine Spuren. Wobei ich nicht weiß, ob Krieger Spuren auf dieser Welt hinterlassen. Die Ernte, die sie einfahren, ist nichts anderes als der Tod, und der macht weder satt noch kann man ihn aussäen, auf dass er wenigstens im nächsten Jahr Frucht bringt.«

Das Husten wurde lauter, sodass Platula Eithne auf den Rücken schlug. »Fester, nur fester«, höhnte die, »dann zerbreche ich womöglich in zwei Teile und hab dieses leidige Leben auf dieser leidigen Welt endlich hinter mir.« Ríona starrte sie nachdenklich an. Etwas an Jarl Sigurds Mutter erinnerte sie an Urta, die sich gern abgeklärt gegeben hatte, halb spöttisch, halb gleichgültig, jedenfalls über alles erhaben. Als Eithne tief genug Atem geschöpft hatte, fuhr sie fort: »In Irland steht jedenfalls ein großer Krieg bevor, wenn es denn überhaupt ein Krieg ist. Drischt man mit der Gerte auf ein Pferd, weil es sich aufbäumt, führt man keinen Krieg, man beweist ihm nur, wer der Herr ist. Ich fürchte, jeder Mann, der Brian Boru zu Fall zu bringen versucht, wird wie das Pferd enden, auch Sigurd. Nur können wir es ihm nun mal nicht ausreden. Ein altes Weiblein wie ich kriegt noch nicht mal die Gerte ab, selbst ein Fluch in seine Richtung wäre zu viel Mühe, es ist auf dieser Welt schlichtweg unsichtbar. Nicht dass ich damit hadere. Die Spinne, die in einer grauen Ecke ihr Netz webt, zertritt man nicht.«

Ríona lauschte noch nachdenklicher, musste wieder an Urta denken, auch an etwas anderes – an Lainidhs Worte, wonach sie es wie diese halten wollte. War damit wirklich gemeint gewesen, sich von dieser Welt zurückzuziehen, in die Wildnis zu gehen?

Altes Weiblein … unsichtbar … graue Ecke … Spinne … echoten Eithnes Worte in ihr …

Die Gedanken, die ihnen folgten, glichen den Brennnesseln. Jede Faser für sich war dünn, aber drehte man mehrere ineinander, konnte man daraus den Docht einer Lampe machen. Und dann war da noch die Erinnerung an das, was Jón am Tag zuvor gesagt hatte, dass Lainidh sich nämlich womöglich als Mann ausgegeben hatte.

»Sie … sie hat sich tatsächlich verkleidet«, stieß sie unvermittelt aus. »Zwar nicht als Mann, aber wenn sie sich das Haar färbt, das Gesicht mit Dreck beschmiert, sodass man die glatte Haut nicht mehr sieht, und ihren geraden Rücken zum Buckel krümmt, geht sie als Alte durch. Und wer achtet schon auf eine solche? Vielleicht war es ein Fehler, nach einer blonden jungen Frau mit einer Harfe zu suchen. Wir müssen nach einem alten Weib mit Harfe fragen!«

Ríona wollte sich gerade an die beiden Frauen wenden, um genau das zu tun, da bekundete ein Quietschen, dass sich das Tor des Langhauses öffnete. Ein stattlicher Mann trat heraus, den Ríona allein aufgrund seiner Haltung als Jarl Sigurd erkannte. Sein mit feinem Pelz verbrämter Umhang und seine Streitaxt, in deren Klinge Goldfäden eingearbeitet waren, taten ein Übriges, seinen hohen Rang zu unterstreichen.

»Überlege dir gut, was du gewinnen könntest«, sprach eine ältere Frau, die ihm gefolgt war, auf ihn ein. »Nichts Geringeres nämlich als Dublin. Hier auf den Orkneyinseln kannst du nur Schafe zählen, in Dublin hingegen Schiffe voller Gold und kostbarer Waren.«

»Du stellst mir eine Stadt in Aussicht, die ich nur gewinne, wenn ich den König von Dublin beerben sollte, und der hat Söhne«, sagte Sigurd.

»Einen von ihnen hat er gerade erst verloren: Bei Cork erlitt er eine vernichtende Niederlage gegen Brians Truppen.«

»Der Tote war dein Enkelsohn!«

»Die Tränen, die ich um ihn weine, sind meine Sache«, erwiderte die Alte. »Deine ist es, hier und heute eine Entscheidung zu treffen. Gewiss, ich kann dir Dublin nicht servieren, wie du mir vorhin einen Krug Honigmet serviert hast. Du musst es dir schon holen, anstatt hier hocken zu bleiben wie ein Schäfchen, das nur so viel Gras kauen kann, wie es der Strick um den Hals zulässt. Die Schlacht zwischen Brian und Sitric wird jedenfalls die größte sein, die je auf Irlands Boden ausgefochten wurde.«

Sigurd runzelte die Stirn. »Es müssen sehr viele sterben, bis man mich König von Dublin nennt.«

»Würde man dich Sigurd den Tapferen nennen, wenn deine Widersacher allesamt noch lebten?«

»Wie nennt man eigentlich dich?«, fragte der Jarl, »Etwa die Verstoßene?«

Die andere straffte den Rücken. »Man nennt mich die Frau zweier Könige. Ich könnte mir vorstellen, auch noch die Frau eines dritten Königs zu werden.«

Ein heiseres Lachen entfloh Sigurds Mund. »Du bietest mir ausgerechnet deine Hand an? Du, die du die Mutter des Mannes bist, dessen Erbe ich will? Besser, ich erwählte seine Tochter.«

Die andere ließ den Spott an sich abperlen. »Auf dieser Welt ist vieles in Unordnung geraten. Wenn Sitric, der König eines so winzigen Reiches, dem mächtigen Hochkönig Brian Boru die Stirn bieten kann, kann es sein, dass eine Alte mehr zu bieten hat als das, was du zwischen den Schenkeln einer Jungen findest.«

»Die Welt mag sich verändern, aber die Erde wird sich immer unten befinden, der Himmel immer oben.«

»Das würdest du nicht behaupten, hättest du die gleiche unruhige Schifffahrt von Dublin hierher gemacht wie ich. Wenn ich sie heil überstanden habe, wird auch dein Kuss meine Knochen nicht brechen.«

Erneut stieß Sigurd ein Lachen aus, das dem seiner Mutter Eithne glich. Dann zog er die Alte tatsächlich an sich, presste seine Lippen auf ihre. Ríona stand wie erstarrt da, konnte nicht glauben, was sie sah. Als sie den Mund öffnete, kam kein Ton hervor – Platula quiekte an ihrer Stelle auf.

»Er will doch nicht ernsthaft eine weitere Frau neben mir nehmen!«, stieß sie aus. »Und schon gar nicht eine so alte. Hast du nicht eben gesagt, eine solche wäre unsichtbar? Und die nun wird geküsst.«

»Nun ja«, Eithne kicherte. »Es scheint, die Jahre auf dem Buckel haben nicht ganz so viel Gewicht, wenn das Haupt zwei Kronen getragen hat. Diese Frau dort war die Gattin von zwei Königen.«

»Und wurde verstoßen!«

»Das wird auch Sigurd mit ihr tun, sobald sie ihren Nutzen erfüllt hat. Ob er einen für sie und Sitric hat, wird sich zeigen. Ich habe geträumt, wie er, ein Rabenbanner haltend, stirbt. Aber das muss nichts bedeuten. Ich habe viele wirre Träume, so diesen, dass ich ewig lebe, weil der Tod Angst vor mir hat. Lass uns am Herdfeuer rasten.«

Wieder hustete sie lange – oder kicherte. Danach wankte sie auf das Tor zu, Platula folgte ihr, und unauffällig schlüpften sie an Sigurd und der Alten vorbei.

Ríona machte ebenfalls einen Schritt in ihre Richtung, taumelte, stützte sich gegen an der Hauswand ab.

»Was … was hast du denn?«, hörte sie Jóns Stimme dicht an ihrem Ohr.

Ríona hieß ihn mit knapper Handbewegung zu schweigen, indes sich die Lippen von Sigurd und der Alten voneinander lösten, sie seinen Blick suchte: »So habe ich also deine Zusage, dass du mit deinen Männern in die Schlacht gegen Brian Boru ziehen wirst?«

»Ein Kuss ist mehr als eine Zusage. Ein Kuss ist ein Schwur.«

»Den nächsten bekommst du, nachdem du gesiegt hast.«

Die Augen des Jarls blitzten – ob amüsiert oder grausam ließ sich nicht sagen. Er nickte knapp, verschwand im Inneren des Hauses, indes die Alte eine Weile starr stehen blieb, sich dann mit der Hand an den Mund fuhr, um sich Jarl Sigurds Speichel abzuwischen. Ríona konnte ihr den Ekel nachfühlen. Nichts klebte an ihren eigenen Lippen, jedoch auf der Seele, und das ließ sich nicht so einfach abwischen. Abschütteln ließen sich nur die vielen, vielen Jahre, die zwischen diesem Tag und der letzten Begegnung mit der Frau lagen – sie schienen zu flüchtigen Augenblicken zu schrumpfen. Die Alte war noch dieselbe, immer noch grausam, immer noch berechnend. Und sie selbst war kurz auch noch dieselbe, nämlich das ohnmächtige, enttäuschte Mädchen, das sich Hilfe erhofft hatte und verraten worden war. Nur ihre Stimme hatte nichts mehr mit der dieses Mädchens gemein.

»Gormlaith«, sagte sie heiser.

Die andere fuhr herum, ihre Augen weiteten sich. Scharf sog sie den Atem ein, und kurz hoffte Ríona, sie möge daran ersticken. Sie tat es nicht, sagte vielmehr auch ein Wort. »Ríona«, stieß sie aus.

Es klang, als wäre ihr Mund voller Asche.

Augenblick um Augenblick verrann, da sie sich schweigend gegenüberstanden. Ríonas Gedanken bewegten sich ebenso wenig, schienen schwer wie Steine – nur, dass sich daraus keine Mauer aufbauen ließ, die sie vor dieser Frau schützte, vor ihren Erinnerungen.

Am Ende brachte sie nicht mehr über ihre Lippen als: »Sprich meinen Namen nicht aus.«

Sie wusste nicht, ob Gormlaith aus diesem Satz alle anderen heraushörte, die mitschwangen.

Du darfst meinen Namen nicht kennen. Du musst ihn an dem

Tag, da du mich verkauft hast, vergessen haben. Schließlich bist du eine gemeine, selbstsüchtige Frau, der es nur ums Geldverdienen ging.

Doch Gormlaiths schreckerstarrte Miene verriet, dass sie vom Echo dieses Namens nicht minder heimgesucht worden war wie sie selbst von ihrem. Die Miene verriet auch, was sie ihr einst von Herzen gewünscht hatte – quälende Schuldgefühle. Nicht dass sie das gnädig stimmte.

»Sprich meinen Namen nicht aus!«, wiederholte sie, fühlte, wie sich alle Gefühle von damals – ich bin allein, ich kann nichts tun – mit der Sorge um Lainidh verbanden, eine Scherbe daraus wurde, die ihr die Seele zerkratzte. Wie gern hätte sie der Alten wiederum das Gesicht zerkratzt, auch wenn sie hinter der fahlen, faltigen Haut kein frisches rotes Blut vermutete. Mit erhobenen Händen ging sie auf sie los.

»Ríona!«, rief Jón.

Sie war nicht sicher, ob er die Alte vor ihr schützen wollte oder sie vor sich selbst. Sie war gleichfalls nicht sicher, ob er das Recht hatte, sich in einen Kampf einzumischen, der allein der ihre war.

Ríona ließ die Hände trotzdem wieder sinken, lange genug, dass Jón Gormlaith nach Lainidh fragen konnte, einer blonden, zarten jungen Frau, die im Herbst von Island auf die Orkneyinseln gekommen war. Und sie hörte, wie Gormlaith ihm antwortete, in jenem nordischen Dialekt, der in Dublin gesprochen, im restlichen Irland verstanden wurde und der dem auf Island üblichen so weit glich, dass Jón keine Mühe hatte, ihr zu folgen.

»Ich halte nur nach Kriegern für meinen Sohn Ausschau, nicht nach einer blonden jungen Frau.«

Wieder schwollen Ohnmacht und Sorge und nackte Wut in Ríona zu einem dicken Knoten an. Wieder hob sie die Hände, war sie doch überzeugt, dass das Klatschen, wenn ihre Hand die alte Haut traf, das Einzige wäre, was diesen Knoten platzen, sie wieder frei atmen ließe. Am Ende schlug sie erneut nicht zu.

»Vielleicht hast du ja keine blonde junge Frau gesehen – jedoch eine alte, noch buckliger als du, das Haar grau vor Steinstaub, aber mit einer jungen Stimme … einer schönen Stimme.«

»Gesehen habe ich eine solche Frau nicht«, erwiderte Gormlaith nachdenklicher, »ich glaube hingegen, ich habe von ihr gehört.« Ríona sog scharf den Atem ein, wagte erstmals, Gormlaith eingehender zu betrachten, sah nicht länger die Frau vor sich, derentwegen sie von ihrem Liebsten getrennt worden war, nein, die Frau, die sie mit Lainidh zusammenbringen könnte. »Mein Sohn Sitric hat eine Schwäche für Barden«, fuhr Gormlaith eben fort. »Er lässt in der ganzen Welt nach besonders begabten suchen, auf dass sie nach Dublin kommen und für ihn spielen. Er belohnt sie nie mit dem Gold, das er ihnen zunächst verspricht – jedoch mit einer guten Mahlzeit und einem weichen Bett. Und unter den vielen Barden, die er um sich schart, damit sie demnächst seinen Triumph besingen, zählt auch ein Weib.«

»Seit wann?«, fragte Ríona atemlos.

Gormlaith zuckte mit den Schultern »Ich weiß nicht, wann es nach Dublin kam. Ich weiß erst recht nicht, ob es dort blieb. Sitric ist launisch. Was ihm heute gefällt, schmerzt ihn morgen in den Ohren.«

Deine Stimme schmerzt mich auch in den Ohren, dachte Ríona.

Jón erging es anders. »Sie lebt!«, frohlockte er, »sie hat es nach Irland geschafft.«

»Wir wissen nicht, ob sie es wirklich ist …«

»Aber wir können es hoffen!«, rief er eindringlich, und da sich bei ihm keine Geister der Vergangenheit zwischen ihn und diese Hoffnung schoben, klang kein Zweifel durch seine Stimme. Er wandte sich an Gormlaith: »Ich weiß, wer du bist. Für die Welt das Weib zweier Könige. Für Ríona die Alte, die ein Versprechen gab, das sie nicht einlöste. Es ist zu spät, es jetzt noch zu tun. Doch kannst du sie zurück nach Irland bringen – sie und mich und ihren Sohn und ihren Raben.«

Gormlaith zögerte, erklärte schließlich gedehnt, auf ihrem Schiff sei tatsächlich noch Platz.

Ríona konnte nicht entscheiden, ob die Bereitschaft, ihr zu helfen, ihren Grimm minderte oder ob die Aussicht, die nächsten Tage an Gormlaiths Seite zu verbringen, diesen anstachelte. Erst recht wusste sie nicht, ob sie Gormlaith trauen konnte. Nur eines wusste sie: Sie zu schlagen ergab keinen Sinn, noch nicht einmal, sie an den Schultern zu packen und sie zu rütteln. Es juckte sie zwar erneut in den Händen, die Wut, die Ohnmacht und die Angst um Lainidh würden damit jedoch nicht geringer werden, die Bitterkeit in ihrem Herzen wüchse nur. Und wer wusste schon: Wenn sie dem Hass nicht folgte, nicht noch mehr Schwärze in die Dunkelheit spuckte, wenn sie sich als großmütig erwies und der Rachsucht abschwor – vielleicht würde sie sich auf diese Weise ein wenig Lainidhs Vergebung verdienen.

Nicht dass sie Gormlaith für ihr Angebot danken konnte. »Gut«, sagte sie lediglich. »Warte hier, wir holen meinen Sohn und Muir.«

Sie suchte ein letztes Mal ihren Blick. Der von Gormlaith flackerte – aber ob es ein Zeichen von schlechtem Gewissen, von Trauer oder einfach nur von Erschöpfung war, ließ sich nicht sagen.

Sie selbst wich Jóns Blick aus, als er wenig später von ihr

wissen wollte: »Warum hast du sie eigentlich nicht nach Fionn gefragt? Gut möglich, dass sie weiß, was aus ihm wurde.«

Ríona blieb kurz stehen, ging danach umso schneller weiter. Lainidhs Name war ein spitzer Stein in einer offenen Wunde – unmöglich konnte sie einen Namen aussprechen oder bloß denken, der sich unter einer dick verhornten Narbe verbarg.

»Es wäre zu viel gewesen«, sagte sie schlicht. »Ich kann erst wieder an die Vergangenheit denken, wenn ich weiß, dass uns eine Zukunft mit Lainidh winkt.«

In der Nähe von Dublin

Brian Boru, Irlands Hochkönig, litt häufig unter Zahnschmerzen.

Nicht dass er das zugab. Ein Hochkönig musste schließlich stark sein, unverwundbar erscheinen, erst recht in jenem halben Jahr, da er nun schon die Revolte im Osten niederzuschlagen versuchte. Als sein Diener Laidann zu Fionns Zelt kam, um ihn zu holen, war denn auch nicht von Zahnschmerzen die Rede, nur, dass Brian Boru ihn sofort zu sehen wünschte. Fionn zog seine Schlüsse daraus. Der König hatte wohl eben das Morgenmahl beendet, und dieses setzte ihm, obwohl es nur aus Brei bestand, jeden Tag aufs Neue zu.

Fionn nickte Laidann zu, nahm sich allerdings noch die Zeit, die Wunde eines Kriegers zu nähen, die sich dieser bei Kampfübungen zugezogen hatte, und sie danach mit einem Sud aus Zwiebelsaft, Milch und Gerstenstängeln einzureiben. Erst danach folgte er dem Diener.

Der Pavillon des Königs befand sich auf einem kleinen Hügel, war von unzähligen Zelten umgeben, die höheren von diesen mithilfe von Lanzen errichtet, die niedrigeren, in denen man nur liegen konnte, mit Bündeln aus Binsen. Ob seines hohen Ranges als Leibarzt des Hochkönigs bewohnte er selbst eines, in dem man immerhin sitzen konnte – und das gleich in der Nähe der Feuerstelle, wo abends manchmal die Barden sangen. Allerdings hatten diese mittlerweile die Lust am Singen verloren – desgleichen viele Krieger zunehmend verdrossen wurden.

Kurz nach dem Überfall auf Cork im vergangenen September hatte noch viel Kampfgeist in ihnen gewohnt. Als Rache für den Angriff hatte Brians Sohn Murchad Leinster überfallen, und nachdem der König von dort, Máelmorda, gerade noch mit letzter Kraft nach Dublin geflohen war, hatte Murchad fast die ganze Provinz verwüstet, selbst das Kloster von Glendalough nicht verschont. Alle Menschen, die ihm in die Hände gerieten, waren versklavt worden, alle Tiere geraubt und geschlachtet. Gottlob hatte Fionn nichts davon mit eigenen Augen bezeugen müssen. Er war – im Gefolge von Brian Boru – erst später in Richtung Osten gezogen, als die schlimmsten Plünderungen vorbei waren.

Murchads Truppen hatten mittlerweile mit der Belagerung von Dublin begonnen, und Brian Borus verstärkten sie. Doch auch wenn das bedeutete, dass sich der Strick, der sich um König Sitrics Hals zog, dicker wurde – so leicht konnte man ihn nicht erwürgen, denn er war von der hohen Stadtmauer geschützt. Dahinter war es warm und trocken, während die Wiesen im Laufe des verregneten Herbstes immer sumpfiger geworden waren.

Um Weihnachten herum hatte Brian die Belagerung schließlich abgebrochen, den Rückmarsch nach Munster befohlen. Damit seine Männer gehorchten, genügten knappe eisige Befehle. Seinen Sohn Murchad musste er stets regelrecht anschreien. »Im Moment krepieren mehr Männer von uns in ihrer Scheiße als Männer in Dublin an ihrem Hunger«, hatte der König von Munster gebrüllt, um etwas gemäßigter hinzuzufügen: »Im Frühling kehren wir zurück. Im Frühling greifen wir wieder an.«

»Bis es Frühling wird, hat Sitric Zeit, Verstärkung zu bekommen«, hatte Murchad entgegnet. »Es gehen Gerüchte, dass er Boten zu sämtlichen Inseln im Norden ausgesendet hat, um Nordmänner für die Schlacht anzuwerben.«

»Hast du etwa Angst vor ihnen?«

»Natürlich nicht.«

»Gut so. Je mehr Feinden wir im Frühling gegenüberstehen, desto größer wird unser Sieg sein.«

Sie hatten den Winter auf der Burg Cenn Corad in Munster verbracht, und sobald er wieder auf warmen, trockenen Fellen hatte schlafen können, waren Brians Zahnschmerzen etwas erträglicher geworden. Der Winterregen hatte allerdings noch nicht nachgelassen, als er beschlossen hatte, dass sie in den Osten zurückkehren würden.

Dieses Mal kampierten Brians Truppen auf der Nordseite von Dublin, und wenn man auf den höchsten Punkt von diesem Hügel stieg, ließen sich in der Ferne Dublins Mauern erahnen. Auf dem Boden sprossen erste grüne Triebe, wurden von Brians Männern aber rasch zertreten. Zunehmend ungeduldig warteten sie darauf, dass die Truppen von Murchad, Brians Neffen Conan und vom König von Connacht, einem Verbündeten, zu ihnen stoßen und die Schlacht endlich beginnen würde.

Als Fionn Brians Zelt betrat, empfing der ihn mit grauem Gesicht. Seinem Mund entwich ein grässlicher Gestank. Fionn hatte in den letzten Monaten viel getan, um die steten Zahnschmerzen zu mildern, hatte die vielen Löcher mit einer Mischung aus Wolfsmilch und Styraxharz gestopft. Am besten aber, so hatte er schließlich erklärt, sei es, ein paar der Zähne zu ziehen, insbesondere die Schneidezähne, doch Brian hatte abgelehnt mit dem Argument, ein lispelnder König sei ein lächerlicher König. Auch den Sud aus Bilsenkrautsamen, Opium und Wein, der den Schmerz hätte mindern können, wollte er nicht trinken. »Ein König, der seiner Sinne nicht mächtig ist, ist ein dem Untergang geweihter König«, behauptete er stets.

An diesem Morgen machte Fionn deshalb einen neuen Vorschlag. »Ich habe einmal gehört, dass man fehlende Zähne mit Hilfe von Ochsenknochen, desgleichen Gold- und Silberfäden ersetzen kann.«

Brian sah ihn mit gerunzelter Stirn an. »Du hast nur davon gehört? Diese Behandlung noch nie selbst durchgeführt?«

»Man lernt nichts dazu, wenn man eine Sache nicht irgendwann das erste Mal tut.«

»Müssen es denn unbedingt Ochsenknochen sein? Womöglich schwindet dann meine Manneskraft.«

»Ich kann auch die eines Stieres nehmen, wenn dir das lieber ist.«

Brian Boru stieß jenes heisere Lachen aus, das Fionn mittlerweile allzu gut vertraut war. Es verriet Spott, Stolz und Widerstandsgeist – nur keine Freude. »Ich nehme an, Knochen eines Schweines stehen nicht zur Wahl. Schließlich hast du behauptet, dass man in dem Land, in dem du so lange gelebt hast, keine Schweine isst.«

Fionn nickte. »Aber was immer man stattdessen zu sich nahm – viele Menschen spülten hinterher ihren Mund mit einer Mischung aus Kapernessig und Olivenöl. Und aus Rettich und Koloquintenmark wurden Salben hergestellt, mit denen man das Zahnfleisch einrieb. Auf diese Weise blieben die Zähne gesund.«

Brians Lachen klang noch heiserer. »Ich fürchte, dafür ist es zu spät. Die Versäumnisse der Vergangenheit kann niemand wiedergutmachen, man muss so würdevoll wie möglich mit den Folgen leben.« Fionn kannte den Hochkönig von Irland mittlerweile gut genug, um zu ahnen, dass er nicht allein an seine kaputten Zähne dachte. Zu seinen Versäumnissen gehörte ebenso, dafür gesorgt zu haben, nicht nur gefürchtet, auch geliebt zu werden. Und tatsächlich erklärte Brian nuschelnd: »Ich habe mein Leben lang Krieg geführt, damit irgendwann endlich Frieden in Irland herrscht. Allerdings sind meine Söhne nun so an Krieg gewöhnt, dass sie gar nicht wissen, was Frieden ist. Wie also sollen wenigstens sie in Frieden leben können?«

Manchmal suchten Fionn nachts schreckliche Bilder von den vielen Kämpfen um Córdoba heim. Er war sich dann nie sicher, ob er wachte oder träumte – und was davon schlimmer war. Es lag ihm auf der Zunge zu sagen, dass er selbst von Frieden auch nichts verstünde, aber er behielt diese Worte für sich, erklärte stattdessen: »Es herrscht kein wahrer Frieden, solange alle bloß vom Krieg erschöpft sind. Ich glaube, ein wahrer Frieden folgt nie einem Sieg im Kampf, nur dem Verzicht auf diesen.«

Aus dem heiseren Lachen wurde ein Schnauben. »Wie soll das denn möglich sein? Du erklärst mir doch ständig, dass du meine Schmerzen nur mindern kannst, indem du mir meine kaputten Zähne ziehst.«

»Du hast leider keine andere Wahl mehr. Deinen Söhnen hingegen kann ich beibringen, wie sie ihre Zähne richtig pflegen. In dem Land, in dem ich so lange gelebt habe, benutzte man auch Zahnbürsten.«

»Man bürstet dort seine Zähne?« Brian Boru lachte nun glucksend. »Das ist ja fast noch lächerlicher, als auf einen Kampf zu verzichten.«

Fionn ließ sich nicht beirren. »Ist es das? Mein Lehrer, Ibn Zakariya, war ein alter Mann, aber er litt nie an Zahnschmerzen. Und die friedvollste Zeit für Córdoba war jene, als der Kalif al-Hakam herrschte, ein gelehrter, ein weiser Mann. *Führe keine unnötigen Kriege,* hat er gesagt, *sichere den Frieden, damit es dir und deinem Volke wohlergehe. Erhebe das Schwert nur gegen die, die Unrecht begehen. Welche Freude liegt darin, ein Land zu überfallen und zu zerstören, Raub und Zerstörung bis ans Ende der Welt zu tragen? Lass dich nicht von der Eitelkeit blenden. Deine Rechtsprechung möge so friedlich sein wie ein ruhiger See.«*

Das Lachen verstummte. »Und?«, fragte Brian, klang aber eher müde als neugierig. »Ist ihm das geglückt?«

»Ihm schon, nur seinem Nachfolger nicht mehr, weil dieser dumm und schwach war«, räumte Fionn ein. »Auch in dem Land, in dem ich so viele friedliche Jahre erlebt habe, siegte am Ende die Gewalt.«

»Weil es nun mal in der Natur des Menschen liegt, grausamer als jedes Tier zu sein.«

»Es liegt gleichfalls in der Natur des Menschen, mehr Größe als jedes Tier zu zeigen, Barmherzigkeit«, murmelte Fionn.

Eine Erinnerung huschte durch seinen Kopf, vom sterbenden Ibn Zakariya und wie jener ein christliches Gebet gesprochen hatte und er ein muslimisches.

»Nun«, wechselte Brian rasch das Thema, »du musst beizeiten meinem Sohn zeigen, wie man seine Zähne pflegt. Und mir musst du etwas geben, damit ich meine Zähne in den nächsten Stunden nicht spüre.«

Durch Fionn ging ein Ruck. »Warum? Wird die Schlacht beginnen?«

Brian zuckte mit den Schultern. »Noch nicht, aber ich sende eine Botschaft an König Sitric. Die Männer meines Sohnes Murchad werden mehrere Dörfer in Dublins Umland niederbrennen. Der schwarze Rauch wird bis zu ihm wehen, in seine Kehle beißen, ihm eine Ahnung geben, wie sich meine Küsse anfühlen. Außerdem wird mein anderer Sohn, Donnchad, einmal mehr Leinster plündern.«

Fionn sagte nichts, braute einen Sud. »Soviel ich weiß warst du einst mit Sitrics Mutter verheiratet, und sie ist zugleich die Mutter von erwähntem Donnchad.«

Nun ertönte kein Lachen, ein Seufzen. »Dass ich Gormlaith verstoßen habe, gehört zu den vielen Fehlern meines Lebens. Man reißt einen faulen Zahn aus dem Maul, keinen noch gesunden ... und sie war gesund und stark. Es heißt, sie lebt immer noch, es heißt, sie hat selbst Truppen im Norden angeworben, die gegen mich kämpfen sollen. Ein Prachtweib ist sie.« Er stockte kurz. »Was siehst du mich so an? Wer nichts anderes kann als Krieg führen, findet an einer Frau nichts anderes zu loben, als dass sie gegen einen kämpft. Nun gib mir endlich etwas gegen die Schmerzen, und wenn alles vorbei ist, dann probieren wir diese Sache mit den Ochsen ... äh ... Stierknochen aus.«

Fionn erschauderte, wenn er daran dachte, wie viele Stiere an diesem Tag geschlachtet werden würden, wie viele Dörfer überfallen, wie viele Menschen niedergemetzelt – Menschen, die nichts verbrochen hatten, die nur zufällig am falschen Ort lebten und so in den Kampf zwischen zwei ungleiche Könige gerieten. »Ich ... ich werde die Truppen begleiten, falls jemand verletzt wird«, murmelte er, als er Brian den Sud reichte. Er hoffte, nicht nur dem einen oder anderen Krieger, überdies manchem Bauern helfen zu können.

Fionn hatte sich in der Zeit, da er Brian Boru diente, an vieles gewöhnt, auch an die Nächte auf kaltem, feuchtem Boden. Womit er sich niemals anfreunden würde, war das Reiten. Man hatte ihm den ältesten und lahmsten Gaul gegeben – nicht aus Mitleid, sondern aus Spott –, aber selbst der war ihm noch zu schnell. Der Gaul schnaubte jedes Mal unwillig, wenn er sich in die Mähne krallte, weshalb er abwechselnd damit beschäftigt war, das Tier um Entschuldigung zu bitten und sämtliche

Gebete, die er kannte, zu stammeln, auf dass der Allmächtige ihn davon bewahren würde, sich das Genick zu brechen.

Ibn Zakariya hat es falsch angestellt, dachte er oft. Wenn er mich dazu hätte bringen wollen, seinen Glauben anzunehmen, hätte er mich einfach auf ein Pferd setzen und mir erklären müssen, dass Allah allein mich vor einem Sturz bewahren würde.

Ob ihm nun aber Allah oder Gott oder das Pferd gnädig waren – an diesem Tag waren sie so langsam unterwegs, dass er sich etwas entspannte. Nicht das er sich auch nur einen Augenblick lang wohlfühlte – dazu stießen sie auf zu viele Tote. Ihn verstörte der Anblick, Brian Borus Krieger verärgerte er, denn sie fanden niemanden, den sie noch quälen, berauben, schänden konnten. Der Einzige, der dergleichen nicht im Sinn hatte, war Brians treuer Diener Laidann, der ebenfalls nicht gern zu reiten schien, sich jedoch verpflichtet fühlte, dabei zu sein, um dem König später Bericht zu erstatten.

Als dessen Pferd plötzlich zu tänzeln anfing, überkam Fionn kurz Schadenfreude. Er hat ja sein Tier noch schlechter im Griff als ich, dachte er. Doch dann begann der eigene Gaul jäh Bocksprünge zu machen, und nachdem er zunächst damit beschäftigt war, sich fest wie nie an die Mähne zu klammern, erkannte er, dass die Tiere von etwas geblendet wurden – von einer Sichel nämlich, mit der für gewöhnlich Getreide geschnitten wurde. Viel wuchs hier, in der Nähe des Meeres, nicht, die Menschen lebten wohl eher vom Seetang, vom Fischfang und vom Schiffsbau. Und tatsächlich schien die Sichel lange nicht mehr verwendet worden zu sein, sie war an vielen Stellen rostig. Das hielt den Mann, der vor ihnen aufgetaucht war, hingegen nicht davon ab, sie drohend in der Luft zu schwenken.

Was für ein Narr, sich allein einer ganzen Truppe entgegenzustellen, fuhr es Fionn durch den Kopf.

Doch als er sich schon auf die grässlichen Laute gefasst machte, die man hörte, wenn ein Schwert auf eine Sichel prallte und die Klinge alsbald den Kopf spaltete, sackte der Mann auf die Knie.

»Mein Schicksal war es, hier als Sohn von Nordmännern geboren zu werden, und daran kann ich nichts ändern«, rief er. »Aber es ist meine Entscheidung, ob ich meinem König Sitric diene oder nicht – und ich will es nicht. Brian Boru ist mächtiger und größer, für ihn will ich kämpfen mit allem, was ich habe.«

Das befürchtete Klirren blieb aus, das Gelächter, das ertönte, klang aber fast genauso. Und Fionn ahnte – ein falsches Wort würde genügen, dass dieser Mann vielleicht nicht seinen Kopf, aber eine Hand verlor.

Nicht zuletzt weil sein Gaul mittlerweile stillstand, wandte er sich selbst an ihn: »Wie heißt du?«

»Bjólan.«

Die Stimme klang heiser, und die Haltung des Mannes, eben noch stolz, hatte mehr und mehr mit der Form der Sichel gemein.

»Und wer sagt uns, dass du kein Spion bist, der sich nur einschleichen will?«, knurrte einer von Brians Kriegern.

Bjólan hob den Kopf. »Genauso gut könnte ich einer sein, der euch mehr über Sitric erzählen kann, mehr über Dublin.«

»Wir wollen aber nichts über Sitric und Dublin wissen! Wir wollen Sitric besiegen und Dublin zerstören.«

Bjólan rang hilflos nach Worten, Fionn wusste auch nicht, wie er ihm helfen konnte. Dass er es inständig wollte, ging ihm erst in dem Augenblick auf, als er entdeckte, dass Bjólan nicht allein auf sie zugetreten war. Ein paar Schritte hinter ihm stand ein Mädchen … nein, eine junge Frau, die eben ins Gras sank. Das blonde Haar war verfilzt und fiel ihr ins Gesicht, der Kittel hing zerfetzt an ihrem Leib. Alles an ihr war farblos – nur nicht der tiefe, blutige Schnitt, der quer über ihren Oberschenkel verlief. Ein Wunder war es, dass sie damit hatte stehen, gar gehen können.

Kein Wunder war es, dass sie nun reglos liegen blieb. Bjólan … ihr Mann oder eher ihr Vater … achtete nicht auf sie, aber er, Fionn, war vom Pferd gesprungen, ehe er überhaupt darüber nachdachte. Und dann hockte er schon neben ihr, besah sich den Schnitt, betrachtete ihr Gesicht, aus dem er vorsichtig das Haar strich. Die Haut war fast weiß, von kaltem Schweiß verklebt, die Augen, die einen Spalt geöffnet waren, von einem blassen Blau. Er untersuchte die Wunde, stellte fest, dass sie noch frisch war. Das war gut, denn so konnte er sie mit einem Gemisch aus Feigwurz, Sauerampfer und Apfelsaft reinigen, bevor sie sich entzündete. Und der Schnitt ging auch nur in die Haut, nicht tief ins Fleisch, was bedeutete, dass wohl eine einfache Naht genügte. Falls sie eiterte, könnte er sie mit Torfmoos behandeln, doch er hoffte, dass es gar nicht erst so weit kam.

»Hast du Schmerzen?«, fragte er.

Was für eine dumme Frage, natürlich hatte sie Schmerzen, der Schweiß, das Zittern der Oberlippe, die weit aufgerissenen Augen bekundeten es allzu deutlich! Dennoch schüttelte sie zaghaft den Kopf, und als er erklärte, dass sie sich keine Sorgen machen müsse, dass er ihr helfen werde, verzogen sich die Lippen sogar zu einem Lächeln. Es war das Schönste, was er seit Langem gesehen hatte.

Er griff gerade nach seinem Lederbeutel, als wieder die Stimmen der anderen zu ihm drangen. Bjólan beteuerte erneut, für Brian kämpfen zu wollen, die Männer fragten, was er sonst noch zustande brächte, außer eine Sichel zu heben. Schiffsbauer sei er, entgegnete er, und König Sitric habe ihn zu oft enttäuscht, weil er keine Schiffe von ihm kaufen wollte.

»Wenn dein Werkzeug so rostig wie deine Sichel ist, ist das kein Wunder.«

»Die Sichel ist die einzige Waffe, die ich so schnell gefunden habe. Gebt mir ein Schwert, und ich werde damit für Brian Boru kämpfen.« Aus den Augenwinkeln sah Fionn, wie sich Bjólan wieder erhob, nunmehr allerdings einen Fußtritt versetzt bekam, erneut zu Boden ging. »Den größten Gefallen, den du Brian Boru tun kannst, ist, uns Platz zu machen und dich irgendwo zu verkriechen«, knurrte einer der Männer.

Wenn du klug bist, bleibst du liegen, dachte Fionn.

Bjólan war das tatsächlich, er rührte sich nicht. Wäre auch er selbst klug gewesen, hätte er sich sofort dem Befehl gefügt, der ihm eben zugebellt wurde.

»Mach, dass du auf dein Pferd kommst, *liaig*. Du bist hier, um Krieger zu pflegen, keine Weiber.«

Er tat nichts dergleichen, suchte stattdessen nach seiner Nadel und nach einem dünnen Faden aus Schweinedarm.

»Wird's bald?«, brüllte ein anderer Krieger.

Nicht dass die grollende Stimme ihm keine Angst machte. Aber sein Blick war auf die junge Frau gerichtet, und auch wenn ihr Lächeln längst erstorben war, in den Augen stand nicht nur ein Flehen, stand überdies das Vertrauen, dass er ihr tatsächlich helfen würde, stand zugleich ein wenig Verwunderung, dass es Menschen wie ihn gab.

All das gab ihm den Mut, dem Blick des Kriegers zu trotzen, zu erklären: »Ich versorge die Wunde der jungen Frau hier. Entweder wartet ihr, oder ihr reitet voraus, das ist eure Entscheidung.«

Er knüpfte den Faden um die Nadel, riet der jungen Frau, während er die Wunde nähte, in ein Stück Stoff zu beißen.

»Du kommst jetzt sofort mit«, brüllte der Mann.

Fionn blickte nicht einmal hoch. »Du solltest dir gut überlegen, wer hier wem Befehle erteilt. Wenn du blutend im Schlamm liegst, weißt du doch sicher gern einen *liaig* in der Nähe, der deine Wunden behandelt, so wie Brian Boru gern einen *liaig* in seiner Nähe weiß, wenn er Zahnschmerzen hat. Besser du bringst mich nicht tot oder geschunden zu ihm zurück.«

Er war überrascht, wie eisig seine Worte klangen. Doch solange er in die blauen Augen der Frau starrte, hatte er keine Angst.

Die Männer begriffen, dass es ein Fehler sein würde, sich mit ihm anzulegen. Er hörte Gemurmel, schließlich verkündete einer: »Wenn du in die Hände der Dubliner fällst, ist das deine Schuld.«

Als sie fortritten, machte Fionn gerade den ersten Stich, um die Wunde zu nähen. Obwohl er behutsam vorging, konnte er nicht verhindern, dass die junge Frau zusammenzuckte, sich ihr Gesicht verzerrte.

Er wandte sich an Bjólan: »Kannst du sie festhalten?« Der Mann schien ihn nicht zu hören, starrte verstört den Kriegern nach, vielleicht erleichtert, weil er das Aufeinandertreffen mit ihnen überlebt hatte, vielleicht enttäuscht, weil sie ihn nicht für sich kämpfen ließen. »Na los!«, rief Fionn ungeduldig.

Zögernd trat Bjólan zu ihnen. »Du bist wirklich ein Heiler?«

Fionn nickte. »Ich werde deiner Tochter helfen … sie ist doch deine Tochter?«

Bjólan blickte voller Scheu auf seine Begleiterin. »Das … das behauptet sie zumindest.«

»Was soll das heißen? Entweder sie ist dein Kind oder nicht.« Beim nächsten Stich biss die junge Frau nicht in das Stück Stoff, sondern in ihre Daumenballen. Es gelang ihr zwar, ein Wimmern zu unterdrücken, aber er sah, wie ihr der Schweiß ausbrach. »Ich kann es dir nicht ersparen«, sagte er leise zu ihr, »es muss sein.«

Er haderte damit, dass er keinen Schlafschwamm mehr hatte. Und er haderte damit, dass Bjólan das Mädchen immer noch nicht anfasste, stattdessen zu langen, wirren Erklärungen ansetzte. Er hörte nicht zu, solange er die Wunde nähte. Erst als er damit fertig war und sie verband, lauschte er etwas aufmerksamer.

Erst beteuerte Bjólan, dass er wirklich Schiffsbauer sei, lange Jahre den Nordmännern von Dublin gedient und ihnen viele Schiffe gebaut habe, mit denen sie zu den Orkneyinseln oder Hebriden segelten. Doch ein Geschäft wie seines lief in Zeiten gut, da man Handel trieb, nicht da man Krieg führte. Welch ein Narr Sitric sei, regte er sich auf, sich einmal mehr mit Brian Boru anzulegen. Jeder wisse, dass er der mächtigste Hochkönig sei, den Irland jemals hatte, dass in seiner Provinz Munster Milch und Honig flössen.

Fionn hatte in all den Monaten auf Cenn Corad niemals Milch und Honig fließen sehen. »Ist sie nun deine Tochter oder nicht?«

Bjólan blickte ratlos auf die junge Frau hinunter. »Wir stammen von den Dubhgall ab«, erwiderte er, »von den ersten Dänen, die nach Irland kamen, und die stets mit den Finngall, den Norwegern, im Streit lagen. Und auch wenn wir uns jetzt allesamt als Dubliner betrachten, ändert das nichts daran, dass häufig Streit herrscht. Gerade erst heute Morgen hat eine feindliche Sippe mein Heim angegriffen. Dass Brians Truppen Dublins Umland heimsuchen, war ihnen ein willkommener Vorwand, selbst zu plündern. Sie haben alles mitgenommen, was sie in der Werkstatt fanden – einen Wetzstein, eine Lampe, meinen Hammer, meine Zange, meinen kleinen Amboss. Ach, wie soll ich bloß jemals wieder Schiffe bauen?«

Die junge Frau biss nicht länger in den Daumenballen. Schlaff war die Hand auf ihre Brust gefallen. Der Körper bebte etwas, die Lider waren geschlossen.

»Und wie wurde sie verletzt?«

»Sie hat sich in einem Fass versteckt. Aber dann sind die Männer auf die Idee gekommen, das Fass zu nutzen, um mit ihren Streitäxten werfen zu üben. Sie war klug genug, nicht laut zu schreien, als die erste das Fass traf …«

Sie muss einen unmenschlichen Willen haben, um sich jeglichen Schmerzenslaut zu verkneifen, dachte Fionn. So zart sie war, etwas in ihr bestand wohl aus Eisen. Bei Bjólan war das anders, er schien noch nicht einmal ein Rückgrat zu haben, sank nun erneut auf die Knie.

»Ach, warum lässt Brian mich nicht kämpfen, oder zumindest seine Streitwagen kalfatern. Ich bin doch noch kräftig, wenn auch nicht so wie früher … Wobei ich früher ebenfalls nicht kräftig war, zumindest nicht genug, um meine Töchter zu schützen, als sie geraubt wurden.«

Das wurde je immer verworrener.

»Deine Töchter wurden geraubt?«

»Vor vielen Jahren haben mich die Finngall schon einmal überfallen. Sie haben die Mädchen verschleppt, versklavt, verkauft. Ich dachte, ich würde sie nie wiedersehen, aber diese hier stand vor ein paar Tagen plötzlich vor meinem Haus, behauptete, meine Tochter zu sein. Ich dachte, sie litte an einer Krankheit, sie war ganz schwarz im Gesicht. Sie meinte hingegen, sie habe sich nur dreckig gemacht, um ihr Alter zu verschleiern. Sie … sie scheint nicht ganz richtig im Kopf zu sein, erzählte merkwürdige Geschichten … Mehr noch, sie erzählt sie nicht einfach nur, sie singt.« Er klang nahezu vorwurfsvoll, als wäre es eine Zumutung, keine Freude, nach vielen Jahren sein Kind wiederzusehen.

»Wie heißt sie?«, fragte Fionn.

Er zuckte mit den Schultern.

»Du kennst den Namen deiner Tochter nicht?«

»Ich kenne die Namen von allen dreien, aber ich habe keine Ahnung, wer von diesen sie ist – Ainnir, Coira oder Lainidh.«

»Hat sie ihn dir nicht gesagt?«

»Sie spricht ja nicht viel, singt immerzu. Auf diese Weise hat sie wohl überlebt. Sie meint, sie komme aus dem Norden. Hätte Königin Gormlaith keine Truppen von den Orkneyinseln angeworben, sie hätte es wohl nie nach Dublin geschafft und …« Die weiteren Worte gingen in ein Rauschen über. Dieser Name. Gormlaith. Er erinnerte ihn an den dunkelsten Tag seines Lebens. Aber die Vergangenheit war fern – ganz nah nun wieder die Stimme des Mannes. »Mit ihrem Gesang bringt sie mir meinen Amboss nicht zurück, und ohne Werkzeug kann ich keine Schiffe bauen, und ohne Schiffe zu bauen, verdiene ich nichts, um etwas Essen zu kaufen. Das Wenige, das ich noch habe, kann ich unmöglich mit ihr teilen. Du … du kümmerst dich doch um sie?«

Ehe Fionn erfasst hatte, was der andere meinte, war der bereits schneller auf die Beine gekommen, als es einem Mann seiner Statur zuzutrauen gewesen wäre. Er warf noch nicht einmal einen letzten Blick auf die fremde Tochter, ehe er zu rennen begann.

»He! Du kannst doch nicht …«

Bjólan hielt tatsächlich noch einmal inne, kehrte sogar zurück, aber nicht, weil er es sich anders überlegt hatte, nein, weil er noch schnell seine verrostete Sichel holen wollte. Dann war er endgültig auf und davon.

Die Augen der jungen Frau waren immer noch geschlossen. »Ainnir, Coira oder Lainidh«, sagte er leise, aber bei keinem der Namen zuckten ihre Lider.

Hinter sich vernahm er ein Schnauben. Sie würden zwar niemals Freunde werden, der Gaul hatte offenbar dennoch beschlossen, an seiner Seite auszuharren. Fionn hob die Fremde hoch, wuchtete sie auf das Tier. Es gelang mühelos, schien sie doch kein Gewicht zu haben. Sie war zarter als Ramira … zarter als Ríona … obwohl die Erinnerungen an die beiden flüchtig blieben, gleich dem Luftzug, den der Flügelschlag eines Schmetterlings verursachte.

Als er dem Pferd ein Zeichen geben wollte, sich in Gang zu setzen, krümmte die junge Frau sich plötzlich. Noch mehr Blut floss aus der Wunde.

»Nicht …«, flüsterte sie.

»Hab keine Angst«, redete er beruhigend auf sie ein. »Ich werde dich in Brian Borus Lager bringen. Dort stehst du unter meinem Schutz, bist folglich in Sicherheit.«

Vielleicht würden sich diese Worte schon bald als Lüge offenbaren, aber zumindest im Moment glaubte er selbst daran.

»Ich … ich will ja mit dir gehen, nur meine Harfe …«

Sie deutete hinter sich, und da sah er einen Lederbeutel im Gebüsch liegen, kleiner als seiner. In den letzten Monaten hatte er manchmal Brian Borus Barden auf Harfen spielen hören. Acht Saiten hatten die allesamt gehabt, diese musste deutlich kleiner sein. Trotzdem war er sich sicher, dass sein Schützling wunderschöne Klänge damit erzeugen konnte … wenn auch nicht ganz so schöne, als wenn sie sang.

»Natürlich nehmen wir deine Harfe mit.«

Während er sich nach dem Lederbeutel bückte, versuchte

sie, sich aufzurichten, und es gelang ihr tatsächlich, aufrecht auf dem Pferd zu sitzen, gleichwohl sie sich mit einer Hand fest an die Mähne klammern musste, während sie mit der anderen ihre Harfe hielt. Der Gaul erwies sich als ungewöhnlich geduldig, als Fionn neben ihm herlaufend an seinem Halfter zog, er begann schließlich zu traben. Mit der freien Hand ergriff Fionn unwillkürlich die der jungen Frau, und ließ diese nicht mehr los.

»Danke«, kam es über ihre Lippen, ganz leise nur und doch klang es wie ein Lied.

Noch nie hatte sich eine Frau bei ihm bedankt, wofür auch. Ríona hatte er nicht retten können, und Ramira hatte nicht gerettet werden wollen. Dieses Mädchen aber konnte er retten, und sie wollte es, schenkte ihm nun ein Lächeln, in dem sämtliche Töne der Welt lagen, und zwar nur die schönen.

»Wie heißt du?«, fragte sie.

»Fionn«, sagte er.

»Fionn«, wiederholte sie, und immer noch klang jedes Wort von ihren Lippen wie Musik, immer noch kündete es von der Hoffnung, dass es auf dieser Insel mehr gab als Krieg und dass auf ihn etwas anderes wartete als die eine oder andere schwärende Wunde.

Er wollte fragen, welchen der drei Namen, die Bjólan genannt hatte, der ihre war, aber plötzlich wusste er es.

»Lainidh«, sagte er. »Lainidh.«

Weder nickte sie noch stritt sie ab, dass das ihr Name war. Als sie den Mund öffnete, sagte sie nur: »Ich dachte, ich würde es schaffen, mich allein durchzubringen, doch das war ein Irrtum. Ich dachte auch, dass alle Männer gefährlich, böse oder selbstsüchtig wären. Das ist gleichfalls ein Irrtum. Noch nie ist einer so gut zu mir gewesen wie du.«

Dublin

Fjálli war von den vielen Schiffen im Dubliner Hafen begeistert. Immer wieder klatschte er so begeistert in die Hände, als wären sie alle nur gekommen, um den Beginn des Frühlings zu feiern. Die Segel waren zahlreich, die Muster darauf erst recht, und besonders kunstvoll waren die Holzschnitzereien am jeweiligen Bug.

»Schau doch nur«, rief er plötzlich, »all die Tiere!«

Ríona begriff kurz nicht, was er meinte – dann sah sie, dass Fjálli auf einen Drachenkopf an einem der Schiffe deutete.

»Damit will man die bösen Meeresgeister erschrecken«, sagte Jón geistesabwesend.

Auch hölzerne Köpfe von Wölfen waren zu sehen, von Falken, Elchen, gar von einem Schwan. Er kann die Meeresgeister gewiss nicht erschrecken, dachte Ríona, sie verlachen ihn, weil er so weiß ist und denkt, er könnte sein Gefieder auf dieser Welt sauber halten.

»Und dort«, rief Fjálli, »schaut doch nur, die Schlange! In welchem Land ist es üblich, damit sein Schiff zu schmücken?«

Jón zuckte mit den Schultern, Ríona auch. Es waren hier Menschen aus mehr Ländern versammelt, als sie kannte. Von manch einer Region hatte sie zwar schon den Namen vernommen – Nordumbrien, Wales, Normandie, Cornwall –, sie wusste dennoch nicht, in welcher Himmelrichtung diese lagen.

»Vielleicht im Land der Feen oder in dem der Trolle«, schlug Jón vor.

»Oder in Tir-far-thóinn«, sagte Ríona leise.

Sie hätte nicht damit gerechnet, dass die beiden sie gehört hatten, aber Fjálli fuhr zu ihr herum.

»Wo liegt Tir-far-thóinn?«, frage Fjálli.

»Das ist ein Land im Westen, das man erst nach siebenjähriger Schiffsfahrt erreicht. Wobei man es eigentlich nicht erreicht, es liegt unter dem Wasser, wird von dort erst wiederauferstehen, wenn man eine brennende Fackel hinunterbringt.«

Fjálli hatte sich nie für Wasser und Feuer interessiert, nur für Stein, allenfalls für Holz. »Das ist unmöglich.«

Ríona unterdrückte ein Seufzen. Genauso unmöglich schien es in diesem Durcheinander an Menschen, die allesamt an Land strömten, um sich dort für eine große Schlacht zu rüsten, Lainidh zu finden. Jón erriet wohl ihre Gedanken, denn er wiederholte die Worte, die er in den letzten Wochen so oft gesagt hatte und die mittlerweile einem Bissen zähen Fleisches glichen, an dem zu lange gekaut worden war und das deshalb keinen Geschmack mehr hatte.

»Wir werden sie finden.«

»Wenn sie denn überhaupt hier ist.«

»Gormlaith hat das behauptet.«

»Und ausgerechnet Gormlaith soll ich trauen?«

Zwar waren sie auf ihrem Schiff hergekommen, waren ihr während der Reise aber aus dem Weg gegangen – so gut das auf dem begrenzten Raum eben möglich war. Fast täglich hatten sie Gerüchte über sie vernommen, so jenes, dass es nur ihretwegen zur Schlacht käme, sie ihren Sohn und Bruder gegen den einstigen Ehemann aufgehetzt habe.

Aber wer konnte schon wissen, ob das stimmte. Der Kapitän des Schiffes hatte schließlich auch behauptet, dass Brodir von Man, ein Verbündeter Sitrics, kein Mensch aus Fleisch und Blut und seine Haut von Kopf bis Fuß mit poliertem

Eisen überzogen sei. Und als Jón ihn zweifelnd angesehen hatte, hatte er nur bekräftigt, er sei unverwundbar. »Selbst wenn nicht«, war er fortgefahren, »er ist mit tausend Mann nach Dublin aufgebrochen. Wer kann diese schlagen?«

Kein Schiff kann tausend Männer fassen, hatte Ríona damals gedacht. Als sie jetzt aber sah, wie viele Männer an Land stürmten, Dublin wahrscheinlich zum Platzen brachten, vermutete sie, dass sogar mehr als tausend Krieger Sitric zu Hilfe eilten … oder vielmehr kämpften, um zu töten, um Beute zu machen.

Wie begierig er darauf war, bekundete gerade ein Mann neben ihnen. Wie aus dem Nichts tauchte er auf, einen Speer in der Hand, und schleuderte diesen mit ganzer Kraft in Richtung Ufer. Ríona war wegen des Getümmels nicht sicher, ob der Speer jemanden getroffen hatte oder im schlammigen Ufer stecken geblieben war.

»Die Schlacht hat doch noch nicht begonnen«, entfuhr es ihr.

»Aber es ist üblich, dass man schon vor deren Beginn Odin eine Waffe opfert.«

Nicht der Mann, der den Speer geworfen hatte, hatte gesprochen, es war Gormlaith, die sich lautlos zu ihnen gesellt hatte. In ihrem Gesicht stand nicht jener Hunger auf Blut geschrieben, den ihr so viele nachsagten, lediglich Erschöpfung nach der langen, unruhigen Fahrt.

»Odin nimmt den Speer nur dann als Opfer an, wenn er über die Feinde geschleudert wird, nicht über Verbündete«, murmelte Ríona, nicht sicher, woher sie dergleichen wusste. Wahrscheinlich hatte Urta es einmal erwähnt.

»Ich denke, er hat ihn nicht für Odin geworfen, vielmehr, um sich zu beweisen, dass er bereit zu kämpfen ist.«

Er war nicht der Einzige, der diesen Eifer bekunden wollte.

Viele Krieger warteten nicht, bis das Schiff angelegt hatte, sie sprangen ins hüfthohe Wasser, um die letzte Distanz watend zurückzulegen, auch jener Brodir von Man, auf den Gormlaith eben deutete. Er bestand also doch nicht von Kopf bis Fuß aus poliertem Eisen, sonst wäre er jetzt wohl untergegangen wie ein Stein, trug nur Felle, die sich augenblicklich vollsogen. Als er das Ufer erklomm, stand ihm jemand im Weg, und die Felle rutschten ihm von den Schultern, als er auf ihn eindrosch. Blitzschnell war eine Rauferei im Gange, bei der manche sich nicht mit ihren Fäusten begnügten, zudem ihre Steinschleudern einsetzten. Fjálli sah begeistert zu, obwohl Ríona ihn gern vor diesem Anblick bewahrt hätte.

»Sind es wirklich Steine, die sie schleudern?«, fragte er. »Nicht vielmehr Kugeln aus dem Blut von Kröten, Bären und Schlangen, das man mit Erde vermischt und hat trocknen lassen?«

Woher hatte er das bloß?

»Nein«, sagte Gormlaith, ehe Ríona ihm antworten konnte. »Es sind Kugeln aus dem Gehirn erschlagener Menschen, das mit Muschelsand vermischt wurde.«

Ríona starrte Gormlaith finster an. Fjálli soll mit seinen Steinen spielen und Mauern bauen, nicht kämpfen, dachte sie. Gottlob würden sie der Alten ohnehin bald entkommen, denn eben wurde das Schiff am Steg vertäut.

»Hab Dank, dass du uns mitgenommen hast, nun werden wir allein nach Lainidh suchen.«

»Wenn sie in Dublin ist, werdet ihr sie finden, wenn nicht, würde ich mit der Suche warten, bis die Schlacht vorbei ist«, sagte Gormlaith leise.

Dafür, dass sie selbst Krieger für diese Schlacht angeworben hatte, sie, wenn man den Gerüchten glaubte, seit Jahren nur dafür lebte, wirkte sie gleichgültig, nahezu leblos, als wäre auch sie ein Stein, und zwar ein echter, keiner aus Gehirn und Muschelsand.

Ríona widersprach ihr nicht. Als sich wenig später ihre Wege trennten, rief sie ihr nicht einmal einen letzten Gruß zu. Ein umso heftiger Streit entbrannte mit Jón, als der erklärte, sie sollten ein Plätzchen in einer Herberge suchen.

»Ich suche kein Bett, ich suche Lainidh!«

»Was leichter ist, wenn wir ausgeruht sind.«

Die Fahrt saß auch ihr in den Knochen, dennoch fühlte sie sich so rastlos, dass sie verstehen konnte, warum Krieger schon jetzt Speere warfen.

»Versteh doch«, rief Jón, »du musst an Fjálli denken, an Muir. Und … und du solltest bedenken, dass Gormlaith vielleicht recht hat. Wenn Lainidh nicht in Dublin ist, müssen wir die Schlacht abwarten.«

Dass sie ihm insgeheim zustimmte, machte es nicht leichter, die Worte hinzunehmen. »Du bist ja wie Fionn!«, entfuhr es ihr. »Sein guter Wille machte seine Schwäche und Feigheit nicht wett.«

Jón packte sie an den Schultern, sah sie eindringlich an. »Nein, ich bin nicht wie Fionn. Er hat am Ende nur sich selbst beschützt. Ich beschütze dich und Fjálli und Muir. Lainidh natürlich auch, wenn ich es kann – dennoch nicht zu dem Preis, dass euch ein Leid geschieht.«

Augenblicklich bereute sie ihre schroffen Worte, an ihren Mundwinkeln zupfte jenes traurige Lächeln, das bewies: Bei allem Hader, bei allen Vorwürfen, bei aller Verzweiflung – sie hatte nicht aufgehört, Jón zu lieben, hatte eher damit angefangen, sich die Liebe zu ihm einzugestehen, ihre Gefühle für ihn nicht länger kleinzureden.

»Also gut«, sagte sie.

Es drängten weniger Männer durch Dublins Stadttore

als erwartet. Die meisten schlugen im umliegenden Gebiet ihre Zelte auf, rammten die Standarten in den weichen Boden, wurden dort schon von Truppen aus Leinster erwartet, die Gormlaiths Bruder anführte. Viele versammelten sich in Clontarf, einer Kuhweide nördlich der Liffey, wie ihnen die Bewohner Dublins zutrugen, die sich in den Straßen versammelten, Neuigkeiten aufschnappten und diese weitergaben. Bis sie die erste Herberge erreichten, wussten sie nicht nur, wo die Nordmänner kampierten, auch, wo die Streitkräfte von Brian seit mehreren Tagen auf ihre Verbündeten, Truppen von Connacht, warteten, nämlich in der Nähe von Kilmainham.

Es sind zwanzigmal tausend, behauptete jemand.

»Wir sind mehr«, hielt ein anderer dagegen, wenn auch mit zitternder Stimme.

»Und wenn es nicht genügt?«, mischte sich ein weiterer Mann ein. »Sitric hat sich zur Schlacht entschlossen, weil sich Svein von Dänemark zum König von England gemacht hat und der ein mächtiger Verbündeter war. Aber Svein ist vor Kurzem gestorben.«

»Was braucht er einen Svein von Dänemark, wenn Brodir von Man an seiner Seite kämpft?«, wurde widersprochen.

Und man erzählte sich noch mehr Geschichten von dem Mann, der aus Eisen bestand, den ein Regen aus kochendem Blut angeblich nicht verbrühen konnte, dem selbst ein Schwarm Raben mit Schnäbeln und Krallen aus Eisen nicht die Augen aushacken würde, dem die Frau, von der er in der letzten Nacht geträumt hatte – sie webte auf einem Webstuhl mit Eingeweiden und beschwerte diesen mit abgeschlagenen Köpfen –, keine Angst machte.

Woher wollt ihr bloß wissen, was Brodir träumt?, dachte Ríona. Und wie wollt ihr erkennen, ob er Angst hat?

Sie selbst hatte plötzlich Angst, als nämlich eine dichte Rauchwolke auf sie zutrieb. Ríona hielt schnell ihre Hand vor Fjállis Nase, musste husten, weil sie zu viel von den schwarzen Schwaden einatmete.

»Ist in Dublin ein Feuer ausgebrochen?«, rief sie heiser.

»Ach was«, erwiderte ein Mann, »ständig treiben Rauchwolken zu uns. Brians Truppen haben das Umland verwüstet, viele Dörfer angezündet, die Saat verbrannt. Wir werden uns rächen, wenn wir ihn besiegt haben.«

Die Rauchwolke zerfranste sich, Muir flatterte dennoch unruhig in seinem Käfig auf und ab. Ríona befreite ihn daraus, bot ihm den Unterarm an. Erst nach einer Weile ging ihr auf, dass dies das Fortkommen erleichterte, da die Menschen vor ihr zurückwichen. Männer wie Brodir von Man mochten keine Angst vor Raben haben – die Dubliner schon.

Für einen Boten des Unglücks hielt auch der Mönch, den sie um ein Plätzchen in der Herberge baten, den schwarzen Vogel. »Ein gottloses Tier hat hier nichts verloren.«

»Alle Tiere sind gottlos!« Ríona schnaubte. »Oder hast du je eine Kuh gesehen, die ein Gebet sprach, einen Hasen, der die Pfoten faltete?«

»Und bedenke«, fügte Jón hinzu, »falls Brian siegt und seine Truppen wie einst Dublin heimsuchen, werden sie den Raben vielleicht scheuen wie du und deshalb die Herberge nicht betreten.«

Ob er nun am Ende aus diesem Grund nachgab oder weil Jón einige Münzen aus seinem Beutel zog – der Mönch gewährte ihnen Einlass, und sie betraten das Haus, das auf Holzpfählen errichtet und mit einem Strohdach gedeckt war und dessen Wände aus mit Lehm beschmiertem Holzgeflecht bestand. Auf dem Boden lag getrocknetes Schilf, Ríona war froh, sich darauf niederlassen zu können. Jón blieb indes stehen.

»Ruht euch aus, ich hole etwas zu essen. Dabei werde ich nach Lainidh fragen.«

Es fiel ihr schwer, ihn gehen zu lassen, aber da auch Fjálli auf das Schilf gesunken war, nickte sie. Sie schloss die Augen, fand anders als der kleine Sohn keinen Schlaf. Die Stimmen derer, die in der Herberge Zuflucht gefunden hatten – vor allem Bauern aus der Umgebung Dublins , hielten sie wach.

»Die Pfeile von Brians Armee sind sämtlich aus dem Holz des weißen Haselstrauchs gemacht, also vergiftet!«

»Pah! Den Nordmännern können sie nichts damit anhaben! Deren Pfeile wurden im Blut von Drachen und Wasserschlangen und Skorpionen gekocht.«

Ríona erschauderte, versuchte dennoch, sich nicht diese Tiere vorzustellen, nur Lainidhs Gesicht.

Jón kehrte mit Hammelfleisch und Brotfladen zurück, jedoch auch mit der Nachricht, dass er nichts über Lainidh herausgefunden hatte. Es war mittlerweile finster geworden, und in dem Raum gab es keine Lampen, sodass sie in seinem Gesicht nicht die Sorge lesen konnte. Es genügte, sie zu fühlen. Sie zwang sich dennoch, ein paar Bissen zu essen – desgleichen sie sich später zwang, sich hinzulegen, obwohl sie damit rechnete, weiterhin nicht schlafen zu können. Dennoch versank sie in eine traumlose Dunkelheit.

Als sie irgendwann ein Kitzeln spürte, dauerte es eine Weile, bis sie aus der schwarzen Tiefe wieder aufgetaucht war. Die Zunge klebte an ihrem Gaumen, das Haar ihr im Gesicht, erst nach einer Weile ging ihr auf, wo sie war und warum. Ihr erster Blick ging zu Fjálli, der unter dem Schilf Kieselsteine gefunden hatte und diese zählte, Muir pickte etwas vom Boden auf. Der Platz, an dem Jón am Abend zuvor seinen Umhang ausgebreitet hatte, war dagegen leer.

»Wo … wo ist er hin?«, rief sie besorgt.

Fjálli blickte auf. »Er hat gesagt, er wird Lainidh suchen.«

»Warum hat er denn nicht gewartet, bis ich wach bin?«

»Er wollte nicht, dass du ihn begleitest. Er meinte, es sei zu gefährlich.«

»Aber …«

»Gestern hat er vernommen, dass eine Frau aus dem Volk an König Sitrics Hof Harfe spielte, sie hat ihn vorzüglich mit ihrem Gesang unterhalten. Anstelle von Gold als Lohn wollte sie aber nur wissen, wo ein Mann namens Bjólan lebt.«

Ríona hatte diesen Name noch nie gehört. Es fiel ihr schwer zu glauben, dass jene Frau Lainidh war, doch gab es sicherlich nicht viele Frauen, die sich bei Hofe als Musikantinnen verdingten. Könnte dieser Bjólan ihr Vater sein, ihr Bruder?

Nun, was sie von Lainidhs Vater wusste, war, dass er Schiffsbauer war, und die Werkstätten von solchen befanden sich meist in der Nähe von Flüssen oder am Meer, auf jeden Fall außerhalb von Dublins Mauern.

»Hat Jón … hat Jón die Stadt etwa verlassen?«, entfuhr es ihr – fassungslos, dass er eine solche Entscheidung allein getroffen haben könnte.

Fjálli nickte. »Deswegen wollte Jón ja nicht, dass du ihn begleitest. Die Schlacht kann jederzeit beginnen. Er sagte, ich solle auf dich und Muir aufpassen, und er werde auf Lainidh aufpassen.«

Aber wer passt auf ihn auf?, dachte Ríona, und sie hasste sich dafür, ihn am Tag zuvor noch als schwach beschimpft zu haben, ihn erst dazu getrieben zu haben zu beweisen, zu was er fähig war. Es war ihr egal, ob er schwach oder stark war, gut oder böse, eigennützig oder um andere besorgt. Es zählte einzig, dass er noch lebte.

»Ich kann nicht zulassen, dass sich Jón in Gefahr begibt.

Wir wollen Lainidh finden, aber nicht um jeden Preis. Ich werde ihn suchen gehen, du wartest hier.«

Sie lief verzweifelt durch die Straßen von Dublin, suchte an jedem Platz, in jeder Gasse nach Jón. Es war leicht durchzukommen, denn viele Bewohner Dublins hatten sich in Erwartung der Schlacht in ihren Häusern verkrochen. Einige hämmerten soeben Holzbalken vor die Luken.

Ríona hatte nicht nur Fjálli, auch Muir in der Herberge zurückgelassen, aber als sie nun wieder weiterlief, wieder Jóns Name rief, vernahm sie plötzlich ein vertrautes Krächzen über sich. Sie blickte hoch, sah den Raben dort kreisen, und noch größer als der Kummer, sich nun auch um ihn sorgen zu müssen, war die Erleichterung, dass sie bei ihrer Suche nach Jón nicht ganz allein war.

Weiterhin gab es keine Spur von ihm. Am Ende der nächsten Gasse begegnete sie lediglich einer Truppe bewaffneter Krieger … nein, bewaffneter Jungen. Sie waren kaum älter als Fjálli und trugen Knüppel und Äxte. Der jüngste konnte seine Waffe kaum heben, bald würde sie ihm wohl auf die eigenen Füße fallen.

Ríona stellte sich ihnen in den Weg. »Wo wollt ihr hin?«

»Weißt du denn nicht, dass es endlich so weit ist? Wir Dubliner greifen an!«

Im Krieg gibt es kein Wir, ging es ihr durch den Kopf. Wenn man stirbt, ist man immer allein.

Laut sagte sie nichts, denn schon ließ sich aus der Ferne der durchdringende Ton von Trompeten vernehmen, mit denen zur Schlacht gerufen wurde. Ríona zuckte zusammen. Sie wusste nicht, ob die Trompeten der Nordmänner zuerst erklungen waren oder die von Brians Truppen. Sie wusste auf einmal nur, dass sie zu spät kam, Jón nicht mehr in Dublin war. Wieder begann sie zu laufen, auch wenn sie nicht sicher war, wo sich das nächste der vier Stadttore befand. Dem Rauschen der Liffey zu folgen, war sicher nicht verkehrt, als es jedoch lauter wurde, wurde es alsbald übertönt – von den Kriegstrompeten, auch von dem Quietschen, das ertönte, als eines der Tore verschlossen wurde.

»Ich … ich muss hinaus!«, schrie sie, ohne überhaupt gewahr zu werden, an wen sie sich wandte.

»Bist du verrückt?«, gab ein Mann zurück. Vielleicht war es auch nur ein Junge, jedenfalls schlotterte er vor Angst. »Hier sind wir sicher.«

Ríona begann gegen das mit Eisen beschlagene Holz zu hämmern, obwohl sie wusste, dass es nicht nachgeben würde. Erst als die Hände schmerzten, blickte sie sich um, sah eine jener schmalen Treppen, die hoch zum Wehrgang führten. Niemand hielt sie davon ab hinaufzusteigen, und kaum stand sie oben, sah sie, was Muir längst gesehen hatte – das hügelige Umland und eine Unmenge von Seen, Flüssen, Bächen. Zumindest hielt sie das, was silbrig glänzte, zunächst für Wasser. Als die Sonne höher stieg, begriff sie, dass es in Wahrheit die Truppen waren, dass diese zu einer großen, eisernen Welle anschwollen, die alles niederriss, was sich ihr in den Weg stellte.

Wie kann man Freund und Feind überhaupt unterscheiden? Waren sie nicht alle eins?

Noch hatten sich die Armeen nicht ineinander verbissen, wie die Midgardschlange in den eigenen Schwanz, sie marschierten aufeinander zu – die eine die Liffey entlang, die andere von jenem Ort vor Dublin kommend, den man Clontarf nannte.

Ríona stützte sich auf die Mauer. Wie wahnwitzig, hier Lainidh finden zu wollen. Wie wahnwitzig, hier Jón finden zu wollen.

Und doch, sie musste es!

Sie lief wieder hinunter, stürzte auf den Knaben zu, vielleicht auf den gleichen wie soeben, vielleicht auf einen anderen. »Gibt es irgendwo einen geheimen Ausgang, den Händler nutzen, wenn sie Waren in die Stadt schmuggeln wollen, ohne Steuern zu zahlen?«

Der Junge starrte sie verwirrt an. Sie packte ihn, begann ihn zu schütteln. »Verstehst du nicht? Ich muss hinaus!«

Sie war nicht sicher, was sie innehalten ließ, seine Gegenwehr oder die Geräusche. Nicht länger waren nur die Kriegstrompeten zu hören, auch jener grässliche Klang, der die Ohren quälte, wenn Holz auf Stahl traf oder Stahl auf Knochen. Sie fuhr herum, konnte nicht sagen, woher die Laute kamen, wahrscheinlich aus verschiedenen Richtungen, weil der Kampf an mehreren Stellen losgebrochen war. Als sie sich wieder umdrehte, war der Junge jedenfalls verschwunden, und auch sonst war niemand da, der ihr einen Weg aus Dublin weisen könnte.

»Verdammt!«, schrie sie. »König Sitric kann doch nicht so feige sein, sich einfach hinter den Mauern zu verkriechen!«

Eigentlich war es ihr gleich, ob der König von Dublin feige oder mutig war. Vielleicht war er weder das eine noch das andere, sondern schlichtweg klug. Als sie an ihn dachte, fiel ihr jedenfalls ein, wer ihr helfen könnte, die Stadt zu verlassen und Jón und Lainidh zu suchen, obwohl vor den Mauern nichts anderes wartete als der Krieg.

Ich, Gormlaith, war die kriegerische Königin.

Ich hatte so lange gewartet, dass die Schlacht endlich begann, aber als es geschah, fühlte ich nichts. Oder fühlte das Falsche. Fühlte Mitleid mit Ríona, der ich einst den Mann geraubt hatte – und der ich nun womöglich auch noch die Ziehtochter nahm. Gewiss, es war nicht meine Schuld, dass diese nach Irland geflohen war, doch es wäre nicht möglich gewesen, wären von den Orkneyinseln nicht so viele Krieger aufgebrochen, hätte ich nicht diesen Sturm entfacht.

Bevor ich an jenem Tag mit Ríona zusammentraf, stand ich auf der Burgmauer, beobachtete mit Sitric die Schlacht. Auch seine Frau Slàine war dort, obwohl sie sich zunächst geweigert hatte, dem blutigen Treiben zuzusehen.

»Mein Platz ist im Gemach, deiner auf dem Schlachtfeld«, zischte sie durch die Zähne hindurch.

»Bist du närrisch, Weib?«, fuhr Sitric sie an. »Brian hat seinerzeit Dublin geplündert. Ich bleibe hier, um zu verhindern, dass das noch einmal geschieht.«

»Dann rechnest du damit, dass die Schlacht verloren geht?«

Wieder einmal hob er seine Hand, wieder einmal trat ich dazwischen. Kein Schlag traf Slàine, obwohl man sich hinterher erzählte, er habe ihr einen Zahn ausgeschlagen. Ich weiß nicht, wer sich die Lüge ausgedacht hat. Als ob die Wirklichkeit nicht grausam genug war – vor allem in jenem Moment, da die beiden Armeen aufeinandertrafen. Máelmorda führte bergab einen Sturmangriff aus, der tief in die Reihen von Brians Männern schnitt, gleich einem Leinster-Schwert, das den Schädel des Feindes spaltet. Doch während Sitric noch triumphierend heulte, musste er alsbald erkennen, dass der

Feind eines jener Ungeheuer war, dem aus dem gespaltenen Kopf zwei neue wuchsen, oder vielmehr ein Wurm, der, selbst wenn er in der Mitte entzweigehackt wird, nicht reglos liegen bleibt, nein, in zwei Richtungen davonkriecht.

Máelmorda war in eine Falle getappt. Zwar mähten seine Männer in der Mitte viele nieder. An den Seiten hielten sich dennoch genügend Gegner aufrecht, um seine Truppen von hinten anzugreifen.

»Das ist mein Bruder Murchad«, sagte Slàine stolz.

Wie konnte sie bloß einen Bruder erkennen inmitten dieser namenlosen Horden?

Anfangs ließen sich die Iren ja noch von den Nordmännern unterscheiden, weil Erstere Harnische trugen, Zweitere oft nur Felle, manche gar halb nackt kämpften. Doch irgendwann wurde aus ihnen ein rotes Einerlei.

Die Nordmänner kamen Máelmordas Truppen zu Hilfe, und das Ungeheuer Krieg riss seinen Schlund noch weiter auf. Ihm war egal, auf welcher Seite mehr fielen. Der Tod ist nicht wählerisch, auch wenn ihm Krieger lieber als Greise und Kinder sind, weil diese närrisch genug sind, seine Umarmung zu suchen.

Slàine war gleichfalls närrisch. Als immer mehr fielen, als immer deutlicher wurde, dass niemand einen leichten Sieg einfahren würde, begann sie zu lachen. Es war kein echtes Lachen, es war das verzerrte Echo ihres jahrelangen Weinens, und die Vorfreude, die ich kürzlich noch gefühlt hatte – auf den Moment, da der unterlegene Brian durch Dublin geführt werden, ich ihn hier erwarten, ihm Wein reichen, ihm sagen würde, wir hatten es doch schön damals –, war jäh nur ein schwacher Abglanz jahrelanger Bitterkeit.

Ich wandte mich ab. Den Kampfgeräuschen konnte man in Dublin an diesem Tag nirgendwo entrinnen – Slàines Lachen schon. Ehe ich sie weit genug hinter mir gelassen hatte, stellte sich mir ein Diener in den Weg.

»Die Rabenfrau will dich sprechen.«

In diesem Augenblick dachte ich nicht an Ríona, ich dachte an die Göttin des Krieges, die sich dann und wann in einen Raben verwandelte. Morrigan hieß sie, und ihre Lieblingsspeise waren die Köpfe der Gefallenen. Was will sie von mir?, dachte ich, mein Kopf besteht nur mehr aus morschen Knochen, schlaffer Haut, nicht mehr aus weichem Fleisch.

Doch da drängte Ríona den Diener zur Seite, auf ihrem Unterarm saß ihr Rabe. »Ich … ich muss Jón suchen … und der wiederum sucht nach Lainidh … niemand öffnet mir das Tor. Du musst mir helfen.«

»Es ist verrückt, die Stadt zu verlassen.«

»Ich muss ihn finden! Ich muss ihm sagen, dass ich ihn liebe. Zumindest mehr liebe, als dass ich ihm zürne.«

»Liebst du ihn auch mehr als Fionn?«

Wie selbstverständlich mir der Name von den Lippen perlte. Sie hingegen schien eine Weile zu brauchen, bis er eine Bedeutung für sie bekam.

»Fionn zählt nicht mehr, Fionn hat mich damals im Stich gelassen.«

Ich hätte ihr schon auf den Orkneyinseln die Wahrheit sagen können. Keine Ahnung, warum ich es damals nicht tat. Keine Ahnung, warum ich es jetzt tat. Vielleicht, weil der Krieg keine Lügen kennt, in seinem Rausch alles Verstellende abfällt, alles Echte ans Licht dringt. Vielleicht ist der Krieg aber auch die größte aller Lügen. Er macht uns glauben, dass es auf dieser Welt darum geht, wer der Stärkste ist, nicht, wer am innigsten liebt.

So oder so konnte ich nicht weiter lügen. Ich erzählte ihr alles: dass Fionn nicht von ihr davongelaufen war, nur zu seinem verletzten Bruder. Dass ich nie nach einem O'Néill suchen ließ, der sie freikaufen könnte, vielmehr von Anfang an vorhatte, sie gewinnbringend zu verkaufen. Dass ihre Trennung unausweichlich gewesen war – die besten Preise für eine Sklavin zahlte man auf Island, die besten für einen Sklaven in jenem heißen Land im Süden –, ich aber keinen Aufruhr gewollt hatte. Allerdings hatte ich auch ein wenig erreichen wollen, dass ihre und Fionns Enttäuschung größer sein würde als ihr Schmerz umeinander.

Ich weiß nicht mehr, wie viele Worte nötig waren, dies alles zu sagen. Ríona schien kein einziges derer zu verstehen, starrte mich an. »Hörst du nicht?«, rief ich. »Fionn hat dich nicht im Stich gelassen. Er hat eure Liebe nicht verraten. Er war nicht schwach und feige. Nachdem er die Wunden seines Bruders behandelt hatte, wollte er zu dir zurück.«

»Bruder …«, echote Ríona nun endlich.

»Aber er hatte keine Chance. Gemeinsam mit dem Bruder wurde er auf ein Schiff in Richtung Süden geschafft, um dort als Sklave verkauft zu werden. Ich habe nie wieder etwas von ihm gehört.«

Erneut konnte Ríona nicht anders, als eines ihrer Worte zu wiederholen. »Sklave …«

»Vielleicht war es falsch, was ich damals getan habe. Vielleicht war es richtig. Jedenfalls hast du gelernt, ohne ihn zu leben. Und das ist doch da Wichtigste: dass man lebt.«

Jäh packte sie meinen Unterarm. Ihre Hände fühlten sich gar nicht wie solche an, eher wie die Krallen ihres schwarzen Vogels. Und die Worte schienen nicht von weichen Lippen zu kommen, sondern von einem spitzen Schnabel.

»Dir war das Leben allein doch auch nicht wichtig genug«, sagte sie mit rauer Stimme, fand übers Reden die Kraft fortzufahren: »Du wolltest Rache. Nun, vielleicht findest du heute deine Rache, ich glaube indes nicht, dass dich das glücklich macht. Mich wiederum wird Fionn nicht glücklich machen können, denn wenn es stimmt, was du sagst, er in irgendein fernes Land verschleppt wurde, werde ich ihn ja doch nie wiedersehen. Aber vielleicht finde ich mein Glück bei Jón, und deswegen muss ich ihn suchen.«

Das Glück, von dem sie sprach, war kein lichtes, leichtes. Es war eines, für das man Opfer bringen musste und Kämpfe ausfechten. Gerade deshalb fühlte ich plötzlich, wie sehr mir nicht nur jenes Glück fehlte, auch die Sehnsucht danach.

»Deine Liebe zu Fionn hat dir nur Unglück gebracht«, rief ich kläglich. »Warum bist du so dumm, noch einmal zu lieben?«

»Dein Hass auf Brian hat dir nur Unglück gebracht«, erwiderte sie, »warum bist du nicht so klug, statt dieser großen Schlacht Liebe und Versöhnung in die Welt zu bringen?«

So wie ich ihr die Wahrheit gesagt hatte, offenbarte sie sie nun mir. Auf einen großen Triumph hatte ich mich vorbereitet, mich zugleich gegen eine Niederlage gewappnet, doch womit ich nicht gerechnet hatte, war Reue, die ich jäh fühlte.

Ich, Gormlaith, war die kriegerische Königin. Ich hatte dafür gesorgt, dass jenes Untier sein Maul weit aufriss, sämtliche spitzen Zähne zeigte, aber ich konnte dieses Tier nicht beherrschen, nicht dafür sorgen, dass es die Richtigen fraß, die Richtigen ausspuckte. Nicht einmal gegen Ríona konnte ich mich wehren, als sie mich mit sich riss.

»Ich muss Jón suchen! Entweder du sorgst dafür, dass ein Stadttor geöffnet wird, oder du zeigst mir einen geheimen Ausgang.«

Ich wehrte mich nicht gegen sie. Ich wehrte mich auch nicht gegen die Gewissheit, dass Gormlaith, die kriegerische Königin, dem Krieg nicht zuschauen durfte wie die Aasgeier, die weit oben schweben, auf die Totenstille warten. Mein Platz war dort, wo sich die Krieger Auge in Auge gegenüberstanden, wo Waffen sich trafen, wo Blut spritzte, wo nichts von dem, was ich da entfesselt hatte, heldenhaft war, ruhmvoll und groß.

Als wir wenig später Dublin verlassen hatten – ja, es gab einen geheimen Ausgang, und ich kannte ihn –, erfuhr ich allerdings bald, dass sich Krieger niemals Auge in Auge gegenüberstehen. Krieger sind blind wie der Tod. Er sieht ja auch nicht hin, auf wen genau er mit seiner Pranke drischt, Hauptsache, er bringt genügend Menschen zu Fall.

Ríona hatte mich losgelassen, auf ihrem Unterarm saß immer noch ihr Rabe. Ganz still saß er dort, während ein anderer Rabe flatterte – der auf dem Rabenbanner, unter dem die Truppen von Jarl Sigurd in die Schlacht gezogen waren.

Wenn dieser Tag zu Ende sein würde, würde man sich viele Legenden erzählen, so auch die, dass dieses Rabenbanner magische Kräfte hatte und zum Sieg verhelfen konnte, vorausgesetzt, es fiel nicht zu Boden. Das wussten die Feinde, weswegen sie einen Bannerträger nach dem anderen töteten. Immer war ein neuer zur Stelle, um es zu halten, am Ende ergriff Jarl Sigurd selbst es, denn lieber wollte er sterben – was er tat –, als das Rabenbanner im Dreck landen zu sehen und auf den Sieg zu verzichten.

Ob all das stimmt, ich weiß es nicht. Ich weiß nur, dass der Rabe auf dem Banner nicht lebte – Ríonas Rabe aber sehr wohl. Und seinetwegen lebten auch wir Stunde um Stunde, obwohl wir in das blutige Treiben gerieten. Ganz nah um uns herum wurde gekämpft, und doch traf uns keine Klinge, kein Pfeil, kein Wurfspieß. Denn wer den Raben sah – das Tier, das die Kriegsgöttin begleitet und in das sie sich manchmal verwandelt –, wich zurück. Der Tod zog eine blutige Schneise, Ríona und der Rabe hingegen eine Schneise des Lebens. Sie konnte Schritt vor Schritt setzen, ohne dass jemand sie zu Fall brachte, und ich folgte ihr, nicht länger die kriegerische Königin, nein, die unsichtbare Königin, wobei ein unsichtbares Wesen keine Königin mehr sein kann, nur ein Geist wie der der zahlreichen Toten, die verzweifelt über das Schlachtfeld irrten und ihre zerstückelten Körper suchten. Wie konnten sie diesen bloß finden, wenn doch immer neue fielen? Wie konnte ich mich selbst jemals wiederfinden, wenn ich mit eigenen Augen sehen musste, was ich angerichtet hatte?

Plötzlich waren es nicht nur die Geister, die auf dem Schlachtfeld irrten, plötzlich waren es auch die Lebenden, die ihre Waffen sinken ließen, zu rennen begannen. Die Männer aus Leinster wa-

ren den Iren aus Munster, die gegen Abend unter Murchads Führung einen neuen Angriff unternommen hatten, unterlegen. Und die Nordmänner kamen ihnen nicht wieder zu Hilfe, entschieden zu fliehen. Sie liefen in Richtung Flussmündung, wo ihre Schiffe warteten – oder vielmehr warten sollten. Der Wind, den ich nicht fühlte, der nun aber das Gefieder des Raben blähte, hatte sie jedoch in Richtung des offenen Meeres weggetrieben. Und anstatt sich mit dieser Beute zu begnügen, stieg die Flut noch weiter an, verschlang etliche der Männer.

Ein paar waren geistesgegenwärtig genug, in die Wälder zu fliehen, doch dort warteten die feindlichen Krieger. Zwischen den Wellen ging das Gemetzel weiter, zwischen den Bäumen ging das Gemetzel weiter. Das Blut färbte Fluss wie Meer rot, nur in der dunklen Erde versickerte es, diese blieb braun. Die Sonne wiederum verblasste, sie hatte nicht einmal Tränen, um das eigene Schmelzen zu beweinen. Senkte sich wirklich die Schwärze des Himmels über die Erde, nicht vielmehr die Schwärze der Erde über den Himmel?

Noch schluckte die Dunkelheit nicht alles. Ich sah die vielen Toten, ich sah die noch Lebenden, ich sah solche, die sich im Reich dazwischen befanden – ächzende, sich windende Verwundete. Es lagen mehr auf der sumpfigen Wiese, als im Frühling Blumen wuchsen.

Ríona beugte sich über einen, ich vermutete, dass es dieser Jón war. Der Rabe zog nunmehr weite Kreise um sie, nur das Rabenbanner von Jarl Sigurd war nicht mehr zu sehen. Dreckig und blutbesudelt lag es am Boden. Die Schlacht war vorbei, die Schlacht war verloren.

VI.
1014 – 1021

In der Nähe von Dublin

Am Morgen der Schlacht hatte Fionn nicht Lärm geweckt, es war ein Kitzeln an der Nase, gefolgt von einem Lachen. Er schlug die Augen auf, sah Lainidh vor sich sitzen, einen Grashalm in der Hand, mit dem sie über seine Nase fuhr. Zum ersten Mal fuhr sein Blick nicht sofort zu der Wunde, die in der letzten Woche gut geheilt war. Und zum ersten Mal war sein erster Gedanke nach dem Erwachen nicht: Wann wird die Schlacht beginnen? Stattdessen stimmte er kurz in Lainidhs Lachen ein, labte sich an dem Ton. Viel zu schnell verstummte sie, ließ den Grashalm sinken.

»Die Schlacht hat begonnen«, sagte sie leise.

Er fuhr hoch. »Warum hast du mich nicht geweckt?«

»Noch braucht man dich nicht.«

Fionn rieb sich den Schlaf aus den Augen, sah sich nach seinen Instrumenten um. Wie jeden Abend hatte er sie mit Wein gewaschen. Wein gab es genug, er floss in Strömen, schenkte den einen Mut, den anderen Vergessen. Wieder andere wurden davon roh, gewalttätig. Einer hatte am Abend zuvor plötzlich Lainidh gepackt, eine Haarsträhne um den Daumen gewickelt, daran gerissen und gerufen: »Die will ich mir um die Standarte binden, das bringt gewiss Glück.«

Fionn hatte die wüstesten Drohungen und Schimpfwörter ausgestoßen, die ihm eingefallen waren, doch erst als sich Brian Borus Diener Laidann eingemischt hatte, hatte der Mann Lainidh freigegeben.

Schon bisher hatte Lainidh in Fionns Zelt geschlafen, weil

es hier am sichersten war, doch in dieser Nacht hatte sie sich so fest wie nie zuvor an ihn geschmiegt – oder er sich an sie. Er wusste es nicht so genau, er wusste nur, dass es sich gut anfühlte und dass er, auch wenn ihr zarter Körper ihn dazu verführte, nicht an Ramira, nicht an Ríona denken wollte. Lainidh hatte verdient, mehr zu sein als bloß ein Schatten seiner Erinnerungen. Ein Schatten war dunkel, aber an dieser blassen, blonden Frau war nichts Dunkles. Nicht einmal eine Vergangenheit schien sie zu haben, denn sie erzählte nichts von sich, auch nicht, von wem sie das Singen gelernt hatte. So sanft und weich wie ihre Töne klangen, musste es ein feiner Mensch an einem schönen Ort gewesen sein, und obwohl er insgeheim wusste, dass es einen Ort, der zu diesen Tönen passte, nicht gab, konnte er sich in ihrer Gesellschaft doch vormachen, dass im morastigen Umland Dublins keine große Schlacht bevorstand, nur ein friedvolles Leben.

Heute konnte er sich allerdings nicht belügen. Nachdem er alle Instrumente kontrolliert hatte, winkte er Lainidh, mit ihm zu kommen, um im Zelt des Königs zu warten.

»Ostern steht bevor«, hatte Brian Boru erst am Vortag verkündet, »ich werde an keinem Feiertag kämpfen.«

Wenn er es recht im Kopf hatte, war am kommenden Tag Karfreitag, doch Fionn vermutete, dass der König nicht aufs Töten verzichtete, weil an diesem Tag Jesus gestorben war, ihn vielmehr Zahnschmerzen, sein steifer Rücken, seine morschen Glieder davon abhielten. Seinem ältesten Sohn kam die Frömmigkeit des Vaters zupass: Murchad erklärte eifrig, er werde das Kommando über die Truppen aus Munster übernehmen, während Conan, sein Vetter, die Männer anführen würde, die aus dem verbündeten Connacht stammten.

»Und ich?«, hatte Toirdelbach gefragt.

Er war Conans Sohn, der Fionn bis jetzt nur aufgefallen

war, weil er ständig den Schwertkampf übte, deswegen immer irgendwo verletzt war, sich jedoch weigerte, die Wunden nähen zu lassen. Sonst würden keine richtigen Narben entstehen, behauptete, er wolle aber so viele wie möglich haben. Auf seinen Wangen wuchs nur ein dünner Flaum, die Stimme, zwischendurch männlich dunkel, brach noch oft, in seinem Blick stand jenes Feuer wie bei vielen Kriegern, nur noch nicht das Wissen, dass dieses Feuer kalt war. Toirdelbach war vierzehn Jahre alt – zu jung zu kämpfen, zu jung zu sterben. Allerdings war er nicht zu jung, um siegen zu wollen, wie er am Vorabend lautstark bekundet hatte.

Ob seiner Kampfeslust hatte Fionn an Ennis denken müssen, und das Herz war ihm schwer geworden. Auch Brian Borus Blick schien traurig, als er auf dem Großneffen ruhte. Am Ende aber stimmte er zu, dass Toirdelbach seinen Vater aufs Schlachtfeld begleiten durfte.

Als Fionn mit Lainidh das Zelt betrat, konnte er nicht erkennen, ob Brian Boru mittlerweile mit dieser Entscheidung haderte. Der Hochkönig kniete, betete. Gut möglich natürlich, dass er keine Zwiesprache mit Gott hielt, sondern schlichtweg nicht hochkam. Während über seine Lippen kein lautes Wort kam, redete Tadc in einem fort. Tadc war Brians jüngster Sohn, der auch kämpfen wollte, dem es aber verboten worden war. Seine Haut war noch glatt, trug nicht einmal einen Flaum, geschweige denn eine Narbe. Gleichwohl schlug er sich gerade energisch auf die Brust, erklärte, dass hier das Herz eines Kriegers schlage.

»Genug!«, rief Brian streng, und Tadc verstummte, sodass in der Ferne jene Laute zu hören war, gegen die sich Fionn gewappnet hatte.

Noch konnte man sie mit dem Rauschen des Meeres, dem Summen von Bienen verwechseln, mit einem aufziehenden Gewitter schließlich, wenn der Himmel bereits schwarz war, die Vögel hektisch kreisten, aber noch kein Donner zu vernehmen war. Doch bald wurde ein eindeutiges Klirren daraus – und das unerwartet nah. Während in der Ferne gekämpft wurde, errichtete jene Truppe, die zu Brian Borus Schutz zurückgeblieben war, eine Wand aus Leibern und Schilden um das Zelt.

Als Fionn sich wieder umdrehte, war Brian aufgestanden und hatte sich von Laidann einen Kelch reichen lassen. Er machte allerdings keine Anstalten, den Wein zu trinken.

»Vor vielen Jahren«, begann er zu sprechen, »bin ich im Wald vom Pferd gestürzt. Ich habe nie jemandem davon erzählt, weil es eine schreckliche Schmach war. Es war noch nicht einmal ein kampfwütiger Eber, der mich unachtsam hatte werden lassen, nein, ich sah einfach zu spät einen tief hängenden Ast. Er schlug gegen meine Stirn, dann wurde es schwarz vor meinen Augen, und als ich sie wieder öffnete, konnte ich die Elfen sehen.«

»Elfen kann man nicht sehen, und wenn man sie sieht, stirbt man«, sagte Tadc rasch.

»Nein«, widersprach der König, »wenn man ihren Gesang hört, stirbt man.«

Fionn hatte lange nicht mehr an Elfen gedacht. Einst hatte er gemeinsam mit Ríona Ausschau gehalten, voller Scheu, voller Furcht, aber auch voller Neugier. Jetzt dachte er, welch Unsinn es war, dass man an ihrem Gesang sterben könnte. Wenn er in den vergangenen Tagen dem von Lainidh gelauscht hatte, hatte er sich lebendig wie nie gefühlt, erstmals seit Langem vermeint, nicht nur auf verbrannte Erde zu treten und nicht ausschließlich von siechen Leibern umgeben zu sein. Dass er ihre Wunde hatte heilen können, war ihm bereits als Wunder erschienen – das noch größere war, dass auch er selbst sich wieder heil fühlte.

Jetzt sang Lainidh nicht. Die Elfe, der Brian Boru begegnet war, hatte gleichfalls nicht gesungen. Nur etwas zugeflüstert hatte sie ihm – dass er eines Tages Hochkönig von Irland sein, aber auch, dass er bei einer Schlacht in der Nähe von Dublin sterben würde.

Erstmals schwieg Tadc, ob starr vor Schreck oder aus Unglauben, ließ sich nicht sagen. Brian machte gluckernde Geräusche, als er aus seinem Weinkelch trank.

»Unsinn«, sagte sein Diener Laidann, »Elfen sind listig und bösartig, sie führen die Menschen mit Absicht in die Irre, locken sie in Reiche, in denen man binnen eines Tages altert. Du wirst nicht sterben, du wirst siegen.«

»Wie soll ich siegen, wenn ich nicht selbst kämpfe?«

»Deine Sippe wird das für dich tun, ich werde mich nach Neuigkeiten umhören.«

Tadc folgte ihm aus dem Zelt, sodass nun nur mehr Lainidh und Fionn dem König Gesellschaft leisteten. Lainidh ließ sich auf die Knie sinken, begann mit mechanischen Bewegungen ihre Harfe zu polieren, obgleich diese ohnehin glänzte. Fionn trat zu Brian Boru, der sich wieder einschenkte, dieses Mal jedoch nicht trank. Der König wusste nichts zu sagen, Fionn auch nicht, schweigend warteten sie.

Vielleicht verging kaum Zeit, vielleicht eine Ewigkeit. Gut möglich, dass der Krieg den gleichen Gesetzen unterworfen war wie das Elfenreich. Als Laidann das erste Mal zurückkam, klang seine Stimme jedenfalls triumphierend. Er überbrachte die Botschaft, dass Murchads Truppen mit denen von Máelmorda zusammengestoßen waren, dass der Sohn den König von Leinster zurückgeschlagen hatte, ihn nun jagte.

Tadc war ihm mit hochrotem Gesicht gefolgt. »Wahrscheinlich wird Máelmorda wieder auf einen Baum fliehen. Und Murchad wird diesen heute fällen.«

Brian hatte mit stoischer Miene gelauscht. »Und wenn der Baum dabei auf ihn selbst fällt?«, gab er zurück. »Und wenn Murchad Máelmorda so verbissen jagt, dass er zu tief ins Gebiet der Feinde vorrückt?«

»Noch ist seine Standarte zu sehen«, berichtete Laidann.

»Und Conan wird ihm den Rücken freihalten«, fügte Tadc hinzu.

Wieder verließen sie beide das Zelt, wieder wurde aus der Zeit ein schwarzes Loch, in dem alles versickerte. Zurück kehrten sie mit der Botschaft, dass die Standarte immer noch zu sehen, aber blutbefleckt sei. Und als die Sonne blass vom Himmel zu rutschen begann, kam die Nachricht, dass sie verschwunden sei.

»Aber das hat nichts zu bedeuten«, fügte Laidann schnell hinzu.

Ein Ächzen drang aus Brians Mund, als hätte er Schmerzen.

»Murchad lebt gewiss noch«, rief Tadc. »Und er wird siegen!«

Die nächsten Neuigkeiten ließen Brian nicht ächzen, dafür seufzen. Nein, ein Lebenszeichen von Murchad gab es nicht, seine Truppen hatten den Feinden allerdings derart zugesetzt, dass etliche von den Nordmännern die Schlacht verloren gaben, zu fliehen versuchten. »Aber sie schaffen es nicht zu den Schiffen, weil die von der Flut weggetrieben wurden«, verkündete Laidann schadenfroh.

»Entweder ertrinken sie oder sie werden zuvor erschlagen«, fuhr Tadc an seiner statt fort, und seine Stimme klang, als würden Waffen aufeinandertreffen.

Vom Lied einer Elfe habt ihr Angst, dachte Fionn, in Wahrheit ist es doch weitaus bedrohlicher, Kunde von einem vermeintlichen Sieg zu bekommen, der nichts als sinnloses Blutvergießen ist.

»Was ist mit Murchad?«, fragte Brian schwach.

»Noch gibt es von ihm kein Lebenszeichen, aber wenn er gestorben ist, dann hat uns nicht zuletzt sein Opfer zum Sieg verholfen.«

»Was ist mit Conan?« Laidann zuckte mit den Schultern. »Und was mit Toirdelbach?« Wieder ein Schulterzucken. »Es können doch nicht alle tot sein!« Brian brüllte nun.

»Ganz sicher lebt dein Sohn Donnchad noch«, sagte Laidann. »Schließlich hast du ihn zum Plündern nach Leinster geschickt.«

»Nein«, sagte Brian und seine Stimme klang gebrochen. »Ich habe ihn nicht zum Plündern nach Leinster geschickt, nur, damit er überlebt. Und damit er nicht gegen Sitric kämpft, schließlich ist der sein Halbbruder.«

Fionn war das nicht neu, er wusste, dass Donnchads Mutter Gormlaith war. Doch jedes Mal wenn darauf die Rede kam, zuckte er zusammen, stiegen Erinnerungen hoch, obwohl oder gerade weil Gormlaiths Name nicht gefallen war.

»Geht!«, befahl Brian seinem Diener und Tadc.

Fionn und Lainidh hingegen bat er zu bleiben. Welchen Sinn das hatte, wusste Fionn nicht.

Was nützt ein Arzt, der nicht heilt, eine Sängerin, die nicht singt?

Doch Brian erwartete etwas ganz Bestimmtes von ihm. »Wiederhole sie!«, befahl er unwillkürlich. »Wiederhole sie!«

»Was?«

»Die Worte von diesem König, den du kanntest.«

»Er war kein König, er war ein Kalif, und ich kannte ihn nicht. Als ich in Córdoba lebte, war er längst tot.«

»Sag sie trotzdem!«

»Führe keine unnötigen Kriege, sichere den Frieden, damit es dir und deinem Volke wohlergehe. Erhebe das Schwert nur gegen die,

die Unrecht begehen. Welche Freude liegt darin, ein Land zu überfallen und zu zerstören, Raub und Zerstörung bis ans Ende der Welt zu tragen? Lass dich nicht von der Eitelkeit blenden. Deine Rechtsprechung möge so friedlich sein wie ein ruhiger See.«

Brian Boru drehte sich langsam zu ihm um, der Bart, der immer so rot geleuchtet hatte, schien in den letzten Stunden grau geworden zu sein. »Ich bin mir nicht sicher, ob das das Klügste oder Dümmste ist, was ich je gehört habe. Ich bin auch nicht sicher, ob es das Mutigste oder Dümmste ist, was Murchad getan hat, als er zu tief in die Reihen der Feinde vordrang. Und erst recht weiß ich nicht, ob ich der größte aller Könige von Irlands sein werde oder der erbärmlichste. Aber vielleicht macht das keinen Unterschied, zumindest nicht im Krieg. Der Krieg ist grau, nicht weiß oder schwarz. Alle Grenzen zerfließen in seinem Nebel.«

Fionn wusste nichts dazu zu sagen, Lainidh strich unwillkürlich über ihre Harfe. Der Laut, der erklang, glich einem Winseln, keiner Melodie.

»Mein König«, begann Fionn leise, »was immer deinen Verwandten zugestoßen ist – die Schlacht scheint vorbei zu sein, du bist der Sieger.«

Eine Weile dachte er, dass Brian Boru ihn nicht verstanden hatte, doch plötzlich ging ein Ruck durch ihn. »Und woher sollen die Farben kommen, die den Sieg zu einem strahlenden, leuchtenden, bunten machen?«

Sein Bart erschien noch grauer, aber vielleicht lag das nur daran, dass der Tag sich neigte. Sein Gesicht war verzerrt, aber vielleicht war das kein Zeichen von Kummer und Reue, nur dafür, dass er plötzlich argwöhnisch lauschte. Auch er selbst tat das nun, vernahm die Laute, die von draußen kamen. Solange die Schlacht getobt hatte, hatte man die fernen Kampflaute für eine Sinnestäuschung halten können. Nun kamen sie näher, es war eindeutig ein Klirren, ein Ächzen.

Lainidh drückte unwillkürlich die Harfe an sich, er hätte sie am liebsten an sich gezogen, stattdessen rang er sich durch zu sagen: »Wartet hier. Ich werde nachsehen!«

Er stürzte hinaus, sah, dass eine Truppe Bewaffneter auf jenen Schildwald zustürzte, der Brians Zelt schützte. Das Gebrüll, das die Männer beim Näherkommen ausstießen, war so laut, dass er mindestens zwei Dutzend Angreifer vermutete, die mühelos Brians Krieger niedermähen, das Zelt niedermähen, sie alle niedermähen konnten. Was immer während der Schlacht passiert war – es hatten offenbar genügend Nordmänner überlebt, um nun der Schlange, gleichwohl diese sie längst vergiftet hatte, den Kopf abzuhauen.

Lainidh … ich muss Lainidh schützen.

Als er sich wieder abwandte, nahm er aus den Augenwinkeln wahr, dass es gar nicht zwei Dutzend Männer waren, die auf Brian Borus Zelt zustürzten, es waren nur drei.

Nicht dass sie weniger tödlich waren. Ehe er sich ducken konnte, zischte etwas Dunkles an seinem Kopf vorbei. Er spürt einen brennenden Schmerz an der Schläfe, und erst als der etwas verebbte, begriff er, dass ihn eine Streitaxt gestreift hatte. Ihr eigentliches Ziel war einer von Brians Kriegern gewesen, in dessen Brust sie nun steckte. Er taumelte, brach zusammen. Fionn war nicht geistesgegenwärtig genug, ihn aufzufangen, stürzte dennoch auf ihn zu, um zu sehen, ob er noch helfen konnte. Leere Augen blickten ihn an, dann traf ihn etwas Schweres.

Ein anderer Krieger Brians war getroffen worden, brach über ihm zusammen, was kurz den Eindruck erweckte, er wäre von einem Baum begraben worden. Er versuchte, den Leib von sich zu stoßen, schaffte es nicht. Eine Stimme in ihm sagte, dass dies gut so war, denn was ihn schier zu zerquetschen drohte, schützte ihn zugleich vor dem Tod. Starr liegen bleiben konnte er dennoch nicht – nicht als die Kampflaute anschwollen, als das Reißen von Leinen hinzukam.

Die drei Angreifer mussten das Zelt erreicht, es aufgeschlitzt haben ... Brian Boru ... Lainidh ...

Ein letztes Mal stemmte er sich mit ganzer Kraft gegen den Leichnam. Sein Mund war voller Erde, als es ihm endlich gelang. Etwas verklebte seine Augen, er wusste nicht, ob eigenes oder fremdes Blut, eigener oder fremder Schweiß.

Halb blind wankte er ins Zelt, nahm zumindest Schemen wahr. Lainidh hockte auf dem Boden, den Oberkörper über die Harfe gebeugt, als gälte es diese zu schützen wie ein Kind. Er wollte zu ihr gelangen, aber da waren so viele andere, an denen er nicht vorbeikam – zwei weitere Krieger Brians, die wie er ins Zelt gestürzt waren, die Angreifer hatten wegdrängen wollen, dabei selbst getötet worden waren. Wie hätten sie auch Widerstand leisten können gegen jene drei, die es auf den König abgesehen hatten? Keine Krieger schienen es zu sein, Raubtiere vielmehr, die zwar wussten, dass sie sterben würden, denen dieses Wissen aber die Kraft und Entschlossenheit gab, Brian Boru mit in den Tod zu nehmen. Dieser hielt immer noch den Kelch in der Hand, doch der Wein, der sich darin befand, würde niemals seine Lippen benetzen, niemals durch seine Kehle fließen. Er wusste wie die Männer, dass er sterben würde, bei ihm bedingte das allerdings keine Kraft und Entschlossenheit, nur Resignation.

Sein Diener Laidann versuchte erst gar nicht, ihn zu retten, er machte sich klein wie Lainidh, ein anderer hatte hingegen mehr Widerstandsgeist. Brians Enkel Tadc, der bei der Schlacht nicht hatte kämpfen dürfen, stürzte auf einen der Angreifer zu. Ob und womit er bewaffnet war, sah Fionn nicht, nur dass Brians Resignation zur Verzweiflung wurde. Er warf Fionn einen flehentlichen Blick zu, und mehr instinktiv als willentlich warf der sich nicht schützend auf Lainidh, wie er es eigentlich beabsichtigt hatte, dafür auf den jungen Tadc.

Sie lagen kaum, als Blut auf sie spritzte. Grässliche Laute drangen an sein Ohr, und obwohl es gewiss besser war, die Bilder dazu nicht zu sehen, drückte er nur Tadc' Gesicht in den weichen Boden, blickte selbst aber hoch.

Der Anführer der drei Eindringlinge hatte eben einen fünften Krieger Brians gemeuchelt, hob seine Axt nun in Brians Richtung. »Ich bin Brodir von Man, und ich bin hier, um Brian Boru zu töten.«

Fionn glaubte schon zu hören, wie die Axt Brians Kopf spaltete, da sagte einer der anderen: »Das ist unmöglich der Hochkönig. Er ist unbewaffnet wie ein Priester.«

Brodir hielt kurz inne, blickte Brian fragend an.

Lüg, dachte Fionn, so lüg ihm doch irgendetwas vor, um dich zu retten.

Aber Brian wusste wohl: Einer wie der berüchtigte Brodir von Man würde auch einen Priester erschlagen, und er wollte als der sterben, der er war, als der Hochkönig von Irland.

Wie er seinen Namen sagte, konnte Fionn schon kaum mehr hören, denn in diesem Augenblick begann sich Tadc zu winden. Er packte ihn im Nacken, drückte ihn wieder zu Boden. Was immer er dadurch versäumt hatte – der Rest würde sich auf ewig in sein Gedächtnis einprägen. Wie Brian die Hände hob, vielleicht, um sich zu schützen, vielleicht, um seinen Mörder zu verfluchen. Wie eine Hand zu Boden fiel, weil Brodir sie ihm abhackte. Wie der auch noch den linken Fuß abschlug, und erst dann den Kopf spaltete. Wie er immer noch nicht genug hatte, den Körper des Königs in noch mehr

Stücke hacken wollte. Wie Brians Krieger hereinstürmten, um ihn davon abzuhalten.

»Zieht aus und berichtet allen, dass Brodir von Man Brian Boru zu Fall gebracht hat«, brüllte einer.

Seine Gefährten zogen nirgendwo mehr hin, sie rannten geradewegs in Schwerter. Wie Brodir starb, sah Fionn hingegen nicht. Brians Krieger waren geistesgegenwärtig genug, um zu verhindern, dass sein Leichnam auf den des Hochkönigs fiel, sie zogen ihn hinaus. Auf kurzes Klirren und Geschrei folgte Stille, die in den Ohren wehtat. Was erst recht wehtat, war Tadc' Ellbogen, der sich immer wieder in seinen Bauch rammte. Fionn gab den Jungen frei, wollte aufstehen, konnte es nicht. Nur in Lainidhs Richtung blicken konnte er, er sah dennoch nicht sie, sah nur die Harfe achtlos auf dem Boden liegen. Die Angst schwoll in seiner Kehle zu einem großen Knoten, doch der platzte, als er jäh Hände an seinen Schläfen spürte. Es brannte, weil ihn die Streitaxt getroffen hatte, aber der Schmerz war vergessen, als Lainidh über seine Stirn streichelte. Vielleicht wollte sie auch einfach nur den Schweiß wegwischen.

Die Bilder, die er gesehen hatte, würde sie nicht wegwischen können, als sein Blick in ihren Augen versank, wusste er hingegen, dass er damit leben konnte, solange sie bei ihm war. Vielleicht konnte er nur, weil er das Hässlichste gesehen hatte, das Schönste deutlich wie nie wahrnehmen. Vielleicht schürte gerade der Tod, machtvoll wie hässlich, seinen Hunger nach Leben.

Er zog sie an sich, achtete nicht darauf, dass er ihre blonden Haare mit Blut befleckte, und küsste sie. Falls die Welt unterging, sollte das das Letzte sein, was er tat. Falls das Leben weiterging, sollte das das Erste sein, womit die Zukunft begann.

Die Welt ging nicht unter, der Kuss war trotzdem vorbei. Ihre Lippen lösten sich voneinander, ohne dass er wusste, wie lange sie verschmolzen gewesen waren. Der Krieg machte Menschen zu Greisen wie ein Aufenthalt im Elfenreich. Die Liebe ließ sie jung werden, zumindest fühlte er sich kurz jung, von all den Ereignissen, obgleich er sie hautnah miterlebt hatte, nicht gezeichnet.

Sein Herz holperte, die Zeit holperte, dann ertönte ein Schluchzen. Nicht Lainidh stieß es aus, der junge Tadc. Er hockte vor dem toten Großvater oder vor dem, was übrig geblieben war, umklammerte das abgeschlagene Bein, den Arm, zuletzt den Kopf, anscheinend dem Wahn verfallen, dass, wenn er alles an sich raffte, er wieder zusammenwachsen, wieder leben würde. Es dauerte eine Weile, bis ihm aufging, dass das nicht geschah. Erst hob er die blutigen Hände klagend, dann vorwurfsvoll.

»Du!«, schrie er heiser in Fionns Richtung. »Du hast mich daran gehindert, den König zu retten!«

»Hätte ich es nicht getan, wärst du nun auch tot.«

»Ein *liaig* darf nicht stärker sein als ich, das ... das ist Verrat.« Seine Stimme brach und hatte doch noch genug Kraft, sich an Brians Krieger zu wenden, die eben das Zelt betraten, hinzuzufügen: »Nehmt ihn fest!«

Noch hielt Fionn Lainidh umklammert, sie ihn gleichfalls. Er wollte sie loslassen, sie von sich stoßen, um sie nicht mit ins Verderben zu reißen, doch sie ließ ihn nicht los. Die Krieger ergriffen ihn ohnehin nicht. Verstört blickten sie auf Brians Leichnam.

Ehe Tadc den Befehl wiederholen konnte, sagte Laidann: »Wir können auf einen *liaig* nicht verzichten.«

»Warum?«, rief Tadc. »Für Vater kommt jede Hilfe zu spät.«

»Für Toirdelbach und Conan ebenso«, sagte Laidann, »aber

eben kam Nachricht vom Schlachtfeld. Murchad scheint noch zu leben, wenn er auch schwer verletzt wurde. Wenn jemand ihn retten kann, dann ist das der *liaig*. Also lass ihn seine Pflicht tun, und tu du deine.«

Tadc Unterlippe bebte, ließ ihn als das erschienen, was er hinter gerechtem Ärger war: ein verwirrtes, tieftrauriges Kind. »Was … was ist denn meine Pflicht?«

»Trauere um deinen Großvater.«

Tadc schien keine Ahnung zu haben, was das bedeutete. Laidann erklärte es ihm nicht, winkte Fionn nur, ihm zu folgen. Die Krieger aus Munster, auf die sie draußen stießen, hatten eine genaue Vorstellung davon, wie man die Trauer um ihren König am besten bekundete. Brians Mörder waren längst tot, und doch hörten sie nicht auf, mit allen Waffen, die ihnen zur Verfügung standen, auf sie einzuschlagen. Selbst Tadc beteiligte sich alsbald daran, mit seinen bloßen Fäusten.

Fionn stellte sich rasch vor Lainidh, als sie ihm nach draußen folgte. »Sieh nicht hin«, sagte er schnell, um ihr den grausamen Anblick zu ersparen.

Diesem Befehl gehorchte sie gern, als er allerdings erklärte, sie solle besser nicht mit ihm kommen, schüttelte sie dagegen entschieden den Kopf. »An deiner Seite bin ich am sichersten, und ich kann dir helfen.«

Mit Ersterem hatte sie wohl recht. Was ihrer beider Hilfe anbelangte, kam die für die meisten der verwundeten Krieger zu spät. Je näher sie Dublin, der rauschenden Liffey, kamen, desto mehr Tote sahen sie auf dem Boden liegen, die meisten zu verstümmelt, um zu sagen, auf welcher Seite sie gekämpft hatten. Unterschiedlichen Königen mochten sie gedient haben, aber ihr Blut hatte das gleiche Rot, die Gesichter derer, die ertrunken waren, das gleiche Blau, und das Stöhnen derer, die noch lebten, glich einander ebenso.

Fionn ließ sich von Brians Diener Laidann eine Weile vor sich herstoßen. Irgendwann aber widersetzte er sich ihm.

»Ich helfe dem, der es am dringendsten nötig hat und dessen Aussicht zu überleben, am größten ist, nicht dem, der den höchsten Rang einnimmt.«

»Du musst den Erben Munsters retten!«, rief Laidann.

»Ich sehe den Erben von Munster nur nicht. Wen ich sehe, ist dieser Mann hier«, erklärte Fionn und deutete auf einen Verwundeten.

»Er könnte ein Nordmann sein.«

»Oder ein Mann aus Connacht oder Munster und somit ein Verbündeter.«

Ohne weiter auf Laidann zu achten, kniete er sich neben den Krieger, stellte fest, dass sein Arm gebrochen war, der Knochen spitz aus dem Fleisch ragte. Er richtete ihn so gut wie möglich, verband die Wunde, blickte erst dann wieder hoch. Ein paar Männer wankten über das Schlachtfeld, auf der Suche nach bekannten Gesichtern … oder einfach nur nach der eigenen Seele.

Rasch kümmerte sich Fionn um die nächsten Verwundeten, konnte hinterher nicht sagen, wie vielen genau er das Leben gerettet hatte. Nicht ihre Namen, ihre Gesichter, ihre Geschichten unterschieden diese Männer voneinander – nur ihre Verletzungen.

Nie hatte er so schnell, so konzentriert gearbeitet, nie hatte er sich zugleich so nutzlos gefühlt. So viele hauchten in seinen Armen das Leben aus, und dass sie zumindest in dem Augenblick nicht allein waren, war ihm kein Trost.

Trotzdem hielt er nicht inne, und auch Lainidh half beharrlich, reichte ihm stets, was er brauchte, noch bevor er danach fragte, hielt Männer fest, die sich aufbäumten, tupfte Blut oder Schweiß oder einfach nur Schlamm ab.

Irgendwann einmal, dachte er, will ich in diesem Gleichtakt, in diesem blinden Vertrauen zueinander, nicht gemeinsam mit ihr Verwundete behandeln, will mit ihr tanzen, singen, lieben. Irgendwann.

Doch dieses Irgendwann war zu hell für die finstere Nacht, die nun über sie hereinbrach, deren Schwärze sie zu verschlucken drohte. Allerdings hielt plötzlich jemand eine Fackel über sie, in deren Licht Lainidhs Haar rötlich schimmerte. Vielleicht täuschte er sich aber auch und hatte nur zu viel Blut gesehen.

Weitere Stunden vergingen. Der Morgen begann so zaghaft an der Nacht zu zupfen wie Lainidh an den Saiten. Ihre Klänge schenkten Hoffnung, das schwache Licht zeugte immerhin Erleichterung.

Es bleibt nicht Nacht, es bleibt nicht der Tod, wir leben weiter.

Grau wie der Himmel war die Stadtmauer Dublins, die er nun zum ersten Mal sah. Sie waren heil, Sitric hatte sich offenbar immer noch dahinter verkrochen, wie er den Wortfetzen entnahm, die zu ihm drangen. Auch das war eine Art Sieg, allerdings ein glanzloser, grauer. Was ihm ebenso zugetragen wurde, war, dass Murchad seinen Wunden erlegen war. Wie Laidann das aufnahm, wusste er nicht, Brians Diener war längst verschwunden.

Nur Lainidh verharrte an seiner Seite, und wieder kümmerten sie sich um halb Tote oder halb Lebende, bis er die Arme kaum mehr heben konnte, die Augen kaum mehr offen halten.

»Ausruhen können wir uns später«, sagte Lainidh, »dort hinten braucht ein Mann unsere Hilfe. Lass uns weitermachen.«

Ich kann mich unmöglich noch einmal erheben, dachte er. Aber er war ja kein Ich, er war Teil eines Wir, zusammen konnten sie den Verletzten vielleicht retten.

Clontarf

Die Welt hatte sich verdunkelt. Ríona sah nicht mehr, ob Gormlaith da war, ob Muir, sie spürte es nur. Ob Jón noch da war, spürte sie nicht. Schon als sie ihn inmitten der vielen Verwundeten gefunden hatte, war sie nicht sicher gewesen, ob er noch lebte. Auf den ersten Blick war er nicht verletzt. Sie hatte Männer im Dreck liegen sehen, denen die Gedärme aus dem Leib quollen, deren Gliedmaßen abgeschlagen, deren Köpfe gespalten waren. Jón war lediglich bleich, sein Haar hatte sich mit Schlamm vollgesogen, da er auf einem sumpfigen Stück Wiese lag. Erst nach einer Weile hatte sie herausgefunden, dass der Schlamm nicht nur sein Haar verkrustet hatte, auch eine längliche Wunde am Hinterkopf. Sie schien nicht von der scharfen Klinge eines Schwerts zu rühren, eher dem dumpfen Griff einer Streitaxt, vielleicht auch von einem Stein. Eine vage Erinnerung stieg in ihr hoch an den Tag, da Jón sie mit einer Steinschleuder angegriffen hatte – er noch ein freches Kind, sie eine verzweifelte Frau gewesen war. Sie hatte es sich nicht bieten lassen, den Stein auf ihn geworfen. Ob es ein schlechtes Omen war, dass sie sich bei ihrer ersten Begegnung Schmerzen zugefügt hatten? Ach, gern wollte sie, dass er ihr erneut wehtat, Hauptsache, er lebte. Eine Weile hatte sie an ihm gerüttelt, um ihn aus der Ohnmacht zu wecken, aber Gormlaith hatte sie davon abgehalten. »Womöglich machst du es damit nur noch schlimmer.«

Daraufhin hatte sie seinen Oberkörper auf ihren Schoß gezogen, und so saß sie da, in jener Nacht, in der die Gewissheit versickerte, dass die Schlacht vorüber war, dass die Menschen irgendwie mit ihrem Leben weitermachen würden. Wie konnte man nach dem Blutvergießen die Hoffnung haben, die Sonne würde wieder aufgehen? Wie ob der vielen Toten sicher sein, dass sich am nächsten Tag Menschen in die Augen schauen würden, nicht rastlose Geister, die nicht wussten, ob sie lebten oder tot waren? Schon jetzt im Finstern fanden viele keine Ruhe. Etliche schritten durch die Reihen, um niederzustechen, was sich regte – ob aus Gnade oder um noch Feinde zu besiegen, wusste sie nicht.

Immerhin, manche waren nicht unterwegs, um zu töten, sondern um zu helfen. Gormlaith gehörte zu diesen. Eine Weile blieb sie bei ihr und Jón, dann erhob sie sich, um mit ihren Händen Wasser zu schöpfen, es den Verwundeten einzuträufeln. Einer wehrte sich dagegen, spuckte das Wasser aus. Sie beugte sich tief über ihn, murmelte auf ihn ebenso beruhigend ein wie später auf andere.

»Was hast du zu ihnen gesagt?«, fragte Ríona, als sie an ihre Seite zurückkehrte.

»Dass sie die Schlacht gewonnen haben.«

»Das ist eine Lüge.«

»Wieso? Ich habe es zu den Iren wie den Nordmännern gesagt, zumindest für die einen ist es die Wahrheit.«

»Dass man einen Krieg gewinnen kann, ist immer eine Lüge«, murmelte Ríona. »Man gewinnt ihn nicht. Man überlebt ihn nur.«

Gormlaith widersprach nicht. »Selbst wenn Sitric und seine Verbündeten aus dem Norden unterlegen sind – es sind viele Feinde gefallen. Wenn Brian dieses Mal die Stadt einnimmt und ich ihm gegenübertrete, wird er sich nicht in schönen Erinnerungen suhlen.« Ihre Stimme war so schwarz wie die Nacht.

»Auch das ist kein Sieg …«, murmelte Ríona. »Wenn nichts mehr bleibt von der Liebe, ist das doch die größte Niederlage von allen.«

Gormlaith widersprach erneut nicht. Vielleicht hatte sie ihre Worte gar nicht gehört. Jón würde sie erst recht nicht hören, und doch konnte Ríona nicht anders, als sich über ihn zu beugen, ihm ins Ohr zu raunen: »Ich war so oft wütend auf dich, ich habe dich so oft insgeheim verflucht. Als ich dachte, du würdest mir das Leben schwer machen, und erst recht, als ich fühlte, dass du der Einzige bist, der es mir leicht machen kann. Ich habe damit gehadert und dagegen angekämpft. Aber das ändert nichts daran, dass ich dich liebe. Die Liebe ist nicht nur echt und wahrhaftig, wenn sie in unschuldigen Kinderherzen wächst und nach Waldmoos duftet. Sie kann auch auf einer Insel aus Feuer und Eis Wurzeln schlagen, sie kann auf einem Schlachtfeld blühen. Ich liebe dich anders als Fionn, und am Ende habe ich mehr Zeit mit dir verbracht als mit ihm. Ich liebe auch Fjálli anders als jenes Kind, das Fionán hätte heißen sollen, und auch mit ihm habe ich mehr Zeit verbracht als mit meinem totgeborenen Kind. Was wir Tag für Tag tun, über Monate, über Jahre, das ist es, was zählt. Viel mehr als Hirngespinste, denen wir heimlich nachhängen, viel mehr als die Sehnsucht nach etwas, das nicht einfach nur vergangen, nein untergegangen ist wie Tir-far-thóinn. Du bist mein Jetzt, und ich will, dass du gleichfalls mein Morgen bist. Du musst zu dir kommen, du musst weiterleben, du musst mit mir gemeinsam Lainidh suchen. Und wenn wir sie gefunden haben, wenn ich weiß, dass es ihr gut geht, werde ich ihr sagen, dass ich sie liebe – aber auch, dass du mein Mann bist.« Sie strich über seine Stirn. »Du bist mein Mann«, wiederholte sie.

Sie glaubte erstmals, Jón atmen zu hören, und als sie ihre

Hand auf seine Brust legte, fühlte sie einen Herzschlag, schwach nur, dennoch regelmäßig.

Noch mehr Zeit verging … oder ertrank vielmehr in den Pfützen, in der grauen Liffey, in der an diesem Tag so viele Menschen ertrunken waren. Irgendwann kamen Männer mit Bahren, um die Toten zu holen.

»Sie wollen sie zu ihren Heimatkirchen bringen«, erklärte Gormlaith, »dort sind sie Gott besonders nah, heißt es.«

Dabei war Gott doch am gestrigen Karfreitag gestorben, und an diesem grauen Tag, der so zaghaft an der Schwärze zupfte, ruhte er im Grab. Der Sonne war das gleich. Entgegen Ríonas Erwartung ging sie auf, als wäre nichts geschehen, sie hatte keine Augen, um das Elend zu sehen, sie hatte nur die Macht, die Menschen zu blenden, sie kurz blind zu machen. Ob aus Neid oder Mitleid, wusste Ríona nicht. Jedenfalls blendete das Licht sie nicht nur, es wärmte sie.

»Ich liebe dich, selbst wenn du stirbst«, murmelte sie. »Die Liebe verhält sich zum Tod nicht wie das Schöne zum Hässlichen oder das Gute zum Bösen. Sie ist mehr. Sie kann der Feuerstrom sein, der erst vernichtet, dann aber für fruchtbare Erde sorgt. Sie kann das Eis sein, das ein Pflänzchen im Winter überzieht und erstarren lässt, indes nur, damit es bis zum Frühling lebt. Sie schmerzt mehr als die Wunden von Beilen und Lanzen und Schwertern und Keulen und ist gerade deshalb heilsam.«

Oh, wenn sie nur etwas tun, seine Wunde heilen könnte. Sie sah, dass kaum mehr neues Blut austrat, aber Jón hielt die Augen weiterhin geschlossen. Wieder trat jemand näher, es war mittlerweile hell genug, sodass ein Schatten auf sie fiel.

»Er ist noch nicht tot, er wird nicht begraben«, murmelte Ríona.

»Der Mann ist keiner, der Tote holt, er sagt, er ist ein *liaig*.«

Ein Heiler. Ríona blickte auf, sah über sich etwas Schwarzes. War es das Haar des Mannes, war es Muir, der über ihr Kreise zog?

Der *liaig* beugte sich über sie, nein, beugte sich über Jón, sein Blick war starr auf ihn gerichtet. »Du musst ihn loslassen«, sagte er. Sie kannte die Stimme und kannte sie nicht. »Ganz vorsichtig. Jede heftige Bewegung könnte dazu führen, dass er im Kopf zu bluten beginnt.«

Ríona rührte sich nicht, wehrte sich aber auch nicht, als der *liaig* Jón vorsichtig von ihrem Schoß zog, ihn auf ein Stück Leder legte, das er zuvor ausgebreitet hatte. Wie konnte es so glatt sein, wie so sauber?

»Kannst du ihm helfen?«, ließ sich eine weitere Stimme vernehmen, die sie ebenfalls kannte und nicht kannte.

Noch wagte sie es nicht hochzusehen, starrte stattdessen auf Jón. Ganz vorsichtig rollte der *liaig* ihn auf die Seite, reinigte die Wunde.

»Die Haut ist gerissen, aber diese Wunde kann man nähen. Hauptsache, es sind keine gesplitterter Knochen zu sehen.« Er schob die Lider hoch, untersuchte Jóns Augen. »Und der Blick ist nicht starr, er reagiert auf Licht, auch das ist gut.«

»Er wird also gesund werden?«,

War sie es, die diese Frage gestellt hatte, war es die junge Frau, die den *liaig* begleitete? Sie wusste es nicht. Nicht nur die Grenzen zwischen Heute und Gestern, zwischen Tod und Leben waren verwischt, zudem die zwischen eigener und fremder Sorge.

»Ich bin nicht sicher«, sagte der *liaig*, »Verletzungen am Kopf sind meist die schlimmsten. Wie das Himmelsgewölbe Sitz der Gestirne ist, ist der Kopf Sitz der menschlichen Vernunft und aller Sinnesorgane. Selbst wenn er wieder gesund wird, ist er womöglich auf immer verändert, je nachdem, wo der Schlag ihn getroffen hat. Der vordere Teil des Hirns ist der Sitz der Fantasie, der mittlere der Gedanken, der hintere des Gedächtnisses.«

Was, dachte Ríona, würde ich am ehesten opfern wollen?

In diesem Augenblick wohl die Erinnerung. Sie brauchte sie ja nicht mehr, nicht jetzt, da die Vergangenheit lebendig wie nie war, die Stimmen von dort nicht wie ein fernes Echo klangen, die Menschen nicht länger Geistern glichen.

»Ibn Zakariya wusste nicht, welcher Teil des Gehirns für unwillkürliche Bewegungen zuständig ist«, fuhr der *liaig* fort. »Bei diesem Mann hat er zumindest keinen Schaden genommen, er atmet von selbst, sein Herz schlägt von selbst, wenn ich ihn an bestimmten Stellen berühre, zuckt er zusammen.«

»Also wird er zu sich kommen?«, fragte die junge Frau.

»Das weiß nur Gott allein. Wichtig ist es, ihn ruhig zu halten.«

Ríona hielt sich auch ruhig, nur ihre Gedanken drehten sich, drehten sich im Kreis wie die Zeit, die sich nicht auf eine Zukunft hin bewegt hatte, nein, auf die Vergangenheit. Muir kreiste noch eine Weile am Himmel, plötzlich flog er niedriger, ganz dicht am Kopf des Heilers vorbei. Der hatte wirklich schwarzes Haar – mit einzelnen weißen Strähnen darin. Als er das Krächzen vernahm, duckte er sich zunächst, blickte dann aber hoch, starrte den Vogel an.

»Muir …«, stieß er hervor.

War es eine Frage oder eine Feststellung?

Der Rabe hatte sich kaum verändert in all den Jahren, sein Gefieder glänzte wie einst. Sie, Ríona, war deutlicher gealtert, gut möglich, dass auch etliche ihrer Strähnen über Nacht weiß geworden waren. Und doch – als der *liaig* vom Raben zu ihr blickte, zurück zum Raben, dann wieder zu ihr, da wusste sie, dass ihre graugrünen Augen dieselben wie früher waren.

»Ríona.«

Sie glichen zwei Scherben, die nicht ganz zusammenpassten. Auch ihre Gedanken schnitten tief, brachten nur Schmerz, keine Klärung. Wie war er zurück nach Irland gekommen … warum war er ein so kundiger *liaig?*

Sie wollte die Fragen stellen, schaffte es nicht.

Sie wollte wenigstens seinen Namen sagen, Fionn, aber schaffte das gleichfalls nicht. Plötzlich löste sich nämlich ihr Blick von ihm, und sie musterte die junge Frau.

»Lainidh«, sagte sie schließlich nur.

Ein Augenblick hatte genügt, sie zu erkennen. Weit mehr als einen Augenblick, brauchte er, um zu erfassen, dass nicht nur Caitri hier war, seine Caitri, zudem Gormlaith, die Frau zweier Könige, die sie damals um Hilfe gebeten hatten.

Nun gut, es gab eine Erklärung dafür. Caitri hatte damals schließlich mehr auf deren Stärke vertraut als auf seine, hatte sich in ihre Dienste begeben. Wer war aber der junge Mann, zu alt dieser, um sein und Rıonas Sohn zu sein? Und warum schien nicht nur Ríona ihn zu kennen, auch Lainidh? Zu den wenigen Dingen, die er über ihre Vergangenheit wusste, gehörte doch, dass diese auf Island gelebt hatte, nicht in Irland!

Die Augenblicke, die folgten, glichen leeren Löchern, in die jeder vernünftige Gedanke fiel. Alle, die hierhockten, kannten einander auf irgendeine Weise … Oder doch nicht? Sie glichen denen, die sie gewesen waren, ja nur vage, sie waren nicht mehr dieselben. Diese Frau, die nun ganz nüchtern, schonungslos zu erzählen begann, was geschehen war, war doch nicht Caitri, das Mädchen aus den Wäldern! Sie hatte ihre Augen, aber sie hatte nicht ihre Stimme! Und es konnte doch nicht wahr sein, was sie sagte!

Gormlaith hatte sie demnach beide belogen. Hatte ihnen

beiden eingeredet, der jeweils andere habe sie im Stich gelassen. Und weil Gormlaiths Lügen so groß waren oder ihr Vertrauen zueinander zu gering gewesen war, hatten sie ihr geglaubt. Ihn hatte es nach al-Andalus, Ríona nach Island verschlagen, und dort hatten sich ihre Wege mit diesem jungen Mann gekreuzt. Und schon zuvor, nämlich auf dem Schiff nach Island, war sie Lainidh begegnet.

Lainidh …

Plötzlich war diese ihm nicht minder fremd wie Caitri. Caitri war kein Mädchen mehr, sie war eine Frau, und Lainidh war erst recht kein Mädchen, eher eine Greisin, von jener Weisheit, bei der zwischen Wahrhaftigkeit und Grausamkeit keine Grenze mehr verlief.

»Warum seid ihr nicht auf Island geblieben?«, fragte sie eben leise. »Warum seid ihr mir bloß nachgekommen?«

Ríonas Blick blieb erst starr auf Jón gerichtet, huschte dann kurz zu Fionn, verharrte schließlich bei Lainidh. Ihre Worte konnten nichts bekunden, was ihr Blick nicht schon überdeutlich sagte: »Weil du wie meine Tochter bist, weil ich wissen musste, dass es dir gut geht. Weil ich hoffe, dass du mir vergeben hast.«

»Aber das habe ich doch schon längst«, rief Lainidh. Der Laut, der von ihren Lippen perlte, klang nicht greisenhaft. Wäre diese Wiese, auf der sie saßen, von gelben Dotterblumen und bunten Schmetterlingen übersät gewesen, nicht von Toten, man hätte ihn für ein Lachen halten können. »Ich hoffe, Jón wird wieder gesund«, fügte sie leise hinzu. »Ich jedoch gehöre jetzt zu Fionn. Er ist mein Mann.«

Als Brian gefallen war, hatte Fionn genau das selbst beschwören wollen, nicht nur mit Worten, mit Küssen. Ihrer beiden Lippen, ihrer beider Leiber, ihrer beider Seelen schienen dafür gemacht zu sein zu verschmelzen. Jetzt passte nichts mehr zusammen, erst recht nicht seine Gefühle. All die Jahre waren es widerstrebende gewesen, wenn er an Ríona gedacht hatte – zur Scham, ihr kein starker Mann gewesen zu sein, war immer Enttäuschung gekommen, weil sie sich nicht einmal von ihm verabschiedet hatte. Nun, da sich alles als Gormlaiths Lüge herausgestellt hatte, wäre die Liebe zu ihr nicht länger befleckt. Doch an einem Ort, wo Verwundete ächzten, Krähen über Toten kreisten, Blut und Schlamm ineinander verliefen, konnte nichts sauber sein, auch nicht ihre Liebe.

Er fühlte mehr, als er es wusste, dass sie nicht einfach am alten Leben anknüpfen konnten, es noch nicht einmal möglich war, den riesigen Knoten zu lösen, zu dem sich ihrer aller Schicksal verschlungen hatte.

Ihm fehlte die Geduld, vorsichtig an den Enden dieses Knotens zu ziehen. Ihm fehlte die Waffe, um ihn einfach auseinanderzuschlagen. Das Einzige, was er tun konnte, war aufzuspringen, einen Satz auf die Alte zuzumachen, sie zu packen, er war nicht sicher, wo.

»Warum?«, brüllte er immer wieder. »Warum?«

Falls er ihr wehtat, zeigte sie es nicht oder spürte es kaum. Sie maß ihn ruhig, und auch ihre Stimme verriet, dass sie zwischen Wahrhaftigkeit und Grausamkeit keine Grenze mehr zog, dass, wer sein schütteres Haar, sein faltiges Gesicht nicht verbergen konnte, gleichfalls die zerknitterte, befleckte Seele nicht mehr vor neugierigen Blicken bewahren musste.

»Ich habe euch an die verkauft, die am meisten boten. Ich wollte allerdings nicht, dass es euretwegen zu Unruhen kam und wollte ebenso wenig, dass ihr einander schmerzlich vermisst. Meine Lüge hat doch allen geholfen – zumindest ein bisschen. Ihr konntet weiterleben, wenn auch nicht glücklich, ich konnte weiterkämpfen, wenn auch nicht erfolgreich. Und jetzt ist zwar nicht alles, aber ein bisschen wieder gut. Ihr habt euch gefunden. Und Brian wurde zwar nicht besiegt, hat allerdings so viele Krieger verloren, dass er mich zumindest verfluchen wird.«

Fionn hätte sie am liebsten ebenso verflucht, aber er fühlte, dass das nicht genügte, der Ohnmacht Herr zu werden, der Verwirrung, der Wut. Er packte sie wieder oder immer noch, fand es widerwärtig, sie zu berühren, konnte sie zugleich nicht loslassen, nachdem das Schicksal sie doch aneinandergekettet hatte. Dieses Schicksal war so bösartig wie sie. Er konnte das ebenfalls sein, er konnte auch zerstören. Er rüttelte an ihren Schultern, legte dann die Hände um ihren Hals.

Von weither vernahm er das Krächzen, das der Rabe Muir ausstieß. Von weither vernahm er Ríonas Stimme. Doch nicht sie hielt ihn davon ab, Gormlaith zu erwürgen, es war Lainidhs Hand, die sich um seine legte. Eine Weile starrte er diese an, dann in ihr Gesicht. Es war nicht mehr das einer Greisin, nein, das eines jener starken Göttinnen, die zaubern, verführen und kämpfen konnten, und die alles waren, nur nicht schwach.

»Fionn!«, rief sie. »Du selbst hast gesagt, ein König sollte keine unnötigen Kriege führen, sondern den Frieden sichern, er sollte für sein Volk sorgen. Denkst du nicht, es sind heute genug gestorben? Denkst du nicht, es wird um schon zu viele geweint?«

Wer weint um ein Weib wie Gormlaith, dachte er, ließ die Alte dennoch los, nahm den Blick nicht von Lainidh.

»Ich sagte diese Worte zu Brian Boru«, murmelte er. »Der Hochkönig von Irland aber ist tot.«

Lainidh erwiderte nichts, doch hinter sich vernahm er ein Röcheln. Obwohl er nicht zudrückte, rang Gormlaith um Atem. Und als sie ihn endlich fand, wurde aus dem Röcheln ein Schluchzen.

»Brian ist tot?«, stieß sie aus, fassungslos, weil sie vergebens auf Rache gehofft, weil der Hass sie nirgendwohin geführt hatte, nur ins Nichts. »Aber er … er kann doch nicht tot sein.«

Weit hinter ihnen ließen sich Stimmen vernehmen, die Worte wurden aufgegriffen, weitergetragen.

»Brian Boru, der Hochkönig, ist tot!«

Doch ihnen folgte kein neuerliches Schluchzen, nur Grabesstille. Die, die darüber jubeln würden, waren so müde wie jene, die darüber klagen wollten.

»Er … er kann doch nicht tot sein«, stammelte Gormlaith wieder.

»Er ist es«, sagte Fionn, »ich habe es mit eigenen Augen gesehen.«

Es war der letzte Schlag, den er ihr zufügte, vielleicht weil Mitleid dann über Wut siegte, vielleicht, weil Lainidh plötzlich da war, ihre Arme um ihn schlang, ihn umarmte wie zuvor in Brians Zelt. Es ist der falsche Ort, hatte er damals gedacht, und nun ging ihm kurz, ganz kurz durch den Sinn: Es ist die falsche Frau. Aber es wäre wohl auch falsch gewesen, die richtige – Caitri – zu umarmen. Es gab ja kein Richtig und Falsch, wenn es einzig darum ging weiterzuleben.

Wie lange die Umarmung währte, wusste er nicht, nur, dass er irgendwann stark genug war, Ríona anzuschauen, die wiederum ihn und Lainidh betrachtete. In ihren Augen las er gleichfalls kein Richtig und Falsch, las nur Liebe. Sie liebte dieses Mädchen, sie liebte den ohnmächtigen Mann, sie liebte den Raben, sie liebte ihn.

»Wie …«, setzte sie an, »wie bist du nur nach Irland zurückgekommen?«

Einige Worte allein würden nicht ausreichen, von all den Jahren zu erzählen, die sie getrennt voneinander verbracht hatten. Ein einziges Wort würde hingegen vielleicht genügen, um nicht das Wie, das Warum zu beantworten.

Deinetwegen.

Nein, die Hoffnung, sie könnten sich wiedersehen, hatte längst nicht mehr gelebt. Und doch war es ihr Name gewesen, der ihn wie mit einem unsichtbaren Faden an den Ort gezogen hatte, wo seine Liebe zu ihr einst geblüht hatte, wenn auch viel zu kurz. Und nun stand sie vor ihm, und er wusste nicht: Würde es reichen, das Welke mit Tränen zu begießen, um etwas neu daraus sprießen zu lassen?

Er sagte nichts, zuckte nur plötzlich zusammen. Die Stimmen um sie herum waren nie vollends verstummt, nun schwollen sie an. Und hinzu kam das Röhren einer Kuh.

Er fuhr herum, sah eine riesige Herde näher kommen, der Boden erzitterte unter den Hufen.

Ríona schien entsetzt wie er, beeilte sich mit seiner Hilfe, den ohnmächtigen Mann auf ihrem Schoß zu betten, auf dass er ganz ruhig liegen konnte. Fionn war nicht sicher, ob er dabei die Haut ihrer Hände berührte oder nur das Gesicht des Mannes.

So laut wie das Brüllen der Rinder war, verschwendete er keine Gedanken daran, erst recht nicht, als er erkannte, wer die Kühe über die Wiesen trieb – es waren Krieger, die zwar gezeichnet von Kämpfen waren, aber nicht blutbesudelt wie jene, die am Tag zuvor um einen Sieg gerungen hatten.

Er ließ den Ohnmächtigen und die Frauen hinter sich, stürzte auf einen Mann zu, der ihm vage bekannt vorkam. »Was geht hier vor?«

»Donnchad … Donnchad ist zurück.«

Richtig, Brian hatte seinen Sohn, nach seinem und Murchads Tod nunmehr der Erbe von Munster, nicht bei der Schlacht dabeihaben wollen, hatte ihn weggeschickt, um

Leinster zu plündern. Doch der war frühzeitig zurückgekehrt.

»Wird er Dublin angreifen?«, fragte er.

»Dazu hat er zu wenige Männer. Aber er will ein Zeichen setzen.«

»Welches Zeichen?«

Es war keine Erklärung mehr notwendig. Eben zielte einer der Krieger mit einer Lanze auf die Kuh, im nächsten Augenblick blieb die Spitze in ihrem Hals stecken. Blut spritzte hoch.

»Er will alle Kühe der Umgebung schlachten und danach verbrennen«, stellte Fionn fest. »Er hat nicht die Macht, Dublin einzunehmen – doch die Stadt auszuhungern.«

Kalte Schauder überliefen ihn, nicht weil die Kühe den Tod rochen und noch lauter brüllten, auch weil ihn Erinnerungen an die Belagerung Córdobas überkamen. Nie wieder wollte er so etwas erleben. Nie wieder selbst fliehen, während die, die zurückblieben, sterben mussten.

Irgendetwas musste er tun, um Donnchad zur Vernunft zu bringen, die Kühe wie die Dubliner zu retten, um dem Tod endlich seine Grenzen aufzuzeigen, um den Kriegern nicht die Welt zu überlassen. Zumindest ein Stück weit wollte er sie von ihnen zurückzuerobern und beweisen, dass sie nicht Stätte eines ewigen Kampfes sein musste, nein, Hort eines dauerhaften Friedens sein konnte.

Es kam ihm keine Idee, als er händeringend dastand, nachdachte. Dann aber fiel sein Blick auf Ríona, und in ihrer Miene sah er den eigenen Willen gespiegelt, dem Röhren der Kühe etwas entgegenzusetzen.

Ríona war nicht sicher, wie oft Gormlaith nunmehr ihre Worte wiederholt hatte. »Er kann nicht tot sein. Er kann doch nicht tot sein. Es ist unmöglich.«

Gleiches war ihr eben noch selbst durch den Kopf gegangen. Es ist unmöglich. Ich kann Fionn nicht ausgerechnet auf einem Schlachtfeld wiederbegegnen. Es ist unmöglich, dass Lainidh bei ihm ist. Dass sie ihn umarmt, dass in ihrem Blick eine Liebe steht, die sie für Jón nie empfunden hat.

Und doch – genau das war geschehen. Vielleicht war es deshalb auch nicht unmöglich, neues Blutvergießen zu vermeiden, zwischen Iren und Nordmännern Frieden zu stiften. Fionn, der sie so flehentlich anstarrte, wünschte sich das. Und sie wünschte es sich auch.

Sie wandte sich an Gormlaith. »Du wirst deine Rache nie bekommen«, sagte sie, »Brian wird dich nie mehr verfluchen, noch dich um Verzeihung bitten können. Deine Wunde wird ein solche bleiben, du wirst mit ihr weiterleben müssen, aber das heißt nicht, dass du hier und heute nicht doch etwas Heilsames, etwas Gutes tun kannst.«

Gormlaith blickte sie verwundert an. Vielleicht war das Röhren der Kühe zu laut, um sie zu hören, vielleicht war ihr Geist zu verwirrt, um sie zu verstehen. Immerhin schwieg sie, leugnete Brians Tod nicht länger.

»Bitte«, sagte Ríona zu Lainidh, »halte du Jón für mich – ein letztes Mal.«

Ein letztes Mal, ehe er nicht mehr dein Mann ist …

Lainidh trat zu ihr, ließ sich mit gesenktem Blick neben ihr nieder, legte beide Hände um Jóns Kopf, um ihn zu stützen. Sie waren kleiner als ihre, und doch fühlte Ríona, dass in ihnen genügend Kraft wohnte, um ihn vor jeglicher Erschütterung zu bewahren.

»Komm mit«, befahl sie Gormlaith, und tatsächlich gehorchte diese. »Komm mit«, sagte sie auch zu Fionn, und der folgte ihr ebenso. Es war nicht sämtlicher Grimm auf die Alte, die er eben noch fast erwürgt hätte, aus seiner Miene geschwunden, aber er schien zu wissen, so wie sie es wusste: Wer, wenn nicht sie beide, sollte an diesem Tag an der Seite der Königin weilen? Wer, wenn nicht sie beide, hatte das Recht und die Pflicht, ihr zu sagen, was zu tun war?

»Wir werden dir verzeihen«, setzte Ríona unvermittelt zu reden an. »Wir werden dir verzeihen, dass du uns getrennt hast – vorausgesetzt, dass es dir heute gelingt, die Iren und Nordmänner wieder zusammenzubringen.«

Fionn nickte. »Deinetwegen stand zwischen Ríona und mir ein ganzer Ozean. Zwischen Iren und Nordmännern sollen nicht nur tote Rinder stehen. Wenn es dir gelingt, Frieden zu stiften, wird unsere Liebe mehr als Wollgras sein, das vom lauen Wind fortgeweht wird. Sie wird die Wurzel sein, die einen Baum nährt, einen großen, üppigen Baum – ein vereintes Irland.«

Gormlaith sagte nichts. Als sie sich beide bei ihr unterhakten, wehrte sie sich aber auch nicht. Immer näher kamen sie den Rindern, den Kriegern. Einer der Männer, blutverschmiert, das Gesicht eine leere Grimasse, trat drohend auf sie zu.

Ríona konnte kurz nicht anders, als zurückzuweichen, doch Fionn beherrschte den Drang zu fliehen. Nicht nur, dass er den Rücken durchstreckte, das Kinn hob, um solcherart dem Mann zu trotzen. Er maß ihn mit einem Blick, der wohl die Macht hatte, Menschen gefrieren zu lassen. Was immer er in jenem fernen Land gelernt hatte – es war mehr, als nur Kranke zu heilen, er hatte dort die Stärke gefunden, es mit blutrünstigen Kriegern aufzunehmen.

»Wir müssen mit Donnchad sprechen«, erklärte er mit fester Stimme, brachte den anderen dazu zu nicken, ihnen Platz zu machen.

Sie zogen Gormlaith weiter. Wieder wehrte sie sich nicht,

sagte nur schwach: »Ich bin nicht sicher, ob irgendjemand auf mich hören wird.«

Als sie die Männer erreichten, hatte sich ein Grüppchen um den Anführer gebildet.

»Wir werden alle Felder zertrampeln und noch mehr Tiere töten, wenn Sitric sich nicht ergibt, uns Dublin nicht preisgibt!«, brüllte Donnchad.

Ríona und Fionn sahen Gormlaith an, und nun lag ein Ausdruck in ihrer beider Blick, der Menschen nicht erfrieren ließ, sondern etwas in ihnen nährte, das sie über sich hinauswachsen, das sie dem Hass, der Rachsucht abschwören, dem Guten dienen ließ.

Gormlaith machte sich von ihnen los, schritt auf Donnchad zu. So alt und schmächtig sie auch war, es lag eine gewisse Würde in ihrer Haltung. Und was ihr an Selbstbewusstsein, an Macht fehlen mochte – Muir machte es wett. Er war ihnen gefolgt, doch er kreiste nicht über Ríona, nicht über Fionn, er kreiste über Gormlaith. Und ob es nun der Rabe war, dessen Anblick schon während der Schlacht kräftige Krieger hatte zurückweichen lassen, oder der Anblick der fremden Mutter, die ihn einst in Munster hatte zurücklassen müssen – Donnchad verstummte, starrte sie an.

»Du musst es besser machen als dein Vater, und du musst es besser machen als ich«, sagte Gormlaith. »Wir haben Rache und Krieg gewählt, doch Sitric und du – ihr müsst den Frieden wählen. Ihr müsst es, weil ihr Brüder seid, und wärt ihr es nicht, so müsstet ihr es trotzdem, weil ihr Menschen seid.«

Ein lautloses Wort drang über Donnchads Lippen. Vielleicht formte er das Wort »Mutter«, vielleicht das Wort »Verfluchte«, vielleicht war beides für ihn dasselbe. Danach schloss er den Mund und wirkte nicht nur erschöpft, vor allem hilflos wie ein Junge.

»Ich biete dir an, einen Frieden mit Sitric auszuhandeln«, fuhr Gormlaith fort. »Er wird mir, seiner Mutter, schwören, ihn zu achten, und später wirst du mir, deiner Mutter, schwören, ihn auch zu achten. Sitric bleibt der König von Dublin, und er wird das Umland von Dublin wieder aufbauen, aber er wird dir, dem König von Munster, künftig regelmäßig Tribut zahlen, sagen wir jede zwanzigste Kuh, die hier geboren wird. Das nutzt dir mehr, als die Tiere heute zu schlachten. Bitte, Donnchad, mach es besser als dein Vater, mach es besser als ich, sei ein gerechter König, der keine unnötigen Kriege führt, der vielmehr den Frieden sichert und für sein Volk sorgt. Der Tod ist satt. Du musst ihm nicht noch mehr Futter ins Maul stopfen.«

Im Schweigen, das folgte, war nur Muirs Krächzen zu hören. Selbst die Kühe schienen den Atem anzuhalten. Donnchad tat das auch, ehe seine Lippen wieder ein Wort formten. »Gormlaith«, einfach nur »Gormlaith«. Und plötzlich wusste Ríona, dass auch sie die Alte künftig so nennen würde und nicht »Verfluchte«.

Donnchad sprang vom Pferd. Er ging nicht auf sie zu, sondern auf einen der Männer, die die Kühe geschlachtet, ein Feuer entfacht, die nun begonnen hatten, das Fleisch zu braten. Welchen Teil sich Donnchad geben ließ, sah Ríona nicht, nur, dass er verkohlt war. Donnchad nahm einen Bissen von dem schwarzen Brocken, trat dann auf seine Mutter zu, reichte ihr das Stück Fleisch. Wollte er, dass sie satt wurde? Wollte, dass es sie ekelte? Wollte er wissen, ob sie noch Zähne hatte?

Vielleicht traf alles zu.

Gormlaith jedenfalls nahm das Fleisch, aß davon, oder sog zumindest daran, verzog ihre Miene kein bisschen – ob nun, weil sie das Bittere nicht wahrnahm, oder weil sie an das Bittere gewohnt war. Danach ging sie in Richtung Stadtmauer, um wie angekündigt mit Sitric zu verhandeln, und Muir blieb bei Ríona und Fionn zurück.

Als sie in seinem Blick versank und er in ihrem, war es, als würde sie gleichfalls an verbranntem Fleisch kauen. Es erfüllte sie mit Kraft, obwohl es scheußlich schmeckte, obwohl es zäh war, obwohl zu wenig da war.

»Essig«, murmelte er, »ich brauche starken Essig … damit kann man Menschen aus einer tiefen Ohnmacht erwecken.«

»Es war schwer genug, eine Frau zu finden, die hier und heute für Frieden sorgen kann, ich denke nicht, dass wir auch noch Essig finden.«

Und wieder oder immer noch blickten sie sich an, und wieder oder immer noch fühlte sie sich bestärkt und tieftraurig. Als sie später zu Jón und Lainidh zurückkehrten, stellten sie jedenfalls fest, dass kein Essig mehr nötig war.

»Er hat die Augen geöffnet«, verkündete Lainidh, »sein Blick war klar.«

Mittlerweile waren sie wieder geschlossen, aber Ríona fühlte, dass Lainidh sie nicht belog, sie fühlte auch, dass das Leben sie nicht belog. Jón hatte eine Zukunft.

»Wir müssen zurück nach Dublin«, murmelte sie, »zu Fjálli …«

Lainidh legte Jóns Kopf vorsichtig auf den Boden, stand auf. »Ich werde ein Brett suchen, darauf können wir ihn tragen.«

»Wer ist Fjálli?«, fragte Fionn.

Wieder trafen sich ihre Blicke.

»Du musst mir später erzählen, wie es dir in jenem Land weit im Süden ergangen ist, wie aus dir ein großer *liaig* wurde … und ein großer Mann. Und Lainidh wird dir später erzählen, wie wir damals nach Island kamen, wie unser Leben dort verlief, warum wir nach Irland zurückkehrten. Eines jedoch muss ich dir hier und jetzt schon selbst sagen. Fjálli ist mein Sohn, aber … aber er ist nicht deiner.« Sie schluckte schwer. »Unser Kind ist in Tir-far-thóinn, der untergegangenen Stadt im Wasser, die immer noch auf die erlösende Fackel hofft. Fjálli hingegen wurde auf Island geboren, wo Eis und Feuer gleich stark sind.« In deiner Nähe, dachte sie plötzlich, bin ich das Eis, und du bist das Feuer. Harre ich zu lange aus, dann schmelze ich – doch das darf nicht sein. Sie sah Lainidh mit einem Brett zurückkommen, viel zu groß und schwer für sie. Ehe sie zu ihr eilte, um ihr zu helfen, wandte sie sich ein letzten Mal an diesem Tag an Fionn: »Sorg dich nicht um mich, sorg dich um Lainidh.«

Sie meinte nicht nur heute, nicht nur morgen. Sie meinte für immer.

Dublin

Mehrere Tage waren seit der Schlacht vergangen, und immer noch lag Grabesstille über Dublin. Auf dem Weg zu der Herberge, in der Ríona und Jón untergebracht waren – er wollte nach dem Befinden des jungen Mannes schauen –, begegnete Fionn kaum Menschen. Wann würden sie wohl wieder Handel treiben, wann sich wieder betrinken, wann wieder nicht nur die Kinder lachen, auch die Erwachsenen? Und wann würde die Angst, mit solch hellem, klarem Ton den Tod herauszufordern, kleiner sein als die Entschlossenheit, damit das Leben zu ehren?

Nun, eines konnten selbst die verstörtesten Dubliner immer noch – inständig hassen. Er hatte sein Ziel kaum erreicht, als doch jemand auf der Straße erschien, ein stämmiger Mann, dessen Gesicht gleich mehrere Wunden aufwies. Eine eiterte.

»Du bist der Ire, der Brian Boru als *liaig* diente, oder?«, fragte er.

Fionn konnte sich nicht an das Gesicht erinnern, hatte auch keine Ahnung, weshalb der andere seines kannte.

Fionn wich zurück, doch obwohl der Mann mehr taumeln als gehen konnte, setzte er ihm nach.

»Genug!«, ertönte plötzlich eine Stimme. »Sitric hat mit Donnchad einen Waffenstillstand geschlossen. Wenn die beiden sich nicht bekämpfen, dann sollen es die Männer, die ihnen dienen, erst recht nicht tun.«

Der Mann hielt inne, griff sich an die Schläfen, als hätte

er plötzlich Kopfschmerzen. Gut möglich, dass sie vom Wort Waffenstillstand rührten und dass dieses ihm bedrohlicher erschien als die Klinge einer Axt. Was in ihm gärte, würde in Zukunft wohl mehr Herzen als nur das seine vergiften, aber an diesem Tag war Fionn froh, dass er sich an ihm vorbeidrängen konnte, ohne gepackt zu werden.

Als er erkannte, dass es Ríona war, die sich eingemischt hatte, hellte sich seine Stimmung auf.

Er wollte fragen, wie es ihr ging, tat es aber nicht. Er las ja in ihrem Blick, was er selbst fühlte – jene Mischung aus Wehmut und Abgeklärtheit und vor allem die Entschlossenheit, die eigenen Wunden stoisch zu tragen und sie nicht wieder blutig zu kratzen.

»Wie geht es Jón?«, fragte er.

»Heute konnte er erstmals aufstehen«, erwiderte sie, »und einige Schritte machen, ohne umzukippen. Ich denke nicht, dass du noch einmal nach ihm sehen musst.« Er war nicht sicher, wen genau sie schonen wollte, wenn sie ihn nicht zu ihm ließ – Jón, ihn oder sich? Jedenfalls fügte sie mit etwas weicherer Stimme hinzu: »Er kann sich an nichts erinnern, was während der Schlacht passiert ist, jedoch an alles zuvor.«

Die eigenen Erinnerungen wurden stark wie nie. Ehe er ihnen nachgab, wühlte er in seinem Beutel, zog etwas getrocknetes Fleisch hervor und zwei gekochte Eier. »Für Fjálli.«

Er hatte Ríonas Sohn kennengelernt, als er das erste Mal nach Jón gesehen hatte. Interessiert hatte der Junge ihn bei der Untersuchung beobachtet, sich später sämtliche Instrumente zeigen und erklären lassen. Vor allem die Spritze hatte es ihm angetan.

»Ist sie spitz genug, auch Stein zu durchbohren?«

»Ein Stein kann doch nicht krank werden«, hatte er erklärt, und das hatte dem Jungen eingeleuchtet.

Ríona nahm die Eier an sich. »Wo ist Lainidh?«, fragte sie und wich dabei seinem Blick aus.

»Wir haben Bjólan gefunden, ihren Vater. Er wird seine Werkstatt wiederaufbauen. Dublin wurde nicht zerstört, das heißt, es werden künftig wieder Schiffe gebraucht.«

Obwohl er nichts hinzufügte, schien sie zu ahnen, welche Entscheidung Lainidh und er getroffen hatten – nämlich fürs Erste dort zu leben.

»Du hast keine Ahnung von Schiffen«, erklärte sie.

»Bjólan besitzt ein Stück Land.«

»Du bist kein Bauer.«

»Du hast auf Island doch auch gelernt, wie man Land beackert.«

»Willst du das denn?«, fragte sie zweifelnd.

Er zuckte mit den Schultern. »Eigentlich nicht. Ich will obendrein nicht bei Bjólan leben, der Lainidh nicht beschützt hat, schlimmer noch, der sie im Stich gelassen hat. Aber ich will auch nicht an der Seite von Kriegern durch das Land ziehen. Ich will ein Dach über dem Kopf, ein Zuhause für sie … für mich. Der Rest wird sich fügen.«

Schweigen senkte sich über sie. Es war noch viel zu viel zu sagen, um es in ein paar Sätze pressen zu können. Jedes einzelne Wort wäre zu klein, um auszudrücken, was er fühlte. Statt etwas zu sagen, umfasste er ihre Schultern, viel muskulöser als einst, fuhr über ihr Haar, borstiger als einst, fuhr über die Wangen, gegerbter als einst. Nur ihre graugrünen Augen, in denen eine Träne schimmerte, sahen genauso aus wie früher. In ihnen stand, was er nicht über die Lippen brachte.

Einst wurden wir auseinandergerissen. Wären wir zwei lose Fäden, wir könnten diese wieder aneinanderknüpfen. Aber getrennt voneinander hat jeder von uns an seinem eigenen Tuch gewebt. Es ist weder glatt noch weich, hat Risse bekommen und Flecken, es hält uns dennoch warm. Und versuchten wir, diese Stoffe aneinanderzunähen, würden wir uns ja doch nur die Finger blutig stechen, mehr noch, die verletzen, die wir lieben.

»Ich kann das Leben sehen, das wir hätten haben können«, murmelte sie plötzlich, »in den Wäldern im Nordwesten, mit den Kindern, die wie wir die Stille liebten, gerügt von anderen Männern und Frauen, weil wir nie so hart schufteten wie sie. Dieses Leben gleicht dem Spiegelbild, das man an windstillen Tagen in den dunkeln Gletscherseen von Island erblicken kann. Es bleibt verschwommen, und man sieht darin schöner aus, als man ist.«

Seine Kehle wurde eng. »Sind wir verdammt, ewig vor diesem Spiegelbild zu stehen, zu wissen, wenn wir die Hand danach ausstrecken, es berühren, zerstören wir es?«

Sie schüttelte den Kopf. »Das Spiegelbild mag schöner sein, als wir es sind. Aber es bleibt stumm. Es gibt keine Laute wieder, nicht die Musik von Lainidh, nicht das Lachen von Fjálli, nicht das Krächzen von Muir.«

Er nahm seine Hände von ihren Schultern, indes sie mit ihren seinen Kopf umfasste. »Leb wohl, Fionn.«

Er wollte sich von ihr lösen, sich umdrehen, gehen. Er konnte es nicht. Noch nicht. Beugte sich stattdessen vor und küsste sie behutsam, so zärtlich wie an jenem Tag, da sie Muir gefunden und gerettet hatten. Das sehnsuchtsvolle Seufzen, das sie von sich gab, strafte ihre Worte Lügen. Vielleicht vermochte das Spiegelbild in kalten, klaren Seen doch einen Laut erzeugen – und auch wenn er alsbald in seinen Ohren verklang, in seiner Seele würde er für immer widerhallen.

»Was … was werdet ihr nun tun?«, fragte er leise.

Sie zuckte mit den Schultern, schien bis jetzt nicht weiter gedacht zu haben, als bis zu der Stunde, da Jón wieder gehen konnte. »Ich denke nicht, dass wir nach Island zurückkehren.

Das Leben dort ist hart, immer gilt es, gegen die Natur zu kämpfen. Wobei es wohl auch hier zu kämpfen gilt. Dublin ist uns eine fremde Stadt, die Menschen hungern.«

»Hast du überlegt, nach Cenel Conaill heimzukehren?«

Sie seufzte. »Ich sehne mich nach den Wäldern dort, aber ich bin nicht sicher, ob ich den, in dem wir unsere Kindheit verbracht haben, wiedererkenne – und erst recht nicht die Menschen. Es heißt, niemand im Norden hat sich Brian so lange widersetzt wie der König von Cenel Conaill. Umso grausamer war der Feldzug, den sein Sohn dorthin unternommen hat. Am Ende hat der kein Land erobert, stattdessen ein Grab.«

Sie schickte sich an zu gehen, aber Fionn hielt sie wieder auf. Das Letzte, worüber sie je sprachen, sollte nicht Krieg und Tod sein. Und bevor sich ihre Wege endgültig trennten, wollte er sicher sein, dass sie bekam, was sie wollte – oder zumindest einen Teil davon: die Wälder.

»Auf Island hast du doch hart gearbeitet und dort auch Kühe gehabt, nicht wahr?« Sie nickte. »Ich habe eine Idee, wie ihr das jetzt für euch nutzen könnt.«

Seine Idee nahm erst im Reden Gestalt an, und ihre Miene verriet nicht, was sie davon hielt. »Ich werde mit Jón darüber sprechen«, murmelte sie, nachdem er geendet hatte »und wie immer wir uns entscheiden werden – ich will von Lainidh Abschied nehmen. Lass sie das wissen.« Er fühlte, damit war endgültig alles gesagt. Er fühlte gleichfalls, dass es vermessen wäre, sie noch einmal zu küssen. Ihr schien es ähnlich zu gehen, sie wandte sich ab. Doch als er schon vermeinte, sie würde ohne ein weiteres Wort davongehen, warf sie ihm über die Schulter zu: »Wo immer wir ein Zuhause finden werden, ich werde von dort Muir mit einer Botschaft zu dir schicken.«

Er bezweifelte, dass der Rabe eine derart lange Strecke fliegen konnte, und erst recht unmöglich war wohl, dass er ihn finden könnte. Doch er brachte es nicht übers Herz, dieses letzte Band zwischen ihnen, dünner noch als Spinnweben und weniger reißfest als diese, zu zerschneiden.

»Jeden Tag, der kommt, werde ich nach Muir Ausschau halten«, rief er ihr nach.

Der Abschied von Fionn hatte Ríona einen gewissen Frieden gebracht. Der Abschied von Lainidh vermochte nicht ganz, den Splitter zu ziehen, der sich in ihr Herz gebohrt hatte – vielleicht schon an dem Tag, da sie sie mit Jón betrogen hatte, vielleicht erst an dem Tag, da Lainidh sich von ihr losgesagt hatte. In Fionn hatte sie den Mann wiedererkannt, den sie einst geliebt hatte. Bei Lainidh fragte sie sich, ob sie sie jemals gekannt hatte.

Lainidh war zur Herberge gekommen, wollte sie aber nicht betreten. Ríona stand mit ihr davor, sah, dass ihre einstige Ziehtochter älter wirkte und doch nicht reif, ganz so, als stünde bei ihr zwischen Kind und Greisenalter nur die Dauer eines Wimpernschlags. Vom Kind hatte sie die Unschuld, von der Greisin die Abgeklärtheit, und beides zusammen erinnerte sie an jene zarten Pflänzchen, die den Winter überdauern konnten – aber nur, weil sie von Eis geschützt waren.

Sie fühlte: Der größte Gefallen, den sie ihr tun konnte, war, aus ihrem Leben zu verschwinden, darauf zu setzen, dass sie bei Fionn fand, was weder sie noch Jón ihr geben konnten – eine Liebe, die durch und durch gesund war, nicht die einer Schwachen zur noch Schwächeren, wie ihre es oft gewesen war.

Mittlerweile wusste Lainidh, dass Fionn einst ihr Ehemann, das Kind, das sie damals auf dem Schiff verloren hatte, auch seines gewesen war, aber Ríona war nicht sicher, ob sie der

Vergangenheit Macht nahm oder vielmehr gab, wenn sie darüber sprach.

Am Ende entschied sie, über die Zukunft zu reden, wollte ihr erst Glück wünschen, sagte dann: »Ich wünsche dir … Musik.«

Lainidh trug ihre Harfe bei sich. Sie wirkte unbeschädigt. Falls auf ihrer langen Reise eine Saite gerissen war, hatte sie sie längst ausgetauscht. Sie nickte. »Ich werde bei jedem Lied, das ich künftig spiele, an dich denken.«

Deutlicher konnte sie nicht aussprechen, dass sie ihr nicht gram war, dass sie sie nie vergessen würde, dass sie sie als Mutter betrachtete, von der sie sich beschützt gefühlt hatte.

»Fionn ist dein Mann«, erklärte Ríona. »Ich weiß das und – was noch wichtiger ist – er weiß es auch.«

»Und ich ebenso«, sagte Lainidh. Aus ihrer Stimme klang kein Zweifel. »Ich … ich hoffe, dass es dir und Jón und Fjálli und Muir gut gehen wird.«

Ríona umarmte sie ein letztes Mal. Lainidh wehrte sich nicht, und obwohl sie keine Wärme von ihrem Körper ausgehen spürte, machte das Lied, das sie anstimmte, dieses wett. Ríona konnte sich hinterher nicht erinnern, wovon es gehandelt hatte, aber die Melodie begleitete sie, als sie sich endgültig von ihr abwandte und die Herberge betrat, sogar noch ein paar Tage später, als sie mit Jón, Fjálli und Muir in Richtung Westen aufbrach.

Nicht Cenel Conaill war ihr Ziel. Sie würden künftig dem König von Connacht aus dem Geschlecht der O'Briúin, die sich mittlerweile O'Connor nannten, dienen, einer Provinz, so zerklüftet, seenreich und bewaldet wie der Norden. Der König von Connacht hatte treu zu Brian Boru gestanden, sodass Donnchad ihm einen Großteil der im Umland Dublins erbeuteten Rinder überließ, doch wenn er auch keine Probleme hatte, Krieger durch die Ödnis zu treiben – von Rindern verstand er nicht so viel. Als Fionn ihm deshalb den Vorschlag gemacht hatte, dass Ríona und Jón diese Aufgabe übernehmen könnten, hatte er das Angebot dankend angenommen.

Bis sie gemeinsam mit den Truppen des Königs Breifne erreichten, jene Provinz, die westlich an Connacht grenzte, bekannt für die dichten Wälder, die Sümpfe und Moore, war Ríona überzeugt, fortan diesem König zu dienen. Dort bekam sie es jedoch mehr und mehr mit der Angst zu tun. Sie fürchtete sich nicht vor den Heiden, die gerüchteweise hier wohnten, weil sich die christlichen Pilger nie in die schwarzen Wälder verirrt hatten, nicht vor den Elfen und Feen, die hier als bösartiger galten als anderswo, nicht vor den Geistern der Krieger, die hier einst Festen erbaut hatten. Nein, sie begann, die Krieger von Connacht zu fürchten. Bis jetzt waren diese erleichtert gewesen, dass sie nicht selbst die Rinder antreiben mussten, doch nun, da der Proviant zur Neige ging, sie immer häufiger so nass erwachten, wie sie sich auf dem Moos zur Ruhe gebettet hatten, wurden sie zunehmend verdrossen – und zugleich hungrig nach einem Weib, das jünger als die Wascherinnen und Kochinnen war und als Einzige nicht zahnlos.

»Wenn dir einer etwas antut, töte ich ihn«, erklärte Jón, obwohl er schon Mühe hatte, gerade zu gehen, und ständig unter Kopfschmerzen litt, was er zwar nicht zugab, Ríona aber fühlte.

»Ja, wenn dir einer etwas antut, töte ich ihn ebenso«, bekundete er auch Fjálli, der wie immer einen Beutel Steine mit sich schleppte.

Das Krächzen von Muir, der über ihnen flog, schien dasselbe zu verheißen.

»Niemand tötet irgendjemanden, schon gar nicht für

mich«, sagte Ríona energisch, zählte aber insgeheim die Tage, die sie vom Ziel trennten.

So dunkel, wie es im Schatten der Bäume war, ließen sich diese Tage kaum von den Nächten unterscheiden. Einmal aber fiel helles Morgenlicht auf sie, tauchte die Welt in ein warmes Rot. Der Berg, der nicht weit vor ihnen aufragte, war nicht spitz, nicht rund, wirkte wie ein Holzscheit, das ein Riese gespalten hatte. Die Hügel in seiner Umgebung waren nicht so hoch, doch auf der Spitze von einem stand eine Feste, die sie an das Grianán Aileach erinnerte, das Ringfort von König Áed, wo seinerzeit das Verderben gewartet hatte.

Das Verderben fürchteten auch die Männer aus Connacht. Anstatt ihr aufdringliche Blicke zuzuwerfen, schlug einer ein Kreuzzeichen und sprach ein anderer einen Fluch in fremder Sprache aus.

Fjálli, der bis jetzt die Feste begeistert gemustert hatte, blickte sie erstaunt an.

»Besser, wir schlagen einen großen Bogen um diesen Ort«, knurrte einer der Männer.

»Warum das denn?«,

»Der Ort ist verflucht.«

»Wer sagt das?«

»Jeder, der hier jemals vorbeikam. Niemand will sich mit der Göttin Macha anlegen, die schrecklich stark ist und schrecklich böse. Wenn sie will, kann sie dafür sorgen, dass Männer Wehen bekommen, als würden sie ein Kind gebären – und solcherart sind sie unfähig zum Kampf.«

Trotz ihres Unbehagens musste Ríona grinsen. »Und Macha selbst hat diese Feste bewohnt?«, mischte sie sich ein.

»Nein, aber jener Kriegerkönig, den sie am meisten hasste, hat sie in nur einem Tag errichtet. An ihm kann sie sich nicht mehr dafür rächen, dass er sie bei einem Wettrennen bezwungen hat, aber an allen, die sie für die Erben seines Besitzes hält.«

»Und welcher Kriegerkönig war das?«, fragte Fjálli neugierig und ohne Furcht.

»Nun, Fionn mac Cumhaill. Deswegen heißt die Feste Dún Fionn.«

Bei der Erwähnung des Namens zuckte Ríona zusammen. Von der Feindschaft des legendären Kriegerkönigs mit Macha wusste sie nichts, nur dass Fionn mac Cumhaill heilende Hände gehabt hatte, weswegen sein Name so gut zu ihrem Fionn gepasst hatte. Ein Ort, der so heißt, kann unmöglich verflucht sein, ging es ihr durch den Kopf.

Während die anderen Männer sich noch einmal bekreuzigten oder heidnische Zaubersprüche murmelten, nahm sie Jón zur Seite.

»Ich bin mir nicht sicher, was uns auf dem Weg nach Connacht noch erwartet«, sagte sie leise, »aber ich fürchte, ich weiß ganz genau, was uns am Ziel erwartet. Ich denke nicht, dass uns der König ein paar Rinder und Land überlässt wie versprochen. Eher lässt er uns wie Sklaven schuften.«

Jón hatte sich bis jetzt allem gefügt, was sie geplant hatte, hatte erklärt, dass er überall auf der Welt leben wolle, gern auch in der Fremde, solange er sie an seiner Seite wisse.

»Wir können doch jetzt nicht mehr umkehren!«, rief er nun überrascht.

»Aber wir können heimlich alle Tiere auf die Feste treiben und die Tore schließen.«

»Der König von Connacht würde das niemals zulassen, er würde Dún Fionn belagern.«

»Seine Krieger würden davor viel zu viel Angst haben. Und bedenke: Weit und breit sehe ich hier keine fruchtbaren Felder. Eher verhungern die Männer, während sie uns belagern, als wir, die wir die Rinder besitzen, es tun. Sie werden sich ärgern, sie werden uns verfluchen, vielleicht werden sie auch die Göttin Macha und Fionn mac Cumhaill verfluchen. Aber alsbald werden sie erschaudernd weiterziehen. Die Rinder werden sich vermehren, wir werden mit Butter, Milch und Fleisch handeln, auch Fellen. Wir werden Geld verdienen und Sklaven kaufen, werden eine Sippe gründen und ein gutes Leben haben.«

Fjálli, der gelauscht hatte, schien von dem Plan sehr angetan, war es zumindest von der steinernen Feste, Jón blickte noch immer etwas zweifelnd. Doch ehe er widersprechen konnte, breitete Muir seine Flügel weit aus und segelte auf die Feste zu.

»Wenn sie den Raben über Dún Fionn kreisen sehen, wird die Burg erst recht als verflucht gelten«, murmelte Jón.

»Umso besser, das wird auch künftig böse Menschen fernhalten.«

»Die guten vielleicht ebenso.«

Sie zuckte mit den Schultern. »Wir haben uns«, sagte sie. »Und für uns ist es kein verfluchter Ort. Er wird die Heimstätte unserer Liebe sein.«

Dún Fionn versprach Schutz, wenn auch keine Leichtigkeit, eine Zukunft, die auf einem Diebstahl gegründet war, aber zugleich auf etwas Lebendigem wie Tieren, viel Graues und Dunkles inmitten all der Wälder und Moore und Hügel, jedoch gleichfalls Unverwüstliches. Und irgendwann würde sie den Namen der Feste ganz selbstverständlich aussprechen, ganz frei von Erinnerungen und Wehmut, denn er würde für die Gegenwart und Zukunft stehen, nicht für die Vergangenheit.

Im Umland von Dublin

Es waren sieben Jahre nach der Schlacht von Clontarf vergangen, als Fionn früh am Morgen das Haus verließ. Wie immer richtete sich sein Blick hoch zum Himmel. Wie immer regte sich die Hoffnung, an diesem Himmel eine schwarze, kreuzförmige Silhouette zu sehen. Diese Hoffnung währte immer nur kurz, nicht einmal einen Atemzug lang oder die Zeitspanne, bis der Ton verklang, wenn jemand zufällig Lainidhs Harfe berührte.

Kaum war dieser Moment vorbei, wusste er: Muir würde auch an diesem Tag nicht kommen, es war unsinnig, auf ihn zu warten, zumal er, Fionn, all die letzten Jahre nichts mehr von Ríona gehört hatte.

Er senkte den Kopf wieder, versuchte mit harter Arbeit wettzumachen, dass er immer noch dem Traum nachhing, eines Tages könnte das anders sein. Ausgerechnet das schlechte Gewissen gab ihm genügend Kraft, das Tagewerk zu verrichten.

Sie lebten von vielen Dingen: von den zwei Kühen, die auf der Wiese in der Nähe des Hauses weideten, dick und wohlgenährt, aber mit ihrer Milch geizend – was vielleicht nicht an den Kühen lag, sondern an Lainidhs Kenntnissen vom Melken. Von den Erträgen des Feldes, das er selbst angelegt hatte, obwohl er mit dem Pflugstock, wie die Iren ihn verwendeten, nicht richtig umgehen konnte, und die Pflugscharen, die die Nordmänner nutzten, nichts halfen, weil sie keinen Ochsen hatten. Ein paar Laibe Brot ließen sich trotzdem aus dem geernteten Getreide backen. Außerdem hatte sich in der Umgebung seine besondere Gabe herumgesprochen, und es kamen dann und wann Menschen, die seiner Dienste als *liaig* bedurften. Lainidh fand, dass er zu wenig Lohn von ihnen verlangte, ärgerte sich aber auch nicht darüber, dass er es dabei beließ. Schließlich war da ja noch die Werkstatt von Lainidhs Vater Bjólan, der dort zwar keine Schiffe mehr baute, jedoch Boote. Da sie nahe genug an Flüssen und am Meer lebten, waren diese sehr begehrt.

Bjólan hatte Fionn angeboten, ihm sein Handwerk beizubringen, aber der hatte auf den kleinen Sohn verwiesen, den Lainidh ein Jahr nach der Schlacht von Clontarf geboren hatte und der schon mit fünf Jahren mehr Talent für die Arbeit mit Holz bewies als sein Vater im Verlauf seines ganzen Lebens. Seit einem Jahr fand man ihn kaum mehr anderswo als in der Werkstatt – und Fionn hatte mit dem leisen Bedauern zu leben gelernt, dass sich der Kleine zwar gern die blutenden Wunden, die er sich mit dem Hobel holte, verarzten ließ, jedoch nicht wissen wollte, wie man das genau machte.

Besser er wird ein Schiffsbauer als ein Krieger, tröstete sich Fionn und hielt es wie die Menschen in der Umgebung, die sich mit dem begnügten, was sie heute sicher hatten und sich nicht nach dem verzehrten, was sie morgen haben könnten. Was brauchten sie einen stolzen, starken König, der Brian Boru eindeutig besiegt hatte, solange es unter dem alternden, mittlerweile ziemlich schwächelnden Sitric zu keinen neuen Angriffen aus dem Westen mehr gekommen war? Donnchad war schließlich zu sehr damit beschäftigt, um seine Macht in Munster zu kämpfen, als nach der Hochkönigwürde zu greifen und sich ganz Irland zu unterwerfen wie sein Vater.

Auch er, Fionn, war nicht immer glücklich, aber er war zufrieden mit seinem Leben, und Lainidh war das gleichfalls, obwohl sie anders als er ihr Tagwerk häufig aufschob, um in dieser Zeit zu singen und immer häufiger unverständliche Wörter zu murmeln.

»Was sagst du da auf?«, hatte er einmal gefragt.

»Ach, nur irgendwelche Zaubersprüche, die für eine bessere Ernte und mehr Milch sorgen. Ich kenne sie von Urta. Sie hatte die Gabe, mit den Göttern zu sprechen.«

»Glaubst du an die Götter?«, hatte er gefragt.

Wirklich überrascht war er nicht. Längst war ihm aufgegangen, dass Lainidh einem tiefen See glich, auf dessen dunklem Grund zu viel vergraben lag, als dass ein Mann allein es finden könnte. Doch wer würde sich schon die Mühe machen, im Schlamm zu graben, solange die Oberfläche des Wassers türkisfarben glitzerte? Sie beantwortete diese Frage jedenfalls nie eindeutig, und er drängte nie auf eine Antwort. Sich über sie zu wundern war der Preis für das Wunder, eine Frau zu bekommen, die er beschützen, ernähren, zufrieden machen konnte, die – trotz ihrer Zartheit – mühelos ihren Sohn geboren hatte und eben wieder schwanger war. Er hoffte auf eine Tochter und dass sie – anders als ihr blonder Sohn – schwarzes Haar haben würde.

Schwarz, weil sein Haar schwarz war. Schwarz, weil der Rabe es war. Ach, Muir würde an diesem Morgen wieder nicht kommen …

Noch ahnte er es nur, erst als die Mittagszeit nahte, wurde daraus Gewissheit.

Er war noch beim Pflügen, als sich jemand ihrer Siedlung näherte. Kurz war er überzeugt, dass dieser Mann eines *liaigs* bedurfte, und er wollte schon ins Haus gehen, seine Ledertasche mit allen Instrumenten holen, obgleich etliche von diesen mittlerweile rostig waren. Doch wer auf ihn zukam, war kein Kranker, es war ein fahrender Händler, der Halsketten aus Rohglasklumpen mit sich brachte, wie Nordmänner sie gern trugen, desgleichen Broschen in der Form eines Kleeblatts, wie Iren sie gern trugen. Gern hätte er Lainidh etwas von dem Schmuck gekauft und ihr geschenkt, er wusste indes, dass sie sich nichts daraus machte.

»Davon brauche ich nichts«, sagte er schnell.

»Ich bin nicht hier, damit du mir etwas abkaufst, sondern um dir etwas zu geben«, sagte der Händler. »Du bist doch Fionn O'Bjólan?«

In der Tat hatte er sich diesen Namen zugelegt, weil in der Gegend mehr Nordmänner als Iren lebten und er sich mit dem nordischen Sippennamen als ihresgleichen ausgab.

Fionn nickte. »Woher kommst du?«

»Von überall und nirgendwo. Ich bin seit Jahren unterwegs. Aber wenn du wissen willst, wo ich die letzten Wochen verbracht habe, so war das Breifne.«

»Von Breifne weiß ich nur, dass es die finsterste Provinz Irlands ist.«

»Nun, das Feuer, das im Kamin von Dún Fionn brannte, erhellte stets die große Halle.«

»Du kommst von einer Feste, die nach mir heißt?«

»Sie heißt nicht nach dir, sondern nach Fionn mac Cumhaill, jenem großen Helden, der die Gabe des Weissagens hatte und der jeden Menschen, dem er Wasser reichte, wieder gesund machte.«

Nicht wegen des Wassers, wegen seiner heilenden Hände, dachte Fionn, sagte das aber nicht laut.

»Die Frau, die auf Dún Fionn lebt, lässt dir jedenfalls eine Botschaft zukommen. Sie heißt Ríona.«

»Ríona?« Er hatte den Namen bereits ausgesprochen, ehe er in seinem Kopf angekommen war. In seiner Seele war er längst, aus dieser war er nie verschwunden. »Ríona …«, wiederholte er, und den Namen zu sagen, tat gut und weh zugleich.

Gut und weh zugleich tat es, auf die Botschaft des Händlers zu warten. Doch der sagte nichts, reichte ihm lediglich ein Stück Leinen, in das etwas eingeschlagen war. Es war so leicht, leicht wie eine Fee, in deren Adern nur ein einziger Tropfen Blut floss. Tauchte man eine Feder hinein, könnte man nicht mehr als einen winzigen Punkt damit malen. Noch ehe er das Leinen aufschlug, ahnte er, was sich darin befand, und das tat nicht gut und weh zugleich, es schmerzte tief.

»Warte!«, rief er mit erstickter Stimme, als sich der Händler abwandte. »Hast du mir nichts von ihr zu sagen?«

»Sie bat mich nur, dir das zu geben.«

»Erzähl mir trotzdem mehr von ihr! Wie sieht es auf Dún Fionn aus? Von was lebt man dort? Geht es Ríona gut?«

Eine Weile hatte er Angst, dass er keine Antwort bekommen würde. Dann hatte er Angst, die Antwort wäre die falsche. Schließlich deutete der Händler auf den Pflug, der an der Hauswand lehnte.

»Die Erde gibt dort wenig her, aber die Rinder und Schafe sind fett. Ríona wiederum ist dürr, scheint dennoch stark.«

»Und ihr Mann?«

»Für ihn gilt das Gleiche. Zwei Söhne habe ich auch gesehen, einen großen und einen kleinen. Sie gleichen sich nicht, aber sie schweigen beide viel, und der große passt immer auf den kleinen auf.«

»Der große heißt Fjálli. Wie heißt der Kleine?«

Wieder ein Schulterzucken. »Keine Ahnung.«

Und das bedeutete, er würde es niemals erfahren. So wie Ríona niemals erfahren würde, wie sein Sohn hieß. Das Bündel in seinen Händen wurde plötzlich ganz schwer.

Er hielt es fest, während der Mann von dannen ging. Erst

danach kniete er sich auf den Boden, öffnete es vorsichtig. Es war eine Feder darin. Eine einzige schwarze Feder. Muirs Feder, was bewies, dass der Rabe tot war.

Tränen, wie Ríona sie gewiss ebenso um das geliebte Tier vergossen hatte, stiegen ihm in die Augen. Die Feder verschwamm, glich wie Tinte aus einem umgefallenen Fässchen. Wenn er künftig hoch zum Himmel blicken würde, würde er keine Hoffnung mehr in seinem Herzen tragen. Oder nein, er wischte die Tränen weg, sah die Feder wieder deutlich vor sich. Er würde nicht länger hoffen, dass er Ríona eines Tages wiedersehen würde. Aber sie hatten beide Kinder, und es war möglich, dass sich irgendwann diese Kinder begegneten oder deren Kindeskinder oder die Generation danach. Eine junge Frau mit schwarzem Haar … ein junger Mann, dessen Haar einen rötlichen Schimmer hatte. Oder umgekehrt. Was zählte die Farbe von Haaren?

»Was hast du da?«, traf ihn plötzlich Lainidhs Stimme.

Er fuhr herum, verbarg die Feder unwillkürlich unter dem Leinen. Er wusste nicht, warum er ihr Muirs Tod verschwieg, sie hatte den Raben schließlich auch gekannt. Aber wenn er ihr davon erzählte, würde sie vielleicht spüren, dass er weit mehr als nur eine Feder vor ihr zu verbergen versucht hatte.

»Nichts«, sagte er und machte sich schnell wieder an die Arbeit.

Bevor er den Pflug ergriff und sich auf den Boden konzentrierte, blickte er jedoch noch einmal kurz, ganz kurz hoch zum Himmel.

Ich bin Gormlaith. Nur Gormlaith. Warum sollte ich mich eine Königin nennen, ob nun eine gute oder böse, eine alte oder junge, eine schöne oder hässliche, wenn ich bald endgültig verstummen werde? Ich habe länger gelebt, als ich es je wollte, und hoffe, dass ich endlich sterben kann, nun, da ich meine Geschichte erzählt habe – die Geschichte von einer Liebe, die am Ende nicht möglich war, und von einem Frieden, der in Zeiten wie diesen stets bedroht ist.

Aber vielleicht gehört es zum Wesen der Liebe und des Friedens, dass sie ständig in Gefahr sind. Gerade das Bangen erhält die Sehnsucht danach doch am Leben. Diese Sehnsucht wird immer leiser sein als das Brüllen von Kriegern, dennoch wird kein Schwert, keine Keule, keine Steinschleuder diese Sehnsucht jemals zum Verstummen bringen. Die Sehnsucht mag auf den ersten Blick auch leicht wie eine Feder sein, in Wahrheit ist sie unverrückbar wie ein Stein.

Nur wer dem Tod so nahe steht wie ich, fühlt keine Sehnsucht mehr nach Liebe oder nach Frieden, sondern nur mehr nach … Stille.

Ob der Tod so viele Gesichter hat wie die Sehnsucht – ein hoffnungsvolles wie trauriges, ein erwartungsvolles wie enttäuschtes –, oder ob er nur ein schwarzes Loch ist? Ob er alle Sehnsüchte ein für alle Mal erstickt oder vielmehr erfüllt? Ob er aus dem Menschen nichts macht oder vielmehr alles? Und ob ich in der Stunde des Todes alle Menschen vergessen werde, die je für mich Bedeutung hatten, oder ich mich vielmehr an alle erinnern kann?

Ich glaube nicht, dass ich an Brian Boru denken werde, an dem ich vergebens Rache zu üben versuchte, auch nicht an die Magd, die mir manchmal den schmerzenden Rücken massiert, den körnigen

Brei vorkaut oder meine Ausscheidungen von den faltigen Schenkeln wischt. Gut möglich, dass ich gleichfalls nicht an Sitric denken werde, obwohl er an meinem Totenbett sitzen wird, oder an meinen zweiten Sohn Donnchad, den ich seit der Schlacht von Clontarf nicht wiedergesehen habe. Vielleicht werde ich nicht einmal an mich selbst denken, weil ich bis dahin vergessen habe, dass ich eine Königin war und dass mein Name Gormlaith lautete.

Gut möglich aber, dass ich an Ríona und Fionn denken werde. Und ich bin sicher: Wenn sie sterben, werden sie das Gesicht des anderen sehen, werden sich die Sehnsucht gestatten, der sie den Rest ihres Lebens widersagt haben. Sie werden etwas fühlen, das ich leider nie gefühlt habe – die Wärme einer Fackel, deren Flamme selbst dann nicht erlischt, wenn sie ins dunkelste Meer getaucht wird.

Anhang

Personenverzeichnis

Die historischen Persönlichkeiten sind mit einem Sternchen versehen. In eckigen Klammern steht, wie man die Namen korrekt ausspricht, sofern die Aussprache stark vom geschriebenen Wort abweicht.

Irland

Im Nordwesten

Fionn und Ríona [Riena], junges Ehepaar
Cuán O'Canannáin, Fionns Vater
Ennis, Fionns Bruder
Báine [Bohn-je], Ríonas Tante
Muir, ein Rabe
Lochlann O'Máel Doraid, ein Feind der O'Canannáins
Áed [Eyd] O'Néill (*), König von Cenel Owain

In Munster

Brian Boru (*), König von Munster, zeitweilig Hochkönig von Irland
Murchad [Murcha](*), sein Sohn aus erster Ehe
Donnchad [Donnachad](*), sein Sohn aus zweiter Ehe
Tadc [Tihg](*), sein Sohn aus dritter Ehe
Slàine [Slohnja](*), seine Tochter aus erster Ehe
Conan (*), sein Neffe
Toirdelbach [Teryalach](*), Conans Sohn
Laidann [Ladann](*), einer von Brians Dienern

In Dublin

Sitric Seidenbart (*), König von Dublin
Oleif (*), sein Sohn
Gormlaith [Gormla] O'Fáeláin (*), seine Mutter, Prinzessin aus Leinster
Máelmorda (*), Gormlaiths Bruder, König von Leinster
Eišlof, ein friesischer Sklavenhändler
Gadhra [Ga-ra], eine Sklavin
Lainidh [Le-ni], ein Sklavenmädchen
Bjólan, Lainidhs Vater
Brodir (*), Herr der Insel Man, Verbündeter von Sitric

Island und Orkneyinseln

Flóki, Seemann und Walfänger
Haski, sein Bruder
Nordri, einer seiner Männer
Urta, seine Tante
Alda und Prins, zwei Sklaven
Bretta, ihre Tochter
Skrymir, ein reicher Grundbesitzer
Fjálli, sein Sohn
Olgeir, ein Gode
Jón, sein Sohn
Dísa, seine Sklavin
Bjóssi, Dísas Sohn
Bruder Thangbrand (*), ein Priester aus Bremen
Gissur (*) und *Hjálti* (*), Botschafter des norwegischen Königs
Thorstein Thorkelsson (*), der Gesetzessprecher
Bruder Alfred, ein Mönch
Sigurd (*), Herr der Orkneyinseln
Platula (*), seine Frau
Eithne [Enya](*), seine Mutter

al-Andalus

Ibn Zakariya, ein Arzt
Ramira, seine Ziehtochter, eine Kalligrafin
Muezza, seine Katze
Yesoaph/Yussuf, ein Sklavenhändler
Esther, seine Frau, eine Tuchhändlerin
Surtur, ein Übersetzer
Jamal [Dschamal] ad-Din, ein Gesetzeslehrer
Bruder Bonifatius, ein Mönch aus Regensburg
Hira, eine junge Frau
Abu l-Qāsim (*), berühmter Arzt aus Córdoba, im Westen als Abulcasis bekannt
Hischam II. (*), Kalif von Córdoba
Almansor (*), Wesir und Regent des Kalifen
Sanchol (*), Almansors Nachfolger
Al-Mahdi (*), Anführer von Aufständischen, zeitweilig Kalif von Córdoba
Sulaiman (*), Anführer des Berberheers, zeitweilig Kalif von Córdoba

Zeittafel

Irland

Nach ihrem ersten Beutezug **795** bauen die Wikinger insbesondere im Osten von Irland rasch Kolonien auf. Rund um das Jahr **850** wird Dublin gegründet. Im Laufe der Zeit geraten die Wikinger immer stärker in innerirische Machtkämpfe beziehungsweise beteiligen sich daran.

Irland ist im **10. Jahrhundert** in viele kleine Königreiche geteilt: Im Norden, wo die Nachkommen der O'Néill herrschen, kann König Áed von Cenel Owain seine Vormachtstellung gegenüber Cenel Conaill ausbauen. Im restlichen Irland wetteifern Brian Boru von Munster und Mael Sechnaill von Meath um Macht und Einfluss – was auch Dublin zu spüren bekommt. **980** verliert es seine Unabhängigkeit an den König von Meath. Als sich Brian Boru gegen diesen durchsetzen kann, übernimmt er **997** die Oberherrschaft über die Stadt und ihr Umland.

998 kommt es erstmals zur Revolte, als sich Sitric Seidenbart, der König von Dublin, mit Máelmorda von Leinster verbündet. Nach ihrer Niederlage in der Schlacht von Glen Mama im Jahr **999** und der Eroberung und Verwüstung Dublins durch Brians Truppen im Jahr **1000**, unterwirft sich Sitric aber.

Ab **1002** ist Brian Boru Hochkönig von Irland, doch insbesondere im Norden wird noch lange Widerstand geleistet. Erst **1012** werden auch Cenel Conaill und Cenel Owain bezwungen.

1013 kommt es zu neuen Spannungen, als Máelmorda, der von Brians Sohn Murchad beleidigt wird, gegen Brian Boru rebelliert und erneut eine Allianz mit Sitric schließt. Sitrics Sohn Oleif scheitert im Herbst mit einem Angriff auf Südmunster, auch Brian gelingt es in den darauffolgenden Monaten nicht, den Aufstand niederzuschlagen. Nach der vergeblichen Belagerung von Dublin zieht er Weihnachten wieder ab.

In den **Wintermonaten 1013/14** rekrutieren Brian und Sitric Verbündete. Letzterer wird nicht nur auf der Insel Man und den Orkneyinseln fündig, er wirbt zudem Söldner aus Wales, Nordumbrien, Cornwall und der Normandie an.

Am **23. April 1014** – einem Karfreitag – kommt es zur Schlacht von Clontarf, einem Feld nördlich der Liffey, das bis dato als Kuhweide genutzt worden war. Obwohl die Wikinger und ihre Verbündeten unterliegen und viele den Tod finden, gibt es keinen eindeutigen Sieger. Dublin wird nicht eingenommen, Brian Boru hingegen von Brodir von Man getötet.

Sitric bleibt noch bis **1036** König von Dublin, Brians Sohn und Erbe Donnchad ist zu sehr damit beschäftigt, um seine Macht in Munster zu kämpfen, als die Hochkönigswürde zu beanspruchen. Diese fällt wieder an Mael Sechnaill von Meath, der den Titel jedoch nicht für seine Nachkommen sichern kann.

Island

Eventuell haben schon im **6. Jahrhundert** irische Mönche auf Island gelebt, in den darauffolgenden Jahrhunderten sind immer wieder Seefahrer dort angelandet. Um das Jahr **870** lässt sich Ingólfur Arnarson als erster Siedler langfristig auf Island nieder, später – in der sogenannten Landnahmezeit – folgen weitere Menschen, größtenteils aus Norwegen. Bevor sie in den Norden aufbrechen, begeben sie sich oft auf Sklavenjagd in Irland, um genügend Arbeitskräfte mitzubringen.

Gegen **930** ist die Landnahme abgeschlossen. In diesem Jahr findet erstmals eine Art Generalversammlung aller Goden – der mächtigsten Landbesitzer – statt: das Althing in Thingvellir.

Zur Zeit der Landnahme sind fast alle Siedler heidnisch. Ab der **zweiten Hälfte des 10. Jahrhunderts** intensivieren sich die Missionierungsversuche. Der sächsische Bischof Friedrich hält sich beispielsweise von **981 bis 986** auf Island auf, erreicht jedoch keine allgemeine Bekehrung. Rund um das Jahr **999** verlässt der als gewalttätig verrufene Priester und Missionar Thangbrand Island – Gerüchte besagten, er hätte alle Leute ermordet, die ihm widersprachen. Als er dem erst kürzlich getauften norwegischen König Olav I. Tryggvason von seinem Scheitern berichtet, droht der, alle Isländer in Norwegen hinrichten zu lassen. Die Isländer Gissur und Hjálti versprechen Olav daraufhin die baldige Einführung des Christentums auf Island. Sie kehren im **Sommer 1000** nach Island zurück und versammeln die Christen hinter sich.

Um einen Religionskrieg zu vermeiden, einigen sich die gegnerischen Lager beim Althing darauf, den Gesetzessprecher Thorstein Thorkelsson zum Vermittler zu ernennen und sich seiner Entscheidung zu fügen. Thorstein beschließt nach einem Tag und einer Nacht der Besinnung, dass sich alle Isländer taufen lassen sollen. Es bleibt aber erlaubt, den alten Göttern im Stillen zu dienen. Dieses Urteil wird von den Teilnehmern des Althings anerkannt, es dauert jedoch noch weitere Jahrzehnte, bis es ab **1056** einen eigenen Bischofssitz auf Island gibt.

Das Kalifat von Córdoba

Nachdem Abd ar-Rahman I. aus der Umayyaden-Dynastie **756** in al-Andalus angelandet ist und den Statthalter von Córdoba vertrieben hat, gründet er das Emirat von Córdoba. Erst Anfang des 10. Jahrhunderts kann dieses unter Abd ar-Rahman III. (**912–961**) endgültig befriedet werden.

Dieser nimmt **929** den Titel eines Kalifen an. Unter ihm kommt es zu einem großen Aufschwung von Wirtschaft und Handel, Kultur und Wissenschaft werden sehr gefördert. Córdoba entwickelt sich zu einem bedeutenden Kulturzentrum, gilt als das reichste und fortschrittlichste Land Europas.

Nach dem Tod von al-Hakam II., einem gelehrten, friedliebenden Kalifen, wird **976** sein Sohn Hischam II. neuer Kalif. Da dieser körperlich und geistig beeinträchtigt ist, regiert der Wesir Almansor für ihn. Er gewinnt viele Schlachten im Norden – zu dem Preis, dass er immer mehr Berber für sein Söldnerheer anwerben und den Gesetzeslehrern mehr Macht als früher zugestehen muss. Teilweise kommt es zu wissenschaftsfeindlichen Ausschreitungen wie Bücherverbrennungen.

Nach dem Tod von Almansor **1002** ist zunächst sein älterer Sohn Abd al-Malik der Nachfolger, nach dessen Tod **1008** schließlich sein jüngerer, Sanchol. **1009** lässt dieser sich – was als große Anmaßung gilt – zum Nachfolger des Kalifen ernennen. Ungewöhnlich früh, nämlich schon im Januar, bricht er zu einem Feldzug auf, verirrt sich aber in den Bergen von León. Im Februar kommt es in Córdoba zu einem Aufstand, der von al-Chabbar – später als al-Mahdi bekannt – angeführt wird. Sanchols Versuche, die Macht zurückzugewinnen, scheitern im März, als er nach einer letzten Schlacht den gewaltsamen Tod findet. Al-Mahdi kann das Chaos in der Stadt nicht bändigen, auch der vorgetäuschte Tod von Kalif

Hischam sichert ihm nicht die Macht. Im November kommt es zu einem weiteren Aufstand, dieses Mal erobern Berber die Stadt und ernennen einen neuen Kalifen – Sulaiman.

Im Mai **1010** gelingt al-Mahdi zwar kurzfristig die Rückeroberung, schon im Juli aber wird er umgebracht. Von diesem Zeitpunkt an belagern die Berber für insgesamt drei Jahre Córdoba. Die Stadt wird von Seuchen und Hochwasser heimgesucht, beklagt wird überdies ein allgemeiner Sittenverfall.

Im April **1013** öffnet man den Berbern die Stadttore, der versprochene Frieden bleibt jedoch aus. Alle überlebenden Bewohner werden umgebracht. Schon drei Jahre später, **1018**, findet auch Sulaiman gewaltsam den Tod, womit die Zeit des Kalifats von Córdoba endgültig vorbei ist. Die »maurische Hochkultur« überlebt aber bis zur Reconquista in vielen kleinen Reichen wie dem berühmten Granada.

Historische Anmerkung

Die Protagonisten dieses Romans sind größtenteils fiktiv – bei der Schilderung der historischen Ereignisse habe ich mich jedoch weitgehend an den Fakten orientiert. Allerdings gilt zu bedenken, dass es hinsichtlich der Quellenlage Unterschiede an den jeweiligen Orten der Handlung gibt. Mal konnte ich meine Geschichte auf einem relativ stabilen Gerüst aufbauen, mal ließen die Chronisten viele weiße Flächen, die es mit Fantasie zu füllen galt.

Was – um mit dem Schlusspunkt meines Romans zu beginnen – die Schlacht um Clontarf betrifft, war dieses Ereignis nie nur ein Thema der Geschichtsschreibung, es kursierten auch viele Legenden darüber. Mit den Jahren wurde Brian Boru wahlweise zum nationalen Helden oder guten Christen hochstilisiert, der kein geringeres Ziel verfolgte und erreichte, als alle Wikinger beziehungsweise Heiden aus Irland zu vertreiben. Das ist in mehrerer Hinsicht falsch. Zum einen wird oft ignoriert, dass er in der Schlacht von Clontarf ums Leben kam. Zum anderen darf zu Recht bezweifelt werden, dass der Hochkönig von Irland einen großen Sieg einfuhr.

Auch die nordischen Sagen rund um Clontarf, die ihrerseits den Sieg den Wikingern zuschreiben, übertreiben maßlos. Die Wahrheit liegt, wie so oft, in einem Graubereich dazwischen: Auf dem Schlachtfeld mag sich trotz hoher Verluste die Munster-Armee mit ihren Verbündeten durchgesetzt haben, als politischer Sieger aber hat eher König Sitric zu gelten, der seine Herrschaft über Dublin immerhin noch zwanzig Jahre lang ungestört fortsetzen konnte.

Was weitgehend ins Reich der Legende zu verweisen ist, ist die Rolle, die Gormlaith bei der Schlacht von Clontarf spielte. Fest steht, dass sie eine Prinzessin von Leinster war, die Frau zweier Könige und die Mutter von deren Erben, und dass ihr ein sehr langes Leben beschieden war. Sie starb erst zirka sechzehn Jahre nach Clontarf. Dass sie Bruder und Sohn gegen Brian Boru aufhetzte, wird ausschließlich in den nordischen Quellen, die nicht gerade für ihre Faktentreue bekannt sind, berichtet. Dort wird übrigens auch erwähnt, dass sie Jarl Sigurd von Orkney ihre Hand anbot – was allein aufgrund ihres Alters als höchst unwahrscheinlich gilt, jedoch eine so skurrile Begebenheit ist, dass ich im Roman nicht darauf verzichten wollte.

In einer irischen Quelle wird demgegenüber behauptet, dass sie 1013 noch an Brians Hof lebte – gut möglich also, dass er sie gar nicht verstoßen hat, lediglich weitere Frauen heiratete, war die Vielehe doch damals weit verbreitet.

Eine reine Erfindung von mir ist, sie im Sklavenhandel von Dublin mitmischen zu lassen. Allerdings ist das nicht völlig an den Haaren herbeigezogen, da sich die Schwester des dänischen Königs Knut als talentierte Sklavenhändlerin einen Namen machte. Sie war bekannt dafür, vorzugsweise schöne Mädchen aus England in Dänemark zu verkaufen – ein Beweis dafür, dass auch ranghohe Frauen in den lukrativen Sklavenhandel eingestiegen sind.

Die Ereignisse rund um die Christianisierung Islands sind ebenfalls nicht leicht zu rekonstruieren. Viele Figuren, die in meinem Roman auftauchen – ob der rabiate Bruder Thangbrand, der bekannt dafür war, Widersacher notfalls mit seinem Knüppel zu erschlagen, Gissur und Hjálti, die den Isländern weniger die Frohe Botschaft von Christus, als die Drohbotschaft von König Olaf überbrachten, oder der Gesetzessprecher Thorstein Thorkelsson (manchmal wird er auch Thorgeirr genannt), der die Taufe aller Isländer durchsetzte – sind zwar historische Figuren, dennoch hat die christliche oder nationalistische Geschichtsschreibung vieles verzerrt. Die Ereignisse rund um das Althing im Jahr 1000 werden demnach entweder zum großen Triumph für den christlichen Glauben umgedeutet oder als Beweis für eine funktionierende parlamentarischen Demokratie hochstilisiert – beides eine Übertreibung.

Auch hier liegt die Wahrheit irgendwo dazwischen. Ausschlaggebend für die Ad-hoc-Bekehrung waren wohl weniger religiöse Gründe als vielmehr der Pragmatismus und die typische Anpassungsfähigkeit, die den Wikingern oft nachgesagt werden, und nicht zuletzt der Wunsch, es sich mit wichtigen Handelspartnern nicht zu verscherzen. Ungeachtet dessen hatte es die Kirche – wie in meinem Roman angedeutet wird – noch lange Zeit schwer, sich gegen heidnische Bräuche zu behaupten. Dass sie es überhaupt konnte, liegt wohl daran, dass sich die Priester in eine deutlich stärkere, auch wirtschaftliche Abhängigkeit von Großgrundbesitzern begaben als anderswo. Was übrigens die Hierarchie dieser Großgrundbesitzer anbelangt, gibt der Roman lediglich einen Einblick – die komplexen Beziehungen zwischen Goden und Bauern konnte und wollte ich nicht vertiefen. Der Einfachheit halber habe ich auch das Amt des *allsherjargodi* – des obersten Goden – unter den Tisch fallen lassen, und den Beitrag zur Christianisierung, den der damalige Inhaber des Amtes, Thormódur, leistete, dem fiktiven Olgeir zugeschrieben.

Was neben den politischen Ereignissen recht gut zu ergründen ist – nicht zuletzt dank vieler archäologischer Funde –, ist das Alltagsleben auf Island. Wie ein Gehöft ausgesehen hat, lässt sich eindeutig beschreiben. Schwieriger sind Fragen hinsichtlich der Mentalität zu beantworten. In welchem Ausmaß Sklaven geopfert und mitbestattet wurden, wie es bei den Ostwikingern gang und gäbe war, bleibt Spekulation. In Ingiridarstadir wurde jedenfalls ein großes Gräberfeld gefunden, und in dem Torfwall, der es umgab, wurden nicht nur Katzenskelette gefunden, auch weibliche Totenschädel mit Anzeichen von Verletzungen. Die Aussetzung von neugeborenen Kindern, wenn die als zu schwächlich und folglich nicht überlebensfähig betrachtet wurden, dürfte auf jeden Fall weit verbreitet gewesen sein, sonst wäre dessen Verbot nicht als besonderer Verdienst des auf der Insel noch jungen Christentums hervorgehoben worden.

Das von Roswitha von Gandersheim nicht zu Unrecht als »Zierde des Weltkreises« bezeichnete Córdoba war damals die kulturelle Hauptstadt Europas und hinsichtlich Zivilisiertheit und Bildungsstand dem Abendland weit überlegen – mit ein Grund, warum ich hier auf umfangreiche Quellen zurückgreifen konnte.

Vieles, was ich meinen Protagonisten in den Mund lege, sind Zitate von Zeitgenossen – das betrifft vor allem den Stand des medizinischen Wissens. Ich habe mir bei der Beschreibung von Ibn Zakariya viele berühmte arabische Ärzte zum Vorbild genommen: Ibn Sina (Avicenna), ar-Rāzī (Rhazes), Ibn Butlān, Abu l-Qāsim (Abulcasis) und viele andere mehr. Diesen kommt kein geringeres Verdienst zu, als mit der Tradierung und Weiterentwicklung der antiken griechischen Medizin den Grundstein für die moderne Medizin gelegt zu haben – in Hinblick auf einzelne Behandlungsmethoden, die oft nicht nur den Leib, sondern auch die Seele betrafen und die auf einen gesunden Lebensstil abzielten, ebenso wie im Hinblick auf die Institutionalisierung der Medizin, also der systematischen Ausbildung von Ärzten und dem Krankenhauswesen.

Auch sonst musste ich – so unglaublich manches klingen mag – so gut wie gar nichts erfinden, um ein möglichst lebendiges Sittengemälde zu erschaffen. Die Figur Ramira ist zwar fiktiv, nicht aber ihre Vorbilder, die ihr Leben einzig der Vervielfältigung von Büchern widmeten. Das Papier wiederum, das diese Kopistinnen beschrieben, mag zwar eine chinesische Erfindung sein, hätte ohne arabische Vermittlung aber viel später Eingang in unseren Kulturkreis gefunden.

An einer Stelle kann man mir vorwerfen, die Wirklichkeit etwas zurechtgebogen zu haben. So lege ich Jamal ad-Din teilweise Zitate in den Mund, die er noch nicht kennen konnte, nämlich von al-Ghazālī, jenem berühmten Mystiker des 12. Jahrhundert, der der Philosophie und Ratio oft sehr skeptisch, wenn nicht gar feindselig gegenüberstand. Es erscheint mir aber insofern legitim, da dergleichen ja bereits lange vor ihm gedacht werden konnte. Und fest steht, dass es im damaligen Córdoba zweifellos diese wissenschaftsfeindlichen Tendenzen gab.

Was die Ereignisgeschichte anbelangt, ist gut dokumentiert, was zum »Untergang Córdobas« führte und mit wie vielen Schrecknissen (Plünderungen, Seuchen, Hochwasser, Belagerungen, Sittenverfall) er einherging. Im Buch mag er allerdings als größere Zäsur erscheinen, als er in Wirklichkeit war. Gewiss, Córdoba fand nie wieder zur Größe des einstigen Kalifats zurück, Kultur und Wissenschaft haben in den *taifas*, den kleineren Reichen im maurischen Spanien, dennoch weitergelebt. Auch Córdoba blieb keine zivilisatorische Wüste – die Philosophen Ibn Rushd (Averroës), ein Muslim, und Mosche ben Maimon (Maimonides), ein Jude, sind zweifellos die berühmtesten Söhne der Stadt, haben aber erst lange nach den unheilvollen Ereignissen der Jahre 1009 bis 1013 gelebt.

Ein Thema, das gleich einem roten Faden an allen Schauplätzen eine Rolle spielt, ist die mittelalterliche Sklaverei. Es ist schwierig, den Umfang des Sklavenhandels abzuschätzen, gibt es dafür doch zu wenige archäologische Spuren. Allerdings wird der Handel mit Sklaven in vielen Quellen mehrfach erwähnt. Dass er meist nebensächlich abgehandelt wird, liegt nicht daran, dass er ein Randphänomen war, sondern so selbstverständlich zum Leben gehörte, dass man sich darüber nicht weiter den Kopf zerbrach.

Insbesondere in Irland gehörten Sklavenjagden zur Taktik der Kriegsführung, und auch in Cenel Owain und Cenel Conaill – diese Gebiete gehören heute weitgehend zu Donegal – dürfte es ein beliebtes Mittel gewesen sein, feindliche Sippen zu schwächen. In den Quellen wird diese Vorgangsweise zwar vor allem mit König Flaithbertach O'Néill in Verbindung gebracht, aber es liegt im Bereich des Wahrscheinlichen, dass der sie von seinem Vater König Áed gelernt hat.

Auf Island konnte man insbesondere in den Jahrzehnten der Landnahme und auch danach nicht auf Sklaven verzichten. Deren sozialer Status divergierte jedoch stark. Es gibt fast ein Dutzend nordischer Begriffe für Sklave und Knecht, die die unterschiedlichen Arten der Abhängigkeit beschrieben. Manche der Sklaven – erwähnt werden sogar irische Prinzessinnen – wurden jedenfalls einflussreiche Persönlichkeiten, die später sogar eigenes Land erwarben.

Viele Sklaven – vor allem slawischer Herkunft – wurden

von Europa ins maurische Spanien verkauft. Verdun, aber ebenso Almería waren für ihre »Eunuchenfabriken« bekannt. Wie viele Iren darunter waren, lässt sich nicht sagen – fest steht, dass in Dublin, ja selbst auf Island arabische Münzen kursierten, was einen regen Austausch mit dem Süden beweist.

Der mittelalterliche Sklavenhandel brach massiv ein, als auf der Londoner Synode von 1102 ein allgemeines Verbot erlassen wurde. In England hielt man sich weitgehend daran, während der Sklavenmarkt von Dublin – wenn auch nicht in einstiger Größe – noch eine Weile weiterbestand. Endgültig beendet wurde der Sklavenhandel dort erst von König Henry Plantagenet, dessen anglonormannische Truppen ab 1166 Teile der Insel eroberten. Aber das ist – ebenso wie das Schicksal von Ríonas und Fionns Nachfahren – eine andere Geschichte, die ich bereits in meinen Romanen *Die Herren der Grünen Insel* und *Der Thron der Wölfe* erzählt habe …